Ursula Ziebarth

HEXENSPEISE

Neske

Schutzumschlag von Brigitte Neske
Gesamtherstellung Buchdruckerei Wilhelm Röck, Weinsberg
ISBN 3 7885 0065 4. Printed in Germany

Inhalt

Der Eisenhut

Daß ich nicht vorgehen kann wie der Mann aus Fontenay-aux-Roses!
Er verfügte über Arbeitsbedingungen, die ich durch nichts auszugleichen vermag.
Wenn er sein Atelier aufschloß und vor die Staffelei trat, sah er mit einem Blick, was er vielleicht am Vortag gearbeitet und wenn er gewillt war, es vorzunehmen, konnte er mit einem einzigen Blick auch ein Bild erfassen, das er vor zwei oder vor zehn Jahren gemalt hatte. Nichts und niemand konnte ihn hindern, seine Arbeit ständig zu verbessern. Als er schon eine große Zelebrität war, malte er selbst an denjenigen seiner Bilder noch weiter, die bereits seit Jahren in Museen hingen. Das, freilich, mußte er heimlich tun. Aber es gelang ihm, hier ein Rot zu vertiefen, dort ein Braun zu beseitigen, wenn seine alternden Augen, wenn seine immer noch subtiler werdende Art zu sehen, ihn gelehrt hatten, daß an Stelle flackernden Zinnobers ein dunkleres Caput mortuum-Rot dem Bilde Beharrlichkeit gäbe, ihm eben jene Vorläufigkeit nähme, die immer ein Einwand gegen seinen Rang gewesen war und aus dem brandigen Hellrot resultierte, das im Beschauer den Eindruck erweckte, hier müsse zuerst etwas Feuriges gelöscht werden, bevor man dazu übergehen könne, das Bild zu betrachten. Ein andermal griff der aus Fontenay-aux-Roses korrigierend zum Pinsel, weil zunehmende malerische Erfahrung ihm die Banalität eines Braun verleidete, das er vor Jahren, als er es der Leinwand aufgetragen, noch als kräftig empfunden hatte.
Der Mann hieß Pierre Bonnard, und es gibt Tage, an denen ich so kindisch bin zu behaupten, es sei kein Verdienst, unter Bedingungen wie den seinen am Ende des Lebens Vertretbares zu hinterlassen.
Zu welchen Ergebnissen wäre ein Mann wie Bonnard wohl gekommen, wenn er, anstatt den Blick auf ein Bild richten zu können, sich hätte an einen Schreibtisch setzen und Satzbänder nachlesen müs-

sen, Manuskriptblätter umwendend, die Augen immer wieder auf schmale lineare Abläufe zwingend, deren Gleichförmigkeit etwas unendlich Ermüdendes hat.

Schon zehn Seiten wären ihm zuviel geworden und aus hundert Seiten, die nur nacheinander allmählich vor Augen kommen, ein in allen Sätzen zusammengehöriges Prosakunstwerk zu machen, hätte er vermutlich für unmöglich gehalten. Auf Seite 35 wäre ihm die Übersicht über Seite 7–9 verlorengegangen und auf Seite 119 wäre er außerstande gewesen noch zu schreiben wie auf Seite 28, sein Satzbau hätte sich verändert auf den dazwischenliegenden 91 Seiten und durch welche einschießenden Gedanken wäre er nicht von dem abgekommen, was er ursprünglich hatte berichten wollen, das hätte zu Krümmungen, zu Schleifen im Gang seiner Erzählung geführt oder zu Sätzen, die sich im Kreis bewegen, weil ein Problem von so zentripetaler Gewalt aufgetaucht war, daß es Mühe kostete, ein Substantiv oder ein Verb von Kraft zu finden, das den Circulus vitiosus unterbrechen konnte.

Es sollte keine großen Schwierigkeiten bereiten, zu entscheiden, ob eine Farbe, die man einem Bild hinzugefügt hat, ob ein Kännchen, mit dem man ein Stilleben anzureichern glaubte, den Eindruck des Ganzen stören oder nicht.

Welche Mühe dagegen, zu überprüfen, sich blätternd und immer wieder lesend zu vergewissern, ob ein Umstand, den man auf Seite 82 erwähnt hat, größerer Ausführlichkeit bedürfte oder sich besser schnell verlieren sollte aus einem erzählten Ganzen, das man mit keinen Anstrengungen je so wird überblicken können, wie nicht nur Bonnard, sondern jeder beliebige Maler ein Bild auf seiner Staffelei betrachten kann, was er gewöhnlich auf hassenswerte Weise tut, indem er drei Schritte zurücktritt von der Leinwand, den Kopf in eine bestimmte Stellung bringt, die Augen etwas zukneift und mit dieser Linsenregulierung, die er durch eine einzige Muskelbewegung bewirken kann, sich noch eine zusätzliche Verbesserung seiner ohnehin schon exzellenten Überschauensmöglichkeiten verschafft.

Das Adjektiv ›hassenswert‹ habe ich auf diesen Vorgang verwandt aus purem funkelnden Neid: kein Schreibender auf der Welt kann je eine ähnlich günstige Position gegenüber seiner Hervorbringung einnehmen. Er müßte wie ein Kondor aufsteigen und aus riesiger Höhe äugend das Mäanderband seiner dahinfließenden Sätze ansehen können, um dann hinabstoßen und wie einen Fisch aus dem Fluß mit dem Schnabel ein Wort herausreißen zu können, das ihm sein Kunstverstand als an dieser Stelle minderwertig signalisiert hat oder um nach dieser Kontrolle geduldig gar Umfassenderes auszuführen, den Lauf der Erzählung abzukürzen, ihre Mündung zu verlagern oder noch andere Regulierungen wie an strömendem Wasser vorzunehmen.

Schreiber sind keine Albatrosse. Wie Maulwürfe graben wir uns durch unsere Schriftlichkeit, dringen in den langen Laufgängen der Sätze vor, kriechen manchmal zurück um ein Wort wieder aufzuheben und zu einer entfernteren Stelle voranzutragen. Mit krummer schreibender Maulwurfshand bewegen wir die Sprache, schaufeln Wörter, die wir schon im Rücken lassen müssen, wenn wir uns um nicht mehr als ein paar Zentimeter vorwärtsbewegt haben in den Gängen unserer Gedanken, die wir nicht leuchtend machen können mit Kadmiumgelb oder den märchenhaften Grüns, die eine phantasievoll gehandhabte Mischtechnik auf der Palette hergibt. Wir sind auf die dunklen Spuren angewiesen, die Druckerschwärze auf Papier hinterläßt, auf die Buchstaben, die wie Kotkrümel allerkleinster Tiere, die wie ein Raster von Fliegenschmutz sich auf einem Papier ausnehmen, das ohne sie das makellose Weiß, die eisige Schönheit eines Polarfeldes behalten hätte.

Das sind unsere Arbeitsbedingungen und wir müssen darauf vertrauen, daß jemand diesen Raster sublim dechiffrieren und die Buchstaben, die ein Wort wie ›Guadalquivir‹ ausmachen, in Klang umsetzen kann und über genügend Wissen und Vorstellungskraft verfügt um mit dem Wort den Fluß sich bewegen zu sehen, langsam atmendes Wasser – Guadal – das auch kleinere Wellenkämme haben kann – quivir.

Die Lage der Schreibenden – es ist ein Wunder, daß es bei so schlechten Herstellungsbedingungen Prosakunstwerke von Rang, deren Umfang über eine Seite hinausgeht, überhaupt gibt, und es ist verständlich, daß Autoren, niedergedrückt von der Diskrepanz zwischen dem, was sie unter Vollkommenheit verstanden und dem, was sich in der Unübersichtlichkeit des Mediums, mit dem sie umgehen, erarbeiten läßt, ihre Manuskripte nicht veröffentlichen wollten, sie verbrannten oder sich selbst umbrachten. Denn nur am Gedicht läßt sich wie auf einer Leinwand oder wie am Steinblock arbeiten.

Der Mann aus Fontenay-aux-Roses nahm eine winzige Palette, stellte sich mit einem Saalwächter gut und brachte ein Bild zur Vollendung, das längst schon Besitz der Öffentlichkeit war. Welche Verzweiflung würde ihn überfallen haben, wenn er gezwungen gewesen wäre, anstatt einer Farbe ein Wort auszuwechseln, weil ihm nach Jahr und Tag eine Metapher von größerer Schönheit eingefallen war als diejenige, welche aber schon schwarz auf weiß unausrottbar in Tausenden von Exemplaren eines Buches stand, dessen zweite Auflage gewiß auf sich warten ließ. Wie ein Neurotiker hätte ein Mann wie Bonnard alle Schaufenster von Buchhandlungen gemieden, wo vielleicht ausgelegt war, was er besser zu machen wußte, aber nicht konnte – und damit ist nicht gesagt, daß Bonnard sein Bild oder seinen Text leichtfertig abgegeben hatte. Vielmehr kamen ihm Einsichten, auf die er nicht vorbereitet gewesen war bei Ablieferung seiner Arbeit und ich weiß Schreibende, denen noch auf ihrem Sterbelager ein Wort beifiel, das sie gern an die Stelle eines geringeren gesetzt hätten.

Mit allem will ich sagen, daß dies ein unfertiges Vorwort ist zu Geschichten, die auch nicht fertig sind. (Und die überhaupt als Geschichten zu bezeichnen an sich schon unzulässig ist, angesichts der Fallenstellerei, die hier betrieben wird.) Eines Tages, auf den Stufen einer ausgetretenen Treppe oder während ich in wer weiß welcher Stadt an einer Museumskasse meine Eintrittskarte löse, wird mir das Wort in den Kopf kommen, das ich auf Seite x hätte verwenden sollen um eine bestimmte Art von Schmerz deutlich zu machen, dessen unzulängliche Charakterisierung zu den Jahren paßte, in denen ich war, als ich sie aufschrieb.

Es wird sich schon jemand melden, der noch nie andere als korrekte und sterile Sätze geschrieben hat und mir vorwerfen, daß ich bei solchen Zweifeln an der Möglichkeit, Prosa zu vollenden, entweder

hätte malen oder mich mit dem Verkauf von Büroartikeln beschäftigen sollen.
Und wenn dieser Jemand jemand ist, dem nichts zustoßen kann, wird er mir noch die Art irritiert zu sein vorhalten, die mich immer von neuem im Umgang mit Verben befällt und zu horrenden Verstößen gegen die Consecutio temporum führt, weil, wenn ich beginne, sagen wir Lamberts Verhalten bei der oder jener weit zurückliegenden Gelegenheit zu beschreiben, mir dieses Verhalten – beispielsweise seine Art, ohne professionelle Tröstungen verheißende Miene auf einen desolaten Kranken zuzugehen oder in allerletzter Minute vollkommen ruhig am Abfertigungsschalter eines Flugplatzes zu erscheinen – während ich es aufschreibe so gegenwärtig wird, daß ich den Satz, den ich doch aus der Vergangenheit holte, nur im Präsens beenden kann, denn eine Kombination von Wörtern hat die Zeit aufgehoben und Lambert geradezu körperlich anwesend gemacht.
Auch das Umgekehrte kommt vor: ich beginne, eine Qual zu schildern; aber während sie zur Sprache kommt, verliert sie so sehr an schlimmer Gewalt, daß über sie wie über etwas Gewesenes nur noch im Perfekt zu berichten ist am Ende eines Satzes, der ihr mit Bezeichnungen, die genau genug waren, den dumpfen Wundbrand genommen hat.
Und diese grammatisch unzulässigen Konjunktive, die ich immer wieder versucht bin auf Diem anzuwenden, weil ein so magerer Mann mir nicht in der Lage zu sein scheint, Indikativhandlungen auszuführen, mit denen sich kompaktere Menschen auf der Erde ansässig machen. Es erscheint mir notwendig, bei einer so schmalen Existenz, wie der Diems, von der Festigkeit indikativer Verbformen abzugehen und zu Konjunktiven zu greifen, zu diesen Möglichkeitsformen, deren jede einen Beiklang von zu erwartender Enttäuschung schon in sich trägt, der zu den Mageren paßt. Sie haben eine unschöne, geizige Art, auf der Welt zu sein – eine Feststellung, von der ich aber sogleich wieder abrücken möchte, weil mich Mitgefühl überkommt und die Vermutung, daß es Diem vielleicht selbst nicht lieb ist, mit so wenig Gewicht auf den Füßen stehen zu müssen – und schon schiebe ich ihm Präsenspartizipien als Sprungge-

lenke zu, damit er die Leichtigkeit seiner Konstitution nutzen kann, die ich den Äußerungen der Behäbigen so oft vorziehe, hingerissen von der wendigen Schnelläufigkeit seiner Gedanken, (auf die man durch seinen Schritt und die präzise Raschheit, mit der er seine Hände bewegt, schon vorbereitet war), um im nächsten Augenblick wieder zurückzuschrecken vor den zugespitzten Aktionen seiner Magerkeit, an denen sich jeder verletzen muß.

Wie sollten mir die Tempi der Verben nicht schwankend geraten bei solchem Wechsel der Einstellung, dem ich unterworfen bin, weil ein Sensorium nicht ausschaltbar ist, das die widersprechendsten Phänomene registriert ohne immer in der Lage zu sein, sie ordnend zu bewältigen.

Anders gesagt: ich schreibe Irreguläres, wenn die Regeln der Grammatik mir nicht erlauben, die fatale Flüchtigkeit der Wahrnehmungsstöße auszudrücken, die in den Ganglien meines Hirns stattfinden und sich manchmal mit einer Geschwindigkeit kreuzen, die ich nicht anders als mit divergierenden Verbformen kenntlich zu machen verstehe.

Aber selbst wenn ich malen könnte, selbst wenn mir diese herrliche farbige Ausflucht möglich wäre, ich weiß nicht, ob ich mich nicht eines Tages freiwillig wieder in die Maulwurfsgänge der langen Satzabläufe ducken würde um auszudrücken, was mit anderen Mitteln als denen der Sprache nicht ins Bewußtsein gebracht werden kann.

Vielleicht bin ich auch auf der Suche nach dem Wort, das mich schützt wie ein Eisenhut, damit ich wenigstens bei Verstand bleibe, wenn schon ich die Versehrbarkeit anderer Bezirke meiner Existenz nicht abwenden kann.

Was sollte ich tun, wenn Diem ein Wort fände, das wie ein Stein ins Rollen käme und mir die Füße bräche. Es ist nicht sicher, daß es mir gelänge, rechtzeitig beiseite zu springen.

Ein Wort, das wie ein Eisenhut ist, brauche ich, wie der große Eisenhut, den ich in Rothenburg über dem Portal eines Hauses hängen sah an einem Tag, an dem Diem fast gefunden hatte, wovon ich entzweigegangen wäre.

Sich mit einem Wort wie mit einem Eisenhut schützen – man sage nicht, daß das nicht möglich wäre. Ich habe erlebt, wie Diem zu einem einzigen Buchstaben seine Zuflucht nahm, wie er einem kleinen ›w‹ die Funktion übertrug, ihn zu schützen und seine Ehre zu retten. Ein kleines ›w‹ hat er der Wahrheit entgegengestellt, als habe er ein Foul nicht begangen, weil ich es mit einem ›w‹ anstelle des ›u‹ geschrieben hatte. Ganze Handlungsketten wollte er mit einem Buchstaben annullieren, aber dafür reicht die Kraft von Fliegenkotartigem auf weißem Papier denn doch nicht aus – wenn ich Diem auch gönnen mußte, daß er sich dieses Buchstabens bediente um sich mit Hohn dafür zu rächen, daß eine Runde an mich gegangen war in diesem fürchterlichen Kampf, den wir mit Hammerworten führen, diesen Kampf, in dem ich nicht siegen will und immer schon Wörter für Auffangleinen bereithalte, wenn ich Diem vom Trapez stoßen muß, weil er sonst mich hinunterstieße, und das, ohne mir das Netz eines sanftmütigen Satzes aufzuspannen, denn er will, daß ich zu Schaden komme.

Wirkungslos ist das Medium jedenfalls nicht, in dem unsereiner arbeitet. Manchmal fürchte ich, es könne jemand auftreten, der die ganze Welt mit Wörtern zerreibt. Den Eindruck, daß ein Wörterbuch ein Termitenbau ist, eine riesige Termitenreserve, habe ich seit langem. Jede einzelne der darin aufgeführten Vokabeln läßt sich zu Zerstörungsarbeiten ansetzen und wenn sie alle frei werden, können wir am Termitenfraß der Wörter zugrunde gehen, ausgehöhlt werden von den Beißzangen ihrer schlimmen Bedeutungen, deren Kraft sich durch geschickte Kreuzungen verschiedener Wortstämme noch wirksam erhöhen läßt. Es muß sich eine solche Termitenzucht anlegen, wer die Welt beherrschen will.

Man kann auch Falkenwörter finden, die sich abrichten lassen zur Menschenjagd. Denn so wie ein Wort stößt kein anderes Unglück auf einen Menschen zu und markiert ihn.

Und wie wir unsere Feinde entwaffnen können, wenn es uns gelingt, ihnen ihre Sätze aufzuräufeln!

Wirkungslos ist das Medium, in dem unsereiner arbeitet, wirklich nicht. Und wer weiß, ob es nicht den neidisch von mir gepriesenen malerischen Mitteln letzten Endes doch überlegen ist. Wie wäre sonst möglich, daß Maler so gern von ihren Bildern reden, daß sie nicht ruhen, bevor sie nicht wortreich beschrieben haben was sie malten, jeder Farbauftrag seine verbale Würdigung erfahren hat. Kein Bild bleibt schließlich ohne Benennung, auch wenn diese auf eine Chiffre reduziert ist. Selbst dem, der Klees Bilder nicht kennt, teilt sich die Welt seiner Träume mit, wenn er nichts als die Titel der Bilder in einem Katalog liest. Bilder wie ›Aufstand des Viaduktes‹, ›Auch Dürftiges will schwärmen‹, ›Dieser Stern lehrt beugen‹ und ›Die Ewigkeit kommt mit der Zeit‹, wären sie gar nicht gemalt, schon ihre bloße Benennung würde genügen um Wirkungen ihres Erfundensein ausüben zu können, um einen Zauber zu tun.

Wirkungslos ist das Medium also nicht, mit dem wir umgehen und außer den infiniten Möglichkeiten, Wörter unserer eigenen Sprache zusammenzustellen, können wir auch noch wunderbare fremde Sprachen für unsere Zwecke ausrauben, uns Erholung verschaffen an Worten, die wir noch nicht verbraucht haben und eintauchen mit unseren Gedanken in den Guadalquivir, der nicht nur die Summe seiner trägen breiten lehmgelben Wellen ist, sondern auch die Summe der Buchstaben, die seinen schönen Namen ausmachen, der sich uns einprägt und diesen Fluß immer von allen anderen Flüssen unterscheiden wird.

Und ist es nicht, als habe man etwas ganz Neues, bisher nicht Gekanntes vor, wenn man zum ersten Mal nicht zu essen, sondern ›para comer‹ verlangt. Wiederholt man nicht spät die vergessene Freude, die einem als Kind widerfahren sein muß, wenn man verstanden wurde auf Grund einiger Mundbewegungen, die einem plötzlich gelangen, sie wird einem wieder zuteil, wenn man sich, in Moskau vielleicht, mit Glück in fremdester Sprache versucht.

Nicht zu begreifen, daß man mit solchen Herrlichkeiten, wie Wörter es sein können, so Schändliches betreibt: sie aus Kanonen von Lafetten abfeuert, sie wie Schrapnelle explodieren oder in giftiger Reihenfolge sich wie eine Seuche auf wehrlosem Papier ausbreiten läßt.

Eines Tages werden wir alle vor Gericht kommen, angeklagt, schweren Mißbrauch mit Worten getrieben zu haben und das wird sein, wo Wortabusus zu den Kapitalverbrechen zählt.

Für Diem und mich ist der Termin schon festgesetzt. Wir werden dastehen, erwarten, daß man uns zum Schweigen verurteilt und geneigt sein, dieses Urteil für eine Befreiung zu halten, töricht genug, zu hoffen, daß es so simpel zugehen könne.
Mit welchem Staunen werden wir beide auf den Schwarm von Entlastungszeugen horchen, deren Auftreten wir nicht vorausgesehen haben, auf diesen Schwarm von sanften gefiederten Worten, die Gutes verhießen und die wir gesagt haben, doch der Andere hat sie nicht geglaubt. Aber sie sind nicht verlorengegangen, sie werden sich Gehör verschaffen vor dem Tribunal und den Richter zu seinem Spruch bewegen, der uns aufträgt, zu vergessen, was Böses laut geworden ist, es zu vergessen, sofort und für immer, aber die schönen, die zarten Worte, die immer nur leise gesagt wurden, die wir versteckt haben in höhnischen Sätzen, die wir so schüchtern angebracht haben wie die Natur manchmal Blütchen von großer Schönheit unter fettem, grünem, sich breitfächerig in der Sonne förmlich flegelndem Blattwerk nahezu unsichtbar wachsen läßt – diese Worte zu bewahren bis zur Stunde unseres Todes.
Woher weiß ich, daß ein solcher Richter erscheinen kann? Ich muß ihm begegnet sein. Allein aus dem Alten Testament werde ich seine Weisheit nicht erinnern.
Es wird so sein, daß ich an Lambert denke, den ich um seinen Spruch nicht gebeten habe, aber eines Tages wird er den Mund auch ungefragt auftun, Lambert, wiederauferstanden von den bärtigen jüdischen Königen, damit es uns am salomonischen Urteil nicht fehle, das wir freudig annehmen werden und das dennoch nicht Diem und nicht mich davor bewahrt, uns eines Tages von neuem gegenüberzustehen im Feuer platzender Granatwörter, in den Salven unserer tödlichen Beredsamkeit, zu Sprechwesen verkümmert, als wären uns keine Hände gewachsen, mit denen einer den anderen erlösen kann.

Ich rate zu Maurer

Der Berg ist Aphrodite geweiht. Aber Spuren ihrer schönen Füße wirst du nicht finden, obwohl viele Trittmarkierungen sichtbar sind, schleppende von Pensionären und ihren steifbeinigen alten Hunden, Trappelspuren von Kindern, die hier laufen lernen zwischen den Händen ihrer Großmütter, die die Kleinen ein bißchen aus dem Wagen nehmen.
Die Sandale der Göttin hat sich nicht abgezeichnet im Sand. Aber Aphrodite scheint anwesend zu sein, wenn zarteste Grünschleier über die Bäume gebreitet sind und wenn Mohn so fragil und so rot schon vor dem Juni auf dem Berg blüht. Auch anderes könnte zu ihrer Aura passen: eine Hinterlassenschaft von Gemurmel und Gewässer in einer Schlucht, über die man sich wundert, jetzt, wo der Berg bebaut ist und befahren wird von schwerfälligen Trolleybuskäfern mit zitternden Fühlhörnern und den flinken Blechmilben der Zivilisation, diesen Autos, die über den ganzen Erdball flitzen, wie sollten sie diesen Berg nicht befallen haben.
Bebaut, wer hat den Berg bebaut? Aphrodite hättest du im Gewölbe einer Kastanie suchen können, sie hätte im unruhigen Erlenlaub gewohnt, die gebückten Mispelbäume wären ihr recht gewesen.
Nicht aber Pallas Athene. Die wollte über anderes herrschen als über Hollunder und den Jelängerjelieberstrauch. Sie setzte Steine gegen Aphrodites grünes Reich und gewann ihm Terrain ab. Nun blickt sie wohlgefällig auf ihre Schüler, die ihr dienen in steinernen Tempeln, über Mikroskope gebeugt oder Gläserchen schwenkend, in denen Ergebnisse einer formelreichen Chemie leuchten oder aber Blut. Frage nicht, wie sie dein Blut betrachten. Die Anzahl von Partikelchen und Notierungen über Eiweißkörper legen sie Pallas Athene zu Füßen. Die Göttin hat danach gefragt. Das Hämoglobin, das Fibrin, die Gammaglobuline – aus Ziffern, Positivzeichen und Negativzeichen werden Schlüsse gezogen und niemand sieht dich dabei an.

Schließlich tritt einer hervor von Pallas Athenes Schülern, Verödung überkommt dich beim Anblick seines ausgekochten und steifgemachten Kittels, dieser Hygieneuniform, mit der die Herren sich ein Ansehen geben. Weiße Magie wird hier getrieben, der Kranke wird mit Weiß geblendet und dem Kittel unterstellt er denn auch willig Fähigkeiten, die er dem Mann, der darin steckt, bestreiten würde, käme der in karierter Jacke.

Einer von Pallas Athenes Schülern also tritt hervor, er knöpft den Kittel zu, ehe er dich anspricht, denn er will verhindern, daß er in deinem Gesicht Spuren von Ungläubigkeit sehen muß oder gar die Dreistigkeit eines Lächelns, also tut er was er kann um dich einzuschüchtern, er streicht über seinen Kittel und knöpft ihn zu, ehe er dir sagt: so oder so sei dein Blut.

Er hat nicht mehr gelernt.

Er weiß die alten Fragen nicht, Aphrodites alte Fragen, die noch geflüstert werden im lappigen Laub und auch wo es dornig ist: hast du heißes Blut, hast du kaltes Blut? Ist es altes Blut, das dich so schön macht, mit Brauen wie Brückenbögen über Flüsse in der Mongolei? Das dich so klug macht, fließt die Weisheit der Niltöchter in deinen Adern? Pharaos Träume, auf Papyrus bewahrt in einer Schrift, über die sich Gelehrte lange vergeblich beugten, hast du sie im Blut? Was blickst du so zornig, Lieber? Ist es das Jakobinerblut? Mehr als einen Tropfen davon sollst du nicht haben. Oder ist es der Wandertrieb, das unruhige Blut zigeunerischer Ahnen, das dich durch alle Tore treibt, bis in die letzte Stadt, wo dir, ich weiß nicht wer, begegnet, vielleicht der gelbmütige Löwe von dem du immer träumst.

Athenes Jünger kennen keinen gelbmütigen Löwen, er ist im Zoologiebuch nicht verzeichnet. Aphrodite hätte mit ihm gerechnet.

Soweit die Machtverhältnisse auf dem Berg: Pallas Athene herrscht, Aphrodite ist nicht vergessen.

Aber ich muß vom Kloster sprechen, von den Nonnen, die sich auf dem Berg angesiedelt haben. Das Kloster ist Unserer Lieben Frau geweiht. Wenn ich sie die dritte Göttin nenne, deren Hand auf dem Berg liegt, protestiert die katholische Kirche vermutlich noch.

Nein, soweit wußte der tote Papst es denn doch nicht zu bringen, aber die leibliche Himmelfahrt ist schon allerhand, und in Chartres küßt eine Legion von Gläubigen den Fuß der Säule, auf der ihr Bildnis steht. Die bayrischen Könige ließen sich, gestorben, das Herz aus dem Leibe schneiden und es nach Altötting bringen, wo es vor dem Standbild der Maria aufbewahrt wird in silbernen Urnen, für deren Schönheit lange gearbeitet wurde. In Venedig trittst du in jeder zweiten Kirche vor eine Madonna miraculosa.
Schamanentum, gewiß, aber ohne dieses Schamanentum wären sie nicht geschaffen, die anmutigen Madonnen in den Sternenmänteln, mit funkelnder Krone im Haar und dem lieblichen Kind in den Armen. Schmalfüßig auf einer Mondsichel stehend, lächeln sie in Europas Kirchen und bilden einen Kunstbesitz ohnegleichen.
Auch hier auf dem Berg steht eine Statue der Maria. Es muß an ihr vorüber, wer ins Kloster will. Eine graue Figur ohne Kunstwert. Wunder hat man ihr noch nicht nachgesagt.
Die in ihre Schleier entrückten Nonnen pflegen Kranke, geduldig, umsichtig. Wenn sie nicht arbeiten, müssen sie beten und sie arbeiten gern.
Soviel will ich dir sagen: wenn du krank bist, vertraue dich Unserer Lieben Frau an. Pallas Athene verlangt zuviel. Auch der Kranke muß ihr dienen und helfen, die Kausalparadoxa der Humanmedizin zu klären. Mit deiner Fieberkurve dienst du der Wissenschaft. Dafür liegst du in einer Universitätsklinik.
Die graue Statue Unserer Lieben Frau richtet keinen solchen Appell an dich. Vielleicht ist eine Hinterlassenschaft ihres Leides als Mitleid in der Welt geblieben und die frommen Schwestern nehmen davon und breiten es dir über das Bett.
Die Verwaltung deiner Krankheit überlassen sie Maurer. Er arbeitet nicht für die Medizinische Wochenschrift. Maurer ist nicht befriedigt, wenn du zur Verschärfung ärztlicher Erkenntnis an einer komplizierten Krankheit stirbst. Er ist froh, wenn er keinen großen Befund notieren muß, dessen Beschaffenheit dem Lehrbuch auf die Sprünge hilft. Er lächelt, wenn alles nur ein Schnupfen war und du dich wieder trollen kannst.
Große Befunde gibt es ohnehin genug. Dem Tode kann auch Un-

sere Liebe Frau nicht wehren. Er, der Tod, geht neben Maurer über die Flure und nimmt seinen Teil an sich: einen sarkomzerfressenen jungen Mann, dessen Absterben dir die Tränen in die Augen trieb, eine alte Schwester, in deren Kopf es zuviel Stimmen gab, und einen angestrengten Mann der öffentlichen Rede.
Die Waage schwankt, wenn du eingehst in das Kloster, ermattet, vielleicht mit Schmerzen, vor allem aber mit Angst vor etwas, das dich bedroht und mit dem du nicht fechten kannst, weil es dich schon bewohnt. Eine der Krankheiten, die in einem medizinischen Lehrbuch existierten, vielleicht die auf den Seiten 112 bis 119, hat ihren geometrischen Ort gewechselt und ist nun in dir anwesend und da ist sie etwas anderes als die kühle Beschreibung eines pathologischen Vorganges mit kleinen schwarzen Buchstaben, da gewinnt sie Leben, erwärmt sich mit deinem Fieber, faßt Wurzel in einem Organ und rankt sich um die anderen, sie erscheint in Nuancen und bildet Varianten, zeigt einen Januskopf, so daß Maurer nicht weiß, welche es eigentlich ist, die dich befallen hat, vielleicht ist es die von Seite 235?
Die Waage schwankt unter deiner Angst. Maurer beugt sich über dich und setzt das Gewicht seiner Fürsorge dagegen. Der Tod betrachtet das alles. Er ist mit Maurer durch die Tür gekommen, du bemerktest ihn sofort und mußt auch immer wieder zu ihm hinsehen, wie er sich, die Beine verschränkt, an den Schrank lehnt und mit den Fingerknochen über die Höhlen streicht, da, wo die Augen wären, wenn der Tod ihrer bedürfte um dich zu finden.
Es scheint, daß Maurer ihn nicht wahrnimmt. Das beunruhigt dich. Du überlegst, ob er immer mit Maurer geht, du kennst das Protokoll des Hauses nicht, wann hat hier wer zu erscheinen? Alle stehen gegen alle, die Krankheit gegen dich, aber auch gegen den Tod, denn mit ihm würde sie aufhören zu existieren. Maurer ist gegen den Tod, gegen die Krankheit und gegen dich ist er auch, weil du immer Angst auf die Waage wirfst und er sich wieder und wieder über dich beugen und Worte des Zuredens dagegensetzen muß, in einem Anfall von Raserei bist du gegen Maurer, weil er einen dunklen Anzug unter dem Kittel trägt, als sei er jederzeit bereit, die Visite in einen Totenbesuch umzuwandeln.

Der Zeiger der Waage zittert und er wird nicht zur Ruhe kommen, bis dir eine Pflaumenblüte einfällt, die du am Tyrrhenischen Meer gesehen hast, bis du dich zweier Ziegen erinnerst, die vor einer geborstenen Mauer ihre Sprünge machten, bis du rote saftige Melonen essen möchtest, es kann aber auch goldgelber Käse aus nördlichen Ebenen sein, ich will dich nicht auf Mediterranes festlegen – bis du dich auf die Seite der Züge schlägst, die dich hinbringen, wo du sehen kannst, wie Flüsse, breit und mit Schiffen geschmückt, ins Meer fließen – und auf die Seite Maurers mußt du dich schlagen, denn er will deinen Fall nicht zur Sektion bringen.

Eines Tages siehst du dann, daß Maurer allein zur Visite kommt. Der Tod begleitet ihn nicht mehr. Maurer lächelt.

Maurer, wie soll ich dir Maurer beschreiben? In der weißen Uniform aller Strategen der Auseinandersetzung des Lebens mit seiner Bedrohung sieht er nicht anders aus als andere Generalstäbler der Medizin auch. Unter den Ärzten, die in Gruppen über die Flure wandern, ist er ein unauffälliger Mann. Er rudert nicht mit den Armen beim Gehen und macht keine Gesten zu den Kollegen, dreht aber jedem, der spricht, das Gesicht zu.

Dein Ohr wird ihn zuerst zu unterscheiden wissen. Maurers Schritt ist schwer. Noch durch Doppeltüren, die sonst alle Geräusche abfangen, kannst du Maurer über die Flure wandern hören.

Vielleicht wirst du einmal zusehen, wie er sich einer Tür annimmt um sie zu schließen. Eine Beobachtung, die du allerdings nur selten wirst machen können, weil Maurer meist vor dem Patienten herläuft und es ihm überläßt, die Doppeltüren zu schließen. Maurer sitzt längst auf seinem Stuhl, wenn der Patient mit diesem Geschäft fertig ist. Manieren hat Maurer nicht, jedenfalls nicht diese Sorte; wenn du die suchst –.

Eines Tages aber wirst du bemerken, daß Maurer schon nachgedacht hat über dich, während er vor dir herging und nicht höflich war.

Du wirst auch einmal zusehen, wie Maurer sich einen Block zurechtlegt um ein Rezept zu schreiben, wie er in einem Notizheft blättert, einen Telefonhörer auf die Gabel legt. Maurer mißhandelt keinen Gegenstand; auch wenn er nicht hinsieht, läßt er den

Utensilien seines Schreibtisches Sorgfalt angedeihen, aber eine angemessene Sorgfalt. Die feinfingerige Wertschätzung der Antiquitätenhändler übt Maurer nicht.
Du wirst von Maurer Worte hören wie ›ich weiß nicht‹, ›möglicherweise irre ich mich‹, Formulierungen, die tabu sind für das Gros der ärztlichen Generäle, die glauben, dank des Weißes der steifen Kittel, in denen sie sich präsentieren, Zweifel an ihrer Diagnose nicht zulassen zu müssen. Aber einem Arzt, der die Anfälligkeit seiner Urteilskraft, die von jedem Kranken neu strapaziert wird, nicht einkalkuliert, solltest du nicht einmal deinen alten Regenschirm anvertrauen.

Du hast begriffen, daß ich dir Maurer empfehlen will, wie man unter Freunden einen zuverlässigen Arzt empfiehlt. Damit sei es gut, denkst du, und schönen Dank!
Aber du täuschst dich, ich habe ganz anderes vor!
Leser, wärest du ein Schreiber, ich würde dir Maurer dringender empfehlen, als ich ihn Kranken empfehle.
Ich würde dich auffordern, seine Geschichte zu schreiben.
Dazu dürftest du freilich kein Stendhal sein. Maurer liefert kein Leben, wie Stendhal es brauchte, wie alle diese Romanciers es brauchten um sich an ihm zu versuchen mit den Künsten ihrer Beschreibung. Maurer bietet auch nicht eine Art von Charakter, die sich auffälteln ließe um Fragiles, Kompliziertes an den Tag zu bringen, das Damen über Männer gern lesen und er denkt nichts, womit du die männlichen Leser überraschen könntest. An Epilepsie leidet er nicht und so gibt er auch keine Figur aus der Familie des Fürsten Mischkin ab.
Leser, wärest du ein Schreiber, du müßtest dir zutrauen, über einen guten Menschen zu schreiben, der kein Tor ist. Der Narr ist immer noch ein großes Thema, daran hat sich seit Cervantes nichts geändert, allenfalls nennt man ihn heutzutage einen Clown. Aber Maurer kämpft weder gegen Windmühlenflügel noch gegen die katholische Kirche. Er hat eine sehr realistische Art, Phänomene, die ihm begegnen, einzuschätzen.
Keines der großen literarischen Themen bietet sich also bei Maurer

an, auch nicht das des Guten, der in die Fänge des Bösen gerät. Maurer ist immun gegen Böses.

Dann, meinst du, sei es doch zweckmäßiger, von Maurer abzusehen und lieber einen Essay zu schreiben oder vielleicht genüge in diesem Falle auch ein Essay, der schon geschrieben wurde, beispielsweise der, dessen Überschrift ›Die Rehabilitation der Tugend‹ lautet.

Von Zeit zu Zeit hat es den Reiz großer Neuigkeit, die Tugend wieder einzuführen, besonders wenn den Romanciers vom Dienst wahre Monstren von Verkommenheit aus der Feder kriechen, die von diesen Schriftstellern mit Schleim und Eiter geführt wird, so daß ihnen Formulierungen gelingen, auf die nicht mit somatischen Reaktionen spastischer Art zu reagieren den Leser einige Mühe kostet. Womit nicht gesagt sein soll, daß nicht auch solche Autoren zu Recht zum Lorbeer gekommen sind. Auch über eiternde Materie lassen sich Erkenntnisse von Rang in Sätzen von Rang aufschreiben. Nur ist die Zahl derer, denen das gelingt, erheblich kleiner als die Zahl anderer, die hoffen, allein schon die Tatsache, daß, was sie beschreiben, stinkt, klebrig und unansehnlich ist und möglichst dem Bereich der Geschlechtsliebe zugehört, würde ihre Sätzchen interessant machen.

Dann also, wenn die das Erbrechen fördernden Formulierungen im besten literarischen Schwange sind und eine Unzahl schmuddeliger Personen, die in nahezu klinischem Sinne an Exhibitionismus leiden, die imaginäre Welt der Romane bevölkern, bedeutet es immer einen Schock, von ›Tugend‹ zu sprechen und ein beredter Essayist könnte sie geradezu in Mode bringen. Aber mir ist gar nicht an der Tugend gelegen, mir liegt an Maurer. (Allerdings muß ich zugeben, daß ich seinen Anstand schätze und es auch als sehr wohltuend empfinde, daß er nie ein vulgäres Wort gebraucht.)

Maurers Geschichte zu schreiben, hieße, wenigstens über Teile aus dem Verlauf eines zähen Prozesses zu berichten, eines Mikroprozesses, der erst begonnen hat und dessen Ende du noch nicht absehen kannst. Es hieße, den Kampf, den lautlosen Kampf einer ganzen Stadt gegen einen einzelnen Mann zu beschreiben.

Also den Kampf konventionellen Denkens gegen einen fortschrittlichen Arzt? Bewahre nein, Maurer ist gar kein sehr fortschrittlicher Arzt und die Probleme sind nicht von Ibsen.

Lautlos, sagte ich, ist der Kampf und es ist ein einseitiger Kampf, denn Maurer setzt sich nicht zur Wehr. Es sieht nicht einmal so aus, als ob er bemerke, daß die grauen pelzigen Absonderungen der Stadt an ihm zu haften beginnen, ihn zu überwuchern anfangen – allmählich, so wie Efeu ein Haus umarmt und langsam in seine Gewalt bekommt.

Du wirst bei Maurer zunächst keine Verringerung des Wohlbefindens feststellen können und es ist noch nicht abzusehen, welche Veränderungen die Stadt an ihm vornehmen wird. Es ist ein schauerlich langsamer Prozeß und schließlich wird es niemanden mehr geben, der noch weiß, wer Maurer war, als er in dieser Stadt ankam und sich einließ auf sie, nicht wissend, daß die Stadt darauf aus sein würde, ihm ein Ende zu bereiten, das weit bösartiger ist als alle Tode, die man in Hospitalbetten sterben kann.

Nun also die Stadt, Maurers Stadt, die müßtest du beschreiben. Aber zuerst müßtest du sie freisprechen aus Mangel an Beweisen.

Denn es ist nicht erwiesen, daß sie Maurer schaden würde, wenn man nicht zuvor ihr geschadet hätte mit roten Läufern vor dem Bahnhof und Empfängen von hohen Herrschaften, die jeder Bürger begaffen kann und offenen Mundes nicht sieht, was da für eine Null über den Teppich wackelt und ihre hohle Rundlichkeit in eine schwarze Limousine begibt, was alles eine Regierung für wichtig und angemessen hält.

Da stehen nun die Bürger und fühlen sich geehrt und familiär mit fremdländischen Ministern, Ministerpräsidenten, ja sie sehen gekrönte Häupter an ihrer nach Blutwurst oder Wirsingkohl riechenden Küche vorbeifahren.

Wie soll es einer Stadt nicht zu Kopf steigen, wenn sie plötzlich mit Rom in einem Atemzug genannt wird, Korrespondenten aus London beherbergt, zu Paris beste Beziehungen hat und Berlin vergessen darf und doch nicht kann, was Berlin kann, seit die Bäckerjungen dort den großen Kurfürsten angegrinst haben.

Weltstadt wird man nicht, weil man die richtige geographische Lage hatte für einen alten Herrn, der sich zur Ausübung seines Berufes nicht allzuweit von seiner privaten Rosenzucht entfernen wollte. Es mögen wohl Potentaten in solch einer Stadt ankommen und mit rotem Läufer empfangen werden, dafür reicht die Kraft der Stadt noch aus, aber wenn im Konzertsaal Webern gespielt wird, empört sich der Bürger und will nicht haben, wofür der Londoner sich fröstelnd in einen Regenmantel wickelt und durch den Verkehr hastet um rechtzeitig in der Albert Hall zu sein, eben wegen eines Österreichers mit Namen Anton von Webern.
Wenn ich von den pelzigen Ausscheidungen der Stadt rede, meine ich Bemerkungen wie die einer klavierspielenden Bürgerin. Sie sagt aus voller Brust und leerem Kopf: Elektronenmusik ist eine Zumutung!
Solche Kernsprüche mediokren Denkens werden immerfort ausgehustet in der Stadt, von der wir sprechen. Sie bilden das tuberkulöse Klima, eine Art permanenter geistiger Schwindsucht bei beträchtlicher gesellschaftlicher Anmaßung. Schließlich hat man das Diplomatische Corps in der Stadt und die Studenten tragen Couleur bei der Fronleichnamsprozession.
Auf ihre Weise haben die Bürger alle teil an der Prominenz der Stadt, sei's, daß Joseph Thönessen dem Minister ein Rumpsteak serviert, sei's, daß Elise Scheut der Frau des japanischen Botschafters einen Hut verkauft oder daß Maurer eben dieser Prominenz die bei vielen Sektfrühstücksgelegenheiten strapazierte Leber kuriert.
Jeder inhaliert etwas vom Brodem der Stadt, zum Beispiel durch das Generalblatt, das dem lesenden Bürger vorspiegelt, die Stadt sei, was sie nicht ist. Und wenn du da dein Leben verbringst, infizierst du dich an der Dummheit, ob du willst oder nicht – und dein gesellschaftliches Geschwür kriegst du auch. Bei Maurer sind schon zwei feststellbar: er fährt ein großes schwarzes Auto und es ist zwecklos, daß du ihm sagst, er sei nicht bei einem Bestattungsinstitut angestellt und könne ruhig einen grauen Wagen fahren, auch ein blauer sei nicht fehl am Platze. Der Zug zum großen schwarzen Regierungswagen ist nicht zu hemmen. Maurers zweites Geschwür

ist in seinem Haus gewachsen, einem ganz vernünftigen Haus, das zu Maurer passen würde, gäbe es nicht einen Kamin darin als Tribut an die gesellschaftliche Unsicherheit der Stadt. Perfekte Ölheizung und heiße Duschen, aber vor Gästen repräsentiert man mit etwas so Anachronistischem, wie ein Kamin es ist. Er soll Geselligkeiten Stil geben, man sitzt davor und unterhält sich bei knisternden Flammen, trinkt Cognac aus teuren schlecht geformten Gläsern, sieht ins Geflacker, Lagerfeuergefühle kommen auf, die Gespräche werden tiefsinnig wie bei Pfadfindern, jemand offeriert Käsegebäck.

Wie kommt Maurer in diese Stadt, mußt du fragen. Oder besser noch, warum bleibt er in dieser Stadt, die von Natur flauen Geistes ist. Was hat ihn gehindert, sie zu verlassen und sich in London oder Berlin anzusiedeln? Er war doch noch jung und hätte sich entschließen und bewegen können.

Fragst du Maurer nach dem Grunde, wird er dir sagen, daß die Stadt, in der er lebe, eine geringe Rolle für ihn spiele. Es gebe überall Kranke, die gesund werden wollen, und Sterbende, denen man beistehen müsse, und es sei gleich, wo er sich zwölf Stunden am Tage mit ihnen beschäftige. Hier habe es sich ergeben, zudem käme er ungefähr aus der Gegend.

Diese erste Runde der aufrührerischen Befragung Maurers hättest du also verloren. Wie willst du dich der Gelassenheit seiner Argumente entziehen? Du kannst nicht bestreiten, daß auch Dumme Schmerzen haben und daß auch ein mittelmäßiger Diplomat, dessen Frack immer einen ausgezeichneten Sitz hatte, eine menschliche und ärztliche Hand braucht, wenn er stirbt.

Du wirst also die Augen niederschlagen vor Maurer, aber stumm wirst du zürnen, daß es ja nicht gerade Maurer hätte treffen müssen, in dieser Stadt der Empfänge und Reden, der Orden und Karrieren den Äskulapstab zu führen.

Denn du hast bereits gesehen, daß Maurer hier und da einen Griff in das gesellschaftliche Instrumentarium der Stadt macht, er verbeugt sich nach Rangordnung und akzeptiert die Pfauenräder kleinstädtischer Titelsucht, wo es doch genügen würde, einen Kranken bei seinem Namen zu nennen. Denn wenn am Ministerialrat

Eduard Franke der Ministerialrat krank ist, bedarf es eines Entlassungsgesuches oder eines Disziplinarverfahrens. Maurer hat nur mit Eduard Franke zu tun.
Geringfügigkeiten, gewiß. Aber wie lange wird es dauern, dann glaubt Maurer, dem Staatssekretär mehr Zeit widmen zu müssen als dem Regierungsrat, zu schweigen vom Volksschullehrer, der im größeren Saal dem Oberarzt überlassen bleibt. Maurer hat ausgezeichnete Oberärzte, der Lehrer ist nicht benachteiligt. Aber du hättest doch gern, daß Maurer ihn und der Oberarzt den Staatssekretär behandelt. Nicht wegen des Volksschullehrers, sondern Maurers wegen.
Die Stadt also müßtest du beschreiben und ihre Attacken auf Maurer, die, das ist das Teuflische, ausschließlich von Kranken ausgeführt werden: ein anämischer Monsignore aus der Nuntiatur, ein rheumatischer Herr aus einem Ministerium, ein Botschaftsrat, dessen Herz nicht mehr im Rhythmus schlägt, sie umzingeln Maurer, lautlos, bleich, der Hilfe bedürftig und geben im Austausch für ihre Genesung schweigend das Fluidum ihres Erfolgs- und Karrieredenkens an Maurer ab.
Aber auch Maurer müßtest du beschreiben, denn es genügt nicht, daß du gesagt hast, er sei ein unauffälliger Mann, der den Utensilien seines Schreibtisches Sorgfalt angedeihen läßt und einen schweren Schritt hat.
Du müßtest dem Leser klarmachen, Schreiber, daß es sich bei Maurer nicht um jenen Typ Arzt handelt, der ruhig in seinem Krankenhaus waltet, lächelnd von Zimmer zu Zimmer geht, die Hände der Kranken schüttelt, Besserung verspricht und überall Beruhigung verbreitet.
Ärzte dieses Typs können tüchtige Mediziner sein, gewöhnlich aber sind sie abgebrühte, teilnahmslose Routiniers der Heilbetriebe.
Maurer gehört nicht zu ihnen.
Du solltest dich erinnern, wie du Maurer einmal neben einer Krankentrage einhergehen sahst. Er war einem Schwerkranken offenbar schon bis in den Ambulanzwagen hinein entgegengegangen und blieb nun an der Seite des Patienten. Man kann die sonder-

bare Prozession nicht vergessen, die da kam und vorüberzog: zwei Träger, die sich auf die Kraft ihrer Arme und die stoßlose Geschmeidigkeit ihrer Bewegungen konzentrieren, auf der Trage zwischen ihnen ein Mensch, vielleicht ein Anwalt oder ein Bankbeamter, aber als ein solcher ist er nicht mehr zu identifizieren, alle Merkmale bürgerlich erfolgreicher Beschäftigung sind von ihm abgefallen, er liegt da, eine ausgeblutete Kreatur, kann sich mit nichts mehr befassen als damit, zu atmen, ein Todkranker, ohne zu reagieren läßt er sich hintragen, wo er sterben oder genesen wird, wer kann das wissen?

Neben ihm geht Maurer. Er ist ungewöhnlich rot im Gesicht, rückt an der Brille, fährt sich über den Mund, atmet stoßweise, räuspert sich und vermag nur schwer zu warten, bis der Kranke gebettet ist und er sich über ihn beugen kann um das Leben noch einmal zu beschwören.

Oder aber erinnere dich, wie du in einem Einzelzimmer lagst, schon tagelang, mit heterogenen Symptomen und Beschwerden, es war, es ist nach acht Uhr, die Stationsschwester, Zeremonienmeisterin der Heilung, hat schon mit der Nachtschwester die Runde gemacht, Medikamente verabreicht und das Licht gelöscht.

Da öffnet sich die Tür noch einmal und Maurer erscheint. Er knipst das Licht an, grüßt mürrisch, zieht den weißen Holzstuhl vom Tisch ab, setzt sich, breitet dein Krankenblatt aus, sieht dich forschend aber mißvergnügt an, stützt die Arme auf, liest noch einmal deine Anamnese, stellt Fragen, scharrt mit den Füßen, murmelt Zahlen und steht schließlich auf um dich noch einmal zu untersuchen, wortlos und erbittert. Er rückt dein Bett von der Wand, damit er besser an deine rechte Seite herankommt um die Leber abzutasten. Schließlich hockt er auf dem Bettrand, fährt sich durch die Haare, nimmt die Brille ab, kaut auf ihrem Gestell und sagt: »Autoschlosser hätte ich werden sollen.«

Darauf schiebt er dein Bett wieder zur Wand, tritt zurück an den Tisch, macht Notizen im Krankenblatt, klemmt es unter den Arm und verläßt murmelnd das Zimmer.

Oder aber Maurer öffnet die Tür an einem Vormittag. Der Oberarzt und zwei Assistenten begleiten ihn. Maurer strahlt. Sein Gesicht fließt förmlich über vor Lächeln und Wohlgefallen. Er ist gestimmt, mit dir zu scherzen, mokiert sich über deine blaustrümpfige Lektüre, inspiziert die Butterbrote auf deinem Nachttisch und preist die Vorzüge guter Salami, er hält deine Hand und läßt sie nicht wieder los, Oberarzt und Assistenten werden einbezogen in die jupiterhafte Laune, Maurer hört nicht auf zu lächeln, und als du ihm schließlich die banale Frage stellst, die man in solchen Fällen anbringt, eben die: Haben Sie in der Lotterie gewonnen? – verneint er das nicht und sagt: »Ihre Blutsenkung ist wieder fast normal!«

Das, etwa, müßtest du von Maurer berichten. Vielleicht solltest du noch seine Sanftmut erwähnen, diese durchlässige Nachgiebigkeit, die er zeigt, wenn du streitsüchtig bist und ihn attackierst. Selbst wenn du ihn empfindlich triffst, überlegt er, ob du nicht recht haben könntest, zuckt die Achseln und verzichtet auf den Gegenangriff, auch wenn du gesund bist und einen Stoß vertragen könntest.

Gewiß gäbe es noch andere Methoden, Maurer beschreibend einzukreisen. Wessen Geschichte ließe sich schließlich nicht als ein Familienroman aufrollen.

Sind das Haus mit dem Kamin und die Kinderschar so bedeutsam für Maurer, daß es dir gelingen könnte, die wesentlichen Aspekte seiner Existenz aus diesem Blickwinkel zu erfassen?

Seit Maurer sich das erste Mal als Famulus über ein Krankenbett gebeugt hat, horcht er täglich auf den Rhythmus fremder Herzen und richtet, die schwere Bleischürze umgehängt, in der Finsternis des Röntgenzimmers die Augen suchend auf Zerfallendes.

Im Krankenhaus, auf den Fluren, in den Zellen, dort kann es gelingen, Maurer beschreibend zu stellen. Maurer, der nicht mit Aussagen, sondern mit Fragen arbeitet, der sich fragend von Bett zu Bett an die Leiden der Kranken herantastet. Selbst seinen Rat bringt er nicht anders als fragend an: meinen Sie nicht, es ließe sich dieses und jenes – meinen Sie nicht, Sie könnten morgen schon einmal aufstehen? An die Oberärzte und Assistenten ergeht selten eine Anordnung. Maurer befragt seine jungen Kollegen als lebe er in Athen in einem frühen Jahrhundert.

Jemand könnte Maurers Leben wie ein Brettspiel beschreiben wollen, das Maurer täglich gegen den knöchernen Schädel des Todes spielt, als ein figuren- und farbenreiches Brettspiel, in dem sich nicht nur Schwarz und Weiß gegenüberstehen und kein König auftritt. Denn man weiß nicht, ist das goldene Leben Hauptfigur oder der kleine graue Kranke? Warum siegte so oft der schwarze Tod, obwohl ihm Maurer die Phalanx seiner Helfer mit solcher Energie entgegenstellt: das weiße Heer der Pfleger und Laboranten, die grüne Hoffnung und die sonnengelbe Pharmazie. Der Tod kontert mit violettem Fieber und mit scharlachroter Angst.
Und dann die Partien, die Maurer schon am Beginn verlorengeben muß, weil er sieht, alle Positionen sind in des Todes Hand, und er kann nur versuchen zu bewirken, daß der schwarze Tod das goldene Leben leise besiegt.
An so gekünstelt farbiger Darstellung ist nichts gelegen.
Es genügt, wenn du, der du einmal Maurers Geschichte schreiben wirst, sagst, wie oft Maurer eine Tür öffnen muß, hinter der ihm ein Mensch entgegenstirbt mit aufgerissenen Augen.
Vergiß nicht die Pausen, die Viertelstunden, in denen nichts oder fast nichts geschieht, in denen Maurer sich zurücklehnt im Stuhl um sich ein bißchen zu unterhalten mit einem Patienten.
Wie dann die Stadt ihre Chance nutzt und sich ansiedelt mit dem Geplauder des Herrn x und beliebig samt seinem Titel in Maurers Kopf – das, Leser, wärest du ein Schreiber, solltest du beschreiben.
Du kannst es aber auch lassen und zufrieden sein, daß es einen Mann wie Maurer gibt.

Indizienbeweis

Man sollte denken, es hätte mich gefreut, in die Stadt meiner Kindheit zurückzukehren. Aber ich kam ungern. Der Ort war mir fremd geworden. Seine Häßlichkeit stieß mich ab. Dennoch blieb ich und begann wieder hier zu leben. Umständehalber, wie man so sagt.

Aber ich sah die Stadt, mit der ich lebte, nicht an, wechselte nur die nötigsten Worte mit ihr und floh, wann immer ich konnte, wandte Zärtlichkeit auf London und Amsterdam, verbrachte eine Woche mit Tournay, begann ein amouröses Verhältnis mit Antwerpen, behandelte Bremen wie eine unvergessene Liebschaft und gab mich jeder kleinen Stadt in Apulien hin.

Wenn ich nach Hause kam und, den Koffer in der Hand, am großen Boulevard vor dem Bahnhof stand, kniff ich die Augenlider zusammen, so widerte der Anblick mich an. Seufzend bestieg ich ein Taxi und ließ mich vor das Haus fahren, in dem ich eine Wohnung besaß. Dann begann wieder für fünf oder sechs Wochen das eheliche Leben mit Berlin. Ich ging meinen Geschäften nach, nicht gerade griesgrämig, aber maulfaul und mit den Gedanken in Brügge oder Barcelona.

Den Bezirk meiner Kindheit mied ich. Niemals wanderte ich die alten Spielstraßen ab, stand niemals vor dem Schulhaus mit der grünen Uhr über der Tür, geschweige denn, daß ich je einen Blick auf mein Geburtshaus warf.

Aber eines Tages trat meine Kindheit vor mich hin und sah mich an aus schmalen goldenen Augen. Ich erkannte sie nicht. Sie begann zu sprechen, da wußte ich und lächelte ihr zu.

Es war, als ich den linken Arm gebrochen hatte und in eine Klinik mußte. Mir war der Name eines Arztes genannt worden, an den ich mich wenden sollte: Werner, Gustav Werner.

Gelassen nahm ich auf einem der Stühle im Wartezimmer Platz. Ich hatte kaum Schmerzen. Bald schleuste man mich in den Be-

handlungsraum, wo Patienten, Ärzte und Schwestern durcheinanderliefen. Mullverbände wurden gewechselt, Schienen angelegt, ein kleiner Junge schrie, irgendwo wurde ein Gipsverband aufgeschnitten, man hörte die schlechtgeölte Schere ächzen.
»Sind Sie die Patientin für Dr. Werner?« fragte mich eine Schwester. Ich nickte, und ein dreibeiniger Schemel wurde mir hingestellt.
»Werner«, sagte jemand neben mir. Ein großer Mann mit kahlem Schädel verbeugte sich und sah mich an. Ich wies meinen Arm vor. Er nahm ihn in seine Hände, deren ungewöhnliche Größe mir auffiel, entfernte die Schlinge und betastete vorsichtig das geschwollene Handgelenk.
»Der Bruch ist nicht von schlechten Eltern«, meinte er, »den kann ich Ihnen nicht so nach Gefühl und Wellenschlag einrichten. Wir müssen das Handgelenk röntgen.«
Ich konnte nicht verhindern, daß ich zu lächeln begann. Der Arzt sah mich erstaunt an. Mein Lächeln war sichtlich fehl am Platze.
Aber ich lächelte noch, als ich die Treppe zum Röntgenzimmer hinunterging und mein Arm auf einer kühlen Platte für die Aufnahme zurechtgeschoben wurde.
»Nicht von schlechten Eltern« und »nach Gefühl und Wellenschlag« – wie lange hatte ich diese banalen Wendungen eines vergangenen Großstadtjargons nicht mehr gehört. So sagten die jungen Leute heute nicht mehr. So hatten wir gesagt, als wir dreizehn waren hier in dieser Stadt, in der Schule, auf dem Flur, nach der Mathematikarbeit:
»Die dritte Aufgabe war ja nicht von schlechten Eltern!«
»Bei der fünften wußte ich die Formel überhaupt nicht. Ich hab so nach Gefühl und Wellenschlag gerechnet.«
Herr Ranft, ein lieber alter Lehrer, scheuchte uns auseinander. Er konnte nicht ›Elektrizität‹ sagen, er sagte ›Elektriität‹ und wir kicherten uns durch die Physikstunde.
Mein Arm, zuviel bewegt, begann nun doch zu schmerzen. Für das Richten bekam ich eine kleine Narkose und lag dann auf einer Pritsche um mich zu erholen. Nach einer Weile beugte sich der Arzt zu mir:

»Na, wie ist es, können Sie sich selbst auf die Socken machen oder sollen wir eine Taxe bestellen?«
Ich brach in Gelächter aus.
»Sie scheinen die Tatsache, daß Sie sich den Arm gebrochen haben, ja außerordentlich komisch zu finden«, sagte Gustav Werner, wandte sich ab und schickte mir eine Schwester.
Ich ›machte mich auf die Socken‹, und in den folgenden Wochen mußte ich das noch oft tun um in die Klinik zu gelangen, um aus der Klinik wieder fortzukommen. Die Behandlung erwies sich als langwierig und sie brachte anderes mit sich als erwartet: am Verbandtisch, auf der Massagebank, unter der Bestrahlungslampe fiel mir meine Kindheit wieder zu. In Stücken, in groben Bruchstücken warf Gustav Werner sie mir hin. Ich sah zögernd auf das, was er anbot ohne sein Gesicht zu verziehen und scheinbar auf nichts als auf meinen Arm konzentriert, sah zögernd und konnte den Blick dann nicht abwenden.

Es begann, als ich das Telefonbuch aufschlug um Gustav Werners Nummer herauszufinden. Mein Zeigefinger glitt die Spalte entlang:

Werner, Anton
Werner, Bernhard
Werner, Dieterich
Werner, Gustav

Ein kleiner Schlag traf mich, wie man ihn bekommt, wenn man eine defekte Lampe berührt. Gustav Werner wohnte in der Straße, in der ich geboren bin. Ich schloß das Telefonbuch und unterließ den Anruf für diesmal.

Meine Mutter hatte mir das Haus, in dem ich zur Welt gekommen bin, oft gezeigt. Eine kleine jüdische Privatklinik war damals auf der ersten Etage untergebracht und dort bin ich geboren, an einem Totensonntag, mittags, mit dem zwölften Glockenschlag.
Als ich klein war, wollte ich immer wieder hören, wie ich ausgesehen hatte bei meiner Geburt und meine Mutter sagte:
»Du bist später gekommen als du solltest. Ich hatte schon sehr auf

dich gewartet, aber dann warst du so ein hübsches Kind. Eine lange schwarze Haarsträhne fiel dir ins Gesicht. Gleich als du da warst, hat man dir die Fingernägel geschnitten. Rosenzweig hieß der Doktor. Er machte Scherze, hielt dich auf dem Arm, setzte sich neben mein Bett und schnitt dir die Fingernägel. Ich mußte wegsehen, weil ich dachte, er würde etwas von deinen winzigen Fingerchen mit abschneiden. Und obwohl ich es nicht wollte, schnitt er dir auch noch die Haare kürzer.«

Das, ungefähr, hatte meine Mutter gesagt, als ich, vierjährig, an ihrer Hand hüpfte, während sie in der kurzen Straße auf das Haus zeigte, in dem sie mich geboren hatte.

Ich soll ihr dann Fragen gestellt haben:

»Warum war ich plötzlich da? Woher hast du mich genommen? Hast du mich ausgesucht? Wolltest du ganz bestimmt kein anderes Kind?«

»Nein, ich wollte ganz bestimmt kein anderes Kind.«

»Was ist geboren? Müssen alle Menschen geboren werden?«

Aber 1925 sagte man noch keinem Kind, was das ist, geboren werden.

Eines Nachmittags zog ich den Mantel an und machte mich auf den Weg. Ich wollte die Straße wiedersehen.

Auf den ersten Blick hatte sie noch ihr altes großbürgerliches Aussehen. Einen Anschein davon hatte sie bewahrt. Große Häuser, man ahnte geräumige Wohnungen darin, hohe, mehrfach unterteilte Fenster, gebogene Balkone, auch verglaste Wintergärten kamen vor, Portale mit den Verzierungen der Jahrhundertwende.

Aber der Stein bröckelte, der Putz war schadhaft und als ich eine der schweren großen Haustüren aufstieß, erschrak ich. Das also war aus den vornehmen Häusern meiner Kindheit geworden: nicht einmal mehr Läufer auf den Treppen, ausgetretene Holzstufen, die nach Seifenlauge rochen, die Wände seit langem nicht mehr gestrichen, die großen Spiegel blind. Ich wandte mich ab, entsetzt und verwirrt, wie man jemanden verläßt, den man unerwartet moribund vorgefunden hat.

Vor den Häusern gab es Vorgärten und einige waren noch mit

eisernen Zäunen umgeben, deren Höhe und Stärke in keinem Verhältnis stand zu dem Stückchen Rasen und Gebüsch, das sie umfaßten, als gelte es wer weiß was zu beschützen. Die eisernen Zäune waren auch nicht gegen Diebe aufgestellt worden, sondern zur Abwehr fünfjähriger kleiner Mädchen, die sich sonst vielleicht erdreistet hätten, ihre Puppenwägelchen auf den Rasen zu schieben und einen Puppengeburtstag zu feiern, wo das Bürgertum mit Hortensien und allenfalls Flieder die Taxushecken und Rosenrabatten vor den Anwesen älterer und vornehmerer Gesellschaftsschichten nachzuahmen trachtete, und dieses Fleckchen Möglichkeit zur Repräsentation mußte geschützt werden vor uns. Man war Kindern feind, manchmal sogar den eigenen, als diese Häuser gebaut wurden.
Portiers, die Unholde unserer Kindheit, wachten über den Vorgärten. Wehe, wenn unser Ball über den Zaun geflogen war und die besondere Spitzigkeit des Gitters uns hinderte, ihn mit herzklopfender Angst zurückzuholen. Dann mußten wir gehen und den Ball erbitten, und die Portiers nutzten ihre Macht und behielten unser Spielzeug oft tagelang ein.
Es bedeutete eine Revolution und wurde zweifellos von Haus zu Haus erzählt, als eines Tages mein Großvater mit mir vor der Wohnungstür eines Portiers erschien und erklärte:
»Der Ball, den Sie einbehalten haben, gehört meiner Enkelin. Bitte, geben Sie dem Kind unverzüglich sein Eigentum zurück.«
Ich erhielt den Ball sofort und der Portier murmelte etwas und lächelte sogar; man kannte meinen Großvater und wußte, daß er tagtäglich aufs Gericht fuhr.
»Haifischgebisse« hatten wir die Zäune mit den spitzen Eisenlanzen genannt, und einige dieser Haifischgebisse standen noch unversehrt.

Auch der alte gußeiserne Brunnen stand noch da, die Pumpe mit den Delphinen am Sockel und dem schön gebogenen Schwengel. Der Brunnen war ein Versammlungsort für uns Kinder gewesen, nicht nur im Sommer, wenn wir uns unter dem dicken kalten Wasserstrahl spritzten bis entweder kein trockener Faden mehr in unseren Kleidern war oder bis wieder ein Portier kam und uns drohte – wir standen auch um die Pumpe, wenn ein Fuhrmann dort sein

Pferd tränkte, und verfolgten, wie das Tier den Kopf bis zur Hälfte in den Eimer tauchte und ernsten Auges über den Rand blickte beim Saufen. Wir Kinder lachten immer beim Trinken, die Erwachsenen lachten auch oder erledigten das Trinken so nebenbei. Nur bei Pferden schien es eine ernste Angelegenheit zu sein und wir durften sie nicht streicheln, während sie getränkt wurden.
Ich trachtete, fortzukommen aus der kleinen Straße. Es war nicht mehr meine Straße und es wäre mir peinlich gewesen, Gustav Werner zu treffen.
»Was machen Sie denn hier?« hätte er gefragt und mich angesehen mit seinen schmalen Augen.
»Ach, nichts«, hätte ich gesagt, aber ›nichts‹ wäre auch schon verdächtig gewesen, und so wollte ich lieber gehen, griff aber noch schnell nach dem Pumpenschwengel, versuchte, ihn zu bewegen. Er kreischte als hätte ich ihn mißhandelt, und als wäre ich wirklich ein Übeltäter, rannte ich davon durch die breite Allee, die verlief quer zu unserer kurzen Straße, gehörte zum Spielfeld meiner Kindheit, aber eiligen Schrittes nahm ich nur aus den Augenwinkeln Bekanntes wahr: den Holzplatz, den kleinen Uhrenladen. Ehrfürchtig hatten wir dort manchmal zugesehen, wie der Uhrmacher mit der Lupe vorm Auge aus winzigen Rädchen und Schräubchen, die regellos und wie zum Wegpusten vor ihm auf einem Brettchen lagen, wieder ein intaktes Uhrwerk zu machen verstand, während wir unsere Aufziehautos nur kaputt- aber niemals heilmachen konnten.
Und die Pfandleihe, die Pfandleihe!
»Kinder, die keine Erbsen essen wollen, sollte man auf die Pfandleihe bringen. Dort bekäme man wenigstens Geld für solche Kinder!«
So hatte meine erzürnte Großmutter gesagt, wenn ich vor dem Suppenteller saß und wieder einmal Tränen sich mit gräßlichen Erbsen salzig auf dem Löffel vermischten, den ich wie ein Instrument in der Hand hielt, mit dem mir befohlen war, mich selbst zu foltern. Vorsichtig hatte ich mich bei anderen Erwachsenen erkundigt, was eine Pfandleihe sei, und daraufhin wagte ich nicht mehr, dicht am Pfandhaus vorbeizugehen.

Der schreckliche Gedanke, vielleicht aufbewahrt zu werden in einem Schrank, zusammen mit Fernrohren, goldenen Uhren, Pelzen.

Als ich das nächste Mal in die Klinik kam, faßte ich Gustav Werner scharf ins Auge. Ich wollte mir einprägen, wie der Mann aussah, der im Revier meiner Kindheit umherging, die Hände auf Türklinken legte, die ich vor Jahr und Tag bewegt hatte, der treppauf, treppab stieg in den Häusern meiner Erinnerung und mit seinen großen Füßen das Pflaster trat, die heiligen Steine, auf die wir Himmel und Hölle gemalt hatten um zwischen ihnen hin- und herzuspringen. Wir hatten nur ein Bein gebraucht um hüpfend in den Himmel zu kommen und auch die Hölle erfüllten wir mit Jubel. Wir balancierten ein Kettchen auf dem Fuß und jeder erreichte das Paradies mit geschlossenen Augen. Wenn er uns nicht mehr gefiel, strichen wir den Himmel und malten einen neuen vor das Nachbarhaus und wir hatten alle Macht, den Himmel wie die Hölle mit einem Stückchen Kreide groß oder klein zu machen. Kindliche Götter in Sandalen, sprangen wir in die Unterwelt und entkamen ihr jedesmal mit heiler Haut. Wir nannten ›Hopse‹, was bei Dante eine feierliche Wanderung ist und andere Namen hat.
Heute schritt ein Mann über das hinweg, was uns Himmel und Hölle gewesen war. Er hatte nicht teilgenommen, als wir das Kettchen warfen und wer weiß, ob er nicht den Himmel verfehlt hätte. Aber er trat jetzt vor mich hin, berührte meinen gebrochenen Arm und ich mußte mich erinnern: nicht von schlechten Eltern.
Gustav Werner war ein großer Mann mit fast kahlem Schädel, das habe ich schon gesagt. Er bewegte sich langsam, etwas schwerfällig, ohne daß es ungeschickt ausgesehen hätte. Er begann füllig zu werden, und ich war zufrieden, daß er nicht nur auf das Knappste und Sparsamste, sondern ein bißchen im Überfluß vorhanden war. Es gab ein paar Kubikzentimeter mehr von ihm als unbedingt notwendig gewesen wären. Das ließ mich hoffen, daß seines Bleibens noch war, daß er nicht wegwirbeln würde wie die Spindeldürren, die man in ihrer Unruhe so schnell aus den Augen verliert.
Gustav Werner wollte ich im Auge behalten, denn zwar wußte ich,

daß ich ihn in der weißgekalkten Klinik zum ersten Mal gesehen hatte, aber zugleich mißtraute ich diesem Wissen.
Ich besah seine großen vorsichtigen geschickten Hände, die er immerfort waschen mußte und denen ich mich überließ ohne Murren.
Ich wartete darauf, daß die Finger und die Hälfte des Handrükkens sich röten würden nach dem Waschen, ich wußte im voraus die Rundung seiner Schultern beim Bücken, seine großen bedächtigen Füße waren mir vertraut.
Seine Augen allerdings kannte ich nicht. Es waren schmale, sehr weitblickende Augen, deren Farbe zu bestimmen mir keineswegs sogleich gelang. Es dauerte Wochen und bedurfte guter Beleuchtung, bevor ich sah, daß sie golden waren.
Scheinbar nichts an Werner glich mir. Woher hätte auch eine Familienähnlichkeit kommen sollen? Aber wenn er zu sprechen begann, verzog sich sein Gesicht zu einer Asymmetrie, die ich gesehen hatte, als ich einmal in den verwirrenden Sälen von Versailles zufällig in einen der hundert Spiegel sah, während ich sprach.

Professionelle Zauberer bedürfen des Zylinders um uns schließlich das weiße Kaninchen zu präsentieren. Sie bedürfen des schwarzen Stabes und eines auf Geheimnisvolles, Wunderbares so suggestiv hinweisenden Wortes wie ›abrakadabra‹ ehe Wolken von Papierblumen und seidenen Tüchern erscheinen.
Gustav Werners Zauberei hatte andere Methoden und andere Erfolge: Sein Alltagsgesicht in der Klinik, in der Hand heute einen Bleistift, morgen eine Zange, und das Wort war so gewöhnlich, daß man es hätte überhören können, wenn es nicht Sequenzen von anderer Üppigkeit hervorgebracht hätte, als die Papierblumen der Professionellen es sind.

Einmal traf ich ihn auf der Außentreppe der Klinik. Er hatte Bücher und kleine Kartons unter dem Arm.
»Jede Menge Außendienst gemacht«, begrüßte er mich und wies auf die Utensilien, die er bei sich trug.
Ich sah Gustav Werner an und wuchs kleiner, der Tag verjüngte sich zu einer schönen Vormittagsstunde, die Bäume nahmen vor

meinen Augen Laub an, ich trug Söckchen und ein glockiges Kleid.
Und während ich mit Gustav Werner ein paar höfliche Worte wechselte, rannte ich zu Hause die Treppe hinauf und läutete Sturm.
Die Großmutter öffnete.
»Jede Menge Murmeln gewonnen!« trompetete ich und schwang einen prall gefüllten Beutel.
»Mit wem hast du denn gespielt?«
»Gegen alle!«
Ich hing den Beutel über den Fenstergriff. Er sah aus als gehöre er zum Habit eines Bischofs, denn mein Murmelbeutel war von einem feierlichen Violett. Ich hatte ihn in der Schule stricken müssen. Es war eine große Sache gewesen, als wir Kinder alle Garn kaufen gingen: In Scharen stürzten wir in das kleine Handarbeitsgeschäft und füllten es summend, wie Bienen ihren Korb. Die kleine alte Besitzerin breitete Garndocken in den verführerischsten Farben vor uns aus, butterblumengelbes Garn und fröhlich rotes, alle Schattierungen von Blau waren vorhanden, aber auch rosa Docken hatte sie und wiesengrüne.
Wir erregten uns bei der Wahl, das Summen erhob sich zum Zwitschern, wir machten ein Vogelhaus aus dem Handarbeitsladen und stießen kleine Schreie aus, wie die schwirrenden Kolibris.
Rosa, Rot und Blau waren die beliebtesten Farben, einige griffen nach grünen Docken. Ich wählte ein dunkles, prunkendes Lila.
Das alte Fräulein sah mich über den Brillenrand an.
»Das ist keine Kinderfarbe«, sagte sie, »das ist die Karfreitagsfarbe.«

»Nach Karlsruhe wollen Sie? Fliegen Sie bis Stuttgart?« fragte mich Gustav Werner.
Ich schüttelte den Kopf.
»Ah, Sie reisen vom Bahnhof Zoo ab«, sagte er und richtete seine Augen auf mich.
Ich nickte und betrat die Rampe, die man gebaut hatte in jenem einen glücklichen Sommer, als wir im Zoo einen Elefanten hatten,

auf dem man Kinder reiten lassen konnte. Er trug eine Sänfte auf dem Rücken mit Plätzen für sechs. Von einer hölzernen Balustrade aus bestiegen wir das große Tier. Ein brauner Junge saß auf seinem Nacken um es zu lenken. Unvergeßlicher Augenblick, wenn der Elefant sich schwankend in Bewegung setzte. Wir warfen gerade noch einen Blick auf unsere Eltern, die, halb mit Stolz erfüllt und halb geängstigt unten standen und winkten. Wir gehörten ihnen nicht mehr an. Nur die ganz mitleidigen von uns hoben noch einmal die Hand und winkten zurück.

Auf der Allee des Zoologischen Gartens brachte der Elefant uns nach Indien. Wo eben noch ein Mann mit einem Spazierstock gegangen war, stand nun ein Schlangenbeschwörer, der Elefant wiegte uns vor Paläste, die tausend Türme und nur für uns ein Tor hatten, Kinderkettchen an unserem Hals verwandelten sich zu Gehängen aus Perlen und Smaragden, Rubinrosen wurden aus unseren Schuhschnallen, alles was wir von Indien wußten, tauchte vor uns auf, als wir auf dem Rücken des Elefanten saßen, ein Dschungel mit roten Blumen und Papageien, Tigern zitterten die Barthaare, als wir Maharadschas und Maharanis an ihnen vorbeiritten und das ganze dauerte eine Ewigkeit.

Ich glaube, unsere Eltern hatten dreißig Pfennig bezahlt für diese Ewigkeit. Das war damals viel Geld für ein Kindervergnügen.

Der Elefant war unser großer Freund in jenem Sommer. Wir besuchten ihn, wenn er in seinem Stall stand oder im Gehege auf und ab ging. Er hieß Mulli. Mit dem Kinn auf der Balustrade, die uns von ihm trennte, sahen wir zu, wie er bedächtig seine großen Füße setzte, sich umwendete, schwerfällig, aber nicht ungeschickt, uns ansah mit seinen kleinen weitblickenden Augen, deren Farbe wir so schwer bestimmen konnten.

Er war verschwunden nach einem Sommer. Er war nur eine Leihgabe gewesen. Unsere Trauer hatte keine Grenzen gekannt. Die kühnsten von uns hatten den Mulli suchen wollen. Niemandem ist er wieder begegnet. Vielleicht haben ihn alle vergessen, die ihn damals ritten, und nur mir ist der Mulli wieder vor Augen gekommen, weil ich noch einmal sah, wie jemand sich so schwerfällig geschickt bewegte, so bedächtig seine großen Füße setzte.

Allmählich begann ich, Indizien dafür zu sammeln, daß Gustav Werner etwas zu tun hatte mit dem, woran er mich so beharrlich erinnerte. Alle Fakten führten freilich fort von den Plätzen meiner Kindheit. Gustav Werner stammte aus dem Herzen der Stadt, aus einem Arbeiterviertel, man hörte es seiner Sprache an. Da, wo ich aufgewachsen bin, befanden sich damals die vornehmeren Wohnviertel und wir sprachen ohne Akzent.

Ich wollte sehen, wo sich Werners Kindheit abgespielt hatte, konnte aber nicht hingelangen, denn zwischen seiner und meiner Kindheit war eine Mauer aufgerichtet. Diese Mauer, Crescendopunkt so vieler politischer Reden, jetzt stieß ich gegen sie und nahm sie wahr. Ich mußte mich über einen Stadtplan beugen um den Petersburger Platz, das Andreasgymnasium, die Petersburger Straße aufzusuchen. Nein, dort hatte ich nie gespielt. Dort hatte ich kein Kind gekannt.

An ein einziges Kind aus der Petersburger Gegend erinnerte ich mich. Aber als ich das gesehen habe, war es vermutlich schon tot.

An einem Winterabend war das. Ich weiß nicht mehr, warum jemand aus meiner Familie mich in dieses Viertel mitgenommen hatte und wen wir dort besuchten. Ich erinnere mich aber, daß ich mit einer freundlichen Frau ging um Bier zu holen in einem Syphon mit Schnapphahn.

Ich faßte die Hand der Frau und wir gingen eine düstere Straße entlang, ich nahe am Bordstein.

Plötzlich sah ich auf der Fahrbahn ein Kind liegen. Einen Jungen, kleiner als ich, vielleicht drei Jahre jünger. Er lag still auf dem Rücken, den Kopf auf die Seite gewandt, beide Arme weit ausgebreitet, die kleinen Hände sahen aus einer dicken dunklen Winterjacke hervor. Von beiden Seiten der Straße stürzten Frauen auf die Fahrbahn, eine hob den Jungen auf, eine Frau in Pantoffeln, sie trug ihn an mir vorbei, sie wimmerte, andere eilten auf sie zu und alle verschwanden in einem großen schwarzen Torbogen.

Die fremde Frau ließ meine Hand nicht los. Sie sagte: »Diese Autos heutzutage, schrecklich!« und öffnete die Tür zu einer Kneipe. Der Syphon wurde gefüllt, daß es schäumte. Auf dem

Rückweg starrte ich in den dunklen Torweg, versuchte, etwas zu erkennen, hörte aber nur Stimmen. Mit einer Anstrengung ohnegleichen brachte ich es fertig, meine Begleiterin mit gewöhnlicher Stimme zu fragen:

»War der kleine Junge tot?«

Was würde Gustav Werner sagen, wenn ich ihn fragte:

»Sind Sie einmal überfahren worden, ich meine, als Kind, als Junge, sind Sie da einmal überfahren worden?«

Würde er mir zuhören, wenn ich ihm erzählte, daß ich, etwa siebenjährig, ein Kind hatte auf dem Fahrdamm liegen sehen? Zum ersten Mal hatte ich gesehen, daß man einen Menschen beschädigen kann, so daß er liegt, wo er nicht hingehört, mitten auf der Fahrbahn. Kleine Jungen hatten mit geschäftigen Händen Häuser zu bauen oder mit Klötzen zu werfen oder meine Puppe wegzunehmen, darauf war ich gefaßt gewesen mit meinen sieben Jahren, aber nicht darauf, daß ein solcher Junge auf der Straße liegt und die Hände nicht bewegt, so daß man sieht: es sind Händchen.

Rastlos hatte ich in den darauffolgenden Tagen verlangt, daß man mit mir wieder in jene Straße fahren sollte. Rastlos hatte ich verlangt nach dem einzigen, das mich heilen konnte: ich wollte den kleinen Jungen wiedersehen. Ich wollte sehen, daß es nicht schlimm gewesen war, daß er hopste, einen Bonbon lutschte, daß er gerufen wurde und loslief. Ich war ganz sicher, ihn wiederzuerkennen in seiner dunklen Winterjacke.

»Mädchen, was war denn in der Kneipe so schön, daß du dort gern wieder hinmöchtest?« fragte mich meine Mutter.

Müßig, zu erwarten, daß das Leben fünfunddreißig Jahre später gnädiger verfahren und Gustav Werner sagen würde:

»Ja, Sie haben ganz recht, ich hatte als Kind einmal einen Unfall und lag mitten auf der Straße. Mein Vater hat es mir erzählt. Ich selbst erinnere mich nicht. Es ist auch nicht weiter schlimm gewesen. Ach, Sie sind da zufällig vorbeigekommen? Wie kommt es, daß Sie daran noch denken?«

Stumm begnügte ich mich mit der Andeutung einer Heilung: es gab also einen kleinen Jungen aus jenem Viertel, etwa drei Jahre jünger als ich, der nicht zu Tode gebracht worden war.

Ein Mann im blauen Overall trat auf mich zu und tippte an die Mütze:
»Sie wünschen, bitte?«
»Ich wünsche, mich zu erinnern.«
Der Mann sah mich an, und ich mußte ihm erklären, daß ich hier gespielt hatte vor Jahr und Tag, über die Bretter gerannt und von den Stapeln gesprungen war.
Da lächelte der Mann mir zu und sagte:
»Ja, das machen die Kinder heute auch noch. Aber wir jagen sie immer weg, wenn wir sie sehen.«
Ich stand auf dem Holzplatz. Ich war ein zweites Mal in das Revier meiner Kindheit gekommen. Natürlich jagte man auch uns fort, damals, aber wir kamen immer wieder, versteckten uns hinter den Bretterstapeln, balancierten auf den Leitern, und manchmal baten wir auch nur um Holzabfälle für unsere Basteleien.
Noch heute gab es die großen gelben Schilder: Sperrholz – Hobeldielen – Leisten – und noch immer roch es so wunderbar nach Holz und das war beinahe nach Wald.
Das Holzlager war eigentlich nicht am Platze in der Allee zwischen Wohnhäusern, wo in meiner Kindheit das Großbürgertum sich niedergelassen hatte, jedenfalls in den Vorderhäusern. Aber gerade, daß er eigentlich nicht in die Allee gehörte, machte den Holzplatz so anziehend für uns.
»Hier ist doch kein Spielplatz!« schimpfte der Besitzer, wenn er uns aufgestöbert hatte in einem Schuppenwinkel, wo wir im Zwielicht hinter Brettern hockten und reglos warteten, wir wußten nicht, auf was.
Wo ein Kinderspielplatz ist, bestimmt aber niemand als die Kinder. Nicht eine Gemeindeverwaltung, die einen Ort zum Spielplatz deklariert, weil sie dort Turngeräte aufstellen ließ und, wenn sie sich nicht genug tun konnte an gönnerhafter Fortschrittlichkeit, sogar eine Rutschbahn, deren Anziehungskraft auch nicht länger als zwei Tage währt.
Wir hatten immer nur Verachtung gehabt für die erlaubten und angewiesenen Spielplätze und uns mit unseren Spielen da eingenistet, wo wir es nicht sollten, wo wir aber die Welt der Erwachse-

nen unterwandern konnten wie kleine Tiere und man bekämpfte uns auch in den Vorgärten, Hauseingängen und Höfen als wären wir eine Mäuseplage. Aber wir liebten diese Auseinandersetzung mit den Erwachsenen und forderten sie heraus, indem wir zum zweiten Tor hereinkamen, wenn man uns zum ersten hinausgescheucht hatte. Zäh behaupteten wir unser Recht auf Spiel und Jubel und Geschrei in einer Umgebung, die unseren Jubel nicht wollte und »Straßenkinder« zeterte, wenn wir den Großen vor die Füße rannten, heiß und lachend, mit Stöcken in der Hand.

»Straßenkinder! Wie die Straßenkinder!«

Das war etwas Schimpfliches für unsere Eltern, nicht für uns. Denn wie zähe, mit wieviel Bitten, Schmeicheleien und Tränen hatten wir Bürgerkinder aus den Vorderhäusern es uns erkämpft, Straßenkinder zu werden. Das hieß für uns, das gleiche Recht zu haben wie die beneidenswerten Kinder aus den Hinterhäusern (Gartenhäuser sagte man in unserem Viertel), das königliche Recht, frei auf der Straße spielen zu dürfen.

Die Emanzipation hatte gerade erst in unserer Generation begonnen. Anfangs war ich auf den nahen Kirchplatz gebracht worden zum Spielen. Diese Schande, wenn man an der Hand eines Erwachsenen zum Spielen geführt wurde, während die Kinder des Gemüsehändlers unbekümmert vor der Tür ihre Kreisel peitschten und einem die Zunge ausstreckten.

Ich hatte vorsichtig zu taktieren begonnen:

»Darf ich nach unten? Um fünf Uhr? Ich möchte so gern sehen, wie der Briefkasten geleert wird!«

»Gut. Aber in einer Viertelstunde bist du wieder oben!«

Zehn Kinder standen um den Briefkasten.

»Los, wir spielen Abtreffeball«, sagte eines, als der Postmann weg war.

»Die darf nicht! Die muß nach oben!«, und man zeigte auf mich.

Einmal gelang es mir, Gisela, eine der kleinen Töchter des Gemüsehändlers, zu bewegen, mit mir nach oben zu kommen. Sie war neugierig auf mein Spielzeug.

»Tach«, sagte sie ungeniert berlinisch zu meiner Mutter und machte keinen Knicks. Aber sie erzählte immerfort von ihrem Brüder-

chen, so stolz und zärtlich, daß sie das Herz meiner Mutter gewann.
»Darf ich zu Gisela, ihr Brüderchen ansehen?«
»Aber in einer halben Stunde bist du wieder da!«
Auf Giselas Mutter ging ich zu, machte einen tiefen Knicks und sagte:
»Guten Tag, ich heiße Ursel!«
Gisela starrte mich mit offenem Munde an. Ihre Mutter wischte sich die Hände am Küchentuch ab.
Ich lernte, die Menschen unterschiedlich zu behandeln. Offenbar wollten sie es so. Die einen mochten lieber »Tach« ohne Knicks, die anderen zogen »Guten Tag« mit Knicks vor. Bald irrte ich mich nie mehr in der Anrede. Denn die Erlaubnis, mit allen auf der Straße spielen zu dürfen, wurde beharrlich weiter erbeten und ertrotzt und wenn das nicht ging, wurde sie erhandelt:
»Du sollst nicht immer jammern beim Haarewaschen!«
»Wenn ich heute nicht heule, darf ich dann unten auf der Straße spielen?«
Die Mutter nickte.
Ich beugte den Kopf über das Waschbecken und sofort setzte die verdammte Seife zum Angriff an und biß mich in die Augen, obwohl ich sie zukniff und den Waschlappen davor hielt. Wie ein Soldat im Gefecht hielt ich den Attacken stand, die mit rubbelnden Händen und Güssen von heißem Wasser gegen mich geführt wurden.
Zum Glück für uns aus den Vorderhäusern setzte allmählich das Gewohnheitsrecht ein. Unsere Eltern resignierten vor der Zähigkeit, mit der wir auf die Straße strebten, und es hing auch unsere Seligkeit daran.
Mit Murmeln, Bällen und Kreiseln etablierten wir Kinder unter uns die klassenlose Gesellschaft, die es in der Welt der Erwachsenen noch nicht gab.

Hatte ich das erste Mal gefürchtet, Gustav Werner zu treffen im Revier meiner Kindheit, diesmal hätte ich mich gefreut, ihm zu begegnen und ich sah mich um, ob er nicht käme, gerufen davon,

daß ich an ihn dachte, hier, auf dem Holzplatz, auf der Straße, wo wir zu Hause waren, heute und gestern.
Aber was war heute noch da von gestern, was hätte ich Gustav Werner zeigen können in der geschändeten Allee, die man dem Verkehr gefügig gemacht hatte? Die Ulmen, unsere großen rauschenden Ulmen, waren gefällt worden, die Bepflanzung mit jungen Linden war mißglückt, die Häuserfronten waren schadhaft an allen Stellen, niemand gab einen Groschen für ihre Pflege aus, und wer bewohnte die Häuser jetzt, wo es die Schilder an den Zäunen nicht mehr gab, die weißen Schilder mit den Namen jüdischer Ärzte, die hier vornehmlich gelebt hatten: Lichtenstein, Rosenzweig, Tützer, Abarbernell, Strelitz, Hirschhorn. Die Schilder verschwunden und die Gesichter auch, verdorben, Gott weiß wo.

Der Name Werner hatte eine Rolle gespielt in meiner Kindheit. Aber damals war es ein Vorname gewesen, der Vorname eines dünnen, blassen, rötlich-blonden Jungen: Werner Lezius. Er wohnte ein paar Häuser von mir entfernt. Werner war kein schlechter Kamerad gewesen, das kann man nicht sagen. Wir haben Zigarettenbilder zusammen gesammelt. Doubletten tauschend, beugten wir uns über kleine Bilderchen, auf denen die Entwicklung des Flugwesens dargestellt war. Alte Doppeldecker, Zeppeline und die Do X beherrschten unsere Gespräche. Ich paßte mich Werners Interessen an, das war immer noch besser, als das Gegicker der Mädchen auszuhalten und ihre frühreife Sehnsucht nach Nagellack.
Unsere Eltern tolerierten die Freundschaft. Werner war ordnungsliebend. Ich verstummte, als ich das erste Mal in seine Büchertasche sah. Buchrücken lag an Buchrücken, säuberlich in dunkelblaues Papier eingeschlagen. Und er packte seine Mappe immer schon am Abend, während ich morgens in wilder Panik zusammenraffte, was mir an Schulkram begegnete. Immer hatte ich die falschen Hefte in der Tasche. In der Leziusschen Küche schlug Werner auch meine Bücher in dunkelblaues Papier, mit gewaschenen Händen radierte er meine Kritzeleien von den Hefträndern.

»Es ist ganz gut, daß er sich mit dem Mädchen angefreundet hat. Er wird so roh, wenn er immer nur mit den Bengeln spielt«, hörte ich Werners Mutter sagen.
Ich vermied es, mit Werner draußen zu spielen. Da war Walter. Der Chef der Straße vom Holzplatz bis Nummer 104, unangefochten. Er brüllte schon Sieg, wenn er gerade erst zur Haustür herauskam. So etwas wie das Morsealphabet kapierte er nie, aber er konnte hauen und den Fußball an die Hauswand schmettern, daß der Putz abfiel und die Mieter im ersten Stock wütend die Fenster aufrissen.
Mich hat er nie gehauen. Aber Werner.

»Sie kommen eine volle Stunde zu spät«, sagte Gustav Werner, »hatten wir Sie nicht um elf Uhr bestellt?«
Aber er sagte das nicht wirklich vorwurfsvoll. Er sprach immer mit mir als wolle er mich necken.
»Eine volle Stunde«, dachte ich, während ich auf einem weißen Schemel vor Werner hockte und er mein Handgelenk traktierte, »wieviel sind Sie eigentlich zu spät gekommen? Zweiunddreißig Jahre, wenn ich rechnen kann. Mein Handgelenk könnte heute auch anderswer verarzten, aber damals, vor zweiunddreißig Jahren hätten wir Sie gebraucht. Damals wären Ihre großen Hände vonnöten gewesen. Herrgott, Walters Kopf wäre wie ein Apfel zwischen Ihren Pranken verschwunden.«
Ich hielt still, ließ zu, daß mein Handgelenk im Kreise bewegt wurde und änderte währenddessen meine Kindheit ab, so, wie sie hätte sein sollen. Es gab keine umgestoßenen Puppenwagen mehr von Nummer 104 bis 114 und auch in den dazugehörigen Seitenstraßen nicht. Die ganz kleinen Mädchen mußten nicht mehr schreiend ins Haus flüchten, wenn die Horde der Jungen vorbeikam. Wir spielten Schiff und auch Lezius durfte manchmal Kapitän sein. Walter lernte morsen, weil Gustav es ihm viel besser erklären konnte als wir. Gustavs Autorität war vollkommen. Sein Vater war Schupo und damals bedeutete der für Kinder soviel wie ein freundlicher König. Wir spielten alle in Gustavs Schatten, ob wir älter oder jünger waren als er. Er wurde zu allen Kinder-

geburtstagen eingeladen, lud auch uns alle ein, seine Stiefmutter erlaubte das.
Mich sah er manchmal lange an mit seinen schmalen Augen, wenn wir auf einem Bretterstapel hockten im Holzlager. Ich war ihm nicht geheuer. Ich konnte Geschichten erfinden. Einfach so erfinden, während ich vor ihm stand. Das fand er unheimlich. Aber auch schön. Aber auch gefährlich. Aber auch lustig. Was sollte er machen, wenn eine plötzlich etwas sagt, das vielleicht gar nicht ist?
Jetzt stand er über mich gebeugt, aufmerksam, bestrebt, meinen Arm zu heilen, und lächelte, als wüßte er nun, was ist.

Wie war ich darauf gekommen, daß Gustav eine Stiefmutter hatte? Nur eine Vermutung. Im Lebenslauf, der seiner Dissertation beigefügt war, hatte ich gelesen:
»Als ich ein Jahr alt war, starb meine Mutter.«
Der Vater wird wieder geheiratet haben, nehme ich an. Aber Gustav ist das einzige Kind geblieben.
In meiner Familie gab es um diese Zeit meinen Vater nicht mehr. Meine Mutter heiratete jemanden, der fremd war. Ich blieb ihr einziges Kind.
Wir, Einzelkinder mit der Asymmetrie im Gesicht, wenn wir sprachen, halbe Stiefkinder in dieser Stadt vor Jahr und Tag.

Die Behandlung näherte sich ihrem Ende. Ich konnte schon wieder einen Korb tragen mit der linken Hand und ein Kind festhalten.
Es war an der Zeit, die Beweisaufnahme abzuschließen. Ich prüfte das Material, das sich angesammelt hatte in den Monaten, als ich Woche für Woche in die Klinik gegangen war. Nicht wenig Material, wenn man bedenkt, wie schwierig es beizubringen gewesen war, wie vorsichtig man es hatte vom Alltag einer chirurgischen Poliklinik ablösen müssen, bei Instrumentengeklapper und kurzen Anweisungen, zwischen Gipsresten und Drahtschienen.
Nicht wenig Material, aber als ich mich darüberbeugte, schien es mir unvollständig. Der Indizienbeweis war nicht lückenlos. Das würde Schwierigkeiten machen bei der Urteilsfindung, würde mir

Schwierigkeiten machen, denn ich war mein einziger Geschworener. Aber mein Urteil sollte nicht auf »schuldig« oder »nicht schuldig« lauten, sondern auf »zugehörig« oder »nicht zugehörig«.
Als ich gerade die Akte schließen, aufstehen und »nicht zugehörig« sagen wollte, erhob sich Gustav Werner als Kronzeuge in eigener Sache und half selbst, das Indiz beizubringen, mit dem bewiesen wurde, daß er zugehörig war:
Jäh, so wie Wetter umschlägt, wie ein Sturm ausbricht ohne Ankündigung, veränderten sich unsere Beziehungen.
Bis dahin, ich sagte es, waren sie freundlich gewesen. Ich erwähnte den Neckton. Auch ohne daß mir dort meine Kindheit wieder zugefallen wäre, hätte es mich nicht verdrossen, in die Klinik gehen zu müssen. Mir gefiel der Troß der Ärzte, gutartig, zu Scherzen aufgelegt, dabei tätig, unermüdlich über die schlimmsten Brüche gebeugt, Heilmacher, wie man sie sich als Kind wünschte, die alles wieder richten, was zerbrochen und gebrauchsunfähig ist.
Ohne Grund, aus dem erbärmlichsten Anlaß, der es nicht einmal verdient, daß man ihn erwähnt, erlosch alles Wohlwollen und Feindschaft brach zwischen Gustav Werner und mir aus.
Aber wir waren uns nicht feind wie Erwachsene, unsere Feindschaft war vollkommen, es war die wahnwitzige, törichte, qualvolle Feindschaft von Kindern in der wir uns verklammerten, und am Ausmaß der Erbitterung, mit der wir rangen, erkannte ich mit Sicherheit, was noch zweifelhaft gewesen war, solange wir uns zugelächelt hatten:
Irgend etwas hatten wir miteinander zu tun, etwas, das nicht greifbar und nicht bestimmbar war und vielleicht in nichts anderem bestand als dem, was hätte sein können, wenn anderes anders gewesen wäre.
Spät und nachträglich teilten wir miteinander, was wir, wer weiß, vor Jahr und Tag nicht geteilt hatten. Wir waren abgestürzt, zurückgestürzt in die Kindheit, in das Dickicht ihrer Verwirrung, wo wir uns nicht mehr auskannten und durch das Gebüsch liefen, ein Messer in der Hand und uns nach Steinen bückten für die Schleuder, Kränkungen riefen, die sich eingruben, weil wir mit der Sicherheit der Kinder wußten, was man sagen muß, damit der

andere weint, auch wenn er lacht. Hilflos und blind vor Gram warfen wir die Steine und die Messer und wir trafen immer.

Das, wußte ich wieder, war die Kindheit. Nicht nur Murmelspielen und emsiges Sammeln von Bildchen, nicht nur erhitzt auf den Steinen springen und Kapitän sein, sondern dastehen, gefesselt von Zorn und Scham und den Mund verbunden für jedes gute Wort, Schmähungen schreien auf das, was man liebt, abends im Bett sitzen, beten müssen und nicht glauben, daß Gott, der Himmel und Erde geschaffen haben soll, das einzige zuwege brächte, woran einem gelegen wäre, und man würde ja auch nicht bitten: mach, daß Werner wieder mit mir spielt.

Am nächsten Tag auf der Straße stehen, am Zaun, der andere steht am anderen Zaun: wenn du mir, dann ich dir. Erst auf der Treppe zu weinen beginnen und nicht wissen, wie man das Schreckliche aufhalten soll, das sich ereignet und man will nicht, daß es sich ereignet.

Wie eine Kinderkrankheit bei Erwachsenen mit bestürzender Heftigkeit ausbrechen kann, so hatte uns diese kindische Feindschaft übermannt. Aber wir, die wir uns zurückverwirrt hatten in die Kindheit zu später Stunde, wurden nicht wie Kinder erlöst: kein Zeppelin, kein geschmücktes Zirkuspferd half uns vergessen. Beschädigt mit dem Gedächtnis der Erwachsenen, sahen wir auf die Verwüstung und wußten: alles war geschehen, gesagt und geschrieben und blieb auf das Rad der Zeit geflochten, das sich nicht zurückdrehen ließ zu der Sekunde, die vor der Sekunde war, in der ein vergiftetes Wort hörbar wurde.

Aber auch diese Feindschaft ist nun vergangen.

Langsam verödet sie wieder, die Landschaft meiner Erinnerung.

Krater bilden sich, deren Grund nicht ergründbar.

Manchmal tanzt noch ein Kreisel und ich renne ihm nach mit dem Peitschchen in der Hand und treibe ihn voran, daß er weiterspringt wie damals in unserer Allee.

Gustav Werner, der mich erinnerte, ich sehe ihn noch manchmal auf und ab wandern mit großen langsamen Schritten. Aber er ist jetzt selbst aus dem gebrechlichen Stoff der Erinnerung gemacht, bedroht von den Kratern, in denen sich alles vergißt und in die er stürzen kann, davor würde ihn sein bedächtiger Schritt nicht retten.

Sind noch die Träume. Nicht die lenkbaren Tagträume, die Träume der Nacht, wenn sich die Toten erheben und tun, was uns überrascht.

Ach, jene schöne Nacht, als ich wieder mit der Großmutter in der Eisenbahn fuhr, als hätte der Krieg sie nicht ins Massengrab gebracht ohne Sarg, ohne Hemd.

Die Nacht kennt keinen Verlust. Auch die wir schon vergaßen, auferstehen eines Nachts und wir erkennen sie sogleich. Wer uns im Licht der Sonne feind ist lächelt, wenn wir schlafen und gewährt, was er bei Tage verweigert. Tiere, die wir nie sahen, eilen durch unseren Schlaf und der Tiger, den wir fürchten, liegt still zu unsren Füßen. Fremde Länder begeben sich zu uns, die wir ruhen und ihre Schönheit betrachten mit geschlossenen Augen.

Begegnet mir Gustav Werner morgen auf der Straße, ich weiß, er wird fortsehen und kein Wort an mich richten.

Aber aus der beweglichen Flut der Träume wird er wieder auftauchen in einer Nacht, die ich nicht bestimmen kann und er wird tun, wovon er nichts weiß und was ich nicht erraten kann, bevor er seine Wanderung durch meinen Schlaf beginnt.

Wir alle, verurteilt zum Verlust, begnadigt zu Erinnerung und Traum.

Shura, ich weiss einen Ort

Meinem Freunde Sh. St. erzählt,
als er 85 Jahre alt war.

Du wirst unzufrieden mit mir sein, Shura.
Du bist ein alter Mann, Du bist krank, sie haben Dir das Bein bis zur Hüfte in Gips gelegt, Du kannst Dich schlecht bewegen. Du hast meine Hand gefaßt an diesem Nachmittag eines frühen Wintertages, als alles Licht sich entfernt hatte, Du hast meine Hand gefaßt und gebeten:
»Erzähle mir etwas!«
Was soll ich Dir erzählen, denke ich, Du bist aus dem Stamme Levi und die Geschichten der Bibel sind Dein. Was soll ich Dir erzählen, Shura, frage ich also und Du lachst und sagst:
»Wenn du nichts zu erzählen weißt!
Erlebt man denn nichts, wenn man in Eisenbahnen zu Hause ist und die Städte abwandert?«
Du hältst meine Hand fest, ich setze mich auf den Rand Deines Bettes und denke nun an Städte, die die Erde schmücken mit der Kostbarkeit ihrer goldenen Kuppeln, mit den Salvebogen ihrer Tore.
»Erzähle mir«, unterbrichst Du mich, als ich noch nicht weiß, in welcher Stadt ich mich niederlassen soll mit meinen Gedanken, »erzähle mir von dort, wo es einen Turm gibt, in dem zwölf Glocken hängen, wo eine Lagune ist oder ein Fluß mit wippenden Booten darauf und der Fluß teilt die Stadt und trennt den Norden vom Süden. Wo wohnen die Armen?«
Ich sehe Dich an und wiederhole, was Du verlangst: einen Turm mit zwölf Glocken, einen Fluß, die Quartiere der Armen.
»Ja, aber du sollst den Mann nicht vergessen, der auf dem Turm steht, und in einem der Boote soll eine Frau sitzen.«
Du lachst, als Du das sagst, Shura, Du lachst, weil Du eine dieser Geschichten willst, die keiner zu alt ist zu hören.
»Scheherazade«, sagst Du, als ich noch immer nicht beginne, »Scheherazade hat tausendundeine Nacht erzählt!«

Du vergißt, Scheherazade hat um ihr Leben erzählt. Vor mir sitzt kein König, der mich hinrichten will und den ich ablenken muß tausendundeine Nacht. Wenn ich erzähle, so weil ich mich selber hinrichten will, und meine Geschichte reicht nur für diesen dämmerigen Nachmittag.

Eine einzige Glocke hängt im Turm; der Fluß ist hurtig und treibt die Boote im Sommer rasch. Sie sind an Dir vorbei, ehe Du eine Frau darin wahrnehmen könntest.

Shura – ich weiß einen Ort, einen Ort, in dem ich mich verfangen habe mit den Haaren wie Absalom einst in den Zweigen einer Eiche, einen Ort, in dem ich sah, was ich nicht sehen wollte.

Ich war nicht gekommen um zu erleben, wie man einen schönen starken Fisch mit dem Kopf auf den Stein schlägt, zweimal.

Das war an einem Sonntag vormittag. Angler standen am Ufer und einer fing den Fisch. Sein kleiner Sohn stand bei ihm und jubelte, als das Tier von der Angel losgemacht wurde, sich in den Händen des Vaters wand und kräftig mit dem Schwanz schlug. Der Fisch hatte graugrüne Schuppen, auf dem Rücken waren sie dicht und dunkel zu einem schwärzlichen Streifen angeordnet. Die anderen Angler traten hinzu und sahen auf den Fang, den der Mann hochhielt und bewundern ließ, bevor er vor einen Stein trat, das Tier mit beiden Händen beim Schwanz packte, es fast über den Kopf schwang und niederschlug auf den Stein und noch einmal.

Klatschen und Platzen, Bersten und ein leiseres Brechen. Ich nahm an, es sei mehr als ein Tierkopf zerschmettert worden, mit ihm der Stein, und die Erde unter dem Stein mußte aufgebrochen sein. Aber der Stein war unversehrt, die Erde hatte sich nicht aufgetan und eines Menschen Herz war auch nicht gesprungen. So haltbar beschaffen ist das menschliche Herz.

Der Mann hob den Fisch auf, prüfte, ob er verendet war, auch das Kind nahm ihn in die Hände, drehte das schlaffe blutige Tier staunend hin und her, dann wurde der Fisch auf ein Tuch gelegt.

Der Mann ging ans Ufer, beugte sich über das Wasser und wusch das Blut von den Händen. Sein kleiner Sohn tat es ihm nach.

Als ich ankam, dort, Shura, war es noch Sommer, aber schon mit einer Wendung ins Kältliche. Der Hafer stand prallkörnig zu Garben aufgebunden in Reihen auf den Äckern, die sich bis in den Ort hineinziehen, der nur aus einer Anzahl hingewürfelter Häuser besteht, von denen die meisten häßlich sind. Du findest selten einen Flecken, der in seiner Anlage so mißlungen ist. Ein Zentrum fehlt, das Schlößchen ist kaum sichtbar, neben ältere biedere Bauernhäuser hat man fade Machwerke der mäßigsten zeitgenössischen Architekturkonfektion gestellt und darin präsentieren sich Tankstellen, ein bißchen Mode und Gegenstände für den täglichen Bedarf.
Das Ganze zieht sich an einer Fernstraße entlang, die so befahren ist, daß Du Mühe hast, sie zu überqueren. Die Kirche ist simpel, alles in diesem Ort ist so, daß man eigentlich wegsehen möchte, ausgenommen vielleicht die drei Schenken, der Gasthof zum Ochsen, zum Bären, zum Löwen, die haben eine behäbige Gemütlichkeit, die angenehm ist, aber die Bräuche sind streng: Du darfst nicht der Löwe, der Bär, der Ochse sagen, jedermann wird Dir ins Wort fallen: der Bären, heißt es, der Löwen, und wehe, wenn Du den Ochsen einen Stier nennst, weil das goldene Tier, das als Emblem über der Hauswand steht und geradeaus sieht, schließlich ein Stier ist. Das hält hier niemand für eine Ehre.
Man kommt nicht an diesen Ort, dachte ich, wenn man nicht, was weiß ich, Handlungsreisender vielleicht ist und mit der halb ländlichen Bevölkerung seine Geschäfte machen will.
Am Bahnhof steht kein Gepäckträger und keine Taxe. Als es mich verschlug dorthin, mußte ich mit meinem Koffer in der Hand berg auf gehen, bis ich ein Bett im Löwen fand.
Ich war verdrossen vom Anblick dessen, was ich gesehen hatte. Aber dann kam feierlich die Nacht, die Sterne gingen auf, blühten am Himmel in den alten berühmten Bildern, Waage und Widder, Fuhrmann und Jungfrau, sie hießen Antares, Sirius und Beteigeuze und waren sich nicht zu gut für den geringen Ort.
Den Strom sah ich am nächsten Tag. Mein Landkartenwissen hatte ihn nicht so nahe diesem Platz gedacht. Ich fand ihn, als ich durch ein Wäldchen ging, ein breiter Fluß, er bildet Ausbuchtungen, in

denen das Wasser stiller steht, fast wie in Lagunen. Um so heftiger strömt es in der Mitte und an manchen Stellen strudelt es.

Ophelias Fluß, in den ich eingehen könnte, um ihn nicht wieder zu verlassen, ich würde mitgenommen und in einer der Lagunen aufbewahrt und gewiegt, bis wieder ein Regen käme oder ein Sturm und das Wasser sich höbe und mich weiter mitnähme, an einer Stadt vorbei, in deren Häusern ich nicht mehr zu kränken wäre, denn ich würde das kühle Dasein der Fische teilen und geschmückt sein mit Algen, berankt, auch an den Füßen.

Ich betrat den Fluß noch am gleichen Tag, aber nicht anders als die Fischer auch, die sich quer zur Strömung stellen und das Wasser höchstens bis an ihre Hüften lassen. Ich bin nicht Ophelia, mich kann man noch kränken.

Der Ort, Shura, ja, ich sah ihn an in den nächsten Tagen und ich fand auch die Quartiere der Armen. Sie sind es, die diesen Ort anders machen als andere Orte es sind.

In jedem Flecken solcher Größe würdest Du eines Tages einem Menschen begegnen, der Deine Aufmerksamkeit auf sich zöge, dadurch, daß er Dich blöde anlachte, murmelte, mit den Händen durch die Luft führe und vorbeischlurfte. Ach, würdest Du denken, der Dorfsimpel. Man weiß, daß es so einen Abgewandten, Verstörten in jedem Dorf gibt. Manchmal laufen die Kinder ihm nach, er ist harmlos.

Hier nun triffst Du auf einen dieser Verstörten, Verminderten und noch einen und wieder einen und dann auf eine Gruppe – sie sitzen auf den Bänken und nicken Dir zu, haben einen Strohhut auf dem Kopf an Sommerabenden und eine gesunde Gesichtsfarbe. Aber wenn sie zu sprechen beginnen –

Du wirst dann bald auch die Anstalt finden, etwas abseits vom Ort, eine Anzahl graugelber Gebäude von altertümlicher Komfortabilität und Geschmücktheit, es sind Verzierungen da, im Park ist für Blumen gesorgt, die Wege sind geharkt.

An der Pforte wirst Du freundlich empfangen wie in einem gewöhnlichen Haus, wenn Du einen Besuch machst. Anderswo als in den Vorräumen der Anstalt wirst Du Dich freilich nicht bewegen, es ist still, die Zimmer sind hoch. Du siehst einmal einen Arzt oder hörst einen Pfleger sprechen in dem unverständlichen breiten kratzenden Idiom des Landes. Das wird alles sein, was Du wahrnimmst, zusätzlich zu dem, was Du gesehen hast an denen, die Dir zunickten auf den Wegen, die aber nur ein Teil derer sind, die diese Häuser bewohnen, die leichteren Fälle, sie gehen aus, Du kannst sie des Morgens treffen, wenn sie zur Arbeit geführt werden, einen guten Morgen wird ein jeder von ihnen Dir wünschen.

Kein friedlicheres stilleres Bild als die Anstalt, wenn Du sie umwanderst. Aber Deine Gedanken werden beginnen, die gelblichen Mauern abzutasten und zu fragen, was dort vorgeht, wo die Türen verschlossen sind. Du kannst Dir das Äußerlichste vorstellen, größere Räume und die Kranken liegen Bett an Bett. Liegen sie wirklich und wenn ja, warum liegen sie eigentlich? Sie sind doch nicht wegen kranker Füße da und auch nicht wegen einer Lungenentzündung. Es ist doch nichts mit ihnen, sie haben ihr Leben begonnen wie jeder sein Leben beginnt, bis sie eines Tages Spalten gefunden haben, durch die sie hinaustreten konnten und sich plötzlich außerhalb unserer Art von Bewußtsein befanden. Anfangs kamen sie rasch zurück von da, wechselten dann aber öfters die Welten, jene Spalten, die es ihnen ermöglichten, sich zu entfernen, verbreiterten sich und gestatteten einen immer müheloseren Übertritt in eine andere Art von Identität, die sie sehen läßt, was nicht zu sehen ist, das bedeutet doch aber nur, daß sie sehen, was ihre Ärzte nicht sehen, und nun haben ihre Türen keine Klinken, denn es heißt, es gehe nicht, daß jemand ein Postamt betritt in Hut und Mantel und dort schreit aus Gründen, die der Posthalter nicht einsehen könne. Um das auch in den schlimmsten Fällen zu verhüten, hat man vor einigen Fenstern der Anstalt Gitter angebracht, und die Türen öffnen sich erst wieder, wenn ein solcher Mensch nicht *mehr* sieht, als jeder mittelmäßige Assistent der Klinik auch zu sehen vermag. Dieser Rückfall wird als Heilung bezeichnet.

Man soll aufgeben, heißt es, Shura, um die Anstalt zu wandern und über diese Quartiere nachzudenken. Man sei da nicht sachverständig. Dieser Armen hat sich das Gesetz und die Medizin bemächtigt. Doch, Shura, es ist Grund zum Verdacht, daß es zuviel Gewalt ist, die hier denen angetan wird, die unsere Art von Geplauder nicht mehr zu teilen vermögen und nun zwingt man sie, viel zu schlafen, aber müde sind sie doch gar nicht gewesen.

Du hast Dich zurückgelehnt in den Kissen, Shura, Du schaust in die Richtung des Fensters und siehst den Ort, an den ich Dich gebracht habe. Er ist anders als Du hofftest, aber ich kann ihn Dir nicht ersparen an diesem Nachmittag.

»Ja«, sagst Du und beginnst ein Wasserglas in Deiner Hand zu drehen. Du weißt nun, daß Du auf die Geschichte verzichten mußt, die Du Dir gewünscht hast. Niemand steht auf dem Turm und keine Frau wird in einem Boot gewiegt. Du schweigst, und ich weiß, daß wir uns jetzt beide dort befinden, wohin ich Dich führte ohne daß Du einen Schritt hattest machen müssen.

Ich nehme Dir das Glas ab, als Du getrunken hast und versuche einen Faden aufzuheben, den Faden einer Geschichte. Denn wenn auch das Turmfenster leer blieb und das Boot auch fehlte, ich kam einmal an in jenem Ort und das war nicht wegen der Sterne oder der Fische, auch nicht wegen des Flusses und der Quartiere der Armen.

Der eine zieht aus um das Fürchten zu lernen, der andere um eines Menschen Gesicht wiederzusehen und dabei lernt er das Fürchten vielleicht auch.

Ein Gesicht müßte ich Dir also nun beschreiben, Shura, aber das werde ich nicht tun. Nicht, daß ich es vergessen hätte. An jede Hauswand könnte ich es malen.

Einen Namen müßte ich Dir jetzt nennen. Aber was soll uns sein Name – wir wollen ihn ja nicht rufen. Was ist gelegen an seinen stummen Augen und was er Blindes redet mit dem Mund.

Ich habe es Dir zu Beginn gesagt, Shura: Du wirst unzufrieden mit mir sein. Den Faden habe ich vielleicht in der Hand, aber die Stikkerei einer Geschichte, bunt und dicht, mit Gold und mit Rot, bringe ich nicht zustande. Ich bin nicht Scheherazade, die ich beneide, weil sie Worte gestickt hat, tausendundeine Nacht und alles fügte sich zusammen Stich bei Stich und gab ein Bild und war ansehbar und verständlich.

Hier fügt sich nichts. Es sei denn, Du mit Deinen alten Augen und

Deinen klugen Gedanken machst ein Bild in Deinem Kopf aus dem, was ich vorzubringen weiß.

Es war an einem Sonntag und es war unvermutet noch einmal ganz und gar sommerlich geworden. Wir wollten auf die Hügel, die um den Ort stehen, die Wege waren schmal, das Auto rumpelte und schüttelte. Der Ort verkleinerte sich hinter uns, Wald kam nahe, es war Mittag und es hätte Glück sein können.
Ich richtete die Augen auf den Mann neben mir und sah ein großes fremdes Stück Fleisch, das atmete und zu warm war. Als wäre ich angerührt mit dem Dornstab einer Zauberin aus dem Laube, begehrte ich kühl und aus Stein zu sein und in einem fremden Land das stille Tragwerk der Karyatiden zu verrichten, nicht bewegbar von fremdem Atem.
Wir stiegen aus und das Gras unter den Füßen ließ mich die Gesimse vergessen, denen ich mich eben noch zugewünscht hatte. Wiesen, weich, bescheiden mit Kamille besternt. Wir versuchten Lächeln und auch Gespräch, aber das ließen die Schützen des Landes nicht zu, die lagen am Waldrand, blinzelten über Kimme und Korn und zielten ins Schwarze. Mit dem pausbäckigen Wehreifer eines kleinen Ländchens übten sie Scheibenschießen als sei das zu Gottes Ehre am Sonntag mittag. Ihre Patronen platzten uns in die Worte und zerschossen Sätze, die wir vielleicht auch ohne das nicht beendet hätten.

Ein anderer Tag, mittags, am Ufer. Der Fluß ein Glitzerband aus Tropfen und Licht und kühl wie Metall an den Füßen. Wir saßen und plauderten und diesmal sprangen die Sätze mit uns um, kaum daß man ihnen nachhorchen konnte – bis es mir gelang, die meinen zu zähmen und alles zu sagen, was er hören wollte. Das nannte er dann eine schöne Stunde.

Aber es konnte auch anders sein. Ich erinnere den schwarzen Messergriff in meiner Hand. Das Messer stammte aus den Beständen der Anstalt. Nein, es war kein Messer zum Morden, es war ein Messer zum Teilen. Wir teilten Brot, Käse, Früchte damit, wenn wir zusammensaßen und aßen ohne Teller in einem Gasthofzimmerchen, das dürftig möbliert war, aber verschließbar wie die Arche vor der Sintflut. Wir aßen, hockten mit hochgezogenen Knien, auch halbe Sätze wurden verstanden und alles war, als wäre es schon lange so und würde noch lange so sein und als die Nacht vor das Fenster kam, hätte der eine da schlafen können, wo der andere schlief.

Es konnte wieder anders sein. Wir saßen im Casino der Anstalt an einem Tisch, der viel zu groß für uns war. Die anderen Ärzte waren abwesend. Es war totenstill. Nirgends, nicht einmal auf einem Friedhof, wo alte Bäume knarren, Gärtner und Totengräber sich etwas zurufen, nirgends ist es so still wie in einer Irrenanstalt, wo man tausend Kranke mit feinem weißem Pulver stille macht, und manche hatten doch den Schrei schon im Mund.

Wir aßen, als säßen wir im Speisesaal eines weitläufigen Palastes und Diener ständen hinter unserem Stuhl. Wir reichten uns das Brot zu und die Worte reichten wir uns auch zu, anders speist der König nicht mit einer fremden Königin, die er das erste Mal zu Gast hat und mit der er der Zeremonie genügt zugunsten der Untertanen beider Länder.

Keiner erfährt je, daß der König und die Königin sich ihre Geschichte erzählt haben in einer Sprache, die die Diener nicht verstanden. Über die Pracht der Obstschalen hinweg haben sie sich ihr Leben zugereicht, die mühevolle Geschichte von Verfolgung und Exil.

Wie kommt es zu der Sekunde, in der man sein Leben anhebt und jemandem zureicht im Speisesaal eines Schlosses oder eines Irrenhauses mit Seitenflügeln und Verbindungsgängen im Keller, mit Kammern, die man nicht übersehen kann, nicht weiß, wo die sich befinden, die in den Kammern schlafen, ein jeder hat sich anderswohin verwirrt.

Plötzlich spricht man von Ohrenschmerzen, die man als Kind gehabt hat. Die Auswanderung, die neue Schule, die Verfolgung, das Versteck – es war alles schon zusammengefaltet, aber man breitet es noch einmal aus, und als man sich erhebt und den Saal verläßt, besitzt jeder des anderen Vergangenheit, das läßt sich nicht rückgängig machen.

In Märchen reiten Frauen auf weißen Pferden, werden geraubt oder müssen Mut zeigen, ein Ungeheuer küssen, eine alte Kröte im Verlies und dann ist es doch der Sohn des Kalifen.
Was ich jetzt zu berichten habe, klingt vergleichsweise ärmlich. Aber ich würde Streit bekommen mit Scheherazade über den Mut unserer Heldinnen, denn es scheint mir nicht viel Courage notwendig um eine Kröte zu küssen, wenn die Kröte das wünscht und erwartet. Ich weiß Schlimmeres. Es ist auch eine Kleinigkeit, eine Frau auf ein weißes Pferd zu setzen, Shura, das wirst Du zugeben. Man kann sicher sein, es sieht angenehm aus.
Ich muß einen Personenzug erwähnen, in den ich mich einsteigen lasse, wenn ich weitererzähle. Er sollte mich an den Ort bringen, den Du nun kennst. Diesmal war nicht Sommer. Es war nasser windiger Herbst und es war Abend, der Zug überfüllt, Berufsverkehr. Ich saß ans Fenster gedrückt und sah auf das, was nur als Umriß und Schatten erkennbar war: Waldstücke, Häuser.
Wie würde Scheherazade in Verlegenheit geraten, wenn sie mich beschreiben müßte: ungeschmückt und ungesalbt, die unauffälligste Person im Zug. Mit meinem Vorhaben ließ sich auch kein Staat machen: eine Frau, die hinfährt, wo sie nicht erwartet und nicht willkommen ist.
Das Glas der Scheibe wischend wünscht sie sich, was ihr nicht erfüllt werden wird: der Zug soll rückwärts fahren, der Ort soll verschwunden sein, leeres Feld, wo der Ochsen, der Bären, der Löwen standen und eine Grube, wo die Quartiere der Armen waren, jemand soll die Notbremse ziehen und den Zug nicht ankommen lassen.
Der Zug kommt an, die Frau seigt aus, ohne Hast, ohne Aufsehen, kein Gepäckträger, keine Taxe, also wieder bergauf mit dem Koffer in der Hand, am Ochsen, am Bären vorbei zum Löwen. Die Gasthäuser leuchten warm und gemütlich durch ihre Fenster. Den Koffer im Zimmerchen abstellen, die Hände waschen und, nur zu, hinüber in die Anstalt.

Auch dort ist es hell hinter allen Fenstern. Die tausend Kranken haben Licht, was mögen sie beginnen unter den Lampen, mit denen man ihnen den Tag verlängert? Der König hätte Scheherazade hinrichten lassen, wenn sie ihm erzählt hätte, in der achthundertachtzigsten Nacht, was hier ans Licht der Lampen kommt. Das würde der König nicht haben wahrhaben wollen, so sehr er ein Freund der Träume war.

Vorn, im Empfangshaus, wo die Frau den Mann begrüßen wollte, kam alles wie es kommen mußte, und auch das hätte Scheherazade dem König nicht erzählen dürfen. In den Geschichten, die er hören wollte, mußte es anders kommen als erwartet.

Und, Shura, einen Herzschlag lang, solange eine Türklinke bewegt wird, ehe die Tür sich öffnet, hatte auch ich gehofft, daß es anders käme. Aber nein, wir gaben uns die Hand, zuerst behinderte er sich noch ein wenig durch Höflichkeit, dann aber lebte er sich ein in die Rolle, die er unversehens spielen durfte, vielleicht zum ersten Mal in seinem Leben und vielleicht hatte er sie sich gewünscht, die des Mannes, der von einer Frau besucht wird und er hat sie nicht darum gebeten. Er begriff, welche Überlegenheit die Rolle verleiht und spielte sie aus:

»Ich will dich gern sehen, aber ich frage mich, wann« – und dann kamen alle Blockadewörter, die den beschäftigten Mann ausmachen und keines war ihm zu banal.

Während die Fasern des Herzens noch beschäftigt waren, den Schmerz zu verteilen, damit er nicht überhandnähme, wendeten die Augen dem Manne schon nüchterne Aufmerksamkeit zu, fähig zu registrieren. Ich beugte mich im Sessel vor, um es besser sehen zu können: ein menschliches Männchen, das vor mir das Ritual seiner Art erfüllte, das Balzspiel in der Verneinung, mit übereinandergeschlagenen Beinen, die Hände in den Kitteltaschen. Ich hatte Lust, ihm meinen Finger zwischen die Zähne zu legen, so wie man ein drolliges Tierchen zum Beißen animiert, wissend, daß es viel zu gering ist, um zu verletzen.

Nein, nicht mit dem Kopf auf den Stein schlagen. Der Gedanke kam mir nicht. Wer wird ein Tierchen vernichten, das gerade eine Vorstellung gibt.

Er hatte noch die Verabschiedung im Repertoire, an der Pforte, auf der obersten Stufe einer Steintreppe. Diese Art, die Hand zu geben! Wie kam er auf die Gebärde, man lernt sie doch nicht, sie muß im Instinkt des Männchens liegen. Fast hätte ich um Wiederholung gebeten, so neu war mir diese Geste der Geringschätzung.

Mit dem Atem machte er wieder gut, was er sprach. Wenn er schwieg, veränderte sich alles, weil dann sein Atem hörbar wurde und den Schmerz bewies.
So atmet kein Tier. Wer sagt, daß die Sprache den Menschen ausmache? Der schweigsame Atem ist beredter, der störbare Rhythmus, mit dem die Brust sich hebt, anfällig für die leiseste Trübung. Die Hast, mit der eingeatmet wird, wenn Kraft nötig ist und dann das stoßweise, mühevolle Ausatmen ohne daß Erleichterung gewährt würde, die trügerischen Pausen, in denen der Atem flach und unauffällig geht, als wäre nicht wichtig, was geschieht.

Ein Flugplatz ist in der Nähe des Ortes. Dahin waren wir eines Sommerabends gefahren als die Sonne gerade unterging mit allem Pomp, dessen das große Gestirn fähig ist. Illumination des Himmels aus Anlaß des Sonneversinkens, purpur und violett. Sanftmütig wartete die Nacht. Sie gönnte dem Tag die Festlichkeiten des Abgangs. Kein Flugplatz für große Verkehrsmaschinen. Nur kleine Privatflugzeuge stiegen hier auf und fielen wieder ein wie Vögel zur Nacht. Wir saßen auf einer Terrasse und sahen dem Steigen und Fallen zu. Die Leichtigkeit dieser gesteuerten Vögel bemächtigte sich unser und wir begaben uns fort, während wir beieinandersaßen. Er wanderte bergwärts, nehme ich an, wo ihn anderswer nicht erwartete. Ich wechselte den Kontinent und suchte jemanden jenseits des Meeres auf, der nicht wußte, wie sicher er an jedem Tag damit rechnen konnte.
Als die Zeremonien der Sonne beendet waren, die Nacht nahe trat und den Himmel einnahm mit der Fülle ihrer Sterne, blickten wir auf, suchten die Jungfrau und den Bären, fanden sie nicht, sternunkundig wie wir waren, und fuhren zurück miteinander, ohne daß der Eine mit dem Anderen gewesen wäre.

Das war nicht das Ende. Auch der andere Tag war nicht der letzte, der Wintertag, als ich ankam, ungerufen, wie ich immer kam und ihn suchte und fand im Ochsen, schräg am Holztisch zwischen Bauern sitzend, die Beine von sich gestreckt, den großen schweren Oberkörper über eine Zeitung gebeugt. Ich stieß ihn an, er sah hoch, und nun kam der Eine doch vor im Leben des Anderen.

»Sie müssen nicht im Wartezimmer sitzen«, sagte der Pförtner zu mir, als ich wieder einmal gekommen war. »Sie können auch ins Lesezimmer gehen.«

Das lag auf der anderen Seite des Flures, die Türen standen offen und was ich sah, hatte das Aussehen eines Interieurs von Bonnard:

Ein Tisch mit dunkler Filzdecke, altmodische braune Holzstühle, Türen, reich mit Leisten verzierte rötliche Türen, die weiter ins Innere der Anstalt führten. Aber der Mittelpunkt war die Lampe, der Schein, den sie auf den Tisch warf. Auch dieses Licht war von Bonnard und auch die Frau hätte er gemalt haben können, eine üppige schwarzhaarige Frau, die Hände auf der Tischdecke, ein Magazin aufgeschlagen vor sich, voller Ruhe, als wäre ihr nichts anderes aufgetragen als zu verweilen.

Ich trat leise über die Schwelle, verlegen, als hätte man mich aufgefordert ein Bild zu betreten und mich ihm zuzuordnen. Ich beachtete die Komposition und setzte mich der Frau schräg gegenüber, nahm auch ein Magazin. ›Die Lesenden‹ hieß das Bild nun, und mehr gaben wir zur Interpretation auch nicht preis. Der Betrachter in einer Galerie hätte nicht gewußt, daß dies das Lesezimmer eines Irrenhauses war, in dem sich eine Kranke und eine, die nicht krank war, gegenübersaßen. Was wäre damit auch erklärt gewesen? Ich betrachtete die Kranke und sie schenkte mir keinen Blick. Sie sah aus wie die Frau eines Geschäftsinhabers, die gewohnt ist, Kunden nicht zu bedienen sondern abzufertigen. Mit jedem verfährt sie kurz, wer nicht kauft, läßt es bleiben, die Kasse ist voll genug, willkommen höchstens der Ladenschluß. Eine Frau, die es nicht nötig hatte, mich anzusehen, während ich Unruhe verbergen mußte, die Füße unter dem Tisch bewegte, die Augen wandern ließ, auf das Atmen der Kranken horchte und erschrak, als eine der leistenverzierten Türen sich öffnete und ein Arzt den Raum betrat. Ein alter Arzt, er durchquerte das Zimmer, warf einen prüfenden und zufriedenen Blick auf uns wie ein Dompteur auf seine wilden Tiere, wenn sie ruhig auf der Spreu liegen. Dann besann er sich und grüßte uns, heiser und schnarrend. Ich antwortete in der Sprache meines Landes mit nicht mehr als ›Guten Abend‹ und konnte nicht verhindern, daß es klang als hätte ich gesungen. Der Arzt blieb stehen und sah mich an. Die Frau wendete eine Seite ihres Magazines mit der Gelassenheit derer, die Hausrecht haben.

Ich habe Pfirsichblüten gesehen in Landschaften, die für die Pracht ihrer Pfirsichblüten berühmt sind.
Aber nie sah ich einen Ort so rosig pfirsichblühend wie den Ort, von dem ich spreche und das war im November, als alle Obstbäume nur schwarzes Zweigwerk hatten.
Der Himmel zauberte!
Ich ging um Brot, Käse und die Früchte zu kaufen, die der Winter uns zubilligt. Mit hochgeschlagenem Kragen betrat ich die Straße. Die ersten Lampen im Ort flammten gerade auf und waren nichts als ein kleines Glimmen unter einem Himmel, der sich rosig dehnte. Alle Häuser, die Gärten, selbst die Pflastersteine nahmen seine Farbe an, ich hatte rosa Licht im Einkaufskorb, es wurde ausgeschüttet über den Ort, der nichts mehr war als die Fülle des Rosigen.
Rom und Venedig verfügen auch um diese Tageszeit über den Prunk ihrer Kuppeln. Sie bieten der sinkenden Sonne die Stirn ihrer schönen Paläste und bleiben, was sie sind.
Dieser Ort aber in seiner Ärmlichkeit und Häßlichkeit hatte dem Licht nichts entgegenzusetzen, so wurde er ganz und gar ein Teil der blühenden Luft. Wie sollte ich einen Ort nicht gewählt haben, auf den sich selbst der Himmel warf um mit ihm die Spiegelungen der Pfirsichblüte zu beginnen, mitten im November.

Wir aßen, was ich gekauft hatte in jenem Licht, teilten unter uns, aber es kam auch anderes zur Verteilung, unversehens kamen Eisworte auf, eisige Spitzen schoben wir uns unter die Haut, er konnte es besser, bald war ich dicht besteckt mit Eisnadeln, die klirrten, mich kalt machten und haften blieben, obwohl ich mich wie eine Katze rieb um sie abzustreifen.

Das Ende, Shura?
Sind wir schon in der tausendundersten Nacht?
Eines Tages habe ich mich vertrieben aus dem Ort. Eines Dezembermorgens in grauer vogelstummer Frühe habe ich mich fortgejagt, am Löwen, am Bären, am Ochsen vorbei, von Schmerz gekrümmt im Eiswortkleid.
Vor dem Zugfenster tauchte wie ein Palast aus dem Nebel noch einmal die Anstalt auf, erleuchtet hinter allen Fenstern, als gäbe man ein großes Fest. Der Tag der Irren hatte schon begonnen, und sie waren am Platze, wo ich fehl am Platze war.

Du nimmst noch einmal meine Hand, Shura, und nun bist Du es, der mit den Gedanken Städte aufsucht, die die Erde schmücken mit der Kostbarkeit ihrer Kuppeln und den Salvebogen ihrer Tore.
»Ravello«, sagst du »du wirst Ravello wiedersehen, denke an die Kuppeln, an die Marmorlöwen von Ravello, denke an Aigues mortes, du wirst die Mauern, die Tore von Aigues mortes wiedersehen!«

Die Marmorlöwen von Ravello sind mir gleich und an die Mauern von Aigues mortes will ich mich nicht wieder lehnen.
Ich bin an dem Ort, den ich verließ.
Es ist ein geringer Ort, Du weißt es nun. Nichts als drei Schenken und die Quartiere der Armen. Am Fluß fängt und erschlägt man die Fische.
Aber, Shura:

Manchmal über Nacht sinken ineinander
nahe genug einander nahe

Lambert

Ich lernte Lambert im frühen Frühjahr 1960 an der Loire kennen, bei den anmutigen Schlössern, auf einer der Freitreppen, glaube ich, war es. Nicht, daß er dort gewesen wäre, sein Vater begann dort von ihm zu erzählen. Ein jovialer alter Herr, der den Kastellanen gutes Trinkgeld gab und wissen wollte, warum König Franz die Salamander so sehr liebte.

Gegen jedermann freundlich, Lamberts Vater. Mich nahm er in seinem Wagen mit von Schloß zu Schloß. Unterwegs erzählte er von Lambert. Was Väter so erzählen von ihren Söhnen, mit denen sie nicht zufrieden sind.

Ich sah auf den Fluß, der zu nichts nutze ist als dazu, die Loire zu sein, der fließende Faden, an den die perlgrauen Schlösser gereiht sind. Keine Schiffahrt, kaum Fischfang.

»Verloren habe ich ihn, als er begann, sich mit Philosophie zu beschäftigen«, sagte der alte Mann neben mir.

Wieder eine Geschichte von einem verlorenen Sohn, dachte ich. Irgendwen machen Väter immer verantwortlich, wenn sie unfähig sind zuzugeben, daß sie unfähig sind, die Vorstellung, die sie sich von ihrem Sohn gemacht haben, zugunsten des Sohnes fallenzulassen. Jemand hat ihnen das Konzept verdorben, das sie glaubten, sich von ihrem Jungen machen zu dürfen: falsche Freunde, der Alkohol oder der Krieg. Diesmal war also die Philosophie schuld, auch das war nicht neu, kam schon zwischen Friedrich Wilhelm I. und Friedrich dem Großen so vor.

Ich konnte dem, was ich hörte kein Interesse abgewinnen, war dem zugewandt, was ich sah: den grauen zarten Steingefügen, für nichts als für drei Nächte im Herbst gebaut, wenn der König unter dem Dache weilte, erhitzt von der Jagd. Dafür die Spiegelsäle und die Salamander im Stein, denn sie machen unversehrbar, aber nicht die Hirsche und Hasen.

Wie sonderbar, heute sehe ich Lambert da, wo er nie war. Heute tritt er mir auf dem Parkweg von Cheverny entgegen wenn ich an ihn denke, und es scheint, als wäre er damals schon dabeigewesen, damals, als ich nicht willens war, mir eine Vorstellung von ihm zu machen.

»Frierst du, Lambert«, frage ich, aber das war später, das war auf der Pfaueninsel an einem windigen Tag. Das Wasser kräuselte sich um die Insel der preußischen Könige, die keinen Salamander für ihre Unversehrbarkeit hatten. Sie verließen sich auf ihr preußisches Herz und schliefen auf einem Feldbett.

Lambert ging lächelnd und staunend auf der Insel umher, betrat langsam neben mir das Schloß, und wir sahen uns an in den großen Eisflächen der Spiegel.

Ich habe Lambert anfangs immer nur in Spiegeln gesehen. Zuerst in dem Hohlspiegel, den der Vater mir hinhielt und in dem man rückwärts sehen konnte: Lambert, das sanfte, das fügsame Kind, sich verbeugend vor den Erwachsenen, Lambert, der den Eltern immer nur Freude machte, bis er zweiundzwanzig wurde, dann machte er keine Freude mehr, weil, was er dann erkannte, dem Vater nicht erkennbar war und mit Freude hatte es nichts zu tun.

Danach sah ich in den Taschenspiegel, den ein Patient mir hinhielt, als er von Lambert sprach. Ich erkannte zunächst nicht viel, nur die banale Tatsache, daß Lambert bei seinen Patienten beliebt ist. Aber dann sah ich doch noch etwas: Lambert lacht selten.

Auch als ich Lambert zum ersten Mal leibhaftig begegnete, sah ich ihn in einem Spiegel. Man hatte uns beide zu einem Abendessen geladen. Wenn ich von meinem Teller aufsah, blickte ich in die Glasscheibe eines Schrankes und konnte darin bequem beobachten, wie Lambert aß. Er hatte kultivierte Bewegungen, aber er aß viel, stellte ich nicht ohne Antipathie fest. In meinem Tagebuch vermerkte ich damals:

»Heute lernte ich Lambert kennen, von dem sie immer so viel reden. Ißt viel und bleibt beinahe stumm.«

Der nächste war wieder nur ein ganz kleiner Spiegel. Ich beteiligte mich an einem Ausflug der Familie. Das Auto war voll besetzt, Unterhaltung nach allen Seiten, die Worte hüpften wie kleine Bällchen auf hartem Pflaster. Nur Lambert sprach kaum. Im Rückspiegel sah ich seine Augen. Ein Paar ruhiger wachsamer Augen, denen man ansah, in was alles sie Einsicht hatten. So war mir Lambert von niemandem geschildert worden.

Ich begann, mit Lambert zu leben. Auf meine Weise und auf seine Weise auch, obwohl Flüsse, Gebirge und eine Grenze uns trennten, – Lambert lebte am Rande der Südlichkeit, ich blieb unter Preußens nüchternem Himmel. Aber Schienen verbanden uns, Meilen und Abermeilen eiserner Schienen, auf denen Züge dahinschossen in Novembernächten, Regenböen prasselten ans Fenster des Schlafwagens, plötzlich und scharf, als hätte jemand eine Handvoll Erbsen geworfen um mich zu wecken – oder in Sommernächten, wenn der Mond groß und rund wie ein entflogener Kinderballon am Himmel mitschwebte als gebe es auch für ihn keinen anderen Weg als diesen. Über dröhnende Brücken und durch rußige Tunnel brachte mich der Zug dahin, wo ich Lambert suchen konnte und auch fand, wenn ich leisen Schrittes das Irrenhaus betrat, an murmelnden Alten vorbei, die hier ihren Lebensabend zubrachten, lächelnd, aber verwirrt – oder aber ich fand ihn in verqualmten Bauernschenken, wo man mich ansah von den Holztischen her und gleich wußte, daß ich eine Fremde bin.

Der Tod war es, der mir unvermutet den letzten Spiegel hinhielt und mich sehen ließ, was nicht sichtbar wird, solange das Blut noch kreist.
Sie hatten Lambert auf die falsche Weise in den Sarg gelegt. Man hat mich weggeführt, weil ich verhindern wollte, daß er so in den Sarg kam, mit gekreuzten Händen über der Brust. Mich gehe das nichts an. Ich gehöre nicht zur Familie. Aber ich wollte, daß man ihm die Arme hinter dem Kopf verschränkte, damit er sich ausruhen könnte, lächelnd und staunend. Ich habe ihn manchmal so liegen sehen, auf Wiesen, als er noch atmete.

Seit Lambert tot ist, bin ich immer in seiner Begleitung und bewege mich ungehindert mit ihm. Jetzt fallen mir auch Worte seines Vaters wieder ein, denen ich nicht zuhörte seinerzeit, die aber offenbar doch gespeichert wurden in kleinsten Teilchen meines Hirnes. Der alte Mann spricht jetzt noch einmal, was er damals sprach, als ich mich nicht ablenken lassen wollte von der steinernen Festlichkeit jener nie gealterten Schlösser, und ich beuge mich über Lambert und wiederhole manches, denn mich kann Lambert noch hören, so tot er ist.

Letzten Endes hat man ihn doch hingelegt, wie ich wollte, daß er läge: die Arme hinter dem Kopf verschränkt. Die anderen wissen auch, daß Lambert mich noch vernimmt und daß ich ihn fragen kann. Sie gehen vorsichtig mit mir um und beginnen ihre Reden schüchtern: Weißt du wohl, ob Lambert – hat Lambert eigentlich damals? – ich beuge mich über sein totes Gesicht und weiß, ob Lambert damals.

Wie war es möglich, daß Lambert starb? Es war möglich, weil es nötig war. Eine Todesursache wurde zunächst nicht bekannt. Vielleicht habe ich ihn getötet mit einem Stift auf Papier. Jedenfalls wäre das nichts gewesen als Totschlag aus Notwehr. Jedes Gericht würde mich freisprechen, denn er kam dem Mord schon nahe, eines Abends um sechs Uhr. Ein Tatwerkzeug hätte man nicht gefunden, denn er schlug mit Worten auf mich ein und die waren nicht nachweisbar wie der Hammer, mit dem ein kleiner armseliger Mann auf die Frau einschlägt, die er nicht liebt oder doch liebt und man liest es dann als Überschrift in der Zeitung.

Seit Lambert tot ist, kann ich ihm Vorschläge machen wie diesen: Laß uns zurückgehen, Lambert, laß uns zurückgehen bis dahin, wo du Kind warst, aber ein kleines Kind, einen Fuß auf dem Roller und das Mützchen schief auf dem Kopf.

Seit er tot ist, geht Lambert gern mit mir. Warum mußte er dafür erst sterben, denke ich manchmal. Wir hätten auch früher schon zurückgehen können, aber damals durfte ich nicht mit ihm nach Zürich fahren und hätte doch gern gewußt: war es hier, war es dort, wo du gelebt hast, ich will dich ablesen vom Gemäuer, das du bewohnt hast, zeig mir die Stadt, die du liebst, Lambert.

Seit er tot ist, nimmt mich Lambert an die Hand: »Ich muß dich anschirren«, sagt er und führt mich sicher durch den Verkehr, den er schon immer viel besser übersah als ich.

Die Leute blicken uns nach, denn man sieht nicht alle Tage einen Toten mit einer Frau an der Hand durch die Stadt wandern und beide lächeln.
Lambert ist vielleicht gar nicht besonders groß, aber er ist so breit und kräftig, daß er mächtig wirkt. Erst seit es so blaß ist, weiß man, wie schön sein Gesicht ist, obwohl die Augen klein sind und die Nase groß ist. Sein Gesicht hat weite Flächen, man ruht sich aus, wenn man ihn ansieht, man kann sich anlehnen an sein Gesicht mit den Augen.
Ich habe mich daran gewöhnt, daß er jetzt so fahl ist. Nur wenn er mich ruft mit weißem Mund, erschrecke ich noch manchmal und frage mich, was werden wird, wenn die Zeit alles Fleisch von seinen Knochen getrocknet hat und er nichts mehr ist als sein bleiches Gebein. Wenn er dann mit mir geht – der Tod und das Mädchen werden die Leute sagen und es wird sie schaudern vor uns.

Warum beginne ich von Lambert zu berichten? Ist es die Pietät, mit der in allen Familien noch ein wenig von lieben Toten geredet wird um sie ein wenig noch anwesend zu halten mit Gespräch und Bildern, die man sich zeigt: weißt du noch?
Dieser Art von Anwesenheit bedarf Lambert nicht. Er betritt mein Zimmer und sitzt mir gegenüber, mit geschlossenen Augen zwar, aber er wird mich schon sehen.
Warum also berichte ich von Lambert? So kann man fragen. Aber eine andere Frage führt weiter: warum treibt es Lambert noch um wie ein legendäres Schiff auf dem Meer, warum hat er sich, als er starb, nicht der Erde und nicht dem Feuer anvertraut, sondern öffnet meine Türen, warum ist er jetzt da, es kann doch nicht sein, weil ich ihn rufe, er hörte doch sonst nicht auf mich und ließ mich warten, bis die Zeit sich mir zu einem Zwirnsfaden dehnte – aber am Ende kam er dann doch nicht.

Eines Tages fand ich die Erklärung. Wir standen vor dem Fenster eines Antiquitätengeschäftes in Zürich, ich besah sizilianische Marionetten und erwog, sie zu kaufen. Lambert war dagegen, er wollte keine anderen Toten, die sich bewegen.

Er legte mir die Hand auf die Schulter und versuchte, mich zum Weitergehen zu überreden.
»Warum ist alles so gekommen«, fragte er so beiläufig als hätte er nach dem Grund für den Verlust einer Zeitung gefragt.
Ich sah ihn an, er lächelte zwar, aber etwas in seinem toten Gesicht bewog mich, ihn in die Arme zu nehmen mitten auf einer Zürcher Straße und der vergessene Wunsch kam wieder in uns auf, der Wunsch, den die Tiere nicht kennen, wenn Hirsche mit den Stangen gegeneinanderrennen und Hähne mit dem Sporn einer des anderen Blut vergießen: der Wunsch nach Versöhnung, der die Menschen zu Menschen macht, mitten im Streit.
Wir hielten uns im Arm und gedachten unserer ersten Versöhnung eines Tages im August, als er wiedergekommen war aus den hohen Bergen und wir uns gegenübersaßen schräg und entfernt, bis der Wunsch nach Versöhnung uns mit einem Stoß von den Stühlen trieb, auf denen wir gesessen hatten mit übereinandergeschlagenen Beinen und Argumenten im Mund. Es stieß uns damals von den Stühlen und trieb auch jetzt einen in des anderen Arm, was besagte es schon, daß Lambert tot war und daß ich lebte, ich kann ihn zurücksingen unter die Lebenden, wie Orpheus wieder ans Licht der Sonne sang, die er liebte. Aber ich werde mich nicht umwenden nach Lambert, seine kalte Hand in der meinen, werde ich vor ihm hergehen und ihn zurückbringen und die Furien stille singen, die uns die Füße lecken mit heißem Geifer und uns zurufen wollen, wessen Schuld es war, wo der Zorn wuchs und wann Rache ihre schwarzen Blüten öffnete.
Ich werde ihn zurücksingen. Aber ein Preislied wird es nicht werden.

So gedenke ich nicht zu verschweigen, daß Lambert besonders bei kleinbürgerlichen jungen Mädchen einen guten Eindruck zu machen vermochte. Deren scheußliche Vorstellung von einem gut aussehenden Mann erfüllte er nahezu vollkommen. Er hätte ein prämierter Sportler und er hätte auch ein in die Jahre gekommener melancholischer Schlagersänger sein können.
Den Arzt, der er war, sah man ihm nicht an, jedenfalls nicht so-

gleich. Im weißen Kittel konnte er aussehen wie der Angestellte eines besseren Delikateßgeschäftes; es war durchaus vorstellbar, wie er Konservendosen mit Ananas darin zu einer Pyramide aufbaute und schon reichlich mit Jahren versehenen Damen, die seinen Charme genossen, ein bestimmtes Trüffelparfait empfahl.
Lambert bedurfte, um erkannt zu werden, stets eines zweiten und dritten Blickes, aber wer nahm sich schon die Zeit, diesem Mann, der den Raum einnahm mit seinem wohlgehaltenen Körper, auch noch auf den leisen Mund zu sehen.
Erst seit er tot ist, kann jeder den zweiten Blick vor dem ersten tun und keine Täuschung ist mehr möglich.

Lambert und ich waren, man könnte so sagen, ein verlegenes Paar. Wir waren ungängig miteinander und der eine stutzte vor den Lebensäußerungen des anderen, vor allem wegen der Beziehungen, die jeder von uns zur Zeit unterhielt. Wir standen auf verschiedenem Fuße mit ihr.
Für mich ist Zeit ein Reitpferd, das ich mir gefügig gemacht habe, ich lasse es tänzeln unter mir und bestimme die Gangart, ich springe mit ihm über Gräben der Langeweile und mache mich davon über Dornenhecken.
Für Lambert war Zeit eine Wüste, in der er sich Tag für Tag von neuem verirrte. Markierungen der Uhrzeit waren im Sand nicht sichtbar und so wurde Lambert täglich überfallen von der Nacht, wie nur in der Wüste die Nacht den Tag im Sturz beendet.
Doch ich glaube nicht, daß Lambert unglücklich war mit der Zeit, die er Sandkorn für Sandkorn um sich ausgebreitet fand.
Wenn ich ausritt um ihn zu suchen, fand ich ihn gewöhnlich wie er mit dem Finger in den Sand malte, einen gehörnten Widder oder eine Rose. Er lächelte mich an, wenn ich auf ihn zupreschte auf dem Rücken der Zeit und dem Pferde die Flanken zitterten, er lächelte und fragte:
»Ist es schon soweit? Bist du schon da?«
Aber ›schon‹ hieß, daß ich gewartet hatte, Stunden in einem Hotelzimmer auf gelber Seidendecke sitzend, als wäre ich ein chinesisches Palasthündchen, oder aber in einem Gasthof, wo ich Jaß spie-

len lernte, weil die Bauern das am Nebentisch spielten und ich gar nicht anders konnte, als die Regeln begreifen mit der Länge der Zeit. Ich sehe mich vor dem Bogentor einer Kathedrale zwischen den klugen Jungfrauen rechts und den törichten links hin- und herpendeln, als sei ich dazu verdammt, mich ewig nicht für die Klugheit noch für die Torheit entscheiden zu können.

Wir waren ein verlegenes Paar – aber damit habe ich Dummen das Wort geredet, die es nicht lassen können zu sagen: daß er keine schönere Frau an seiner Seite hat – oder: wie sie es nur aushält mit dem stummen Riesen!

Doch es wird schon jemanden geben, der ahnt, daß wir so ungängig nicht waren zusammen.

So ungern sah Lambert mich nicht die Zeit reiten oder sie durchmessen in langen Zügen, die mich von B. nach B. brachten auf blank geschliffenen Gleisen. So ungern stieg ich nicht vom Pferde um mich niederzulassen neben Lambert, der mir eine Mulde machte im Sand, wo ich die Zeit nicht zügelte, sondern vergaß.

Ich begann, Mond und Sterne in den Sand zu malen, das warnte Lambert vor der Nacht, die so schwarz nicht mehr kommen konnte, daß er erblinden mußte in der Finsternis.

Lambert war schweigsam. Aber wenn er sprach, machten seine Worte das leise trockene Geräusch, mit dem Perlen in eine Holzschale rollen. Wir spielten ein Perlenspiel, wenn wir miteinander redeten. Nicht das Glasperlenspiel, das viel beschriebene, es klirrte nichts, wenn Lambert sprach. Lamberts Perlen kamen aus dem Meer, er nahm nur Worte, die geruht hatten bevor er sie brauchte und die bedacht waren. Dabei hatte er viele, man weiß nicht, wann er tauchte um sie zu holen. Ich nahm mich ihrer an und reihte sie wie auf Schnüre, die ich abtastete in der Erinnerung als wären es Rosenkränze.

Aber vielleicht sollte ich mit meinem Bericht über Lambert anderswo ansetzen, vielleicht sollte ich da beginnen, wo sein Blut sich mischte aus jüdischen, schottischen und schweizer Anteilen. Daß ich diese Blutsanteile kannte und sogar erfahren hatte, einige seiner

jüdischen Vorfahren kamen aus Spanien, andere aus Holland und Rußland, war nichts als theoretisches Wissen. Die Fakten waren nicht spürbar.
Lambert sah weder aus wie ein Jude noch wie ein Schotte und ein Schweizer schien er mir nur aus Gewohnheit zu sein.
Menschen wie Lambert kommen als Fischer auf Mittelmeerinseln vor, die Schulter gegen ein großes Boot gestemmt um es flottzumachen, konnte man ihn sich vorstellen, aber auch als einer jener intellektuellen Amerikaner war er denkbar, die in Amerika nicht gedeihen und auf unserem Kontinent leben um auch hier nicht zu gedeihen. Daß Lambert wie ein Sportler und wie ein Schlagersänger aussehen konnte und daß auch der Arztkittel ihn nicht eindeutig identifizierte, habe ich schon gesagt. Lambert war auch aus dem Kitteldasein mehrfach ausgebrochen um im Hafen zu arbeiten, ein Buch von einer Sprache in eine andere zu variieren, ganz anderes und noch anderes oder gar nichts zu tun.
Lambert besaß keine Wohnung, er hauste in möblierten Zimmern, die er häufig wechselte. Er war nirgends zu Hause, nicht einmal in einer Sprache war er wirklich beheimatet.
Sein Vater, damals, an der Loire, hatte mir zwar gerühmt, daß der Sohn viele Sprachen beherrsche – aber als ich Lambert dann zuhörte, verstand ich, daß die Sprachen ihn beherrschten. Er war wie Treibholz auf den Strömen der Sprache und die Wasser spülten ihn sich zu.
Ja, er wußte viele Sprachen, aber er mischte sie immerfort im Munde, keine ließ er rein erklingen. Er verfügte über einen großen Reichtum an Worten, jedes Ding wußte er mit vielen Namen zu benennen. Er sammelte Wörter wie man Steine sammelt, besaß seltene, fast vergessene und kannte ihre Herkunft. Wie oft holte er ein Wort hervor, das ich nie gehört noch je geschrieben gesehen hatte, aber er besaß es und beschenkte mich damit.
Nur auf den Gebrauch der Wörter verstand sich Lambert nicht. Er vermochte mit ihnen keine Sätze zu bilden, die wie Brücken auf den Pfeilern ihrer Verben ruhen und Gedanken tragen und passieren lassen.
Lamberts Sätze brachen immerfort ab, stürzten durch Einschiebsel

zusammen, die Materialien der gemischten Sprachen verbanden sich nicht, Holz ist mit Eisen nicht zu verschweißen. So ließen seine Satzbrücken den freien Verkehr von Gedanken nicht zu, sie waren unpassierbar, und Lambert litt darunter nicht weniger als ein ehrgeiziges Kind, dem es nicht gelingt, die Bauklötzchen mit den kleinen Händen so zu setzen, daß wirklich die Brücke über den Firth of Forth entsteht, die große Brücke, von der es träumt.

Der schlimme Lauf der Welt hatte Lambert zu früh von einem Land ins andere verstoßen und nun schwangen die Türen zwischen seinen Sprachen wie Pendeltüren hin und her, kein Sprachraum ließ sich je geschlossen halten.

Es war nicht mehr früh in unser beider Leben, als wir unsere leisen Spiele begannen in dem Zelt, das wir uns aufschlugen wo wir auch waren, im Gehäuse eines Autos, in einem Hotelzimmer oder dem Gästezimmer von Freunden, das man uns für ein paar Stunden überließ. Wie wirkliche Nomaden vermochten wir überall zu Hause zu sein. Wir schlossen die Türen der fremden Zimmer, ließen uns nieder auf einem Diwan und bedurften eigentlich nur eines Messers, mit dem wir Brot und Käse teilen konnten. Noch während wir aßen, begannen wir, uns Wörter hinzuhalten so wie Kinder sich unter einem Tisch verborgen hockend leise ihre Schätze zeigen. Ich nahm Lamberts Worte, violett schimmernde Kristalle aus Amethystdrusen gebrochen und setzte sie in meine Geschichten, die ich ihm vorlas. Er sah zu, wie ich Satzteile zusammenbog als wären sie Weidenruten[1]. Mitunter nahmen wir nur unsere strahlendsten

1 Weswegen ich gleich für alle folgenden Seiten im voraus sage, daß in diesem Buch nicht alle Kommata gesetzt werden, die König Duden für die deutsche Schriftsprache befohlen hat. Dabei bin ich eine große Verehrerin der Beistriche. Es grenzt an Wunder, wie die kleinen krummen Dingelchen imstande sind, zwei Gedanken wie Kampfhähne auseinanderzuhalten, und nicht in den Clinch zu lassen, was gesondert aufgenommen werden soll.

Freilich, am Komma kann man durch Sätze stelzen, wie Friedrich der Große am Krückstock durch die Gärten von Sanssouci schritt. Aber nicht alle leiden an Gicht. Manch einer wird's gern haben zu schlittern mit Gedanken und Satzteile sich jagen zu lassen wie junge Hunde, ohne daß Kommata sie voneinander fernhalten. Manch einer wird's mögen,

Wörter und legten sie zu einem großen Stern. So müssen sich Zwerge gebärden, die man in einen Bergstollen eingeschlossen hat um sie einen Schatz bewachen zu lassen und nun spielen sie mit Smaragden und werfen sich Rubine zu.
Lambert wußte andere Arten von Sprache als ich, er kannte die flatternden Reden der Verwirrten, denen er sich zugewandt hatte. Er war Irrenarzt. Bei denen, die alle Wirklichkeiten vertauschen, hatte er sich ansässig gemacht, bei den ganz Unbeständigen, den Trinkern, den Träumern, bei denen, die tätlich werden in unerwarteten Momenten, bei denen, die nicht vor ein Fenster treten können ohne sich hinausstürzen zu wollen, bei diesen allen war Lambert etwas wie Beständigkeit überkommen, die Hilfe bringende Beständigkeit des Arztes. Vor den tausend Kranken, die die Anstalt erfüllten mit dem Gemurmel ihrer Ängste, hatte Lambert, so nehme ich an, begonnen, sich mit seinem Beruf auszusöhnen.
Mir war es recht, daß Lambert jeden Morgen ein Irrenhaus betrat. Ich dehnte meinen Bereich aus um die Anzahl der Schritte, die er auf jenen fremden Fluren machte. Lambert baute meinen Gedanken einen Steg in das Reich der Verwirrten, wo nichts mehr gilt, schon gar nicht der Satz vom Grund, wo eine Schattenjagd stattfindet und alle sind die Verfolgten, wo laut geweint wird und Befehle aus der Wasserleitung tropfen.
Ich blieb diesseits der Pforte, die allmorgendlich hinter Lambert zufiel, aber vor meinen Gedanken sprangen die Schlösser auf, ich trat an das Bett von Alice, sah sie jung und bleich in den Kissen liegen, wie Lambert sie geschildert hatte, Wahrnehmbares nicht

wenn der Gedanken nicht zu wenig sind und Wörter einander nicht abwarten können, sondern übereinander herfallen und im Galopp gelesen werden wollen; jedoch auch Staccato wie Legato können vorgesehen sein, was alles vom Kommahäkchen durchaus signalisiert wird, und von dem ist beinahe schon zuviel die Rede, aber ein Instrumentchen verbalen Musizierens ist das Komma allemal, drum kann ihm eine Fußnote gut und gern gewidmet werden. Der Leser wird vom Schreiber herzlich gebeten, Schritt halten zu wollen, dort zu pausieren, wo der Schreiber kommapausiert und mitzurennen, wenn der Schreiber nicht willens war, interpunktorisch anzuhalten.

mehr wahrnehmend, aber mit feurig roten Bildern vor den geschlossenen Augen. Ich näherte mich schuldbewußt, als läge Alice meinetwegen dort, als müsse sie erleiden, weil ich nicht erlitten hatte, wofür ich bestimmt gewesen war in jungen Jahren, nur hatte ich mich nicht ausgeliefert, ich war zu Pferde geblieben und hatte die Ängste jener Zeit geköpft und nun sitze ich diesseits der Pforte, versuche Sätze, und schmücke sie mit Ovalen aus Achat und Lapislazuli.

Aber es gibt ein Tier, bei dessen Anblick ich eher Alice bin als anderswer, ausgeliefert allem Grauen, den Notschrei des Opfers auf den Lippen, bereit zu jeder Flucht und wäre es der Sprung aus dem Fenster, und nicht einmal Lambert weiß, warum das kleine Tier so große Angst entbindet.

In Ägypten hätte Lambert leben können, vor Jahrtausenden, als Traumdeuter am Hofe des Pharao. Aber der Pharao hätte mit ihm nicht so leichtes Spiel gehabt wie mit Joseph. Lambert hätte nicht gesagt: es werden sieben magere auf sieben fette Jahre folgen, triff Vorsorge für die mageren. Lambert hätte gefragt: was fällt dir ein, wenn du von vierzehn Kühen träumst, woran denkst du bei vierzehn Ähren? – und der Pharao hätte nachdenken und seine Gedanken aussprechen müssen. Aber es fragt sich, ob ein Pharao spricht, was er denkt. Vielleicht hätten ihm auch die Gedanken, die ihm kamen, nicht behagt und er hätte den köpfen lassen, der ihn zu denken veranlaßte.

Inzwischen hat sich die Wissenschaft der Träume bemächtigt und Lambert läuft nicht mehr Gefahr, enthauptet zu werden. Dafür ist auch die Entlohnung für den Josephsdienst nicht mehr königlich.

Es waren die Träume von Bauern und Angestellten, die Lambert sich erzählen ließ, sizilianische Arbeiter klagten sie ihm mit der Vehemenz ihrer Natur, und Lambert fügte ihre Rede dem zu, was er an Sprache ohnehin schon besaß.

Es kann nicht erstaunen, daß Lambert nur selten lachte. Aber sein großer Ernst war mir recht.

Wie war dennoch alles so gekommen, wie war es trotz alles dessen, was ich gesagt habe, dazu gekommen, daß ich Lambert bis in den Tod verstieß, mich aber von seiner bleichen Gestalt nicht zu trennen vermochte und ihn jetzt zurückschreiben muß, Wort für Wort.
Wie war jenes ätzende Mißbehagen entstanden, das schließlich zu Lamberts Tod führte, jedenfalls zu seinem ersten Tod.
Das war es doch, was Lambert wissen wollte in Zürich auf der Straße, das war es doch, weswegen er neben mir ging, blaß und ohne zu atmen.

An Amboise muß ich zurückdenken, an die große Terrasse des Schlosses. Man steht hoch über der Loire, die träge über Sandbänke spült und in laubigen Buchten verharrt. Wir sahen auf die drohende Wucht des Kanonenturmes, der sich rundgemauert aus dem Schloßgraben erhebt.
»Lambert ist ein Verschwender«, sagte damals der alte Mann neben mir, »er vergeudet alles.«
Ich schwieg, und eine Weile hörte man nichts als die leisen Laute der Loire.
»Lambert kann nichts behalten, jeden Tisch, jeden Stuhl gibt er wieder fort, wir wissen nie, wo alles bleibt.«
Ich sah Lamberts Vater an und dachte, daß er vielleicht einen jener Feuerwerker zum Sohn habe, die jeden Geldschein in Sonnen und Sterne sprühende Raketen verwandeln, für nichts begabt als für nutzlose Feste, zu nichts gewillt als zu Blumenarrangements und Champagnerfreuden. Aber ich irrte mich. Lamberts Verschwendung war nichts als eine Reihe banaler Gewohnheiten, die reicher Leute Kinder häufig nicht abzulegen verstehen. Auch wenn er kaum Geld hatte, löste er Billetts für die erste Klasse der Eisenbahn, er versagte es sich nicht, in vornehmen Restaurants zu speisen, kaufte sorglos Bücher für Geld, das er gar nicht hatte und war mit Recht sicher, daß sein Vater letzten Endes alle Rechnungen bezahlen würde. Es handelte sich da um kleine Bezirke seiner Persönlichkeit, die nicht mitgewachsen waren, wo es am Erwachsensein noch haperte. Sie waren ohne Belang für mich.

Mich störte nicht seine Verschwendung, mich störte sein Geiz. Mich störte das winzige sparsüchtige L, mit dem er seine Briefe zu unterzeichnen pflegte, als fürchte er, sich zu verausgaben, wenn er seinen vollen Namen gewährte. Die Behaltsamkeit, die er auf seine Person verwandte, hatte etwas von krummfingeriger Knauserigkeit, die den Umgang mit Lambert abstoßend machen konnte. Er war zu geizig, mir auch nur für Sekunden einen Platz anzubieten, als ich das einzige Mal in das möblierte Zimmer trat, das er gerade bewohnte. Aber schlendernd und sich räkelnd nahm er teil an jedem Raum, der gerade meiner war, legte sich in mein Bett, wenn er fror und hinterließ auf Teppichen, Stühlen und Tischen die Krümelspuren seiner Nahrungsaufnahme.
Wann hätte ich Lambert je gesehen, ohne daß er etwas hätte essen müssen. Es war seine Art des Besitzergreifens von der Welt und man mußte sie ihm gönnen, anders wußte er sich ihrer nicht zu bemächtigen, so fiel er über sie her und vertilgte von ihr was er konnte, Früchte und besonders gern herbe Gemüse, aber er aß vollkommen geräuschlos und ohne jedes Anzeichen von Gier. Er verleibte sich die Welt langsam und melancholisch ein und wußte, wie geringen Teil er an ihr hatte mit dem Brot und dem Fleisch, das er zu sich nahm.

Von Lamberts Behaltsamkeit ist also die Rede, von dem Geiz, mit dem er auch noch die Ränder seiner Existenz vor Wanderern schützte, die dort vielleicht hätten die Schuhe von den Füßen ziehen und rasten können, und ich höre die Furien zu meinen Füßen flüstern: was war denn so des Bewahrens wert, wie schön waren denn seine Gärten, daß niemand sie betreten durfte?
Zu seiner Verteidigung muß ich Lambert in anderer Gestalt zeigen, als das zottige Pelztier, das er mir manchmal zu sein schien, auf Honig aus und nichts lieber wollend, als sich auf die Bärenhaut zu legen. Er war faul, ein großes träges Tier, das man ins dicke Fell pieken mußte um es zum Tanzen zu bringen. Ich erinnere mich, daß sie ihn immer einen Bären genannt haben. Ich sprach ihn nie so an, aber so unrecht hatten die Bärensager nicht, Lambert hatte Bärenhunger und Bärenkräfte, er war behende wie diese

plumpen Tiere auch und nur ein Bär hatte sich so bösartig auf mich stürzen können eines Abends um sechs Uhr.

Lambert war stolz auf seinen Tiernamen. Aber dann war alles gar keine Zirkusvorstellung und am Ende klatschten die am wenigsten, die ihn einen Bären geheißen hatten.

Nicht ohne Lächeln kann ich daran denken, daß es vielleicht gar nicht Geiz und Bewahrsucht waren, sondern daß nur dickfellige Bärenfaulheit Zeiten der Trennung so schwer überstehbar machte.

Wenn wir unsere leisen Spiele nicht mehr spielen konnten von Mund zu Mund, wenn wir uns nicht mehr lenken konnten mit einem Finger unserer Hand, wenn ich wieder zurück mußte von B. nach B. auf eisernen Schienen, rissen die Fäden, die wir Wort für Wort gesponnen hatten zwischen uns.

Zwar schrieb ich Briefe und schickte diese Papierschiffchen aus, mit denen man die Ozeane des Fernseins zu befahren sucht, viele leichte Schiffchen setzte ich aufs Wasser, bunt bewimpelt, girlandengeschmückt, eine ganze Flotte, eine Armada, aber sie war nicht siegreich.

Von jenseits der Grenze kam nur selten ein Boot. Die Frachten waren dürftig und mit einem zu kleinen L signiert.

Was hätte es genutzt, wenn ich mir schon damals gesagt hätte, daß es vielleicht der Bär in Lambert war, der mit seiner Tatze eine Postkarte knapp beschrieb, sich dann auf den Rücken wälzte und zufrieden brummend ausführlich seinen Bauch kratzte.

Was hätte es genutzt, wenn ich schon früher daran gedacht hätte? Ich hätte doch auf die Postbotin gewartet, sie war die Göttin meiner Tage damals, eine große, massige Person, aber leichtfußig, mit den Flügeln des Hermes an den Schuhen. Ich opferte Lächeln um Lächeln auf ihrem Altar, auch wenn sie nicht brachte was ich wünschte, lächelte ich. Man muß die Götter günstig stimmen.

Kam dann ein Brief von B. nach B. geschifft, war ich verstimmt. Auch wenn er sich mit der Hand auf Papier mitteilte, verwirrten sich Lamberts Sätze von einer Sprache in die andere, stolperten, wurden von Gedankenstrichen auseinandergetrieben und besagten nichts.

Aber nicht wegen der schwerfälligen Worte ist es zu Mord und Totschlag gekommen, sondern wegen der anderen Worte, die ihm leicht gesprungen kamen und sich zu Sätzen reihten ohne Stolperpausen. Lamberts Zunge, für die bösen Worte wurde sie geläufig. Gute, freundliche Worte behielt er lange hinter den Zähnen oder verwahrte sie in den Backentaschen, wie es Kinder mit Fleisch tun, das sie nicht mögen – aber den bösen ließ er freien Lauf, aus ihnen verstand er Sätze zu machen, die geschmeidig waren und sich wie eine Peitsche schwingen ließen, er schlug damit nach mir, er redete sich einen Rausch an und nahm Rache an der Welt – bis dann auf seinem Totenschein eine Todesursache nicht verzeichnet war.
Es gab Tage, an denen ich dachte, eine Hexe habe mit Wolfsmilch und Rabenspeichel einen Kreis um Lambert gezogen, in dem er stehen mußte, verdammt, an niemanden außer sich selbst denken zu können, nichts zu fühlen außer der eigenen Haut, und, vom Flüstern der Hexe getäuscht, jedes Mißbefinden im eigenen Kopf oder Gedärm für das Leid der Welt zu halten.
Ja, er war ein Verschwender, der Vater hat recht gehabt. Lambert wollte prassen, er begehrte Reichtum, nicht an Geld, er wollte Zeit, er schrie nach Zeit, er wollte Jahre um sie vergeuden zu können, um den Sand der Wüste durch seine Hände rinnen zu lassen, aber die Wüste konnte auch ein Café sein, wo er sitzen wollte und Magazine besehen.
Hatte er zu arbeiten, stöhnte er als wäre er Atlas und müsse mit seinem Schultergürtel das Himmelsgewölbe stützen.

Aber seine Abscheu vor Arbeit hatte etwas Wohltuendes unter den Philistern seines Landes, die sich soviel zugute tun auf ihre bieder werkelnde Geschäftigkeit.
Ich war nahe daran, seinem Lande einen Prospekt zu entwerfen, in dem stehen sollte: Wir haben die hohen Berge und übergaben sie dem Tourismus, wir haben Almen und man nährt sich von unserem Käse, die halbe Welt mißt die Zeit nach unseren Uhren, wir haben die Neutralität in Pacht und das Demokratische ist uns angestammt, wir stehlen nicht und bringen unsere Tage mit Arbeit hin, wir bieten Komfort, selbst unsere Schriftsteller sind so kom-

fortabel, daß sie Geld in allen Währungen kassieren. Aber als Alibi vor den Göttern, die uns zürnen könnten, haben wir einen Menschen wie Lambert. Er kennt die Fragwürdigkeit aller Antworten und die Nichtigkeit der Güter. Er glaubt nicht, daß er etwas zustande bringt und den Genien wohlgefällig ist. Dem Erfolg geht er weit aus dem Weg, aber mit Gedanken hat er Umgang und jeden Schmerz läßt er zu.

Warum war es eigentlich so schwierig, Lambert zu seiner Kindheit zu bewegen? Bilder der frühesten Jahre zeigen ein liebes glückliches Gesichtchen – dennoch hatte Lambert seine Kindheit fast vertrieben aus der Erinnerung, und nur manchmal gelang es mir, mich mit ihm über den Brunnenschacht dieser abgefallenen Wasser zu beugen und an Seilen, die sich auf der Rolle rieben, etwas hochzuwinden aus der Vergessenheit.
Meistens blieb ich auf Photographien angewiesen, wenn ich mich Lamberts Kindheit nähern wollte: da steht er, einen Fuß auf dem Roller und das Mützchen schief auf dem Kopf. Die kleinen Hände liegen ohne Gewalt auf der Lenkstange des ersten Fahrzeuges, das er zu steuern verstand. Es sah nicht viel anders aus, wenn er ein Auto fuhr, später. Auch den Steuerknüppel der kleinen Flugzeuge, die er flog, faßte er so an, die Hände immer nur leicht am Holz. Das Spielerische hatte er sich erhalten. Auch anderes war geblieben aus den frühen Tagen: die Liebe zum Bilderanschauen – freudig und seine Überraschung ausrufend, konnte er die bebilderten Seiten eines Buches wenden, unwillig, wenn man schneller als er wollte weiterblätterte, er erkor Lieblingsseiten und wollte, daß man Geschichten erzählte zu Photographien in dicken roten Alben. Von da war nur ein Schritt bis zu Lamberts glücklichem, zärtlichem Staunen, wenn man ihm einen schönen seltenen Gegenstand hinhielt.
Das Gesicht des Kindes war noch auffindbar in dem des Mannes. Lambert hatte die Mitte des Lebens schon überschritten, als ich auf ihn traf. Sein Haar ergraute, wenig erst, aber die Haut zeigte schon jene feinen Veränderungen, die den Verlust der Jugend signalisieren, der Körper vermehrte sein Gewicht, Lambert war das

nicht recht, nicht die Kindheit, aber die Jugend hielt er für etwas, das es gelte zu bewahren. Er wußte nicht, daß ein Mann mehr ist als ein junger Mann – oder er begann gerade erst, es zu wissen.

Noch einmal muß ich des Vaters gedenken. In einem Gasthof in Blois, in der Stadt des Königs Franz, sah ich ihn heiter aber kopfschüttelnd mit einem blitzenden Gerät, das wie eine kleine Geburtszange aussah, gegen abgekochte Schnecken ankämpfen, deren bissigen Geschmack wir beide verabscheuten. Ich erinnere mich des zarten Weines, den wir dazu tranken und der den alten Herrn gesprächig machte. Er schien zufrieden mit dem Leben, bereit, es fleißig zu nehmen, wie es ist, Sorge zu tragen für andere und die anderen trugen Sorge für ihn, jeder hörte ihn gern, auch die Studenten vor seinem Katheder.

Nur der Sohn lag wie ein Stein auf dem Weg, wollte nicht vorwärts, ließ sich nicht heben, ließ sich nicht schieben, war nicht zu durchschauen und blieb stumm.

Der Vater sagte nicht: es gibt einen Stein in meinem Garten, der ist schön. Jedenfalls damals sagte er das nicht, und es war wohl auch zuviel verlangt von einem Vater, der wie alle Väter wollte, daß der Sohn wie ein Fluß vorankommen sollte, über Geröll springen, sich verbreitern und einem Ziel zustreben.

Was wollen Väter anderes als sich vergrößern mit den Söhnen, die ihnen über den Kopf wachsen. Das fällt schwer, wenn der Sohn Flaubert zitiert und sagt: »Ehren entehren, Titel setzen herab, ein Amt macht blöde.«

Aber warum nicht auch sich vergrößern in einem Sohn, dem jedes naturwissenschaftliche Problem mühelos zugänglich war, der jedoch auf ein Figürchen aus Elfenbein größeres Interesse verwenden konnte, der Arzt war und im Hafen Kisten trug, der keine Uhr hatte und die Zeit versäumte, der die Straßen schnell und sicher befuhr, der jeden Tag ein Irrenhaus betrat und die Verwirrten bei der Hand nahm, ohne, was er von ihnen wußte, gleich in einem Jahrbuch zu veröffentlichen, der nicht haushalten konnte mit seinem Geld und von seiner Person nichts vergab, der Wörter sammelte und sich verlief in den Sprachen, der den Leuten auf die

Kleider sah, aber ihren Blick erinnerte, der immer hungrig war und keine Gier kannte, der sanft war, aber der schlimmen Rede mächtig, der manchmal Menschen verlor, aber er war zu träge, etwas zu tun, daß sie blieben, der in Flüsse sprang und mit den Fischen schwamm, der mit Vögeln den Himmel beflog, den Lorbeer aller Auszeichnungen mißachtete, der dem blinden Eifer der anderen die Klarheit seiner müßigen Gedanken entgegensetzte, es belohnte ihn aber niemand dafür, und der Vater war hilflos wie die Polizei, die eines Tages vor Lambert trat und ihm einen Raubüberfall zutraute, aber sie stand vor einem unbescholtenen Offizier der Armee seines Landes. Auch das war Lambert.
In welches Wasser hatte er seine Hand nicht getaucht, seit er begonnen hatte, dem Vater unverständlich zu werden.

Ich werde noch einmal mit dem Vater nach Beauregard gehen und in die Gärten von Cheverny. Wir werden noch einmal jenen Wein trinken, aber mit Schnecken werden wir uns nicht wieder plagen.
»Sie haben dies und das gehabt in Ihrem Leben«, werde ich sagen, wenn der Wein mich gesprächig macht, »Sie hatten ein Haus und ein Amt, Schüler, die Ihnen zuhörten, das Geld, das Sie brauchten, Ihre Frau blieb an Ihrer Seite, die Enkel jubelten, wenn Sie in die Tür kamen, Kranke dankten Ihnen für Hilfe, und damit auch das wunderbare Fremde nicht fehlte in Ihrem Leben, hatten Sie einen Sohn, der nicht tat, was Sie tun, der auf dem Grat lief, wo man abstürzen kann, der am Trapez eines Gedankens schwang und kein Netz unter sich hatte, der nicht begehrte, was Sie sich wünschen und anderes besaß, der kein Gelehrter werden wollte, weil zuwenig ist, was Gelehrsamkeit weiß.
Warum nicht ein Wort an den Himmel werfen, damit er widerhallt von der Schönheit der Sprache« – werde ich sagen, wenn wir wieder in Amboise sind oder in Blois.
Es wird noch dieses und jenes sein, das ich in die Augen des Vaters sprechen werde, wenn ich mir eine Schneise schlage durch das Dickicht aller Erinnerungen und mit den Gedanken zulaufe auf Lambert.
Bald wird kein Wein mehr im Glase sein, aber Lambert wird zu

uns treten aus den Gärten von Cheverny, er wird lächeln, weil wir ihn herbeigesprochen haben, er wird einen Stuhl nehmen mit seinen schönen langsamen Bewegungen, denen die Hast fremd ist, er wird etwas essen wollen, wir werden uns anlehnen an sein Gesicht mit den Augen und ruhig schlafen in der Nacht. Niemand wird fragen, wer lebt, wer ist tot?

Ich bin am Ende mit dem, was ich von Lambert berichten wollte, fast am Ende.
Auch ich hatte Anstoß genommen, als Lambert mir ins Leben lief, so daß ich die Waffe hob und feuerte, zweimal. Waffen können so und so sein. Nicht nur mit der doppelläufigen Flinte läßt sich zielen und treffen.
Sein Tod war möglich, weil er nötig war. Ich habe ihn totgesagt auf dem Papier, weil ich einen Spiegel schreiben wollte, in dem er sich betrachten kann, Wort für Wort.
Es ist hoher Mittag. Zwölf Uhr vorbei. Spiegelzeit.
Die Totgesagten leben lange.

Freilich, der Tod widerfährt uns auf mancherlei Art, und es hat mit einem einzigen Ende nicht sein Bewenden; wir sterben in Städten, die wir nicht betreten haben, in Istanbul, in Limoges sind wir vielleicht nie gewesen, aber wenn dort jemand das letzte Mal an uns gedacht hat, starben wir da in eines Menschen Herzen und müssen froh sein, wenn es ohne Zorn geschah, daß man uns zuletzt erinnerte in Périgeux oder Tarent.
Lamberts erster Tod, jedenfalls der erste, von dem ich weiß, fand in meinem Kopf statt zu einer Zeit, als Lambert mein Herz noch belebte. Ich erfand seinen Tod, damit der Spiegel, den ich ihm hinhielt, Lambert auch noch sein letztes Gesicht zeigen sollte, das bleich sein würde und eine Ermahnung. Jedoch der Tod ließ nicht ab von Lambert, er trat näher während ich schrieb, das Papier nahm meine Schrift auf, versammelte Lambert und machte ihn anwesend für diesen und jenen, der sich einmal über die Buchstaben beugen wird. Aber während mein Kopf ihn beschrieb, begrub ihn mein Herz. Ich übergab Lambert dieser Geschichte.

Mund und Stirn waren schon in Sätze gebracht und abgetan

Eine brave Stadt, eine biedere Stadt, dachte ich, Handelsgeist, Sinn für das Maß, man füllt es hier nicht über den Eichstrich.
Eine Stadt, nüchtern im Wort. Die Universität zwar alt und berühmt, aber wie mag da das Wissen unter die Leute gebracht werden, ohne Erregung jedenfalls, man wird keinen Hörsaal räumen lassen müssen, weil er die Begeisterung nicht faßt.
Eine Stromstadt, gewiß, und der Fluß kommt mit reißendem Hochwasser von den Bergen, manchmal, im Frühjahr. Diesem Ort kann er nichts anhaben, man hat sich sicher angesiedelt über den Ufern, Schäden werden rasch behoben, das Geld dafür ist vorhanden, niemand wirft es hier auf die Straße.
Eine Hafenstadt, immerhin. Aber so fern dem Meer. Ein windstiller Binnenhafen und die Güter kommen in flachen Kähnen, die nicht kippen können.
Not tut hier nicht not, im Rathaus weiß man Rat, die Bürger gehen früh zu Bett, das Geld ruht in den Banken.
Eines Tages allerdings stieß ich auf eine Schmerzstelle. Schmal, gekrümmt, fällt mit steinernen Stufen das Totengäßlein von der Peterskirche hinab zum Markt. Immer drei Steinschwellen liegen nahe beisammen, in Daktylen stürzt die Treppe abwärts, dem Kopf kommen Wörter während die Sohlen die Steine treten:

Hammerschlag
Jammerlaut
Feuersbrunst
Regenschirm
Droschkenpferd
Kinderhand
Schattenland
tränenreich
lach so gern

Wer das Treppengäßchen nach oben steigt, wird erwartet nach der letzten Stufe, er muß nur um die Ecke gehen, dann kann er den gelockten Engel erblicken, der am Hauseck steht, hoch, wie Engel stehen müssen, aber die Flügel hält er gesenkt, er wird sich nicht fortbegeben. Er harrt aus.,

Diese also, die Schmerzstelle und die Troststelle der Stadt hatte ich wohl gesehen, aber vergessen auf den breiten Brücken, die über den Fluß führen, Handel und Wandel zulassend.

Noch ein drittes Mal hatte die Stadt mir ein Zeichen gegeben. Das war, als ich zwischen klingelnden Trambahnen und Bürgerfrauen mit Einkaufstaschen mich hindurchwand und plötzlich vor dem Paradies stand. Es hielt sich mit den Häusern in Reih und Glied, hatte Gardinen vor den Fenstern, die Eingangstür war schmal, aber von keinem Schwert bewacht. Jedermann konnte eintreten. Es war ein bißchen düster, ein bißchen verräuchert drinnen, doch auf die Teller wurde reichlich Speise gefüllt.

Auch das Paradies hatte ich wieder vergessen über den Confiserien und Coiffeurgeschäften, den offenen Bürgerhäusern und den verschlossenen Kirchen.

So dachte ich noch immer: eine brave Stadt, eine biedere Stadt – bis ich eines Morgens um vier Uhr von Trommeln aus dem Schlaf geschlagen wurde und Piccoloflöten mir in die Ohren stachen, daß ich die Träume fahren ließ, die ich gern noch ein wenig gehalten hätte – bis ich aufsprang und mich aus dem Fenster beugte, die Haare fielen mir ins Gesicht und der Winter faßte mich kalt an den bloßen Schultern und was ich sah, war so, daß ich auf die Straße lief, den Mantel hochgeknöpft, aber nackt in den Schuhen, daß ich den Trommeln nachstürzte und den Flötern in das Bocksgesicht, das Schweinsgesicht sah, wie sie flöteten mit feinen Fingern und Lippen, die sich unter einem Rüssel aus Pappmaché bewegten und Atem in das kleine Instrument bliesen, damit die Stadt wach wurde und der Geister und des Tanzes gedachte, eines Wintermorgens um vier Uhr.

Die Straßen füllten sich schnell, aus allen Türen, aus allen Winkeln kamen Maskierte hervor, pferdeköpfig, hühnerköpfig, hoben sie ihre großen Laternen und trugen die schwankenden Lichter

über den finsteren Fluß. Alle Lampen waren gelöscht worden vor dem Morgenstreich [1], nur die zarten Lichter dieser Fasnachtsampeln schwebten grün, rot, golden über Straßen und Strom.
Ich wanderte mit über die Brücke, ließ mich treiben, ließ mich stoßen, Zwerge und Riesen holten mich ein, mit Schellen kamen sie gerannt, mit Trommeln wirbelten sie voran, Gestalten mit Blumen und Früchten auf dem Kopf, als wären sie der Sommer noch im Winter, Harlekine, Hohngesichter, Spottgesichter, wie kein Schlaf sie zu träumen vermag, hohle Köpfe überm Narrenkleid. Hexen schoben mich in einen Bäckerladen, da bekam ich warmen Zwiebelkuchen, anderswo an einer Theke einen Teller brauner gebrannter Mehlsuppe, die war die heiße nasse Asche im Mund, und nirgends Ruhe vor den Flöten, den Pauken, immer neue Wackelfratzen aus dem halben Dunkel, Schleppgewänder, Hörnerköpfe.

Unter welcher Maske wird Lambert kommen, fragte ich mich, werde ich Lambert erkennen, wenn er einen Tierkopf hat?
Ich gestand mir, daß ich ihn suchte.
Noch gestern hätte ich das nicht für möglich gehalten, als ich ihn laufen sah über den Barfüßerplatz, der Trambahn hinterher, es war die Nummer 3, und er drehte sich noch einmal nach mir um und winkte, ehe er hineinsprang und die Bahn mit ihm bergauf fuhr.
Wenn ich ihn jetzt nie mehr sähe, hatte ich da gedacht, es würde nichts ausmachen, ich bedarf seines Gesichtes nicht mehr, er soll rennen und sich fortfahren lassen in einer grünen Straßenbahn, mir ist das recht, ich weiß längst, wie er rennt, wie er sich umdreht, lacht, winkt, ich muß mir das nicht öfter ansehen, ich kann es schon lange beschreiben, es gibt nichts an Lambert, das ich nicht beschreiben könnte, wozu muß ich ihn da noch sehen, ich will ja nichts als ihn beschreiben, von manchen Menschen will ich nichts anderes als daß sie still halten, bis ich sie beschreiben kann. Ich bin eine

1 Morgenstreich wird der Beginn der Basler Fasnacht genannt, er findet statt jeweils am Montag nach Aschermittwoch um 4 Uhr früh.

Korbflechterin, mit krummem Rücken über die Geschichten gebeugt, die ich flechte, murmelnd und ohne aufzusehen, lange Geschichten, kurze Geschichten, runde Körbe, flache und hohe Körbe, sie knarren ein wenig, seufzen ein wenig, damit erinnern sie noch an das Leben.

Er soll nur davonrennen, hatte ich gedacht am Barfüßerplatz, ich laufe nicht hinterher, ich kehre zurück auf meinen Schemel und hole ihn mit Worten ein.

Es dachte sich anders bei Trommeln und Flöten. Auf jeden Vermummten, der ein wenig abseits ging, lief ich zu, suchte Lambert zu erkennen hinter Rüsseln und Raffzähnen, auch sein maskiertes Gesicht wollte ich noch zu Papier bringen und den Fluß der Worte hinunterstoßen, den Fluß der Worte, der mich noch von allem befreit hat.

Der Schluß von Lamberts Geschichte war geschrieben. Ich hatte ihm einen doppelten Tod zugedacht, ein schönes Ende, ich war zufrieden, ich konnte es auswendig hersagen:

»Jedoch der Tod ließ nicht ab von Lambert, er trat näher während ich schrieb, das Papier nahm meine Schrift auf, versammelte Lambert und machte ihn anwesend für diesen und jenen, der sich einmal über die Buchstaben beugen wird. Doch während mein Kopf ihn beschrieb, begrub ihn mein Herz. Ich übergab Lambert dieser Geschichte.«

So stand es auf den weißen raschelnden Blättern, die ich in meinem Schreibtisch verwahrte. Ein guter Schluß, dachte ich.

Nur einen Blick noch auf sein Wunschgesicht, auf seine Larve unterm Narrenhut.

Er kam unmaskiert.

Im Schwarm, im Trommelwirbel der Vermummten hielt er mir nichts als sein bloßes Gesicht entgegen, sein gewohntes Gesicht, das ich beschrieben hatte, Mund und Stirn waren schon lange in Sätze gebracht und abgetan, gerieten aber hier ins Gedränge der Masken, die Lambert stießen und mit den großen Köpfen drohten.

Lambert lächelte und ich lief zu auf sein Gesicht, nahm die Steilwand der Stirn wieder ein und machte mich ansässig auf den Abhängen der Wangen, ich zählte seine Zähne im Mund und die Wimpern an den Lidern nach, wendete seinen Kopf um mich der Narben zu vergewissern, die von den Schmerzen seiner Kindheit geblieben waren, tiefe versteckte Meißelnarben hinter den Ohren. Wie einer, der lange fort war, die Erde seiner Heimat begrüßt, so ich Lamberts bloßes Gesicht, sein unmaskiertes ungeschütztes Gesicht, man konnte eingehen in seine Augen und Herberge finden, nahe, im Mund.

Immer neue Fasnachtstruppen trommelten sich heran, Tambourmajore vorneweg mit Pleureusen auf den Schultern und apfelgroßen Augen, die sie auf- und zuklappen konnten und die mich lehrten, wie schön es ist, wenn sich in eines Menschen wirklichem Gesicht die Lider schließen.

Davon stand nichts auf dem Papier in meinem Schreibtisch, auch das Lächeln war dort nicht verzeichnet, mit dem Lambert sanftmütig eine Maske abwehrte, die aus einem Vogelkopf auf ihn einredete, weil Lambert nicht einmal das Abzeichen der Fasnacht am Mantelaufschlag trug. Verlegen holte er es aus der Tasche und steckte es gleich wieder ein. Der Maskierte drehte seinen Schnabelkopf und verschwand. Lambert schaute ihm nach.

In ungleichem Tritt kamen Larven zu Pferde und Larven zu Fuß, ein Teufel jagte auf Rollschuhen über die Brücke und bremste vor Lambert, als habe er einen Engel gesehen.

Ich neben Lambert, ausgepfiffen von Piccoloflöten, weil ich gedacht hatte, mich eines Menschen mit Tinte bemächtigen zu können, weil eine ganze Stadt sich hatte maskieren müssen, damit ich sehe, daß eines Menschen Gesicht nicht im Fluß der Sätze zu ertränken ist, es leistet Worten Widerstand, ein bloßes Gesicht, die Summe aller Masken, nicht ablegbar wie diese und nicht zu vertauschen, der Erneuerung nicht bedürftig, mit dem Alter noch seine Schönheit vermehrend, nicht vergeßbar, der geometrische Ort, wo Schmerz sichtbar wird, eine Beute der Geier, wenn sie herabstoßen mit dem Hackschnabel schlimmer Rede, schutzlos, ungefeit, jeder Verteidigung wert und die letzte Zuflucht, wenn die Maskierten kommen und die Wüste wandert.

Drei Tage lang wurde die Stadt von Flöten regiert und drei Nächte lang den Bürgern der Schlaf zertrommelt.

Dann fielen die Masken.

Blaß, als wäre auch sie ermattet vom Stampfen der Fasnacht, schien die Sonne auf eine graue Stadt, in der jedermann wieder seiner Arbeit nachging. (Doch der Asphalt noch blühend von Konfetti.)

Man war wieder nüchtern im Wort und füllte das Maß nicht über den Eichstrich.

Eine brave Stadt, eine biedere Stadt.

Ohne Gewalt hat hier das Leben eine Geschichte besiegt.

Daß er mich immer in Lokale schleppen muß, daß er es nicht einen Tag aushalten kann ohne mindestens in drei Restaurants gesessen zu haben.
Heute hat er mich an den Barfüßerplatz bestellt. Das Café hat einen französischen Namen, den ich am Telefon kaum verstehen konnte, weil er ihn mit der abscheulichen Intonation der Westschweizer aussprach. Er betont auf der ersten Silbe, jedes französische Wort bekommt von ihm einen Schlag vor die Stirn, als handele es sich um Kälbertöten. Er sagt Renaissance und Billettschalter, Cocteau, Flaubert und findet, es klänge so falsch, wenn ich Renaissance sage.
Lambert ist provinziell. Er hat das dümmliche Selbstbewußtsein, das den Angehörigen eines Fünfmillionenvolkes kennzeichnet. Er glaubt, wie ein Franzose zu sprechen und hält auch sein Englisch für einwandfrei – es klingt aber, als habe er noch nie einen Engländer antworten hören, den er nach dem Weg fragte, in London, in South Kensington.
Heute hat er mich also hierhergebeten. Er war zu bequem, mich zu besuchen, das lag gerade nicht an seinem Weg, und so muß ich um elf Uhr früh aus der ersten Etage eines Cafés auf den Barfüßerplatz sehen.
Ich habe ein Birchermüsli bestellt, ein Schälchen dieser anwidernden Nationalspeise des Landes. Wenn ich mich schon ärgere, soll es gründlich geschehen und ein Toast mit Schinken hätte mich vielleicht freundlich gestimmt. Da rühre ich lieber in dem kalten Haferbrei, der nach langem Leben schmeckt, Turnübungen noch mit achtzig.
Lambert will telefonieren und behandelt das Serviermädchen mit dem zu breiten Lächeln, das ein Schweizer für weltmännisch hält, das aber außerhalb seines Landes nicht geübt wird. Nicht einmal Amerikaner entblößen angesichts einer Kellnerin dermaßen ihr Gebiß.

Ich fühle mich außerstande, Lamberts Bestellmanöver weiter zu verfolgen und sehe aus dem Fenster, aber das verdrießt mich ebenso: Unter mir, auf dem Trottoir, nicken zwei Madammen aufeinander ein, sind sich einig, vermutlich wollen sie beide das Frauenstimmrecht. Ich bin froh, daß ich wenigstens nicht anhören muß, was sie ihren Kopfnickereien an Rede hinzufügen, wie sie zischen und keuchen beim Sprechen und jedes Wort zu weit hinten im Halse behalten. Zwei dickliche Bürgerinnen dieser Stadt, in der jedermann so gut ist, daß einem die Morgenzeitung auch nicht mit dem kleinsten Handstreich das Frühstück verschönt.
Lambert gibt das Blättern im Telefonbuch auf und kommt an den Tisch. Da sein Instinkt offenbar schläft, ahnt er nicht, welch scharfer Wind gleich wehen wird und setzt sich mir gegenüber. Er empfindet nicht, daß diese Position allemal etwas von Gegnerschaft hat. Ich jedenfalls kann mich der Magie des Gegenübersitzens schwer entziehen, vielleicht ein alter Tierinstinkt, der mich zwingt, mit gesenkten Hörnern zu sprechen, wenn jemand Stirn vor Stirn mit mir sitzt.
Ich studiere Lamberts Gesicht und beginne mit einem Zahn: leise, bösartig liebenswürdig, mache ich ihn darauf aufmerksam, daß einer seiner Schneidezähne offenbar kariös geworden ist.
Lambert schließt die Lippen und ist nun auch verstimmt. Der Gedanke, daß etwas in seinem Mund nicht in Ordnung ist, daß Verfall sichtbar wurde, stört ihn.
Das freut mich, denn ich bin an Mißstimmung interessiert, ich will Streit, ich will Gehässigkeiten, eine ganze Springflut von Gehässigkeiten möchte ich und kann es nicht erwarten, daß die Dämme brechen und die Flut der bösen Worte sich über unseren Tisch ergießt, das Café erfüllt, den ganzen Barfüßerplatz soll sie überschwemmen, ich will ihn unter Wasser setzen mit Zank und Zorn.
Aber so schnell geht das nicht. Lambert ist gutartig. Als ich beginne, von der Stadt zu reden und davon, daß sie mir fremd ist wie eine Bank, bei der ich kein Konto habe, öde wie eine Schalterhalle, eine Buchhalterstadt, ein Ort für Sparer, als ich also solches von der Stadt sage, in der Lambert zu leben gedenkt, geschieht noch immer nichts.

Lambert bekämpft seine Mißstimmung. Er will keinen Unfrieden. Freundlich fragt er, welche Städte mir denn lieb wären.
Da lasse ich Namen wie klingende Münzen auf den Tisch fallen, wie alte Silberstücke, denen noch kein Nickel beigemengt wurde, lauter Namen von Orten, die Lambert nicht kennt: Tarent, meine Südstadt, nenne ich, die zwischen zwei Meeren schläft, Cambridge, sage ich, denn dort haftet selbst den Zahlen ein Duft an, der alle Gleichungen gelinde in der Schwebe hält, die Mathematik wird dort in einem Haus gelehrt, dessen Mauern mit Glyzinien bewachsen sind, deren Lockgeruch und Blütengehänge in die Fenster dringen wie die Fülle selbst, von der sich nicht subtrahieren läßt, weil die Fülle aller Verminderung spottet. Cambridge also nenne ich und beschreibe, wie sich die theoretische Physik dort auf Wiesen ausbreitet, wo die Studenten liegen mit Formelheften in der Hand und zwischen Narzissen die schöne Anschauung der Materie sanft über die Gesetze der Materie triumphieren lassen müssen.
Und Venedig, wie sollte ich Venedig nicht erwähnen mit seinen grünen Schaukelstraßen und den kühlen Marmorkirchen, wo die wundertätigen Madonnen sich vom Wald der brennenden Opferkerzen erwärmen lassen und geneigt sind zu gewähren, was man erbittet. Saint Jean de Luce fällt mir ein, wo Frankreichs Sonnenkönig vor dem ganz und gar goldenen Altar mit der einzigen Tochter des Königs von Spanien getraut wurde. Er hielt die Hand der Thronerbin und die Infantin wird gelächelt haben in der Fischerkirche von Saint Jean de Luce, wo der Ozean das Festland küßt.
Namen wie klingende Münzen – Les Eyzies, sage ich zuletzt, das ist nur ein Dorf, aber dort in der Gegend wurden schon Felswände bemalt zu einer Zeit, die keiner zurückdenken kann.
Ich freue mich, daß Lambert die galoppierenden Pferde, rötlich auf den Felsen gemalt, nicht gesehen hat und auch den schwarzen Stier nicht kennt, der sich feierlich unter sie mischt. Lambert soll nichts sehen, was schön ist.
Er sitzt mir gegenüber, lächelt und sinnt den Namen nach, die ich genannt habe, erkundigt sich nach Tarent, will hören, teilhaben.
Aber ich will nicht, daß er teilhat. In meinem Kopf dreht sich ein kleines quietschendes Rädchen, das einen üblen Gedanken nach

dem anderen abspult, bis ich ganz und gar festgezurrt bin im Garn der schlechten Laune und das ist noch nicht genug: Mit einem Ruck setzen sich auch größere Räder in Bewegung wie in einem Mühlwerk, das man plötzlich in Gang gebracht hat, weil günstiger Wind aufkam. Das Schwungrad der Erbitterung beginnt sich zu drehen und der schwere Mahlstein Wut.

Ich werfe Lambert vor, was ich gar nicht geglaubt hatte, noch in Erinnerung zu haben und bemängele anderes als nur die dunkle Stelle eines Schneidezahnes.

In meinem Kopf geht es jetzt wirklich wie in einer Windmühle zu, alles dreht sich umeinander, schwerfällig zwar, aber unerbittlich, die Walzen, die Steine. Ich verliere die Herrschaft über das Kreisen, habe aber Freude daran, alle zweiunddreißig Winde sind mir zugetan, denn welcher auch weht, er treibt meine Mühle an, ich hänge Lambert auf am Mühlkreuz und erwürge ihn mit dem Zugseil, ich breche ihm die Knochen unter den Steinrädern meiner bösen Gedanken und will nicht ruhen, bis alle Liebe zu Staub zermahlen.

Da höre ich Lambert etwas sagen. Erst als er schon wieder still ist, begreife ich, daß er etwas gesagt hat, und was es war, erfasse ich noch später.

Mit ruhiger Stimme hat er dem Knirschen meiner Erbitterung und dem Grollbaß dumpfer Wut einen Satz entgegengehalten:

»Gleich werde ich dir mitten auf dem Barfüßerplatz den Arsch versohlen.«

Als ich verstanden habe, tritt Windstille ein. Noch ein paar Schleifgeräusche und die Räder in meinem Kopf stehen still.

Plötzlich schmeckt mir das Müsli, ich löffele zufrieden Apfel- und Nußstückchen, grinse Lambert an, und da stellt sich auch die Liebe wieder ein. Pfeifend nimmt sie Platz am Tisch, sie war nur Karussell gefahren auf den Mühlsteinen, die ich gedreht hatte um sie zu zermalmen, und sie hatte geschaukelt an dem Strick, der sie erdrosseln sollte. Lambert zahlt, und einträchtig wie Gespannpferde verlassen wir nebeneinander das Café. Draußen ist Brautzeit der Bäume, die Welt ist ein Garten, in dem sommergrüne Straßenbahnen hin- und herfahren.

Hinter uns liegt das Café mit dem französischen Namen, das profane Tempelchen, wo ich die kleinen Götter tanzen ließ, die auch nicht immer schlafen wollen: das schieläugige Haßgöttchen und die puterrote Göttin Wut mit ihren Trampelfüßen, der spirrbeinige Ressentiment und andere noch, die Triefaugen haben und nicht lächeln können, aber auch einmal herrschen wollen.
Doch sie haben nur kurzen Atem, geben schnell auf und müssen lange verschnaufen. Leise erheben sich die anderen Götter wieder, die großen Götter mit den leichten Händen und den goldenen Augen, rosengeschmückt, mit Tauben auf den Schultern.
Die beiden behäbigen Madammen nicken einander zu, ich höre, wie sie langsamen Mundes von Kindern und Enkeln sprechen und die Worte nicht nur vorn auf den Lippen haben, sondern sie in der Tiefe ihrer Kehle beherbergen.
Die Haferspeise hat mir gutgetan und ich freue mich der Stadt, in der keine Mörderschüsse fallen und anderer Gut nicht angetastet wird. Ich höre Lambert Billettschalter und Renaissance sagen, er gibt jedem Wort einen freudigen Auftakt. Er nickt dem Kellner zu mit dem breiten Lächeln und dem Biedersinn, den in dieser alten Demokratie ein Bürger für den anderen hat.
Wir umarmen uns, mitten auf dem Barfüßerplatz, und ich verspüre Lust einzuwachsen in Lamberts Brustkorb. Ich möchte einer von den weißen Knochen werden, die er in seiner Brust hat.

Sich niedertun wie die Rinder

Es ist schön, das Haus für die Nacht zu bereiten, die Tür zu verschließen, dieses Fenster zu öffnen und jenes auch, wahrzunehmen, daß die Vögel draußen verstummt sind und die Kelche mancher Blumen sich wie Augen zum Schlafen geschlossen haben, den Himmel zu betrachten, der vielleicht schon mit Sternen den Verlust der Sonne gutmacht, es ist schön, langsam und auf müden Füßen, denen man aber die Ruhe versprechen kann, hin- und herzugehen um alles an den rechten Platz zu stellen, weil Ordnung wohltut, leiser zu sprechen, sich zuzulächeln und zu wissen, daß man unter dem gleichen Dach schlafen wird.
Man sollte nicht warten, bis man erschöpft ist, man sollte sich rechtzeitig niedertun, wie die Rinder, die man erleichtert schnaufen hört, wenn sie einknicken in den Beinen, den schweren Leib zu Boden bringen und ihre Ruhe beginnen auf den Wiesen, die sie wie helle Mondsteine schmücken, still, als lägen sie immer schon da, so daß man erschrickt, wenn eines Leben zeigt und den gehörnten Kopf dreht, weil man zu nahe vorüberging.
Auch in den Ställen ist es schön, wenn unter den schrägen Balken zuerst ein Rind, dann ein zweites sich niederläßt ins Stroh, bis schließlich alle liegen. Ihre Ketten hört man noch, eine Weile käuen sie noch und wenden den Kopf nach den Nachbartieren, dann wird es ruhig, und wir wissen ihre Träume nicht.

Vielleicht denke ich an die Schlafstille der Stallungen oder an den Frieden der Tiere auf den Weiden, die sich schon niedergetan haben, als der Himmel noch nicht ganz auf die Sonne verzichten mußte, als sie mit einem Schimmer von Licht noch an sich erinnerte, vielleicht habe ich etwas davon im Sinn, wenn ich Lambert bitte: Laß uns in der Dämmerung zur Ruhe gehen, laß uns liegend die Nacht erwarten.
Manchmal gewährt Lambert, was ich erbitte, wendet sich ab von den schwarzen schmalen Bändern der gedruckten Sätze, aus denen

er die Welt anders liest als der Himmel mit bewegten Lüften sie ihm zeigt, wendet sich ab und ist bereit, die Nacht nicht mit Lampen zu verstümmeln, sondern ihr das volle dunkle Recht zu belassen.
Er entkleidet sich, geht nackt wie ein Tier durch die Wohnung um sich zu waschen, ich höre auch, wie er trinkt. Dann legt er sich nieder, nicht so anders als die großen Rinder legt er sich zurecht auf dem Lager, dessen Fläche er fast einnimmt. Mit der Schulter schiebt er das Kissen beiseite, wendet mir den Kopf zu, nähert sich mir noch ein wenig, und ich nähere mich ihm, ehe wir zusehen, wie die Gezeiten des Lichtes wechseln, rosig zuerst, der Himmel sieht aus wie ein Kind nach dem Schlaf, man könnte sich täuschen und glauben, der Morgen dämmere, Tag und Nacht stehen zusammen am Firmament, verträglich und ohne Eile halten sie gemeinsam das Licht in der Schwebe, bis dann doch ein zartes Verschleiern beginnt, man kann von Dunkelheit noch nicht sprechen, aber die Farben kommen langsam abhanden. Was rot ist, behauptet sich noch eine Weile in der Dämmerung, die Blutfarbe verteidigt ihre Signalkraft mit Zähigkeit, aber das Überleben mißt doch nur nach Minuten, dann ist auch was rot war ein tiefes ermüdetes Grau geworden. Nur am Weißen, Bleichen vermag die Nacht nicht zu haften, was blaß war, bleibt noch lange blaß.

Wir haben das Schauspiel der Nachtnahme verfolgt und berühren nun einer des anderen Gesicht, verflechten unsere Füße und gehen noch einmal ineinander über, ehe wir beide nicht mehr sind, was wir waren, weil der Schlaf sich mit unseren Lidern befreundet hat, die uns zu trennen beginnen von dem, was ohnehin nur als Schatten noch sichtbar ist.
Langsamer atmend, hören wir auf, uns auf die gleiche Weise zu besitzen wie bei Tag, um anderes als das Tägliche tun zu können: auf weißen Kaimauern wandelnd werden wir uns vertauschen, Möwenflügel übernehmen und unsere Füße vom Boden lösen, den Mond in der Hand halten, mit Toten sprechen, durch Feuer gehen und den Löwen entkommen.
Leicht gerudert und sicher auf uns zugesteuert schwimmen Boote

über Boote heran auf dem Strom unseres Schlafes und nur manchmal springt aus einem, was uns bedroht, so daß wir erwachen müssen um uns zu retten.

Ich lasse den Traum gern los mitten in der Nacht, denn wenn es ein Traum war, der mit Wolfszähnen an meine Kehle wollte, ist Lambert da, um in der Beuge seines Armes alles Schlimme gutzumachen. War es aber ein schöner Traum, er kann nicht so wunderbar gewesen sein wie der Anblick von Lamberts stillem Schlaf. Sorglos liegt er an meiner Seite und befürchtet nichts. Er hat die Decke abgeworfen, ich sehe die Mitte seines Leibes, aus dem der Nabel wie ein drittes Auge blickt.
Es verstimmt mich nicht, daß Lambert sich begeben hat, wohin ich nicht folgen kann, weil ich den Ort nicht weiß, an den sein Traum ihn trug; es verstimmt mich nicht, denn es bedürfte nur der Berührung meiner Hand um ihn zurückzuholen, um zu bewirken, daß er erwacht und mir zulächelt.
Gab es nie einen Völkerstamm, wo geköpft wurde, wer eines anderen Schlaf gestört hat? Und gab es nie einen Fremdling, der das Herz des Barbarenkönigs rührte, indem er einschlief unter des Königs offenen Augen und nahe dem geschmückten Schwert?
Ich lasse Lambert wo er ist in seinen Träumen, die sanft sein müssen, denn er atmet ruhig.
Die Nacht steht im Zenit und schützt das Haus mit dem Diamantnetz ihrer harten Sterne, in dem sich jede böse Tat verfängt. Nicht so anders als ein Tier auf der Spreu übergebe ich mich von neuem dem Schlaf und fürchte nichts.

Wir werden Vineta werden

Meine Gedanken flechten Girlanden auf die Landkarte, sie befahren Frankreichs Straßen und kommen in der Bucht von Biskaya an, wo das Meer die Steine rundschleift.

Morgens gegen sieben sehe ich den Ozean zuerst, ein weißer blitzender schwankender Diamantteppich in der frühen Sonne. Später, nach neun, erscheint er mir wieder, wenn er blau ist und von Booten befahren. Die Fischer rufen sich zu mit den Händen am Mund, während ich neben Lambert eine Bank betrete und mir überlege, ob ich Lambert umbringen soll, weil er mich an diese Stadt fesselt und in Konferenzräume zwingt, wo ich dann eine Vorstellung gebe wie ein dressierter Pudel.

Wir treten stets zusammen auf, zusammen sind wir eine gute Nummer, der große ruhige Arzt, der kaum ein Wort spricht, er erweckt das Vertrauen und ich formuliere seine Forderungen. Während er gelassen im Stuhl sitzt, führe ich mein Gehirn vor, wie Ali, das rechnende Hündchen.

Unsere Herren Partner sehen mich an und überlegen: warum läßt er seine Geschäfte von einer Frau führen – aber dann suchen sie schon hastig nach Zigaretten, weil ich ihnen das erste Argument ins Fleisch geschossen habe, ein spitzes Argument mit Widerhaken, und spätestens wenn die Zigarette brennt, schauen sie mir auf den Mund und sehen, daß ich Haare auf den Zähnen habe.

Die meisten lächeln dann und freuen sich auf den Kampf. Das Leben in der Bank ist langweilig, bei Behörden ist es auch nicht besser, also gönnen sie sich das kleine Gefecht, das sie nicht erwartet hatten, als wir so langsam eintraten.

Sie vertreten ihre Sache und ich vertrete Lamberts Sache, so wären wir pari, sollte man denken, aber das stimmt nicht, denn sie sind für Musik, für ihre Kinder oder ein schnelles Auto, während ich für Lambert bin und sie die Bank oder ihr Amt nur ›vertreten‹. Außerdem behindern sie sich durch Staunen und können Beifall nicht immer unterdrücken, wenn ich ihnen vorführe, wie ich mit Gedanken

Sprünge machen kann und doppelte Saltos schlagen. Was sollen sie tun, wenn ich ihnen ganze Ketten von Schlußfolgerungen an den Hals hänge und auf jede Frage den runden harten Ball einer Antwort zurückschlage.

Ich will nicht lügen, die Vorstellungen machen mir Spaß. Jedenfalls wenn sie am Beginn sind, wenn ich den Partner abtaste und die Pforten entdecke, die ihn betretbar machen, wenn argumentiert wird und mein Hirn verläßlich arbeitet, jede Chance nutzt, jedes Wort des Gegners registriert, damit ich es ihm zur rechten Zeit im Munde umdrehen kann. Ich will nicht lügen, die Vorstellungen machen mir Spaß.

Ich bin auch stolz auf Lamberts Lob als wäre ich wirklich Ali das rechnende Hündchen, das mit dem Schwanz wedelt, wenn es von seinem Herrn gekrault wird, weil es ihm Geld einbringt.

Es ist keine Strafe, in dieser Stadt zu sein, in deren Mitte Löwen auf dem Sande schlafen und Elefanten ihre Stirn an Akazien reiben. Touristen kommen in Scharen her um unsere große Glocke zu hören und über den Rand der Mauer zu sehen, wo, wie sie glauben, Europa ein Ende hat. In unserer Stadt kann man Seen befahren und auf Inseln lagern, wir haben Millionen Lichter in der Nacht und die Tauben gurren am Morgen, Schlösser und Wälder gehören zu uns und alles wäre gut, wenn nicht das Meer meinen Gedanken die Füße leckte, bis ich nichts anderes will als seinen Spiegel sehen, bis ich Lambert den Prozeß mache, weil er mich gefangen hält wo Flugzeuge ein- und ausfliegen als könne man jederzeit kommen und gehen.

Er rechtfertigt sich im zoologischen Garten bei den großen Tropenvögeln, die er mir zeigt, wie sie zufrieden in ihren Glaskästen leben, sich mit den Baumstümpfen begnügen, die ihnen geboten werden, und mit Schnäbeln, die wie Heckenscheren groß und scharf sind, bedächtig Maiskorn für Maiskorn aus der Futterschale nehmen.

Lambert tut, was er kann, um mich zu zerstreuen. Wir gehen dahin, wo das nördliche Oktoberfest sich dreht mit Karussells und Musik, wo die Würfel fallen und die Kugeln ins Schwarze treffen, wo jedes dritte Los gewinnt und in schiefem Zelt ein alter Mann zwölf Flöhe vorführt, die er mit seinem Blute nährt. Mit den großen Sprüngen der Tierchen ist es vorbei, seit sie haardünnen goldenen Draht am Halse haben, aber wenigstens bewegen müssen sie ihre Beinchen und dabei ziehen sie Wägelchen hinter sich her, an die sie angeschirrt sind mit feinstem Fädchen. Manchmal erstarren sie im kalten Zelt, dann hebt der alte Mann sie zum Mund, haucht sie warm, und sogleich laufen sie wieder emsig und ziehen die Karossen aus Papier.

Groß, ungeschlacht wie Riesen aus Gullivers Reisen stampfen die Menschen in das Zelt, beugen sich über den Tisch mit ihren fleischigen Nasen und möchten alles in der hohlen Hand nach Hause tragen.

Lambert tut, was er kann, um mich zu zerstreuen. Er geht mit mir dahin, wo ein Meer von Menschen zusammengekommen ist, wir hocken unter den wogenden Tausenden, zuerst murmeln sie nur, aber dann bricht doch der Sturm aus mit Gebrüll, die Massen setzen wie eine Springflut über die Barriere und überfluten den Deich der Bühne, wo eine Handvoll Musiker sie mit Rhythmen anzieht, wie sonst nur der Mond ein Meer anzuziehen vermag.

Es ist keine Strafe, in dieser Stadt zu sein, man könnte immer bleiben und glücklich mit Lambert in die Rosengärten der Schlösser gehen oder bei Molle und Korn in einer Kneipe sitzen und zuhören, wie Arbeiter ihren Witz nach dem Ärger werfen, der sie plagt.

Man könnte immer hierbleiben, wenn man nicht wüßte: anderswo wird ein Ufer vom Meer berührt; wäre man dort, man könnte mit nackten Füßen auf der Grenze von Land und Wasser wandeln und die Taschen mit Muscheln füllen, man könnte sich einschiffen in grüne Boote und zusehen, wie Fischer das Netz werfen, man würde aufwachen in der Nacht und was man hörte, wäre das Meer, wie es spricht mit dem Land.

Es war nicht gut, mich vom Meer fernzuhalten, weil das Meer sich mir nähern wird.

Wenn der Glaube Berge versetzt, warum sollen Wünsche nicht das Meer herbeiziehen? Ich sehe es einströmen in unsere breiten Straßen, die graue Salzflut wird über die Plätze spülen und zu den Fenstern der Häuser emporsteigen.

Wir werden Vineta werden!
Unsere Stadt wird im Meer liegen, eingebettet in seine große nachgiebige Flut. Man wird nach uns tauchen und unsere Tore nicht finden, man wird uns für tot halten, aber wir werden leben, man wird eine Trauermusik blasen und nicht wissen, daß wir glücklich sind.
Denn Fische werden in den Bäumen wohnen und mit ihren Schleierflossen sacht das Laub bewegen, Korallen werden auf Mauern und Dächern wachsen und unsere Mietskasernen zu roten Palästen machen, Seesterne werden an den Scheiben unserer Fenster haften und uns glauben lassen, daß der Himmel nahe sei. Die Straßen werden weich und grün von Algen sein und niemandes Fuß ermüden. Unsere Stadt wird schön sein, weil das Meer sie rein wäscht.
Wir werden ein Salzkleid tragen und mit Ebbe und Flut wandern, wir werden bekränzt sein mit Tang im Haar und immer Tropfen in den Augen haben, wir werden die Sprache der Tümmler sprechen und ein Gesetz gegen Kraken erlassen, wir werden die Luft vergessen, wenn wir das Wasser lautlos teilen.
Nur ich werde manchmal auftauchen am hohen Mittag, weil ich noch weiß, daß ich es war, die mit einem Wunsch die Flut über die Stadt gebracht hat, dessen Kraft vielleicht nachlassen könnte, so daß der Wasserspiegel wieder sinkt. Aber niemals wird auch nur ein Turm mit seinem Helm über das Wasser ragen, und so kann ich beruhigt den Kopf wieder zurückziehen aus der Luft, die mir fremd geworden ist, mich aber mit Erinnerungen vielleicht verwirren würde, wenn ich mich ihr so lange aussetzte, daß sie mir das nasse Gesicht wieder trocknen könnte.
Ich werde mit Lambert in Banken schwimmen und die Beamten das Lächeln lehren, wir werden Feste feiern und aus Muscheln trinken, wir werden den Austern die Perlen entnehmen und nachts den tauben Klabautermann schmücken, wir werden einen Schwertfisch zähmen und die Haie reiten.
Am Ende werden wir auf den Grund sinken, und weil wir nicht Haut noch Fleisch mehr haben, werden sich unsere Knochen umarmen.
So wird uns ein Knabe finden, der nach Münzen taucht.

Es ist schön, an Orpheus zu denken

Im Folgenden ist von Orpheus die Rede. Im Folgenden ist nicht von Orpheus die Rede. Es wird von einem Dichter berichtet, der nicht Orpheus war. Jeder Dichter ist Orpheus. Dies ist kein Lexikon, in dem der Name eines Mannes genannt werden müßte. Auch seine Daten dürfen hier fehlen. Nicht einmal seine Werke muß ich aufzählen. Dennoch möchte ich ihn anwesend machen. Ich will es versuchen. Er soll herkommen, auf dem Weg meiner Wörter soll er kommen, denn ich möchte ihn wiedersehen. Sein Eigenname kann auf seinem Grabstein bleiben und gedruckt auf den Titeln seiner Bücher; ich werde seinen alten Familiennamen verwenden, den Vatersnamen, ich werde ihn nach Orpheus benennen, welcher Dichter stammt nicht aus dessen Geschlecht, und, nicht wahr, wer immer es war, es ist schön, an Orpheus zu denken, der mit dem Spiel seiner Leier die wilden Tiere sanft machte, dessen Gesang Bäume und Felsen von ihrem Platz zu bewegen vermochte und die Götter der Unterwelt rührte. Sie hörten Orpheus, und als dann sichtbar wurde, der da sang, war seinem Lied der Wunsch schon gewährt.
Auch ich hörte zuerst Orpheus' Stimme.
Das war in einer gelben, schon etwas rostigen Telefonzelle auf der Steglitzer Schloßstraße in Berlin. Ich weiß noch das Datum, es war am 3. August 1954. Draußen brauste der Strom der Autos als stände ich an einem Wehr, da, wo das Wasser am stärksten schnaubt. In einem schmuddeligen Telefonbuch blätternd, dachte ich nicht, daß ich Orpheus' Namen darin fände, aber er stand im exakten Alphabetaufmarsch der Buchstaben in Reih und Glied wie ein gemeiner Soldat. Blieb noch, Groschen zu werfen und Ziffern zu drehen, den Hörer ans Ohr zu nehmen, es tutete zweimal – dann nannte Orpheus leise seinen einsilbigen Namen.
Ich hatte ihm etwas auszurichten, die Einladung einer anderen Stadt anzukündigen, aber Orpheus schien nicht zu hören. Er antwortete mit Fragen: »Wo sind Sie?« – »Warum höre ich Lärm hinter Ihrer Stimme?« – »Bitte, buchstabieren Sie Ihren Namen!« –

»Was arbeiten Sie?« – »Sagen Sie mir doch genau, wo die Telefonzelle, aus der Sie sprechen, sich befindet.«
Ich gab Antwort, gehorsam wie ein Kind am ersten Schultag.
Orpheus war ein Sammler, ein engagierter Sammler von Einzelheiten, die er wie mit der Pinzette aus seiner Lektüre, aus Gesprächen, Rundfunksendungen herausnahm um sie in den Tableaus seiner Essays zu verwenden, deren vielfarbiger Schimmer von den merkwürdigen Einzelheiten kam, die er auf eine faszinierende Weise in seine Zusammenhänge zu treten nötigte.
Sein Bedürfnis, sich der Details zu versichern war so zwingend, daß Orpheus keinen Menschen aus den Augen oder Ohren ließ, ohne viele Einzelheiten an ihm wahrgenommen zu haben, die er dann noch über Jahre hinaus erinnerte. Manch einer hielt Orpheus' Aufmerksamkeit für schmeichelhaft und jedenfalls für sehr höflich. Es war eine Arbeitsgewohnheit.
Wie konnte ich das wissen an jenem 3. August 1954, als ich von leiser Stimme nach Alter, Beruf, Standort befragt wurde mit der Genauigkeit und dem gelangweilten Desinteresse eines ermüdeten Beamten, der gegen Ende seines Arbeitstages noch jemandes Personalien aufzunehmen hat.
Verwundert hängte ich den Hörer auf den Metallhaken, und da Orpheus gebeten hatte, ihm, was ich über die Einladung Erläuterndes wußte, schriftlich mitzuteilen, schrieb ich den gewünschten Brief sofort, konnte mich aber nicht enthalten, einige Sätze zu Spottpfeilen anzuspitzen. Offenbar war es mir ein Bedürfnis, die Willfährigkeit auszugleichen, mit der ich, von so direkten Fragen überrumpelt, geantwortet hatte.
Am 5. August sah ich nicht Orpheus, aber die Spur seiner Hand auf blauem Papier. Ein Antwortbrief kam, er enthielt einen Befehl, vorgetragen freilich mit der Flöte der Höflichkeit: ich hatte noch einmal anzurufen, möglichst zur bestellten Stunde genau.
»Essen Sie gern Eis?« fragte mich Orpheus, als ich seine Stimme wieder mit Ziffern gerufen hatte.
Am 6. August betrat ich um 4 Uhr den Garten eines Restaurants am Innsbrucker Platz, wo Orpheus saß und mir entgegenblickte. Obwohl wir uns nie gesehen hatten und keiner eine Nelke in der

Hand trug, erkannten wir uns sofort. Orpheus mich gewiß daran, daß ich ein schwarzes Kleid trug an diesem von bunten Sommerfähnchen wehenden Augustnachmittag. Das wird seine Aufmerksamkeit auf mich gelenkt haben, und ich ging, aus angeborenem Sinn für scheinbar sich Widersprechendes, nachdem ich mich umgesehen hatte, auf einen Tisch zu, an dem ein breiter Mann mit voluminösem, fast kahlem Schädel saß, der wie ein Anwalt mit großer Praxis aussah, auch der Generaldirektor eines Röhrenwerkes hätte sein können, jedenfalls ein Mann mit Geld und Gewalt. Er erhob sich höflich um mich zu begrüßen und schlug in einem Tonfall, der das glückliche Zusammenleben mit Berlin nicht leugnete, vor, ins Innere des Lokales zu gehen, weil man lästig laut sprechen müsse um sich auf der Terrasse gegen die Bremsschreie der Autos vernehmbar zu machen.

Es ist schlimm, an Orpheus zu denken, wie er sterben mußte unter der Wut der Bacchantinnen, die mit Steinen und Keulen auf ihn einschlugen und das war ihnen noch nicht genug, sie zerrissen Orpheus und verstreuten die Glieder. Sein Haupt aber schwamm auf der Leier den Hebros hinab ins Meer, bis Zeus die Leier als Sternbild an den Himmel setzte.
Hier wurde Orpheus nicht von Mänaden zerrissen.
Oder haben wir ihn doch getötet?
Für eine Nickelmünze, die ich ihm in die Hand schob, ging der Friedhofswächter mit mir in eine Nische der Kapelle und hob den Deckel von Orpheus' Sarg.
Orpheus, in faltigem langem weißem Gewand auf Spitzenkissen liegend, aller Verbindlichkeit entkleidet, als habe er sich immer nur aus Gründen der Konzilianz das Aussehen eines Anwaltes oder Fabrikdirektors gegeben, auch der Sänger war er nicht, wie man ihn denkt, zart und mit Girlanden aus Worten.
Ein König lag im Schrein, den großen Kopf mit der Stirn gekrönt, die Schultern so mächtig, daß sie die Sargwände berührten, eine Gabe von Rosen in den festen Händen, als habe jemand ihn milde stimmen wollen, doch er lag unzugänglich und unberührbar zurückgezogen hinter seine Augenlider, schien aber durchaus im-

stande, sich zu erheben um eine strenge Herrschaft auszuüben, den Thron aus Quaderworten zu besteigen, die Paläste seiner großen Gedichte zu durchschreiten, zwischen den Säulen der Verben zu wandeln, die er aufgerichtet hatte, damit sie die Architrave seiner Substantive tragen sollten.
Ein König, der die Grammatik befehligte, die Steinschleuder der Metapher führte und immer traf, der eine Spottmauer vor das Banale gerichtet und auf langen Satzstraßen Gedanken vorangetrieben, der ins Sumpfland der Dummheit die Gräben seiner Überlegungen gezogen und feste Inseln formuliert hat – nicht ohne Gärten anzulegen, in denen er einzelne Wörter zum Blühen brachte, kostbare Varianten einer seltenen Art.
Ein großer König, aber der erste Diener seiner Sprache. Ein alter König, und er war reich geworden, sein Wortschatz unermeßlich. Noch heute leben die kleinen Barone der Dichtung davon, daß sie seine Rubine spalten.
Als Toter hatte er abgelegt, was er im Leben geschätzt hatte, Unauffälligkeit, höfliche Verbindlichkeit.
Im Sarg, stumm und unmaskiert, war er der König, der er war.

Tags darauf trug man Orpheus zu Grabe im Festlicht der Sommersonne, allen Prunk der Gärten auf den Sarg gebunden und dahinter die lange schwarze Schleppe des Trauergefolges, den Julistaub der Sandwege an den tausend Füßen.
Große Maschinen, Skymasters, noch im Aufstieg begriffen, kreuzten den Friedhof in der Luft; vielleicht gab es einen Passagier, der auf die Stadt, von der er gerade getrennt wurde, mehr als einen flüchtigen Blick warf und verwundert den langen Trauerwurm entdeckte, der seinen schwarzen Leib nur stoßweise voranbringen konnte.
Ich schurrte am Schluß des Gefolges, ließ allen Honoratioren den Vortritt, wie sie fanden, daß er ihnen gebühre. Ich wußte mehr, ich kannte die Grube. Als sie ausgehoben worden war am Vormittag, die Totengräber sich entfernt und die Leiter stehengelassen hatten, bin ich heimlichen Schrittes auf sieben hölzernen Sprossen hinabgestiegen in das kleine gelbe Lehmgeviert, das Orpheus aufneh-

men sollte. Der Hades ist kühl. Aber er liegt nur sieben Fuß unter der Pflanzendecke der Oberwelt. Die Toten bleiben nahe.
Ich wußte, wo Orpheus zu Erde werden würde und war nicht bange, als man den Sarg einsenkte.

Die Zeit, die schöne Zeit zwischen jenem ersten Tag, als ich mit der Königin der Farben geschmückt zu Orpheus an den Tisch getreten war und der anderen Stunde, als ich noch einmal in Schwarz verfiel für das letzte Geleit.
Als Kind über mein Kaleidoskop gebeugt, die bunten Glasstückchen schüttelnd, habe ich Sterne und Abersterne erzeugt.
Die Scherben der gelebten Zeit: sie anrühren und bewegen und aus dem, was nicht mehr ist, die schönen Sterne der Erinnerung stürzen lassen.

Auf einem Schiff sehe ich uns, das war schon im November, aber die Sonne gewährte dem See noch einen Schimmer von Sommer und Südlichkeit. Es war Jagdzeit, und Hasen lagen auf dem Vorschiff, die toten Körper Fell bei Fell. Orpheus sah sie, öffnete eine weiße Schiebetür und wir traten ins Freie um die Tiere zu betrachten, deren steifgestreckte Läufe auf der Flucht nicht schnell genug gewesen waren, so daß sie nun liegen mußten mit Schrot im Leib und in fremdester Umgebung.
Orpheus auf dem Vorschiff stehend, mit grauem Hut und grauem Mantel, die Hände auf dem Rücken, unbeweglich, er rührte sich lange nicht, hielt den Blick auf die Kadaver der Tiere.
Wie soll ich wissen, was er dachte vor den toten kleinen Leibern, die der See und das Schiff noch einmal wiegten, ehe man ihnen das Fell über die Ohren zog, die Kalten erhitzte und dann ihr Fleisch zwischen die Zähne nahm um es fröhlich zu zerkauen.
In Meersburg stieß das Schiff ans Ufer, und noch einmal begegneten wir dem Tod: in der großen kalten feuchten Burg führte man uns in die Zimmer der Droste. Orpheus trat an das Sterbebettchen der sehr kleinen adeligen Dame, die den bleichen Krönungszug vor einer Taxuswand gesehen hat – »dahinter alles Blume und alles Dorn davor«.

Und nun das Lager, auf dem das Edelfräulein aufgehört nach kostbaren Worten zu suchen für das, was ihre kurzsichtigen Augen so genau sahen, und sich ans Sterben gemacht hatte im kleinen Bett hoch überm See – es war schon gute hundert Jahre her, daß auch diese Arbeit vollbracht war. Ein Lorbeerkranz lag am Kopfende des Bettes.

Orpheus hielt eine Rose in der Hand; er hatte etwas gemeinsam mit der Toten, von der ihn ein Jahrhundert trennte:

»Tief, tief trunkene Flut«, hatte sie gesagt und er hatte geantwortet mit »trunkene Flut, trance und traumgefleckt«.

Oder soll ich Erinnerung anders aus dem Glas der Zeit fallen lassen, soll ich auf geschweifte Kometen verzichten, die außerhalb aller Regeln auftauchen, soll ich die Sterne nach ihrem vorgesehenen Lauf auf die Ketten der Milchstraße reihen und da beginnen, wo wir uns zum ersten Mal sahen, soll ich die beiden Stunden wieder aufheben, die wir im Innern jenes Restaurants am Innsbrucker Platz verbrachten, an einem abgeschiedenen Tisch sitzend?

Eine große Fensterscheibe trennte uns von Lärm und Hundshitze, das Leintuch auf dem Tisch war makellos, der Kellner hielt sich nur für die nötigen Handgriffe bei uns auf, Champignons kamen auf den Tisch, und dann wurde der Augusttag mit Eis gekühlt, die gefrorene Sahne knirschte unter dem silbernen Schäufelchen und das Wohlbefinden war vollkommen, so vollkommen, daß wir uns beide aus dem Reservoir berlinischer Redensarten bedienten, um es auszudrücken.

Orpheus liebte den Scherz, wenn er geräuschlos war und sich im Satzbau versteckte, er liebte Unterhaltung wenn sie geläufig war wie die Etüden zweier Pianisten, die an vierhändiges Spielen gewöhnt sind.

Weil »das, was denkt, etwas anderes ist, als das, was lebt«, und es also eine Sache ist, vom Isolationismus zu schreiben, aber eine andere Sache, zu überlegen, wie man einen Augustnachmittag angenehm und urban verbringt, hatte Orpheus den Einfall gehabt, mich in dieses Restaurant einzuladen. Weibliche Gesellschaft schätzte er.

Ohne Umschweife verschifften wir uns auf den Fluß des Gespräches, der uns an den Ufern der Literatur entlangtrug und uns Zeit ließ, die großen Bücher zu benennen, so wie Ferienreisende, an der Reeling lehnend, einander große Bauwerke zeigen, an denen ihr Ausflugdampfer sie vorbeifährt.
Wir schifften uns an den Kathedralen der Literatur vorbei, an Krieg und Frieden, am Grünen Heinrich, an den Karamasows und versicherten uns ihrer Querbauten und Apsiden, der großen Gefüge ihrer erzählten Räume, in denen es Nischen gibt, die eine Nebenhandlung beherbergen, manches Mal den Sarkophag einer toten Liebe. Die großen Kathedralen der Romane, in denen so viele Figuren weilen, geschützt vom Dach der Komposition, und wie wir den Strom befuhren mit unserem Tisch als Floß, tauchte, auf großem freiem Platz stehend, dann und wann der Obelisk eines Gedichtes auf im Gespräch oder wie ein Kronreif ein einzelner Vers: »Die Schwelle funkelt von vergossener Lust.«
Einträchtig verdrießlich zählten wir aber auch die kleinen Münzen her, die unzulängliche Schreiber aus großen Stoffen schlagen, aus den Geschicken der Atridenfamilie, aus den Gesängen Homers.
Ich sehe den Teller mit den Champignons wieder vor mir. Orpheus griff ein Messer, teilte den Toast – und ich erkannte den Mediziner, der er war: an Instrumente gewöhnt und seiner Hand vertrauend, legte er einen schrägen Schnitt durch das gebräunte Brot, als obduziere er in der Anatomie, mit Händen an denen alles breit und kräftig war, die Handgelenke, die Handflächen und die einzelnen Finger bis hinauf zu den Kuppen.
Heiterkeit kam auf, eine besondere Art von Heiterkeit, aus Wohlwollen und Spott gemischt, wie nahe Verwandte sie aufeinander verwenden, die sich ein wenig belächeln, aber schätzen und jedenfalls aus der gleichen Familie sind.
Als wir das Lokal verließen, wollte Orpheus einer Taxe winken, aber ich veranlaßte ihn, mit mir in den zugigen Orkus eines Untergrundbahnschachtes zu steigen und einen der orangegelben Züge zu benutzen, die wie Lindwürmer unter der Stadt hausen und unversehens aus den Tunneln schießen mit ihren großen runden

Strahlaugen. Unsere Linie hatte noch Wagen mit staatskarossenroten Ledersitzen, auf denen die sich drängenden Großstädter kaiserlich Platz nahmen.
In den Fahrtlärm hinein memorierte Orpheus, indem er die Beharrlichkeit eines Schulkindes fingierte, das sein neugelerntes Einmaleins hersagt, eine Reihe von Einzelheiten, die er an jenem Nachmittag wahrgenommen hatte, bis zur Narbe an meinem Kinn und vier Impfmalen auf dem Arm.
Dann stieg er aus und stand hutschwenkend auf dem Bahnsteig, er schwenkte seinen grauen Homburg auf die Art eines Staatsoberhauptes, das vor der Tür eines Sonderzuges einen Staatsbesucher verabschiedet, nachdem zwischen beiden die Möglichkeit eines Vertrages aufgetaucht ist.
Ruckartig setzte sich die gelbe Metallschlange in Bewegung und schoß mit mir in den nächsten Tunnelabschnitt.

Es war ein anderes Massenverkehrsmittel, in dem wir uns nach einigen Tagen wiedertrafen. Am Stuttgarter Platz bestiegen wir einen Überlandomnibus, Interzonenbus sagte man damals. Das brummende schwerfällige Vehikel sollte uns nach Bremen bringen. Wir vertrauten uns seinen dicken runden Gummifüßen an und richteten uns auf zwei Sitzen nebeneinander ein. Ungelenk rollte das große Transporttier aus der Stadt, setzte sich dann aber auf der freien Bahn der Straße unvermutet in schnelle Bewegung wie ein Elefant auf der Flucht – und es war auch ein Ausbruch. Der Fluchtweg war mit Bäumen gesäumt, das Busdach streifte manchmal Zweige der runden laubigen Kronen und das hörte sich an, als brächen wir uns wirklich mit einem großen Tier den Weg.
Vor den Fenstern Äcker, leuchtend von Korn, Kartoffeln schossen grün ins Kraut, in Gärten schlenkerten Vogelscheuchen mit den Ärmeln und hatten keinen Kopf unterm Hut.
Wir schwiegen zuerst; man muß leise sein auf der Flucht. Stumm wiesen wir einander Erntewagen, die über die Felder schwankten mit zuviel Last oder wilde Rosen, so rot, als vermöchten sie das Haus in Brand zu setzen, das sie dornig umarmten.
Wie Kinder, die nicht allzu lange still sein können, begannen wir

doch zu sprechen, und wir erzählten auch Schulgeschichten. Orpheus kam auf Frankfurt an der Oder zu sprechen, wo er es streng hatte fern von der Mutter und wo ihn auf der Schulbank der Ehrgeiz biß, so daß er seinen Schädel in die Grammatik der toten Sprachen rammte. Die Wörter mußte er nicht büffeln, die spielten sich leicht in sein Hirn und fielen ihm ein beim Erwachen, besonders die langen, schönen, befremdenden, deren Bedeutung er noch nicht ganz zu erfassen wußte. Reime der Kindheit fragten wir einander ab: wie haben Sie den ausgezählt, der die anderen fangen mußte? Konnten Sie Kränze flechten? Auf Calmus blasen? Seilspringen? Bockspringen? Wurde Ostern gestiept und staken am Nikolaustag Nüsse im Schuh?

Ich war ein Stadtkind, aber meine Ferien hatte ich immer auf dem urgroßelterlichen Anwesen verbracht, nicht weit von dem Dorf, in dem Orpheus barfuß gelaufen war bis in den November. Wir kannten die gleichen Spiele und wußten, was Flammerie ist.

Gelesen, was als Kinder? Nein, das war nicht das gleiche, Orpheus hatte fünfunddreißig Jahre vor mir das Buchstabieren gelernt und damals lasen die Kinder doch anderes. Nicht so anderes.

Auch Orpheus kannte die Geschichte von jenem König, der, mit Gold und Seide geschmückt durch die Stadt reitet, tausend Würdenträger und Wachen begleiten ihn, vor ihm her läuft ein Herold und preist seinen Ruhm, aber hinter ihm muß ein zweiter Herold laufen, und wenn der erste schweigt, ruft der zweite: Auch dieser große Herrscher muß sterben, muß sterben, muß sterben.

Geschichte aller Geschichten, die wir als Kinder nie genannt hatten, wenn wir nach der schönsten gefragt wurden. Ich war auf die Sieben Raben ausgewichen und Orpheus hatte schon als Knabe die Antwort verweigern können, wie er sie als Mann Journalisten zu verweigern verstand, mit einer Verbeugung, aber unerbittbar.

Geschichte aller Geschichten, wir hatten die Köpfe gehoben und wie junge Pferde dem Halfter, der ihnen unheimlich ist, dem Wort entgegengewittert, das der Herold ausrief, das ›sterben‹ hieß und uns fremd war, aber die Erwachsenen zum Weinen brachte als hätten sie die Knie aufgeschlagen, und wir ahnten den Riemen hinter dem Wort, den Zaum, den wir würden tragen müssen.

Wie hätten wir zugeben können, daß es uns zu der Geschichte mit dem Tränenwort zog, das die alten Frauen murmelten, das Schaufelwort, mit dem man sie vergrub, uns nicht, uns nicht.
Zu anderer Zeit das Lesen gelernt und so anderes doch nicht gelesen. Wir fuhren an Weiden vorbei, auf denen träges scheckiges Vieh stand, durch Dörfer, in denen nur Hühner und ein paar barfüßige Kinder am Leben zu sein schienen, und kehrten immer tiefer zurück in unsere frühen Geschichten, wo sich Dornröschen an der Spindel stach und Rumpelstilzchen seinen Namen schrie, in die großen wilden Märchen, die unsere Nächte regiert hatten als wir noch in kurzen Betten schliefen, den Wolf vermuteten, wenn eine Diele knarrte und doch sicher waren, wie Schneewittchen zu enden oder wie der Prinz, der sie erweckte – und wenn wir nicht gestorben sind, dann leben wir noch heut.
Es hatte noch ein anderes Buch gegeben, das zu lesen wir angehalten wurden, doch dann waren die Erwachsenen nicht sehr geneigt gewesen, auf die Fragen zu antworten, mit denen wir ihnen kamen: Warum erschlug Kain seinen Bruder Abel, und Gott, der liebe Gott hatte die Menschen eines Apfels wegen aus dem Paradiese vertrieben und später ertränkte er sie in der Sintflut. Ist das denn wirklich nötig gewesen?
Zum Fürchten, der Gott Israels und sein Altes Testament. Wir hatten den Atem angehalten, wenn von Joseph die Rede war, den die Brüder in die Grube warfen und ihn nicht erkannten, als er nach Jahr und Tag mit geschmückten Armen vor sie trat und ihnen Korn gab.
Wir waren mit den Juden durch das Rote Meer gewandert und hatten die Psalmen Davids geflüstert, die zu lernen uns aufgetragen war: »Ich hebe meine Augen auf zu den Bergen, von denen mir Hilfe kommt« – aber es hatte keine Berge gegeben, da, wo Orpheus und ich Kinder waren, wo wir aufwuchsen unter den Augen der mächtigen Erwachsenen, die nicht wußten, daß die Geschichten größere Macht über uns hatten, die Worte, die auf Taubenfüßen kommen.
Unsere Kindheit, die wir uns zusprachen, während wir durch Wälder fuhren, in denen es keine Hoffnung mehr auf Feen gab und

wo wir Absalom nicht sehen würden, wie er an den Zweigen einer Eiche hing mit seinen schönen Haaren.
Wir mußten die Köpfe zusammenstecken um uns im Fahrtlärm ohne Anstrengung zu verständigen. Orpheus neigte mir sein Ohr zu, wenn ich erzählte, er nickte mir in die Worte, wenn er meine Erfahrungen kannte und sprach dann mir ins Ohr, was er preisgeben wollte von dem Knaben, der im väterlichen Pfarrhaus zu gehorchen hatte.
Später standen wir an einem Zaun, Phlox drängte sich süß und rosig durch die Zwischenräume der Latten, über deren Spitzen dicke Dahlienköpfe mit Zierhauben nickten, als fände ein Puppentheater statt, in dem ein Rittersporn den stolzen Prinzen machte und Malven die jungen Mädchen; auch an Schwertern fehlte es nicht, Gladiolen waren da.
Unser Autobus hatte angehalten in einem Dorf. Pause für den Fahrer und die Passagiere: Orpheus nahm Glas um Glas von einem hellen perlenden Sommergetränk zu sich.
»Ich bin ein liquider Typ«, sagte er, als bedürfe es der Entschuldigung dafür, daß er sich so mit prickelndem Wasser anfüllte.
Als der Durst gelöscht war, wollten wir das Dorf ein wenig ansehen und blieben dann an jenem Zaun stehen, wo Dahlien die bösen Muhmen zu spielen schienen, die Malve und Rittersporn das Glück nicht gönnten.
Orpheus prüfte mit der Hand die Beschaffenheit des Zaunes, seine Standfestigkeit, und als gäbe es einen Zusammenhang, nannte er große Gedichte, zitierte den einen und anderen Vers:

»Mit den fahrenden Schiffen
sind wir vorübergeschweift«
und
»sage die Stadt,
wo ich nicht saß im Tor«[1]

Alles ist breit und massig am Bilde dieser Erinnerung, die roten behäbigen Bauernhäuser, der Himmel breit über der Ebene, alles

1 Aus Georg Heym: Mit den fahrenden Schiffen.

lagert sich, gibt Frucht und Farbe ab, nimmt die Erde ein, auch Orpheus, querschädelig, querschulterig und die Füße fest auf dem Boden.

Noch ein andermal sehe ich Orpheus stehen: in meinem Zimmer, nachdem er es das erste Mal betreten hatte. Ein quadratischer Raum in einem geduckten bäuerlichen Haus war das damals, nur ein Versammlungsraum für Bücher, ein Spirituskocher in der Ecke war der einzige Tribut an tägliches Leben. Vor dem Fenster gestattete eine Regentonne, zum Überschwappen voll, den wohltätigen Ausblick auf Wasser.

Orpheus stellte sich vor eines der Bücherregale und begann, was auf den Borden stand, zu mustern, Namen, Titel zu nennen, leise, mit nichts als dem Tonfall angebend, ob er die Autoren schätzte. Nur Taine wurde ein Adjektiv zuteil, ein schnoddriges, das gerade damals auf dem Berliner Asphalt gewachsen war und höchsten Beifall bedeutete, Orpheus sagte »puppig«[2] und betrachtete wohlgefällig das Rückenschildchen, auf dem ›Philosophie der Kunst‹ stand. Die anderen Autoren erhielten ihre Intonationszensur ohne daß ein Adjektiv auf sie verschwendet wurde.

Wie ein erfahrener General stand Orpheus unbeweglich vor den Regimentern der Bücher, wandte weder die Schultern noch den Kopf, musterte nur mit den Augen die Reihen, und als habe er ein stumpfes Koppelschloß gesehen, erkannte er schon am Titel manch unbekannten Buches: es muß einen schwachen Autor haben. Aber auch die Bekannten, Berühmten erhielten nicht alle das gewohnte Lob, Trakl nicht, Proust nur zögernd, sein Name wurde gedehnt, Orpheus liebte dies voluminöse zärtliche Schreiben nicht.

Eine lange Parade, die Orpheus damals abnahm. Ein alter General ermüdet nicht. Aber der Pour le mérite eines Adjektives nur für

2 Nach heutigem Sprachgebrauch wird man nur schwer nachvollziehen können, daß dies Adjektiv in jener Saison keineswegs etwas Niedliches bezeichnete, sondern für Kreationen ersten Ranges auf allen Gebieten gebraucht wurde. Auch ein massiger Senkrechtstarter konnte seinem Konstrukteur ›puppig‹, das heißt erstklassig, gelungen sein.

Taine, für ihn hatte es sogar eine Handbewegung gegeben, eine Art Gruß am Mützenrand.
Als Orpheus sich dann endlich umwandte, meinte ich, das Zimmer müsse sich mitdrehen und als er sich setzte, dachte ich, wir bekämen Übergewicht, dort, wo er sich niederließ, denn Orpheus war schwer, alles an ihm schien mit Gewichten behangen, die Augenlider so schwer, daß er sie niemals ganz hob, die Knochen der Arme schienen keine eilige Handbewegung zuzulassen, wenn Orpheus sich verbeugte, war man erschrocken, als habe ein Fels sich vorgeneigt, wenn er den Kopf wandte, war das ein Ereignis, dem man zusah.
Sein Beharrungsvermögen war ungeheuer, er stand Stunden ohne das Bedürfnis, sich zu setzen und erhob sich lange nicht, wenn er einmal saß, er ging ungern, kam er aber in Bewegung, konnte ein Fußmarsch daraus werden, mißfiel ihm jemand, beharrte er auf seiner Abneigung, und den Geschätzten bewies er langmütige Treue.
Die »trunkene Flut, trance- und traumgefleckt«, der sie gesehen hat, war Soldat mit Sternen auf den Schultern, hatte in zwei Kriegen gehorcht und befohlen, zeigte keine Gefühle und ertrug jeden Schmerz, war pünktlich und kannte keinen Rausch, der aus dem Glase kam.
Die »trunkene Flut, trance- und traumgefleckt«, der sie zur Sprache gebracht hat, war Arzt, der Knochen kundig und der Verästelung der grauen Nerven, hatte mit dem Messer erforscht, was schon locker von Verwesung war, und richtete nun seinen Blick auf die menschliche Haut, auf ihre Rötungen und Zellknoten, wegen der Haut mußte er an kein Krankenbett eilen und konnte nachts geregelt schlafen, mit der kranken Epidermis ließen die Leute sich Zeit und kamen bei Tage zu Orpheus in die Praxis, wo er sie ansah unter Lidern, die sich auch dann nicht vollends öffneten, aber er war freundlich mit Kranken, die nicht lamentierten, Haltung, soldatische, wurde auch von Kranken verlangt, Orpheus wandte große Mühe auf den, der wenig klagte, und mancher kam mit heiler Haut davon.
Sterne auf den Schultern und die Regimentsordnung ebenso im

Kopf wie den Verlauf der Adern im menschlichen Leib, wohlgelitten im Zirkel der Generäle und Blick und Wort bereit für alles, was den Menschen kränklich verändert, die Pythiriasis rosea und den schwarzen Schreck des Melanom – aber dazwischen: »aller Sprachen Schmerz und Schattenlaut, sieh die Sterne, die Fänge Lichts und Himmel und Meer, eine neue Götterkohorte wirst du nicht mehr sehn, nicht ihre Euphratthrone, nicht ihre Schrift und Wand – dunkler kann es nicht werden, die weißen Städte sind leer, Himmel, die Himmel lauschen« – Orpheus im weißen Kittel und im engen Rock der Offiziere, aber mit der breiten Hand auf das Papier die trunkene Flut, trance und traumgefleckt.

In meinem Zimmer also vor den Regimentern der Bücher, aber auch anders sehe ich ihn dort: vor einer Schachtel mit Christbaumschmuck sitzend und neue Schlaufen an die bunten Zerbrechlichkeiten knüpfend, geduldig, keine der Glasbläsereien ging entzwei, feste Fäden mit Knoten brachte er an, sie halten heute noch.
Wie gleichmäßig er dabei sprach erinnere ich und den sachten Fall der Fragen. Nicht: »fürchtest du den Tod?« sondern »was ziehst du an, wenn es regnet?«, nach der Liebe nicht, aber: »was ißt du am Morgen?«, »kannst du im Liegen lesen?«, und die Antwort wurde reklamiert, wenn sie nicht gleich kam. Dabei wurde Faden um Faden geknüpft, ohne Hast und nicht langsam.

Erinnerungen an Orpheus kommen nicht immer in festen betrachtbaren Bildern, manchmal sind sie ein bleiches Ballett in der Nacht, die Gedanken stehen auf der Spitze und haben sich fortbewegt im Pas de deux ehe man einen fassen konnte. Ich bin nicht anders vor den Tänzen der Erinnerung als vor der Szene, wenn ich alles anhalten möchte, aber was sich begibt, läßt sich nicht aufhalten, eben noch saßen wir in einem Restaurant, Orpheus legte die Hand auf meinen Arm und sagte: »ich will dir etwas erzählen, aber du darfst nicht lachen.« Nein, schallend lachen durfte man nie, das Laute, Fröhliche mochte er nicht, keine Expression außer auf dem Papier. Während ich ihn sitzen sehe, die Hand auf meinem Arm, kommen schon andere Bilder, schweben umeinander, man kann

ihnen keine Worte an die leichten Füße hängen, mit Satzketten läßt sich nicht fesseln, was Bewegung will.
Orpheus, Muscheln essend in Hamburg in einem Gasthaus, das fast unter der Erde liegt. Kundig wie ein Meermensch brach er die Schalen der Tiere auf.
Orpheus vor Tiergehegen im Winter; aber nicht die Watussirinder, die ihm glichen mit dem schweren Körper und dem lastenden Kopf, die Gazellen zogen ihn an, auf kleinsten Hufen kletternd und den nächsten Stein niemals verfehlend.
Orpheus, ärgerlich, wenn er zum Essen nur eine Papier- und keine Stoffserviette bekam.
Seine täglichen meteorologischen Eintragungen in ein Notizbuch.
Orpheus in großer Gesellschaft, wie ein Beerensammler pflückte er der dichten Menschenhecke Einzelheiten ab, memorierte auf dem Heimweg die Ringe der Damen und das Perlchen eines hübschen Wortes, die Schuhe der Herren und daß einer in Hongkong keine Nagelschere hatte kaufen können.
»Die Schuhe der Herren – sehr interessant, wie ein Mensch seine Füße behandelt.«
Und schon sehe ich seine Schuhe vor mir, schwarze, deren Absätze immer etwas erhöht waren. Er war nicht wirklich klein. Ein Fußleiden also? Diese merkwürdigen Schuhe, als sei er seit Jahrhunderten an den Kothurn gewöhnt.
Orpheus mit Vergißmeinnicht in der Hand und wie ihm mißfiel, daß ich nicht wußte, was sie zu bedeuten hatten, an diesem Tag: Der Sterbetag meiner Mutter jährte sich zum zehnten Mal. Nur einmal hatte ich ihm ihren Todestag genannt.
Ein bleiches Ballett in der Nacht – die Bilder kreuzen sich und drehen ihre Kreise.
So wird keine Ballerina je springen, wie ich durch den Wald sprang, auf keiner Bühne wird man das je sehen. Ich erinnere die rötlichen Stämme, das magere Gebüsch und die Moorgräben, über die ich hinwegsetzte, als wäre die wilde Jagd hinter mir auf Pferden und mit hechelnden Hunden. Ich sprang, sprang, um Orpheus noch zu sehen, bevor auch er locker von Verwesung sein würde.
Ein bleiches Ballett in der Nacht – ohne einen Spiegel zu benötigen

sehe ich mich wieder, einen Kartenfächer in der Hand, der rote König hat die rote Dame an seiner Seite und kein schwarzer Bube ist im Spiel, ein Joker fällt mir zu, ich müßte die Partie gewinnen, mit dem As werde ich treffen, da trifft es mich, denn im Rundfunk wird gesagt: heute morgen gegen acht Uhr verstarb in einem Krankenhaus Orpheus.

Die Karten fallen auf den Tisch, der König kann nicht länger bei der Dame liegen und meine Sprünge beginnen, um in den Zug zu kommen, um in Berlin zu sein, bevor der Sarg vernagelt ist.

Wie ein Schwarm von Vögeln bleiben die Briefe, die wir gewechselt hatten, furiose fehlen nicht, wir hatten auch mit Keulen aufeinander eingeschrieben und alles noch erhalten mit den Tauben der Briefe, weiße und blaue Vögel, Hunderte ließen sich bei mir nieder, welchen ich auch aufhebe, die Erinnerungen beginnen ihren Tanz: Liebe, meine Blicke werden auf Dir ruhn, wo warst Du, nicht vergessen, doch vergessen, Lichtjahre entfernt, nahe, als schliefen wir zwischen den Schalen einer Muschel, wann kommst Du, wann gehst Du –

Die Sterne der Erinnerung nach ihrem Lauf auf die Ketten der Milchstraße reihen – dies hätte ich vorher berichten sollen: wie ich Orpheus auf der Straße traf, den Herren mit Homburg und in grauem Anzug, aber er hatte viel zerknülltes Zeitungspapier unter dem Arm, unwirsch, weil ich das sah, und nur zögernd rückte er mit der Erklärung heraus, daß er damit zu seinem alten Schuster ginge: »Er kann sich nicht immerzu eine neue Rolle Einwickelpapier leisten. Ich bringe selber Papier zum Einpacken mit.«

Orpheus, der nie den Satz vergaß, mit dem Niels Lyhne beginnt: »Sie hatte die schwarzen strahlenden Augen der Blider«, und Kriminalromane liebte, die pfiffigen, urbanen, kaltblütigen. »Den Krimi wickele ich in einen Lilienstrauß und lege ihn auf das Nachbargrab. Ich schaue dann manchmal hinüber«, hatte es in dem Brief geheißen, den ich als letzten vor dem letzten bekam.

Orpheus, wenn sein Name genannt wird, höre ich das leise Sprudeln der Mineralwässer, die er tagsüber immer bestellte, er mochte diese Quellgetränke, fragte immer nach den ortsüblichen, Graubhof oder Apollinaris, wie das Tränenwasser der Steine auch heißen mochte, Orpheus liebte den Geschmack der Minerale und Meteoriten im Glase und das Bittere, das Kühle, Bittere schätzte er auch am Bier, das er abends immer trank.

Orpheus, der nicht hatte kapitulieren müssen, nicht vor der Wissenschaft, nicht vor der Kunst und nicht vor dem täglichen Leben. Aber vor der Macht, vor ihr stutzte er und hielt sie für gottgewollt, da war etwas vom ländlichen Pastorensohn in ihm geblieben, der vor dem Herrn Grafen seinen Diener machen mußte und dessen Söhne nicht für seinesgleichen zu halten gewagt hätte, obwohl er ihnen auf der Schulbank schon deswegen nicht helfen konnte, weil sie die Korrekturen gar nicht begriffen, die er versuchte, ihnen zuzuflüstern. Die Macht, wer sich die anzueignen verstand, der mußte etwas sein, vor der Macht kam Orpheus mit dem Hut in der Hand, knüpfte sich Argumente für sie zurecht und bemerkte nicht, daß er wie der Bauer vor dem Herren war, auch vor dem schlechten Herren. Und dann zeigte man mit Fingern auf ihn, über Meere hinweg, weil er nicht gleich erkannt hatte, was für ein Herr das war.
Nein, er hatte keinen politischen Sinn, sah nicht aufs erste, hörte nicht aufs erste, dichtete anfangs der Macht noch Größe an und sträubte sich erst als sie zu riechen begann, mit der Nase nahm er ihr Wesen wahr, das Faule, Kranke erkannte er. Wer will mit Fingern zeigen, Steine werfen – im Glashaus sitzen wir alle, nicht in diesem, aber in jenem, denn wer hat am Ende seines Lebens wirklich getan was ihm möglich gewesen wäre, um Leiden zu mindern, von dem er deutlich erfuhr? Die einen schonen ihren Ruf, die anderen ihre Zeit und die dritten ihr Bankkonto, und das, obwohl ihre politischen Einsichten theoretisch besser sind, als es die dieses Dichters waren.

Orpheus' Leben betrachten, Tisch, Stuhl, Bett, das ärztliche Instrumentarium und schwarze Notizhefte, Lorbeer lange nur als Blatt in der Suppe, wenig Bewegung außer dem Vormarsch der Gedanken, kein Reichtum außer dem Wortschatz, an Feinden nicht arm. Aber dem Toten bleibt der Ornat seiner Worte.

Und es soll nicht vergessen werden, daß er geschrieben hat: »Der Mensch steht ganz woanders als seine Syntax, er ist ihr weit voraus.« Ein Satz, den wir geerbt haben als die Aufforderung, etwas zu tun um den Graben zwischen Sein und Syntax zu überwinden, der Syntax die Satzbrücke zum Sein zu bauen, denn: *wer wird uns finden, wenn wir unseren Standort nicht beschreiben können?* Die tradierten Formen reichen dafür nicht, an den bekannten Straßenecken stehen wir nicht mehr, wir haben uns in Niemandsland gewagt.
Es ist schön, an Orpheus zu denken, der mit dem Spiel seiner Leier die wilden Tiere sanft machte, der neben dem Rezeptblock ein Heft auf dem Schreibtisch hatte, in das er die Sequenzen seiner Sätze eintrug, auch abends im Stammlokal am Einzeltischchen sitzend mit dem Kugelschreiber Verse in das Wachstuchheft. Es ist schön, an Orpheus zu denken.

Wenn ich an das fremde Land denke, spüre ich Eisbuckel unter den Sohlen und habe Mühe, die Straße zu überqueren, muß mich an Lambert halten, weil alles glatt ist von Frost und Tau, Frost und Tau, so daß man den Autos, die hier einbiegen, vor die alten schlecht lackierten Karosserien fallen könnte. Jenseits der Fahrbahn ist man auch nicht sicher, Lambert läuft unversehens in den schwarzen Schmutzsee, der sich vor einer Toreinfahrt gebildet hat, nicht gefriert und nicht trocknet und Lamberts Schuhe mit Eiswasser füllt. Aber hinter der schmalen Tür des Armeniahotels ist es warm und aus dem Restaurant hört man schnelle Musik.
Der Fahrstuhl schwebt mit uns hoch und wir kommen auf die stillen Flure, wo die Schlüsselfrauen sitzen und unsere Zimmernummer schon kennen. Ein kleines Lämpchen brennt über ihrem Pult, sie greifen ins Fach, sagen »pachalster« und dann können wir eintreten, wo wir allein sind, nicht allein sind, weil in der Ecke immer jemand spricht, der Rundfunkapparat, den jeder Gast im Zimmer hat, läßt sich nicht ausschalten, wir haben an allen Knöpfen gedreht, die Stimme wird laut, wird leise, bleibt aber und der Kontakt läßt sich nicht aus der Wand ziehen. Eine Abhöranlage, haben wir zuerst gedacht, aber Angst kam nicht auf, es macht nichts, wenn das Rumpelstilzchen hören kann, wir gewöhnen uns an den Wisperzwerg im Zimmer, lassen ihn laut Musik machen, wenn wir gut gelaunt sind, und wir sind gut gelaunt, wenn wir von der Straße kommen und wieder zwei Wörter zu sagen wissen in der fremden Sprache, es sind noch wenig genug, denn wir kamen stumm ins Land.

»Erzähle doch, erzähle«, haben sie alle gesagt, als wir zurückkamen von dort. Aber ich kann nicht erzählen, denn ich weiß, was sie hören wollen.

Wir sind nicht aus diesem, nicht aus jenem Grunde gefahren und was wir fanden, haben wir gesucht, als wir noch auf der Erde lagen und unter dem Tisch die geheimen Schlösser bauten, die wir den Erwachsenen nicht gerne zeigten, obwohl wir auf sie angewiesen waren, wenn wir hören wollten, wie die Wölfe im Kreis laufen und daß der Schnee dort nicht aufhört.

Ich kann auf die Bündel, auf die Garben von Fragen nicht antworten, kann nicht, will nicht, aber auf Lamberts Frage, die letzte, als die Lokomotive uns nach Hause zog und Lambert immer noch nach Wölfen Ausschau hielt.

Wir fahren wieder dorthin, versicherten wir uns, als die Stadt mit den roten Sternen schon fern war und die Schilder der Bahnhöfe nicht mehr in kyrillischer Schrift geschrieben, sondern uns mit gewöhnlichen Buchstaben in die Augen sprangen und gelesen waren, ehe wir sie lesen wollten. »Komm, Wort, laß dich lesen«, hatten wir in jenem Land gesagt und buchstabiert wie Kinder.

Wir fahren wieder dorthin – »warum eigentlich?« hatte Lambert gefragt und ich sollte die Antwort sagen. Wir werden fahren weil – erinnere Dich! Nein, darum nicht und auch deswegen nicht, dies allein würde es nicht machen, es ist weniger als das, aber mehr als alles zusammen und liegt auf der Straße, auf der alten, dort wo wir in den Hof gingen und das Hinterhaus betraten, die Wände sahen schlimm aus, aber hinter den Türen wurde gelacht – liegt in dem Laden, wo wir Milch kauften und ein Glas dazu bekamen, der Frau sprang Wasser aus den Augen, wir fragten sie in unserer Sprache, sie sagte uns in ihrer Sprache und es war alles verständlich.

Lambert! Erinnere Dich!

Wir betraten das fremde Land mitten in unserer Stadt als wir den Fuß auf die eisernen Gitterstufen setzten und den grünen russischen Waggon betraten, auf dem ›Berlin–Moskau‹ stand. Die Perronplatten dröhnten, aber dann kamen wir in den Gang und waren nicht mehr zu hören, Teppiche benahmen unserem Schritt den Laut, vor den Fenstern hingen kleine Gardinen wie in einem Wohnhaus, und wir legten uns auf die hohen Betten.

Der Zug war noch nicht abgefahren, als Lamberts Verwandlung begann und während ich ihr zusah, vollzog sich die meine. Wir stellten die Uhren zurück, streckten uns unter die roten geblümten Decken und verabschiedeten die Zeit.

So liegen Bauern in Geschichten auf dem Ofen, wie Lambert auf seinem Bett lag unter der Dachwölbung des Zuges, das Teeglas in der Hand, denn wir waren leise bewirtet worden von der ersten Russin, die nach uns ausgesandt war, sie betreute den grünen Waggon, bediente den Samowar und trat zu uns ans Bett: »tschai« – da wußten wir das erste Wort.

Ich schloß die Augen und sah eine Stadt ohnegleichen, sie erhob sich aus dem Schnee mit ihren Mauern, Kirchen und Palästen, mit Kuppeln, so schön, als wären sie nicht wahr, die Kreuze standen auf dem krummen Türkenmond.

Es war Nacht, eine weiße Schneenacht, wie die Frau sie beschrieben hatte als ich Kind war und es in meinem Baukasten einen Zwiebelturm gab, den sie in die Hand nahm an Winternachmittagen und vor meinen Augen mit Worten die Stadt erschuf, die sie hatte verlassen müssen, eine Stadt, mit Kuppeln, rund wie das Glück, eine Stadt ohnegleichen.

Unter der rotgeblümten Decke liegend, fuhr ich der Stadt entgegen, mit der einst die Alte meine Kindheit schmückte, betrat schon die weißen Straßen, sah graue Holzhäuschen, traf auch Frauen mit Kopftüchern und Filzstiefeln und hörte schon den Gesang der Popen vor der goldenen Bilderwand.

Die Fata Morgana hielt sich auch als ich die Augen öffnete, sie erschien auf der sonnigen Schneebene, die goldenen, die grünen Kuppeln rund wie das Glück.

»Was siehst du«, fragte ich Lambert, der wie ich aus dem Fenster schaute.

»Wölfe«, sagte er.

Mit dem Kinn auf den Armen lagen wir, ließen unsere Wölfe laufen und begingen schon die Stadt, die noch lange nicht in Sicht war, denn wir hatten viel Land zu durchfahren, Land, auf dem sich Heere vor- und zurückbewegt haben bis den Soldaten die Beine abfroren und in den Motoren die Kolben vereisten.

Die Schemen, die Schatten alter und älterer Kriege wankten vor und zurück, der französische Herrscher flüchtet im Schlitten und hat seine Reisebibliothek gerettet, aber die deutschen Generäle haben nichts von ihm gelernt, sie treiben die Heerhaufen auf Moskau zu, denken, es sei der Schnee, den sie bewältigen müßten mit Kettenfahrzeugen und vermögen nichts gegen die Nächte, die mit dem Eisfeuer ihrer kalten höhnischen Sterne über der Ebene aufgehen und das Heer im Schlaf besiegen, Nacht für Nacht und Mann für Mann.

Minsk, Orscha, Smolensk, unter den Decken, den breiten, weichen, hielten wir den Atem an, wenn wir einfuhren im geheizten Zug und bei heller Sonne, als wären die Kessel nicht gewesen, in denen sie vornüberfielen, Tausende, und auch auf dem Rücken ließ der Tod sie zu Tausenden liegen.

Erinnere Dich, wie wir lagen und lauschten, als Russen sich auf den Gang vor unsere Tür stellten und ein Gespräch miteinander führten, wie wir lagen und auf ihre Sprache lauschten, die schön ist wie eine gute Botschaft.

Die Wirklichkeit kam uns abhanden wie vorher die Zeit.

War es wahr, daß wir ohne Schüsse durch das Land fuhren mit Russen, die das Glas auf unsere Gesundheit hoben als wir im Speisewagen zu Mittag aßen, oder war es nicht wahr und wir würden eingekesselt werden wie alle, die sich der Stadt hatten nähern wollen, oder war es doch wahr und wir würden ankommen im Herzen des Reiches, auf das wir staunende Blicke warfen, wenn der Zug auf einer Station hielt und wir auf dem Bahnsteig hin und hergingen, wo vermummte Kinder im Armbereich der Großmütter hockten und lächelten. Wir lächelten auch, die Großmütter nickten, als sei gar nichts anderes möglich als lächeln und nicken, und wir vergaßen die Spur von Unbehagen, das uns befallen hatte in der Nacht beim Grenzübertritt in Brest.

Dort waren wir davon aufgewacht, daß Eisen dröhnend gegen Eisen schlug. Fest in unsere Mäntel gewickelt, standen wir dann auf dem Bahnsteig und sahen zu, wie eine hydraulische Hebevorrichtung angesetzt und unser ganzer Waggon hochgestemmt wurde, so daß geschehen konnte, was geschehen mußte, wenn wir

einfahren wollten in dieses fremde Land: Achsen und Räder mußten fortgezogen werden unter den Wagen, ausgetauscht werden gegen andere Achsen und Räder, im gewohnten Geleise ließ sich nun nicht mehr fahren, mit einer Spur von Unbehagen hatten wir diesem technischen Vorgang zugesehen, so als würde uns der Boden unter den Füßen entzogen mit den Stahlachsen und Rädern, an deren Stoßen wir uns gewöhnt hatten. Auch überraschten uns die Kräfte, mit denen unser massiger Waggon mir nichts, dir nichts angehoben wurde bei nicht mehr Licht als ein paar schwankende Karbidlampen hergaben. Ein nachtäugiger Goliath schien am Werke zu sein, ein erster Bote russischer Kraft, ein wenig Unbehagen, wie gesagt, hatten wir vergessen, als wir, erfahrene Breitspurfahrer inzwischen, der Grenznacht nicht mehr gedachten.
Die Ebene vor den Zugfenstern war mit den Augen nicht vermeßbar, auch Lambert kann den Rand solcher Weiten nicht ausmachen. So hielt der Blick sich an Häuserchen, die dann und wann auftauchten, wie für Ziegen klein, aber ein jedes hat Hörner und Tentakeln auf dem Dach, die Antennen, mit denen man aus den Häuschen nach Moskau sieht, es gibt keine Entfernung für die Geschwindigkeit des Lichtes und jeder in den Holzhäusern will ins Herz des Reiches sehen, daher auf allen Dächern die Fühler, die nach Bildern tasten.
Wir begannen den grünen Waggon zu bewohnen wie ein Haus, das man nicht mehr zu verlassen gedenkt. Es ließ sich leben auf den breiten russischen Gleisen, wir lagen und hörten unseren Zug wie einen Dampfer tuten, wenn er sich einem Bahnübergang näherte. Schneefelder ohne Ende, wer wurde gewarnt mit Tuten in der Nacht, welch einsamer Fuhrmann, der sonst vor die Lokomotive gekommen wäre mit Pferd und Schlitten? Oder trompetete der Zugführer um sich Mut zu machen in der Schneewüste, die an Weitläufigkeit Gobi übertraf und dem Mann Angst machte, der vielleicht lieber dies und jenes getan hätte, aber doch uns alle durch dieses Weiß fahren mußte, das er vielleicht nicht mochte, fröhlich roter Schnee wäre ihm lieber gewesen, auch gelber hätte seine Gedanken nicht so dünn und kühl gemacht auf dem Führerstand einer Lok, die er bedienen mußte, damit sie all die Schlafen-

den, Kauenden, Plaudernden hinter sich herzog, aber wir halfen ihm nicht dabei, wir lagen unter wolligen Decken und uns war es recht.
Mit langen sehnsüchtigen Signaltönen fuhren wir auf Moskau zu.

Als wir ankamen, war das anders als gedacht. Kein Panorama bot sich, wir waren sogleich ein Teil der Stadt, ihrer inneren Gänge, ihres Gewimmels, mußten rechts und links schauen, den Koffern nach in einen Bus und über Moskaus Straßen, alles war in Bewegung, wir fuhren Schleifen um Polizisten, bekamen Winke, unterwarfen uns der Verkehrsordnung, Schulter an Schulter mit den Bürgern der Stadt, die Wirklichkeit kam uns ein zweites Mal abhanden: war es wahr, daß wir neu waren in dieser Stadt, daß dies der Ort war, den wir gesucht hatten, oder war es eine Stadt wie jede Stadt und wir lebten schon lange hier, als Partikelchen, als zwei Menschen von sieben Millionen, mit denen wir uns durch die Straßen schoben. Aber die fremdartigen Gesichter unter den Pelzmützen und wir mußten mit den Händen fragen, wenn wir eine Auskunft brauchten.
Zu späterer Stunde, als wir wußten, in welchen Betten wir schlafen würden, als die Koffer leer waren, die Kleider schlaff im Schrank hingen und die Nacht in Moskau begann, als wir den Kongreßpalast betreten sollten, zögerten, ziellos neugierig (denn wir konnten nicht ahnen, was die Mauer unserem Blick verstellte) um eine Ecke gingen, da verschlug es unsern Füßen den Schritt und dem Munde die Sprache, denn vor unseren Augen, die es nicht glauben wollten, die erwarteten, daß verschwinden würde, was wir sahen, weil so Schönes, dachten wir, sich nicht für immer zeigen würde, vor uns lag eine Stadt ohnegleichen, sie erhob sich aus dem Schnee mit ihren Mauern, Kirchen und Palästen, mit Kuppeln, so schön, als wären sie nicht wahr, die Kreuze standen auf dem krummen Türkenmond.
Es war Nacht, eine weiße Schneenacht, wie die Russin sie beschrieben hatte als ich Kind war und es in meinem Baukasten einen Zwiebelturm gab, den sie in die Hand nahm an Winternachmittagen und vor meinen Augen mit Worten die Stadt erschuf, die sie

hatte verlassen müssen, und die Stadt strafte die alte Frau nicht Lügen, sie lag vor unseren Augen mit Kuppeln, rund wie das Glück, eine Stadt ohnegleichen.

»Erzähle doch, erzähle«, haben sie alle gesagt, als wir zurückkamen von da. Aber ich kann nicht erzählen, denn ich weiß, was sie hören wollen:
»Sind sie – können sie – was kostet und ist jemand reich?« Ich sehe sie an, wenn sie mich zum Sprechen bringen wollen. Keine solche Frage ist ein Schlüssel für diese Stadt.

Aber manchmal, abends, bricht ein leises Wort die Mauern auf, wenn ich mich mit Lambert über das Brettspiel der Erinnerung beuge und wir uns die weißen, die schwarzen Steine zuschieben, mit denen wir einander nicht besiegen wollen. Lambert schiebt ein weißes Wort vor und ich setze ein schwarzes dagegen, wir springen einer über des anderen Worte, jedes tut einen Zauber und die Stadt wird sichtbar vor unseren rückschauenden Augen.

Die Sterne auf den Kremltürmen sind glühend rot und drehen sich im Wind. Man könnte denken, daß jemand mit den roten Sternen über der Stadt ein Zeichen geben wollte für eine ferne Liebe, man könnte etwas Schönes denken, daß die Sterne der Stadt die Sterne am Himmel feurig grüßen wollten, wüßte man nicht, dies sind die Oktobersterne, die Sterne der Revolution, die Stadt hat sich mit Blutsternen geschmückt.
Wie soll man schmücken, wenn nicht feurig rot? Rot ist die Farbe des Landes. Aber nicht erst jetzt, nicht erst jetzt, wo sie den Sieg an ihre roten Fahnen heften. Der rote Platz hieß immer so. ›Rot‹ und ›schön‹ – das ist das gleiche Wort in ihrer Sprache.
Erinnere Dich: der Palast des Patriarchen war wenig erleuchtet. Wir gingen über die Teppiche und wurden nicht vom leeren Stuhl des hohen Priesters zurückgehalten, obwohl die Lehne mit Diamanten bestickt ist, mit Diamanten aus dem Libanon, sie sprühen wie die Sterne einer Polarnacht und wir meinten, dies sei schöner als schön, bis wir angeblickt wurden von einem dunklen Feuer-

auge, das nach uns spähte aus dem Dämmer eines Schrankes. Dort lag das Brustkreuz des Patriarchen, ein Eisenkreuz, aber in seiner Mitte faßt es einen großen Rubin von beweglichem, beinahe flüssigem Rot, als wäre Wein oder Blut in ihm gekeltert. Eine kristallene Kirsche, die hatte reifen können ohne daß ein Vogel sie mit begierigem Schnabel versehrte. Der Rubin im Brustkreuz des Patriarchen, er ist rot, das heißt schön, das ist die Farbe des Landes.

Was erinnerst Du, was siehst Du, wenn ich ein so allgemeines Wort wie ›Menschen‹ vorschiebe wie einen runden schwarzen Stein in dem Spiel, auf das wir uns so gern einlassen um wiederzusehen, was wir nicht vergessen wollen – denkst Du auch an den riesigen Saal im Kongreßpalast, wo wir am ersten Abend unter den Tausenden Russen saßen, die warteten, daß sich der Vorhang höbe? Wie wir uns umsahen, ehe die Lampen verlöschten, um uns der breiten ruhigen Gesichter zu vergewissern, die nicht mit Stiften und Farben verändert werden. Man ist zufrieden mit seinem Aussehen und läßt das Alter gewähren.
›Menschen‹ – siehst Du sie in der Kirche stehen? Ich bin nicht groß, aber größer als alle die Hunderte, Hunderte alter Frauen, die die Kirche bis in die Nischen füllten, sich verneigten und die Bilder küßten und die Du wie ein Turm überragt hast.
Wie ein Volk von unscheinbaren grauen braunen kleinen Lemmingen strebten sie in die Kirche und befolgten das Ritual ihrer Art, einer aussterbenden Art, die, man fühlt es, nicht zu erhalten ist.
Die Kirchen werden leer bleiben, wenn die alten Frauen sie nicht mehr erfüllen mit Bittgemurmel und dem sauren Geruch ihrer ungereinigten Kleider. Noch strahlt die Ikonostase in dieser und jener Kirche mit Bildern und purem Gold, noch tragen sie die Mitra wie eine Krone, der Patriarch und die Metropoliten, aber nur solange die grauen, braunen unförmigen alten kleinen Frauen kommen, sich verneigen und mit der Stirn den Boden derjenigen Kathedralen berühren, die noch nicht in Büroräume oder Museen umgewandelt wurden.

Auch wer jung ist, neigt die Stirn in jenem Land, aber es sind andere Räume, in denen sich die Jungen beugen: jeder hinter einem grünen Lämpchen, sitzen sie zu Tausenden in den Lesesälen der riesigen Bibliotheken, den neuen Kathedralen der Nation, in denen man alles schwarz auf weiß haben kann, zu Tausenden sitzen sie dort und bemächtigen sich dessen, was bewiesen ist, verleiben sich Wissen ein, Wissen ist ihr Stolz, ihr Schmuck, ihr Reichtum, das, womit sie sich auszeichnen, das, was sie fröhlich macht.
Tag für Tag erleben die Bibliotheken die Invasion der Schüler und Studenten, von jedem Buch wird Besitz ergriffen, jeder Seite wird Information entrissen. Man gibt den jungen Leuten gern die Hand, sie springen von den Stühlen um einem zu helfen, sie lächeln und zeigen einem den Weg, sie sind die heitersten Gefangenen, die man sich denken kann.
Auf das Gitter ihres Gefängnisses stoßen sie nie. Wer kommt schon an die Grenzen dieses riesigen Reiches und sieht die Mauern, die nur für eine Handvoll Privilegierter ihren schmalen Durchlaß öffnen. Die Studenten lernen weiter italienisch und werden ihren Fuß nie auf römischen Boden setzen, sie werden Leopardi in Moskau zitieren, sie werden ihn übersetzen, bis er russisch klingt.

Wenn Du einen Wortstein vorschiebst und ›gehen‹ sagst, sehe ich Leute in Filzstiefeln stapfen oder in anderen ungefügen Schuhen über die Eishubbel der Straßen trotten, sie tragen sich, ihre schweren Mäntel, die Kuppeln ihrer Pelzmützen in einen Untergrundbahnhof hinein und wuchten sich aus einem anderen hinaus, manche heben kaum die Füße – aber kein Volk hat solche Tänzer.
Hast Du ›gehen‹ gesagt, ich sage ›tanzen‹ und lasse die Ballerina erscheinen, es geschehen Wunder auf der Bühne, sie kommt aus einem Lorbeerbusch, sie schwebt über den Himmel, der Wipfel eines Baumes nimmt sie auf, sie tanzt ihr Glück und den Gram auf der Spitze, das Bolschoitheater ist rot und golden, wie sollte es nicht vor allem rot sein, jeden Abend ist es gefüllt bis auf den letzten Platz und ein Orkan von Beifall belohnt die Füße der Tänze-

rin, die den Boden zu vermeiden verstehen, die den Schritt in die Luft verlegen und das im weißen Atlasschuh. Der Spitzentanz ist ein Lieblingskind des Volkes, das in Filzstiefeln geht, gehen muß – wer käme sonst durch den Schnee? Aber wenn es sie überkommt, zwingen sie auch ihre Schaftstiefel zum Tanz und werfen die Beine im Krakowiak, mit den Absätzen trommelnd. Ein Volk von Tänzern.

Hast Du wieder einen Stein vorgeschoben und ›Hund‹ gesagt und drehe ich mich um in der Erinnerung nach dem ersten, der mir begegnete? Sieben Millionen Menschen in der Stadt, immer zu Tausenden auf den Straßen, aber mehr als zwei Hunde haben wir nicht gesehen in all den Tagen. Die Männer, die sie an der Leine führten, wirkten exotisch, als gingen sie mit Löwen spazieren, so selten sind hier Herr und Hund.
Katzen? Nein! Nicht wie in Venedig, wo sie sich durch die Gitter zwängen und mit vorgestreckten Krallen auf Ratten springen, nicht wie in Paris, wo sie seidenhaarig und überfüttert sogar in Apothekerschaufenstern schlafen, gar keine Katze, straßauf, straßab nicht, auf keinem Hof, nicht auf dem Arm eines Kindes. In einem verschwiegenen Haus vielleicht eine und noch eine, die wir nicht zu sehen bekamen.
Wer kann sich in Wohnungen, wo schon die Menschen gepfercht leben, wo keiner ein Zimmer für sich hat, vierpfotigen Luxus leisten, ein Wesen, das frißt, aber nicht arbeitet? Ja, Pferde sieht man auf den Straßen, den Nacken im Joch, und mit Vögeln hintergeht der Himmel die Vernunft der Stadt, Tauben gurren auf den Simsen, sie sind schön wie in den Tagen der Arche und entziehen sich mit Flügelschlägen der Gewalt.

Gewalt, wer hat Gewalt gesagt? Nach ihren Würgemalen hatten wir gesucht vom ersten Tage an, aber sie zeigen sich nicht auf verletzlichen Kehlen. Hier wird die Gewalt geschluckt mit dem ersten Brei in den staatlichen Heimen für die kleinsten Kinder. Die Gewalt ist so alt, daß sie jedem verschwistert ist, sie muß kaum noch ›sollen‹ sagen, denn so viele sagen ›wollen‹. Die meisten haben sich eingerichtet, mit ihr wie mit einer reichen Verwandten, die das Brot verteilt und keinen hungern läßt, der gehorcht, aber was sie befiehlt, ist seit langem bekannt und überrascht niemanden, man vergißt, daß sie befiehlt, und lebt unter der Gewalt der Gewalt, die sich nur manchmal noch erheben und einen enterben muß. Man schaut auf zum Himmel, wo die Kosmonauten kreisen, man sieht Häuser aus dem Boden wachsen und pilgert zum Vater alles Guten, der den Bürgern so heilig ist wie Brot und Borschtsch, die sie verläßlich bekommen. Es stehen immer Menschen vor dem Grabmal Lenins, selbst wenn das Mausoleum geschlossen ist, scharen sich Menschen davor und starren ehrfürchtig schon die Wächter an.

Wer kann das alles begreifen, welcher Gast, der hier straßauf, straßab geht unter den zufriedenen Gesichtern und der Sprache nicht mächtig ist, mit der er die Zungen vielleicht lösen könnte, aber wer weiß, ob er Empörtes zu hören bekäme, denn die Kremlherrscher bedürfen keines Schutzes mehr durch Panzerglas. Ich sah sie mit den Händen in den Manteltaschen durch die Gärten schlendern, jedermann nahe kommend und keines Attentäters Hand befürchtend.

Nur die ganz Alten erinnern sich hier noch an die Zeit vor der Gewalt, aber da gab es auch eine Gewalt, und Väterchen Zar gab nicht so verläßlich Brot wie Wladimir Iljitsch, der für sich selber nicht mehr nahm als die Suppe, auf die jedermann ein Anrecht hat.

Vorbei die Zeit der Schlösser für Zaren und Bojaren, heute kann sich jeder mit dem Rücken gegen Marmor lehnen, Paläste für Millionen Menschen unter der Erde, jede Metrostation ist ein Volkspalais mit Kristalleuchtern, der Marmor kommt aus sibirischen Brüchen, die Bibliotheken sind schön getäfelt, Samt und Seide schon in den Kindertheatern – welch westliche Torheit, über den Prunk zu lächeln, der in Metrostationen und Büchereien getrieben wird und geeignet ist, das Herz eines Volkes zu heilen, das man Jahrhunderte mit Peitschen den Palästen ferngehalten hat.

Man muß die Menschenmassen gesehen haben, die sich täglich

vor der Schatzkammer stauen. Aus den entferntesten Provinzen kommen sie um mit den Augen die Thronsessel einzunehmen, die in gläsernen Käfigen stehen – um mit den Augen endlich alle Kronen, Szepter, Pokale zu besitzen, die ihre Vorväter mit krummem Rücken erkauft, aber nie gesehen haben.
Wie sie sich in die Schatzkammer stoßen und schieben, die kleine Kirche der Zarin nicht verlassen wollen, den Facettenpalast täglich zu Tausenden neu besetzen, das Regierungsgebäude des Obersten Sowjets nicht minder bestaunen! Jeder darf heute ins Herz des Reiches kommen – aber niemand berühre die Ränder, wo das Fremde sichtbar wird, das vielleicht auch aus den Russen ein Volk von Zugvögeln machen würde wie aus uns, die wir gewohnt sind, Staaten und Kontinente im freien Flug zu wechseln und von überall Gedanken mitzubringen. Das läßt die russische Gewalt nicht zu.
Aber wer will schon ausreisen von denen, die ihre Datscha vor der Stadt haben und die Kinder studieren gratis auf der Lomonossow-Universität, die wie ein großer breitgeflügelter Drache über den Leninbergen lagert, die jungen Leute anzieht und zu Ingenieuren und Meteorologen verarbeitet oder zu Bürgern, die sonst nützlich sind mit einem Kopf voller Wissen.
Glücklich die Eltern, die Kinder auf der Universität haben. Die Studenten sind die Prinzen des Landes, Kronprinzen des Landes, denn wer etwas weiß, wer etwas kann, wird das Land auf den Schultern tragen. Der Bedarf an Leuten, die Fachwissen haben, ist ungeheuer und man ehrt sie sehr, wenn man sie auch nicht hoch bezahlt, es sei denn mit Orden. Aber wer will außer Borschtsch, Bett und Kleidern mehr als ein Gläschen Wodka, ein Schachspiel und etwas Zeit für Badefreuden?

Wir haben ›Prinzen des Landes‹ gesagt und die Studenten gemeint, die sich in den Schwimmhallen der Universitäten tummeln und alle Prüfungen bestehen. Doch wir haben ein Wort wie ›Prinzen‹ voreilig vergeben!
Denke an den Vorortzug, der uns von Sagorsk zurückbrachte! Uns gegenüber saß ein Soldat. Er sprach die Sprache unseres Landes,

wir unterhielten uns lärmend, er war auf Verbrüderung aus, kaufte uns Eis von der Händlerin, die in weißer steif gestärkter Schürze mit einem Korb voller Erfrischungen durch den Zug ging, ein fröhlicher blonder Mensch, er wollte Wodka mit uns trinken, der unbekümmerte Soldat einer siegreichen Nation, er war zu jung, um den Sieg noch erfochten zu haben, aber das Bewußtsein davon stärkte ihm den Rücken und gab der Gebärde, mit der er uns Papyrossi anbot, die rechte Generosität – da drehte ich mich um, denn ich spürte: jemand sieht mich an.
Ich wandte mich nach rechts und erblickte etwas hinter mir einen Knaben, auf den ich nicht gefaßt gewesen war. Er hockte auf der äußersten Kante seiner Holzbank und mußte mich schon lange beobachtet haben, er war sich schlüssig über mich, das konnte ich erkennen, aber ich vermochte den Schlüssen, zu denen es hinter seiner schönen Stirn gekommen war, nicht zu folgen, die Überraschung zwang mich, Überlegungen anderer Art anzustellen, Verwirrung hatte mich ergriffen, wie man sie empfindet, wenn man unvermutet Zeuge geheimer Vorgänge wird, von denen man eigentlich keine Kenntnis haben sollte.
Wie kommt dies Kind hierher, fragte ich mich, wer hat es hier im Zug versteckt, wo bringt man es hin, ist es geraubt oder soll es im Gegenteil gerettet werden?
Ich suchte die Kammern meiner Erinnerung ab: wer ist dies Kind, wo habe ich es schon gesehen? Auf spanischen Bildern? Ist es der Infant, aber der Infant eines früheren Jahrhunderts, denn heute sind Königskinder pausbäckig und banal. Oder ist es ein Romanow, ein Zarenkind, das sein Jahrhundert gewechselt hat und von gutmütigen Köchinnen schützend aufgenommen wurde?
Es hockte da in plumpen Schuhen, ausgewachsenem Mäntelchen, mit abgeschabter Mütze auf dem dunklen Haar.
Aber auf welcher Gemme sah man je so einen Kopf! Der Knabe war blaß, aber nicht welk; sein Gesicht hatte die Härte von Elfenbein, auch die Farbe. Der Schädel war schmal wie der eines Araberpferdes. An der Form der Hände und Gelenke wünschte man nichts zu verändern.
Er wandte den schwatzenden Frauen, zu denen er offenbar ge-

hörte, den Rücken zu und war gerade im Begriff gewesen, mich aus seinen Gedanken zu entlassen, als ich mich umgedreht und ihm Verlegenheit bereitet hatte. Er konnte nicht verbergen, daß er mich betrachtete und unterstellte wohl, ich könne erraten, was er dachte, aber da irrte er, ich suchte im Kopf das Märchen aus dem er stammte mit seinen großen schwarzen Augen, oder war er wirklich das Kind einer der plumpen Frauen und gebiert dies Land seinen vollkommensten Prinzen aus dem Schoß einer Plättfrau? Und wozu konnte dieser zehnjährige Knabe bestimmt sein? Nicht allein zum Gewinnen von Medaillen in studentischen Sportmannschaften jedenfalls.

Wann würde dies Kind die Grenzen seines Landes abklopfen und Worte finden, die nicht genehm sind? Wann würde dies Kind Mundverbot bekommen, oder würde das Land mit dem Kinde wachsen und die Träumer wieder zulassen und fähig sein, Gedanken zu ertragen, die die Raumfahrt ausklammern und auch andere Erfolge der Nation nicht in Betracht ziehen? Würde der Knabe ein Gespinst aus Seide auswerfen und wie ein Vogelsteller des Landes Seele einfangen?

Was würde werden aus dem Kind, das aussah, als hätte es einen geheimen Schlüssel mitbekommen und trüge ihn in der Tasche seines vertragenen Mantels ohne noch zu wissen, in welches Schloß er paßt.

Der Soldat lärmte und bot Papyrossi, der Knabe schwieg, begann aber zu lächeln und schien immer noch sicher, daß ich in seinen Augen die Sequenzen seiner Überlegungen lesen könnte, er stellte sie mir geradezu zur Verfügung in seinem Blick, aber ich war zu unbeholfen, sie zu erraten und von ihnen Gebrauch zu machen.

Ein Knabe in dieser Stadt, die uns in seinem Gesicht eine ihrer tausend Möglichkeiten gezeigt hat, eine ihrer geheimen Reserven, sie läßt das Kind groß werden in ihren Mauern, und wer weiß, welche Türme es über der Stadt errichten wird, wenn die Zeit seiner Gedanken kommt.

Türme, auch das ist ein Wortstein mit dem sich springen läßt. Mit Türmen überhöht sich die Stadt immer von neuem, die Bekrönungen der Kremlmauern genügen längst nicht mehr, auch der große Glockenturm des schrecklichen Iwan ist der Stadt nicht hoch genug und schon gar nicht die Kirchtürme mit ihren Kuppelköpfen, so grün, so golden sie sind – auf jedem Neubau werden Zacken und Spitzen hochgetrieben, Triumphlanzen, die den Himmel stechen. Kein repräsentativer Bau ohne Türme, und kein Turm, der nicht mit einer Nadelspitze über sich hinauswill.

Man könnte von den Menschen absehen, die einem zu Tausenden begegnen mit ihren ruhigen Gesichtern, in den Schächten der Bahnen, in den Kaufhäusern, man könnte sogar vom Antlitz jenes Knaben absehen, den die Stadt sich vorbehält, und nichts als ihr Gestein betrachten und das Volk wie ein schwärzliches Meer hinnehmen, das um die Felsen der Architekturen brandet und keiner Beachtung bedarf.

Die Stadt, eine steinerne Insel im Menschenmeer mit den Kluften der Straßen, mit Anspülungen von Holz, das zu kleinen Häuserchen verbaut ist, die sich schief, aber so herzlich auf die Maße ihrer Bewohner berechnet, zwischen den Steinblöcken halten, von denen manche farbig bemalt, mit weißem Stuck verziert sind und aus einer heiteren Zeit stammen, während andere jetzt im Schnellverfahren aus Fertigteilen zu Großklotzbauten hochgestapelt sind, auf denen der Blick wenig Ursache hat zu verweilen, aber sie geben Tausenden eine erwünschte Bleibe.

Ungeniert stehen die so verschiedenartigen Häuser nebeneinander und dazwischen Kirchen, manche drohen in sich zusammenzufallen, mühsam stützt eine Mauer die andere. Aber es gibt auch Kirchen, die ohne Riß und festlich erhalten sind und alle haben Kuppeln, drei, fünf, sieben, neun, sogar zwölf grüne, blaue oder goldene Kuppeln, die haben etwas Behagliches, aber auch Spielerisches, sind, wenn es neun oder zwölf sind, wie großer Reichtum und eine schöne Verheißung, sie demonstrieren die Fülle des Guten und Runden, gleichen der Üppigkeit russischer Frauen und scheinen doch beweglich wie Kreisel oder Bälle, sie würden fortrollen, wären sie nicht vom Ernst der Kreuze gebannt, jede Kuppel trägt eines, das mit Ketten gehalten wird, damit der Wind es nicht umbrechen kann, alles ist auf Verbleib gerichtet, die runden glänzenden Turmhauben ruhen auf dem Gestein wie eine große Gutmütigkeit, wie ein Glück, das sichtbar bleibt.

Man könnte von den Menschen absehen und nur das Gestein betrachten – aber die Steine haben Namen. Wer war Basilius? Warum heißt die Kirche auf dem Roten Platz Basiliuskathedrale? Von ihren acht Kuppeln gleicht keine der anderen und jede soll an eine Schlacht erinnern, die Iwan der Schreckliche gegen die Tataren geschlagen hat – aber wer war Basilius?
Jemand hat uns die Geschichte des Bettlers erzählt, der einstmals jahraus, jahrein vor der Kathedrale saß. Alle kannten ihn, auch der Zar, der nahe im Kreml den Thronsessel einnahm. Alle gaben ihm, auch der Zar hat sich über des Bettlers Schale geneigt und seinen Namen gewußt. Alle haben ›Basilius‹ gemurmelt, wenn sie dachten, daß sie sich freikaufen könnten mit Rubeln und Kopeken. Mit Basilius saß ihr Gewissen auf dem Stein vor der Kathedrale und war nicht käuflich. Basilius hat gelächelt, wenn der Zar den Rücken vor der Armut beugte, und hat dem Herrscher auch beim nächsten Kirchgang die Verbeugung nicht erspart. Aber vielleicht will sich auch ein Zar manchmal verbeugen dürfen und wann wäre das zulässig, wenn nicht vor den Füßen des Ärmsten? Basilius war eine Institution geworden, die Stadt bedurfte seiner und als er starb, bekam die Kathedrale seinen Bettlernamen. Die Taufe fand in jedermanns Munde statt.

›Bettler‹ hätte ich nicht sagen sollen. Das ist kein Wort, das ich gern hervorhole. Aber das Bild des alten betrunkenen Mannes läßt sich nun nicht mehr verscheuchen. Er bettelte uns in der Bahn an. Du gabst einen Rubel, aber er war nicht zufrieden, er wollte drei und verlangte sie mit Gebärden, die abstießen. Umsitzende mischten sich ein und wollten uns von ihm befreien, er wies sie mit der Hand von sich und Du gabst ihm, als wärest Du sein Schuldner.
War das Basilius? Taucht er noch immer auf um den Menschen die Hand zu öffnen? Mich hat er nicht bezwungen, aber war das ein Sieg? Ich hatte die Kunst des Behaltens geübt und die Geduld,

mit der Du ihm gabst, Verschwendung an aufdringliche Säufer genannt. Der Alte bedankte sich bei Dir wie ein höflicher König und sah mich an, ich war gemeint gewesen von Anfang an, meinetwegen hatte er den Zug betreten, ich bin sicher, Basilius hat gebettelt, damit ich meinen Geiz vorführen und erröten sollte.

Der Alte war der einzige Bettler, den wir gesehen haben. Wir sind nicht auf Not gestoßen in der Stadt, wo sich offenbar jeder von dem süßen schmelzenden Eis kaufen kann, das selbst bei grimmigem Frost an allen Ecken feilgeboten wird. Die Lebensmittelgeschäfte sind voller Waren und Käufer und erinnere Dich des Saales im obersten Stockwerk des Kongreßpalastes: zu Tausenden fuhren die Theatergäste in der Pause die Rolltreppen hinauf und kauften, was auf den Tischen geboten wurde, griffen nach Gläsern mit Glühwein oder nach Obst, das in allen Gartenfarben dalag, nach Kuchen, schön verzierten Broten, Fruchtsäften, Sekt, die Gläser, die Teller standen immer zu Hunderten da, der Saal war hell wie ein südlicher Mittag, und es glich fröhlicher Zauberei, wie die prunkenden Tische sich leerten, wie schnell jedes Glas an die Lippen kam, die Kuchen zerteilt wurden, die Orangen in jemandes Hand rollten, und wie mit Menschen und Speisen war der Saal auch mit Rede gefüllt, mit den kräftigen Lauten der russischen Sprache, den kleinen Explosionen ihrer Konsonanten.
Eine halbe Stunde, dann war das große Fest vorbei, alles stürzte auf die Treppen, die abwärts rollten und wartete dann im Saal, daß sich der breite Vorhang wieder öffne für die große Oper, in der Sänger mit prallen Pferden auf die Bühne ritten, mitten zwischen die Scharen der Choristen und Tänzer, denn erst was beinahe birst, ist vollkommen in den Augen dieser Stadt, wo die Fülle niemanden schreckt, weil sie ihn immer umgibt, auf der Straße, in den Läden, wo man geduldig Kopf an Kopf steht und Rede und Gegenrede laut durch die Luft fliegen, in den Untergrundbahnen, die in jeder Minute kommen müssen um die fortzufahren, die von den Rolltreppen an die Bahnsteige herangefahren wurden. Wer am Fuße der Abwärtstreppen steht, meint, die halbe Erdbevölkerung käme in diesen Transportschächten herabgerollt, es gibt

keine Unterbrechung, die Treppen werden nicht leer, es sieht aus, als habe die Menschheit sich entschlossen, fürderhin unter der Erde zu leben. Fünfzig Meter muß man auf einigen Rolltreppen abwärts fahren, die Moskauer Untergrundbahn liegt wie ein Bergwerk tief unter der Sohle der Stadt.

Und wie bei einem großen Einmarsch besetzt die Bevölkerung in immer neuen Hundertschaften die Säle der Museen und macht die Gemälde zur Beute ihrer Augen. Dies Bildervolk! Jeder hatte seine Ikone in der Zimmerecke, die Kirchen sind vom Boden bis zur Decke bemalt, auf den Wänden, sogar auf den Säulen Bild über Bild – und weil man auch heute der Bilder bedarf, Ikonen aber die Blicke nicht mehr auf sich ziehen, ist das Abbild Lenins überall aufgestellt, aufgehängt – mit dünnen Lippen lächelt er über Mauern und Plätze, von den Wänden, über die Tische.

Wir wußten den Mann nicht zu begreifen, der immer ein wenig seitwärts schaut auf den Bildern und sich so der Zange der Dialektik entzieht, mit der man ihn auch frontal angehen könnte, aber wir wären für die Auseinandersetzung ohnehin nicht gerüstet gewesen, noch in der Erinnerung tasten wir sein Gesicht unsicher ab und spüren Unbehagen, man könnte auch Beschämung sagen, weil wir so fahrlässig versäumt haben, vorbereitet auf Wladimir Iljitsch in jenes Land zu fahren und nun nicht verstehen, wie er solche Kräfte in Bewegung setzen konnte. Obwohl: mir hätten seine Sätze allein nicht zu ihm verholfen, ich hätte sehen müssen, wie er ein Glas an den Mund hob und auf seine Füße sah oder eben nicht auf sie sah, wenn er aus einem Eisenbahnwaggon stieg. Seine Sätze wären mir zugänglicher geworden durch die Bewegung seiner Augenlider, die er aber stillhält auf den Hunderten von Bildern, die ich von ihm sah, so daß mir für immer Teile des Instrumentariums fehlen, das auf ein Phänomen wie Lenin überhaupt anwenden zu wollen mich vermutlich selbst in den Augen derer, die mir wohlwollen, disqualifiziert, weil sie nicht erkennen, daß Sätze auch etwas Körperliches sind, niemand weicht mit seinen Gedanken von seinem Habitus ab.

Es werden also Steine auf dem Brett der Erinnerungen bleiben, die sich nicht mehr verschieben lassen, das Rätselhafte, das solchen Wortsteinen anhaftet, würde sich auch nicht klären, wenn wir sie vor- und zurücksetzten.

Doch ›Nacht‹, das ist ein bewegbarer Stein, Du führst die Nacht auf schwarzem Stein, während mein Nachtwort weiß ist wie der Schnee auf dem Fenstersims, hinter dem mein Bett stand, wie der Flockenfall, der dies Fenster verschleierte und kein Ereignis zuließ außer dem Schlaf, den die Schlüsselfrauen leise redend bewachten. Die Träume waren kühl so nahe dem Eisblumengarten, der in manchen Nächten mit kristallenen Farnen und Rauten von großer Schönheit unbetretbar auf dem Fensterglas erblühte.
Erwachte ich einmal, sah ich Licht durch den Spalt unter der Tür in mein Zimmer fallen, nahm es beruhigt wahr, wie ein Kind am Lichtschein die wohltätige Nähe der Erwachsenen glaubt ablesen zu dürfen. Ich hätte nur rufen müssen, dann hätte sich eine der Schlüsselfrauen schwerfällig erhoben und wäre auf breiten Schuhen gekommen. Wie eine getreue Amme hätte sie im Rahmen der Tür gestanden – aber warum rufen in einer Winternacht, wenn sich der Himmel zärtlich auf die Erde schneit, langsam und getreulich, als wäre auf alles in der Welt Verlaß.
Deine Nächte werden so weiß nicht gewesen sein und Du gabst nur wenig von ihnen preis, wenn ich mich über Dich beugte und die Zeit rief, weil Du mit geschlossenen Augen die Nacht am Tage weiterführen wolltest, unwirsche Worte murmeltest und ich den Geruch von scharfem Schnaps wahrnahm. Manchmal verließen Dich die Nächte erst am Mittag, dann bekam ich von dem Brot, das Du aus kaukasischen, usbekischen, kirgisischen Kneipen mitgebracht hattest, Brot von fremder Form, fremdem Duft, und ein wenig machtest Du dann auch die Fröhlichkeit dieser usbekischen, kirgisischen Nächte kenntlich, an denen Frauen nicht teilhaben, wo nur die Männer Trinkfestigkeit beweisen müssen vor dem klaren, nach Roggen, nach Wacholder und manchmal wie Ginster schmeckenden Schnaps, den man in den Magen schluckt, aber er springt in den Kopf, macht fröhlich, setzt Ideen frei, gibt Mut und fesselt doch die Füße.

Du wirst Dich in Räumen, die wenig Licht hatten, den Essenzen alter Reitervölker ausgesetzt haben, die jagten Deine Gedanken über die Hürden, den Sprüngen der Nacht ist kein Graben zu breit und ein entfesselter Galopp wird die gewöhnliche Gangart solcher Nächte gewesen sein, die durch den Tag abzulösen Du Dich so widerwillig entschlossest und die Augen nicht öffnen wolltest, als ließe sich vor den zarten Muscheln der Lider der Lauf der Sonne aufhalten.

Doch übertraf nicht der Tag die imaginären Ritte der Nacht mit Ereignissen, für die es wohl lohnte, die Nacht zu entlassen? Schöneres als sich im Tageslicht zeigte, wirst Du nicht halluziniert haben, wenn das gebrannte Kräuterwasser Deine Phantasie belebte.

Soll ich Dir zulächeln, einen Stein vorschieben und ›Schlitten‹ sagen? Wir hatten von der Schaustellerei gehört, die in einem Park mit Pferdeschlitten getrieben wird. Für fünfzig Kopeken kann jeder eine große Runde mit dem altmodischen Gefährt machen, das man aus russischen Romanen so gut zu kennen glaubt.

Du gingst mit mir in die Schneearena, geduldig, als wärest Du mit einem Kind unterwegs, das Karussell fahren möchte.

Schon von weitem sahen wir die Schlitten stehen, Pferde scharrten im Schnee, schwarze Pferde vor einem strahlend orangegelben Kastenschlitten, Grauschimmel vor einem leuchtend blau bemalten, alte Kutscher mit breiten Pelzkragen hielten die Zügel in der Hand, wir dachten an Behaglichkeit unter warmen Decken und Geläut von Schlittenglöckchen, das wir uns lieblich vorstellten.

Aber als die erste Troika anzog, sahen wir ein nicht erwartetes Schauspiel von wilder Grazie: die Pferde legten sich mit überraschender Kraft ins Geschirr, verfielen in klopfenden Trab und entfalteten ihre Trinität wie einen alten, lange geübten Tanz. Das Mittelpferd warf sein Haupt hoch, aber die Seitenpferde wandten Hals und Kopf in zarter Biegung nach außen, wie ein kunstvolles Blütenornament trug das Gespann sich selbst voran mit wehenden Mähnen. Ein nie gehörtes Lautgefüge kam an unser Ohr, in den Trommelschlag von zwölf Hufen mischte sich der Metallton der

Zaumzeugglocken, begleitet vom dumpfen Reibelaut der Schlittenkufen. Und dann der Lederknall der Peitsche!
Als es uns gelang, Plätze in einem Schlitten zu bekommen, war auch das anders als erwartet: wir wurden überfallen von Gerüchen, die uns fast den Atem benahmen, es roch nach Holz und Stroh, beißender Dunst stieg aus den alten Felldecken. Und der Brodem von Schnaps, Schweiß und Kohlsuppe, der aus dem Pelzkragen des Kutschers kam als er den Hals drehte und uns ansah mit Augen, die schräg in seinem tatarischen Gesicht standen.
Die Pferde setzten sich in Bewegung und die Wirklichkeit zerfiel, der erste Peitschenknall machte Wölfe sichtbar, die uns mit räudigem Fell erwarteten und im offenen Fang die beinerne Reihe ihrer scharfen Zähne zeigten, sie konnten den Tanz der Pferde abwarten, einmal würden die Rappen ermüden, die sich wilden Fluchtblicks nach den Wölfen umsahen, der Kutscher würde mit dem langen Peitschenriemen nach den Bestien schlagen und sie zwar nicht treffen, aber doch ein wenig erschrecken, dann würde der Kutscher ermüden, wir würden schreien, ihm die Peitsche aus der Hand reißen, aber nicht wie er verstehen, sie zu handhaben, einer von uns würde aus dem Schlitten fallen, wer würde fallen?
Wie ein zufriedener alter Zauberer sah sich der Kutscher nach uns um, ehe er den Schlitten zum Stehen brachte, da, wo wir abgefahren waren. Für fünfzig Kopeken fabuliert man nicht länger.
Verlegen wanden wir uns aus den Decken, der Schlitten nahm eine Handvoll Kinder auf, die mit der Untergrundbahn gekommen waren um ihr Recht auf Märchen und Wunder in Anspruch zu nehmen. Der Alte hatte die Erlösung in der Hand.

Es ist nicht recht, daß wir ›Zwerg‹ sagen, um uns des Buckligen wieder zu erinnern. Wir sollten ein anderes Wort für den finden, der uns in weißem Kittel und weißer Mütze an der Pforte des Krankenhauses erwartete und den Fahrstuhl aufschloß. Für den Hausmeister oder einen Pfleger hielten wir ihn, weil wir noch so oberflächlich, wie wir es gewohnt waren, an der Aufmachung ablesen zu können geglaubt hatten, wer vor uns stand. So war uns des Mannes Blick entgangen, der uns, wie wir später feststellten, schon erfaßt hatte und Nachsicht für unsere Fragerei versprach, mit der wir doch nur die Äußerlichkeiten der Klinik angehen würden.

Nicht ohne Verlegenheit entnahmen wir den Worten der Dolmetscherin, welches Amt der mißgestalte Mann versah, und wir stellten uns die Attitüde vor, mit der uns in einer unserer Kliniken der leitende Arzt empfangen hätte. Nicht am Fahrstuhl, gewiß nicht. An einer Kette von Schwestern und Sekretärinnen hätten wir uns entlangtasten müssen um zum Beherrscher einer westlichen Klinik zu gelangen, der uns wie ein Potentat empfangen hätte, Assistenten wären zu Auskünften kommandiert worden, wir wären mit Weltmännischem, Elegantem in Berührung gekommen, ein Klinikchef ist auf Flugplätzen zu Hause, hat seine Kongresse in Lissabon, in Aix und weiß das Bukett der dort zur Tafel gehörigen Weine zu charakterisieren. Ein Nimbus umgibt ihn, der wird von seiner Umgebung hergestellt, von den Angestellten, aber mehr noch natürlich von den Kranken, die wenigstens in der Klinik aus unserer Vernunftgesellschaft ausbrechen möchten und den Chefarzt in ihrer Vorstellung mit Eigenschaften ausstatten, auf die Buschneger bei ihrem Medizinmann vertrauen.

Wie konnten wir mit unseren Erfahrungen auf den Genossen Chefarzt vorbereitet sein, der mit verwachsenem Rücken am Fahrstuhl stand, ein Mann ohne Ansehen, denn Arzt zu sein ist nicht viel in diesem Land, ist auch nicht wenig, weil niemand wenig ist.

Aber mit allem, was er weiß – und das soll viel sein in der russischen Medizin – ist ein Arzt hier doch nur der Angehörige eines Dienstleistungsberufes, der sich nach den Krampfadern der Arbeiterinnen zu bücken hat, und das für geringen Lohn.

Der helläugige, scharfäugige Mann, der so gelassen auf unsere Fragen antwortete, hatte noch nie einem Kranken eine Rechnung ausgeschrieben, hielt es für angemessen, daß er weit weniger verdient als ein Ingenieur, war nicht der Meinung, daß ihm wegen dessen, was er wußte und bei Kranken vermochte, eine Vorrangstellung gebühre, hatte keine Sorge um sein Prestige, war so unscheinbar, daß es unmöglich ist, ihn zu vergessen.

Die Klinik schüchterte niemanden durch spiegelglatte Bodenflächen, Glas- und Chromgefunkel ein, kein Kranker mußte glauben, hinter der Kliniktür unter das Gesetz eines anderen Planeten gefallen zu sein. Alles hatte etwas Behelfsmäßiges, Unperfektes; obwohl Apparate herumstanden, war keine Maschinerie zu befürchten. Ärzte und Ärztinnen in den Behandlungsräumen waren ähnlich unauffällig wie ihr Chef, den sie nicht in gemessenem Abstand begleiteten. Als wären sie Handwerker, blieben sie bei den Kranken und setzten ihre Behandlung fort. Die Anwesenheit des leitenden Arztes scheuchte sie nicht auf, auch die Patienten gerieten durch ihn nicht in Verlegenheit. Wie in eine Uhrmacherwerkstatt schienen die Menschen sich zur Reparatur in diese Klinik zu bringen.

Wir stellten Fragen, um das Knochengerüst zu erkennen, mit dem sich das Leben in dieser Stadt aufrechterhält. Wie es sich abstützt, versuchten wir zu erfassen, das Dasein der Ärzte und der Kranken wollten wir uns anschaulich machen um wenigstens von einer kleinen Gruppe der sieben Millionen Moskauer eine genauere Vorstellung zu gewinnen. Die Antworten kamen freimütig, aber jede gab neue Rätsel auf.

Es erging uns wie immer in dieser Stadt, wir glaubten etwas zu verstehen, stellten eine Frage um besser zu begreifen, die Antwort wurde uns mit heiterer Geste wie eine Blume zugeworfen, und schon verschleierte sich das Bild wieder, das wir gerade im Begriffe gewesen waren, uns zu machen.

Nicht einmal das Rechnen mit dem kleinen Holzgerät haben wir gelernt, auf dem jeder Zeitungshändler die Kugeln hin- und herzuschieben versteht. Schwarze und braune Holzperlen ergeben Summen und Differenzen, es sieht aus, als hätten selbst hochgestellte Administratoren internationaler Hotels auf der Schule nicht ausreichend rechnen gelernt und bedürften nun lebenslänglich der Hilfe eines Kindergerätes. Man starrt auf die Kugeln, sie rutschen von links nach rechts, kein Dezimalsystem ist erkennbar, man fragt, das Gerätchen wird einem bereitwillig hingehalten und entzieht sich der Bedienung wie ein Hexeneinmaleins.

Aber fremder als uns wird die Stadt auch den Georgiern nicht sein, die aus Tiflis kommen, und nicht den Usbeken aus Taschkent, die einmal Moskau sehen wollen und in Gruppen auf dem Roten Platz stehen. Dies große Land – die Grenzlinien des Reiches umarmen Völker, deren Herz nicht in Moskau schlägt und die das Russische als Fremdsprache lernten, wenn sie es überhaupt lernten.

Ans Gitter der Basiliuskathedrale gelehnt, kann man Zentralasien und auch die Bewohner nördlicherer Regionen an sich vorüberziehen sehen. An der Seite ihrer Frauen und mit Kindern auf dem Arm lassen sich Familienväter aus Kaflas und Tscherdin über den Roten Platz treiben, sie legen den Kopf zurück um alle Türme und Kuppeln des Kremls in den Blick zu bekommen und rufen Bewunderung in den Lauten ihrer fremden Sprachen. Sie lieben Tiflis, die Stadt mit den schönen Balkonen, ihre waldigen Uraldörfer oder Taschkent mit seinen Mühlen und Moscheen, aber es hat sie nach Moskau zum Kreml gezogen, wie eine Wallfahrt haben sie die Reise angetreten.

Wer weiß, was sie sich vorgestellt haben unter dem Ort, von dem Blitzstrahlen, Bannstrahlen in das kleinste Tungusendorf fallen und an dem auch die Tschuktschen in ihrer Abgeschiedenheit nicht vergessen werden.

Vielleicht haben sie sich den Kreml wie ein einziges großes bewegliches Auge vorgestellt, das schlaflos, lidlos, von keiner Wimper beschützt über dem Reiche wacht – oder wie ein lauschendes Ohr mit riesiger Muschel, in der jedes Murmeln hörbar wird, das von Mund zu Mund geht an dunklem Ort.

Fremder als uns wird ihnen Moskau nicht sein, obwohl sie die Stadt prägen helfen mit dem Strom ihrer Zureisen, durch die Regelmäßigkeit, mit der sie in Moskau anfallen, als drehe sich unter dem Kreml ein Magnet, der mit zentripetaler Gewalt sie alle auf sich zu ziehen vermag.

Die Stadt wäre ungeschmückt ohne die Girlanden von Fremden, die sich langsamen Schrittes um Kirchen und Paläste winden.

Tschuktschen und Kirgisen – wir können noch lange mit einem Wort über das andere springen, und wenn wir uns umsehen, werden wir auf dem Roten Platz sein, dessen Fläche wie ein großes

Gewässer zwischen den Ufern liegt, die mit den Steinwällen ihrer Gebäude seine schönen Ränder ausmachen. Man kann winken von Küste zu Küste, aber wer riefe, würde nicht gehört, der Platz dehnt sich weiter als der Laut einer Kehle reicht. Wie eine glückliche Insel erhebt sich aus diesem von keinem Wind bewegbaren See die Basiliuskathedrale mit dem Leuchten ihrer vielfarbigen Kuppeln.

Auch wenn wir nicht zurückkehren, auch wenn unsere Füße niemals mehr den Rand des Roten Platzes berühren und überschreiten – wir werden dort umgehen wie verbliebene Geister. In jeder Silvesternacht werden wir sichtbar werden, kurz vor Mitternacht kann uns jeder wahrnehmen, wie wir langsam von Nordwesten her kommen, wir sind ein schwarzes Paar auf dem Schneefeld des Platzes und bewegen uns auf der Diagonalen, unsere Fährte ist gradlinig, jeder kann sie aufnehmen, eine Prozession von Liebespaaren wandelt hinter uns, denn es heißt, es bringe Glück, unseren Fußspuren zu folgen. So warten die Liebenden, bis wir uns zeigen in der Silvesternacht, sie wollen sehen, wie wir uns küssen unter dem Spasskiturm, wenn es zwölf schlägt und ein neues Jahr beginnt. Hand in Hand gehen sie hinter uns her und wollen, daß sie ein Zauber befällt. Die sich küssen in der Neujahrsnacht unter dem Spasskiturm, wenn die große Uhr zu den Mitternachtsschlägen ansetzt, werden mit Versöhnlichkeit beschenkt. Aber das wissen nicht alle, die uns folgen und ein glänzenderes Glück erwarten.
Sie sehen uns nach, wenn wir weitergehen, der Fluß zieht uns an, wie ein Sendbote des Hades bewegt er sich in schwarzer fließender Seide langsam durch die Stadt. Wir beugen uns über die steinerne Brüstung der Brücke, dann lösen sich unsere Schatten auf und für ein Jahr ruht die Legende, die wir der Stadt hinzugefügt haben.
Wie Wellen einen Felsen im Meer immer von neuem mit kleinen Anläufen anspringen, so werfen wir uns immer von neuem mit Gedanken auf die Stadt, die ihren Standort gewechselt hat und sich bereitwillig über dem schwarzweißen Brett erhebt wo wir Wörter hin- und herschieben um die Stadt mit Sätzen zu vermessen.
Und noch wenn wir Ruhe geben, wenn wir wie Schläfer mit ge-

schlossenen Augen über dem Spiel sitzen und den Steinen, den Wörtern ihre Positionen belassen, sehen wir eine Stadt ohnegleichen, sie erhebt sich aus dem Schnee mit ihren Mauern, Kirchen und Palästen, mit Kuppeln, so schön, als wären sie nicht wahr, die Kreuze stehen auf dem krummen Türkenmond.
Es ist Nacht, eine weiße Schneenacht, wenn zwischen uns die Stadt erscheint, mit Kuppeln, rund wie das Glück, eine Stadt ohnegleichen.

Grosse Vögel, blind und zahm

Es sieht zum Fürchten aus, wenn sie sich niederlassen auf die Stadt als wollten sie Häuser einreißen samt Fluren und Stuben, die darin geschachtelt sind, als wollten sie durch die großen hohlen Kirchen brechen und Türme zu Fall bringen.

Es sieht auch zum Fürchten aus – aber schön – wenn sie aufsteigen über der Stadt, mit starren Flügeln, unbeirrbar, den schwarzen Jetstrahl hinter sich wie eine kostbare schleppende Feder, so steil in den Himmel ziehend, als wäre es leicht, ein Ziel auf geradem Weg zu erreichen.

Ich wußte, jedermann reist mit ihnen, man hat sie auch zu Lasttieren gemacht – aber wie sollte ich die Zeit vergessen, als sie in Schwärmen kamen und unsere Stadt aus der Luft in Brand setzten und sprengten.

Ich nahm sie wahr, wie ein Inder in seinem Dschungeldorf die Tiger wahrnimmt, mit deren Macht er sich nicht einlassen wird.

Wie hätte ich verhindern sollen, daß sie die Luft über der Stadt befliegen, sie steigen auf, sie landen, alle zehn Minuten ein Start und eine Landung, nur Nebel vermag dem Himmel manchmal Ruhe vor ihnen zu verschaffen.

Sie wissen ihre Bahn, heißt es; aber lange erwartete ich doch, daß einer auf dieses Haus zustürzen würde, meine Wand einbrechen und die der Nachbarn nicht heil lassen.

Diese mächtigen Vögel mit ihren Riesenkräften.

Es bedurfte langer Zeit und eines besonderen Anlasses um mich auf den Flugplatz zu bringen.

Ich trat an die Wartcrampe und sah, was ich wußte: daß sie blind sind. Diese großen Vögel, deren Kraft alles übersteigt, die ihre Flügel nicht regen müssen um zu fliegen, sie sind blind. Man muß sie steuern, man muß ihnen Signale geben, man muß ihnen behilflich sein, wenn sie auf der Erde sind und sich drehen sollen, schwerfällig karren sie heran, sie würden die Flügel an jedem Baumstamm und an jeder Mauerecke brechen.

Nicht wiederzuerkennen, die großen Maschinen, wenn sie auf dem Boden rollen und sich gefügig leiten lassen mit der Geduld, die Blinde aufbringen müssen. Monteure nehmen ihnen die Propellerkappen ab, man reinigt ihre Düsen und sie protestieren nicht einmal wie Kinder, denen man die Ohren wäscht.

Diese Ingenieursvögel, auf dem Reißbrett gezeugt und in Werkhallen mit Niethämmern zur Welt gebracht, sind mit ihren donnernden Motoren doch aus dem stillen Stoff der Träume, die Geschöpfe derer, die von den Flügen der Tauben nicht absehen wollen, die Wunschvögel der Läufer, der Sitzer, der Steher, die den Boden nicht verlassen können, die sich allenfalls eine Weile im Wasser mit Fischen gemein machen können, aber mit Vögeln nicht, es sei denn im Märchen, wo sie Albatrosse reiten, es sei denn mit Flugzeugen, ihren blinden Notvögeln, die sie nicht so leise fliegend zu konstruieren vermochten, wie es ihren Träumen entsprochen hätte, aber von denen sie aufgehoben und von der Erde entfernt werden um mit ihrem Blick, ich wußte noch nicht, was, zu erfassen.

Jene großen Maschinen, im Cockpit ihr Vogelhirn aus fein reagierenden Meßinstrumenten, befliegen sie blindlings den Himmel und sind schneller als der Schall.

Eine Art von Befreundung mit ihnen begann, als ich sah, wie sie über dem Flugplatz kreisten und warteten, daß man sie landen ließe, und wie sie dann steifbeinig die Erde berührten, sich wenden ließen, vom Steuermann abhängig, drehten sie dem Flughafengebäude ihre Türseite zu, aus der sie die Fluggäste wie ein schmales Rinnsal entließen. Dann kamen Pfleger, bekletterten sie und pumpten ihnen die Nahrung ein, die sie benötigen, um sich mit solcher Gewalt in den Himmel werfen zu können.

Eine Art von Befreundung begann. Ich sah ihnen mit anderen Augen nach, wenn sie in der Luft meinen Weg kreuzten.

Wie gesagt, es hatte eines besonderen Anlasses bedurft, um mich auf den Flugplatz zu bringen. Ich mußte mich Lamberts Gewohnheiten anpassen. Er liebte es, an- und abzufliegen. Sein Zugeständnis war, daß er nicht aus eigenen Kräften flog. Lambert war ein Vogelmensch. Es hätte mich nicht erstaunt, einen hörnernen Schnabel in seinem Gesicht sich krümmen zu sehen, es blieb abzuwarten,

wann sein breiter Schultergürtel mit den muskulösen Armen zu Schwingen ausarten würde, und wenn ich seine Füße in den unauffälligen, sorgfältig geschnürten Schuhen, die er bevorzugte, ansah, fragte ich mich, ob nicht eines Tages seine Zehen sich zu Krallen verändern würden, mit denen er Äste umklammern könnte um sich auf hohen Bäumen niederzulassen.
Lambert ist ein Vogelmensch, er gehört mit zu denen, die den Flügen der Tauben nachsehen müssen, der gewöhnlichen Tauben, die Dächer und Gesimse, unserer Stadt usurpiert haben, er schlägt die Federbälle aus purer Lust manchmal hoch in den Himmel – wie Lerchen steigen sie auf und man wundert sich, daß sie doch wiederkehren, der plumpen Schwerkraft folgend. Niemand wäre überrascht, wenn Lambert sie in Vögel verwandelte.
Lambert muß Türme und Berge besteigen, er liebt die schwindelnde Höhe, in der ihn eben nicht schwindelt. Er vertraut sich Flugzeugen mit Freuden an.
Ich sah seinen Abflügen zu und wartete auf dem Rollfeld, wenn er wieder eingeflogen wurde von einer Maschine, die ich schon wahrnahm, wenn sie sich noch in der Luft befand, aber den Kopf bereits bedächtig senkte um sich niederzulassen.
Eine Art von Befreundung begann. Ich trat nahe an diese Elefanten der Luft heran, die Lambert so verläßlich wiederbrachten, ich scheute mich nicht, unter ihren Flügeln durchzulaufen, seit ich Erlaubnis hatte, das Rollfeld zu betreten. Ich sah den Landungen zu und verfolgte die Starts, es sieht lustig aus, wenn so ein großer Vogel seine Motoren anwirft und sich unbeholfen zu drehen beginnt, flügelsteif, tolpatschig auf seinen dicken Räderfüßen laufend. Als wäre ich auf einer Wiese zwischen grasenden Kühen, bewegte ich mich auf dem Flugfeld und machte Bilder von den zahmen Riesen, die zutraulich heranrollten, mit den Propellern schnurrend.
Daß sie betretbar sind, daß sie eine Tür haben, die einen einläßt, ist ihre sonderbarste Eigenschaft. Diese Tür hat die Kraft einer Überredung und macht das Unmögliche möglich: das Meer ohne Schiffe zu überqueren, aus der vermauerten Stadt aufzusteigen, oder jemanden, der sehr fern ist, noch vor Anbruch der Nacht wiederzusehen.

Der Schwanzeinstieg der Düsenmaschinen war mir noch unheimlich. Ich hielt es in meinen Gedanken mehr mit Flugzeugen, die nur eine Flankentür haben und einen von der Seite her gleich in ihre Mitte lassen. Daß sie den Passagieren nicht Stirn und Propellerhörner bieten, auch nicht, ihnen abgekehrt, nur das Heck gewähren, sondern den Menschen gutartig ihre lange Seite zudrehen, so daß man den ganzen Vogel im Blick hat von der Nase bis zum Höhenruder am Schwanz, hat etwas Vertrauenerweckendes, das noch verstärkt wird durch die Fensterreihe, die einem Einsicht in den Vogelleib gewähren würde, wenn man sie suchte, und daß eben dort auch der Einstieg ist, wirkt wie eine menschenfreundliche Geste des großen Tieres. Es rührte mich zu sehen, wenn er geduldig stand und Fahrgäste aufnahm, die auf die Treppe zurannten und eilig in den Vogel hineinstolperten, der sich nicht rührte unter der Last, der stillhielt wie ein großer Bernhardiner, den seine Welpen beklettern.

Ich begann, mich in einen solchen Vogel hineinzuwünschen. Ich konnte mir vorstellen, daß ich durch die Flankentür einsteige ohne Angst und ich hatte auch keine Furcht, als Lambert mir das Flugbillett gab, auf dem mein Name stand um zu beweisen, daß ich gemeint sei, und das ich umtauschen mußte in eine Bordkarte, die feuerrot war und so wirksam wie der Ring, den ein dankbarer König verschenkt. Ich brauchte sie nur vorzuweisen und man ließ mich den grauen Vogel betreten.

In seinem Metallrumpf war es hell, die leichte Schale, die den Raum einwölbte, hatte etwas Graziöses, vom Fenster sah ich auf die breite linke schräg ausgreifende Tragfläche und fühlte mich wohl verwahrt.

»Gleich werden wir fliegen«, dachte ich, lächelte Lambert zu und vermochte mir wenig mehr vorzustellen als was die Gondeln des Praterrades auch gewähren oder was man von Kettenkarussells auf Jahrmärkten kennt.

Da begannen zwei der vier Propeller sich zu drehen und Luft zu quirlen, auch die anderen setzten ein, es war ein tiefes sonores Dröhnen, das Tier, das mich aufgenommen hatte, begann sich zu äußern, ließ hören, über welche Kräfte es verfügt, setzte sich in

Bewegung, entfernte sich mit mir von der Begreifbarkeit des Flughafengebäudes, rollte auf die Startpiste, verhielt noch einmal und erprobte stehend die Gewalt seiner Motoren, nahm plötzlich einen Anlauf und dann geschah anderes als in Kettenkarussells vor sich geht: der Vogel mit seinen riesigen Tragflächen erhob sich unvermittelt und ohne den Scherz einer Schaukelei, erhob sich und stieg, hatte schon Distanz von der Stadt, der er entkommen war und deren große Häuser aus der Luft gefährdet aussahen, wie Kartons, die umfallen können, weil man sie auf die Schmalseite gestellt hat, stieg weiter auf und bald lag die ganze Stadt tief unter seinem metallischen Fittich wie eine Nebensache, mit der sich zu befassen verschroben war, angesichts des Raumes, den der Himmel bot.

Der Vogel hob auf und schon war man allen Sozietäten entfremdet, den Häuserreihen, wo nicht mehr Verständliche in Zimmern hocken und ihre Debitorenversammlungen abhalten, reden und sich die Schuld zuschieben, als bestünde die Welt aus einem Meter im Geviert – oder wo sie sich um den Tisch gruppieren und voller Erwartung auf die Forelle blicken, die ihnen serviert wird, gekrümmter als von einer Toten erwartet und mit einer Zitronenscheibe im Maul, wie ein Hündchen, das apportiert.

Nicht vorzustellen, so hoch in der Luft und der Vogel von niemand umgeben, daß man je wieder wie eine dressierte Ratte im Straßenverkehr mitrennen wird, stop bei Rot und los bei Grün – dieses kleine akribisierte Wimmelleben, das man immer geführt hat, links um die Ecke, rechts um die Ecke, Tür auf, Tür zu.

Überredet von der Flanke eines Vogelkörpers, die einen einließ und steil in die Luft getragen, weiß man wieder, was man schon einmal gewußt haben muß, was sich aber vergaß mit den Jahrtausenden, diese grüne und braune Erde, da, wo sie nicht von Straßen zerfurcht war, erkannte ich sie wieder als hätte ich sie geschaffen vor langer Zeit, als das noch im Bereiche meiner Launen gelegen haben muß, oder als wäre ich gefragt worden als sie entstand und ich hätte es besser auch nicht gewußt, solche Seen zu machen, die ihre Ränder aus heißem Sand kühl auseinanderhalten, die ganze Wälder teilen, sich in Wiesen legen und Libellen wie Agraffen auf dem Wasserkörper tragen.

Und die große Schlange, die ich sich winden und über den Kies schlurfen sah, muß ich lange gekannt haben, bevor ich sie ›Fluß‹ zu benennen lernte, denn ich wußte, wie sie aufquillt und Land frißt zu ihrer Zeit, wie sie ihre Wellenschuppen bewegt und die Boote stolpern macht, wenn ein Tag kommt, an dem sie das Meer nicht erwarten kann und ihm schneller zustrebt, als der Schiffer sein Ruder ihrer Eile anpassen kann.

Aufgehoben und die Schlange wiedergesehen und auch die kleinen Wanderwolken erkannt, die an den Flügeln des Vogels sich teilen wie weißester Opferrauch.

Nicht immer in der Geometrie einer Stadt, eines Zimmers gelebt, wie der Mond schon früher einmal in der Schwebe gehalten und auf die Erde gesehen wie auf etwas, das man mit der Hand machen könnte.

Als ich gerade dachte, dies sei die eigentliche, die richtige Entfernung zum Erdboden und ich müsse sie früher immer innegehabt haben, tat der Vogel, dem ich mich anvertraut hatte, der ohne Sprache ist und nicht befragbar, was ich nicht erwartet hatte: er begann noch einmal zu steigen, steil und nicht aufzuhalten! Schon war das blonde Kornhaar der Äcker nicht mehr erkennbar – so weit hatte ich mich nicht entfernen wollen, es war schön gewesen, den Lauf des Flusses zu verfolgen, über seine Krümmungen wie über eine Unbeholfenheit zu lächeln, doch der Vogel, in dessen Gewalt ich war, zog mit mir hoch als wäre ich eine Beute, die er nun endgültig an sich nehmen und in seinen Horst bringen wollte, und es schien nicht ausgeschlossen, daß er in der Sonne selbst nistet, die mich blendete, als wir durch die weiche Mauer einer letzten Wolkenschicht stießen und diese Wüste aus Licht sich auftat, auf die ich nicht gefaßt gewesen war, aber das dröhnende Tier befand sich offenbar wohl in ihr, es schoß auf die Sonnenscheibe zu, die hier ihr eigentliches Reich hat und nichts außer sich selber zuläßt, außer ihrem weißen heißen Licht und dieser Maschine, diesem Kondor, der mehr als ein Lamm zu rauben in der Lage gewesen war.

Er flog schnell aber ruhig, hier oben gab es keinen Wind und also kein Schwanken mehr. Über der weißen Ebene der Wolken dahinschießend, war kein Blick auf die Erde und ihre schönen Unregelmäßigkeiten mehr möglich, wir waren abgeschnitten, wir waren unzugehörig geworden, wir waren einen ersten Tod gestorben und für niemanden auf Erden mehr sichtbar. Nirgends würde ein Kind stehen, mit dem Fingerchen in die Luft zeigen und ›Flugzeug‹ sagen. Wir waren fliegende Tote und machten Anstalten, das zu vertuschen, griffen nach Requisiten um das Außerordentliche unserer Situation nicht zuzugeben, einige lasen die Zeitung als wäre von Belang, daß in Wolfenbüttel ein Scheckbetrug aufgedeckt wurde, jemand bestellte Getränke, allen wurde ein Essen serviert, wir ließen uns durch Brot und Fleischstückchen ablenken, wie dressierte Tiere in der Manege nahmen wir der goldgeknöpften Stewardeß das Futter ab, und waren wir hier oben weniger linkisch fehl am Platze als Löwen es auf Balancierbalken und roten Hockern sind? Ein Passagier half sich mit einem erfahrenen Gesicht. Er war ein Routinier dieser Art von Tod. Ein anderer, gewillt, den Kampf mit der Situation aufzunehmen und ihr das Äußerste abzuzwingen, sich zu retten, wo Rettung nicht von ihm bewirkbar war, begann die Anweisungen für den Gefahrenfall zu studieren und wandte den Kopf nach den Notausgängen, Tausende von Metern über der Erde.

Lambert war dieser Höhe gewachsen, wenn auch auf andere Art als der Routinier. Er setzte der Bewegung, die der Vogel ihm aufzwang indem er mit uns durch die Luft raste, eigene Bewegung entgegen, er bewies, daß es noch in unserer Macht stand, unsere Schritte nach unserem Willen zu lenken, er erhob sich und ging im halb leeren Flugzeug umher, schaute nach links aus dem Fenster und dann über die rechte Tragfläche, ging ans Heck und zum Bug, sah lächelnd durch die halboffene Tür ins Cockpit, gelassen betrachtete er die verschiedenen Spiegelungen des Lichtes, diese Graduierungen von Weiß, diese breiten, aufgefächerten Hinlagerungen der Sonne, da, wo nichts ist, das einen Schatten werfen könnte. Ich tappte hinter Lambert her, folgte mit dem Blick seinen Fingerzeigen und konnte mich der Schönheit dieser leblosen Region nicht entziehen, wo nicht einmal die Flechten der Tundra Nahrung, geschweige denn einen Halt für ihre bescheidenen Wurzeln gefunden hätten.

Hier oben konnte man nur fliegend existieren, und Lambert war diese Art von Existenz recht, er hielt ihr stand indem er sie betrachtete.
Zu seiner Zeit rechtfertigte der blinde Vogel, dem wir uns einverleibt hatten, unser Vertrauen, er wußte Ort und Stunde, senkte den Kopf und wir entkamen der Sonne. Unter der Wolkendecke verminderte sich ihre Kraft sogleich, die Erde wurde wieder sichtbar, von der ich ein Teil bin, ein wenig von ihren Substanzen, aus ihrem Wasser und den Vorräten der Bergwerke gemacht, so daß ich mich aus Spuren von Eisen aufbauen kann, aus Magnesium und Kalk, ich bin den Kreidefelsen zugehörig und habe Salz in mir wie die großen wogenden Ozeane auch und eines Tages wird Sand aus mir werden, bröckelnder krümelnder Sand. Aber wie könnte ich sagen, daß dies das Ende meiner Tage sein wird, wenn die Tage der Erde nicht zu zählen sind und die Sonne ihren Furchen und Hügeln noch lange wohlwill.
Wir verloren an Höhe, der Vogel fiel, aber nur wie es in der Flugsprache gemeint ist, seine Motoren, seine Flügel ließen keinen Absturz zu, er senkte sich sachte erdwärts, beschrieb dabei einen großen Bogen, als wolle er uns einen langen Blick auf die schöne Ordnung von Straßen und Häusern einer Stadt gönnen. Dann wurde die reingefegte Bahn einer Landepiste erkennbar, die Maschine setzte auf, weich, stoßlos kam sie auf ihre Räder, wie ein Panther nach dem Sprung auf den Ballen seiner Pfoten landet, bremste ab, rollte dem Flughafengebäude zu, von wo man sie einsteuerte, drehte sich gefügig quer zur Halle, entließ uns aus der Seitentür und bedurfte der Nahrung.
Wir blieben stehen unter einer der mächtigen Tragflächen, Boden unter den Füßen, aber noch in der Aura des Vogels, seiner offenen Flanke noch vermählt.

Eunuchen, etwas wie eine Zwirnspule, und wir werden mit den Füssen sprechen

Zuerst habe ich sie nicht einmal mit den Augen wahrgenommen, geschweige denn, daß ich eines ihrer Worte hörte, ich begriff gar nicht, daß jemand sprach, daß da etwas vorging, dem man Aufmerksamkeit schenken sollte.

Ich war zu spät in den vollen Saal gekommen und nur eingetreten, weil ich Lambert suchte. Das war nicht leicht zu bewerkstelligen, ich blickte die Sitzreihen entlang, Lambert sei nicht zu verkennen, hatte ich gedacht, aber als wäre man hier zusammengekommen um mich zu necken, hatte jeder dritte ein Detail von Lambert an sich, eine Jacke, so braun, wie Lambert auch eine besaß, Lamberts Schulterbreite, Lamberts Haarfarbe, einer hatte ungefähr seine Kopfform, ein anderer seinen Bart, und alle waren nicht Lambert, warum war er auch hierhergegangen, wo ich ihn nicht finden konnte, jeden dritten kurzsichtig fixieren und auf seine Identität mit Lambert überprüfen mußte.

Als Lambert mir dann wirklich ins Blickfeld geriet, gab es keinen Zweifel, ob er es sei oder nicht. Er saß so still, als wäre er in diesen Saal bestellt worden um unter einem hüstelnden, scharrenden, sich, wenn auch schüchtern, räkelnden, jedenfalls in einem fort sein Körpergewicht verlagernden, mit den Rändern der Jackentaschen spielenden, seine Programme zerfaltenden Publikum zu zeigen, was Gelassenheit ist.

Ich lächelte Lambert zu, der es aber nicht bemerkte; seine Aufmerksamkeit war nach vorn gerichtet. Dort, wußte ich, war ein Podium.

Als ich Lamberts Blick folgte, sah ich die Eunuchen.

Bis ich sie auch hörte, dauerte es noch eine Weile; zuerst starrte ich nur auf diese Gestalten, die im Halbkreis saßen, Gesten machten, jeweils einer stand auf, ein Ritual vollzog sich unter ihnen.

Ich sollte nicht sagen, daß sie mit ihren weißen Hemden und dunklen Anzügen, ihren ruckenden Armbewegungen wie Grüppchen abnorm großer Pinguine aussahen, besonders, weil die meisten von ihnen nicht mager waren. Der Vergleich ist banal, aber er bietet sich mit einer Gewalt an, der man nicht standhalten kann um Zeit für einen ausgesuchteren, literarisch ehrenvolleren Vergleich zu gewinnen.

Ein Colloquium fand auf der Bühne statt und ich nahm endlich auch einen Satz auf, ein lasches, abgebrauchtes Wörterband, wie ich es schon kannte, seit ich zum erstenmal einem dieser Eunuchen zuhören mußte, ich erinnere mich noch, wie er langsam auf ein Katheder stieg, weiße Heftseiten vor sich ausbreitete und begann, den Sprachkörper umständlich zu betasten mit seinen Überlegungen, aber unfähig war, einen einzigen schönen Satz zu erzeugen.

Ich erinnere mich, wie ich über ein schwarzes Kollegheft gebeugt saß, einen Stift in der Hand, aber nicht willens, jene Wortfolgen nachzuschreiben, die vom Pult kamen und wie ein Zug von müden Gefangenen sich in den Fußketten einer korrekten Syntax an mir vorbeischleppten.

In Seminaren sah ich mich wieder sitzen, über die Bücher der Eunuchen gebeugt, die gewöhnlich einen mißfarbenen Einband hatten, der das Glanzlose ihres Inhaltes schon signalisierte und mich unlustig machte, noch bevor ich mit dem Text begonnen hatte, in dem die Kommata starr nach der Regel kamen und bewiesen, daß der Autor als Unteroffizier beim General Grammatik diente.

Wie viele Zirkusschreiber habe ich damals gelesen, nur um den Kopfstand der Wörter beklatschen zu können; um nicht die Consecutio temporum wie eine gesetzliche Erbfolge angewandt zu sehen, suchte ich mir Schriftsteller, die mit Verben radschlagen und mit einer Unzahl von Adjektiven jonglieren. Die Lust, zu spüren, wie die Sprache sich dehnt und in Bewegung gerät, wie am Trapez einer Konstruktion geturnt wird und schließlich ein kleines dünnbeiniges Hilfsverb, dem man das nie zugetraut hätte, ohne umzufallen alle Schwünge auffängt. Die Bücher der Clowns, der Seiltänzer, der Springer auf dem Trampolin der Sprache, die ganze schöne Akrobatenliteratur.

Wörter, wußte ich, wollen geritten werden, sie wollen sich formie-

ren und manchmal lieben sie es, sich zu überstürzen. Oder ganze Sätze geraten von der Bahn der Verständlichkeit ab und kippen in den Graben, wie ein Karren, der zu hoch beladen war, und andere Sätze folgen, das Malheur zu belachen, Hauptsätze wie Grenadiere, aber zwischen ihnen die Ballerinen der Nebensätze, auf der Spitze einer Präposition stehend.
Die Eunuchen? Es erwies sich nie als falsch, ihren Büchern und Kollegs Daten und Fakten zu entnehmen, sie wie dickleibige gelehrte Speziallexika zu benutzen. Aber das ist gegen ihre Intentionen, denn so gut wie jeder von ihnen bietet Gedanken an. Da sie das greifbare Fleisch eines schönen Satzes nicht zu erzeugen vermögen, halten sie Gedanken feil, sie hökern damit, gewohnheitsmäßig, wie Marktfrauen; aber sie können sie nicht überzeugend formulieren.
Ihre Überlegungen beziehen sich auf das, was schön, was kostbar, was Kunst ist, jedoch sie werden ohne Schönheit und kunstlos vorgebracht und halten sich nur durch Unklarheit siech am Leben.
Aber gerade der Mangel an Präzision erweckt bei einigen Hörern und Lesern die Vorstellung, es wäre in den eunuchischen Kommentaren etwas auffindbar, das an bisher nicht aufgegrabene Schichten des Kunstwerkes, mit dem sie sich befaßten, heranführe.
Mit Andeutungen ist es den Eunuchen gelungen, ihre Kaste einzuführen, sich das Ansehen von professionellen Mehrwissern zu geben, deren Hilfe man bedarf, wenn einem nicht Bewandtnisse verborgen bleiben sollen, die erst das Kunstwerk in den metaphysischen Zusammenhang bringen, der ihm zukommt.
Ich hielt diese interpretierenden Herren für harmlos, für Leute, die sich einen Job machen um sich durchzubringen. Sie üben nicht den einzigen überflüssigen Beruf in unserer Gesellschaft aus.
Was waren mich je die Eunuchen angegangen! Ich hatte sie gegrüßt auf den Gängen, solange ich noch in der Universität hauste, ich hatte gern gelernt bei den redlichen, die sich auf das Handwerk der Philologie beschränken, eine schwer leserliche Handschrift in Druckschrift übertrugen, des Autors Varianten aufführten und allenfalls beweisbare Vergleiche anstellten.
Zwar gab es einen, der geschrieben hat »Literaturkritik ist dieje-

nige Form der Literatur, deren Gegenstand die Literatur ist«, –[1] ein Satz, aller Ehren wert, aber wann schreibt schon einer der Eunuchen Literatur, bricht sich Wörter wie frische Früchte, verflicht seine Satzteile auf schöne Weise und versteht es, Gelenkstellen zu schmücken?

Was waren mich also diese Eunuchen angegangen, die mich nun plötzlich mehr als enervierten, die ich ins Zentrum meiner Beobachtung nahm, so daß ich anläßlich jenes Symposions alles an Aufmerksamkeit nachholte, das ich ihnen in Jahren versagt hatte.

Zunächst wird das daran gelegen haben, daß es wenig anderes zu beobachten gab an jenem Abend. Mit Lambert konnte ich mich nicht verständigen, er saß so weit von mir entfernt, daß Kontaktversuche an fremden Jacken hängenblieben, Blicke von den Falschen aufgefangen wurden, ein heller Pfiff verbot sich und Lambert schien nicht willens, von selbst den Saal zu verlassen.

Dies letztere wird der eigentliche Grund gewesen sein. Ich vermute, es reizte mich, daß Lambert so geduldig zuhörte, wie jemand mit an Pathos grenzender Erregung auszugleichen gedachte, daß er seinen Tiefsinn nicht artikulieren konnte.

Da also wandte ich schärfere Blicke auf die Eunuchen, die lahmen Mundes um die schöne Sprache sich zu schaffen machten, sie zwischen die schlaffen Lippen nahmen und behaupteten, daß sie sie überprüfen müßten, daß sie der Erklärungen bedürfe, die sie wüßten – da also wandte ich schärfere Blicke und sah zum ersten Mal –

allenfalls hatte ich bisher an die Eunuchen wie an Epiphagen gedacht, die sich auf der Literatur angesiedelt haben, weil sie aus anderer oder gar eigener Kraft nicht existieren können. Es gibt diese Art von Gewächsen, die zwar schmarotzen, aber doch jene Pflanze, die sie notgedrungen bewirten muß, nicht umbringen. So, ungefähr, war mir bisher das Verhältnis der Eunuchen zur Literatur erschienen. Sie schaden ihr in der Tat nicht, denn einen schönen Satz kann man nicht töten. Unverdorben geht Dichtung aus allen Untersuchungen hervor, läßt Kommentare nur an den Rand ihrer

1 Ernst Robert Curtius: Goethe als Kritiker.

verbalen Existenz kommen, ihre Substanz ist in keiner Erklärungschemikalie lösbar.
Ein pflanzenhaftes Mitlebenwollen am Wortkörper der Dichtung, hatte ich angenommen, sei, was die Eunuchen erstrebten und was ihnen genüge – bis ich ihr Ritual sah, bis ich die Gier sah, mit der sie einen Text im Team ausweideten, als fände ein Schlachtfest statt, bis ich sah, wie sie es genossen, einen Toten zwischen sich ausgespannt zu haben, den Wehrlosen auf das Prokrustesbett ihrer Interpretation zu zwingen, wie sie nichts als Rache wollten, ihre magistrale Position ausnutzten um das Wirkungsfeld dieser Rache in Universitäten, Verlagen, Akademien möglichst groß zu halten, denn sie wollten sich öffentlich dafür rächen, daß sie das Regenhaar, das schwere nasse Strähnenhaar der Wolken nicht selbst beschreiben konnten, darum allein traten sie die Literatur breit, walkten sie, machten sie zum Gegenstand ihrer Untersuchungen, die sie mit den alten Mitteln der Inquisition durchführten und mit den neuen Methoden der Geheimdienste totalitärer Staaten auch. Kraft der simplen Tatsache, daß sie lebten und lesen gelernt hatten, daß sie von der Existenz kostbarer Texte wußten, obwohl nicht sie es waren, die diese Texte als kostbar erkannt hatten, kraft ihrer ordentlichen und außerordentlichen Bestallung rissen sie an einem Gewebe von Sätzen, das zart, das schön, das vollkommen war, und gaben auch an jenem Abend vor, daß sie sich notwendiger- und autorisierterweise öffentlich mit einer Geschichte befassen müßten – nicht ohne zu wissen, daß dem nicht so war.
Sie hatten einen Text vor sich, den sie bezichtigten, eine Geheimschrift zu sein, eine andere Botschaft als die angedeutete übermitteln zu wollen. Es handelte sich um die zwei kleinen Buchseiten, die »Odradek«, die »Sorge des Hausvaters«[2] ausmachen, und ihrem Autor wurde vor meinen Augen in um einige Stufen erhöhtem Tribunal eben der Prozeß gemacht, den er selbst so nüchtern beschrieben hat.
Mit dem Munde stolpernd vor Erregung beugten sich die Eunuchen über die ›Sorge des Hausvaters‹, dehnten Satz um Satz, zerr-

2 Siehe den vollständigen Text Seite 164.

ten die Wörter auseinander um ein Geheimnis ans Licht zu quälen, das sie zwischen den Wörtern vermuteten, obwohl gerade dieser Dichter auf das Präziseste *mit* den Wörtern erzählt hat und sich keineswegs auf Lücken zwischen ihnen verließ, auf die nur Autoren von geringem Rang ihre Hoffnung setzen.

Die Eunuchen versuchten, aus Odradeks Namen eine Erklärung zu pressen und die Verben zum Geständnis zu zwingen: wieso lacht Odradek, warum kollert er die Treppe hinunter und warum ist es fraglich, ob er sterben wird? Die Adjektive wurden zusammengetrieben und dann einzeln in den Scheinwerfer des Scharfsinns gebracht: ›flach‹, ›sternartig‹ – warum ist Odradek so und nicht anders, was bedeutet ›sternartig‹ an einem Wesen wie Odradek?

So wurden die Sätze von hinten nach vorn durchsucht um das Furchtbare auszumachen, das doch gemeint sein müsse und das die Eunuchen finden wollten, wie einst ein Koch den Unglück anzeigenden Ring im Bauche eines Fisches fand.

Daß sie auch wie gruselsüchtige Kinder waren, die sich ängstigen wollten, die wünschten, daß Bedrohliches hinter dem Text stecken möge, das hervorkommen sollte und sie anspringen, nahm mich in manchen Augenblicken für die Eunuchen ein. Sie behandelten die Sätze wie Kinder mit einem Stock in einem Wespennest stochern und gar nichts anderes wollen als das Ausschwärmen des Gefährlichen.

Aber den Eunuchen gelang nicht, was Kinder mit Wespen fertigbringen. Es regte sich nichts, wenn die Eunuchen in des Toten Satzfolgen bliesen, es sprang kein schwarzes Korn aus der Hülse, wenn sie die Sätze in den Mund nahmen und bißlos mit flachen Kiefern zu zermahlen suchten, alles Einspeicheln half nichts und darum griffen die Eunuchen zu Ausflüchten, einer nannte Odradek »ein pures Ding und allen Dingordnungen entrückt«, daß Odradek »Geist und Stoff, Denken und Dasein universell überspanne« wurde behauptet und wäre besser nicht behauptet worden, denn es genügt und ist schöner, daß Odradek auf zwei Beinen aufrecht stehen kann, wenn auch nur mit Hilfe eines Querstäbchens und einer Spitze seiner Sternform, daß er abwechselnd hier und dort im Haus auftaucht, manchmal am Treppengeländer lehnt, jedenfalls aber

gegenwärtiger ist als die Reden der Eunuchen, weil die Eunuchen keinem ihrer Sätze zum Leben verhelfen konnten.
Ein Verteidiger des ohnmächtigen Dichters, den die Eunuchen seiner Verhüllungen zu entkleiden suchten, mit der Schamlosigkeit, die ihnen ihre Geschlechtslosigkeit verleiht, ein Verteidiger also versuchte die Inquisition zu coupieren und dem bedrängten Autor Ruhe zu verschaffen. Er lüftete Odradeks Incognito und sagte: Odradek ist eine Geschichte, eine unfertige, Mühe machende Geschichte, von der der Autor nicht wußte, ob er sie fertigbringen würde, die er mit Sorge sah, auch mit Zärtlichkeit und sogar einer Spur Amüsement, deren unfertiges Überleben ihn aber geschmerzt hätte.
Das war den Eunuchen nicht recht, sie nannten das eine materialistische Erklärung, eine vernünftige, die ihnen den Ärger machte, plausibel zu sein und das hielten sie für banal, sie hatten doch Unheimliches, Ängstigendes gewollt und sahen sich um den Genuß betrogen, an den Dichter die Gewichte ihrer Metaphysik hängen zu können, die sie doch schon zum Anstemmen bereithielten, und nun schien damit nichts zu werden, denn ihnen entging, daß eben diese Natur Odradeks, eine Geschichte zu sein, seine meta-physische ist, eben das Furchtbare, Angst machende, Odradeks schreckliche Natur, seine flache sternartige Spulennatur, mit alten verfitzten Zwirnstücken lose bezogen, ein Faden schleift hinter ihm her, wenn er vom Dachboden ins Treppenhaus kommt mit seinem Lachen ohne Lungen oder stumm, wie das Holz, das er zu sein scheint, aber doch eine angefangene Geschichte ist, die ihr besessener Autor auch in diesem unfertigen Zustand sichtbar machen wollte, die zuerst nichts als ein Satz war, der seine Schönheit hatte, ein Bild, die Erinnerung an einen Blick, der sich beschreiben ließ – und dann wuchs das Wenige, nahm diese und jene Form an in des Schreibers Kopf, begann, ihn von der Wirklichkeit zu trennen wie einen Wahnsinnigen, spaltete ihn förmlich auf – aber was wissen Eunuchen von der Anwesenheit einer Geschichte in eines Dichters Kopf, auch wenn er nicht anders kann als sie verkrüppelt zur Welt bringen, stirbt sie nicht, sondern hinkt hinter ihm her, Verbesserung verlangend, selbst wenn nur der Ansatz zu einer Geschichte

geboren wurde, läßt sich der nicht in Spiritus aufbewahren wie eine Mißgeburt, sondern schießt durch des Autors Hirngänge und fordert, daß er sie wachsen lasse. Wie ein von Geheimpolizisten Bewachter, dem nur noch geringer Spielraum für seine Schritte bleibt, kann der Dichter nicht nach Belieben Restaurant oder Tennisplatz aufsuchen, er muß Odradek aufheben, wenn Odradek das verlangt, sich der verknoteten Zwirnenden annehmen, die das Ding auf sich hat. Ein Schreibender, krummrückig an seinem Tisch, erpreßt von etwas, das ihm einfiel (und was ist ein Fall, wenn nicht etwas Gewaltsames, Veränderung Bewirkendes), hat den Kampf mit diesem Einfall, mit diesem Anfang einer Geschichte, mit diesem Odradek auf sich genommen, der ihn an die Tischplatte zieht, hat sich mit Sätzen über ihn geworfen und ihn auch in diesem Stadium sichtbar gemacht, in dem er noch nicht mehr als eben eine begonnene Geschichte ist, noch nicht mehr als eine Zwirnspule, die manchmal Ruhe gibt und verschwindet, aber unweigerlich wiederkehrt, bis sie zu Papier gebracht ist von Anfang bis Ende.

»Was ist Sprache«, sagt Lambert als die Eunuchen endlich ablassen von ihrem Opfer, erschöpft von den Orgien des Tranchierens, die sie atemlos und einander Konkurrenz machend über dem Text gefeiert, als sie ihre gierige Leichenfledderei beendet haben und sich vergeblich fremde schöne Sätze vor den Mund zu binden suchten, die in ihrem Hirn nicht entstanden sind, »was ist Sprache«, sagt Lambert, als wir die Versammlung verlassen können und uns an der Saaltür treffen. Lambert mit dem Zwang zum Denken im Kopf nimmt die Frage wieder auf, der Hamann vergeblich mit den Marderzähnen seines Gehirnes beizukommen versucht hat. Sie war aufgetaucht im Saal, wenn sie auch nicht ausgesprochen wurde, die flache Satzschwemme der Eunuchen gab sie einem ein, diese Satzflut, wie sie sich unfähig zeigte, sich der anderen metallischen Art von Sprache zu bemächtigen, die zu interpretieren sie so wortreich unternommen hatte.
»Was ist Sprache?«, Lambert ist ein legitimer Erbe dieses Problems, er muß sich immer wieder vorwagen in die Polarzonen des

Denkens, mit seinem Atem an die Eisblöcke der unbeantworteten Fragen, denen niemand mehr als eine Träne abschmilzt, aber um dieses Tropfens Erkenntnis willen stellt sich Lambert mit den Füßen aufs Eis.

Ich bin nicht mit dem Zwang zu dieser Art von Denken geboren, ein solcher Unstern stand nicht über meiner Geburt.

Was soll Sprache denn anderes sein als die vielfältig gewordenen Klopfzeichen der Termiten, als der Warnschrei, der Lockruf der Tiere, nur haben wir Schreie für viele Warnungen nötig und müssen auf komplizierte Weise locken, seit wir anderes zugelassen haben als den Tod und die Liebe, die der Vogel im Baum immer noch mit zwei Lautfolgen auszudrücken weiß.

Sprache ist das System, nach dem wir in Kehle und Mundhöhle auf das reagieren, was unser Hirn nicht mehr mit dem Hungerheulen signalisieren kann, das Wölfe anwenden um dem Unbehagen, das ihre zwecklos aneinanderreibenden Magenwände ihnen bereiten, Ausdruck zu verschaffen.

Sprache ist, was wir so nötig haben, daß wir uns nicht damit begnügen konnten, sie hörbar zu machen, auch sichtbar mußte sie werden, auch den Augen soll sie vernehmbar sein.

Wann werden Augen und Ohren nicht mehr ausreichen, wann werden wir Sprache auch mit den Schultern aufnehmen oder sie riechen wollen, welche Systeme der Verlautbarung werden wir noch entwickeln müssen um die immer neuen Ängste und Bedrohungen auszudrücken, mit denen wir uns einkreisen und um unsere Liebe kenntlich zu machen, die wir in immer mehr Einzelheiten zerlegen.

Wir werden mit den Fußsohlen sprechen, wenn den Ratten immer noch ihre Pfiffe genügen, auf die wir aber schon wieder zurückgreifen müssen um mit der Morsetaste des Funkers zu verkünden, daß wir Hilfe brauchen. Wir können uns nicht leisten, auf eine einzige Möglichkeit der Verständigung zu verzichten und haben die Signalsprache der Tiere elektrisch wieder zu sprechen gelernt.

Warum sollten wir nicht auch mit den Fußsohlen sprechen, wir haben schon Maschinen den Mund geöffnet, Batterien von Computern erzeugen Sprache, künstliche Sterne kreisen, um uns Nach-

richten zu übermitteln, wir werden die Steine erweichen und zum Reden bringen, unsere Fersen werden Sätze hinterlassen.
Sprache wird dies und das sein, ist, was die Eunuchen gebrauchen dürfen um zu vertuschen, daß von ihnen nicht die Rede ist, mit Speichelfäden bringen sie ihre fahlen Wortblumen hervor, die schon welken, ehe sie noch ganz von ihrem Munde sich lösten und nicht klären, was Sprache ist, noch klären sie die Existenz von Odradek, diese Existenz aus Sätzen, die die Kraft haben, lange zu leben.

Anmerkung an Seite 159

Franz Kafka: Die Sorge des Hausvaters [1]

Die einen sagen, das Wort Odradek stamme aus dem Slawischen und sie suchen auf Grund dessen die Bildung des Wortes nachzuweisen. Andere wieder meinen, es stamme aus dem Deutschen, vom Slawischen sei es nur beeinflußt. Die Unsicherheit beider Deutungen aber läßt wohl mit Recht darauf schließen, daß keine zutrifft, zumal man auch mit keiner von ihnen einen Sinn des Wortes finden kann.
Natürlich würde sich niemand mit solchen Studien beschäftigen, wenn es nicht wirklich ein Wesen gäbe, das Odradek heißt. Es sieht zunächst aus wie eine flache sternartige Zwirnspule, und tatsächlich scheint es auch mit Zwirn bezogen; allerdings dürften es nur abgerissene, alte, aneinander geknotete, aber auch ineinander verfitzte Zwirnstücke von verschiedenster Art und Farbe sein. Es ist aber nicht nur eine Spule, sondern aus der Mitte des Sternes kommt ein kleines Querstäbchen hervor und an dieses Stäbchen fügt sich dann im rechten Winkel noch eines. Mit Hilfe dieses letzten Stäbchens auf der einen Seite, und einer der Aus-

1 Franz Kafka »Erzählungen«. Copyright 1935 by Schocken Verlag Berlin, Copyright 1946/1963 by Schocken Books Inc. New York. Abdruck mit Genehmigung von S. Fischer Verlag GmbH, Frankfurt a. M.

strahlungen des Sternes auf der anderen Seite, kann das Ganze wie auf zwei Beinen aufrecht stehen.

Man wäre versucht zu glauben, dieses Gebilde hätte früher irgendeine zweckmäßige Form gehabt und jetzt sei es nur zerbrochen. Dies scheint aber nicht der Fall zu sein; wenigstens findet sich kein Anzeichen dafür; nirgends sind Ansätze oder Bruchstellen zu sehen, die auf etwas Derartiges hinweisen würden; das Ganze erscheint zwar sinnlos, aber in seiner Art abgeschlossen. Näheres läßt sich übrigens nicht darüber sagen, da Odradek außerordentlich beweglich und nicht zu fangen ist. Er hält sich abwechselnd auf dem Dachboden, im Treppenhaus, auf den Gängen, im Flur auf. Manchmal ist er monatelang nicht zu sehen; da ist er wohl in andere Häuser übersiedelt; doch kehrt er dann unweigerlich wieder in unser Haus zurück. Manchmal, wenn man aus der Tür tritt und er lehnt gerade unten am Treppengeländer, hat man Lust, ihn anzusprechen. Natürlich stellt man an ihn keine schwierigen Fragen, sondern behandelt ihn – schon seine Winzigkeit verführt dazu – wie ein Kind. »Wie heißt du denn?« fragt man ihn. »Odradek«, sagt er. »Und wo wohnst du?« »Unbestimmter Wohnsitz« sagt er und lacht; es ist aber nur ein Lachen, wie man es ohne Lungen hervorbringen kann. Es klingt etwa so, wie das Rascheln in gefallenen Blättern. Damit ist die Unterhaltung meist zu Ende. Übrigens sind selbst die Antworten nicht immer zu erhalten; oft ist er lange stumm, wie das Holz, das er zu sein scheint.

Vergeblich frage ich mich, was mit ihm geschehen wird. Kann er denn sterben? Alles, was stirbt, hat vorher eine Art Ziel, eine Art Tätigkeit gehabt und daran hat es sich zerrieben; das trifft bei Odradek nicht zu. Sollte er also einstmals etwa noch vor den Füßen meiner Kinder und Kindeskinder mit nachschleifendem Zwirnsfaden die Treppe hinunterkollern? Er schadet ja offenbar niemandem; aber die Vorstellung, daß er mich auch noch überleben sollte, ist mir eine fast schmerzliche.

Meine Augen sind bis an den Rand, bis in die Lidwinkel gefüllt mit dem Anblick der Stadt, ihre Schönheit hängt noch an meinen Wimpern. In wechselnden Bildern tauchen bald Einzelheiten ihres großen Steinkörpers auf, die Stadt will mich mit kleinen Teilen ihrer Herrlichkeit zwingen, an sie zu denken – bald kann ich wie ein über ihr fliegender Vogel nicht verhindern, daß ich sie ganz und gar ansehen muß, wie sie daliegt, von zwei Flüssen umarmt und das Meer am felsigen Rand – wieder anderen Augenblicks bin ich im Koordinatensystem ihrer großen Straßen, deren jede an einer Kaimauer endet wie beginnt. Wer geradeaus geht kommt immer da an, wo er sich ertränken könnte, sich aber nicht ertränken wird, sondern auch die Schiffe noch aufnimmt in die Augen, die Frachter, die Fähren, die sich nähern um die Stadt zu bedienen.

Manchmal marschiert die Stadt mit sieben Millionen Menschen und den Formationen ihrer Steinmassen frontal auf mich zu, ein andermal greift sie nach Listen um mich an sich zu erinnern: eine Frau erscheint, sie führt vier Hunde an der Leine, sie schreitet schnell aus, die Hunde sind kostbar und müssen Bewegung haben, der Barsoi federt in den Gelenken bei jedem Schritt, ich möchte wissen, wie er heißt, und bemerke, dies ist schon wieder New York. Meine Gedanken, die ich auf dies oder das richten sollte, sind in den Central Park echappiert, und aus Erinnerungsstückchen zusammengesetzt, wird sich wieder ereignen, was sich dort eines warmen Oktobertages abspielte. Nicht, daß daran etwas Besonderes gewesen wäre: die graufelligen Eichhörnchen werden kommen und auf den Inhalt meiner Taschen hoffen, der berittene Polizist wird mir nachsehen über den Hals seines Pferdes hinweg, er muß den Park im Schritt abreiten, das langweilt ihn, er wird mir nachsehen, er wird bemerken, daß ich mich krumm halte und keinen schönen Gang habe.

Die Stadt will mir nicht aus den Augen, aber sie kommt mir nicht

in den Mund. Ich habe Dir gleich gesagt, Lambert, daß ich nicht wagen werde, sie mit Wörtern anzurühren. Wer die Stadt nicht kennt, ich bin es nicht, der sie ihm vorführen könnte, aus Substantiven und Adjektiven gefleckt, meinen Verben wird man nicht ablesen können, wie sie sich bewegt, vertikal in steigenden, sinkenden Liften, horizontal mit Wagenkolonnen, in denen wer weiß welche Leute wer weiß was reden, während sie vor den Stoplichtern warten, und auch die Expreßzüge der Subway kann ich nicht zureichend schildern, diese langschwänzigen schmutzigen Blechratten, die unter den Straßen durch Verkehrskanäle pfeifen.
Wie soll ich aus der Brooklynbrücke einen Satz machen? Aber vielleicht wäre es eine schöne Beschäftigung für lange Winterabende, aus ihren Eisenteilen Wörter anzufertigen und diese zu Konstruktionen zu vernieten, mit denen sich der East River auch überspannen ließe.
Ich müßte mir eine Art Kraftwerk einrichten mit Transformatoren, die in Worte umsetzen, was ich doch mit Augen sah und was sich wehrt, seine schöne, farbige, flächige Existenz aufzugeben, was nicht aufhören will mir vorzuschweben in wechselnden Bildern und mir nicht ins Netz der Sätze geht – aber mit nichts lieber als mit Sätzen möchte ich Dich an jenen Abend erinnern, Lambert, an dem die Stadt mit Deiner Ankunft um das vermehrt wurde, was ihr an Vollkommenheit noch fehlte.
Mit nichts lieber als mit Sätzen, die ich aber nicht vor Dir ausschütten kann wie eine Kiepe Apfelsinen, damit sie Dir vor die Füße rollen, orangefarben und rund. So naives ungebrochenes Erzählen muß ich glücklicheren Schreibern überlassen, ich bedarf komplizierterer Methoden, muß Fallen aufstellen um mit einem Lockwort wenigstens Bruchstücke von Vorgängen festzuhalten, und nicht immer kann ich sicher sein, daß mir nicht anderes als erwartet ins Fangeisen geht und nach mir blickt mit schwarzen schattigen Augen, so daß ich mich entfernen muß und anderswo sein, in Gorach meine ich, das ist eine kleine Stadt am Rande eines mittleren Gebirges, vieltürmige Kirchen machen die Schönheit ihrer Silhouette aus, mit Schnitzereien geschmückte Türen öffnen und schließen die Häuser, man kann die Straßen in einer Stunde ab-

wandern, es ist überblickbar, was sich in der Stadt angesammelt hat an Heiligenbildern und Kruzifixen, was bewahrt wird in Schreinen und Truhen an heiligen Tüchern, sakralem Gerät und goldenen Pokalen, aus denen einstmals die Ratsherren dem Kaiser zutranken, wenn er geruhte, es sich in den Mauern der Stadt ein paar Tage wohlergehen zu lassen.
Es ist Nacht, wenn ich Gorach aufsuche um dort unterzubringen, wofür ich anderswo nicht Raum habe, ich öffne eine der Truhen, hebe den Deckel von dem schwärzlichen Holzkasten, den ich auf der Diele eines ehemaligen Klosters stehen sah, er wird mir dazu dienen, die Erinnerung an Handbewegungen aufzubewahren, die ich nicht vergessen möchte, ich werde den Wandschrank im Rathaussaal mit der Erinnerung an Schläfenlinien füllen, die sich mir eines geheimen Tages so sehr einzuprägen begonnen hatten, daß ich sie mit einem Stock in den Sand zeichnen konnte, Diems fleischloses Gesicht, der schöne Knochenbau nur von Haut überspannt, ich werde die Erinnerung daran zwischen die Hungertücher legen, die in einer der Kirchen ihren Platz haben, irgendwo muß ich die Erinnerung an seinen Schritt aufbewahren, an diesen raschen, leichten Schritt, dessen Verflüchtigung ich immer befürchtete, der das schönste an Diem ist, wenn ich die Augen ausnehme, für Gedanken an sie war mir bisher kein Behältnis kostbar genug, ich trage sie noch bei mir und weiß nicht, wo ich sie niederlegen soll, obwohl sich auch dafür eine Stelle finden muß in Gorach, wo sonst, wenn nicht in Gorach, könnte ich sie verbergen, denn mit dieser Stadt bringt mich niemand in Verbindung.
Ich schreibe Karten aus Moskau und Amsterdam, jeder weiß, wie gern ich mich in Köln aufhalte, daß ich Tarent liebe und in London für immer leben möchte, ich habe allen erzählt, daß ich keine schönere Stadt kenne als New York, wer wird vermuten, daß ich in Gorach innehielt und nachts dorthin zurückfahre um Sätzen nachzuhorchen, die dort gesprochen wurden, es sind nicht sehr viele gewesen, und anders als dunkel haben wir Gorach nicht gesehen, aber die Erinnerungen daran sind so leuchtend, daß man sie stehlen würde wie Juwelen, wenn ich sie nicht in Sicherheit brächte und wo wäre das möglich, wenn nicht in Gorach selbst, wo Diem

sie beschützen wird mit rückläufigen Gedanken, die ihn auch nach Gorach bringen, vermute ich, wo anders sollte denn er seine Erinnerungen verwahrt haben, er konnte sie auch nicht auf dem Tisch liegenlassen.
Von Dir und mir gibt es Bilder aus Warschau und Amsterdam, wir wurden auf dem Empire State Building fotografiert und in Prag, Negative beweisen, daß wir in Salzburg und zwischen Schneewällen auf dem Julierpaß gewesen sind, und jeder kann hinsehen und sagen: Das ist Lambert, das sind die beiden.
Aber wir sind nur in Gorach gewesen. Es war immer schon Nacht und es gibt keine Beweise.
Laß Dich nicht kränken, wenn ich sage, ›wir‹ wären in Gorach gewesen und dieses ›wir‹ nicht Dich einschließt, Lambert.
Ich werde wiederkommen. Ich werde zurückkommen zu der Falle, die ich aufgestellt habe um mit ›Ankunft‹ als Lockwort ins Netz der Sätze zu bringen, was mit New York geschah, nachdem sich die Zahl der Menschen dort um einen vermehrt hatte, der gegen Abend ankam, sich in die Halle meines Hotels setzte und mich erwartete.
Keine Zeitung hat gemeldet, welche Veränderungen Du mit nichts als Deiner Anwesenheit an der Stadt vorzunehmen in der Lage warst, obwohl es mich nicht gewundert hätte, wenn auf der Park Avenue Extrablätter verkauft worden wären mit Meldungen wie: Die Zahl der erleuchteten Fenster in New York hat sich seit gestern verdoppelt – In Harlem ist jeder Weiße willkommen – Wer auf die Brooklynbrücke geht bei Nacht, wird von der Schönheit überfallen, ihm könnten die Augen zerspringen – In der Bowery kann jeder einen Bruder finden!
Vielleicht wurde den Veränderungen, die mit New York geschahen, aber auch auf andere Weise Rechnung getragen, mit einer Zeitungsnotiz, die sich auf mich bezog und die ich übersah, weil sie so knapp gehalten war und nichts aussagte als daß man in New York eine Frau mit vier Augen gesehen habe.
Das wäre die Wahrheit gewesen, denn ich übernahm Deine Augen schon in der Hotelhalle, als Du Dich nach Lennie umdrehtest, der mit seinen schwarzen Händen irgend jemand Kaffee brachte, ich

sah sein schönes geduldiges Lächeln vieräugig an, ging vieräugig über die Flure und hatte auch mit so vermehrter Kraft Mühe, die Zelle zu orten, die ich in diesem von Wesen wimmelnden Hotel bewohnte, das sich mit anderem als einer Bienenwabe gar nicht vergleichen läßt.

Es war schön, den Raum vieräugig zu betrachten und vieräugig auch die Kommode, auf der angesammelt war, was die Stadt herausgegeben von ihren Schätzen, was ich ihr hatte abkaufen können um es mitzunehmen nach Europa und für immer kleine Teilchen von New York beherbergen zu können, schöne Splitter der Stadt waren auf der Kommode ausgelegt, in deren Schublade sich die Briefe befanden, die über den Atlantik gekommen waren, der Ozean hatte Diem und mich nicht zu trennen vermocht, wir schickten uns Briefe zu, bis an den Rand ihres Papieres mit Giftworten beschrieben, die ihre Wirkung zu tun nicht verfehlt hatten, es spannten sich Schmerzfäden über das Meer, deren Enden wechselnd zwischen unseren Schulterblättern oder um die Fußgelenke befestigt zu sein schienen, jedenfalls geeignet waren, uns aneinander zu fesseln.

Doch ich werde nicht an Diems Briefe gedacht haben, als ich Dich in das Zimmer führte, in dem ich begonnen hatte, diese sonderbaren Träume zu haben, die mir das Leben verdoppelten indem sie die Nächte so erstrebenswert machten, daß ich es manchmal nicht erwarten konnte, mich hinzulegen mit einer Neugier auf die Ereignisse des Schlafes, die ich den Ereignissen der Wachzeit am Morgen kaum entgegenbringe.

Vieles hatte begonnen, sich zu vervielfältigen ohne sich mit Schatten zu verdecken, der Tag stieß sich nicht an der Nacht, so wie sich unser Leben nicht an dem stieß, das ich mit Diem führte, unter aller Augen und für niemanden sichtbar. Nicht einmal die Fältelungen Eurer Mantelärmel berührten sich, wenn ich Euch auf mich zukommen sah, Dich mit Deinem schönen gelassenen Gang, man wohnt Deiner Ankunft bei wie einem Ereignis, es sieht aus, als steuere ein großes Schiff sich langsam in den Hafen und neben Dir Diem, den man hätte umarmen mögen für das geringe Aufsehen, das seine Füße von der Berührung mit dem Boden machten.

Laß uns die Erinnerungen an New York ausbreiten wie schöne Matten, sie bedürfen keines Versteckes, ich kann sie auf allen Plätzen auslegen.
Du wirst auch vieräugig geworden sein an jenem Abend, als Du ankamst und mir erlaubtest, Dir die Stadt zu zeigen, deren Schönheit ich Dir schon verbrieft hatte, und nun beugten wir uns aus meinem kleinen Fenster und betrachteten doppelsichtig im engen Hof die rostigen Feuerleitern, diese eisernen Außentreppen, die hier allen Häusern anhaften, aber so, als hätten sie nichts mit ihnen zu tun, sie scheinen sich auf den Himmel zu beziehen, den man auf ihren geriffelten Stufen vielleicht geräuschvoll ersteigen könnte.
Ich ließ Dich horchen auf New York, auf die Sirenen der Feuerwagen, ohne deren Klagelaut die Stadt nicht denkbar ist. Noch tief in der Nacht weckt einen der Gesang eines Brandautos und entfernt sich wieder, sein Feuerlied verkümmert zu einem Wimmern.
Das war das erste, das ich Dich wahrnehmen ließ von New York, die Feuerleitern vor meinem Fenster und die Laute der Flammenangst.
New York läßt sich die Umarmungen zweier Flüsse gefallen bei Tag und Nacht, die Stadt lehnt mit der Brust im Meer und hat vor dessen Heftigkeit keine Furcht, aber der Schlaf mit dem Wasser hat ihr Feuerträume gemacht, gegen die sie sich zu schützen sucht mit roten Autos, Alarmknöpfen und einer Unzahl Hydranten im Straßennetz.
Schon wenn ein Streichholz brennend auf den Boden fällt, zuckt der New Yorker zusammen und sieht sein Haus in Brand mit Flammen aus allen Fenstern aller Stockwerke, eine Riesenfackel, die man von den Schiffen sähe, die durch The Narrows auf die Stadt zufahren.
Noch glimmende Zigaretten werden mit einer nervösen Mischung aus Hast und Energie ausgetreten in New York, wo die Nester der Menschen so eng nebeneinander in den Stahlzweigen der Häuserbäume liegen, wenn eines in Flammen aufginge, würde bald nichts als das Gerippe eines solchen hohen Hauses stehen.

Angst vor dem Verkohlen jammert in den Feuersirenen durch New York, deren Tonlage fehlt das Aggressive, das Alarmsirenen andernorts haben, eher hat ihr Laut etwas Verführerisches, dem man nachhorcht in der Nacht als sei man um Trost gebeten worden von etwas, das zu trösten gut wäre.
Und wie schnell wir den Sprachlauten der Stadt verfielen, ihrer Schönheit keinen Widerstand leisteten als Du ankamst und wir uns zur Begrüßung mit Satzketten schmückten, so wie Bewohner südlicher Inseln einander mit Blütengewinden behängen – mit Satzketten, in die wir große rote Freudenwörter flochten und wir beschränkten uns nicht auf unsere gewohnte Sprache, wir erschufen uns noch einmal, indem wir uns riefen, wie wir uns nie zuvor gerufen hatten: again, my love.
Aber ich werde auch die Worte, die ich Diem in Gorach übergeben habe, nicht wieder einsammeln. Kein Komma werde ich zurückverlangen.

Auf welche Ereignisse geht die Freude zurück, mit der ich Dich erwartet hatte, durch welche bestimmbare Substanz konntest Du erreichen, daß New York den Charakter der Unvollständigkeit behielt, solange Du abwesend warst, obwohl es ein Unrecht ist, in dieser Stadt einen einzelnen Menschen zu vermissen, weil das bedeutet, daß man auf jemanden, der nicht anwesend ist, Teile seiner Aufmerksamkeit wendet, die die Millionen New Yorker aber ungeteilt beanspruchen können, wenn sie in allen Zungen zu einem reden. So viele haben außer der Geschäftssprache noch die Sprache ihrer Kindheit zur Verfügung, schwermütige polnische und jiddische Laute, spanisches Staccato und den Belcanto der Neapolitaner und wegen anderer Sprachen, die man nicht gleich identifizieren kann, bleibt man lange im Batterypark sitzen und will die Herkunft des Singsanges zweier alter Frauen herausfinden.
New York, dieses riesige Schiff, mit dem felsigen Kiel in den Grund gerammt, eine Arche, auf die mehr als nur Noah und seine Familie sich retten dürfen, Gott muß seine Meinung geändert haben. Es steht angeschlagen, wer auf dieser Arche Zuflucht findet: »The tired, the poor, the huddled masses, the wretched refuse, the home-

less, the tempest-tost«[1] – und man begegnet ihnen auch noch in den Verkleidungen des Reichtums.
Kein Grund also, einen einzelnen Menschen zu vermissen, es kommen täglich Neue und bieten ihre Besonderheiten an, kein Grund also, es sei denn, es wären in Deiner Abwesenheit Organe der Wahrnehmung nicht vorhanden, über die ich verfüge, wenn Du da bist, die Freude muß ja ihren Grund haben, diese Freude, die die ganze Stadt noch um so vieles herrlicher machte, obwohl ich auch vorher schon vom Wunder ihres Anblicks nicht hatte die Augen wenden können.
Welche bestimmbare Substanz hat hier gewirkt und welche war tätig als mit Diem jene Veränderung vorging, die uns schließlich nach Gorach gebracht hat, das wir noch lange bewohnen werden, jeder hat einen Schlüssel für das Nachttor der Stadt und verhält sich tagsüber schweigsam, wenn der Name Gorach fällt, was aber selten geschieht.
War wirklich eine Veränderung mit Diem vor sich gegangen oder hatte ich nur begonnen, meine Blicke zu verlangsamen, wenn ich ihn ansah, hatte ich begonnen, Zeit auf sein übermüdetes Gesicht zu verwenden und die Spuren der Vergiftung wahrzunehmen, die er sich rauchend täglich von neuem beibringt, von der seine Zähne verfärbt werden und seine Haut ein graues erschöpftes Aussehen erhält, ohne daß davon die Schönheit des Gesichtes beeinträchtigt wird, die allein schon der schmale Bau der Knochen und ein strenger Mund gewährleisten, es bedürfte der Augen nicht, dieser großen schattigen Augen, die sich mit einer Brille nur unvollkommen maskieren lassen, so daß Diem häufig von seinen Lidern Gebrauch machen muß, wenn er vermeiden will, daß man ihm über die Zugänglichkeit seiner Augen zu nahe kommt, was alles ich erst weiß, seit ich Diems Gesicht manchmal mit der Langsamkeit eines Uhrzeigers abtastete und fähig wurde, dessen mögliche Veränderungen vorauszusehen bis zu der vorletzten, die sichtbar werden wird, wenn man ihn bewußtlos im Ledersessel seines direktoralen Arbeitszimmers auffindet, in das bei jungen Jahren gekommen

1 Inschrift an der Statue of Liberty, New York.

zu sein ihn auf eine Weise stolz gemacht hatte, die angesichts der Diskrepanz zwischen der Bedeutungslosigkeit eines solchen Karrierefaktums und den Einsichten, die man von Diem erwarten konnte, etwas Lächerliches hatte, um so mehr, als er auch in jenem mit (übrigens dürftigem) Prestige ausgeschlagenen Zimmer nicht so erfolgreich sein wird, daß es ihm gelingen könnte, die Lust niederzukämpfen, die es ihm bereitet, sich zu zerstören, und jene Sekretärin (gewiß eine ergebene Person), die ihn finden wird, wird es nicht fassen können, daß sein blasses Gesicht noch mehr an Blässe hergeben konnte, Blässe wird das einzige sein, woran sein Gesicht noch Reserven bereithält, und das alles wird zu einer Zeit geschehen, in der Du noch nicht da bist, wo ich Dich sehe, wenn ich meinen Blick in Deiner Schrittrichtung verlängere um zwei oder drei Jahrzehnte, er trifft Dich dann in der Bowery, an eine Mauerwand gelehnt, Kinder haben sie mit Kreide beschrieben, sie haben keine Furcht vor Dir und mit der Sonne bist Du immer noch auf gutem Fuß, Dein Gesicht wird auch dann noch die Farbe eines Bauerngesichtes haben, dem die Feldarbeit gut getan hat.

Die Langsamkeit, mit der Du Dich dort bewegen wirst, in dieser oder einer anderen Bowery, wo niemand jemanden angreift, ist ein Teil jener bestimmbaren Substanz, die bewirkte, daß ohne Deine Anwesenheit New York nicht war, was es wurde, als ich auch noch Deinen Blick zur Verfügung hatte, in der Cafeteria unseres Hotels zum Beispiel, wo Du mich batest, mit Dir einen Wandplatz einzunehmen, der Dir ermöglichte, alle Anwesenden zu sehen, nicht nur Lennie, der immer wieder an unseren Tisch kam und mit Dir Sätze austauschte, so, wie man sich Geschenke macht, die man sorgfältig gewählt hat.

Lennie war der schwarze Administrator der Cafeteria. Er verwaltete die Hast, die Müdigkeit, die schlechte Laune, den Hunger und den Durst seiner Gäste mit der Gelassenheit einer Amme und belohnte die Freudigen, die Höflichen mit dem Beifall seiner Augen, auf deren Anerkennung ich jeden Abend sehr stolz gewesen war, wenn ich Lennie erzählte, was an Wunderbarem ich in New York über Tag entdeckt hatte. Meine Beziehung zu Lennie sei vollkommen gewesen, hatte ich gedacht, bis Du kamst und Lennie

sein Wohlwollen gegen mich verdoppelte, anstatt es, wie ich befürchtet hatte, unter Dich und mich aufzuteilen. Seine Augen beglückwünschten mich zu Deiner Gesellschaft.
Du lehntest an der Wand und bedachtest alles mit einem Blick, dem ich folgte, bis sich mir die Kaffeebar zum Herzstück der Arche Manhattan veränderte. Auf die grünen Hocker retteten sich the tired, the poor, the huddled masses, und Lennie waltete unter ihnen, einen jeden speisend, wie ein lieber Gott, der wirklich lieb ist.
Die Kaffeestube rückte räumlich näher, jeder Gegenstand vergrößerte sich vor meinen Augen, die blanken Hähne der Kaffeemaschine, mit denen jedem sein Maß an Ermunterung zugeteilt wurde, der Behälter mit fragilen Strohhalmen, die den in ihrer Sinnlichkeit Reduzierten das Trinken ermöglichen, jenen, die lieber etwas so Fades wie ein Trinkröhrchen in den Mund nehmen, als ihre Lippen dem frischen, kühlen, harten Kontakt mit dem Rand eines Glases und der Unkontrollierbarkeit anschwappenden Saftes auszusetzen, der ihnen das Aroma von Himbeerhecken oder Orangengärten zu heftig aufdrängen würde, das sie nicht mehr anders als in der Verminderung zu sich nehmen können, die der Trinkhalm gewährleistet, der noch aus dem schäumendsten Getränk ein dünnes Rinnsal macht, das die Ängstlichen vor der Fülle schützt. Strohhalme – Krücken für den Mund, der die Lust am Trinken verloren hat, mir waren diese Abzeichen menschlicher Gebrechlichkeit noch nie so deutlich vor Augen gekommen –, und wie kommt es, daß ich die Hosteß erinnere, jene durchschnittliche Hosteß, die uns über den weichen schlaffarbenen Velours eines Bankpalastes führte, man hätte sich ihrer bedienen können wie eines Treppengeländers, wie des Kontaktknopfes, mit dem man den Lift herbeiholt, sie war an diese Art der Behandlung gewöhnt, aber weil Du sie danach fragtest, blühte ihre spanische Herkunft wieder auf, sie wurde so schön wie nur je ein andalusisches Mädchen, man konnte zusehen, wie sich ihr abgespanntes Gesicht unter den Fragen erfrischte, mit denen Du ihre eingelernten Erklärungen unterbrachst, die Antworten kamen mit zunehmender Freude, der Kopf wurde beweglich auf den Schultern und damit lockerte sich auch

das Haar zu der schwarzen Fülle, die dem Mädchen von Natur gegeben war, dessen ursprüngliche Schönheit Du aus dem Banklook mit nichts als Worten befreien konntest, mit einzelnen, erlesenen, die Du vom Strauch der fremden Sprache pflücktest. Die Verschwendung wird Dich in die Bowery bringen, auch diese Art von Verschwendung, aber wir haben niemanden gesehen, der verlassen wäre, dort. In der Bowery kann jeder einen Bruder finden.
Doch wer wird Diem die Hand auf die Schulter legen, wer wird hinter der Ätzlauge seiner Rede den mageren Hund sehen, den man mit Freundlichkeit vom Zwang zu beißen befreien müßte, aber ich habe ihn auch nicht aufgehoben, wenn er mich ansprang mit den spitzen Zähnen seiner Sätze, von mir hätte man das erwarten können, wer vorauszublicken versteht, hat Pflichten, aber ich trat nach dem, was so mager kläffte und er wird sich manches Mal die Rippen verletzt haben an der Mauer, gegen die ich ihn stieß mit dem Fuß, wenn seine hagere Gehässigkeit mir zuwider war, doch jenes Ende im Schreibtischsessel, das ich voraussehe, möchte ich nicht zulassen, es muß sich ja auch nicht zwangsläufig zutragen, aber daß ich es mir einmal vorgestellt habe, übt die Kraft einer Befürchtung und setzt die Sorge immer wieder in Bewegung. Ich werde Gorach herstellen müssen, wo es auch sei, um Worte austeilen zu können, so, wie man Medizin auf einen Löffel tropfen läßt und verabreicht, auch für Diem werde ich Fallen aufstellen müssen und Lockworte hineinlegen, so daß er kommt in der Nacht und mit seinen Gedanken nach der Freude leckt, die ich ihm zu bereiten versuchen muß, wenn alles ein erträgliches Maß haben soll, ich werde mir Sätze ausdenken für ihn, womit, wenn nicht mit Sätzen könnte man Diem erfreuen, so daß er zu lächeln beginnt und seine Augen preisgibt ohne Vorbehalt.
Manchmal denke ich, daß ich ein Monstrum bin mit einem Januskopf. Irgendwann habe ich angefangen, mich in dieser Weise zu verdoppeln, es war nötig, wenn ich nicht nur für Dich ein Gesicht bereithaben wollte, sondern auch Diem eines anbieten, das ihm durchaus gehören soll, aber daran glaubt er nicht, weil ich mich manchmal drehe und dann sieht er das Gesicht, das Dir zugetan ist und schürft mir die Haut ab mit seinen Reden, für deren

Schärfe er selbst keinen Grund angeben könnte, denn obwohl er diese feinen gebogenen Gläser zwischen seine Augen und die Welt geschoben hat um sie besser zu sehen, frage ich mich, bis zu welchem Grad von Deutlichkeit er es bringt, wenn er mit dem Blick nach mir faßt, ein Hauch muß seine Gläser oftmals trüben, sonst würde er mir nicht ein lustiges Gesicht unterstellen, ein Irrtum, der Dir bloßen Auges nicht unterläuft, und Du bleibst schweigsam, wenn ich Dir dieses zweite Gesicht zuwende, in dem Diem lange beheimatet ist, das er sucht, wenn er den Saal betritt und an manchen Tagen trotzig nicht wieder ansieht, wenn er sich vergewissert hat, daß es nahe ist.

Es stört mich nicht, janusköpfig zu sein, ich würde mir noch andere Gesichter zulegen, wenn sie gebraucht würden, die Vervielfältigung ist mir recht, wenn ich auch nicht weiß, welche bestimmbare Substanz mir die verlustlose Aufteilung möglich macht, so daß ich in zwei Richtungen laufen kann, wenn jemand ein Wort wie ›Saal‹ sagt.

Ich betrete dann wieder jenen großen Raum, in den Dich zu führen ich nicht unterlassen konnte, den Saal, der die Götter beherbergt, man hat ihre Statuen in weißes Licht gerückt, das nur ihnen vorbehalten ist und andere Bezirke des Raumes dunkel läßt.

Neun Götter in der Makellosigkeit ihrer steinernen Körper, Du verstummtest als ich Dich durch die Tür brachte, dahin, wo ich begonnen hatte, mich anzusiedeln, wie ich mich immer in Museumssälen ansässig mache, meine geübten Augen kreuzen die Blicke, die ein Mann, dessen Gebeine schon nicht mehr von der Lößerde zu unterscheiden sind, in der er begraben wurde, auf einen Körper geworfen hat, auf jeden Körper, der ihm begegnete. Die steinernen Götter sind das Ergebnis von langmütigen Blicken auf menschliche Schultern, auf Störungen in der Harmonie menschlicher Züge, der Götter Brust und die Vollkommenheit ihrer unbeweglichen Hände sind das Ergebnis der Vorliebe, die ein Mann für den Stiel seines Hammers empfand, den zu umfassen ihn schon bei Sonnenaufgang gefreut haben mag, der Laut abspringender Steinsplitter muß ihm angenehm gewesen sein, die Götter sind das Resultat von Handgriffen und hingen von den Radialsehnen einiger Finger ab, sie sind nicht denkbar ohne die Summe von Merkmalen die jemandem auffielen, der seinen Augen den Blick auf die Straße nicht verwehrte und ihnen das Entzücken an der Linie einer schönen Hüfte nicht mißgönnte. Jemand hat die Götter nicht ohne die Kraft seiner Wahrnehmungen aus dem Handgelenk geboren, und nun sind sie im Saal des Metropolitanmuseums, mit Schultern, die denen eines Wasserträgers nie geglichen haben, denn mit dem Handgelenk hat der Mann die Beobachtungen seiner Augen verworfen und mit der Kante eines Meißels der Sucht nachgegeben, zu schaffen, was noch ohne Beispiel ist, den Stein zu schlagen, bis er unvergleichlich ist, ein Abtrünniger hat die Götter gemacht, einer, der verstieß, was ihm vertraut war um eine nie gesehene Herrlichkeit zur Welt zu bringen – und ich weiß nicht, ist es, wenn ich ›Schultern‹ oder wenn ich ›Saal‹ sage, daß ich mich in entgegengesetzter Richtung wiederfinde, in die ich ebenfalls gegangen bin, und auch da ist ein Saal das Ziel in dem ich ankomme, ein Saal ohne Merkmale, wollte man nicht das Gewirr von Stimmen dafür nehmen, das ihn mittags immer erfüllte.

Manchmal traten wir gleichzeitig ein. Diem kam mit hochgezogenen Schultern aus der gegenüberliegenden Tür, und in der Sekunde wußte noch keiner von uns, was sich zutragen würde, wir waren nicht Herren der Geschehnisse, eher waren wir schwerfällig wie Ritter, die einen Turniersaal betreten. Bis an die Zähne, bis an die Lippen bewaffnet mit scharfen Worten waren wir immer, bereit, mit den Stangen starrer Sätze nacheinander zu stoßen, wenn nur der Anschein einer Beleidigung drohte, die wir uns mit nicht mehr als einem etwas abschweifenden Blick, einer geringen Gleichgültigkeit im Tonfall beizubringen vermochten und schon rammten wir uns mit doppelten Substantiven, ritten gegeneinander an auf schweren gepanzerten Verben. Unsere Tischgenossen, anfangs noch um Vermittlung bemüht, zogen sich alsbald vorsichtig aus dem Gespräch zurück um nicht auch Opfer der Erbitterung zu werden, der man, wie sie sahen, ihren Lauf lassen mußte. Nur uns blieb erkennbar, durch den Spalt des Visieres, das für den Anblick des anderen ganz und gar zu schließen wir nicht das Herz hatten (so sehr mochte keiner von uns sich berauben),

daß wir aus Gründen der Zuneigung bestrebt waren, uns zu vernichten.
Solche Turniertage wurden getrennt durch Pausentage, an denen wir in einer Art Windstille unsere Suppe löffelten, gekrümmt zusammensitzend, schon erschöpft davon oder jedenfalls zufrieden damit, daß es uns gelungen war, Plätze nebeneinander zu finden.
Entweder wurden die Kämpfe also durch lautlose Tage unterbrochen oder durch Sterntage, an denen wir die Freude, die uns der Anblick des anderen bereitete, schon an der Tür zugaben und uns mit den Augen so sehr umarmten – wirkliche Umarmungen wären vor der Intensität solch blickenden Zugriffs gar nicht fühlbar gewesen. Saßen wir dann am Tisch, ließen wir Anspielungen sich zwischen uns drehen wie rote Kreisel, wir setzten Buchstaben zu seltsamen Wörtern zusammen, deren Enträtselung nur uns möglich war, obwohl sich auch die anderen zu Spielen beflügeln ließen, in keinem Ballsaal hätte es heiterer zugehen können.
›Saal‹, dieses Fangwort, das mich verführt, mich ihm anzuvertrauen, so daß ich dahin gerate, wo sich womöglich noch Schöneres zutrug, ich meine einen hellen grünen Wassersaal, vor dessen gläserne Wand ich zufällig zu stehen kam als ich einen Spaziergang an der Flanke New Yorks machte, da, wo die Stadt sich ans Meer legt.
Es war Mittag, der Ufersand leuchtete. Ich schlenderte in die offenen Pavillons, die am Rande des festen Landes gebaut sind und New Yorks Aquarium ausmachen, dessen Seegetier immer frisches Meerwasser nicht entbehren muß und nur einen Sprung weit von der alten Freiheit getrennt wurde. Wer nicht zum ersten Mal ein Aquarium betritt, ist auf die Faszination, die von der Fauna der Ozeane ausgeht, eingerichtet, erwartet den Anblick auch von Seegurken, Korallen und anderen stummen Wesen aus dem Grenzbereich der Tierwelt, zwischen denen gefleckte Fische mit Schleierflossen und blickenden Pupillen als hochentwickelte Individualitäten sich bewegen.
Hin und wieder sieht man das alles gern. Ich ließ mir die Gelegenheit nicht entgehen, ein paar Schritte durch das New Yorker Aquarium zu machen und stand unversehens vor der Glaswand eines

riesigen Wassersaales, dessen smaragdene Materie von zwei großen weißen Wesen bewegt wurde. Sie schienen aus anderen, königlicheren Jahrtausenden zu stammen, schon daß ihre Körper so weiß waren, gab den großen Tieren etwas Erlesenes, und nie, meinte ich, hätte ich Wunderbareres gesehen als die Bewegungen, die sie ausführten um – immer gemeinsam – im Becken zu kreisen, auf seinen Grund zu tauchen oder an die Oberfläche zu kommen. Jeder Flossenschlag des einen Tieres war auf die Gegenwart des anderen bezogen, sie legten ihre Wasserwege gemeinsam zurück ohne jemals den Abstand voneinander zu verändern, den sie offenbar für gut befunden haben außerhalb der geheimen Zeiten, in denen auch sie zusammenfallen werden. Zwei weiße Wale, man kann sicher sein, wenn man einen fortbrächte, der andere stürbe, aber diese glücklichen Wesen, sie wissen nicht, daß sie trennbar sind und kein Drittes wird zwischen sie tauchen und ihre Harmonie stören.

Ist ›Saal‹ oder ist ›Tier‹ das Lockwort, das mich nach Tarent bringt und von da in die Höhlen von Castellana? Im Innern des Berges diese feuchten Säle, darin die Statuen, die niemand gemacht hat, die Wölfin, aus Nässe gewachsen, der stete Tropfen hat sie geschaffen, ein Dromedar dreht einem den rötlichen Kopf zu, der Feuchtigkeit, der es sein Dasein verdankt, war Eisen beigemengt, daher diese rostige Farbe, die dem Tier etwas Feuriges gibt, als habe es im Innern der Erde Kräfte ansammeln dürfen, zu denen seine Artgenossen in der auszehrenden Weitläufigkeit der Wüste nicht kommen können. Im Sickerfall der Zeit ist sein Höcker riesig angewachsen, es sieht aus, als trüge das Tier einen Berg auf dem Rücken, und es schien, als rücktest auch Du dieser Art von Versteinerung entgegen, so langsam bewegtest Du Dich durch die Stalaktitengänge, ein wenig gebückt, um den Nässezapfen zu entgehen, die von der Decke herunterwachsen, und wir beide waren so stumm, wie es einem Ort angemessen ist, an dem Jahrhunderte mit keiner anderen Regung als dann und wann fallenden Tropfen Spuren vergehender Zeit hinterlassen haben.

Es war richtig, nach Tarent auszuweichen, den Schüttelfrösten der Erinnerung die Wirklichkeit einer neuen Reise entgegenzusetzen, die schöne Gewöhnung sich bewähren zu lassen. Nicht so vollkommen wie die weißen Wale in ihrem smaragdenen Saal, aber wir vermögen auch, uns miteinander zu bewegen, es herrscht Einverständnis zwischen unseren Füßen und der Innenfläche meiner Hand ist die Berührung Deiner Schultern nicht ersetzbar durch Worte, die Diem mir zuspricht, dessen Hüfte mich aber nicht stützen könnte, seine Knochen haben keinen Umgang mit mir, er und ich könnten uns nicht so wie wir wie ein Oktopus mit allen Gliedern durch dorniges Gestrüpp bringen und auf verfallene Türme klettern, uns von Stein zu Stein ziehend (die Eidechsen flüchteten vor dem Doppelmenschen, der ihren Palast zu entern wagte), Fähigkeiten, die auch ein Werk der Zeit sind, wenn auch kein so schönes wie die alte Wölfin von Castellana, aber doch Gedeihen beweisen und durch Worte nicht zu ersetzen sind, so wie ein Apfelgarten durch keinen Arc de Triomphe vertreten werden kann – obwohl es erstaunlich ist, wie weit Worte sich vorschieben können, so daß ich mich ihrer erinnern mußte, nämlich der Briefworte, die einmal aus der Altstadt von Bari gekommen waren und nun wieder hörbar wurden, während ich doch mit Dir durch die Gassen ging, dort, in Bari, an einem glücklichen Abend, Diems vergessene Briefworte, sie lauerten mir auf in den Nischen, flüsterten sich mir nach an den Ecken und machten Diem sichtbar, nur, daß er nicht faßbar wurde wie Dein großer fester Körper, der sich immer im Bereich meiner nicht ausgestreckten Arme hielt, so daß ich sagen muß: ich bin mit Dir in Bari gewesen, aber das ist nicht die ganze Wahrheit, denn ich habe die Stadt auch mit den Worten von Diem gesehen und mich seinem Schritt angeschlossen, obwohl er nur im Echo seiner Sätze noch zu hören war.

Was weiter? – wird spätestens an dieser Stelle jemand fragen, als wäre der Gang einer Geschichte zu erwarten. Hier wird keine Geschichte erzählt. Hier wird Fallenstellerei getrieben, hier werden Köderworte ausgelegt um allenfalls Bruchstücke von Vorgängen wieder greifbar zu machen.

Der harte Laut, mit dem die Fangeisen zuschlagen, auch wenn ich nicht mehr als ein L ausgelegt habe. Dein Name kommt mir dann in den Kopf, Dein Name, Lambert, den ich häufiger gebrauche als danke und bitte, ich habe ihn schon in allen Stimmstufen gesagt, es ist keine Variation mehr möglich, Dein Name also, Lambert, aber auch sein Schatten, der meinen Lippen unvertraut ist wie ein Glas, das ich nur in der Vitrine sah, ich habe Diem nicht Ludwig genannt, allenfalls habe ich manchmal so auf Briefumschläge geschrieben: Ludwig Diem, Montreal – aber ›Ludwig‹ war nur für den Postboten, ich habe nie anders als Diem gesagt, dennoch schiebt sich das L seines Vornamens unter das L mit dem mein Mund beginnt, wenn er Dich ruft. Es ist Zeit der Verdopplungen.

Man muß einem Fallensteller zusehen, wenn er sich bückt und die Feder spannt, bevor er den Köder einlegt, den er mit Sorgfalt zurechtrückt, damit ihm kein Tier entkommt, das sich anziehen ließ.

Man muß zusehen, wie er die Fallen abgeht am Morgen. Die Langsamkeit mit der er es tut, fällt auf. Es macht ihm keine reine Freude, den Fang zu recognoszieren, es ist nicht das gleiche Jagdglück, wie wenn er ein gewähltes Tier mit einem Schuß an sich gebracht hätte. Wer weiß, was im Eisen liegt und um sich beißt, welche junge Füchsin, die nicht gemeint war.

Welche bestimmbare Substanz ködert eigentlich die Bilder, was ist an einem Wort wie ›Saal‹, daß immer neue Erinnerungen sich daran festhaken, so daß ich plötzlich im Dunkel bin, in einem großen Kinoraum, den ich mit Diem einmal aufsuchte, bevor ich meinen Blick auf ihn verlangsamt hatte und noch unbefangen neben ihm saß, ohne auf seine Atmung, auf die Haltung seiner Hände zu achten, so daß ich Beobachtungen versäumte, über die zu verfügen mir jetzt kostbar wäre. Nur an das Wohlbefinden erinnere ich mich noch, an die Freudigkeit, die sich meiner bemächtigte und nicht allein von der Leinwand gekommen sein kann, obwohl dort mit vertrackter Artistik agiert wurde, die allein mich aber wohl doch nicht in diesem Maße zufrieden gemacht hätte, es muß etwas hinzugekommen sein – ohne daß ich mir damals Rechenschaft darüber gab, muß ich an Diems Reaktionen Gefallen gehabt haben, an seiner Art, sich zu amüsieren. Es hat auch Verständigung zwischen uns gegeben, ich erinnere mich an Diems Gesicht, mir in dem halben Licht, das die Leinwand zurückwarf, zugewandt, ich erinnere die rasche Bewegung seines Kopfes, wenn er mir ein Kommentarwort zuflüsterte. Wäre ich auf der Hut gewesen, ich hätte schon damals, hätte selbst in der Lichtarmut jenes Saales bemerkt, welche Anziehung dieses schmale Gesicht auf mich auszuüben in der Lage ist, welches Unmaß an Freude es mir bereiten könnte, mich mit Diem in Sätzen zu verflechten und daß es mich einmal wie Nahrungsentzug gefährden würde, auf den Austausch unserer Überlegungen wieder verzichten zu müssen.

Hier wird keine Geschichte erzählt, hier werden Köderworte versucht. Erinnerungen werden kommen wie wilde Tiere, wenn ich den Sprachkörper aufschneide und das rohe Fleisch der Worte auslege.

Aber wem ist damit gedient, daß in Diem Schmerz entsteht, wenn ich noch einmal ›Sir‹ sage, und es genügt nicht, daß ich Wörter auftreibe, die Dir den Anblick der Hubschrauber wieder aufzwingen, die sich zur Stunde des Geschäftsschlusses von den Dächern der New Yorker Banken abheben. Die whirlybirds der Bosse könnte ich wieder fliegen lassen und glückliche Tage zurücksprechen. Aber mit den Feuerflügeln der Erinnerung würde ich unseren Absturz nicht aufhalten.

Was nützt es, wenn ich ›Garten‹ sage? Diem wird das Wort zwischen die Zähne nehmen und auch schlucken, aber er hat sich aus dem gezüchteten Paradies schon vertrieben, wo die schönen Farne der Hintergrund unserer Spiele waren, die nun verloren sind, und es hat keinen Gewinner gegeben.

Was werden wir tun, wenn wir sehen, was wir getan haben?

Wir werden Gorach plündern und wie Marodeure geliebte Erinnerungen an uns raffen. (Wer wird sich des Ackerwagens bemächtigen, den wir auch durch die Tore von Gorach gebracht haben, eines Nachts, damit das glücklichste Glück nicht verloren gehen sollte?)

Es sind andere Worte, die ich finden muß, Signalworte, mit denen sich ein Trommelwirbel schlagen läßt, der uns vor Verlusten warnt. Wie anders soll ich Dich oder mich davor bewahren, die Geschenke der Zeit fallen zu lassen und die schöne Gewöhnung mit Gewalt außer Kraft zu setzen.

Wohin werde ich flüchten, wenn sich die Tore von Gorach nicht mehr vor mir öffnen? Die Arche Manhattan ist der richtige Ort, aber dort wirst Du nicht mehr sein um mir die Stadt zu erleuchten, und wenn ich in zwei Richtungen sehe mit verdoppeltem Gesicht und meinen Blick verlängere um Jahr und Tag – wir werden vergebens die Sprache nach dem Wort absuchen, das uns wieder zusammenbringt.

Es sei denn, wir führen uns noch vorher an die Tränke, zum sachten Fluß der Sätze um einander zu nähren mit guten Worten.

Niemand wird verstehen, daß ich diese Stadt meinen Schuppen nenne, diese große Stadt mit ihren lappigen Waldrändern, mit Seen, die bis in Wohnbezirke schwappen. Aber wer weiß schon, wofür ich einen Schuppen brauche – nicht einmal meine Kindheit ließe sich in solch einem Holzverschlag unterbringen, den man allgemein unter Schuppen versteht, wo sollten denn die Gewitter stattfinden, denen meine Mutter mit so viel Erregung zusah, enttäuscht davon, daß ich nur mürrisch mich neben sie zu stellen bereit war um anzusehen, woran doch nichts Besonderes, was ich doch erklären konnte, seit ein bißchen Schulphysik in meinem Kopfe war.

Die großen Gewitter vor unseren offenen Fenstern – ich kann diese Feuerfeste meiner Kindheit wiederholen, die Zorndiagramme der Zickzackblitze und die sanfteren Flächenblitze, die wie das Flügelschlagen eines riesigen lichten Engels für Augenblicke den Himmel erhellen. Aus dem Erbe meiner Mutter übernahm ich die Liebe zu Gewittern, den sommerlichen Katastrophen, in deren Gefolge entfesselte Regengüsse kommen, mit keinem Schirm könnte man sich dieses nassen Aufschlagens erwehren, dieses süchtigen Absturzes, dieser Gier irgendwelchen Himmels, sich der Erde mit Nässe zu bemächtigen, sich mit ihr zu Schlamm gemein zu machen, und dem allem geht gewöhnlich ein Sturm voran, der sich besessen auf alle Bäume stürzt und noch breite matronenhafte Buchen zwingt, sich zurückzulegen und mit allen Zweigen stöhnend seinen Stößen nachzugeben. Zu wahnwitziger keuchender Vermählung wirft sich in Bewegung geratene Luft auf alles, was nicht aus Stein und Eisen ist.

Ich kann die gewesenen großen Gewitter noch einmal sich ereignen lassen, sie hängen bereit im Schuppen, ich könnte auch Arsenal sagen um den Ort zu bezeichnen, wo so vieles erinnert wird, meine Geburt zum Beispiel, die eine Sache des Widerstandes war, den meine Mutter ihren Lebensumständen leistete, und warum soll sich

hier nicht mein Ende zutragen, die Stadt ist groß genug dafür und wird davon Gebrauch machen, irgend jemand wird den Anblick meiner Leiche zu dem addieren, woran er nicht denken möchte.
Einmal muß man sich einverstanden erklären, und warum nicht in dieser Stadt. Der Tod hat mir ein orangefarbenes Samtkleid in den Schrank gehängt wie ein König, der eine Standarte verleiht. Ein leuchtendes Sterbehemd, das ich manchmal probiere, ich gehe unter Menschen damit, die befühlen den Stoff und sagen, es sei ein schönes Kleid.
Es ist abwärts gewesen, tief in meiner Kindheit, als ich jemanden ›sterben‹ sagen hörte und vor meinen Augen jenes flammende Orange sah, das seither immer aufleuchtet, wenn vom Tode die Rede ist, so, wie ich Weiß sehe, wenn die Zahl 1 genannt wird, und Grün bei 7, ganze Rechenketten lösen sich mir in Farben auf, selbst die Buchstaben bleiben nicht schwarz, alle e-Laute haben die Farbe des Efeus, und das Wort ›auch‹ wird einen roten wohligen Schimmer nicht ablegen, in welchem Zusammenhang immer es stehen mag, und ein Feld, ein Meer von leuchtendem, strahlendem, eisigkaltem Orange vor meinen Augen, wenn der Tod beim Namen genannt wird.
Warum also nicht in dieser Stadt, es wird morgen nicht sein, morgen werde ich beginnen, das Protokoll dieses Sommers aufzunehmen und auch dafür ist die Stadt recht, hier habe ich den Vorrat von Wörtern gehortet, der nicht ausreichen wird zu beschreiben, wie ein Mensch aus dieser Stadt verschwunden ist, wie seine Trittspur sich verloren hat und die Bäume neben dem Juliusturm mit ihren ungeheuren gewölbten Kronen meinen Blick auf sich halten, so daß ich mich nicht umwenden kann nach der Straße, auf der Diem die Stadt verlassen hat, die mich mit Laub entschädigt, wie noch kein Sommer Laub hatte, ich muß das wissen, ich fasse die Bäume Jahr für Jahr ins Auge und das schöne Buschwerk, das hochwächst als gelte es, Dornröschen zu bewachen.
Diems Rückzug wird mit Zweigen, mit gefiedertem Laub gedeckt, es grünt vor meinen Augen, so daß ich mich wohlbefinden muß und wie ein Kranker, dem man Megaphen gab, die Amputation nicht realisiere, die doch stattgefunden hat, nur daß ich den

Schmerz noch nicht spüre, weil dieser Sommer mir mit Mauern aus grünen bewegten Blättern den Blick verstellt, mit Myriaden von Blättern, deren jedes einzelne nachgiebig erscheint und bereit, meine Augen passieren zu lassen, aber mit allen zusammen diesen nicht durchdringbaren Wall von Laub ausmacht, so daß ich nicht sehen kann, wie Diem ging und sein Haus im Rücken gelassen hat.

Aber wenigstens im Kopf werde ich mich auf seine Abwesenheit vorbereiten, damit ich gewappnet bin für den Tag, an dem kein zitterndes Espenlaub mich davor bewahrt zu spüren, daß es eine Lücke gibt, nicht eine bestimmte, die sich lokalisieren ließe, vielmehr eine fluktuierende, die periodisch wiederkehrt, als lese man einen Text und in jedem Satz fehle ein Wort. Nicht das Schlüsselwort, das nicht, aber doch eines, das unersetzbar ist.

Mit dem fallenden Laub wird Diem wiederkehren, als eine Abwesenheit wird er auftauchen, als eine Aussparung in der Materie. Die Unruhe, die mich dann überkommen wird: Ich werde alle anhören und keinem verzeihen, daß er Diems Sprache nicht spricht, nicht versteht, Wörter mit solcher Leichtigkeit auf einen Sachverhalt zu münzen und mit einer Art intellektueller Kippvorrichtung noch die Aufzählung nüchternster Fakten in einen Neigungswinkel zum Grotesken, Besonderen zu bringen, so daß man ihm immer mit Lust zuhört – nicht daran zu denken, daß jemand wieder so spricht, aber ich werde dennoch von einem zum anderen gehen und wenigstens Diems Lachen verlangen, dieses immer in Reserve gehaltene Lachen, mit dem er sich so oft helfen mußte, daß man den Ernst seiner Lage erkannte.

Jemanden werde ich stoßen, weil er die Füße nicht so leicht aufsetzen kann wie Diem, dessen Schatten ich von allen Straßenlampen fordern werde, nach dessen Händedruck mich Heimweh überkommen wird, obwohl seine Hand seinen Schritt an Leichtigkeit noch übertraf und flüchtender war als der Ductus seiner Sätze, so daß ›Händedruck‹ nicht das richtige Wort ist für die Art von Berührung, die Diem gewährte, obwohl es also keine Geborgenheit gab in der Höhlung seiner Hand, werde ich diese Hand zu entbehren beginnen – bis ich das Mittel finde, das Diem wieder sichtbar macht, bis ich mich an einen Tisch setze und Diem wieder in diese Stadt hineinschreibe.

Wer außer mir sollte fähig sein, ihn der Stadt zu erhalten, so kann keiner seinen Blick wiederholen, diesen intelligenten Blick, mit dem er mühelos registrierte, was zu verarbeiten sein Herz dann eben die Anstrengung kostete, die sich weniger erblickende Menschen ersparen.

Diem der Stadt wieder zuschreiben – ich werde die Worte schon in der richtigen Reihenfolge auf Papier bringen, wenn ich nicht unterliege, weil es an meiner Tür läutet und Lambert kommt und mich zu den schönen Festen auffordert, die nicht so unfaßbar sind wie Worte, sondern denen man ins Fleisch schneiden, die man sich in den Mund gießen kann an einem weißgedeckten Tisch. Mit Verbeugungen werden die Schlachtopfer gereicht, ich meine nicht nur die Lenden eines Kalbes, ich meine auch Artischocken und Chicorée, die das Wohlbefinden ihrer Zellen aufgeben mußten – es war groß gewesen unter einer Sonne, die sich verläßlich jeden Morgen ihrer annahm und die festen wie die zarten Stauden gedeihen ließ, so sehr, daß sie den Tod durch das Messer auf sich zogen wie zu schöne kretische Mädchen, und damit nicht genug, sie wurden verbrüht und verbrannt, als müsse man ihr Ableben dreimal bewirken.

Wie mich die Borniertheit mancher Vegetarier erzürnt, die glauben, sie lebten nicht von fremdem Tod; es muß Mangel an Phantasie sein, sie haben keine Begabung für Metamorphosen, verstehen nicht, einen Arm und nicht einmal die Muschel eines Ohres in fragile Pflanzlichkeit umzudenken, niemand unter ihnen, der wie Daphne im Erdreich Fuß fassen könnte, eine besonders unzarte Gattung Menschen, nur mit dem blutenden Fleisch der Tiere vermögen sie zu empfinden und halten sich auf diese Schonung etwas zugute, so als beruhe ihre Existenz nicht täglich von neuem auf der Vernichtung anderer Existenzen. Der Mord an Rhabarberstauden fällt nicht unter ihr Gesetz und das Nachlassen der Osmose in einem geschnittenen Kraut wissen sie sich nicht als Leiden vorzustellen.

Auch dafür wären Worte zu finden; ich könnte mich abwenden von

Diem und den Laut beschreiben, den die Guillotine in Gemüsegärten macht, den harschen Schneidelaut, dem immer noch ein kleiner Reißlaut folgt, weil diese Henker ihr Handwerk ohne Schonung glauben ausüben zu dürfen – könnte mich abwenden von Diem, das ist nicht wörtlich gemeint, weil es gar nicht möglich ist, mich von ihm abzuwenden, eher hätte ich sagen sollen, es ist nicht nötig, mich ihm zuzuwenden, irgendwo fallen unsere Schatten ohnehin zusammen, die Sonne hat dafür eine Position gefunden, und man kann Diems Existenz auch von mir ablesen. Diem ist dies und jenes, ist aber auch um was er mein Dasein verändert hat, er ist, um was er mich vermindert hat und was mir zugeschlagen wurde, wenn ich mit ihm sprach, ist er auch, und obwohl das alles nicht viel ist und nicht zu vergleichen mit den Verwandlungen, die Lambert mit mir vornimmt, diese Terrainerweiterungen, die er mir beispielsweise erzielt, indem er die Ängste auseinanderbiegt, so daß Vogelartiges freikommt, eine Lust daran, die Erde gelassen aus der Luft zu betrachten, mich der Luft anzuvertrauen für große Flüge – die Freude daran wird mir sehr fremde Länder unter die Füße bringen, wenn die Albatrosse mich sacht absetzen, so, wie ich behende werde, weil Lambert gern mit Bällen spielt, und den sicheren Klettertritt der Gemse entwickele, weil Lambert die Ausblicke liebt – obwohl es also keine großen Veränderungen sind, die Diem bewirkt hat, wie wäre das auch möglich, dazu ist er zu sehr aus dem gleichen Stoff gemacht wie ich, die Ergänzungen, die wir uns verschaffen können sind geringfügig, weil wir nicht mehr Vorsprung als in wechselnden Schüben Zwillinge voreinander haben, nur durch kleinere Graduierungen unterscheiden wir uns und können uns also auch nichts anderes als kleinere Graduierungen hinzufügen, das ist wenig, gemessen an den Ausbauten, die ich an mir vornehmen kann mit dem Material, das Lambert mir zur Verfügung stellt aus den Aufbrüchen seiner Existenz – obwohl es also wenig ist, betrifft es doch die Substanz, deren Verfeinerung sich durchaus darstellen ließe mit dem Übertragungsmechanismus eines Seismographen, aber dazu ist keine Zeit, denn der Kalender ist voller roter Festtage, die Lambert mit der Hausglocke stürmisch einläutet, weil ihm lästig ist, die Taschen nach dem Schlüssel abzusuchen. Ich antworte zufrieden mit dem Summer und lasse mich vor Schalen mit gekochten Artischocken mitnehmen, die in rötlicher Sauce schwimmend einen Geruch von Südlichkeit verbreiten, der Italienern am Nebentisch Heimweh verursacht.

Nicht an jeder Existenz wird mit so viel Lust teilgenommen wie an der jener Artischocken, deren Stofflichkeit wir uns mit den Zähnen bemächtigten und wohlgefällig eine Weile in der Höhlung unseres Mundes beließen, ehe wir sie unserer eigenen Existenz hinzufügten, so daß, was wir sind, von nun an von den Kräften dieser Artischocken nicht mehr zu trennen ist.

Kleiner als unsere Stadt dürfte der Schuppen nicht sein, der meine Erinnerungen aufnehmen muß, ich könnte diesen Sommer auch in Tellerannalen fassen und den nußähnlichen Reis beschreiben, der uns von einem Inder aufgetischt wurde, in dessen Gasthaus wir unvorbereitet geraten waren und das wir nicht ohne Bestürzung verließen, weil wir erfahren hatten, daß unser Sensorium angelegt ist aufzunehmen, was wir ihm bisher nie geboten hatten in unserer Unkenntnis der Vielfältigkeiten, denen das Netz der Nerven durchaus gewachsen und auch an Schärfe anderes zu registrieren imstande ist als den simplen Zubiß von Meerrettich oder Pfefferschoten, so daß ›scharf‹ für uns nicht mehr nur ist wie diese Substanzen, auch nicht nur wie ein gutes Messer oder die Schneide eines strengen Wortes, unter ›scharf‹ müssen wir fortan eine mögliche klimatische Veränderung verstehen, die am Tisch stattfinden kann und durch nichts als einen Mundvoll Reis erzielt wird, auf dessen Körner man als auf einzelne Fühlbarkeiten beißt und der dank der Gewürze, die ihm beigemengt wurden, eben jenen Temperaturwechsel hervorruft, von dem ich sprach. Man möchte die Schuhe von den Füßen ziehen, weil, was man in den Mund nahm, die Zehen und Sohlen wärmt und auf jedem Fleckchen Haut ein Brennen erzeugt, als würde man von innen und außen mit Sand abgerieben. Aber die Schärfe dieser Gewürzpuder hat nicht ausschließlich physiologische Folgen und ihr Genuß verzieht einem nicht ähnlich dem von zuviel Senf das Gesicht, das Gemüt verzieht sich einem, man beginnt sich selbst mit Befremden wahrzunehmen, weil man sich mit diesem Feuer in sich nicht kannte, das auch an

den inneren Knochenwänden des Schädels heiß und scharf bewirkt, daß man sich seiner Anatomie, es wäre nicht falsch zu sagen: seiner Ausdehnung, auf beunruhigende Weise bewußt wird.
Auch in Tellerannalen also wäre dieser Sommer zu fassen. Oder in eine Schilderung der kleinen Gasthäuser, die fremdländischen Versprengten in unserer Stadt einige Quadratmeter Heimat suggerieren, an deren Schönheit man uns mitessen, wenn auch nicht mitsprechen ließ, aber die fremden Wortfolgen an den Nebentischen geben den Gerichten eine zusätzliche Dimension, so daß die Besonderheit einer in Weinblätter gewickelten Speise nicht nur zu sehen und zu schmecken, sondern auch zu hören war. Ihr Genuß geriet mit den türkischen Sätzen unserer Nachbarn in einen solchen Zusammenhang, daß wir diesem Gericht unwillkürlich immer auch ein Lautgefüge zuordnen werden.
In Tellerannalen diesen Sommer fassen, es gäbe noch anderes, auf dessen Beschreibung ich ausweichen könnte um den Schmerz zu vermeiden, den es mir verursacht, Diem mit Worten anzugehen, weil das heißt, seine Abwesenheit zuzugeben, die es notwendig macht, mich der Form seiner Jochbögen mit Adjektiven zu versichern, wo es doch einstmals möglich war, ihren Verlauf zu verfolgen indem ich eine Türklinke so bewegte, daß der Blick auf Diem frei wurde, der verläßlich an seinem Schreibtisch saß, rauchend, mit Papieren hantierend, Divisionen, Armeen von Zahlen vor sich, die seinen beweglichen Geist aber nicht so sehr in ihre Columnen zu zwängen vermochten, daß er nicht hätte aufsehen und leichten Mundes mit den verbalen Spielen beginnen können, die zwischen uns üblich waren, ein gutmütiger Schlagabtausch mit gepolsterten Faustworten. Manchmal begannen wir auch einen Informationsaustausch, verschlüsselt nach einem Code, den wir in jeder Sekunde ebenso fähig waren zu erfinden wie zu verstehen.
Diem in die Stadt zurückschreiben, das würde auch heißen, seine Hände wieder sichtbar zu machen, deren unsichtbar gewordenem Tun ich aber gerade jene Manifestationen meiner Identität verdanke, die mich jetzt so zufrieden stimmen. Ich meine die Versammlung von Schriftzeichen, die auf einem Briefumschlag meinen Namen ausmachen und von Diem auf eine unverwechselbar

schöne, leichte, aber höchst konzentrierte Art ausgeführt sind, nicht groß – wie es mich perhorresziert, wenn jemand meinen Namen wie eine Indiskretion, um nicht zu sagen Denunziation, quer über das Papier schmiert – dagegen die Zusammenfassung, die mir Diem schreibend zuteil werden läßt, indem er meinen Namen lesbar aber unauffällig an die rechte Stelle setzt. Ich betrachte das Äußere so eines Briefes mit einer Freudigkeit, als wäre auf dem weißen Viereck der glückliche Nachweis meiner Existenz gelungen, als wäre dies Papier der Spiegel, der mir zeigt, daß ich am Leben bin und mich wohlbefinde, mehr noch, daß ich die und die bestimmte Form habe, eben diejenige, in der Diem meinen Namen schrieb und mit dem Knöchelspiel seiner Finger mich auf eine Weise fixiert hat, die mir wohltut, zumal dem Namen natürlich der Ort zugefügt ist, mühelos so fest, so sicher, so unverrückbar aufgezeichnet, daß ich gewiß sein kann, einen Platz auf der Welt zu haben.

Daher ist es am Ende die Frage, wer wen wirksamer in unsere Stadt hineinschreibt.

In diese Stadt, diesen Schuppen, dieses Arsenal, wo sich alles verschachteln läßt; eines Tages werde ich ganz Herbingen hierherversetzen, in einer Lücke zwischen zwei Häuserblocks werde ich jene mittlere Stadt unterbringen. Diem soll den Boden, den er sich unter die Füße zu geben versucht, nicht entbehren müssen, hier hat alles Platz. Es ist meinen Gedanken eine Kleinigkeit, die schnurgeraden Straßen von Herbingen in Berlin anzulegen. Ohne jede Anstrengung werde ich sie vor dem Fenster des Autobusses auftauchen lassen, mit dem ich morgens ins Büro fahre, und das aus keinem anderen Grunde als weil sie ein wenig schon zu Diem gehören und ich, wenn ich Diem sichtbar machen will, ihm Herbingen belassen muß, es wäre grausam, ihn wieder von einer Stadt zu trennen, deren Steine er gerade erst zu zählen begonnen hat. Mit Diem, den ich zurückschreiben will, bringe ich auch die niedrigen Häuser von Herbingen ein, schlage meinem Territorium wie ein mittelalterlicher Pfalzgraf mit ein paar Federstrichen eine ganze Stadt zu, denn ich weiß etwas mit ihr zu beginnen und sie wird nicht die Aufmerksamkeit vermindern, die ich den zwei Quadratmetern Boden widme, in denen man Orpheus vor Jahr und Tag begraben hat. Ich kann nicht aufhören, Gedanken auf dies unscheinbare Geviert zu richten, ich möchte mit nichts als Blicken die Erdschicht entfernen, die das bedeckt, was als Orpheus' sterbliche Hülle zu bezeichnen die Sitte verlangt, womit ausgedrückt werden soll, daß, was dort vergraben ist, eine vergängliche Nebensache darstellt, die Orpheus entbehren kann. Aber obwohl er gewünscht hat, eines Tages nichts als Sprache zu sein, kann ich nicht aufhören, mich seines Mundes zu erinnern und ich bin nicht sicher, daß er nicht gern noch rufen würde, auch über Schultern verfügen und die Hand ausstrecken. Ich weiß nicht, ob er nicht seinen schönsten Vers für ein paar Schritte gäbe, die er noch einmal unter der Sonne machen dürfte, ich jedenfalls möchte so manches Mal sein Wort für seine Erscheinung tauschen und glaube nicht, es sei etwas damit gewonnen, daß seinem Wort der Körper fehlt, von dem es noch jammervolle Reste geben muß in der lehmigen Erde des Friedhofs, ich kann nicht aufhören, über den Zustand seiner Füße nachzudenken und mich zu fragen, wie der Schädel erhalten ist, kleine Relikte von Fleisch um die Zähne vermutlich noch, aber nicht mehr die Spur einer Zunge vorhanden, obwohl sein Wort nun in aller Munde. Vor meinen Augen sollte man ihn ausgraben, ich würde mich nicht scheuen, sein Skelett anzurühren, die grauen Knochen seiner Finger, es wäre von Wichtigkeit für mich, ich kann nicht vergessen, daß sein schwebendes Wort einmal einen geometrischen Ort hatte in Orpheus' mächtigem Körper, der so sehr der Standort seiner Sätze war, daß es möglich wurde, die Sprache mit der Hand zu berühren und zu fühlen, was ein schöner Satz ist.

Es ist nicht wahr, daß es dieses Körpers nicht mehr bedurfe für die Wahrnehmung seiner Sprache, deren vollkommenste Erläuterung er war; die Verbindungsworte leiteten sich aus der langsamen Beweglichkeit seiner Gelenke her und seine profunde Atmung machte die Ausdehnung seiner Sätze verständlich, deren Wölbung mit der seines Schädels kongruent war.

Man kann meine Anwesenheit in dieser Stadt auch als eine Art Wache interpretieren, die ich über Orpheus' Grab und sein Haus halte, über alle Stellen, an denen seine vergangene Anwesenheit

noch vorstellbar ist. Ich werde seine Spur nicht aus den Augen lassen.
Das wird mich nicht abhalten, einen Akt der Wiedergutmachung zu versuchen und für Diem ein Quartier zu schreiben, damit er weiß, er ist am Platz in dieser Stadt, aus der ich ihn vertrieben habe. Es gibt kein Sichentfernen, solange ich da bin. Herbingen ist in Berlin. Ich würde selbst Babylon und Ninive nach Berlin verlegen um mit Worten die Trennung rückgängig zu machen, die Diem auf seinen Füßen ohnehin vergeblich versucht. Er könnte Brabant oder den Hades aufsuchen, unser Leben wird hier geschrieben. Ich werde Diem ein Refugium aus geordneten Worten anbieten, in dem seine Gedanken ihre Gänge machen können.
Ich werde das tun, obwohl ich nicht die Augen verschließe vor dem schrecklichen Anblick, den er an manchen Tagen bietet, wenn die höhnischen Worte, über die er verfügt, wie Schuppen auf seinem Körper haften, ein Raschelpanzer aus boshaften Wörtern, die alle hörbar werden, wenn er sich bewegt. Wie ein langgestrecktes böses Tier erscheint er mir dann, dessen Zunge man nicht zu nahe kommen darf, dieser unheimlichen Zunge, die er wie ein Chamäleon vorschießen lassen kann, aber nicht um sich Nahrung zu verschaffen, sondern um ein giftiges Wort in jemandes Herz abzuschnellen. Sein Vorrat maligner Worte ist unerschöpflich und es gibt Tage, an denen verwendet er mit Lust seine ganze Intelligenz darauf, die wirksamste Kombination solcher Treffworte zu finden, deren Kranz von Widerhäkchen bewirkt, daß man sie nicht abstoßen kann. Man muß froh sein, wenn sie fest einwachsen und nicht mehr als Steckschußbeschwerden machen, anstatt eine Wanderschaft im Körper zu beginnen, die immer neue Schmerzen verursacht.
Schutz?
Gewiß, hier im Schuppen wird sich auch finden, was mich schützt. Die kleinen Helfer meiner Kindheit vielleicht, winzige Holzfigürchen, die ich damals besaß. Mühelos konnte ich klein werden wie sie, wenn ich bedroht war. Es muß so gewesen sein, denn die Erwachsenen nahmen mich nicht mehr wahr, wenn ich die hölzernen Püppchen vor mir aufgebaut hatte und in das Spiel mit ihnen vertieft war.

Es wird sie noch geben in dieser Stadt, wo es meine Geburt gab, meinen Tod geben wird.
Es gibt alles in dieser Stadt, aber keine Instanz, vor der ich Klage führen könnte in eigener Sache.

Es war nicht in Basra

Lambert stutzte, als ich den Namen nannte, nicht den Namen des Landes, ich sagte zuerst den Namen einer Stadt. Lambert hob den Kopf und blickte geradeaus, als wäre die Stadt dort zu sehen und er müsse prüfen, ob er sie betreten wolle.

Es war Herbst, die Natur sah völlig verrostet aus, ein üppiger Sommer wurde verschrottet.

Dort, wo wir uns befanden, war es seltsam genug, man mußte in Virchow nicht von Bagdad sprechen um die Rede auf Fremdartiges zu bringen.

Aber in Virchow kann man nicht einmal bleiben, wenn man gestorben ist, und also mußten wir überlegen, wohin wir gehen sollten, wenn mein Aufenthalt in Virchow beendet sein würde; denn in Virchow ist man um sich zu entscheiden, ob man noch leben kann oder sterben muß und selbst wenn man lange braucht für den Entschluß, tot oder lebendig muß man Virchow verlassen.

Wenn man nicht mit dem Leichenwagen fortgefahren wird, tritt eines Morgens ein Arzt zu einem ans Bett, lächelt und sagt: »Mittwoch können Sie gehen.«

So wird man ausgebürgert, und weil man weiß, daß dieser Moment kommt, ist es nötig, rechtzeitig an eine Stadt zu denken, die man aufsuchen kann nach der Entlassung. Von Virchow kann man nicht einfach nach Charlottenburg umziehen oder nach Schöneberg. Dort wäre es unmöglich Distanz zu gewinnen, in solcher Nähe würde man nicht aufhören, sich der Krankenstadt zugehörig zu fühlen, dieser bewachten Stadt, an deren Tor das Verzeichnis aller Bürger aushängt, so daß Besucher das Bett finden können, in dem man liegt, dies hagere Bett, nichts als Gestänge und eine feste Matratze, ein Laken, knapp und straff, die Decke kaum spürbar, aber ein Bett, in dem man sich konzentrieren kann; beispielsweise darauf, daß es schön ist, am Leben zu sein.

Am Tag nach meiner Ankunft bin ich an die Pforte gegangen um zu prüfen, ob man auch meinen Namen eingetragen hatte in die

Bürgerliste, und war zufrieden, daß er an seinem alphabetischen Ort stand, denn ich war willens geworden in Virchow zu wohnen für die Zeit, die mir zugemessen werden würde von denen, die sich darauf verstanden, den Beweis abgeschlossener Heilung von bleichen Schattenstrukturen auf einem Röntgenfilm abzulesen.
Was ich zuerst gesehen habe, damals, als ich an der Pforte meine Einweisung vorgezeigt hatte und das Portal passieren durfte?
Eine Allee wie in einem königlichen Garten, Springbrunnen und Teiche, an deren Rändern Steinfiguren. Wie hätte mich das nicht einnehmen sollen für Virchow. Um solcher Schönheiten willen hat man schon manchen Weg gemacht.
Aber ich wollte mich nicht ablenken lassen. Ich betrat das Gebäude in das ich aufgenommen werden sollte, meldete mich in dem für mich vorgesehenen Zimmer, warf meine Sachen in einen Schrank, nickte einer Schwester zu, die nicht wagte, mich aufzuhalten, als ich nicht einmal auf einem Stuhl Platz nahm, geschweige denn mich in das Bett legte, das sie freundlich für mich aufschlug. Das Leinen war so weiß als sollte ich zwischen Schneetücher kommen, von deren Kühle man sich etwas für meine Heilung zu versprechen schien, die zu beginnen ich mich aber nicht entschließen konnte, ehe ich nicht gesehen hatte, wo der Feind stand, und so ging ich, mit nur einem notdürftigen Verband um den Kopf, noch vor der ersten Nacht, die ich in Virchow verbringen sollte, den Tod aufzusuchen, der doch, dachte ich, in dieser Krankenstadt anders präsent sein mußte als auf dem Marktplatz von Wolfratshausen oder in Tiberhäusern in Rom.
Virchow – eine seiner großen Residenzen, aus der von hundert nicht hundert entkommen, für einige ein Ort der Kapitulation, der bedingungslosen Übergabe, wo sie das Bündel ihrer Gebeine so abliefern müssen, wie es im Sack ihrer Haut steckt.
Wenn ich auch nicht hoffen konnte, einem Tod zu begegnen, der Mantel und Krone trug oder sonst aussah, wie die Kunst ihn darstellt, weil der Mensch nicht allein sein will und sich auch für seine Vernichtung einen Partner geschaffen hat, der vorstellbar ist mit Sense und Stundenglas und dem er die Hand reichen kann, wenn er es muß, wenn ich also auch nicht hoffen konnte, diesem ge-

schmückten Tod zu begegnen, mit dessen Erscheinung man Schmerzen und Atemnot noch nicht empfindlich verbindet, wenn ich auch auf weniger gefällige Formen seiner Anwesenheit durchaus eingestellt war, so hatte ich doch gedacht, es würde keine Mühe bereiten, ihn wahrzunehmen gleich am ersten Tag, als ich in die großen Fenster ebenerdiger Häuser sah, in Krankensäle, wo Frauen in den Kissen lagen und häkelten, mit Fäden, lang, wie sie hofften, daß ihr Leben es noch wäre, wo Männer Karten auf den Tisch schlugen, mehr aus Lust an der Kraft ihrer noch gehorsamen Armmuskulatur als an dem Trumpf, den sie vielleicht gar nicht in der Hand hielten. Ich nahm es für einen Zufall, daß ich kein Sterbezeichen sah auf meinem ersten Rundgang durch Virchow.

Es dauerte eine Weile, bis ich begriffen hatte, wie sehr der Tod geheimgehalten wird in der Krankenstadt, so daß es ein Sakrileg ist, auch nur ein Adjektiv zu gebrauchen, in dem sein Name enthalten ist. Es gibt keine tödlichen Unfälle in Virchow, jedenfalls werden sie dort nicht so genannt, wo jeder geschworen hat, das Sterben nicht zuzulassen, wo Chirurgen ihre Fingerfertigkeit und Ingenieure die Beatmungsmaschinen derart perfektioniert haben, daß der Tod sich nicht einmal für den Sprung eines Kollapses unter die Sonnen der Operationslampen wagt, und auch auf die Bleichen kann er seine Hoffnung nicht mehr selbstverständlich setzen, ihnen tropft frisches Blut in die Adern, Gebrochenes wird geschient, und im lärmigen heißen Küchenhaus versuchen dralle Köchinnen den Tod mit ihren runden Armen zu vertreiben indem sie aus dampfenden Kesseln immer neue Nahrung in Speisekarren füllen, die dann auf den Stationen von Bett zu Bett gefahren werden: wer ißt, ist noch nicht tot.

Und in der Nacht, der leise Schritt der Wachen, die wie Hirtenhunde alle Krankenzimmer ablaufen als müßten sie die Herde der Lebenden vor dem Raubskelett schützen, das in der Finsternis anschleichen und doch einen Schwachen reißen könnte. Immer wieder öffnen sie die kleinen Zimmer, wo die Gefährdeten, unregelmäßig Atmenden liegen, leuchten ihnen ins Gesicht, nach Spuren suchend, nach Vormarkierungen, Anzeichen kommender Überwältigung. Und das Gerenne auf den Fluren, wenn der Tod gewittert wurde.

Klingeln werden betätigt, Ärzte kommen, Sauerstoff wird gebracht, als brächte man das Leben selbst um Ableben zu verhindern. Andere Kranke werden verscheucht oder weggeschafft, damit sie nicht sehen, was in den Kammern der letzten Instanz geschieht; denn niemand soll entmutigt werden, der nach Virchow gekommen ist um es mit dem Leben noch einmal zu versuchen.

Für seine Chance die scharfen Laugen im Waschhaus; mit großen Holzzangen greifen Arbeiterinnen nach den Wäschestücken, die von Krankenbetten kommen und verdächtig sind, das Verderben unsichtbar zwischen ihren Leinenfäden zu haben, bereit, den nächsten Kranken, der sich ermattet zwischen die Tücher legt, zum Husten oder zum Eitern zu bringen. In Laugen, in Dämpfe mit dem vergifteten Zeug, niemand soll es anfassen, es wird mit Holzarmen gepackt und aus den Desinfektionskesseln kommen auch die resistentesten Mikroorganismen nicht so heraus, daß sie noch Schaden anrichten könnten.

Als ich schon dachte, dem Tod sei in Virchow nicht zu begegnen, als ich mich schon sicher davor fühlte, ihn erblicken zu müssen, was ich ebensosehr fürchtete, wie ich es herbeizuführen gesucht hatte, es auch genügend erschreckend fand, sein Wirken an den schwarzgekleideten Angehörigen nachrechnen zu können, die über die Allee kamen um einen vor uns verborgenen Verstorbenen anzusehen, als ich schon glaubte, das wäre die äußerste Konfrontation mit dem Tode, der ich in Virchow ausgesetzt sein würde, kam er mir so nahe, wir hätten uns küssen können.

Eine blasse zarte Frau trug ihn im Munde. Sie ging wie ich zu verordneten Spaziergängen über die Flure und konnte sich keinen Schritt mehr vom Tod entfernen, der in ihre Zunge gekrochen war, bösartig, zähe, nicht zu vertreiben, zwang er einen Menschen, ihn wie eine Hostie im Munde zu tragen, ließ nicht ab von dieser Frau, die ihre Qual nicht mehr aussprechen konnte, der nichts übrig blieb als zu verhungern mit dem wuchernden Tod im Munde.

Die Frau und ich, wir begegneten uns Tag für Tag, und beide vermochten wir nichts über die geheimen Kräfte, die in uns wirksam waren in Abbau und Aufbau winziger Zellen, die in meinem Gesicht bewirkten, daß ein zerschlagener Knochen wieder zusammenwuchs, ich mußte nur stillhalten, noch während ich schlief, waren, wie in einem Bergwerk die Knappen, Substanzen tätig, die Gebrochenes wieder zusammenfügten, ich mußte nur Geduld haben und sie gewähren lassen, mein Organismus war gewillt, zu meinen Gunsten zu arbeiten und gestattete mir ein luxuriöses müßiges Leben dabei, ich konnte lesen, aus dem Fenster schauen, über die Flure gehen, wo die Frau mir die Heilung von den Füßen ablas, deren sicheren Schritt sie beobachtete, so wie ich auf ihre abgezehrten Beine sah und die Mühe bemerkte, mit der sie sich voranschleppte. Wir haben immer nur einer des anderen Füße angesehen. Wie hätte ich auch dahin blicken können, wo der Tod sie befallen hatte und ihr von der krebsigen Zunge her das Fleisch von den Schenkeln fraß, so daß ihre Knie schon nachgiebig geworden waren.

Ich weiß nicht, was die Frau gesagt hätte, wenn der Tod sie nicht schon stumm gemacht hätte. Ich weiß nicht, was sie dachte; wenn ich mich ihr näherte, wagte ich ja nicht, sie so anzusehen, daß ich ihren Augen vielleicht die Gedanken hätte ablesen können, die ich fürchtete, wie der Reiche den Totschlag durch den Armen fürchtet. Wie sollte ich es entschuldigen, daß meine Natur noch gesunde Zellen produzierte, daß ich heilte unter weißen Binden, während ihr der Mund mit Fäulnis und Verderben gestopft war. Selbst wenn man ihr die Zunge herausgeschnitten hätte, sie wäre nicht mehr zu retten gewesen. Der Krebs hatte ihr schon den Gaumen wund gemacht, Drüsen zerstört und war in ihren Hals hinuntergekrochen.

Vergessen möchte man das.

Obwohl dieser Wunsch ein Unrecht ist, denn die Frau hat einen Anspruch darauf, daß man sich ihrer stummen Qual erinnert, aber man glaubt, es nicht aushalten zu können, den Gedanken an sie wie eine Kette am Fuß mitzuschleppen, die einem rasselnd gegenwärtig hält, daß man selber an den Tod gefesselt ist, der vielleicht nicht geneigt ist, auf gutmütigere Art mit einem zu verfahren,

Nicht heute, nicht morgen, aber übermorgen, nicht wahr, übermorgen oder doch wenigstens in einem Monat würde es mir gelingen, nicht mehr daran zu denken, daß einer den Tod im Munde halten muß und hat auch keine Schuld.

In Bagdad würde ich nicht mehr daran denken, hoffte ich, darum habe ich Bagdad gesagt an jenem Herbstabend, als ich neben Lambert über die Alleen von Virchow ging.

Laß uns in umarmtes Land fahren, habe ich gesagt, laß uns nach Mesopotamien gehen, Euphrat und Tigris halten es immer noch. Ich habe Lambert ein Wort wie ›Ninive‹ vorgeführt, das wie der Name eines zarten Mädchens klingt, aber eine tote Stadt meint, auf deren Hügeln Oleander wächst zur Regenzeit.

Laß uns nach Bagdad gehen, habe ich gesagt, wir werden die Marmorquadern finden, auf denen Sindbad der Lastträger vor dem Palast Sindbads des Seefahrers ausruhte und Allah pries, obwohl sein Rücken von den Riemen wund war, mit denen er sich die Lasten aufgeschnallt hatte.

Das reingefegte, mit Wasser besprengte Marmorpflaster vor dem Palast des Reichen, ich kenne den Ort, ich sah ihn zuerst von einem rechteckigen, etwas groben Holztisch aus. Das war im Zimmer meiner Großmutter.

Du wirst dich verrückt und blind lesen, sagte sie. Sie sprach immer mit mir, wie man zu Kindern nicht spricht und ich vergalt es ihr mit großer Anhänglichkeit.

An einem Tisch also habe ich Bagdad zuerst betreten, aber von der Pracht aller Paläste habe ich nicht Smaragde, sondern Wörter mitgebracht. Vermutlich war es damals, daß ich Wörter zu sammeln begann. Eine Bezeichnung wie ›Gewürznelken‹ hebe ich aus jener Zeit noch auf und woher sollte ich Vokabeln wie ›Kardamon‹ und ›Safran‹ haben, wenn nicht aus dem Hafen ebendort, von einer Dau, die am Kai vertäut lag.

Laß uns nach Bagdad gehen, sagte ich zu Lambert, ich will dir die erste Stadt zeigen, an der ich bauen konnte. Die Zahl ihrer Minarette habe ich verdoppelt und ihre Kuppeln mit Bekrönungen aus puren Sternen versehen, weil, was ich auf den Bildern meines Märchenbuches fand, mir nicht ausreichend herrlich erschien. Und was für einen großen, goldenen nie verlöschenden Mond habe ich der Stadt an den Himmel gehängt zum Dank dafür, daß ich dort das Seilerhandwerk erlernen und an die Essen der Grobschmiede treten durfte, ich, ein Kind, das man hier nicht von der Hand ließ, dort bewegte ich mich frei in den gekrümmtesten Gassen, stand bei den schreienden Händlern und niemand rief mich zurück. Ich kaufte Ambra um des schönen Namens willen und wie bald wußte ich, daß ein Wesir bestechlich ist.

Aber vielleicht war es nicht richtig, zuerst von Bagdad zu sprechen.

›Babylon‹ hätte ich sagen müssen um Lambert nach Mesopotamien zu bringen, denn er trägt noch an der alten Verwirrung der Sprachen, er ist der Letzte, an dem der Fluch sich erfüllt, dem die Sprache auseinanderstürzt, obwohl er unschuldig ist an den Taten der Babylonier – so unschuldig vielleicht nicht, wer weiß, was zu denken er schon damals unternommen hätte, das sich in bekannte Worte gar nicht fassen läßt, ungeeignet gewesen wäre, die hängenden Gärten der Semiramis zu preisen und über das Menetekel an Belsazars Wand weit hinausgeht.

Babylon ist Lamberts Stadt, ich sah ihn schon auf der Hauptstraße dort, dem Zug der Löwen folgend und in den Bogen des Ischtartores gelehnt, wohin er vielleicht gar nicht hätte treten dürfen, aber ich habe ihn dazu aufgefordert und selbst meine Hand auf den Rücken eines der geheiligten Löwen gelegt, um zu prüfen, ob er wirklich ist. Der Körper des Tieres hob sich fühlbar von der Ziegelmauer ab, deren Bestandteil er ist seit bald dreitausend Jahren – Löwen am Rande der Prozessionsstraße, die man wieder aufgebaut hat, wo sie nicht hingehört und wo den alten Göttern nicht geopfert wird, aber die grimmigen Löwen haben die Götter überlebt, und so kann man Babylon in einem Berliner Museum betreten, mit dem Schritt der Löwen wurde uns die Stadt errichtet, die Kraft der Tiere hat nicht nachgelassen in all den Jahren, man muß ihre starken Gelenke bewundern, sie kommen voran auf ihren muskulösen Beinen, rastlos, das Maul geöffnet zu stummem Gebrüll.

Wie wird es sein, wenn wir ins andere Babylon kommen, das am Euphrat liegt, wird die blaue Straße im Museum nicht babylonischer sein? Man müßte sie mitnehmen, die Löwen, Stiere, Drachen vom Ischtartor und mit den Geraubten einziehen in den Ort ihres

Ursprungs zum Dank dafür, daß sie uns Babylon verkündigt haben als wir noch gar nicht willens gewesen waren an die Stadt zu denken, die wir aber nicht mehr vergessen haben, seit wir die Flanken der Löwen streiften, und nun wollen wir auch den Turmbau sehen, den Torre Hybris. Und wir wollen sehen, wie er stürzt.

Wir werden zwei Monate brauchen für Mesopotamien, hat Lambert gemeint, aber da habe ich abgewehrt: so sehr will ich mich dem Kalifen nicht ausliefern.

Es genügt, wenn ich den Laden in Basra finde, in der unbekannten Stadt, an die ich schon eine Erinnerung habe, denn Basra liegt nicht nur an den großen Flüssen, es liegt auch auf einer deutschen Landstraße. In der Dunkelheit tauchte es dort vor mir auf mit der ganzen Schönheit seines fremdartigen Namens. Ich sehe noch, wie Diem mir sein Gesicht zuwandte und »Basra« sagte. »Mein Vater hatte einen kleinen Laden in Basra«, sagte er. Das ist der Anfang eines Märchens von Hauff und der Anfang meiner Vorstellung von Basra ist es auch, eine Stadt, die im Dunkel liegt muß es sein, aber eine Stadt, die wach ist in der Nacht, denn in meinem Kopf ist die Stadt nicht zu unterscheiden von Diems Gesicht, das ich mir schlafend nicht denken kann, auch nicht denken will, weil ich mir nicht einmal diese Vorformulierung des Todes auf seinen Zügen vorstellen möchte – wie ängstlich mich Spuren von Ermüdung in seinem Gesicht immer machen – Basra, eine Stadt mit offenen Augen und starken Zähnen, eine hagere Stadt, in der ich zu Hause bin, seit Diem mir ihren schattigen Namen nannte, die Stadt wird die leise Kraft seiner Stimme haben und es ist sicher, daß man lächelt in Basra wie damals auf der Landstraße, in einem Auto, in der Dunkelheit, als Diem mir sein Gesicht zuwandte und den Anfang eines Märchens zitierte: »Mein Vater hatte einen kleinen Laden in Basra« – so ist mir noch keine Stadt verheißen worden, obwohl von allen B-Städten ein großer Zauber ausgeht. Ich will von Berlin gar nicht reden, aber Bari, Bern, Bremen, wie sie beginnen mit ihrem dumpfen, schwerfälligen mächtigen B. Brüssel und Basel müssen mir ähnlich geworden sein, so viel Leben habe ich dort gelassen.

Ich wage nicht, mir auszudenken, was in Bangkok geschehen könnte, wenn ich einmal dorthin käme, doch auf Basra glaube ich mich

verlassen zu können, der Mund der Stadt ist mir bekannt, und was soll mir Böses geschehen in einer Stadt, in der Diem anwesend ist, sei es auch nur mit einem einzigen Satz. Ich werde den Laden finden, ich werde Diem schreiben, ich sei im Laden in Basra, er wird das sogleich verstehen, und was mich in Bagdad erwartet, hat Diem mich ebenfalls wissen lassen.
Eines Tages hielt ich einen Brief von ihm in der Hand, darin stand: »Sie tun, wie Harun al Raschid«, und seither weiß ich, daß der Kalif mich erwartet. Er wird zugleich mutwillig und melancholisch sein, wie er es immer war, bevor er seine königlichen Gewänder ablegte und auf der Suche nach anderen Arten von Leben den Palast im Kleide des gemeinen Mannes verließ und meine Begleitung duldete.
Er wird hören wollen, was aus mir geworden ist, seit ich gelobt habe, es ihm gleich zu tun.
»Ich will sehen, was schön ist und keiner soll wissen, wer ich bin«, sagte ich der Großmutter damals am Holztisch und bat sie, nicht zu sterben ehe ich nicht Schätze hätte wie der Kalif – der Kalif, der mich mitnahm tausendundeine Nacht als ich klein war und seine Hand faßte, wenn er vor Basem trat und dessen Beschimpfungen litt. Wie sollte er nicht nach mir fragen, heute. Er hat mich gelehrt, unter die Leute zu gehen und mich nicht zu verraten. So bin ich ein Kind seiner Weisheit geworden.
Wo mag er stehen, wenn ich komme, an welchen Pfeiler gelehnt – warum lächelt Lambert, wenn ich das sage, und wie bin ich darauf gekommen zu rufen »Der Sultan kommt!«, neulich, als Lambert unerwartet in meine Wohnung trat. Warum nickt Lambert, wenn ich die Schränke öffne, in denen ich meine Kostbarkeiten verwahrt habe? Wie lange er manchen Stein betrachtet und ein Stück Elfenbein, in das ein Tier geritzt ist. Ich bin versucht, mir eine andere Art Mantel auf Lamberts Schultern vorzustellen. Wie merkwürdig auch, daß die Leute Lambert immer so ansehen, wenn ich mit ihm beispielsweise ein Restaurant betrete. Es würde mich nicht wundern, wenn auch dort jemand riefe: »Der Sultan kommt!« Es ist den Kellnern so natürlich, sich vor Lambert tiefer als üblich zu verbeugen. Liegt das nur an den Trinkgeldern, die er gibt?

Wie heißt du? werde ich Lambert eines Tages fragen, aber wird er mich nicht verlassen, wenn ich ihm sage, er sei Harun al Raschid, den Diem ins Gespräch gebracht hat – wie sonderbar, wie kam er auf den König meiner Kindheit, hat er Lambert vor mir erkannt? Die beiden wechseln manchmal einen Blick, der mir auffällt, wollen sie mich gemeinsam nach Basra bringen und was haben sie dort mit mir vor?

Es wäre denkbar, daß ich versenkt werden soll eines Abends in den schwarzen Wasserspalt zwischen der Kaimauer und einem Schiff, das noch in der Nacht Fahrt machen wird. Ich kann nicht schwimmen wie ein Mensch, ich bin eine Nixe, das hat sich gezeigt in der Silvesternacht, und sie werden nach mir tauchen müssen, wenn sie mich noch einmal bei der Hand halten wollen.

»Du siehst immer aus, als wärest Du gerade aus der Flut aufgetaucht«, hatte mir Orpheus geschrieben. Wie lange das her ist.

Vielleicht ist es ein schönes Leben im Hafenbecken von Basra zwischen den großen schwankenden stampfenden Leibern der Schiffe, und mehr als eines Menschen Qual vergessen will ich ja nicht, ob sie mich nun ertränken oder nicht, die Frau mit dem großen Krebs im Munde wird meinen Gedanken nicht begegnen, dort, in Basra, wo ich Datteln kaufen werde, die alten Pfänder meiner Kindheit, die Großmutter stellte sie mir auf den Tisch, wenn ich las, tausendundeine Nacht, und ich nahm die Speise des Kalifen aus der palmenbildverzierten Schachtel wie ein Geschenk von seiner Hand.

Es war nicht in Basra, wo ich Virchow vergaß, wo ich aufhörte, mit der Hand in meinem Gesicht nach dem zerschlagenen Knochen zu tasten und mich zum tausendsten Mal zu versichern, daß kein Schaden mehr fühlbar.

Die Stadt hieß Bamberg und dort waren wir alle beisammen. Wer der Kalif ist, war ohne Belang, und Glück war nicht ein Ruf vom Minarett.

Das Glück war, Hunger haben, in ein Gasthaus gehen, einen Tisch suchen, an dem alle Platz finden, Teller zurechtrücken, den Kindern das Brot schneiden und nahe haben, die man liebt.

Es wird alles noch uruguayischer werden, damit du mich hören kannst am Mund der Wahrheit

Henri Michaux [1]:

Adieu a une ville et a une femme

à Mlle M.S.

Je vais donc te quitter Purkey et ton odeur d'huîtres
par quoi je compte bien te recréer à l'avenir.
Et toi aussi je vais te quitter, toi dont je ne dirai pas le nom,
et dont je ne sais quasi rien,
quoique je sois souvent passé si près de toi,
que je croyais que ma vie pourrait s'arrêter là.
Mais toi tu me regardais de tes yeux vifs et larges et trop puissants,
tu me regardais comme on regarde un homme maigre.
J'aurais bien voulu t'accompagner à la messe aujourd'hui,
et j'aurais vu dans ce que tu crois l'église de Dieu,
j'aurais vu à tes yeux s'il était possible que tu fusses contentée.
Malheur à l'homme qui est trouvé trop maigre,
et tout ce qu'il devine de mauvais,
ce n'est pas cela vraiment qui le grossira.

Horizon large de marais paisibles
où les canards aussi se tiennent à grande distance
pourvu que je puisse te porter intact entre les quatre murs de
ma chambre
et te mettre sur la cheminée où il n'y a encore rien.

Je ne sais rien de toi que ton accent et ton origine uruguayenne
mais grâce à toi, tout ceci est devenu si uruguayen pour moi
l'horizon tout entier, les nuages qui n'y possèdent pas de nom

1 Der Text dieses Gedichtes von Henri Michaux wurde mit Genehmigung des Verlages Gallimard, Paris, dem 1966 im S. Fischer Verlag erschienenen Band: Henri Michaux, Dichtungen, Schriften I, entnommen.

Ursula Ziebarth:

Antwort aus einer Stadt von einer Frau

Für Monsieur L. D.

Du solltest Gorach nicht verlassen wollen und nicht seinen
Ackergeruch,
aber ich glaube dir,
daß du die Stadt von neuem bilden kannst in der Zukunft,
Schmerz für Schmerz,
bis du dich eingemauert hast in Gorach,
unsere Stadt,
die dann von deinem roten Herzfleck aus verwaltet wird.
Auch mich willst du verlassen, bald, sagst du.
Ach, meinen Namen führst du wie einen geheimen Jubelruf
im Munde
und du weißt alles von mir,
weil dein Leben lange schon an den Kanten meiner Füße innehält
(so daß ich den Weg nicht mehr verfehlen kann).
An meinen Augen hättest du keinen Anstoß nehmen sollen,
ich wäre bereit gewesen,
sie wie für den Tod zu schließen und blindlings mit dir zu gehen.
Es ist leicht, es mir recht zu machen.

Wie einen zu mageren Mann habe ich dich wohl angesehen,
aber mit guten Worten habe ich dich reichlich nähren wollen
und mich über dich gebeugt
wie über ein junges Tier, das nicht frißt.
Ich weiß, daß du Schlechtes erraten kannst und nicht begreifst:
das ist ein Makel,
weil nur die Schlange die Wege der Schlange kennt.
Sieh Lambert, er errät das Schlechte nie; er ist gut.

Die weiten Horizonte unserer verwundeten Stadt,
du wirst sie leicht zwischen die vier Wände deines Zimmers
bringen,
dazu alle Ortschaften, deren Namen du mich einmal hast nennen
hören

et les barques au jusant, et leur abréviation »Pur« à la proue
et les goélands qui ne diront pas le contraire.
Hélas, je n'en peux plus
et ta seule façon de rouler les r me fait bien voir que toujours
nous serons éloignés.
Je m'en irai donc une fois de plus, comme on m'a toujours vu
d'un œil regardant mon désir et l'autre obliquement posé sur
ma valise,
qui sera prête en un tournemain.
Je ne veux pas faire mention de mon cœur.
Mais mon médecin sait bien que ce serait vrai ce que
j'en dirais, et que le laitage me sera bien nécessaire et les
voyages pendant longtemps.
Tu m'as dit, en riant, et tout en me tirant les cartes que
»c'était une blonde«.
Tu connais mal la multiplication singulière que j'apporte dans
mes amours,
moi qui lèche les cils au-dessus de tous les regards;
apercevant une voile à l'horizon,
incertain même si ce n'est pas un courant plus blanchâtre de
l'onde
à cause d'un fond de sable ou de coquillage clair
je m'y installe à tout hasard à l'arrière près d'une femme
et nous partons.

und die dir so uruguayisch erscheinen
weil ich mich in Kaisheim, Oppershausen, Ulm verwandelt habe
und Rom geworden bin –
damit du mich hören kannst am Mund der Wahrheit.
Aber ich werde dich nicht wissen lassen, daß Passau mir vorkam
als wäre die Stadt deine Schulter, die ich streifen könnte,
wenn ich die schönen Steine betrachte.
Alles ist so uruguayisch geworden, und es ist zu spät, um einander
noch fern sein zu können, irgendwo.
In Athen werden die Mauern noch leuchten von deiner Jahre
vergangenen Anwesenheit,
und in wieviel Städten habe ich dir einen Schritt hinterlassen!
Von meinem Atem ist in Meersburg für dich geblieben,
in New York fand ich einen Blick von dir,
du hast ihn mir hingehängt am Eastend der siebzigsten Straße.
Es wird alles noch uruguayischer werden,
selbst aus unseren schlimmsten Zerwürfnissen
haben wir kostbare Güter gemacht,
die wir behüten wie eine gemeinsame Habe.
Sieh gelassen deinen Koffer an.
Du brauchst nicht zu wünschen und nicht zu verlangen.

Denn:
Ich werde die Karten nicht aufschlagen, es wird keine Blonde sein,
das Lachen ist mir vergangen,
und ich kenne sie wohl, die sonderbare Vervielfachung,
die wir unserer Liebe angedeihen lassen.
Dein Herz, mein Herz will ich erwähnen, Lambert weiß genau,
daß alles wahr ist, was wir darüber nicht sagen,
daß wir Milchspeisen nötig haben und die langen Reisen
nichts nützen.

Richte dich ein, auf gut Glück, am Heck, neben einer Frau.
Da, wo du hinfährst,
wirst du mich finden, werd ich dich finden, wirst du mich finden,
wir werden uns finden.

Primaballerina assoluta

Eine plötzliche Ausschüttung ungeheuerlich weißen Lichtes kündigt ihr Kommen an.

Die Bühne ist auch vorher nicht dunkel gewesen; Tänzer haben sich auf ihr in einer Helligkeit bewegt, die steigern zu müssen niemandem eingefallen wäre, ja, die steigern zu können der oder jener vielleicht gar nicht für möglich gehalten hätte, bis dieser weiße Strahl als ein erschreckendes blendendes Ereignis auf die Bretter stürzte, hierhin und dorthin rückte, seine Position wurde korrigiert und schließlich auf einen Punkt der Kulisse fixiert, aus der sie ihm nun entgegenkommt um ihm zu gleichen, so weiß wie er, so außerordentlich wie er, und so wie er scheint sie aus nichts gemacht, wie sie im Scheinwerfer steht, der sein rundes strahlendes Auge nicht mehr von ihr abwenden wird, so daß man sich fragt, ist es vielleicht dies weiße Licht, das sie befähigt, sich so auf die äußerste Spitze zu treiben?

Es dauert eine Weile, bis man ihr glaubt, daß es möglich ist, sich gefahrlos so zu bewegen. Anfangs fürchtet man ihren Sturz, weil man die Gesetze der Schwerkraft kennt, denen auch sie unterliegen müßte, denkt man und kann es sich nicht erklären, daß der Fall unterbleibt. Man hat nicht dabeigestanden, all die Jahre, als sie an der Stange nach dem Klopfstock des Ballettmeisters jeden einzelnen ihrer Muskeln versklavt und jede Sehne gedehnt hat, bis diese das Äußerste hergab, man ist nicht dabeigewesen in der Galeere des Übungssaales und glaubt, es müsse das Licht sein, das sie anhebt und wieder sinken läßt, als wäre sie an Materie nicht mehr als eine Kamelienblüte, die jeder Windhauch bewegen kann.

Allmählich legt sich die Besorgnis, man meint nicht mehr, die Primaballerina zu ihrem Schutz bei der Hand nehmen und der Verläßlichkeit ihrer Fußsohlen anvertrauen zu müssen, auf die sich zu stellen im Gegenteil bereits unbeholfen und ganz überflüssig wirkt, weil die Ballerina uns schon gezwungen hat, ihre

Maßstäbe zu übernehmen, so daß uns alles plumpfüßig vorkommt, was über ihre Art der Berührung des Bodens hinausgeht, und wir uns fragen, weshalb wir uns eigentlich nicht auch und schon immer so bewegt haben, da es doch so schön aussieht und Schwierigkeiten in keiner Weise zu bereiten scheint. Lächelnd schwebt sie uns vor, was zu tun uns vorschwebte, wenn wir als Kinder fliegen oder doch wenigstens über die hohen Zäune entkommen wollten, und endlich, nach Kinderjahr und Tag, erscheint uns die Zauberin, die wir uns im geheimen nicht bestreiten ließen. Einsam in einem Lichtstrahl, der sie nichts verbergen läßt, beginnt sie ihre zarten Verwandlungen, wird sie ein Vogel, der auffliegt, so leise, wie kein Vogel wirklich auffliegen könnte, wird sie eine weiße Feder, die von hier nach dorthin schwebt, wird sie eine schöne Gazelle, nur daß die hohen leichten Sprünge ihr zu keiner Flucht verhelfen, weil der Scheinwerfer ihr nachblickt und kein dunkles Fleckchen als Versteck gewährt, wird sie ein bißchen Schnee, nicht mehr als eine Flocke, die der Eissturm treibt, ist sie ein Mädchen und lehnt sich auf jemanden um zu beweisen, daß man sie ertragen kann, denn sie ist niemandem eine Last, wird sie ein Schwan, der fühlt wie seine Flügel schwächer werden und langsam seinen Tod begreift, in alles kann sie sich verwandeln, zuletzt in einen Stern, der lange um sich selber kreist.
Primaballerina Assoluta – allein in der Mitte der Bühne, verhöhnt sie mit Schritten, die dieser nie zu denken wagte, ihren Lehrer, der sie bei der Stange hielt und ihr die Grundübungen nicht einen Tag erspart hat, belohnt sie mit Schritten, in denen alle Grundübungen noch enthalten sind, ihren Lehrer, der sie großgescholten hat, weil er ahnte, mit welcher Kraft sie einmal ihre Träume würde zeigen können.
Denn im Trainingssaal hat sie begonnen sich zu erfinden, hat sie sich langsam einen anderen Leib geschaffen als den, mit dem sie geboren wurde und scheint nicht mehr von dieser Welt zu sein, wenn ihre stumme Kunst sichtbar wird, jedenfalls ist sie etwas, das den fliegenden, laufenden schwimmenden Geschöpfen der Erde hinzugefügt wird, als hätte sich ein Mondstrahl einen Menschenkörper ausgeliehen und würde ihn nun auf seine Weise bewegen,

oder jedenfalls als wäre jemand von weither gekommen um endlich zu zeigen, wie wir unsere Glieder gebrauchen müssen, damit wir das Gleichgewicht nicht verlieren und aller Requisiten und selbst der Sprache entraten können – wir, die wir in Taschentücher weinen und Lärm machen müssen um schreiend anzuzeigen, daß wir in Gefahr sind.

Primaballerina Assoluta, sie kann ihr Hüftgelenk zu einem körperlichen Notschrei drehen, der alle Angst begreifbar macht, und auf der Spitze wird sie ihren Tod vorauserinnern, sie braucht kein aufgeschlagenes Bett dazu.

Vor unseren Augen wird sie aus den fünf Grundstellungen ihrer Füße die Nacht und den Schlaf auf der Bühne entstehen lassen, ihre ein wenig gebogenen Arme können die Sonne über den Horizont heben, die schwere Kraft der Schwerkraft wird auf sehr sanfte Weise von der Ballerina unwirksam gemacht, wenn sie sich gelassen in der Schwebe hält um diese sonderbare Kunst vorzuführen, derer wir uns nicht bemächtigen werden, die wir nicht ergreifen, nicht in unseren Besitz bringen können wie die Worte Homers, die am Ladentisch des Buchhändlers käuflich sind, und wie Bilder, die ersteigert werden von jemand, der dafür nicht mehr tut als ein wenig die Hand zu heben und dabei eine Zahl zu nennen, die sein monetäres Vermögen vermindern wird; aber geringfügig nur, gewöhnlich.

Die Ballerina entzieht die in jedem Augenblick sich verändernden Äußerungen ihrer Kunst unserem Zugriff, sie verbeugt sich an der Rampe, einen Augenblick können wir sie dann noch bewegen zu bleiben, indem wir ihr heftiger zuklatschen, sie wird lächeln, mit einer Handbewegung danken und dann doch hinter dem Vorhang verschwinden um in ihrer Garderobe zu tun, was wir nicht wissen müssen, sie wird die Kleider wechseln oder Joghurt essen, was auch Belangloses sie beschäftigt, morgen wird sie wieder dieses künstliche Gebilde sein, das sich uns für eine Weile gewährt, dessen sprachlose Mitteilungen wir empfangen, aber nicht speichern können.

Schon wenn sie sich verbeugt und entfernt, zerfällt, was die singuläre lunare Kunst der Ballerina ausmacht in Bruchstücke, in einzelne Bilder ihrer Darbietung, die wir gerade noch erinnern, aber nicht mehr vollständig zusammensetzen können. Wie etwas, das wir geträumt haben, läßt sich, was die Ballerina, weiß vor Licht, uns vorgeführt hat, nicht lückenlos wiederherstellen, mit Worten schon gar nicht, so fließend wie ihre Bewegungen will kein Satz uns gelingen, mit solcher Anmut, wie sie ihre Schritte kombiniert, läßt sich an Wörtern Gleiches nicht bewirken.

Vielleicht wäre ›Flügel‹ ein Wort, das annähernd so wenig Gewicht hat oder die Assoziation von annähernd so wenig Gewicht vermittelt wie die leichten Schritte der Ballerina!

Aber die Ballerina ist ungeflügelt, ihr Instrument sind die Füße, und sie scheint ein Kugelsystem in sich zu haben, das ihr hilft, sich in gleichem Gewicht zu halten, wie auch immer sie sich in die drei Dimensionen streckt.

Wenn ›Flügel‹ schon kein Wort für sie ist, wie sollten die alten Bezeichnungen noch das Ihre tun, mit denen man seit eh und je der Ballerina schreibend habhaft zu werden sucht, indem man sie eine Schwanenfeder oder eine Schneeflocke nennt, sie mit einer Kamelienblüte vergleicht und hofft, indem man eine Erinnerung an die Kameliendame der Beschreibung impliziert, etwas über die fragile Vergänglichkeit der Ballerina angedeutet zu haben. Aber die Ballerina kränkelt gar nicht, das hustende Fin de siècle ist nicht das Treibhaus, dem sie entstammt, sie ist gesund wie ein Soldat im Kaukasus, weit besser als ein solcher trainiert, und sie weiß alle ihre Gliedmaßen zu einem Gehorsam zu zwingen, den uns schon unser kleiner Finger versagen würde.

Der Vergleich mit der Kamelienblüte beweist, wie vergeblich wir etwas mit Worten einzukreisen suchen, dessen solitäre Erscheinung nur mit den Augen erfaßt werden kann. Aber dagegen wehren wir uns, wir wollen den Verlust nicht akzeptieren, den wir erleiden, wenn der Lichtstrahl, in dem die Ballerina uns präsentiert wurde, mit einem Schaltmechanismus ausgelöscht wird und der Vorhang fällt.

Man hat Kameralinsen für unsere Verewigungswünsche nutzbar zu machen gesucht, aber kein Bild und kein Film vermittelt, was auf der Bühne sich zu ereignen begann, als die Primaballerina aus der Kulissenwand trat, und auch mit Worten werden wir dem nicht die Dauer verleihen, nach der es uns verlangt.

Wie sollen wir beschreiben, was diese Ballerina zur Assoluta macht, was sie von anderen so angenehm anzusehenden Tänzerinnen unterscheidet. Indem man die Höhe ihrer Sprünge in Zentimetern angibt, hat man das nicht ausgedrückt, auch die Anzahl der Pirouetten, deren sie fähig ist wie ein gut gedrechselter hölzerner Kreisel, besagt noch nichts über den Zauber, den die Assoluta an denen tut, die ihr zuschauen, so daß man sie bitten möchte, sich nicht umzusehen, damit sie nicht zur Salzsäule erstarrt wie Lots Weib, sie soll auch den Gott nicht um Hilfe anrufen, wie Daphne tat, denn man will sie nicht in einen Lorbeerbaum verwandelt sehen.

Sie soll nichts tun, das sie hindern könnte, diese schönen Schritte zu machen, diese durch Regeln gehemmten Bewegungen, die unseren unkontrollierten Mouvements so überlegen sind, daß wir die Zeit dehnen möchten, die wir noch unverarmt vor der offenen Bühne zubringen können, bevor alles bei verlöschendem Licht wieder seine schlampige Gewöhnlichkeit bekommt.

Vielleicht käme derjenige dem Phänomen näher, der zuerst das Ende einer Ballettvorstellung sähe, jemand, der, gewiß verwundert, den Saal der Oper beträte, während dort der Tumult herrscht, mit dem ein Auftritt der Assoluta zu enden pflegt: Es wird bravo gerufen von allen steilen Rängen und aus dem platten Parkett. In einer Art Veitstanz des Enthusiasmus schlagen die Leute ihre Hände zusammen, sich gegenseitig zu immer neuen Klatschausbrüchen animierend. Ein Gast, der zu diesem Zeitpunkt durch eine Tür, deren Beschließerin ebenfalls in Rhythmen der Verzückung ihre Handteller gegeneinanderschlägt, das Parkett beträte, wäre zweifellos eine Weile damit befaßt, diesen Aufstand der Begeisterung zu studieren – etwa wie ein Ethnologe, der zu rituellen Handlungen eines exotischen Stammes geführt wird, erst zuletzt einen Blick auf das Opfertier wirft.

Erst nach einer Weile also würde dieser Gast in die Richtung blicken, in die Blumen geworfen werden, gewöhnliche liebliche Rosen, aber auch Orchideen von so kränklichem Violett wie die

Lippen von Zyanotikern, ein Lorbeergewinde fliegt auf die Bühne, wo eine Frau zu sehen ist, deren Magerkeit auffällt. Ihre Schlüsselbeine, ihre Rippen treten unter der Haut, ja noch unter dem Stoff ihres Ballettkleides hervor als solle an ihrem Körper menschlicher Knochenbau demonstriert werden ebenso wie die Funktionen von Muskeln und Sehnen, die bei jeder Bewegung deutlich sichtbar werden. Die Muskulatur der Beine ist geradezu unproportioniert kräftig.

Die Frau, der so geräuschvoll zugestimmt wird, ist nicht nur nicht mehr jung, sie ist an der oberen Grenze der Jahre, die man als das mittlere Alter einer Frau zu bezeichnen pflegt.

Überraschenderweise strahlt ihr in seinen Einzelheiten nicht sehr anziehender Körper große Schönheit aus, deren Ursache einzig in seinen Bewegungen liegt.

Die Frau verneigt sich, wenn der Beifall von neuem anschwillt, ihre Arme und Hände führen Gebärden aus, die ihnen offenbar befohlen sind von jemanden, der sie für angemessen hält, sich aber im übrigen mit anderem beschäftigt. Der spät hinzugetretene Gast sieht an der Rampe zwei ineinander verschachtelte Personen vor sich, von denen eine graziös und mit sublimer Höflichkeit der Gestik für immer neue händeschmetternde Ovationen dankt, zu denen nie Veranlassung gewesen wäre, wenn nicht in der sich nach Bühnenregeln verbeugenden Ballerina noch jemand präsent wäre, eine differenzierte Individualität, die wie ein Spüher, der nicht bemerkt werden will, nur mit Vorsicht aus den Augen der Tänzerin blickt, deren aufmerksames, ein wenig melancholisches, ein wenig belustigtes Hinschauen auf dieses ihre Gegenwart noch immer stürmisch fordernde Publikum mehr als alle Akklamationen die Gewähr gibt, daß hier jemand Außerordentliches etwas Außerordentliches geboten hat.

Die Primaballerina Assoluta, sich hinter den Vorhang zurückziehend und lächelnd wieder hervorschwebend, wenn allzu heftig auf ihrem Erscheinen bestanden wird, muß in dieser Schlußzeremonie denen, die davon Gebrauch zu machen verstehen, mehr von sich gewähren als während der Vorstellung: sie kann nicht verhindern, daß man an der Rampe den Blick ihrer Augen gewahr wird, deren Lider verwehrend zu senken sie sich nicht entschließen kann, weil sie es nicht lassen will, das bunte wogende Leben zu ihren Füßen so anzusehen, daß der aufmerksame Beobachter sich nicht des Eindruckes erwehren kann, alle diese so fasziniert auf den Fetisch ihres Jubels starrenden Leute bringen an Wahrnehmungen nur ein Quäntchen von dem in ihr Gehirn, was oben auf der Bühne die immer noch im Lichtkegel stehende Frau mit wachsamen Augen gelassen aufnimmt und zu ihren Erfahrungen addiert, von deren Summe sie Gebrauch macht, wenn sie zu Beginn der Vorstellung aus der Kulisse tritt um zu sein, was sie nicht ist, aber weiß: die Tote, das junge Mädchen, die Königin, die starre Puppe oder der Vögel leichtester. Ihr muß der Maskenbildner nicht wie Mitgliedern des Corps de Ballett das jeweils passende Gesicht aufschminken, die Assoluta bedarf dieser Art von Mimikri nicht für ihre Verwandlungen; ihr Gesicht, ihr gehorsamer Körper setzen Wissen in Minenspiel und Bewegung um, freilich nicht in die bekannten gestischen Expressionen, die uns geläufig sind und deren sich Ausdruckstänzer bedienen, indem sie unsere Gebärdensprache nichts als steigern.

Die Ballerina hat ein anderes Idiom. Sie übersetzt in eine fremde Bewegungssprache, deren Regeln, scheinbar orthodox eingehalten, doch die Mannigfaltigkeit der Variationen und Erfindungen zulassen, deren das körperliche Können und der Kunstverstand der Tänzerin fähig sind.

Der Gebrauch einer fremdartigen, artifiziellen Mitteilungsweise erlaubt der Assoluta, Erfahrungen, Emotionen der Freude wie der Furcht, der Liebe, des Zornes, der Macht und der Ohnmacht freimütig zur Verfügung zu stellen, ohne sie peinlich ausplaudern zu müssen.

Der Formenkanon des Balletts sichert Diskretion, ohne den Zuschauern das Erschrecken zu ersparen, das Gleichnisse des Lebens erst recht bereiten, wenn sie so abgewandt erzählt werden wie mit den Schritten der Ballerina, diesen kunstvollen Schritten, deren eindringliche Wirkung mehr noch als von der souveränen Beherrschung aller bekannten und noch nicht bekannten Möglichkeiten, sich in den Riten des klassischen Balletts zu bewegen, von der

Fähigkeit herrührt, mit der eine Assoluta (und das allein macht sie zur Assoluta) die Intensität und die Vielfalt ihres eigenen Erlebens in Tanz umsetzen kann. Noch die Erscheinungen aus dem Schlaf ihrer Nächte verwandelt sie in Sprünge und Arabesken und macht schweigsam Leben verständlich.
Selbst wenn sie nichts als tanzt, wenn ihre Schritte nur um der Schritte willen gemacht sind und keine Bühnenhandlung fördern und keinen Traum erzählen sollen, wenn sie scheinbar ganz ohne Bedeutung sind, zeigt die Assoluta mit den Mitteln ihrer Kunst, so, daß es den Zuschauer ergreifen muß, Grundelemente menschlicher Anwesenheit auf dieser Welt, indem sie tanzend von dem Körper, mit dem sie geboren wurde, willentlich und sich steigernd extremen Gebrauch macht, ihn stellvertretend für uns erprobt, uns Mut macht, seine Schönheit vorführt und beweist, daß er über Kraft verfügt. Sich von hier nach dort bewegend nimmt sie den Raum ein, und wenn sie das schnell oder langsam tut, schafft sie uns Zeitmaße für Aktionen, in die zwar Lichtjahre und Nanosekunden nicht einbezogen, die aber menschlichem Atmen angemessen sind.
Allein im Licht des Scheinwerfers, in dem sie sich bis an die Grenzen des Geblendetwerdens halten muß, auf die Spitzen ihrer Füße erhoben, macht sie künstlich unser Dasein so deutlich, daß, die ihr zugesehen haben – nicht realisierend, warum – in eine Zustimmung ausbrechen, die ihnen die Handflächen rötet und die sie atemlos bis zur Erschöpfung betreiben, vor sich, auf erhöhter Bühne, großäugig, weiß und einsam wie ein Opfertier, die Primaballerina Assoluta.

Vielleicht wäre Fortran die Sprache gewesen, in der sich hätte sagen lassen, dass

»verrà la morte e avrà i tuoi occhi«
Pavese

Nachrichten über Neutrinos interessieren mich lebhaft. Es ist mir unmöglich, nicht fasziniert zu sein von manchen Fakten, die mir die Naturwissenschaft bietet.

Bis vor kurzem wußte ich nichts von diesen Neutrinoströmen, die unaufhörlich alle Materie der Erde durchfluten, auch meinen Körper, er bietet ihnen kein Hindernis, eine Billion von Neutrinos passiert mich in jeder Sekunde, eine Billion von quasi immateriellen Partikelchen, ihre Ruhemasse ist gleich null, nur in Bewegung existieren sie, durchschießen mich mit Lichtgeschwindigkeit, darunter solche, die seit Beginn des Kosmos durch das Weltall rasen, andere sind jüngeren Datums.

Unmöglich, diese Relation zum Kosmos nicht einzubeziehen in die Vorstellung, die ich von mir habe. Ich bin (einerseits) noch belangloser geworden, ein Etwas, das Schwärmen von Geisterpartikelchen keinen Widerstand bieten kann, die um meiner Schädelknochen, meiner Kniescheiben willen ihre Geschwindigkeit nicht verlangsamen müssen und die auch nur ein einziges Mal in mir wahrzunehmen ich nicht ausgerüstet bin. Aber schon die theoretische Kenntnis von ihrer Existenz ist nützlich für mich, weil ich mich (andererseits) nicht mehr für isoliert von all den Sternhaufen, Milchstraßen, Sonnensystemen halten muß, deren Vorhandensein mir die Astronomie versichert.

Wenigstens durch seine Neutrinoschwärme also kommuniziert der Weltraum mit mir, ich finde das tröstlich, vor allem weil der umgekehrte Kommunikationsversuch mir so aussichtslos vorkommt: die emsige Suche nach Leben außerhalb unserer Erde. Wie eine Fata Morgana erscheint es Exponierten schon auf fliegenden Untertassen, Exponierten, damit meine ich Hysteroide, in denen sich der allgemeine Wunsch zur Halluzination verdichtet hat. Seit uns die Astronomen mit einer Fülle von Daten, mit Billionen- und Billiardenzahlen eine vage Vorstellung von der Nichtvorstellbarkeit des Kosmos gegeben haben, sind wir von der Angst befallen, allein zu sein in den sausenden, heißen, strahlenden, rotierenden, sich immer noch ausdehnenden Myriaden verschiedener Materieballungen, die Einzigen mit Bewußtsein von diesem Kosmos, und je weniger Anhalt wir dafür haben, daß sich angesichts von Gaswolken oder auf hüllenlosen Planeten Wesen halten könnten, die uns vergleichbar wären, um so eifriger suchen wir nach niederen Spuren von Leben. Flechten, Moose in den Schrunden des Mars würden uns entzücken, Mikroorganismen, an den Raumanzügen der Astronauten haftend, wir würden uns auf sie gestürzt und sie in Kulturen aufzupäppeln gesucht haben, gerührt von extraterrestrischen Existenzen. Eine Rührung, die übrigens natürlich nicht zugegeben und in die nüchternste Laborsprache sublimiert worden wäre.

Bei derart desperaten Aussichten auf die Möglichkeit, anderes Leben im Weltall anzusprechen, richte ich mich auf die Art von Ansprache ein, die der Kosmos mir gewährt in Form – aber Form ist schon ein unadäquates Wort – also mit den nicht sicht- und nicht spürbaren Neutrinoströmen, von denen durchflutet zu werden ich nicht vermeiden kann, und es erhebt sich natürlich die Frage: haben sie irgendeine Wirkung auf mich? Anders ausgedrückt: ist es sicher, daß diese immerwährenden Passagen von nicht meßbaren Winzigkeiten auch fehlen dürften? Oder sind sie vielleicht ebenso unentbehrlich, wie sie unsichtbar sind? Darauf ließe sich freilich erst antworten, wenn es möglich wäre, die Neutrinoströme von mir abzufiltern, ihnen irgendeine wirksame Barriere entgegenzusetzen, die mich vor ihnen schützt. Erst dann wäre feststellbar, ob es ohne diese kosmische Durchflutung zu Veränderungen der menschlichen Existenz kommt. Ganz undenkbar wäre das schließlich nicht.

Aber erfolgreiche Versuche dieser Art werden noch auf sich warten lassen. Schließlich ist es erst ein paar Jahre her, daß es überhaupt gelang, ein Neutrino experimentell nachzuweisen.

Ich habe mir Berichte über die in einer südafrikanischen Goldmine in 3000 Meter Tiefe installierte Neutrinofanganlage besorgt. In einem Stollen hat man 36 schmale Kunststoffwannen von je 6 Meter Länge mit medizinischem Mineralöl als szintillierender Flüssigkeit gefüllt, 17 000 Liter waren es insgesamt, man hat 8 Kilometer Leitungen verlegt, 150 Fotoverstärker montiert um ein Corporino sichtbar zu machen, ein Nichts an Materie, dessen Vorhandensein man errechnet, das man hypothetisch gefordert hatte, wie es in der bis aufs Skelett vermagerten Terminologie der Wissenschaft heißt, aber der Beweis der Hypothese fehlte noch. In der felsigen Tiefe der Erde, andere Strahlen als die Neutrinoschwärme gelangen nicht mehr dorthin, sollte eines der Billiarden von Partikelchen in die Falle gehen, es sollte auf einen Elektronenkern stoßen, dabei aufblitzen und der Moment seiner leuchtenden Vernichtung fotografiert werden.

Der Physiker, dem der Nachweis gelang, hat den Nobelpreis bekommen, soviel ich weiß, hatte auch ihn vielleicht schon hypothetisch fordern können als er auf den Gedanken gekommen war, ein nicht sichtbares Elektron mit einem noch weniger sichtbaren Neutrino zu beschießen, so daß beim Zusammenstoß ein Folgekern entstehen konnte.

Fallen, Fanganlagen, Detektoren dieser Art sind mir interessant. Es müßte doch möglich sein, sie so zu konstruieren, daß auch Vorgänge in den Speicherzellen des Gehirns abgetastet werden können um noch einmal vorstellbar zu machen, was bereits durch jene partielle Amnesie ausgelöscht war, von der, was wir noch so sehr zu erinnern hoffen, unaufhörlich bedroht ist, ohne daß wir das Gesetz kennen, nach dem diese Eindrücke getilgt werden, andere aber nicht. Kein noch so intensives Gedächtnistraining hält uns die wünschbare Summe von Fakten und Bildern präsent, die elektronische Speicherung haben wir zu spät begonnen und ihre Methode ist noch sehr unvollkommen.

Wie, beispielsweise, sollten selbst in den größten Speicherkapazitäten eines Computers alle Einzelheiten jenes schönen Tages angesammelt und auf Wunsch abgerufen werden können, jenes schönen Tages, an dem ich mit Joachim Korbatsch von B. nach B. fuhr.

Wieder sind es B-Städte gewesen! Mein Leben scheint auf B-Städte verteilt zu sein, auf Städte, deren Name weichlautig leise mit diesem fülligen Buchstaben beginnt, dessen Geräumigkeit zwar vom D und vom O noch übertroffen wird, der aber eine Unterteilung hat, die ihn weit differenzierter und körperlicher erscheinen läßt als ein O oder D, die graphisch platterdings mit nichts als einer hohlen Null verschwägert sind, zur Vollkommenheit eines Kreises ist keines der Zeichen gediehen. Schon schriftformal also ist für mich das B der gelungenste Buchstabe des lateinischen Alphabetes, das wir über die karolingische Unziale adaptiert haben. Allenfalls die schmale Eleganz des Y kann mit der Schönheit eines großen B konkurrieren, aber kein Wort unserer Sprache läßt sich von einem Y anführen, während B das Bett und das Brot, die Bitte und alle Barmherzigkeit für sich hat.
Es ließe sich noch viel über B sagen, aber einen Exkurs über einen Buchstaben habe ich nicht vor, obwohl ich mich nicht ungern von den Schwierigkeiten ablenken ließe, die es bedeutet, auch nur einen Bruchteil aller Einzelheiten jener Fahrt zu notieren, auf der ich seinerzeit von B. nach B. kam – nicht auf direktem Weg, Korbatsch scheute keine Entfernung, wenn es galt, eine Siedlung von Interesse, eine Architektur von Rang zu sehen, und er ließ sich in den Konzentrationsgebieten der Schwerindustrie ebenso von den riesigen qualmenden Höllenkesseln der Hochöfen faszinieren wie von der melancholischen Öde langer Straßenfluchten, wo hinter gleichförmigen abgemergelt anzusehenden Fassaden von Reihenhäusern diejenigen wohnen, die das Feuer in den Kesseln schüren, die rußigen Knechte dieser Kohlenförder- und Eisenverhüttungsanlagen, mit spärlichen Geranien hinter ihren Fenstern suchen sie sich in den zischenden, dröhnenden Brutstätten der Mammutindustrien wohnlich einzurichten.
Korbatsch fuhr mich durch solche Gebiete. Ich würde sagen, die Reise war ein Schweifzug, wenn ›schweifen‹ nicht die Assoziation von Gemächlichkeit zuließe. Aber wir fuhren schnell. Korbatsch trat das Gaspedal durch, wann immer das einigermaßen vertretbar, und sein Wagen war nicht langsam. Wenn ich an seine großen Füße denke, unter denen die Pedale mit Stumpf und Stiel ver-

schwanden, fallen mir auch seine Schuhe wieder ein, diese Kähne, die er tragen mußte und die er an den Außenrändern seiner Absätze (besonders des rechten) schief trat, ohne das den Schuster immer gleich abhelfen zu lassen. Korbatsch ging im Schlendrian mit sich um. Jedenfalls wenn er glücklich war[1], zwang er niemanden, seine Anzüge zu bügeln, ließ sie Falten schlagen in den Kehlen seiner knochigen Knie, trug irgendeinen Riemen als Gürtel über seinem flachen Bauch, ließ die Jacke sich über den Schultern beulen, sie konnte nicht anders, Korbatschs Schultern wirkten selbst beim Gehen so, als sei er auch dann über ein Buch gebeugt oder als wolle er an einer Tischplatte zu schreiben beginnen. Dennoch kann man nicht sagen, daß er sich krumm hielt. Seine Schultern waren sehr breit, Korbatsch hatte Schulterblätter wie Schaufeln eines Elchgeweihes, da fiel es auf, wenn er sie auch nur ein wenig nach vorn zog, die großen Knochen markierten sich deutlich unter dem Jackett.

Auch sein Kinn wurde von einem fast übergroßen Knochen gebildet. Aber Korbatsch hatte nicht das kantige rechteckige Kinn professioneller Widersacher, die ihr Ziel mit allen und besonders gern mit brutalen Mitteln angehen (ein Ziel überhaupt erst für ein erstrebenswertes halten, wenn es ihnen Gelegenheit gibt, an beträchtlichen Widerständen ihre Kräfte zu zeigen), Korbatschs Kinn war eher spitz, ein großer Knochenzapfen, der sein Gesicht verlängerte, so wie von Salben starrende Knebelbärte den ägyptischen Königen Gesichter von vornehmer Länglichkeit vermittelten.

Korbatschs Mund: schmal. Damit meine ich nicht, daß seine Lippen kümmerlich ausgebildet waren wie bei Leuten, deren Mund ausschließlich die Funktion einer Brotritze zu haben scheint; jedoch die Natur hatte keine Verschwendung getrieben mit dem Volumen seiner Lippen, es war kein sorgloser Mund, wie man ihn in manchen freundlichen Gesichtern gern sieht, aber seine Form mußte in der Physiognomik Erfahrenen Anlaß geben, Korbatsch genauer zu betrachten. Man konnte auf einen ungewöhnlich subtilen schmerzempfindlichen Menschen mit sublimem Wahrnehmungsvermögen gefaßt sein, so auffallend war dieser Mund geformt.

1 Siehe den Exkurs Seite 233.

Um so mehr überraschten die Zähne. »Zähne wie Klaviertasten«, hatte ich manchmal gedacht, und der Gegensatz ließ beim Sprechen, erst recht beim Lachen, die Lippen noch zarter aussehen, geradezu gebrechlich erschienen sie, würde ich sagen, wenn nicht ›brechen‹ für so geschmeidige, flexible Gebilde, wie Lippen es sind, ein falsches Ableitungsverb wäre.

Die Prägnanz von Stirn und Jochbögen wird man sich vorstellen können nach dem, was ich über die Beschaffenheit der anderen Knochenpartien gesagt habe. Allerdings, die Schläfenbeine hatten etwas Durchsichtiges, als wären sie aus feinem Papier gemacht.

Da Korbatschs Augen groß und dunkel waren, etwas Höhliges hatten, da er blaß war und zudem Haar verlor, so daß viel weiße Schädelhaut sichtbar wurde, sah Korbatsch manchmal aus, als trüge er einen Totenkopf auf seinen Schulterschaufeln.

Joachim Korbatsch – ich habe ihn auch schon Ludwig Diem genannt, aber seinen alten Namen will ich fallen lassen, weil ich von neuem beginnen muß, mich seiner schreibend zu vergewissern, so, als hätte ich das nicht schon früher versucht, früher, als ich ihn noch sah dann und wann und also diese oder jene Einzelheit getrost fortlassen konnte, weil der Zustrom neuer Wahrnehmbarkeiten noch nicht aufgehört hatte. Auf eine Handbewegung, die ich vergaß, kamen sechs neue, die mir die vergessene ersetzten. Ich war damals noch nicht in der Situation eines Archäologen, gezwungen, die winzigsten Scherbchen von Erinnerung aufzuheben, zu datieren und zu verwahren, ängstlich bedacht, auch nicht eines abhanden kommen zu lassen, weil selbst mit der schmerzhaftesten Erinnerung ein Stückchen Glück verloren gehen würde, und davon kann ich mir keine Einbußen leisten.

Damals also kam es mir noch nicht darauf an, alle Vorräte von Erinnerbarem zu mobilisieren. Damals war Joachim Korbatsch noch da. Es kam noch vor, daß ich ihn auf der Treppe traf, allerdings waren unsere Beziehungen auch zu jener Zeit schon so, daß der eine kaum noch den Augenaufschlag des anderen ertragen konnte, ohne sich betroffen zurückziehen zu müssen.

Waren Katalysatoren vorhanden, das heißt, waren Leute zugegen, gab sich die Befangenheit, und die Sätze von Dritten als Leistungssysteme benutzend, ließen wir uns die Nachrichten zukommen, an denen uns gelegen war. Allerdings hatten wir die Kunst der Verschlüsselung so über die Maßen verfeinert, daß wir in der Folge einerseits unfähig geworden waren, direkte Aussagen zu gebrauchen, andererseits eine Steigerung der Chiffrierung mit verbalen Mitteln nicht mehr möglich war. Noch in der dichtesten Verschleierung blieben Worte eben Worte, und im schriftlichen Umgang bekamen sie durch Anwendung erkennbarer geläufiger Schriftzeichen eine fegefeuerhafte Heftigkeit.

Für unsere immer scheueren Augen und Ohren hätte die Verständigung über die Punktschemata der Lochstreifen von Computern möglicherweise einen Ausweg geboten. Vielleicht wäre Fortran die Sprache gewesen, in der sich hätte sagen lassen, was mit noch so verstellten Vokabeln unserer Muttersprache und aller anderen Idiome zu sagen uns nicht möglich war.

Im Fortran wären wir einigermaßen sicher gewesen. Die Zahl derer, die diese Untergrundsprache verstehen, in der man mit einem Computer verkehren kann, ist noch verschwindend klein. Allerdings, bei unserer Veranlagung hätten wir es über kurz oder lang vielleicht dahin gebracht, uns gegen den Computer selbst so zu sensibilisieren, daß auch er uns wie ein lästiger Mitwisser und also potentieller Verräter vorgekommen wäre, wobei als jemand, dem allenfalls etwas verraten werden konnte, immer nur einer von uns beiden in Frage kam. Dritte konnten die Vorgänge zwischen uns nur entstellend vergröbern, denn was wäre schon damit gesagt gewesen, wenn jemand listig behauptet hätte: x liebt vielleicht y und vielleicht liebt y auch x. Mit den Zuneigungsformen, die zwischen a und b oder c und d möglich und üblich sind, hatten unsere Beziehungen nichts zu tun.

Unser Problem war ein Artikulationsproblem. Wir wagten nicht, einander Wörter anzupassen noch mit Wörtern auszudrücken, was wir einander abverlangten.

Zahlen hätten wir verwenden sollen um die geheime Freude auszudrücken, die jedem von uns die Lebensäußerungen des anderen machten und wir hätten beziffern sollen, wie sehr jeder von uns geschaffen war, die Besonderheiten des anderen zu erkennen.

Mit Zahlen wären die gestaffelten Wahrnehmungen des einen vom anderen vielleicht zu kennzeichnen gewesen und an manchen Tagen, wenn wir geradezu erschraken vor Bewunderung, hätten wir die Summen auch noch ins Quadrat erheben können. Operationen, die sich mit Wörtern niemals exakt durchführen lassen.
Eigentlich erstaunlich, daß wir niemals versucht haben, die magischen Möglichkeiten der Algebra unserer Verständigung dienstbar zu machen, sondern, angewidert von ihrer Plumpheit, auf den Gebrauch der Wörter verzichteten und allmählich verstummten – jedenfalls was die aufrichtige Charakterisierung unserer Beziehungen anbelangte.
Wie reduziert soll man sich zum Beispiel das Entzücken über des anderen Möglichkeit zur Reduktion mitteilen?
Nicht umsonst hatten wir beide begonnen, uns von der Informationstheorie anziehen zu lassen, uns gegenseitig der Abscheu vor aller Redundanz versichernd, obwohl es Informationen gab, die wir uns gern auf die redundanteste Weise hätten zukommen lassen, einander ähnlich wie Grashalme auf einer Wiese hätten die Informationspartikel sein können, und wie auf einer Wiese wäre uns kein Hälmchen zuviel gewesen.
Hätte es nicht solche Schwierigkeiten bereitet, die Formel zu finden, in der fixiert werden konnte, was wir uns zu sagen hatten, vielleicht wäre Fortran wirklich die Sprache gewesen, mit deren Hilfe wir später als Spuren auf einem Lochstreifen hätten ablesen können, daß.
Ausdrucksprobleme, die mich von anderen Zielen abhielten, beispielsweise davon, mir eine Kugel aus Malachit zu beschaffen. Ich bedarf ihrer, denn je mehr sich alles zu verflüchtigen droht, was mich mit Korbatsch verbindet, je mehr eben noch anschaulich Erinnertes mir entfällt, als wäre es nicht vor kurzem noch sicher wie zwischen den Schalen einer Muschel eingeschlossen gewesen in mein Bewußtsein, und je mehr ich fürchten muß, eines Tages gerade dort nicht mehr zu existieren, wo meine Existenz mir von Wichtigkeit ist, nämlich in den Windungen, den Ganglien in Korbatschs Kopf, je weniger Verlaß ist auf die Stabilität unserer Hirnzellen, um so mehr zieht es mich zu den festen Körpern, zu den

Kristallen der Minerale, die für Jahrtausende ihre Struktur nicht ändern, die man aus ihren Drusen brechen und ans Licht heben kann um sie Beryll, Topas, Onyx zu nennen, sie werden schimmern in der Sonne, aber sie verändern sich nicht, man muß Gewalt anwenden, Schleifvorrichtungen, um aus grünem Malachit eine Kugel zu formen, eine, wie ich sie besitzen möchte um mich an ihrer Farbe, ihrer Festigkeit und der Makellosigkeit ihrer runden Form zu erfreuen, so, wie ich immer wieder Ammoniten in die Hand nehme, die ich einmal gekauft habe, voller Bewunderung für diese prähistorischen Tiere, denen es vergönnt ist, noch heute, nach Jahrmillionen, die Schönheit ihrer Körper, ihre Anwesenheit auf dieser Erde zu beweisen, sie sind nicht ganz verloren gegangen, sie haben sich abgedrückt in empfänglichen Materialien, es läßt sich nachzählen, aus wieviel zarten Kalkkammern ihr Gehäuse bestanden hat, füllig und rund fassen manche Ammonshörner sich an und machen die Fleischlichkeit kräftiger Tiere in guten Futtergründen vorstellbar. Es ist ja noch kein Alter, das die Ammoniten haben, gemessen an den Zeitmilliarden, nach denen die Erscheinungen des Kosmos zu zählen sind, aber verglichen mit den achtzig Jahren, die wir erreichen, wenn es Mühe und Arbeit gewesen ist, sind die 180 Millionen Jahre eines Liasammoniten eine annehmbare Spanne.

Ich werde gar nicht überprüfen können, welcher Dauer die Malachitkristalle schon teilhaftig sind, die ich vielleicht bald vor mir haben werde, wenn ich mich in Gesteinhandlungen umsehe, und ich möchte russischen Malachit, es will mir scheinen, als sei das Grün aus russischen Vorkommen das unvergleichbarste Grün, weniger als Malachite anderer Zonen der Augenfarbe mancher Katzen ähnlich, selbst vom erlesensten Meergrün verschieden. Russischer Malachit ist so grün, wie nur russischer Malachit es sein kann, und es nimmt mich für sie ein, daß diese schönen Steine nur den Vergleich mit sich selber zulassen.

Was werden gegen eine Malachitkugel die Worte sein, die der und jener hinterläßt?

Selbst das Gilgameschepos kann sich mit der Unverdorbenheit kristallinischer Substanzen nicht messen, obgleich es doch noch jung ist neben Karneolen und Opalen, bröckeln seine Wörter seit langem, werden ohne die Hilfen historischer Kenntnisse nicht mehr verstanden, vermögen nur einen ungewissen Schauer von Poesie noch zu vermitteln, und das, wo nicht einmal ein Turmalin, der doch wohl zu den weniger geschätzten Steinen gehört, durch Alter gezwungen wurde, etwas von seiner Schönheit einzubüßen. Er kann sich kommentarlos präsentieren, und jedes reizempfindliche Auge wird seine ästhetischen Qualitäten wahrnehmen können.

Dabei war, wenn das Gilgameschepos erwähnt wurde, noch von einem Glücksfall die Rede. Ich kenne vielberedete Romane, die heute überall auf dem Tisch liegen, wo Bücher verkauft werden, aber wenn man in zehn Jahren die Buchdeckel aufmacht, werden die Sätze dazwischen schon ein bißchen stinken, einen faden putriden Geruch ausströmen, jedenfalls etwas Peinliches haben, ein Anflug von Lächerlichkeit wird das mindeste sein, was ihnen widerfährt.

Es grenzt an Dummheit, sich mit so unbeständigen Mitteln, wie Wörter es sind, ausdrücken zu wollen – verglichen mit den Möglichkeiten, die Farben, Stein und Eisen einem böten, wenn man begabt wäre, mit diesen Stoffen zu formulieren.

Ohne der Erklärung zu bedürfen, kann man Artefakten der bildenden Kunst ihre Schönheit ablesen, indem man nichts tut, als sie ansieht, und sie können älter sein als die ältesten Sprachzeugnisse – während man sich selbst über erst hundertjährige Romane oft schon wie über einen unverständlich redenden Greis oder eine unbeholfene Ausländerin beugen muß. Die simultane Rückübersetzung der gelesenen Wörter in den vergangenen Sprachgebrauch ist häufig nötig und nur gebildeten und geduldigen Lesern möglich.

Der Verschleiß, dem so gut wie alle Verbalkunstwerke unterliegen, hängt mit dem stotter- dem lispel- dem brüllbaren Material zusammen, aus dem sie gemacht sind. Über Kunstwerke aus Wörtern kann (und soll) jeder verfügen. Also werden noch den vollendetsten Gedichten die kostbarsten und ungekanntesten Wendungen nachgesprochen, bis sie Bestandteil des Umgangsidioms sind, ermüdend wirken, dem Bedeutungswandel unterliegen, etwas altjüngferlich

Gestelztes bekommen und schließlich nur zu Verhöhnungen noch in Anführungsstrichen zu gebrauchen sind.
Gerade an der immer möglichen Verbreitung ihrer verbalen Substanz stirbt Dichtung in den offenen Sarg der Philologie hinein.
Wahr ist freilich auch das Gegenteil und ich erinnere mich durchaus noch, daß ich auf Seite xy geschrieben habe: »Einen schönen Satz kann man nicht töten.« Allerdings muß ich damals einen arg euphorischen Tag gehabt haben. Doch es gibt Auferstehungen von Verbalkunstwerken, es gibt Kometensätze, die plötzlich leuchtend aus modernden Romanen fallen, deren Einband man spielerisch wieder einmal geöffnet hat – mit Gewißheit bleiben Sätze am Leben, die ohne Weitschweifigkeit unser Ende beim Namen nennen. Und hat der Dekalog an Kraft eingebüßt?
Aber das Gewöhnliche: diese trostlose Verbrauchbarkeit aller Wörter. Welch ein Versuch also, Korbatsch mit Worten etwas von seiner Sterblichkeit nehmen zu wollen, der Hinfälligkeit seiner Knochen und Organe Wörter entgegenzusetzen, mit denen er so wiederholt werden soll, daß er noch lebendig vorhanden sein kann, auch wenn er zu atmen aufgehört hat.
Andererseits: alle Wörter aller Sprachen lassen sich verwenden um den eigenen Tod zu vermeiden. In meinem Falle will ich sie gebrauchen um den Tod von Korbatsch zu vermeiden, und das, weil ich fürchte, ich könnte ihn nicht überstehen.
Wie anders als mit Worten wäre es mir möglich, alle Zufälle, die Korbatsch versehren könnten, unwirksam zu machen, so daß er noch übermorgen sein Auto steuern kann, auch wenn er morgen mit einem Schiff untergehen sollte. Ich sehe bei den mir zur Verfügung stehenden Mitteln keine andere Möglichkeit, wenigstens Teile seiner Existenz zu verdoppeln als indem ich Sätze mache, damit man begreift, wie wenig Korbatsch zu begreifen war.
Vielleicht kam ich seinem Wesen am nächsten, als ich einmal auf den Gedanken verfiel, mir das gleiche Eis zu kaufen, das ich ihn oft hatte essen sehen. Als ich das feste Papier, das dieses Eis umschloß, aufgerissen hatte, hielt ich am Holzstiel einen Klumpen gefrorenes Wasser von synthetisch gelblicher Farbe, und arktisch zu nennende Temperatur kam mir in den Mund als ich begann, das

Eis zu verzehren. Es rauchte vor Kälte und splitterte, wenn ich darauf biß, ein saurer Eiszapfen, ein böser Frost an den Zähnen, Zunge und Gaumen wurden allmählich gefühllos vor Kälte, auch entferntere Partien des Rachens wurden mitunterkühlt, nichts von der schmelzenden Nachgiebigkeit und Süße, die Speiseeis im allgemeinen hat – dies Eis war von geradezu bissiger Kältlichkeit. Wie muß jemand beschaffen sein, der es gern hat, sich die Mundhöhle so bis zur Leblosigkeit sauer zu vereisen!
Es könnte sein, daß ich den latenten Unmut über alles, was mir an Korbatsch unverständlich ist, so unverständlich, daß sich mir das Gehirn zusammenzieht, wenn ich darüber nachdenke, in Form von Beschimpfungen ausspeie. Was würde das schon besagen – ist mir doch selbst die Liebe zum Meer manchmal so lästig, ist mir die Anziehungskraft seiner Schönheit, die mich zuweilen jeden Tag, den ich nicht an seinem Rande verbringen kann, geradezu als verlorene Zeit empfinden läßt, so beschwerlich, daß ich mir mit Schmähungen aus der Fessel der Begeisterung zu helfen suche, wobei es schon schlimm genug ist, wenn ich vom Mittelmeer als einer Tränenschüssel spreche, in die zuviel Völker geheult haben, oder vom schwappenden Bett sich träge mischender Kulturen, die an den Ufern dieses salzig geweinten Wassers faulen, schon schlimm genug, wenn ich das stein- das taubenbegürtete Mittelmeer nicht schone, an manchen Tagen mache ich auch vor dem unbescholtenen Ozean nicht halt mit meinen Sätzen und nenne ihn ein altes sabberndes Kind, das nassen Mundes ewig am Festland lutscht, feucht und schmatzend zwischen den Kontinenten sich wälzt und furchtsam brüllt bei Gewitter und Sturm –, was besagt es also schon, wenn ich Korbatsch als ein weißes aufrecht gehendes Fischgerippe bezeichne, das sich irgendwo viel Gehirn verschafft hat, wer weiß, auf welch dubiose Art, was nützt es, wenn ich zu Papier bringe, daß Korbatsch mir manchmal nicht von Fleisch und Blut zu sein scheint, von seinen Hirnzellen bin ich dennoch in Abhängigkeit geraten und habe Ursache, besorgt zu sein um die Existenz, die ich in seinem Kopf führe, ich möchte Korbatsch Glutaminsäure verordnen, damit ich nicht vergessen werde, und ich beginne, mich für Hirnanatomie zu interessieren, weil ich genau über den

geometrischen Ort informiert sein möchte, an dem existent zu bleiben mir so wichtig ist.

Neulich las ich von einem Selbstmörder, er habe den Tod aufgesucht. Keine schlechte Formulierung um die Freiwilligkeit eines Ablebens zu kennzeichnen. Ich weiß wenig über die Suizidalen, aber mich verdrießt, daß die in Zeitungen erwähnten Selbstmörder den Tod häufig in so unangemessener Weise aufsuchen, mit einem schmuddeligen Strick oder dem Gashahn zwischen den Fingern, Damen bevorzugen ein Röhrchen mit weißen giftigen Tablettchen – welch kleinliche Art der Visite bei jemandem wie dem Tod.

Wenn schon, dann bin ich mehr für die sich ihm jählings und unwiderruflich in die Arme werfen, Salzsäure saufend oder sich von einem Sims abstoßend, der hoch genug gelegen ist um den Aufschlag ohne anderen Schaden als einen gebrochenen Beckenknochen auszuschließen. Der Überrumpelung des Todes durch Aktionen von solcher Vehemenz läßt sich eine gewisse Größe nicht absprechen. Obwohl – man sollte dem Tod Gelegenheit geben, auf das Leben reagieren zu können, das man ihm anbietet. Überdies gibt es erkenntnisträchtigere Sterbevorgänge zu registrieren als Abstürze und plötzliche Organzerstörungen sie ermöglichen – sofern man den Mut hat, sich des gedehnten Absterbens, dem zu unterliegen unvermeidbar ist, in allen Phasen zu vergewissern.

Ich muß nur Korbatschs Tür aufmachen um seinen Augen abzulesen, daß ich nicht mehr bin, die ich war und mich neu definieren muß, beispielsweise als jemand, der jemanden nicht mehr erfreut, sogar als jemand, mit dem jemand nicht mehr gern am gleichen Tisch ißt.

Freilich sehe ich dem Tod, der mir mit Korbatschs Augen gegenübersteht, auch anderes an, ich sehe ihm eben den Tod an, der sich als Nichtleben verstehen muß, gleich, durch welche Umstände er sich so blockiert hat, daß er nun, von diesen Umständen umstellt, nicht wagt, den Finger auszustrecken, mit dem er – wer kann das wissen – vielleicht gern die Linie meines Haaransatzes verfolgt hätte und sich den Kontakt, sagen wir, seiner Arme, mit Lebendigem so wenig zutraut wie unsereins die Berührung von zu Heißem wagt.

Ein gequälter, blaßlippiger Tod, der Sonne muß er ausweichen und meiner Haut auch infolge von Regeln, die er übernommen hat, ohne von ihrer Notwendigkeit überzeugt zu sein, mit kräftigeren Zweifeln aber erst begann, als er sich bereits in eine Distanz zum Leben begeben hatte, die nicht mehr überbrückbar war, weil die Wärme schöner Wünsche ihn schon verlassen hatte.

Dieser Art, etwa, sind meine Beobachtungen an Tod und Leben, wenn ich Korbatschs Tür öffne und den unruhigen Blick wahrnehme, mit dem er auf meine Anwesenheit im Umkreis seiner Leblosigkeit reagiert.

Joachim Korbatsch – ich könnte Geschichten von ihm erzählen, von seiner nervösen Abscheu vor Hähnen berichten, seiner Furcht vor diesen würmerfressenden Symbolen viriler Eitelkeit, die seit biblischen Zeiten die Stunde der Verleugnung krähen. Am liebsten würde Korbatsch in der Umgebung seiner Stadt einen Herbinger Hahnenmord befehlen, wie einst Herodes den bethlehemitischen Kindermord – so enervieren Korbatsch die flatternden Mahnungen an Sätze, die er nicht hätte sprechen sollen, es hat ihm keiner den Verrat abgefordert, den er mit ein paar Mundbewegungen eilfertig beging, vermeintlicher Bemessungsgrundlagen wegen, deren Fragwürdigkeit ihm schon ein Schlagersänger kenntlich machen kann mit einem Song wie diesem (in irgendeiner Kneipe wird Korbatsch ihn wohl hören): »Laß die Welt darüber reden, daß es so ein Wunder gibt, laß die Welt darüber reden, ich hab mich in –« –spätestens an dieser Stelle wird Korbatsch aufspringen, sein Bier zahlen und das Lied für eine Attacke halten, die jemand, der sich in der Musicbox versteckt hat, eigens gegen ihn führt.

Joachim Korbatsch – es heißt, daß er jetzt von Fernsehleuten wichtig genommen wird, auf dem Bildschirm erscheint, um Äußerungen gebeten. Ich muß das nicht ansehen, ich kann mir denken, was für eine Figur er dort macht, zwischen hastigen Sätzen und Pausen wechselnd in einem der zu weiten Anzüge, die er immer wird tragen müssen, weil weder die Konfektion noch ein Schneider sich auf eine so magere Gestalt einrichten können.

Jedenfalls: so fernsichtig wird keine Fernsehkamera sein, daß sie die Kralle sichtbar machen könnte, den getrockneten Hahnenfuß, den Korbatsch als sein memento mori in der linken Jackentasche verbirgt, ihn manchmal heimlich zwischen den Fingern dreht um sich zu quälen und den er am liebsten um den Hals tragen möchte um alle Welt mit diesem sonderbaren Pas de mérite auf der Brust darauf hinzuweisen, daß er verleugnet hat, was er nicht hätte verleugnen sollen.

Doch die Wahrheit wird Korbatsch nur in seltenen Nächten zulassen, wenn er, wer weiß wo, allein in einem Hotelbett liegt, in Dortmund vielleicht, und sich zwischen den zu steif gestärkten Kissen und Laken heutigen Hotelkomforts endlich eine Schlafmulde geschaffen hat, in der er seiner vorgeburtlichen Existenz ähnlich ruhen kann – ich weiß die sanften lautlosen Worte, die sich dann einfinden in seinem Kopf und die er bestreiten wird beim ersten Hahnenschrei.

Aber ich muß Worte nicht erst hören, auch gedachte Wörter kann ich aufnehmen und vor dem Schlimmsten haben sie mich schon bewahrt.

Es ist also doch wieder von Wörtern die Rede!

Was hilft es, bis zur möglichen Verformelung im Fortran haben wir es noch nicht gebracht, wie soll man mit dem Finger auf einem Lochstreifen die Stelle finden, an der gesagt wurde, daß.

Noch bedarf es der Klarschrift und wenn ich schon so angesehen werde von Korbatschs Augen, daß ich mich abwerten muß mit jedem Mal mehr, will ich wenigstens mit Sätzen um mich schlagen, es ist mein gutes Recht, mich zu wehren, ich springe meinem Ende nicht freiwillig in die Arme, ich werde den Tod mit Buchstaben tätowieren, bis Korbatsch nicht mehr wagen wird, sein Hemd auszuziehen, weil ich ihm Sätze auf den Rücken geschrieben habe, die er nicht wird abwaschen können von seiner weißen Haut, quer über seiner Brust steht auch ein Satz von mir und selbst in den Handteller werde ich ihm zur rechten Zeit noch ein Wort schreiben, das kann er sich dann vor Augen halten, wenn er Platz genommen hat im Arbeitszimmer eines Ministers um seine Forschungsergebnisse vorzutragen.

»Verrà la morte e avrà i tuoi occhi« – aber Korbatschs Augen werden zu spüren bekommen, daß ein langes Leben hat, wer sich erinnern kann. Ich weiß noch, wie es war, als ich Sand gewesen bin und glühend heiß wurde in der Sonne. Ich war nicht ein Sandkorn, ich bin viel Sand gewesen, die Hüfte einer Insel, nachts vom Wasser gekühlt.

Irgendwo wird aus jener Zeit noch Sand von mir übrig sein und mit ein paar Körnern davon werde ich eines Tages Korbatsch in die Augen fliegen und einzig meinetwegen werden ihm dann Tränen kommen.

Welche Befreiung, wenn er wird weinen können, ohne des Trauerns verdächtig zu sein.

Exkurs über schwarze Dienstwagen

Einen Exkurs über den Buchstaben B habe ich mit knapper Not vermieden. Aber angesichts eines anderen Themas kapituliere ich und exkursiere. Schließlich ist es schon das zweite Mal, daß ich einen Autounfall besonderer Art aus nächster Nähe ansehen muß.

Ich knüpfe also an den Satz »Jedenfalls wenn er glücklich war, zwang er niemanden, seine Anzüge zu bügeln« und berichtige mich. Ich hätte sagen sollen: als er noch jünger war und ohne dies Amt mit hohem Einkommen und schwarzem Dienstwagen.

Es erscheint mir lohnend, über die charakterverändernde Wirkung nachzudenken, die von den schwarzen Limousinen ausgeht, mit denen in staatlichen Dienststellen leitende Angestellte gefahren werden. Diese finster lackierten Wagen sind Psychopharmaca von höchster Wirksamkeit. Ihr Erfinder muß über geradezu diabolische Menschenkenntnis verfügt haben. Mit keiner Folter, mit keiner monetären Lohn- oder Strafmaßnahme würde es so perfekt gelingen, potente Geister dem Staat gefügig zu machen. Daumenschrauben jeder Sorte, Ein- oder Aussperrungen können immer auch Rebellen erzeugen. Das Risiko ist groß.

Wer mag zuerst erkannt haben, daß es möglich ist, so gut wie jeden Mann (und Intellektuelle nicht ausgeschlossen) zu einem Diener praktisch jedes Herrn zu machen, wenn man ihn in einem langen schweren schwarzen gepflegten Auto Platz nehmen läßt, dessen Tür ihm von einem Chauffeur in grauer Dienstkleidung aufgehalten wird.

Mit der Berechtigung, über einen solchen Wagen und seinen Fahrer verfügen zu dürfen, überkommt den Mann offenbar das, was in popularpsychologischen Schriften als »neues Lebensgefühl« bezeichnet wird. Es handelt sich um eine durch Automechanismen künstlich erzeugte Euphorie, von der die Leitung eines Staates, aber auch große Unternehmen profitieren.

Man kann darauf warten, man kann zusehen, wie hinter den Glasscheiben der Limousine durch Aufpumpverfahren unter der Anästhesie humorig devoter Chauffeursreden dem Mann schmerzlos das Rückgrat gebrochen wird.

›Aufpumpverfahren‹ (man könnte auch ›Aufblasverfahren‹ sagen), das bedarf der Erklärung. Ich habe an Joachim Korbatsch gesehen, wie es funktioniert. Schließlich kannte ich ihn gut, als er noch, eine alte Aktentasche unter dem Arm, zeitunglesend mit der Untergrundbahn an seinen Arbeitsplatz fuhr, und seine auf sich nicht bedachte Sorglosigkeit verlor sich auch nicht, als er in dem durchschnittlichen Auto kam, das er später kaufte. Bei ihm sah es immer wie ein verlassener Kinderspielplatz aus: Murmeln in den Falten der Sitze, über dem Armaturenbrett rutschte eine Puppe hin und her, die seine Tochter wohl nicht mehr hatte greifen können, als man die Kleine unter den Achseln aus dem Wagen gehoben, ein Ball rollte neben dem Gaspedal sachte nach links und dann wieder nach rechts und wies dabei prall seine schönen Farben vor, monatelang war der Aschbecher voll von den Kernen der Kirschen, die ich einmal in Korbatschs Auto verzehrt hatte.

Korbatsch war das alles recht. Er fuhr seine Kinder, ließ Kollegen einsteigen und brachte sie gefällig hierhin oder dorthin, Bücher waren immer vorhanden, eines lag gewöhnlich aufgeschlagen zwischen Fahrer- und Beifahrersitz, von Zeitungen ganz zu schweigen. Zwar habe ich nicht erlebt, daß Korbatsch las während er fuhr (zugetraut hätte ihm das jeder ohne weiteres), vermutlich benutzte er aber, war er allein im Wagen, die Wartezeiten vor Ampeln um sich

irgendeines Satzes zu vergewissern und hielt das Buch noch in der Hand, wenn er bei Grün wieder Gas gab.
Unter Tausenden von Wagen gleichen Typs hätte ich Korbatschs Auto herausgefunden, es sah immer aus wie eine vernünftige menschliche Behausung, salopp gehalten, eine gemütliche Bleibe. Sein Zustand ließ die günstigsten Rückschlüsse auf den Besitzer zu.
Verständlich, daß staatliche Institutionen versuchten, einen Mann wie Korbatsch für sich zu gewinnen. So viel Intelligenz in einem Kopf anzuheuern war ökonomisch für den Fiskus. Schließlich wurde Korbatsch nur *ein* Salär gezahlt. Ich hätte es übrigens für nicht mehr als gerecht gehalten, wenn jedem seiner Hirnzentren ein Gehalt ausgesetzt worden wäre.
Jedenfalls, als Folge eines Anstellungsverfahrens bekam auch Korbatsch (das ist offenbar eine immer geübte Routinevorsichtsmaßnahme des Staates) eine große schwarze Limousine und einen behäbigen Chauffeur, der in seiner Breite etwas hermachte und nicht zu übersehen war, und so wurde auch Korbatsch Opfer eines dieser psychischen Autounfälle, die bei leitenden Angestellten gang und gäbe sind. In Korbatschs Fall bin ich in ihn verwickelt, der unterlassenen Hilfeleistung wegen durchaus zur Rechenschaft zu ziehen.
Denn selbstverständlich wäre ich verpflichtet gewesen, Korbatsch mit zwei schallenden Ohrfeigen aus seiner Bewußtlosigkeit zu holen, als ich ihn das erste Mal »mein Chauffeur« näseln hörte mit dieser angeberischen Beiläufigkeit, die schon der Anfang vom Ende ist.
Infamerweise habe ich mich statt dessen amüsiert über die Naivität, mit der auch ein Mann wie Korbatsch in die größte und sichtbarste Falle tappte, die je aufgestellt wurde um einen scharfen Geist so stumpf zu machen, daß er Boß- und Onthetopgefühle zu hätscheln beginnt, stolz darauf ist, wenn die dümmsten Popanze aus gleichartigen Autos ihm die Hand schütteln und sich geradezu geschmeichelt fühlt, wenn ein Oberpopanz ihn vor einem kalten Buffet, Hummer in den Backen, gar mit dem Namen anredet.
Infamerweise habe ich mich amüsiert darüber, wie auch Korbatsch

sich aufblasen ließ in dem Staatsauto, das er nun benutzen durfte.
Anfangs schien er mir verdutzt über den Aufstieg (mit dem er abstieg) – aber blind und blöde lächelte er sich beifällig zu und interpretierte die Spöttelei, bei der ich es bedauerlicherweise bewenden ließ, in Bewunderung um.

Zu diesem dialektischen Selbstbetrug war er fähig; denn wer sich einmal in einer Staatslimousine einwiegen ließ, ist zu allem bereit, um nicht von der Droge lassen zu müssen, die ihm, mit dem schweren Türschloß schnappend, motorbrummend, fahrergehorsam suggeriert, er habe es zu »etwas« gebracht, wie man so bezeichnend ungenau sagt um zu verhindern, daß dies »etwas« angefochten wird, was unzweifelhaft geschähe, wenn man es beschriebe.

Ein Rest von Scham wird Korbatsch allerdings wohl hindern, je auszusprechen, worauf er glaubt stolz sein zu dürfen. Vermutlich tut es ihm wohl, auf der Berufsleiter etwa die gleiche Stufe wie sein Schwiegervater erklommen zu haben, oder er genießt den Zuwachs an Ansehen bei bourgeoisen Nachbarn, die das schwere Riesenauto nicht übersehen können, mit dem Korbatsch nun morgens abgeholt wird – und was der kläglichen Genugtuungen mehr sein mögen, gegen die ihn immun zu machen mir nicht gelungen ist, vermutlich, weil ich zu feige war, mich zu exponieren und ihm zu sagen, warum er (zum Beispiel mir) so viel wert ist.

Mit meinen Gründen hätte sich beim direktoralen Schwiegervater allerdings nicht viel Staat machen lassen, bei Nachbarn und alten Kollegen auch nicht, obwohl – sogar für deren Wertsysteme hätte ich allerlei anführen können: Korbatschs enorme Arbeitskraft, die Umsicht, mit der er wissenschaftliche Untersuchungen zu leiten versteht, das breite Spektrum dessen, was ihn interessiert, sein stattlicher Vorrat an Allgemeinwissen, er ist ein besorgter Vater, und, wie sich das gehört für einen Mann dieses Typs, bis zur Unerträglichkeit rechthaberisch.

Kurzum, mit einem ganzen Katalog gutbürgerlicher Eigenschaften weiß er zu verdecken, daß er unter aufgescheuerter Haut ein Bündel schmerzender Nerven ist. Mürbe von Angst, versucht er, den Tod von sich fern zu halten, indem er, von Absturzvisionen gepeinigt, Flugreisen vermeidet und kann es doch nicht lassen, täglich, was seine Verminderung, wenn nicht Vernichtung bedeutet, in tiefen Zügen einzusaugen mit den Zigaretten, die er immerfort vor seinem Gesicht entzündet, unfähig, sich von diesem hektischen Rauchzwang zu befreien. Seine Lungen müssen schon dunkelbraun sein von den Teerrückständen, die heiß das Gewebe eingefärbt haben. Und immer wieder läßt Korbatsch das Flämmchen seines Feuerzeuges mit kleinem Explosionslaut aufflackern in seiner Hand.

Vielleicht ist er ohne Zigaretten, ohne die tiefe Atmung, die beim Rauchen nötig wird, nicht zur Gelassenheit fähig angesichts unseres zum Tode verurteilten Lebens, das mit vollem Bewußtsein ertragen zu müssen unser Hirn uns zwingt, ohne daß dessen Beitrag zur Behebung des Problemes unserer Mortalität bisher über das Ersinnen von Medikamenten und Operationsmethoden hinausgegangen wäre, mit denen Leben sich schlecht oder recht verlängern läßt.

Einen Gedanken, der den Tod nachweislich außer Kraft setzt, hat noch keine Hirnrinde produziert, die Ganglien sind auf die Spekulationen der Metaphysik oder der Religionen ausgewichen, aber es gibt Menschen, die sich nicht täuschen lassen, und ich kenne niemanden, der sich die Finalität unseres Daseins ähnlich eindringlich wie Korbatsch vor Augen hält, unbefreibar von der Qual, sich, von keiner Religion gestützt, wehrlos vom Sekundenzeiger, diesem scharfen Hackbeilchen der Zeit (die doch Ammoniten anderes gönnte), umbringen lassen zu müssen um Asche oder Übelriechendes zu werden und ohne zu wissen, wie er etwas von den Intensitäten retten könnte, die seine lebendige Seele ausmachen.

Diesem wundgeriebenen Menschen muß man Tröstungen gönnen, aber es schmerzt mich, daß Korbatsch sich mit so minderwertigen Subsidien zufrieden gibt, wie sie Regierungsinstitutionen in Form von schwarzen Limousinen gewähren. Es verdrießt mich, daß er den Trick nicht durchschaut, nicht bemerkt, wie schäbig der Staat den Tod anpumpt um sich Ansehen zu verschaffen. Schließlich sind die schwarzen Staatslimousinen nichts als ein Plagiat, eine gerissene Anleihe, die ein zynischer Psychologe bei den Begräbnisriten unseres Kulturkreises gemacht hat, wo man unser jämmerliches

Ende zu beschönigen sucht, indem man es mit dieser außerordentlichen Farbe zuhängt, die im Sonnenspektrum nicht vorgesehen ist.

De mortuis nihil nisi bene – und ein bißchen von dieser schweigsamen Rücksicht soll doch wohl, das scheint mir das Kalkül zu sein, auf die übergehen, die sich da von Staats wegen schwarz umherfahren lassen und hoffen, angenehmer Ehren und der Schonung teilhaftig zu werden, wenn sie sich die Zeremonialfarbe des Todes aneignen.

Und natürlich wollen sie den Respekt, den ihnen die schwarzen Wagen verschaffen, nicht aufgeben und verhalten sich also loyal gegen die Institution, die ihnen dies Statussymbol verlieh, sie halten die Spielregeln der Herrschenden ein und wenn sie intelligent sind, so resultiert daraus nur, daß sie um so fixer begreifen, was sie nicht tun dürfen, wenn sie nicht wollen, daß ihnen die schwarze Droge nicht mehr rezeptiert wird, mit der sie sich so ausgezeichnet glauben, daß sie – und das ist ihre einzige Entschuldigung – sich vormachen können, sie wären nicht der schmerzempfindliche Staub, der sie sind.

Auch in ihr Vokabular, das ist folgerichtig, übernehmen sie das finale Signalement ihrer Wagen: »Keine Zeit« mehr zu haben halten sie sich für verpflichtet, als wären sie von klappernden Scheren verfolgt, mit denen ihnen die Zeit anders als Autobusschaffnern beschnitten werden soll. Erkrankungen in diesen Kreisen werden mit Schlagzeilen bekannt gemacht, süchtig borgen die Leitenden beim Tod, damit ihnen ihre Wichtigkeit geglaubt wird, borgen bei ihm für ihr Ansehen und versuchen, ihn in Sanatorien mit Kneippkuren zu überlisten, die sie aber nur nötig haben, weil sie in der Tat groteske Anstrengungen machen müssen um den schwarzen Autos, in denen sie so komfortabel gefahren werden, mit Merkmalen nachzukommen, die ihnen den erklommenen Platz in der abstrusen Hierarchie und also im schwarzen Auto sichern.

Ich war mir doch im klaren über das Kräfteverzehrende dieses Kreislaufes. Warum habe ich Korbatsch nicht gewarnt, als ich ihn das erste Mal »Keine Zeit« sagen hörte.

Korbatsch wäre die Mühe doch wert gewesen.

Anwesenheit

Ein unschönes Wort?
Man kann gewiß nicht verhindern, daß der verwaltungstechnische Gebrauch als ›Anwesenheitsliste‹ assoziiert wird oder das peinliche Gefühl aus der Schülerzeit, wenn jemand abwesend war, der eigentlich hätte da sein müssen, und ein grämlicher Lehrerblick den Platz traf, auf dem der nicht saß, der sich davongemacht hatte und einen die eigene Anwesenheit wie einen Akt beschämender Unterwürfigkeit empfinden ließ.
›Anwesenheit‹, ein ungemein deutsches Sprachgebilde, wie geschaffen um Bürokraten wie Metaphysiker zu den fragwürdigen Erektionen ihrer Gewerbe zu stimulieren. Kein Wunder, daß die bange Zärtlichkeit nicht mehr spürbar wird, die dem mißachteten Wort innewohnen kann und sich mitteilt, wenn man zum Beispiel zusieht, wie, zielstrebig oder schüchtern, danach getrachtet wird, Anwesenheit unter Beweis zu stellen.
Ich denke an ein Schauspiel, das peinlich kleinbürgerlich zu nennen jeder, der auf guten Geschmack hält, sich verpflichtet fühlt – Borniertheit, die Unfähigkeit, durch Beobachtungen zu anderen als den vorauserwarteten Wahrnehmungen zu kommen, regulieren die Übereinkünfte des guten wie des schlechten Geschmackes –: es ist gleich, zu welcher Zeit man an die Fontana Trevi geht, solange es nur irgend hell genug ist, wird man dort Menschen finden, die sich fotografieren lassen. Sie stehen da, Frauen in blauen, in geblümten Kleidern, Männer, Gruppen, Paare – ungebrochen führen die einen ihr Vorhaben aus und inszenieren sich vor der ihnen so erwünschten Kulisse, andere genieren sich merklich, aber auch sie können es nicht lassen, jemanden zu bitten, sie mit diesem lange haftenden Blick zu betrachten, den das dicke tote Glasauge einer Kamera zu gewähren vermag, so daß ein dauernder Zusammenhang entsteht zwischen den geflügelten Pferden der Fontana und denen, die es zu diesem Ort gezogen hat, dessen sie sich schon mit Geld zu bemächtigen suchten, mit der Münze, die sie in den

Brunnen warfen um zu verhindern, daß sie nicht wiederkehren, und wenn sie nicht zurückkommen, wird es ja das Bild geben, auf dem ihre Anwesenheit bei den fallenden Wassern der Ewigen Stadt so lange anhält, daß sich verschmerzen läßt, wenn keine Wiederkehr möglich. Weder die Zaghaften, die sich nur zögernd getrauen neben der alten Steinpracht zu figurieren, noch die kleinen Triumphatoren, die sich überall am rechten Platz glauben, werden so weit gehen zu artikulieren, was sie am Rande des Brunnens treiben; sie bleiben im Stande der Unschuld und liebenswert.

Vermutlich würden sie geradezu erschrecken, wenn man ihnen sagte, daß sie eine Schlacht gegen die Vergänglichkeit an der vordersten Front gewinnen wollen: indem sie der Kamera wie Dompteure ins Auge sehen, die Sekunde zur Verewigung zwingen, mit einem kleinen Schlitzverschluß, der auf- und wieder zuschnellt, Flüchtigstes gefangennehmen um es auf Papier zu binden – was alles ihnen wohlgelingt: als homo faber ist der Mensch geglückt.

Schließlich hat er Traktoren geschaffen, die kräftiger ziehen als schwäbische Ochsen, und er hat dafür gesorgt, daß es außer den gähnenden warmfelligen zebrareißenden Löwen der Savannen noch die steinernen Löwen von Granada gibt, denen tropft das Maul nicht vom Blute der Beute, wasserspeiend (es scheint selbst im Sommer das eisige Schmelzwasser der Sierra zu sein) kühlen sie schon mit ihrem bloßen Anblick den heißen Hof der Alhambra, der zu Recht nach ihnen benannt ist. Und wenn ich an all die gelassenen säulentragenden Tiere denke, die vor den Portalen der Kathedralen lagern, kommt es mir vor, als habe das erste Buch Mose ungeheuer anregend auf die Menschen gewirkt, offenbar konnten einige die Geschichte der Genesis nicht hören ohne ihrerseits Stiere und zarthalsige Antilopen mit der bloßen Hand zu schaffen und es gelang ihnen, tonnenschwere Steinelefanten hochzuwuchten und an den Gesimsen ihrer Dome anzubringen um Gott in Bari oder Trani zu zeigen, daß sie können, was er konnte. Ich muß nicht auf Pipelinesysteme, Untergrundbahnanlagen, Flußuntertunnelungen hinweisen, mit denen die Instinktbauten der Biber und Karnickel übertroffen werden. Ein hölzerner Löffel kann es beweisen: als homo faber ist der Mensch geglückt.

Aber wenn er beginnt, sich zu interpretieren, wenn er die Tatsache, daß er sterben muß mit den Stromstößen in seinen Ganglien abtastet und dann doch gegen die Erkenntnis, die alle in seinem Hirn gespeicherten Informationen ihm liefern könnten, in den Bau von Pyramidengräbern und Auferstehungsriten ausbricht, weil er anwesend, anwesend, anwesend bleiben möchte und sich nicht vorstellen kann, daß Abwesenheit auch eine Form der Anwesenheit ist – wenn der homo faber also beginnt, sich zu interpretieren –
es ist ihm, so scheint es, nicht möglich, sich damit zu begnügen, daß er für eine Weile teilhaben kann, etwa an den kurzen atlantischen Regenschauern, deren harte Perlschnüre so schön aussehen, die Portugiesen flüchten vor ihnen unter die schwarzen Kuppelzelte ihrer Regenschirme, was anzusehen noch schöner ist als einzig den Sturz der hellen Tropfen zu betrachten, die erst wenn sie treffen, einem Schaf zwischen die Hörner fallen und einem Advokaten auf den Siegelring, ihr wahres Wesen zeigen, blanke runde Schabernacke, platzende Nicknöcke auf den Schirmen der Männer, jeder hält sich seinen lächelnd wie eine Wassertrommel über den Kopf. Fragt sich, ob Ludwig das wahrgenommen hat, als er in Lissabon umherging, ohne Schirm, möchte ich meinen, ich sah nie einen bei ihm, überdies könnte er jetzt keinen mehr halten, er hat seine Hände hiergelassen, einmal, als er nach meinem Wolf griff. Das ist auch so ein Geschöpf von einem, der es dem Gott der Genesis gleichtun wollte und also nahm er ein Stück Balsaholz und machte einen Wolf daraus, einen langgestreckten, ausgehungerten. Der Mann war Hirt und wiederschuf das Tier seiner ererbten Angst, entließ es oder verstieß es aber wohl, sonst wäre der Wolf nicht bei mir, irgendwo hat Lambert ihn gekauft, er hält immer nach Wölfen Ausschau, aber nicht wie der Hirt wegen der Schafe, Lambert ist für die Wölfe, weil ihnen nicht gegeben ist, ohne Jagd vom Grase satt zu werden. Auch Ludwig ist für die Wölfe, aber er ist sich über den Grund nicht im klaren: er gehört in ihr Rudel, der magerste und jagendste von allen. Wie er auf meinen Wolf zustieß, als er ihn sah: so erkennt man nur Allerverwandtestes. Noch als längst über anderes gesprochen wurde, hielt Ludwig das hölzerne Abbild des Wolfes fest und so sind seine Finger in diese un-

auflösliche Synopse mit dem Tier geraten, es ist mir unmöglich, den Wolf ohne Ludwigs hagere Hände zu sehen, die auf diese Weise bei mir verblieben sind, und schon deswegen glaube ich, daß ich auch Ludwig wiedersehen werde. Eines späten Tages spät wird er mit dem Ellenbogen meinen Klingelknopf betätigen und die paar Stufen hochkommen. Wie ein Wolf, der nicht weiß, ob er angreifen oder flüchten soll, hat er immer ausgesehen auf meiner Treppe, wird er auch dann aussehen, denn ein Wolf kann sich nicht vorstellen (es ist außerhalb seiner Natur), daß man ihn freiwillig füttern würde. Es ist ihm auch nicht möglich, sich jemals, wo auch immer, für willkommen zu halten, außer bei seiner Wölfin, die er verteidigt und auf deren Abhängigkeit er rechnet und außer bei seinen jungen Wölfen, die er dank größerer Erfahrung noch in der Gewalt hat. Aber sonst – er wird immer sichern, das Kiefergelenk bißbereit locker halten. Ein Wolf kennt die Glücksmöglichkeiten des Hundes nicht, der schwanzwedelt und sich niederläßt, sicher, daß er gerufen kam.

Eines Tages also wird Ludwig mit voranflüchtenden Sprüngen die Stufen zu meiner Wohnung hochkommen und in diesem trockenen Staccato, das er spricht (ich habe noch nie jemanden das Deutsche auf so spanische Weise gebrauchen hören), nebensächlich, als spreche er von etwas, das man auch wegwerfen könne, seine Hände zurückverlangen.

Er wird sie bekommen. Jedenfalls wird er glauben, daß er sie hat, wenn er geht. Er wird in sein Auto springen, der Motor wird aufheulen unter dem Gasstoß, den Ludwig mit dem Fluchtpedal gibt, über ein paar Straßenkreuzungen wird der Trugschluß, entkommen zu sein, hinweghelfen, aber dann wird die Erkenntnis sich ausbreiten in Ludwigs Hirn: alles dagelassen. Nicht nur die Hände, die Füße auch, alles, bis zum letzten Jackenknopf, früher schon, immer schon, nicht zurückzufordern, die Aufspaltung ist endgültig. In Montreal anwesend gewesen ohne hier abwesend gewesen zu sein. Nach Karditsa gefahren, jawohl, und wer ist da schon hingekommen. Aber von hier nicht fortgewesen. Mich bestürzt das nicht mehr, ich wußte es sowieso. Aber Ludwig, wenn er erkennt, daß er sich wiedererkannte, seine ungestorbenen Tage fand, Ludwig wird sein Auto stoppen müssen, damit er nicht einen Unfall verursacht vor Glück, denn das Glück des Wolfes ist größer als das eines Hundes. Wenn es den Wolf überkommt und ihm in die Flanken fährt, muß er zittern bis in die Schulterknochen.

Hände übrigens und weil von ihnen die Rede war: ich habe mir angewöhnt, wenn ich fort bin, auf Märkten, in anderen Ländern, Löffel zu kaufen, weil es mir Freude macht, den Reichtum an Formen zu betrachten, die der Mensch immer noch einem seiner archaischsten Geräte zu geben weiß.

Die schönen bäuerlichen Löffel, jeder die Mulde einer Hand, rundlich, kindlich meistens, die in Holz geschnittene Bitte um Reis, um Hirsebrei, eine warme Suppe. Wieviel Ausdruck der homo faber diesem Instrument von jeher verliehen hat, sei es den großen tiefen Überhänden, die für die schmerzhaft leere Magengrube schöpfen sollen, sei es den genäschig fingerspitzen Teelöffelchen.

Irgendwann hat der Mensch begonnen, seine Hand von einem Löffel vertreten zu lassen. Ein ungeheuerlicher Akt der frühen Verkünstlichung seines Daseins, man möchte ›Verkunstung‹ sagen, angesichts der Schönheit der Löffel aller Kulturen.

Ein sonderbares Unbehagen muß die Erfindung des Löffels notwendig gemacht haben, es kann nicht einzig der Wunsch gewesen sein, auch flüssige Speise ohne Verlust zum Munde zu führen oder mit Heißem hantieren zu können, es muß etwas wie Ekel aufgekommen sein, Ekel davor, den warmen oder kalten Matsch eines Gerichtes mit der eigenen Hand zu berühren oder, umgekehrt, Ekel davor, etwas so Kostbares und Erwünschtes wie die Nahrung mit der eigenen unreinen Hand anzufassen. Jedenfalls, eine Art Irritiertsein hat zur Erfindung des Löffels beigetragen, eine Störung im ungebrochenen Umgang mit der Speise hat zu dieser Denaturierung geführt, die offenbar im Unbewußten auch als Verlust empfunden wurde, den mit Kunst aufzuwiegen die Löffelmacher (und die Löffelbesteller) aller Zeiten und Kulturen bestrebt waren. Indem er sie kostbar und schön anzufertigen trachtete, wollte der Mensch die künstliche Hand seiner natürlichen Hand überlegen machen und sich damit (es könnte so sein) eine Entschuldigung dafür beschaffen, daß er die eigene Hand von ihrem natürlichsten Gebrauch zurückgezogen hat. Anwesenheitsverluste sollen immer mit Kunst wettgemacht werden, und die kostbar geschnitzten oder gegossenen Löffel entschädigen dafür, daß man unfähig geworden ist, mit Lust unmittelbar die eigene Hand in den Maisbrei oder zum Fleisch greifen zu lassen.

Der Gott der Genesis, auf den wir uns zurückführen möchten, ich habe ihn gesehen, am Ende eines Weges, zwischen Weinstöcken und Olivenbäumen steht das Huck von einem Häuschen, in dem er wohnt. Warum sollte er nicht wohnen? Wer weiß, an welchem seiner Schöpfungstage ich ihn traf, jedenfalls war die Anzahl seiner Geschöpfe schon groß, sie standen auf dem Dachrand der Hütte zum Trocknen; die Nässe mußte entweichen aus der Erde, aus der sie gemacht waren.

Wer ist darauf gekommen, daß der Gott der Genesis ein alter Mann sein müsse? Ein Irrtum von aus Patriarchenkulturen stammenden Malern, glaube ich, die nie ans Ende jenes Ölbaumweges geraten sind und uns verlegen aus Unkenntnis diesen bärtigen Mann vorgemogelt haben, den wir übereingekommen sind an den Anfang der Bibel zu stellen.

Aber der Gott der Genesis ist eine geschäftige alte Frau, die sich die Hände an der Schürze abwischt, wenn ein Geschöpf ihr gelungen und fertig ist, und die sich nicht durch mich von der Arbeit ablenken ließ, verjagt hat sie mich allerdings auch nicht, als ich da ankam, wo sie Schweine und Stiere macht, auch Igel und Esel.

Es kam einer Erlösung gleich, in Saho Martinho de Galegos endlich der Genesis beiwohnen zu können, nichts ist einleuchtender als daß diese fortdauert. Jeden Tag wird zuerst Ton geschlagen, damit er dem Willen Rosa Ramalhos nachgibt – warum sollte Gott keinen Namen haben und Rosa Ramalho ist ein schöner Name – zuerst schlägt Rosa also die Erde und dann fängt sie sie zu kneten an und denkt sich aus, was für Beine ein Wesen haben müßte und was für ein Maul. Manchmal wird sie wütend und schmeißt einen Tonklumpen so daß es klatscht wieder in den Trog, weil ein Tier ihr mißraten ist und dann muß es seine Geburt von neuem erleben.

Rosa in Galegos versieht die Welt mit Pferden und Vögeln und sie spendet mehr Menschen als Moses uns berichtet hat, sie gibt Adam und Eva Musikanten und Reiter mit, aus Lehm gemacht, bestehen sie die Feuerprobe alle in dem Reisigbrand, den Rosa, man weiß nicht wie, aber jedenfalls nicht ohne Fächeln und Schimpfen auf 900° Celsius bringt, damit der Ton geschrüht wird, und wenn sie gut gelaunt ist und ihren Geschöpfen Glanz und Farbe verleihen will, muß das Feuer noch hitziger werden, sonst beginnen die Glasuren nicht zu leuchten.

Ich hätte mir denken können, daß Moses' Gott weiblich ist; aus so weichem Material wie Erde verstehen Männer nichts zu machen. Sie müssen sich an Steinen versuchen und Eisen biegen. Mit den nassen Silikaten wird eher eine Frau so fertig, daß nach der Versinterung Schafe aus dem Feuer kommen.

Rosa Ramalho trägt ein schwarzes Kopftuch umgebunden, und ihrem Willen mußte ich mich beugen, Brot und Bohnen essen und so viel Wein trinken, wie sie bestimmte. Rosa lacht gern, geht barfuß und würde nicht begreifen, daß man allgemein annimmt, sie sei unsichtbar. Sie weiß nicht, was Moses über sie geschrieben hat, sie kann nicht lesen, sie ist eine portugiesische Analphabetin, die sich Bohnen schnippelt zum Mittagbrot und Menschen schafft nach ihrem Bilde.

›Excellentissima Senhora Dona Rosa Romalho‹ schreiben Leute auf Briefumschläge, wenn sie sich an sie wenden mit Bestellungen und nicht wissen, daß Dona Rosa mit Buchstaben nicht umgehen kann und die Ochsen wie die Hirsche nach ihren Launen macht, am siebenten Tag einen röteren Wein trinkt, aber am achten Tag ihre Arbeit wieder aufnimmt in diesem Winkel Saho Martinho, zu dem keine Straße führt, Gott muß man zu Fuß besuchen, doch lacht Rosa, wenn es einem kleinen Auto gelingt, sich bis zu ihr durchzuschlängeln, und sie hat nichts dagegen, daß man zusieht, wie sie es schafft, das Wasser von der Erde zu scheiden und, was ein Klumpen war, zu einem Wesen zu machen, das eine ganze Weile bleiben wird und die harten Perlschnüre der kurzen atlantischen Regen übersteht, für die Rosa ebenso verantwortlich sein könnte, warum nicht, wer Feuer macht, kann es vielleicht auch regnen lassen.

Auch Schreiber vermehren die Geschöpfe der Erde, das muß man ihnen schon lassen. Aber auf welch sonderbare Weise! Selbst Elefanten werden samt ihren langen Greifnasen aus Buchstaben zusammengesetzt wie ein Puzzle für Kinder, die man im Bett beschäftigen muß, weil sie Masern haben. Rübezahls langer Bart ist aus Buchstaben gemacht und aus nichts als losen Buchstaben besteht auch der Knotenstock, der ihm doch eine feste Stütze ist, wenn er übers Gebirge wandert.

Wenn auch widerwillig, man muß zugeben, es ist ein Wunder, daß der ganze wogende Ozean in der geraden Linie einer einzigen Zeile vorhanden sein kann.

Kein Zweifel, Schreiben ist eine Art, etwas auf die Welt zu bringen, wenn auch keine so schöne wie die der Rosa Ramalho! Was mich betrifft, ich verstehe mich auf keine andere und diese hat ihre Vorteile. So bin ich froh, daß es nur weniger Utensilien bedarf, wenn ich wieder einmal vor der Notwendigkeit stehe, eine Art Zellteilung in mir einzuleiten um mein Hirn von dem oder jenem zu befreien, indem ich es einfach anderswo unterbringe, eben mit dem Bleistift auf Papier, da existiert es dann als Augenpulver vor sich hin.

Welch eine Umständlichkeit, wenn ich etwa Glasbläser wäre und, was ich aus mir entfernen will, in den heißen Schmelzfluß von Quarzerden übertragen müßte. Ich zerkrümele in Buchstaben, was stört, und wer will, kann es auflesen.

Aber das ist nicht alles, was sich zugunsten des Schreibens sagen läßt. Was wäre das Dasein von unsereinem, wenn man sich nicht diesen weißen Wal halten könnte und den stelzbeinigen Kapitän, der ihn jagt, samt dem ganzen grauen Meer aus dem das Tier atmend auftaucht, weil einer die Vision vom großen Fisch mit Buchstaben von 0,3 bis 0,5 cm realisiert hat in der Parthenogenese der Schreibenden.

Meine Regale sind gerammelt voll von Buchstaben, Milliarden von Wörtern halte ich mir zum Abruf bereit, im Reiche dessen was geschrieben steht geht die Sonne erst recht nicht unter und ich verfüge über bedeutendere Reserven als Karl V. aus dem Hause tu felix Austria nube, sogar die Anzahl meiner geschriebenen Uhren ist größer als die derer, die er im Escorial versammelt hatte in der Manie, die Dauer seiner Trostlosigkeit von vielen Zifferblättern ablesen zu wollen.

Daß ich über mehr verfüge als der Kalif von Bagdad, beschämt mich, denn ich habe ihn immer verehrt und übertreffe ihn ungern, aber er mußte seinen Palast verlassen, wenn er auch nur einen Grobschmied treffen wollte, während ich aus den Kammern zwischen meinen Buchdeckeln Gott und die Welt und ihre Narren zu mir rufen kann. Falstaff, zu ein paar dünnen Seiten gepreßt, gewinnt seinen vollen Umfang wieder, wenn ich das Buch aufschlage in das er gedruckt wurde. Ich habe erlauchte Gefangene, Shakespeare hat für Könige gesorgt und was sind die Gärten des Kalifen, bei mir wuchern Wälder im Gestell, Tundren und Wacholder breiten sich aus, ich muß kein Tier entbehren, die weißen Pfauen schreien, wenn ich die Sätze nachlese, in denen sie hausen.

Natürlich bin ich dem, was ich besitze nicht immer gewachsen. Manchmal unterliege ich dem stummen Gemurmel eines Schreibers, lächerlich wie eine Duodezfürstin, die einen Granden des Denkens geladen hat um ihre Hofhaltung mit ihm zu zieren, aber seinem Vortrag gar nicht zu folgen versteht. Früher zog ich mich aus der Affäre indem ich solch einen Erlauchten lächelnd aber beschämt verschenkte. Inzwischen bin ich, Alter macht gewitzt, frech genug, so einem erst einmal die Sätze zu percutieren. Das geht manchmal zu meinen Gunsten aus und dann gebe ich den Denkerer feixend jemandem, der süchtig ist, überflüssige Ganglienbewegungen zu adorieren.

Aber wie schön, ein Dromedar lesend mit der Hand umzuwenden und seiner Spur zu folgen.

Was an Wunderbarem kann nicht auftauchen in der Prozession der Buchstaben, die so gleichförmig wirkt, wenn man nicht mehr als einen flüchtigen Blick auf ihre Reihungen wirft und noch nicht innehält zum Beispiel bei der Viererkombination von N, i, x und e, aber aus diesen und den Folgelettern erscheint dann die Meerfrau im dunklen Mantel schwarzer langer Haare und am Ende der Zeile steigt der Schwan auf um seine Nixe zu verlassen, zu der er zurückkehren wird nach dem Satz, in dem geschrieben steht, was es heißt, das Gewässer zu meiden, in dem sie manchmal sichtbar wird.

Es ist wahr, daß Besitz schuldig macht. Ich jedenfalls fühle mich in der Schuld all der Buchstaben, die ich bei mir versammelt habe, ohne so wie sie es verdienten die Ergebnisse ihrer kunstvollen Zusammensetzungen würdigen zu können. Denn wenn auch kein Tag ohne lesen vergeht, es wird immer ein Kind geben, das ich öfter hätte herbeirufen sollen aus einem Satzspiegel, der auf seiner streng begrenzten Fläche des Kindes Trauer lesbar macht (womit unter anderem bewirkt werden kann, daß ich diese Kenntnis verwende um Kindern, die mir außerhalb der Satzspiegel begegnen, Trauer zu ersparen).

Die lautlose Anwesenheit so vielen Lebens auf weißen Regalen an meiner Wand und die Tatsache, daß es in meiner Willkür steht, es aufzuschlagen um lesend diesem geschriebenen Leben in meinem Kopf die einzige Realisation zu gewähren, die ihm möglich ist, und der Umstand, daß irgend etwas Sanftmütiges, das Besseres verdiente, stumm gedruckt bei mir verharren muß, mit nicht mehr Trost versehen als dem melancholisch erinnernden Blick, den ich auf schöne Bücher werfe, die wieder zu lesen mir der Anspruch nicht gestattet, den neu Geschriebenes mit Recht an mich stellt, bedrücken mich.

Aber das nicht so sehr, wie ich fürchte, schuldig zu werden, wenn ich dazu übergehe, Buchstaben zu produzieren. Ich brauche nur an Ludwig zu denken. Noch konnte ich ihm verheimlichen, daß ich ihn mit dem Alphabet einkreise, daß ich ihm lange Sätze wie Lassos um den Hals werfe und es darin zu einer gewissen Kunstfertigkeit gebracht habe. Wie das atemlose Wild einer Treibjagd würde er sich fühlen und nicht wissen, wie er den Buchstaben entkommen soll, die ich auf ihn anwende um ihn herbeizuzwingen. Ich ahne, wie es sich für ihn anfühlen müßte wahrzunehmen, daß ich seine kräftigen Knochen, auf die er sich doch verlassen möchte, mit nur einer Hand zu Buchstaben zerkleinern kann.

Nein, es ist mir nicht recht, daß ich mich schon in aller Frühe, wenn er noch schläft, über ihn hermachen kann mit einer Anzahl e, i, r,

D, K und allen anderen Buchstaben, damit er nicht mehr nur ist, wo er ist, sondern Schriftzeichen für Schriftzeichen an meinen Schreibtisch kommt im Morgengrauen, bis ich einen Punkt mache und er sich nicht mehr retten kann aus dem Satz, in dem er anwesend, anwesend, anwesend ist.
Es ist mir nicht recht, daß ich mich auf diese Art Zauberei verstehe, sagte ich und muß doch froh sein, daß ich ins Alphabet flüchten kann um den Insult zu überstehen, den Ludwig mir schweigend zufügt, des Schadens sicher, den er mit Wortlosigkeit anrichtet.
Ludwig – ich kann ihn verantwortlich machen: auf jedes Wort, das ich auf ihn verwende, kommt ein Wort, das auf mich zu verwenden er versäumt hat. Die Rechnung geht auf, unsere Konten sind ausgeglichen, wir sind quitt, wenn ich den Schreibtisch verlasse und er endlich aufwacht (was weiß ich, wo) und mißmutig ins Badezimmer geht um einen Tag zu beginnen, an dem er kein Wort mir zuliebe aussprechen wird.
(Aber eines Tages werde ich ihm die Mündung einer Frage auf die Brust setzen.)

Dem Gott der Genesis bin ich noch einmal begegnet. Das war nicht in Saho Martinho de Galegos, das war hier, an einem Tag, als ich von Nordfieber und Südsucht geschüttelt in den Straßen herumlief, infolge widriger Umstände nicht auf eine Reise konnte, ich hätte mich auch nicht zwischen Trondheim und Evora zu entscheiden gewußt an diesem unruhigen Tag und wich in ein Warenhaus aus, gierig auf einen Ort, der von Menschen und Gütern wimmelt. Wohin hätte ich auch sonst gehen sollen um mich abzulenken von dem Verlangen, mich anderswohin katapultieren zu lassen, einem Bahnhof oder einem Flugplatz hätte ich nicht nahe kommen dürfen, wie ein kleines Eisenspänchen vom Magneten, so wäre ich vom Billettschalter angezogen worden! In ein Warenhaus also, auf die Rolltreppen, in die Lifte, nicht um zu kaufen, aber hungrig auf den erlösenden Anblick von etwas ganz und gar Fremdem.
Der Gott der Genesis war nicht fremd. Er war, was man im geheimsten erwartet, und er war wieder eine Frau, nur sprach sie diesmal nicht und war auch nicht lustig. Ein einfallsreicher Wa-

renhausmanager hatte sie geholt und hoffte mit Recht, daß sie Neugierige anziehen würde und so dem Kaufhaus reichlich Kunden verschaffen.
Ich bin nicht sicher, daß alle, die gaffend um sie standen, die Frau identifizierten. Aber ihrem Zauber erlag jeder.
Auf einer niedrigen Holzbühne saß sie, angestrahlt von Lampen, sie hatte bunte Kleider an sich, glänzende schwarze Zöpfe hingen ihr vom Kopf. Eine Indiofrau aus Guatemala, wie es hieß.
Neben ihr stand ein Korb mit Wolle, vor ihr ein grober Webstuhl. Das Warenhaus hatte sie ausgestellt, sie war bedrängt von Zuschauern, jeder hätte sie anfassen können, aber sie nahm offenbar niemanden wahr, so versunken war sie in das Hantieren mit Fäden, aus denen vor unseren Augen Vögel und Löwen und Pferde entstanden. Mit krummen braunen Fingern sorgte die Frau dafür, daß ihre Tiere Ohren und Schweif bekamen, sie neigte sich vor um die Festigkeit des Gewebes zu prüfen, aus Fäden ließ sie Bäume und rote Sterne wachsen, man mußte ihr nur lange genug zusehen. Manchmal kam ein Mann, beugte sich zu ihr und sprach ein paar spanische Worte, zu denen die Frau allenfalls mit dem Kopf nickte ohne die Fäden loszulassen, die sie so anzuordnen verstand, daß allmählich diese schönen Werke der Geduld entstehen konnten, wie sie beendet neben ihr lagen, aus dem Faden gewebt, an dem alles hängt, auch der Gott der Genesis, denn wie hilflos wäre die Indiofrau wenn sie den Faden verlöre, der sie mit Guatemala verbindet, von wo abwesend zu sein man sie überredet hat, damit sie hier auf einem Holzpodest das Land erschafft aus dem sie gekommen ist und die Herden nicht vergißt noch die Hunde, die an Fußtritte gewöhnt sind und denen, während sie gewebt werden, unter den Händen der alten Frau eine nie gekannte Zärtlichkeit widerfährt, die der ihnen schuldig blieb, der zuläßt, daß sie mit Schwären am Körper unter einem Schwarm von grünen Fliegen verenden.
Die armen Hunde dürfen sich verwandeln und in der nachgiebigen Festigkeit der Fäden das Leben führen, das ihnen mißgönnt war von solchen, die gern Steine werfen und Schmerzgeheul wie einen Applaus empfinden, der ihren Armmuskeln und ihrer Fähigkeit,

nicht nur zu zielen, sondern auch zu treffen, gezollt wird. Im Hund, der sich unter einem Fußtritt krümmt, fühlt sich mit Stolz der Rohling anwesend, seine Kraft, seine Macht ist dem Tier in die Eingeweide gefahren und wenn es winselt – es gibt wohl Menschen, die das wie ein angenehmes Abebben einer ihrer schlechten Launen mit Genugtuung empfinden.
Der Gott der Genesis aber wurde allen armen Hunden von Guatemala gerecht, er nahm sich ihrer an und brachte sie in seiner Decke sicher unter.

Ich habe mich schon an anderer Stelle gefragt, wer sich Ludwigs annehmen wird, denn »der Tag kommt, irrt euch nicht, Zeit ist Gnade«, und einmal bricht sein Stolz ein wie etwas, das von Kindern aus Streichhölzern gebaut wurde, deren jedes einzelne man mit zwei Fingern knicken kann, wenn man will, und eines Tages werde ich das wollen müssen, und wohin wird er dann fliehen vor dem Unrecht, das er getan hat und das er sich nicht wird aus dem Schuh schütteln können wie ein Steinchen, gegen das sein Fuß empfindlich ist. Aber vielleicht verwandelt auch er sich in andere Materie bevor es soweit ist, so daß man ihn nicht mehr zur Rechenschaft ziehen kann, obwohl, was er dann ist, sich in Rechenkategorien durchaus einordnen läßt, denn er wird sich zu einer Zahl auf einem Girokonto oder zu einigen Bündeln dünner knitternder Banknoten verändern, nachdem er vorübergehend die Gestalt einer Versicherungspolice angenommen hat, dies scheint die Art von Weiterleben zu sein, die ihm erwünscht ist, ich messe das an dem Eifer, mit dem ich ihn auf einem Flughafen den Versicherungsautomaten betätigen sah, damit er 50 000 Mark werden kann, wenn die Maschine rauchend abstürzt, der er sich nicht anvertraute, nein, (Vertrauen ist seine Sache nicht), die er mit etwas verzerrtem Gesicht betreten hat um alle Termine einhalten zu können, die seine Karriere ihm vorschreibt, dafür nimmt er ein Transportmittel in Kauf, das er sich bereits in der Luft explodierend vorstellt, und er trifft Vorsorge, daß er sich, falls er zerrissen werden wird, doch in einer Zahl wieder sammeln kann, in der Zahl 50 000 nämlich, um die der Kontostand seiner Witwe hinaufschnellen wird, so daß er sich, wenn schon nicht mehr mit Kindern, so doch mit Zinsen vermehren und in dem glitzernden Schmuck anwesend sein kann, den die Witwe von einigen der Geldscheine, zu denen ihr Mann geworden ist, zweifellos erstehen wird und ihn als eine goldene Erinnerung um das Handgelenk trägt bei ihren vergeblichen Versuchen, irgendeinen der Millionen Männer, die es auf der Welt gibt, dazu zu bewegen, sich mit ihr zu befassen. Nach etlichen Niederlagen wird sie noch einige Scheine mehr von der Summe abzweigen, die für den Körper ihres Gatten gezahlt wurde, und einen Ring erstehen, dessen Stein der einäugige Blick sein wird, der zuschaut, wie sie vertrocknet.

Wer wird sich Ludwigs annehmen, bevor es soweit kommt? Ein armer Hund ist er auch, und wenn keine Guatemaltekin ihn in ihrem Gewebe unterbringt, damit ihm Gerechtigkeit widerfährt, muß ich mich hinsetzen und Buchstaben so zusammenklöppeln, daß ein Gespinst aus festen Sätzen entsteht in dem er sich aufbewahren kann wie in einer Hängematte, wenn er erschöpft ist und das ist er schon davon, daß er täglich Hand an sich legt mit jeder Zigarette, die nicht zu rauchen er schon keine Kraft mehr hat, und so sieht er aus als hätte er sich mit dem immerwährenden Glimmen zwischen seinen Lippen allmählich alles Fleisch von den Knochen gesengt, diesen Knochen, die unter seiner Haut hervorragen wie Balken aus den Trümmern eines Hauses nach einer Feuerkatastrophe, es kommt denn auch nicht vor, daß Ludwig nicht nach Rauch riecht; wenn man ihm nahe kommt, muß man an etwas Schwelendes denken, aber es ist zwecklos, mit Worten diese Selbstverbrennung aufhalten zu wollen, man müßte sie ihm aus dem Gesicht hauen, die Lunten, mit denen er sich immer von neuem anzündet.

Dennoch kann man nicht sagen, daß Ludwig nicht versucht, sich zu retten. Wie gern er ins Theater geht! Und was ist das bürgerliche Theater anderes als eine Institution zur Wiederbelebung der Gesellschaftsschicht, von der es vornehmlich besucht und erhalten wird. Theater sind Dienstleistungsbetriebe, die das Bürgertum sich

hält, damit sie ihm die erstarrten Gefühle massieren, ein- oder zweimal im Monat von 20 bis 23 Uhr ungefähr.
Es darf geschrien und geweint werden auf der Bühne und wie ein Stahlbad lassen es die reglosen Zuschauer über sich ergehen. Jemand empfindet auf der Bühne Liebe zu jemandem, der ihm nicht vorgeschrieben und angetraut ist und wagt es, daraus Konsequenzen zu ziehen, und ein wenig belebt sich der Atem derer, die mitansehen, was sie selbst zu tun nie den Mut hätten.
Theater ist für die Gelähmten, die Siechen und die Toten, ist für die, denen so wenig geschieht, daß sie sich mit dem Geschehen auf der Bühne Ereignisse zuführen, wie man Glühwein trinkt an einem Wintertag, wenn man durchgefroren in ein Gasthaus kommt und sich erwärmen will.
Alle Schauspieler sollten mit Rettungsmedaillen dekoriert werden! Keiner, dem nicht schon, wenn er an der Rampe Teile eines Monologes spricht, eine Mundzumundbeatmung gelungen wäre an jemandem, der mit steifem Rücken und den Autoschlüsseln in der Jackentasche im Parkett sitzt, und die Hoffnung, einen solchen Vorgang an sich selbst zu erleben, zieht die Leute scharenweis ins Theater, auch Ludwig, den es fiebrig verlangt, zu hören, wie jemand im Lichte aller Scheinwerfer zugibt, was er selbst sogar im Dunkel hastig leugnet.
Ludwig – auch daß er ins Theater läuft, rettet ihn nicht, es wird dort nicht mehr aus ihm als aus all diesen Bürgern, die wer weiß wann gestorben sind, als Kinder, in der Schule, hat man sie vielleicht schon umgebracht und nun halten sie ihre Totenversammlungen und beweisen (sogar in Parlamenten kommt es zu eitlen schaumschlägerischen Daseinsmanifestationen), mit Rede und Gegenrede fuchtelnd, daß sie noch anwesend sind, und in Tennisclubs und auf der schrecklichen Öde ihrer Golfwiesen sehen sie wie ein Schwarm von Fischen aus, der an Land verendet, sie haben alle die gleichen Mundbewegungen, was auch nicht anders sein kann, da sie alle das Gleiche sagen, und abends nehmen sie dann vor den offenen Bühnen Platz und versuchen, sich mit den Gefühlen anderer zum Leben zu erwecken, das ihnen aber schon wieder verlischt, wenn sie nachher an der Garderobe der Gattin in den Mantel helfen.

Wie lebendig sind die Toten von Waldsassen! Nein, sie rühren sich nicht, sie haben kein Fleisch mehr um die Hüftknochen und keine Haut über dem Schädel, aber sie springen einem in die Augen, wenn man unversehens hinschaut und sie nicht erwartet hat, nicht gefaßt war auf ihr Gebein, auf ihre Bekrönungen aus Spitzen, Perlen und bunten Steinen, mit denen sie neben den Altären stehen in der Kirche von Waldsassen und nichts als Skelette sind, aber eines hat einen Pokal in der Hand und kein Bacchus kann so trinkfreudig aussehen wie der lippenlose Mensch, der keine Gurgel mehr hat, in die er den Wein gießen könnte.
Alle Jahre gibt es ein Fest im Ort zu Ehren der Märtyrergebeine und es heißt »Leiberfest«, als hätten die Skelette noch greifbare Rundungen an sich aufzuweisen, in der Beckengegend vielleicht oder an den Jochbögen, es ist ihnen gelungen, sich mit mehr anwesend zu halten als sie in Wirklichkeit noch haben, den Knochen wird der Leib hinzugedacht, über den man bei manchem Atmer schon hinwegsieht, obwohl er doch vorhanden ist.
In Waldsassen triumphieren die nackten Schädelknochen und die Fingerstöcklein einer Hand.

Daß niemand Sturm rennt gegen diese Toten, denen das ungeheuerliche Vorrecht wurde, sichtbar und geschmückt anwesend zu bleiben unter Lebenden, denen Gleiches nicht widerfahren wird.
Warum eigentlich nicht? Wieso haben meine Knochen kein Anrecht darauf, mit Goldspitzen umwickelt und in eine Kirche gestellt zu werden? Warum ist für mich vorgesehen – falls es mich nicht irgendwo über Bord spült und Fischfraß aus mir wird, so daß ich nicht einmal versanden kann oder falls nicht anderswo Geier mein Fleisch für etwas Köstliches halten, das sie zur Stärkung ihrer Flügel zu sich nehmen, so daß ich auf diesem Umweg doch noch Gefiedertes werde, das sich aus eigener Kraft von der Erde abheben kann – warum ist also, falls es überhaupt etwas zusammenzuscharren gibt von mir, vorgesehen, daß ich in einen Sarg komme, häßlich wie ein Möbelmonstrum aus der Gründerzeit?
Die Vorstellung, einmal in eine dieser eichenen Trutzkisten gelegt zu werden, ist mir so gräßlich, daß ich nicht mit Gelassenheit vor

das Schaufenster eines Sarggeschäftes zu treten vermag, und ich finde, es ist mir übel anzukreiden, daß ich, wenn schon nichts sonst, nicht wenigstens die Sargindustrie revolutioniert habe. Wie durfte ich zulassen, daß sie nichts Besseres wußten als selbst Orpheus in so ein klobiges, mißfarben gebeiztes Möbel zu legen.

»Thyrrenisches Meer, ein frevelhaftes Blau«, hat er gesagt und aus Indigo oder Anilinfarben hätte es mir doch gelingen müssen, dieses Blau zu erzielen, warum bin ich nicht hingegangen, nachts, und habe Orpheus' Sarg in dem blauesten Blau gestrichen, das sich erreichen läßt, warum habe ich nicht den Deckel aufgehoben und ihn innen verschwenderisch mit Astern, Rosen, Levkojen, Anemonen, mit allen Blumen, die er liebte, ausgemalt, warum konnte der Totenschrein nicht wenigstens schön sein, wenn schon ich nicht bewirken konnte, daß Orpheus' Knochen noch unter der Sonne bleiben wie die der Märtyrer von Waldsassen, geringer sind seine Leiden auch nicht gewesen.

Man denke sich eine Welt, auf der alle Toten, wenn auch nicht kostspielig balsamiert wie ägyptische Könige, so doch wenigstens mit ihren nackten Knochen über der Erde bleiben dürften, warum kann ich nicht den schönen schmalen Schädel meiner Mutter bei mir haben, warum ist ihr diese Anwesenheit bei mir nicht vergönnt – und zu denken, daß ich, wenn Ludwig tot wäre, sein Skelett zu mir holen könnte, ich würde es gegen meine Bücherregale lehnen und seine Hand halten beim Lesen, mit seinen Fingerknochen spielen, während ich nachdenke, die Höhlen seiner Augen wären auf meine Buchseiten gerichtet und ich würde ihm sagen, was ich ihm nicht sagen kann, solange seine Trommelfelle das in die feuchte, weiche graue Masse seines Hirnes übertragen würden, wo jeder Satz vergiftet wird – erst wenn er trocken und hohl ist, kommen in seinem Schädel alle Laute klar zum Klingen, sein toter Kopf ist der Resonanzkörper, den ich meinen Worten wünsche, die ich ihm in die Augenhöhlen, in das foramen occipitale spräche, bis seine Schädelschale vibrierte vom Ductus meiner Sätze!

Und keine Nacht, in der er mich verließe. Ich würde sein Skelett in mein Bett schleppen und an keinem Knochen Anstoß nehmen. Ich kann einen Toten lebendig schlafen.

Aber soweit sind wir noch nicht, noch muß ich in die Krümmungen seiner Hirnwindungen reden, in dieses Labyrinth, wo das einfachste Wort mir sofort außer Kontrolle gerät. Wenn ich zu Ludwig spreche, wie ein General komme ich mir dann vor, der Unschuldige in eine Richtung kommandiert, aus der es keine Rückkehr gibt, Bataillone von frischen munteren Wörtern habe ich in Ludwigs Kopf geschickt und kann nicht erfahren, was aus ihnen geworden ist in der entsetzlichen Unübersichtlichkeit seiner Hirngänge, was weiß ich, was mit ihnen geschah, vielleicht sind sie alle verstümmelt worden und waren doch so freundlich und mutig auf ihn zugegangen. Manchmal, wenn mir Angst war um ein sanftes wehrloses Wort, das ich ihm auslieferte, habe ich eine Stachelschwadron hinterhergesandt und wie in einem Dschungel ist auch die auf Nichtwiederfinden verschwunden.
Allerdings, manchmal glaube ich sogar die Spuren meiner Kommata und Fragezeichen wahrzunehmen in Ludwigs Gesicht, aber ich hatte andere Antwort von ihm gewollt als es die Schatten unter seinen Augen sind.

Diese Schatten, die machen, daß ich an Ludwig denken muß, wenn mir beim Kartenspiel der Kreuzkönig zufällt, den ich zurückzubehalten suche im Fächer meiner Karten, den ich nicht ausspiele, weil ich nicht möchte, daß er übertrumpft wird von einem drallen Joker oder einer Fülle roter Herzen, denen er nicht gewachsen ist unter der fragilen Kreuzblume, die sein Zeichen ist. Ihn den Buben nicht preiszugeben ist die einzige Fürsorge, die ich Kreuzkönig angedeihen lassen kann, und die Freude, ihn auf jedes Risiko in der Hand zu behalten, ist soviel größer als es schön wäre, meine Partie zu gewinnen indem ich ihn zu günstigen Bedingungen abwerfe.

Ich habe mich auch unter die Karten mischen müssen um Ludwig noch irgendwo begegnen zu können.
Wie er erschrickt, wenn ihm die Piquedame zugeteilt wird von dem, der gibt. Vielleicht fürchtet er schon, ich könnte unter ihnen sein, wenn er beginnt, seine Karten aufzunehmen, auf Herzdame hofft, doch dann kommt es, wie er geahnt, und mit mir muß er sein

Spiel machen, es gelingt ihm nicht, sich meiner zu entledigen, vergebens hofft er, daß ein As mich trifft, aber es ist nicht so leicht, mich auszustechen und am Ende bin ich der entscheidende Trumpf, den er in der Hand hat.

Anwesenheit, die wir uns wünschen ohne sie uns zuzutrauen, nicht einmal mehr mit unserer Sprache wagen wir, präsent zu sein, Herzworte werden vermieden, und ich spreche von ›insultieren‹, weil ich fürchten muß, würde ich ›verletzen‹ oder ›verwunden‹ sagen, in diesen Wörtern wäre Leiden so deutlich erkennbar, daß Ludwig das Ausmaß des Schadens genauer ermessen könnte als mir lieb ist, und so halte ich schützend das Fremdwort vor mich.
Zwar, auch ›insultare‹ ist entstanden um Leiden zu kennzeichnen, aber aus der toten Sprache flammt Schmerz so jäh nicht mehr auf, wie wenn im Deutschen schon bei verwund– sich die Assoziation von etwas Wehem, Geschundenem einstellt und so sehr möchte man einen Jammer nicht anwesend werden lassen in einem Wort und zieht sich auf eine Vokabel wie ›insultieren‹ zurück.

»Aller Sprachen Schmerz und Schattenlaut«, »und was sonst noch heißt, daß es nicht bleibt«, aber doch wieder anwesend wird, wenn das rechte Wort fällt. Ein Name, zum Beispiel Gorach, kann bewirken, daß Ludwig die Augen schließt und sich an alles erinnert, was in Gorach nicht geschehen ist, vielleicht möchte er es vergessen, aber ehe ich das zulasse, zücke ich einen Satz und schieße, mit mir läßt sich angenehm unverbindlich nicht reden, ich schleppe einen Kometenschweif von Wörtern hinter mir her, die ihren Zusammenhang mit mir nicht aufgeben werden, schließlich bin ich es, die sie so und nicht anders nebeneinandergesetzt hat und eine Weile wird alles bleiben in den Sätzen, mit denen wir uns verflochten haben.
Wenn ich Ludwig beim Wort nehme: er ist anwesend, anwesend, anwesend in dem Wort, das er vermieden hat.

Ich, Undine

Es hat Hinweise auf meine Herkunft gegeben.
Aber ich habe erst spät begonnen, sie zu beachten und so ist es mir erst spät gelungen, mir ein Bild von mir zu machen.
Erst seit ich mich mit Kühl beschäftige, habe ich angefangen, mich nach mir umzusehen. Aber wie lange hat es gedauert, bis ich auf Kühl aufmerksam wurde. Ich kannte ihn Jahre, bevor ich diesen einen Blick auf ihn warf, der dann seine Folgen hatte. Sein merkwürdiger Name war mir lange geläufig, täglich hatte ich Merwin Kühl unbedacht angeredet, bevor es so weit war, daß ich aufhorchte, wenn dieser Name irgendwo genannt wurde.
Im nachhinein sage ich mir, es hätte ein leichtes sein müssen, aus anderen, früheren Anzeichen abzulesen, was ich jetzt weiß, was zu wissen aber wohl ohne Bedeutung für mich war, bevor Kühls Anwesenheit ihre Wirkungen auf mich auszuüben begann und ich gezwungen wurde, längst Entfallenes wieder aufzuheben und in Zusammenhänge zu bringen, die es mir möglich machen, mich auf Kühl einzurichten, auf den sonderbaren Umstand, daß es keine Abgrenzung zwischen ihm und mir gibt, daß er wie eine Aussiedlung von mir existiert, wie eine Kolonie, in der ich ebenso zu Hause bin wie in meiner eigenen Haut.
Eine Relation, die ich anders darstellen muß, jedenfalls, wenn ich die ganze Wahrheit sagen will; ich muß meinen Anteil an dieser unklaren Verbindung als einen passiven beschreiben: Kühl hat, wie es scheint, die Macht, meinen Standort zu bestimmen, er kann mich anziehen, abstoßen und sogar um Meilen fortspülen, aber das nicht, ohne daß er sich sogleich in die Lücke werfen muß, die entsteht, wenn ich ihn verlasse, woraus sich ergibt, daß er genau meine Form anzunehmen gezwungen ist, wenn er mich von sich entfernt. Er fließt mir nach. Man wird begreifen, daß ich auf jemanden wie ihn nicht eingerichtet war, jedenfalls nicht, solange ich keine Vorstellung von mir hatte.

Heute frage ich mich, warum bestimmte Umstände mir nicht schon früher aufgefallen sind.
Nicht, daß an meiner Vorliebe für Nebel etwas Besonderes wäre. Es wird viele geben, die es lieben, in dieser zarten Verheißung von Wasser umherzugehen, in dieser Feuchtigkeit, die noch nicht die Kraft einer Flut hat, in diesem Schleier von Meer, der einem auf dem festen Land gewährt wird.
Ich werde auch nicht die einzige sein, die leichten Regenfällen zugetan ist und vom Stuhl aufsteht um auf der Fensterscheibe den Beginn eines Weinens sich abzeichnen zu sehen, das aus der Luft kommt, die sonst nicht geneigt ist, Blicken preiszugeben womit sie sich verbindet, nun aber diesen Ausbruch von Trauer zulassen muß, der in abrinnenden Tränenketten an den Fenstern niederperlt und sich noch lange aus allen Zweigen schütteln läßt.
Manche werden wie ich auch die großen Güsse gern haben und es lieben, das Aufklatschen himmelabstürzenden Wassers zu hören, sich schadenfreuen, wenn es pladdert, wobei ich nicht weiß, wessen Schaden mich eigentlich so freut, wenn Regenstrippen die Straßen leerpeitschen und große Pfützen sich im Nu über Sand, Asphalt, Steinen breitmachen und die Zwänge ausübenden Begrenzungen der Wege anarchisch außer Kraft setzen. Es ist wohl Freude an dem Streich, den ein wildes, fremdes, nicht hergehöriges Element dem Lande spielt, vor einer festen Stadt nicht haltmacht, sondern auch die mit Millionen Wasserpfeilen beschießt und sie dann noch lange mit den großen Lachen seiner frischen glänzenden Eroberung besetzt hält, so daß die Straßen unbegehbar sind oder doch nur begangen werden können, wenn man sich mit der Invasion des Wassers einverstanden erklärt.
Es wird andere außer mir geben, die sich durch Regenwetter nicht von Spaziergängen abhalten lassen und wie Forellen im Bach durch die Nässe schwänzeln.
Vielleicht hätte mir aber doch auffallen sollen, daß ich noch nie auf den Gedanken gekommen bin, mir einen Regenmantel zu kaufen und keinen Schirm besitze. Jedenfalls aber hätte ich bemerken müssen, wie ungewöhnlich es ist, daß es mich nicht stört, infolge unpassenden Schuhwerks im Regen nasse Füße zu bekommen,

die ich nicht trockenreibe, wenn ich wieder zu Hause bin, deren Feuchte ich gar nicht wahrnehmen würde, wenn ich nicht daraus, daß Lambert, wenn wir gemeinsam bei schlechtem Wetter unterwegs waren, geradezu eine Zeremonie von Handtuchhantierungen, Strumpf- und Schuhwechsel beginnt, schließen müßte, daß meine Füße wohl auch naß sind, freilich ohne daß ich das Bedürfnis habe, dem abzuhelfen, nicht einmal, wenn Lambert mir besorgt Handtücher reichen möchte.

Diesen Anzeichen großer Affinität zum Wasser widerspricht, scheinbar unbegreiflich, daß ich nicht nur nicht schwimmen kann, sondern der Überredung zu Wasserspielen, die mich zwingen, die Füße vom Boden zu lassen, einen Widerstand entgegensetze, über den Lambert immer von neuem staunt. Er kennt mich nachgiebig. Motive für meine Weigerung konnte ich niemals angeben. Erst jetzt weiß ich, daß sie denen, die Lambert mir (immer ein bißchen mitleidig) unterstellt, geradezu entgegengesetzt sind.

Wie war es aber auch möglich, daß weder Lambert noch ich je stutzten vor den vielen Bildern, die seinerzeit Hans von mir gemalt hat und auf denen er mich immer um eine Sonderbarkeit anders darstellte, als wir meinen, daß ich aussehe. Natürlich, meine langen Haare hat er nicht weggelassen und er wußte mein Gesicht immer so auf Papier zu bringen, daß wir mich erkannten, meine Arme zeigte er in Bewegungen, die uns vertraut waren, aber dann ließ er mich unerwartet in einen Fischschwanz enden, in einen schönen, goldschuppigen geschweiften Flossenschwanz. Und dennoch haben wir nie bezweifelt, daß ich auf diesen Bildern ganz und gar anwesend bin und hätten uns doch eigentlich darüber erregen müssen, daß Hans mich mit seinen Stiften und Pinseln in einen Fischleib ausgehen ließ, mich, die ich immer so darauf aus bin, auf den Beinen zu bleiben und nicht den Boden unter den Füßen zu verlieren.

Aber ich habe ja auch nicht aufgemerkt, als, auf blaues Papier geschrieben, am 14. August 1954 jener Brief von Orpheus kam, in dem der Satz stand: »Sie sehen immer aus, als ob Sie aus einer Flut aufgetaucht wären.« Ich, die ich mich vor nichts so sehr wie vor der Flut hüte!

Und obwohl ich doch alles, alles im Gedächtnis behalten will, was mit Orpheus zusammenhängt – wie lange habe ich an vieles nicht gedacht was Orpheus sagte, als er das erste Mal zu mir kam in die quadratische Zelle, die ich damals bewohnte. Als ich das beschrieb, habe ich geschildert, wie er auf Bücher reagierte, die er an meinen Wänden fand, aber ich ließ aus, wie lange er sich über den Kasten beugte, in dem ich Gehäuse von Meertieren – Muscheln und Schnecken – gesammelt und ausgelegt hatte. Er wandte sich um nach mir, damals, Orpheus, und sagte: »Du bist ein wunderbarer uralter Weltenbewahrer der Muschelformen der See.«

Ich nehme an, ich werde gelächelt haben, wie man eben lächelnd die Ovation eines Dichters entgegennimmt, dem man etwas haltlos Schwärmerisches nachsichtig zugesteht.

Nicht einmal als Orpheus hartnäckig seinen Satz wiederholte in dem Zwei Träume-Gedicht, das doch von uns handelt, nicht einmal als er mich auch da einen uralten Weltenbewahrer der Muschelformen der See nannte, bin ich auf den Gedanken gekommen, daß dieser Satz etwas Bestimmbares mit mir zu tun haben könnte, ich habe mich nicht auffinden wollen in dieser Zusammenstellung einiger Wörter, und erst jetzt, das ist siebzehn Jahre später, stutze ich und probiere den Satz wie ein Instrument, mit dem ich nach mir greifen kann.

Über den Schrecken hätte ich früher nachdenken sollen, der mich immer wieder in Aquarien befällt. Vielleicht ist Schrecken nicht das richtige Wort, ich sollte lieber Befremdung sagen, aber die müßte ich als etwas charakterisieren, das aus dem Gegenteil, aus Befreundung kommt, jedenfalls spüre ich stets eine eigenartige Unruhe, wenn ich vor das Glasfenster eines Aquariums trete und langsam aus der grünlichen Wasserfülle ein Fisch sich der Scheibe nähert, flossenwedelnd vor meinen Augen steht, ehe er mit dem Schwanz schlägt und sich von mir abwendet wie von einer Abtrünnigen.

Ich bin keine Vegetarierin, aber wie sehr ist mir zuwider, wenn auch nur mein Nachbar einen Fisch auf dem Teller hat, den er zu verspeisen beginnt, dessen Kopf er im Nacken abtrennt, ehe er das weißliche Fleisch des Tieres mit flachem, silbernem, schaufelartigem Fischmesser von den Gräten hebt und dann gabelweise in

seinen Mund bringt – nur gegen Kannibalismus kann man einen solchen Widerwillen haben, wie ich ihn gegen das Vertilgen eines Fisches empfinde.
Schon dem Fangen möchte ich Einhalt gebieten. Lambert hat Tränen bei mir gesehen, als wir unerwartet in der Abgeschiedenheit der Landschaften jenseits des Polarzirkels einem Massaker an Fischen beiwohnten, die in großer Zahl von der steigenden Flut in einen schmalen Fjord gedrückt wurden, an dessen Ufern, Mann neben Mann, blöde kleinhirnige Sportangler standen und vor Freude die Zähne bleckten, wenn sie die Rute anheben und die Leine einziehen konnten, weil in den Strudeln der Flut schon wieder ein Fisch nach dem mörderisch scharfen Widerhaken geschnappt hatte, den jeder dieser Männer (ich bin sicher, sie zeigen Angst, wenn ein Zahnarzt sich ihnen mit einem Instrument in der Hand nur nähert; der Empfindlichkeit ihrer eigenen Mäuler sind sie sich bewußt, soweit können sie Erfahrung in Vorstellung umsetzen) mit Bedacht und dem Sachverstand, den Übung schließlich mit sich bringt, voller Genugtuung über die Kombination von Piek- und Schneidewirkungen des Fanghakens, sorgfältig beködert am Ende seiner Leine befestigt hat. Und natürlich kamen keinem dieser empfindungslosen Klötze von Kerlen Skrupel, schöne, lebende, vor Nässe glänzende, die jähe Trennung von ihrem Element und den Schmerz im Maul nicht begreifende Tiere mit dem Kopf auf die Steine zu schlagen, die jene Bucht schroff und feinen Fischknochen nicht zuträglich begrenzen.
Und wie schwer es mich ankam, anderswo auf das zappelnde Massensterben zu sehen, das sich in den großen Netzen zutrug, die Fischer, deren Lebensunterhalt von ihrem Fang abhängt, singend aus dem Atlantik zogen.
Wenn ich zurückblättere, kann ich nachlesen, daß ich Kühl einmal als ein aufrecht gehendes Fischgerippe bezeichnet habe. Ein abwegiges Bild, auf einen Menschen verwandt, aber Merwin Kühl sieht so aus, vielmehr, ich sehe, daß er so aussieht. Aber warum ist es mir möglich, diese Metamorphose zu erkennen, die Kühl in manchen Momenten durchmacht und die doch eigentlich ein Geheimnis seiner Existenz bleiben müßte, das er für sich behalten darf, es sei

denn, es bedeutet keine Entblößung, wenn ich es bin, die ihn bar allen menschlichen Fleisches sieht, schließlich hat er mich auch gesehen wie ich bin, damals, in der Silvesternacht, als ihm das heiße flüssige Blei vom Löffel glitt und im kalten Wasser zischend so gerann, daß ich es war, und es macht nichts, daß Kühl die Nixe, die er aus der Schüssel hob, nicht erkannt wissen wollte und sie für einen Schwan ausgab, womit er sich erst recht verriet – aber da greife ich vor, so schnell hatte ich die Indizien nicht zusammenzusetzen verstanden.

Nicht einmal, daß ich, ausgesetzt an einem unbekannten Ufer, Meere am Geschmack erkennen würde, war mir vorerst als eine Besonderheit aufgefallen, noch habe ich der Tatsache Bedeutung beigemessen, daß Kühl im Zeichen des Wassermannes geboren ist und natürlich habe ich mich zu nichts verlocken lassen, als er vor meinen Augen im Wasser seine Spiele trieb, wenn es auch nur in einer Badeanstalt war in deren Nichtschwimmerbecken ich Fuß vor Fuß auf den Fliesenboden setzte, während Kühl um mich herumschwamm und schöne Kunststücke vorführte, ohne Erfolg, es sei denn, es wäre ein Erfolg, daß ich sie erinnere und an dem Beifall, den sie bei mir fanden, messe ich jetzt freilich, daß.

Wie unbegreiflich aber, auch ein Satz wie dieser hat mir keinen entscheidenden Anstoß gegeben – Kühl schrieb ihn mir in einem jener Briefe, die ich zwar aufbewahrt, aber häufig erst nach Jahr und Tag richtig zu lesen verstanden habe –: »Ich denke darüber nach, ob ein leeres Hallenbad bei Nacht die Potenz eines latenten Mythos hat, an dem man sich wieder zurechtrücken kann.« An einer solchen Verlautbarung vorbeizulesen!

Kühl sollte das weder verwundern noch kränken. Nicht im geringsten habe ich mir in allen Fällen Rechenschaft gegeben darüber, warum ich selbst dies und jenes geschrieben habe, weshalb ich zum Beispiel gar nicht genug der Worte finden konnte um jenen Wassersaal zu beschreiben, vor dem ich im New Yorker Aquarium gestanden habe und in dessen smaragdener Materie zwei weiße Wale zärtlich miteinander umeinander schwammen. Und warum habe ich in jenem ersten Sommer, den Lambert bei mir verbrachte, da wir die Stadt nicht verlassen konnten, das Meer mit Worten herbeiziehen wollen, Vineta wollte ich aus dieser Landeinwärtsstadt machen, in der ich lebe, und welchen schwärmerischen Schwall von Adjektiven und Metaphern habe ich auf das Dasein in einer Unterwasserstadt verwandt. Ich, die ich im Nichtschwimmerbecken auf und ab gehe und das als baden bezeichne. Warum habe ich mich nicht gefragt woher eigentlich die Leichtigkeit kommt, mit der ich mir das Meer aneignen kann, wenn ich schreibe!

Keinem, keinem einzigen Indiz habe ich damals Bedeutung beigemessen. Schon gar nicht Kühls Namen, denn ich habe eine lebhafte Abneigung gegen beziehungsreiche Namen und finde, daß die Anwendung von solchen in Geschichten oder Romanen den Rang der Verfasser beträchtlich mindert. Ich denke an die Peinlichkeit, die mich häufig bei den Erzählungen eines bestimmten Mannes überkommt, weil er es nicht lassen konnte, seinen ohnehin schon bis zum Äußersten charakterisierten Figuren zudem noch unerträglich bedeutungsschwangere Namen zu geben. So schreckte er nicht davor zurück, jemanden, den er sich unsicher und schmerzempfindlich durch eine Geschichte tasten läßt, Albert van der Qualen zu nennen. Anhänger, die diesen Autor verteidigen wollen, sprechen da von Ironie oder gar Parodie. Abraten hätte ihm jemand sollen von solchen Taufen!

Kein Wunder also, daß ich mich geradezu schütteln würde, käme man etwa auf den Gedanken, es lasse sich ›Meerwind‹ assoziieren, wenn Merwins Name fällt, und ›Kühl‹ könne man ebenfalls mit Gewässern in Zusammenhang bringen.

Allerdings, als ich bei Fouqué las, was früher über mich geschrieben wurde, war ich es zufrieden, daß Kühl heißt, wie er heißt, weil ich dank des Namens einen Hinweis auf seine meine Verwandtschaft bekam, auf Kühleborn meine ich, den Oheim, der ein Wasserfall sein kann und ein Strudel im Strom, der in Brunnen haust und durch Wälder rinnt und mit dem Kühl Wesenszüge gemeinsam hat, auch die Eifersucht auf Menschenmänner, deren Dichte im Fleisch er nie erreichen kann, deren Standfestigkeit er neidisch verhöhnt, obwohl ich doch gerade begonnen habe, mich mit ihm zu beschäftigen, weil er sich so leibig anwesend wie Menschen eben nicht machen kann, weil er mir unter den Händen verrinnt, so daß ich ihn in Sätze wie Eiszapfen gefrieren lassen muß, wenn ich ihn auch nur für eine Weile still wenigstens vor meinem Fenster halten will, und daran ist mir nicht nur gelegen, weil ich niemanden mehr außer ihn nach mir befragen kann und mich bereits in einem Stadium befinde, wo mir die Unwissenheit, die in Lamberts Äußerungen über mich zum Ausdruck kommt, auf die Nerven geht, eben wegen der Menschlichkeit, die Lambert von jedermann nachgerühmt wird. Lambert, der mich (mich!) das Schwimmen lehren möchte.

Da angekommen mit der Interpretation meiner Wahrnehmungen, wurde es selbstverständlich, die Hand nach Kühl auszustrecken um mehr (Meer) von uns zu erfahren, und es tut mir leid, daß ich ihm damit die falsche Hoffnung machte, es wäre sogleich möglich, was einmal sowieso sein wird und sich gar nicht verhindern läßt. Es ist ein Naturgesetz.

Aber erst noch will ich vom Meer nicht mehr um mich haben als die Gehäuse von Muscheln und Schnecken, die ich sorgsam sammele, weil ich viel über alles wissen werde, wenn ich uns noch der Luft aussetze, der Trockenheit, die aller Betrachtung so zuträglich ist, daß ich sogar dem Gott der Fluten vorerst nur im Saal eines Museums wieder gegenübergetreten bin, in Athen war das, und die Begegnung war seltsam!

Poseidon, gewohnt, einer Meerfrau seine fließenden Zärtlichkeiten zu erweisen, in Athen hatte man ihn in feste Form gegossen und einen immer Sichtbaren, Behinderten aus ihm gemacht, aus Bronze auf einem Sockel stehend, er, der eine Fülle von Tropfen ist und sich nur liegend kannte. Ich war nicht weniger fremd anzusehen, auf Beinen laufend, die Haare zusammengewickelt und Kleider am Leib. Einzig, daß ich einen Schilfkorb am Arm trug, ließ sich in Zusammenhang bringen mit dem, was ich bin.

Ich weiß nicht, was den Gott aller tiefen Meere bewogen hat, sich hier auf dem Lande dingfest und anwesend machen zu lassen, ich weiß nur, daß Kühl meinetwegen hier ist wie ich seinetwegen, vermutlich, und daß unsere Vereinigung weit über das hinausgehen wird, was zwischen den Lenden möglich ist, weil wir uns zur Sprache bringen können, wir, die wir aus den ältesten Ozeanen und der

Zeit ihrer riesigen Schnecken kommen, mit Erinnerungen, die hinter uns herfließen und die wir über die Klippen bringen müssen zum Trocknen, damit sie die Festigkeit von Artefakten bekommen.

Von was für Lappalien ist doch die Rede, wenn man von Hans und mir erzählt in den Hansundundinegeschichten, die von jeglichem Hans handeln und eben von mir, ich bin das, was die Autoren an Fremdem erahnen, aber eben nur erahnen, wenngleich zum Beispiel Giraudoux auf entzückende Weise an mir herumgeraten hat, und natürlich sind mir auch die Äußerungen einer anderen Wasserfrau bekannt, einer Bachnymphe, nehme ich an, sie ist denn ja auch wie ein Sturzbach hergefallen über alles, was Hans heißt. Ich kann nicht bestätigen, daß es die Komplikationen, von denen berichtet wird, wirklich gegeben hat, jedenfalls würde ich sie nicht als solche bezeichnen, weil es sich um die notwendigen Bewegungen handelte, die ich brauchte um wieder die Distanz zu gewinnen (von allem, was Hans heißt), derer ich bedurfte, ich wußte nicht genau weswegen, denn ich bin nicht vorbereitet gewesen auf Kühl und als er da war, hat es Zeit gebraucht, bis ich auf ihn aufmerksam wurde. Dennoch ist es nicht falsch zu sagen, daß ich ihn erwartet habe, daß ich von vornherein andere Verflechtungen für möglich hielt als die, denen Fouqué und Giraudoux gerecht werden können in ihren Erzählungen.

Es ist schön, sich atemlos unterhalb des Nabels zu vereinigen, aber wie bald man wieder voneinander abfallen muß. Trennungen, die einem erspart bleiben, wenn man sich anderswo aufsucht. Im Kopf, mit Feuertropfen von Wörtern bleibe ich flammend anwesend in Kühl, die Leuchtspur der Buchstaben kann er nicht löschen in seinen Hirngängen, Kühl, der mir schon lange das Gerüst seiner Gedanken eingearbeitet hat, von dem ich mich zurückschnelle in seine Überlegungen, wir kennen uns aus in diesen Spielen, die auch wenn wir schweigen kein Ende nähmen, weil jeder schon Worte besitzt, die der andere ihm überlassen hat und nicht zu verhindern ist, daß die Fäden sich zuziehen um uns, es gibt keine Befreiung aus dem Netz der Gedanken.

Unsere Geschichte ist es, die geschrieben werden sollte und wenn ich auch noch nicht weiß, welche aller Wörter ich auf uns verwenden müßte, etwas von uns wird bleiben im Sieb der Sätze, wir werden nicht ganz verschwinden aus den Rechtecken der Satzspiegel, auch dann nicht, wenn wir uns noch tiefer ineinander geflüchtet haben werden nach dem Gesetz unserer Natur.

Merwin Kühl, er ist der Regen, der nachts das Glas in meinem Fensterrahmen leckt, er ist das Meer, das sich mir entzieht im regelmäßigen Rhythmus der Ebben und sich wieder zu mir legt, andrängend mit jeder Flut. Er ist, woran ich Freude habe, wenn er als Hochwasser von den Bergen sich in die Ebene schiebt und mir in die Schuhe schwappt auf einer Uferpromenade und ich habe auch Freude an ihm, wenn er sich wutschäumend auf die Erde stürzt, der ich mich anvertraute, wenn er sie aufreißt und wegschwemmt in seiner Eifersucht auf den Boden, den ich unter den Füßen habe. Er ist ein Fluß, den ich nicht halten kann, ist der Sumpfteich, der sich nicht ergründen läßt, aber von einer Felswand kann er rauschend mir zu Füßen fallen.

Er ist das Wasser, das mir aus den Augen stürzt.

Was hat die Könige bewogen
Gedanken auch über das fürstliche Angebot

Für Dich von mir

Die Zeit mißt sich nach wieder und jeder Ort ist hier

Was ist es gewesen, was hat die Gekrönten, was hat die Könige bewogen, ihre Paläste anzufüllen mit so vielem, was aus den Händen derer gekommen ist, die mit Lupen vor den Augen kleinste Metallteilchen, Steine, Perlen zu etwas zusammensetzen, das die Vollkommenheit selbst einer Lotosblüte um eben das übertrifft, was kein Gärtner auch nur seiner seltensten Rose gewähren kann: es ist gemacht, dieses Etwas, es ist Menschenwerk, es ist, was wir (nicht ich, aber ein anderer und darum könnte auch ich es sein) der Tatsache entgegensetzen, daß wir nicht aus eigenem Entschluß, sondern so vegetativ wie ein Weinblatttrieb, ein Mehlwurmkriechling in eine Welt gewachsen sind, die mit Bäumen, Buschwerk, mit emsigem Gewimmel sicht- und unsichtbarer Existenzen schon auf das üppigste vorhanden und unserer gewiß nicht bedarf, und auch dagegen müssen wir setzen, daß wir ebenso vegetativ und ob wir es beschließen oder nicht, wieder zerfallen werden, zum Beispiel weil ein Organ versagt, das zwar zu uns gehört, aber mit dem wir doch nicht recht bekannt sind, unsere Leber vielleicht, wer hat schon seine eigene Leber gesehen, wer könnte seine Nieren reparieren, wer ist nicht den Schläuchen seiner Gedärme ausgeliefert, und etwas muß man tun gegen diese beschämende Art der Anwesenheit auf der Kruste eines Planeten, dessen Alchimie so beschaffen ist, daß wir, ich meine Sauerampferstauden, Finken, Asseln, Dich und mich, hier entstehen konnten und uns eine Weile halten, abhängig von Wasser, Licht und der Schluckbeweglichkeit unseres Schlundes.

Was kann man dieser Ohnmächtigkeit entgegensetzen, abgesehen von einer kleinen blauschwarzen Revolverkugel, mit der wir unserer Bauchspeicheldrüse gegenüber, die's vielleicht noch eine Weile getan hätte, etwas wie freien Willen haben, nicht so, daß wir sie je mit vorgehaltener Waffe bewegen könnten zu funktionieren, aber nicht mehr zu funktionieren, dazu können wir sie zwingen.

Eine freie Aktion, aber ich würde das Meer, seine faszinierende schwankende Andersartigkeit nicht wiedersehen können, ich würde aufhören müssen, darüber zu staunen, daß etwas so Loses, Erregbares, daß eine solche Unruhe wie das Meer sich auf der Welt große feste Plätze verschafft hat und dem Auseinanderströmen schwerer unverbundener Mengen entgegenwirken kann, so daß es nur manchmal zu jenen reißenden Übergriffen auf festes Erdreich kommt, wobei dann freilich ganze Dörfer gierig vom landschlürfenden Meer eingesogen und gurgelnd verschluckt werden wie eine verbotene Beute, nach der es die Wasser lange verlangt hat.

Und in fremden Städten würde ich nicht mehr spät am Tage ankommen können, wenn ich eine Revolverkugel wirksam in mir placiere, ich würde unfähig werden, Schritte zu machen in abendlichen Gassen und die Wunder ungekannter menschlicher Behausungen zu betrachten, die in Lampenlichtern undeutlich, nur erahnbar, allenfalls in Umrissen kenntlich werden, aber doch schon Vermutungen über menschliches Dasein zulassen, das zwischen auf eine bestimmte Weise vermauerten Steinen oder kunstvoll gefugten Balken zu der Gelassenheit gekommen ist, die uns äußersten Falles noch möglich ist, seit wir nicht mehr ungeboren herumgetragen werden, und die Sicherheit, die jener Zustand bot, soll wiederhergestellt werden mit jeder Höhle, jedem Zelt, jedem Alkoven und Blockhaus, jeder Burg und jedem Palast, und welche Phantasie darauf verwandt wurde, das Bedürfnis nach Schutz mit der Notwendigkeit, Ausschau halten zu können, an einem Bau ins Gleichgewicht zu bringen. Ich möchte noch stehenbleiben können unter vorspringenden Obergeschossen türkischer Häuser, es verlangt mich zu erleben, wie Kinder, zwischen Furcht und Neugier schwankend, auf den Schwellen noch andersartigerer Häuser erscheinen und so werde ich mich nicht mit einem Projektil selber in die Vereinzelung des Todes abtrennen von der Fülle lebender Menschen, der ich mit einer Leidenschaft für ihr Dasein angehöre, die mich jeden Morgen von neuem aus meiner Tür laufen läßt um mich mit ihrer Anwesenheit zu befassen.

Folglich schieße ich nicht auf mich, sondern versuche, mich gutzustellen mit dem, wovon ich abhänge und frage gelegentlich meine Lungen, wie's ihnen geht und ob ich etwas für sie tun oder lassen kann; denn selbst wenn es keine anderen Gründe für mich gäbe, Schüsse zu vermeiden, jede Einzelheit dessen, was Dich ausmacht, würde hinreichen um vorsichtig mit meinem Leben zu sein, das ich nicht aufs Spiel setzen möchte, solange ich mich noch mit einem Blick auf Dich versichern kann, daß es möglich ist, sich wenigstens im Ausmaß der Ratlosigkeit gegenüber diesem Dasein mit einem Menschen so zu vereinigen, daß Kongruenz entsteht, und mit Bedacht wähle ich den Begriff aus der Geometrie um zu kennzeichnen, daß die Übereinstimmung, die wir nicht aussprechen werden, die wir nur hinter den Wimpern in unseren Augen füreinander bereithalten, vollkommen ist.

Keine Revolverkugel ist also eine Krücke, mit der ich meinen Mann stehen könnte gegenüber diesen Tatsachen, die mich beherrschen, sich um meinen Willen nicht kümmern, und es ist ihnen gleich, daß ich ohne Auskunft gelassen werde darüber, woher meine Zehennägel eigentlich die Beharrlichkeit nehmen, mit der sie sich in immer neuer Substanzbildung aus dem Nagelbett schieben, so daß ich sie beschneiden muß, aber das Ergebnis dieser Tätigkeit hält länger als höchstens zehn Tage nicht vor, denn neue Hornmasse hat sich fein gebogen aus dem Nagelbett vorangearbeitet und drängt vorschriftsmäßig (aber woher kommt diese Vorschreibung?) in Richtung der Zehenkuppen, so daß ich wieder zur Schere greifen und mir das Wachstum bequem zurechtschneiden muß. Woran liegt es, daß meinen Zehen dieses freilich kleine und unbedeutende Schicksal zweifellos zu ihrem besseren Schutz mit solcher Beständigkeit widerfährt? Was ist wachsen? Die Auskünfte der Biologie bewegen sich nicht über das Vorfeld dessen hinaus, was man Erklärung nennen könnte, und wer müßte nicht etwas tun um sich unter so unverständlichen Anwesenheitsumständen einigermaßen bei Laune zu halten, wenn er sich nicht darauf beschränken will, über Erscheinungen des Lebens und Nichtlebens immer aufs neue so verdutzt zu sein, wie man es eben ist, wenn man sich wissenschnüffelnd die Nase voran in Daseinszusammenhänge zwängt wie der Dachshund in den Fuchsbau und sich wie dieser zumeist unverrichteter Dinge, aber gebissen wieder zurückziehen muß. Jedenfalls ist das naive Verdutztsein, dem die Ratlosigkeit vor der Unzulänglichkeit aller bisher gelieferten Lebenserklärungen unverhohlen im offenmündigen Gesicht steht, soviel sympathischer als wenn Wertvorstellungen der Weltsicht eingearbeitet werden, wenn vom Wunder der Natur, ihrer Weisheit, Herrlichkeit, Unvergleichlichkeit und ich weiß nicht wovon in blassen Worten noch, die Rede ist, zumal gewöhnlich in diesem Zusammenhang Wahnvorstellungen von einem Erschaffer alles dessen entwickelt werden, und, da man einmal dabei ist, wird dieser Schöpfer gleich noch mit Eigenschaften ausgestattet, möglichst mit solchen, die man am eigenen Großvater schätzte, hinter dessen Schreibtisch und, wenn es irgend anging, auf dessen Schoß man retirierte, wenn einem im Umgang mit den Eltern gerade stürmische See heftig über die Reeling schlug.

An der religiösen Methode, sich das Leben erträglich und die Welt erklärbar zu machen, fand ich nicht einmal im Konfirmandenalter Geschmack. Damals dachte ich noch, es ließe sich rütteln daran, daß man von morgens bis abends – gar nicht erst zu reden über von Träumen flammende Nächte, weil niemand weiß, was in einem dieses furiose Schlafgeschehen ausgelöst hat, da man sich doch morgens ganz bieder wiederfindet, im Bett und gähnend auf der rechten Seite – akzeptieren muß, und dieses Verbum gehört zu ›man‹, was ich anmerke, weil mir gerade einfällt, welche Mühe es mir manchmal bereitete, in Sätzen von Livius das Hauptverb zu finden und noch etwas fällt mir bei, nämlich ein Satz von Mark Twain, ich denke, daß ich ihn einigermaßen richtig behielt, erstens weil er Witz hat und zweitens weil Du es warst, der ihn mir sagte: »Wenn der deutsche Schriftsteller in einen Satz taucht, dann hat man ihn die längste Zeit gesehen, bis er auf der anderen Seite des Ozeans wieder auftaucht mit seinem Verbum im Munde!« – mit meinem Verbum im Munde tauche ich also wieder auf, ›akzeptieren‹ lautet es, und heute begegne ich nicht mehr mit Wutanfällen der Wahrheit, daß man in diesem Dasein immerfort akzeptieren muß, wovor man bis ans Ende steht wie eine Kuh vor einem neuen

Tor, wobei man gegenüber der schwerfälligen Kraft der geduldigen Rinder um so mehr im Nachteil ist, je unfähiger man wurde, Angst und Verwunderung vor dem Unbegreifbaren wie jene Tiere in nicht mehr als einer Körperbewegung zusammenzufassen, die unsere kreatürliche Hilflosigkeit vollkommen ausdrücken könnte, sondern all die in der Hirnmasse zappelnden Gedanken mündlich und schriftlich den Artgenossen vortragen muß, obwohl bekannt ist, daß dies zur Lösung des Problemes seit eh und für immer nicht beiträgt.

Mit einer Revolverkugel kann man sich, wie gesagt, der Natur ein für allemal knallend widersetzen. Freilich muß man auf sich selber zielen.

Glückliche Naturen unternehmen Anderes, Probates, Pfiffiges, auf gesunde Weise Bockbeiniges: sie mischen sich ein ins Erdgeschehen, stauen Flüsse, legen Felder an, leiten Elektrizität und Gas, organisieren in Großräumen die Ernährung, steuern ihre Vermehrungsquote und spielerisch lassen sie wachsen, was ohne sie nicht vorgesehen war: Holzblumen, Achatrosetten, winzige Herden aus Elfenbein, Miniaturmenschen aus jedem Material gemacht, das sie fanden oder das zu erfinden ihnen glückte, einem Steinblock wird ein Elefant entnommen in künstlicher Geburt, Lehmschafe werden auf die Beine gestellt und der Mensch hat auch überlebensgroße Menschen geschaffen, aus Bronze, Granit, Marmor gemacht, werden sie aufgereckt des Stehens nicht müde und ich, mangels anderer Talente und in meiner Vorliebe für Bougainvilles, Efeu, für alle Pflanzen, die Ranken bilden, lasse Sätze wachsen, auf ein Wort folgt das andere, ein Satz zieht den nächsten nach sich, langsam freilich, man kann nicht stehenbleiben und zuschauen, aber ehe jedenfalls Du Dich versehen hast, liegen meine Blätter zart und ein bißchen flatternd, aber sicher befestigt über dem Stein des Anstoßes.

Was hat die Könige bewogen –
ob einer von ihnen an einem schneewolligen Winterabend vor dem unbeleuchteten Laden eines Trödlers in der Krummen Straße anhielte, weil er im Vorübergehen einen Schimmer von Farbe wahr-

genommen hat, eine Andeutung von Freudigkeit, einen kleinen rotblauen Triumph zwischen dem Abwrack vergangener menschlicher Wohnungen?
Welcher König, der es zu einem Grünen Gewölbe und anderen Zimmerfluchten gebracht hat, in denen sich das Erlesenste horten ließ, was Menschen gegen ihr unwissendes Daseinmüssen und ihren Tod ins Spiel gebracht haben, wäre stehengeblieben vor dem Trödler in der Krummen Straße und hätte einen Passanten gebeten, ein Streichholz anzureißen um das genauer zu sehen, was sich mit einem kleinen Feuer besonderer Farbigkeit dem Auge bemerkbar gemacht hat und welche Zwiesprache wäre er imstande gewesen zu beginnen mit etwas, das schön ist, mit etwas, das jemand, der nicht da ist, der sich nicht huldvoll entlohnen läßt mit einigen Louisdor aus der Privatschatulle, hinterlassen hat auf dieser Welt, das er ihr hinzugefügt hat in einer Stunde, als er Lust dazu hatte, so daß ein kleiner Gegenstand entstehen konnte, zärtlich gemacht, nicht signiert, achselzuckend für ein Butterbrot verkauft und aus den Augen verloren, aber mir in die Augen gefallen, hätte er einen König veranlaßt zu verweilen, einen der Könige, die beim Lever ungnädig wurden gegen ihre Alchimisten, weil diese das Porzellan noch nicht erfunden hatten?
Was hat die Könige bewogen, um sich zu versammeln, was irgend an Schönheit Menschenhände zustande gebracht haben, jedenfalls wenn es aus edlen (getrost als teuer zu definierenden) Materialien war.
Die Frage nach den Motiven der Gekrönten ist von Belang für mich, wir haben etwas gemeinsam, der gelockte Sonnenkönig, August der Vielzustarke, die alte dicke Londoner Krönchenqueen und ich, eine Paria unter den Sammelnden, in geschenkten Kleidern und anderer Leute Schuhen, jeden Trödel darf ich anfassen um ein Tonfigürchen aufzufinden, dem ich ansehe, daß es aus China kommt, wohin es mich auf der Stelle transportiert, so sehr chinesisch teilt es sich mir mit, schlitzäugig aus dem Reich der Mitte blickend. Ich muß nicht die Chinesische Mauer nach einer Lücke abtasten, China liegt still in meiner Hand, ein Erdklümpchen ist belebt, weil es geformt wurde, es stellt einen Mann dar, der sich

umwendet und ganz China wendet sich mir zu mit der Drehung dieser Schultern, wir können uns ansehen im Laden eines Trödlers beim Zwielicht seiner schlechten Lampe, Chronos und Topos sind außer Kraft gesetzt.

Was hat die Könige bewogen –
wie die Elstern haben sie an sich gebracht, was glänzt, aus Gold, aus Silber mußten die Schätze sein und nicht mit Gedanken, mit einer Krone – und es sollte eine von Diamanten und Blutrubinen strahlende sein – wollten sie auf ihren Kopf aufmerksam machen und wieviele Spiegel sie in Versailles benötigten um sich davon zu überzeugen, daß sie vorhanden sind und auf der Jagd nach ihrer Identität und Legitimation machten sie sich ergeben verbeugenden Kunsthandwerkern ihre fürstlichen Angebote, zweihundert Taler für einen schmalen Kasten, reich mit Intarsien verziert, die Materialien sollen Elfenbein und Palisanderholz sein, die Beschläge golden, ein König will seine Handschuhe darin verwahren, der Kastenmacher verbeugt sich und geht an das Werk, mit dem er dem König die Furcht nehmen soll, die Angst davor, ein gewöhnlicher Mensch zu sein und wie ein solcher verderben zu müssen, eine Bestimmung, der sich der Gekrönte vielleicht entziehen kann, wenn er aller Welt und seinem eigenen unruhigen Sinn beweist, daß er etwas Außerordentliches ist, was er zu sein glaubt, wenn Ungewöhnliches um ihn versammelt ist, der Besitz einer goldenen Rose zeichnet ihn aus, ihre funkelnde Einmaligkeit geht auf ihn über, und mit fürstlichen Angeboten gelangt er in den Besitz von immer mehr Kostbarkeiten, bis er sich eine Umgebung geschaffen hat, die sich von der gewöhnlicher Sterblicher so sehr unterscheidet und die ihn mit ihren Schichtungen von Besonderheit und Schönheit so fern hält von dem, was draußen üblich ist, wo der Palast seine Grenzen hat, daß der König unmöglich mehr ein Gewöhnlicher sein kann und damit vielleicht auch kein Sterblicher mehr.

Was hat die Könige bewogen –
ihre Sammlungen, ihre Anhäufungen von Seltenem, Kostbarem sind der Ausdruck, den sie ihrer Angst geben konnten, denn Glücksfälle in der Erbfolge haben sie in die Lage gebracht, sich

auf kaskadenartig abfallenden Marmortreppen und auf bis zur Unkenntlichkeit geschmückten Reitelefanten von der Allgemeinheit so weit zu entfernen, daß sie wähnen konnten, es würde ihnen nichts Gemeines mehr zustoßen und vielleicht auch nicht das gemeine Ende, für das sie sich schon zu künstlich fühlten mit all der Kunst, die sie als einen Schutzwall zwischen sich und das Leben gesammelt haben, so daß etwas so Natürliches wie der Tod ihnen vielleicht nicht mehr nahe treten konnte, aber Rechenschaft gaben sie sich nicht über diese Empfindungen, denn ihr Kopf war für die Krone und nicht für Gedanken da, die Frage, warum sie ihr Reittier schmücken ließen, bis es wie ein sich überraschenderweise bewegendes Arrangement von Seide, Leder, Juwelen, Federn aussah, haben sie sich nicht gestellt, ihre Unfähigkeit, sich zu erkennen in den venezianischen Spiegeln ihrer Paläste, obwohl die Spiegel sie doch verdoppelten und vervielfachten, ging so weit, daß sie sich gar noch als Mäzene fühlen konnten mit fürstlichen Angeboten an Bronzegießer, Baumeister, Goldschmiede, Elfenbeinschnitzer, Plattner, Glasbläser, Kunstschreiner, Porzellanmaler.

›Nimm, denn ich habe‹, bedeutete mir eine Zigeunerin auf dem Viehmarkt in Klina, das ist jenseits des Čakorpasses, und dort wurde mir mit einer Handbewegung, einer königlichen, ein fürstliches Angebot gemacht, nämlich, mir aus Pappschachteln zu nehmen, was ich wollte, Ketten aus Flitter und Flimmer, Zigeunerware, rosa, violett, golden und grün, mit dem ererbten Kunstverstand langer Ahnenreihen als ein Aufschrei gegen die Armut, als ein Votum für die Freude auf billigen Faden gereiht.
Ein Rind, das nach dem Kauf fortgeführt werden sollte und noch unwillens war, mit dem neuen Herrn am Strick zu gehen, stieß den Warentisch beinahe um, bekam eine goldglitzernde Perlschnur übers Horn gehängt, ›nimm, denn ich habe‹, und was heute mit einem Ochsen fortgeht, macht sie morgen wieder, die Zigeunerin, ihre Phantasie ist unerschöpflich, die Perlen laufen ihr von selber in den rechten Farben durch die Hände, alle Abstufungen von Blau sind ihr bekannt und sie weiß, wann sie einen Rotjubel in Violett verenden lassen muß – mit einer Pfeife im Mund herrscht sie über

Schachteln mit Perlen wie über die Fähigkeit, sie auf höchst kunstvolle Weise aneinanderzufädeln und hat noch Zeit, denen, die es nach ihren Künsten verlangt, diese fürstlichen Angebote zu machen, so daß für einen Dinar das schöne Menschenwerk zu haben ist.

Wenigstens versuchen will ich, mir darüber klar zu werden, warum ich es nicht lassen kann, im Kampf mit Fluggesellschaften, Autobusschaffnern und sogar Freunden, in Koffern, Kartons, Netzen, aus den abgelegensten Winkeln mitzuschleppen, was irgendwer an Schönem gemacht hat aus einem Aststückchen, aus Ton, Speckstein, Muscheln, Hanf, Wolle, mit ein bißchen Farbe, mit einer Schere, einem Messer, aus Papier, aus Zucker, Lumpen, Blech, Brotteig, mit Nadeln, mit den bloßen Fingern, aus einer Form gepreßt oder ohne Form geknetet.

Auf den Weiden vor Evora saß ein Hirt, der eine Rohrflöte schnitt, ein Bauer namens Tovari hat mir einen Löffel gemacht, und der schöne Augenblick, in dem ich sie traf, ist steckengeblieben im Mundstück der Flöte, läßt sich noch einmal löffeln, irgendwann später, wenn ich den Schrank öffne, in dem ich meine Sammlung von Eßgeräten verwahrt habe. Denn das Leben will ich mir auch verlängern, das habe ich gemeinsam mit dem Sonnenkönig und Semiramis, nur daß ich es nach rückwärts dehne, Chronos und Topos sind außer Kraft gesetzt und einen glücklichen Tag kann ich noch einmal leben, zum Beispiel den, als ich in einer ihre großen Erwartungen murmelnden Menge vor den Stufen von San Gil saß und wie alle die Türflügel aufstarren wollte, damit endlich und einmal im Jahr die Macarena erscheine.

Eine Spielzeughändlerin stieg zwischen unseren Füßen umher, der festliche Tag war ihr und Kindern günstig, ich habe ein Spiegelchen mit buntem Rand von ihr gekauft und wo ich das kleine Ding auch vor meine Augen halte: gleißt die untergehende Sonne noch einmal über den Platz so nahe dem Guadalquivir, werden die brüchigen Weinschreie wieder hörbar, mit denen Klageweiber sie begrüßten, als die narbigen Holzflügel der Kirchentür endlich aufklappten, so plötzlich wie das Lid über einem Eulenauge – und sie

sich hervortragen lassen konnte in all ihrem unermeßlichen Prunk, eine Sonne unter der Sonne, die Madonna Macarena von Sevilla, an deren Wimpern Diamanten hängen.
Es muß nicht ein Tag sein, eine alte Stunde kann ich wiederfinden, ich habe sie aufgehoben in einer runden Dose, die ich an einem Winterabend aus Sagorsk mitbrachte, ich muß nur den Deckel abnehmen, und die Zeit mißt sich nach wieder und jeder Ort ist hier.

Aber es ist nicht nur, daß ich Zeit in einem Ding festmachen kann, ein Schatten, ein Abwesender wird anwesend bei mir mit jedem Stück Volkskunst, das ich nach Hause bringe und das die Hinterlassenschaft ist von einem, mit dem ich einig bin darin, daß es schön ist und eine Mauer gegen den Tod, etwas aneinanderzufügen. An einen Strohhalm hat sich schon mancher geklammert, ein Albaner zum Beispiel, der im Herbst die liegengebliebenen Halme seines Feldes aufschlitzte, färbte, zerschnitt und dann hat er einen großen biederen rechteckigen Holzkasten mit winzigen bunten Strohstückchen beklebt und vor seinen und meinen Augen aus Partikeln die strenge Ordnung eines großen Labyrinthes von Ornamenten geschaffen, so daß der ungefüge Kasten unvermutet eine schöne Verwandlung erfuhr.
Ich schreibe Wörter auf Papier und eines Tages werde ich Dich aussetzen im Labyrinth meiner Sätze, einen Ausweg wirst Du nicht finden, wenn Du den Ariadnefaden nicht aufhebst und das Leitwort versäumst, das freilich zwischen den Zeilen steht, aber ein Blinder würde es sehen, wenn er sich retten will.

Was hat die Könige bewogen –
handhaben wollten sie die Welt und ihre Erscheinungen und es kam ihnen dringlicher darauf an als unsereinem, denn sie hatten sich viel angeeignet auf der Erde, das zu bewältigen nun von ihnen erwartet wurde, obwohl ihre Kräfte, wie jedermann hätte sehen können, die ihrer Kutscher, Gärtner, Astrologen, Minister nicht um so viel übertraf, wie ihr Besitz größer war als der ihrer Diener und Ratgeber.
Welche Wohltat also, wenn sie ein Stück der Welt auf der Hand

haben konnten, weil ein Goldschmied oder ein Elfenbeinschnitzer es verstanden hatte, etwas Großes kleinzuzaubern, einen dieser Gegenstände, die einem entgegenstehen, nicht wahr, wir beugen uns ja auch zärtlich und erlöst über eine Puppenstube mit Schränken darin, die nichts von der Wucht wirklicher nur mit großer Anstrengung verschiebbarer Schränke haben, mit Tischen, an deren Ecken man sich nicht stoßen kann, wie sollte ein König nicht glücklich sein, wenn ein Silberschmied ihm ein fürstliches Angebot macht, so daß der König sein Schloß mit all den Gemächern, in denen man ihm nicht wohlwill und seinen Meuchelmord flüsternd plant, als ein winziges glänzendes Artefakt in der Hand haben kann, dazu ein Pferd, von dem er nicht stürzen wird, obwohl das goldene Tier zum Galopp angesetzt hat, wenn er ein Heer aufmarschieren lassen kann auf dem Tisch, Soldaten über Soldaten mit Lanzen in den Fäusten, die seine Brust nicht gefährden und in einer Schlachtordnung, die dem königlichen Feldherrn immer übersichtlich vor Augen ist. Sie haben sich alle gern Miniaturen anfertigen lassen und je kleiner, je lieber waren sie den großen Königen.

Aber warum sollten Könige es schlechter haben als Kinder, die freudig einen hölzernen Bauernhof vor sich aufbauen mit einem Ganter darin, der nicht mit vorgerecktem Hals hinter ihnen herlaufen wird – und als ich, die ich aufatmend aus Dir ein kleines Wort mache.

Es ist allerlei zur Verteidigung der Könige zu sagen, schließlich sind sie nicht die einzigen, die der Wirkung ihres Kopfes so unsicher waren, daß sie ihn bekrönen ließen, wie wären sonst diese phantastischen Gebilde möglich, mit denen in allen Ländern, allen Kulturen Menschen das Aussehen und, wie sie zweifellos hoffen, das Ansehen ihres Kopfes verändern mit Perlkappen, ungeheuren Federhüten, bunten Wollmützen, kunstvoll gestrickt, mit Stoffhauben, die ihnen wie drohende Rabenflügel hinter den Ohren abstehen, auf wagenradgroßen Halskrausen bot man ehemals seinen Kopf wie auf einem weißen Teller dar, damit niemand übersehen möge, daß er vorhanden ist, vielleicht auch, damit man

übersehen möge, wie dürftig er vorhanden. Selbst die Griechen, die doch in den großen Jahrhunderten mit ihrem Körper einverstanden waren wie die Menschen keiner anderen Kultur, griffen gelegentlich zum Stirnband oder Blütenkranz um sich nicht ganz ohne Veränderung von der Natur zu übernehmen.
Bekleidung: immer mehr als Kälte-, Sonnen-, Regenschutz. Ein Protest, ein dumpfer Groll gegen die Machtlosigkeit, in der die eigene Gestalt nicht selber gewählt werden konnte und nun schafft der Mensch sich um mit roten Hosen, Miedern, Puffärmeln, Allongeperrücken. Bäuerliche Trachten übernehmen Einzelheiten vom Geflügelhof, den roten Truthahnkoller, Balzerscheinungen werden in Kragenformen nachgeahmt, die Kleidung bekommt etwas Aufgeplustertes, Gefiederneid ist im Spiele. Naturvölker begehen ein magisches Mimikri, lassen sich förmlich verschwinden unter einer Bemalung, die ihre Körperform vollendet vertuscht.
In allen Kulturen jedenfalls: ein zähes Angehen gegen das Gegebene und das obwohl kein Maultier seine Haut ändert oder die Beine verbirgt, nur der Mensch schafft sich immerfort um, verwendet täglich Zeit darauf, fröhlich, voller Phantasie (und zitternd, daß er nicht anziehend sein könnte, wenn er nicht angezogen ist). Fürstlich anbieten möchte sich jeder, seine Hand in der Manschette, die Füße mit Schuhschnallen und ob einer weiß oder schwarz ist, mit Kleidern will er blau aussehen oder grün wie Büsche im Mai. Nichts ist dem Menschen recht, wie es ist, ganze Gewerbe macht er tätig für die Veränderung seiner Erscheinung. Ohne seinen Willen so und nicht anders geschaffen zu sein, kann er nur ertragen, wenn er sich täglich von neuem und anders schafft, mit den farbenflammenden Flaggen seiner Bekleidung signalisiert er einen Sieg über die Natur in die Welt, er bestickt und bebändert sich, der Mensch ist kein Bär, ihm ist nicht wohl in der Haut, er hat Einwände gegen sich und die Krawattenindustrie soll sie ihm beschwichtigen.
Nicht, daß dieses Unbehagen nicht seine fröhlichen Seiten hätte, führt es doch zu der Lust, sich etwas auszudenken, und damit bleiben die Kugeln im Magazin oder passieren den Lauf nicht in Richtung auf den eigenen Kopf, der auf geradem Hals über dem Kragen bleibt, denn der ist von gutem Schnitt.

Nachdenken hatte ich wollen darüber, warum ich aus den entferntesten Winkeln mitschleppe, was irgend Menschen an Schönem gemacht haben aus einem Aststückchen oder aus –

Irgendwann habe ich angefangen, Pfeifen zu sammeln weil mich rührt zu sehen, wie Menschen sich die Prometheusgabe handlich gemacht haben und sicher verwahrt in der Höhlung eines Pfeifenkopfes ein Feuerchen sich nahe halten, es sogar fast in ihren Mund bringen, zahme Erben legendärer Feuerfresser, aber ein bißchen Zündelei erfordert das Pfeiferauchen eben doch noch und eine kleine Erinnerung an große vernichtende, nicht aufzuhaltende Steppenbrände, die frühere Geschlechter gegen feindliches Gebiet in Gang setzten, bleibt, wenn ein wenig trockenes Tabakkraut sachte knisternd in der Mulde einer Pfeife abbrennt, dies Feuerchen im Pfeifenkopf, diese kleine Brandstifterei, mit der des Nachbarn Hof nicht mehr zu Kohle wird, diese domestizierte Wiederholung haßwütiger Flammenwerferei – und mit wieviel Phantasie die Ritualgeräte beherrschter Pyromanie ausgestattet sind in allen Kulturen, ein schwarzes pythonköpfiges Chillum aus Indien habe ich und schmale lange Tonpfeifen aus der Tradition friderizianischer Tabakskollegien, wo den Trieben in weißen Pfeifen ein kleines Opferfeuer gebrannt wurde zwischen Lippen, über die nur kommen durfte, was der Kritik der reinen Vernunft standhielt. Zerbissene kleine Krummpfeifen besitze ich, in stummer Wut gepafft, auch große bauchige Gefäßköpfe von Wasserpfeifen des Vorderen Orients, wo geduldig für den Rauch ein langer feuchter Weg vorgesehen ist, auf dem alles Heiße, Feurige, Versengte im Widerspiel der Elemente kühl gelöscht wird – wie bringt man es übers Herz, sofern man Menschen zugewandt ist, keine Pfeifen zu sammeln und also darauf zu verzichten, sich an Hand so schöner Beweise ein Bild zu machen von menschlichen Versuchen, sich einzurichten auf dieser Welt, nachdem nun einmal jeder durch einen Mann und eine Frau anwesend gemacht wurde, meistens weil diese zwei sich zugetan waren, so schleppt das Ganze sich fort, man weiß nicht recht, wozu, zündet aber ein Feuerchen an dicht unter den Augen, atmet nicht die bloße Luft, sondern zieht von fernen Tabakfeldern, vielleicht Virginias, in sich hinein, findet sich ab, gerät den Mythen wieder nahe und hat mit dem Pfeifenkopf etwas Wärmendes in der Hand, das sich halten läßt, solange man nicht müde wird, den kleinen Brand zu schüren.

Welche Mühe wurde zu allen Zeiten auf das Behalten gewendet und wie ist es möglich, Zeugnisse dieses Behaltenwollens nicht um sich zu versammeln und zu betrachten, Körbe, Kästchen, Dosen, lauter Anstrengungen, sich zu wehren gegen Verlust, gegen das Wiederhergebenmüssen, Bemühungen, nicht sich zerstreuen zu lassen, was einem lieb ist, hundertmal gelesene Briefe, Blätter einer unverhofft überreichten Rose, sie verwahren und ein Geheimnis daraus machen in einem Kästchen, zu dem nur man selber den Schlüssel hat, Versuche, Wertvolles unsichtbar zu machen in einer Dose, deren Dekor vom Inhalt ablenkt, etwas beieinanderzuhalten, wo von Natur alles sich verstreut, Gewürzkörner zum Beispiel, die man nicht dem Wind überläßt, sondern für die eigene Speise verwahrt und sie in einem irdenen Töpfchen ihrer natürlichen Bestimmung als Samen abspenstig macht, in einem Tonkrug etwas so leicht Verrinnendes wie Wasser zu etwas Schwerwiegendem zusammenzuhalten – Behalten ist etwas so Erwünschtes, daß zu allen Zeiten Behälter auf das schönste geschmückt wurden. In die dicke Wandung ausgehöhlter Kürbisse ritzen peruanische Indios die Darstellung ganzer Dorffeste, mit feinsten Pinseln aus Rotmarderhaar werden in Rußland figurenreiche Bilder auf die Deckel kleiner Holzkästchen gemalt – wie bringt es jemand fertig, an diesen Zeugnissen des Nichtverlierenwollens vorüberzugehen, jede Dose ein kleiner geschmückter Sieg über die Vergänglichkeit und nichts anderes als ein verzweifeltes Aufhebenwollen sind auch die letzten großen Kästen, die Särge, in die man sorgsam auf weiße Spitzen legt, was einem lieb war an Haut und Haar.

Versteht sich, daß ein König meinte, er müsse besser verwahrt werden als der gemeine Mann, möglich, daß, die für Prunkgräber arbeiteten, nicht einmal neidisch waren auf das königliche Grabvorrecht, sondern in gewisser Weise zufrieden, zu sehen, wie überhaupt ein Mensch sorgsam aufgehoben wurde, daß sie willens waren, den Gekrönten stellvertretend für alle Ungesalbten mit dem Totenöl zu salben. – Was hat die Könige bewogen, Echnaton und

Ramses, sich so ausrüsten zu lassen für die Zeit nach dem Tod – wenn nicht, daß es etwas zu bestreiten gäbe auch da, wo nicht mehr geatmet wird und sie wollten gewappnet sein für die Begegnung mit dem schakalköpfigen Anubis, damit wenigstens einer mit Hilfen versehen das Reich erkunde, das allen bevorsteht und so steigert sich alles, was in Körben, Krügen, Kästen versucht wurde bis zu den großen pyramidenförmigen Körperbehältern am Nil, die zu sehen so viele eine Reise machen und versäumen, sich an den Zwischenstationen umzusehen und bei einem Flaschenschiff anzuhalten, in dem die Wünsche von Gizeh auch ihren Ausdruck gefunden haben durch irgendeinen nicht genannten Seemann, der wer weiß auf welchem Meer gleich fern allen Küsten die Flaute nutzte um sein Schiff in den Hafen zu bringen, wenn es auch nur ein Hafen ist, über den man sich beugen muß, um ihn zu sehen, so steht doch ein Leuchtturm da, auch eine Kirche, Häuser und manchmal sogar eine Windmühle und das Schiff geht vor Anker dort für alle Zeit, wohin jener unbekannte Seemann es ohne Lotsen durch den Flaschenhals bugsiert hat samt dem, was die Hafenszenerie ausmacht, alles Heimatliche und sein Schiff sind gemeinsam in einer Flasche geborgen, Heimweh und alle Sehnsucht haben sich sichtbar eingenistet im Glase, und das zu betrachten ist eine Reise zu den Pyramiden wert, die überall da stehen, wo ein Mensch etwas unverlierbar machen wollte, da er sein Leben doch hergeben muß und auch die Träume seiner Nächte nicht halten kann, dafür bedürfte es anderer Netze als es die großmaschigen Tagesstunden sind, in denen wir uns um jene Hälfte vermindern, die wir erst zurückgewinnen, wenn im Schlaf uns wieder zuströmt, was bei Tage fehlt und was uns doch ebenso ausmacht wie die Summe unserer wachen Regungen.

Ich weiß nicht, was Du träumst, ich könnte es Deinem Schlafgesicht nicht ablesen, selbst wenn ich es Nacht für Nacht vor mir hätte und was Du von Deinen Träumen zu berichten wüßtest, wäre schon verstümmelt vom Wachwissen, das offenbar den bewußten Gedächtnisraum so herrisch beansprucht, daß Traumbilder sich zurückziehen und nur als Erinnerung an eine andere Art von Leben bleiben, das sich mit den Mitteln unserer Sprache nur unvollkommen artikulieren läßt, denn noch während man einen Traum erzählt, mit Lebhaftigkeit und der Beteiligung, die ein noch faßbarer Traum uns abnötigt, weiß man schon, daß er anders, daß er mehr war, daß wir ihn unwillentlich verfälschen während wir ihn erzählen, daß er also schon zurückgewichen ist von uns, die wir ihn gerade besprechen wollten, so wie das Meer sich vom Strand zurückzieht in den Ebben und nur Spuren von Wasser noch hinterläßt, vereinzelt blinkende Tümpelchen auf dem Sand, der Körnchen für Körnchen nun als Land unter der Sonne liegt und auf dem jede Bewegung registrierbar ist, bis er wieder überflutet wird von etwas Mondabhängigem, Bewegtem, Unberechenbarem, das niemandem Boden unter die Füße läßt, aber der fährt gut, der sich gerade auf das Schwankende des Elementes einläßt.

Wie ein Wechsel der Gezeiten vollzieht sich in uns der Abtausch von Wachen und Schlaf, langsam öffnen sich mit dem Einschlafen Schleusen, die uns wieder einlassen in die Wirklichkeit der Träume, wir werden geflutet, wir haben uns einwärts gedreht und stürzen schlafend in unsere Mitte, in der wir unerschöpflich sind, und mehr als eine halbe Muschel hat auch jener Pharao aus der Nacht nicht an den Tag gebracht mit den Träumen von Kühen und Ähren, die Joseph ihm deuten sollte, mehr als die Hälfte einer Muschel, zu der fehlt, was sie vollständig machen würde, bringt niemand mit aus der Nacht mit dem Stückchen Traum, das er sich noch bewußt machen kann, aber für den täglichen Verlust des ganzen Unbewußtseinsmeeres entschädigt die nächste Nacht mit neuen Träumen, die Freud so vergeblich wie Maschen auf Stricknadeln zu bringen versucht, damit man einen auf den Fuß passenden Strumpf daraus fabrizieren kann, mit dem sich dann ins Berufs- und Eheleben schreiten läßt. Es heißt aber [1]:

»We are such stuff
As dreams made on, and our little life
Is rounded with a sleep.«

1 Shakespeare, The Tempest IV,1.

»Wir sind vom Stoff,
aus dem die Träume sind, und unser kleines Leben
ist eingehüllt in Schlaf.«

Es heißt nicht, die Träume seien aus unverarbeiteten Resten unserer Existenz gemacht und Überbleibsel wacher Tage.
Wach sind wir, scheint mir, ein Partikel unserer nicht meßbaren Traummenge, und nichts ist vernünftiger, als sich abends rechtzeitig niederzulegen und zurückzukehren in die Hülle des Schlafes zu der Fülle unserer Möglichkeiten.
Sehr begreiflich, daß man sich geradezu gierig mit dem Phänomen des Träumens beschäftigt hat, daß Traumdeuter, Traumbücher aufkamen und man so als seien auch unwahre Träume möglich, von Wahrträumen sprach, Träume der Wahrsagerei dienstbar zu machen suchte und anderes betrieb Freud auch nicht mit seinen Analysen, deren Verfahren mir vorkommen will wie wenn jemand die Statue des Mädchens mit dem Granatapfel oder den Kouros von Sunion sorgfältig umlegte, damit man was zum Draufsitzen hat. Wie abwegig, jemandes Träume zu nutzen um ihn für die Bewältigung seiner Büroarbeit zu präparieren, anstatt ihn zu lehren, Büroarbeit so zu bewältigen, daß er nachts gelassen zurückkehren kann in die Fülle seiner Mitte und die Träume wachrufen, so daß ganz von selbst die fürstlichen Angebote des Makromikrokosmos kommen, den wir wach mit Teleskopen und Mikroskopen anstaunen. Nicht, daß das nicht Freude, Nutzen und Erkenntnis brächte, aber in den rechten Abmessungen betrachtet: mehr als Schieleisen sind die Produkte unserer Winkellehren und Linsenschliffe nicht.

Das große »cogito ergo sum« ist gewiß ein ehrwürdiger Satz. Aber er hat mich immer verdrossen. Unverständlich, warum ich gerade weil ich denke, sein soll. Wenn ich die Schuhe von den Füßen schüttele, unlustig, Schnallen zu öffnen und mich auf meinem Bett zusammenrolle mit nicht mehr Ganglienbewegung als sie ein Dackel hat, bin ich auch und sogar sehr: eine Kreatur in vollkommener Übereinstimmung mit ihren körperlichen Impulsen.
Und wieso bin gerade ich, weil ich denke?

Wieso ist nicht auch *was* ich denke, was ich mit dem Messer eines Gedankens herausschneide aus der Unermeßlichkeit des Nochnichtvorhandenen und Nochnichtgeschehenen?
Was ich gedacht habe *ist* nun, ist unwiderruflich, weil ich es gedacht habe, nichts muß, um zu sein, Fleisch und Blut oder einen holzigen Stamm haben, gedruckt oder gesungen werden, etwas kann aus nicht mehr als einer Ganglienbewegung *sein*. Alles ist, was denkbar ist.
Darum wäre es falsch, wenn Du sagtest, Du wärest niemals über den Čakorpaß gefahren. Mußt Du, um über jene Gebirgsstraße auf dem Balkan zu kommen, Dir unbedingt die Knie am Gestänge eines jugoslawischen Überlandbusses stoßen und das Gewürge anhören, mit dem die Einheimischen, an lange Fahrten nicht gewöhnt, auf den Serpentinen dieser am schönsten geschwungenen Paßstraße der Welt ihren Mageninhalt in schwarze Tüten erbrechen, kannst Du nicht unbehindert in meinem Kopf mitfahren, aufgehoben in meiner Hirnmasse, deren Ströme Dich immerfort produzieren für eine Fahrt, die so gemeinsam nicht sein könnte, wenn Du mit Skelett und aller Muskulatur neben mir säßest, abgelenkt von einem klappernden Fenster, einem verlorenen Geldstück, kalten Füßen. In mehr als die Sitzbank würden wir uns kaum teilen bei solchem durch verschiedenartige Materialisierung behinderten Zusammensein.
Zwar weiß ich auch nicht, wie es möglich war, Dich in meinem Kopf samt Schuhen, Jacke, Brille immerfort anwesend sein zu lassen, aber es gelang mir ohne Schwierigkeit, und Du kannst Deine Fahrt über den Čakorpaß getrost für eine Deiner geglücktesten Reisen halten, denn alles ist, was denkbar ist und ich bin nicht ohne Dich gewesen auf dieser schmalen, sandigen, endlos gewundenen Maultierstraße, von der ich, eine Bergfremde, ein Meermensch, immerfort abstürzte mit meinen Gedanken, dem rechten Hinterrad des Busses, das halb über die Straßenkante ragte, voraus in einen Abgrund, in den der schwere Tourenwagen dann gar nicht rutschte, denn der autista war ein Künstler, und so mußte der schon in der Schlucht liegende Gedanke wieder heraufklettern und einsteigen bis zur nächsten Kurve, wo wieder etwas aus meinem

Kopf sich in die Tiefe warf um dem Absturz des Wagens zuvorzukommen, der sich auch diesmal auf der Straße halten konnte, so daß die Gedanken zurückgepfiffen wurden aus der Klamm, wie entlaufene Hunde kamen sie hechelnd an und hockten sich in meinen Kopf bis zur nächsten Biegung, wo sie durch den Augenausgang wieder talwärts schlitterten, ohne daß der Bus ihnen folgen mußte, der autista war wirklich ein Könner und nach zwanzig Kurven hatten die Gedanken das Apportierspiel satt mit dem ich sie hinabgejagt hatte um mir Informationen über den Fallgrund heraufbringen zu lassen, auf dem freilich schon Autowracks lagen und in den Felsen rosteten.

Du kannst nicht sagen, daß Du Dich an diesen Vorfällen auf dem Čakorpaß nicht beteiligt hättest und daß Du nicht in Gefahr warst, mit einem abstürzenden Autobus um Deine Existenz gebracht zu werden. Wer sagt Dir, daß Du es besser hast in Deiner Haut als in meinem Kopf, woher willst Du wissen, welche Deiner Existenzen diejenige ist, in der Dich zu verwirklichen Dir am besten möglich ist?

Hatte ich vorgehabt, Dich von Deiner Reise über eine Gebirgsstraße wissen zu lassen?

Wann werde ich etwas erfahren von meiner Anwesenheit in Bangkok und Hongkong, wann wirst Du mir erzählen, wie Du mich nach Japan getragen hast, als blinder Passagier in Deinem Kopf bin ich den Stewardessen der Lufthansa entgangen, und vielleicht hast sogar Du über Stunden vergessen, daß Du mich bei Dir hattest, bis ich dann auftauchte vor den Bangkoktempeln, als ein Ganglienflimmern vielleicht, mit dem Dir mein Name einfiel oder eine Bewegung meiner Hand, an die Du Dich deutlich erinnertest oder Du hast etwas mit anderen Augen gesehen und entdecktest, daß es meine waren, irgendwo muß ich zu mir zusammengeronnen sein in Hongkong oder Delhi, so daß Du an einen Verkaufsstand tratest um etwas für mich zu erwerben, etwas Glitzerndes, Wohlgeformtes, Jahrmarktware, von der Du mit Recht annehmen konntest, sie würde mir Freude machen.

Wie mühelos ich mich niederlassen und Gestalt annehmen konnte in diesen fremden Städten und mich quer über den Tisch eines

Händlers legen, so daß Du mich im Auge hattest, als Du etwas von seiner Ware aussuchtest und das Glück, das ich empfinden würde, wenn ich sie bekomme, schon nachmessen konntest an der Vorstellung, die Du von mir hast.
Was will es besagen, daß ich mir in Berlin vielleicht die Schuhe putzte als Du mich in Tokio erblicktest mitten im Gewimmel kleinwüchsiger, Dir nicht verständlich sprechender Menschen und Du den zierlichen Kopf eines Spielzeugungeheuers so sehr in Zusammenhang brachtest mit mir, daß Du ihn einpacken und auf die Post bringen mußtest, damit er mir für immer gehören sollte, und irgendwo werde ich auch in Didos Stadt mich so in Dir bemerkbar gemacht haben, als der Stachel einer fordernden Erinnerung zwischen den Sonnenreflexen Tunesiens, daß Du ein Bündel Buchstaben auf einer Postkarte anordnen mußtest um die Signale Deiner Gedanken zu beantworten. Denn ich bin klüger als Dido, die den fortsegelnden Schiffen des Äneas nur den Rauch ihres brennenden Leichnams nachzusenden wußte. Was war damit getan? Die Gleitschiene eines wohlüberlegten Satzes hätte Dido Wort für Wort zwischen sich und Äneas verlegen sollen und ihn dann getrost ziehen lassen um Rom zu gründen. Ich jedenfalls kann mich mit Ruhe zurücklehnen, wenn Du fortgehst. Gegen die winzigen Buchstaben, die ich Dir nachsende, kommen die günstigsten Winde nicht an.
Geheim wie ein stoßendes Einhorn hat ein Wort von mir in Dir gehaust, auf dem bin ich in Didos Stadt gelangt, für die es mir an Bewunderung nicht fehlt, denn zwischen den Mauern Karthagos muß eine sublime Kultur sich entfaltet haben von Didos Tagen bis zu Salambos Zeit, und es ist mir lieb, daß Du mich mitgenommen hast in jenes sandige Land, wenn ich auch nicht weiß, wie Du mich ihm anverwandelt hast, aber es würde mir genügen, zwischen den Sonnenreflexen, die Du erwähnst, nicht mehr als das Flimmern einer Erinnerung gewesen zu sein, deren unstete Anwesenheit in Dir jene Unruhe hervorruft, die Dich davor bewahrt, schon gestorben zu sein.

Die Sätze sind lang geworden von Ineinanderübergehendem, was vielleicht dem verwunderlich erscheint, der sich erinnert, daß ich einst Schwierigkeiten hatte, in Texten von Livius die Hauptverben auszumachen. Aber meine Meinung über lange Sätze hat sich geändert, heute bin ich ihnen zugetan, lesend wie schreibend, ich habe es gern, wenn ein Satz sich, aus vielen Segmenten bestehend, allmählich groß wie ein Fallschirm entfaltet und einen langsam auf den Boden einer Erkenntnis trägt.

Womit ich nicht sagen will, daß ich nicht auch für lineare Sätze Sinn hätte, dafür, daß Gedankengänge ausgehoben werden, welche die kürzeste Verbindung zwischen Frage und Antwort darstellen. Es muß nicht sein, daß solche Sätze auf der kleinen Strecke von der Anfangsmajuskel bis zum Schlußpunkt simpel geraten und plump wie ein Sackhüpfen vom Start zum Ziel kommen; es gibt ansehnliche Schreibsprinterleistungen.

Spaß macht vermutlich auch, schreiben wie Fußballspielen zu betreiben: dribbeln mit einem Wort und es dann vor 60 000 Zuschauern ins Tor schießen: ›Persil bleibt Persil‹ oder: ›have a Coke‹.

Doch ich bin auf Schnelligkeit nicht aus, ich lasse mich gern überholen und besonders gern von der Avantgarde, die glaubt, wenn sie Silvester eifrig Wörter wie Knallerbsen wirft, sei sie im Neujahr sicher dabei.

Aber ich will nicht polemisieren.

Ich will mich überholen lassen.

Wenn alle sich an der Sprache gesättigt und manche den Mund zu voll genommen haben, so daß sie losrennen müssen um ihre Wörter so aufs Papier zu spucken, wie sie ihnen zwischen den Zähnen herausfallen, dann wird Raum frei und ich kann auf Dich zugehen mit einem Wort, daß mich vor Dir schützt wie ein Eisenhut.

Rund wie das Glück

Es müssen nicht die Kuppeln der Kathedrale von Smolensk sein, die so unerwartet hoch und so über alle Maßen golden wie eine große Entrückung glänzend über der Stadt lagern, es müssen nicht die mächtigen noch die zierlichen Bekrönungen der Kremlkirchen sein, bei deren erstem Anblick einem die Augen tanzen vor Freude und man sich lange Arme wünscht um diese Goldlichkeiten berühren oder gar als Spielsel zu sich herablangen zu können – die grüne Zwiebel auf dem Turm einer bayerischen Dorfkirche, die man, am Fenster eines landschweifenden Zuges stehend, erblickt, löst es aus: das Wohlgefallen an der runden Form, die über sperrigen Winterzweigen, ebenen Kuhweiden oder vor schroffen Felswänden im Gegensatz zu diesen Formelementen einen jähen Impuls von Heiterkeit übermittelt.

Freud, denke ich mir, wird an einer Stelle, die ich nicht gegenwärtig habe oder auf die ich noch nicht gestoßen bin, gewiß auf die Lust an der Kugelform eingegangen sein und sie mit der Erinnerung an unsere ursprünglichsten Nahrungsquellen begründet und vielleicht auch Beziehungen zur Analzone angesprochen haben.

Aber damit erklärt er nicht das Vergnügen, mit dem man zusieht, wie winzige bunte Zuckerperlchen vorwitzig aus der spitzen Tüte kullern, in der man sie billig gekauft hat. Ich kann mir nicht denken, daß es sich da um mikrofizierte Analfreuden handelt. Auch Murmelfunde in ägyptischen Gräbern lassen sich Freud'sch nicht erläutern, noch der Eifer, mit dem immer wieder Kinder im Frühjahr, wenn der Boden um die Straßenbäume locker wird, eine kleine Kuhle ausscharren und gebückt heißköpfig versuchen, Tonklicker oder schillernde Glasbucker mit dem Finger so anzustubsen, daß sie in die Grube rollen.

Daß man ihre Bewegung, gerät sie einmal ins Rollen und dazu genügt ein Anstoß, so schwer unter Kontrolle bekommt, daß sie etwas ist, das sich einem so leicht entzieht, macht zweifellos einen Teil der Faszination, die von der Kugel ausgeht. Sie zu lenken wird am grünen Billard subtil mit dem Queue und mit Tritten brutal auf dem Fußballplatz versucht und sie ist das Tückeobjekt vieler Geduldspiele, rollt nicht wie beabsichtigt durch ein Labyrinth oder erreicht Punkt neun nicht, weil sie ihre eigenen Beziehungen zur schiefen Ebene hat und sich schon beschleunigt, wenn es ein kaum wahrnehmbares bißchen mit ihr abwärts geht, denn noch den kleinsten Neigungswinkel, den eine unruhige Hand herstellt, macht sie sich zunutze um sich in Bewegung zu setzen.

Die Kugel, wo sie auch auftaucht, man kann sich ihrer Besonderheit nicht entziehen: sie ist ein Etwas, dem nichts fehlt. Sie ist vollkommen.

Wie schön, wenn sie in ihrer ganzen wohligen Rundlichkeit anwesend ist, man muß ihr nach, auf den Füßen oder in Gedanken, wenn sie wegrollt und schneller ist als man selbst, welche Freude, wenn man sie einfangen kann und erst, wenn sie einem unversehens und unverdient zurollt, ein Glück, auf das Titus fest vertraut, wenn er bei seinen ersten Ballspielversuchen mit beiden kleinen Händen ein Näpfchen bildet, das er vor sich hinhält und strahlend darin den Ball erwartet, den in diese winzige Mulde zu bringen ich mich lang ausgestreckten Armes bemühe, denn welches Glück und was an Erwünschtem würde ich nicht mit Freuden einem Kind in seine noch in so ungetrübter Hoffnung hingestreckten Händchen legen.

Mit dem Queue, wie gesagt, mit diesem schwanzförmig sich verjüngenden Holzstock, dessen Lederkuppe mit blauer Kreide eingerieben wird, damit man nicht abrutscht von der Kugel, wenn man zustößt, mit dem Queue werden beim Billard drei Kugeln über grünen Filz zum Rollen gebracht, so, daß sie sich treffen, aneinanderschlagen, sachte klickend, man geht um den Tisch herum, wählt seine Position, stützt sich auf, zielt sorgfältig, als gelte es kleine Tiere zu harpunieren, alle Spieler starren die Kugeln an wenn sie rollen – war der Spieler ihr Meister oder war er es nicht, hat er sie nach seinem Willen in Bewegung gebracht oder lag ihr Schwerezentrum nicht da, wo er zugestoßen hat. Wer wirklich ein Artist am Billard ist, kann es mit einem Stoß bis zu siebzehn Rencontres der Kugeln bringen, die an die Bande rollen und zurückprallen, wieder genau aufeinander zu, die rote auf die weiße mit der Markierung, dann auf die unmarkierte weiße und für all das hat ein Anstoß genügt, ein gezielter von ruhiger Hand, mit genau dem Maß an Kraft, das nötig war, und der Mann, der da zielte, durfte nur an die drei Kugeln vor seinen Augen denken, was noch gar nichts ist, wenn man bedenkt, wo überall in großen Amphitheatern des Sports Sechzigtausende auf eine einzige Kugel fixiert sind, auf den Ball, der ins Tor soll und wenn das gelingt, können sie sich nicht lassen, brüllen, werfen die Arme hoch, nur weil einer den Ball so getreten hat, daß ein anderer ihn nicht abfangen konnte. Bei diesem Spiel ist Freud im Spiele: anders als daß Spielern wie Zuschauern Ersatzhandlungen gewährt werden, läßt sich die Hingabe ans Fußballspiel nicht begreifen, die Sucht, sich der Kugel, ihrer prallen Rundheit zu bemächtigen, sie mit Tritten zu traktieren und zwar mit kräftigen, sie in einen Drahtkasten zu donnern und diese Vorgänge lösen Volksfeste aus, die deutlich hysteroiden Charakter haben. Magere Büromännchen springen auf und fisteln Begeisterung, wenn der Ball vom Elfmeterpunkt abgetreten wird, der Torwart nach dem Ball hechtet und ihn an sich drückt, falls er ihn bekommt – ein mit unserer Kultur unvertrauter Ethnologe würde zweifellos, geriete er in so ein Match, annehmen, rituellen Handlungen eines besonders unzivilisierten Stammes beizuwohnen [1].

In Frankreich spielt man Boule und Boccia in Italien, ein Volksspiel, für stille Straßen und Kirchplätze geeignet, nicht so kunstvoll zu verfeinern wie Billard, aber doch ein gelassenes Spiel, das sinnig mit Kugeln betrieben wird, von denen eine die Zielkugel ist, alles spielt sich im Rollen der Holzbälle ab, deren einer den Impuls eines anderen aufnehmen und das Spiel damit harmonisch fördern kann.

Wie dramatisch dagegen das Kegeln! Zwei gegensätzliche Kräfte

1 Vergleiche hierzu den Exkurs auf S. 306.

werden nun gezielt in Konflikt gebracht: die Beweglichkeit einer Kugel und das Steh- oder Beharrungsvermögen von neun balusterförmig abgewandelten Zylindern. Überträgt sich die Bewegung der Kugel auf die Zylinder, endet das mit abrupter Katastrophe, die Kegel fallen um und der Spielgang ist beendet. Es ist aufregend zu bewirken oder anzusehen, daß etwas so Unstetes, Bewegliches wie die Kugel, neun standfeste Kegel zu Fall bringen kann, weil jemand die der Kugel innewohnenden Kräfte mit Geschick eingesetzt hat, was auch hier heißt, daß Gefühl entwickelt wurde für die der Kugel spezifischen Bewegungsmöglichkeiten, die mit ihrem Gewicht und der Kraft des Anstoßes zusammenhängen, nur muß der Kegler etwas anderes wollen als der Boccia- oder Billardspieler, er muß ein umstürzlerisches Naturell haben und Freude daran, wie ein Einzelelement, die Kugel, in eine wohlgeordnete Gruppe anderer Elemente einbricht und sie um eben diese Ordnung bringt. Lust an der Revolution, einen Hang zum Rebellischen muß der Spieler haben, wenn er gegen die Versammlung der Kegel seine Kugel anschiebt – er muß den Umsturz wollen und ertragen können, es gehört Vitalität zum Kegeln wie Subtilität zum Boccia, Raffinement zum Billard und ein Schuß Brutalität zum Fußballspiel.

Anzuhören ist jedenfalls am schönsten die Kegelei: zuerst das dumpfe Anrollen der Kugel; kurz bevor diese das Carré der Kegel erreicht, gibt es immer eine Art Fermate, vermutlich weil alle Spieler den Atem anhalten, und dann kommt das Xylophonieren der Kegel oder der eine klägliche Bums, wenn ein Stümper am Werk war, und schließlich ein Hohn- oder Triumphschrei, aus dem freilich selten mehr wird als ein einmaliger fast jodleriger Juchzer, der auch bei Keglern, die vom Schlund bis in die Blase gut mit Bier gefüllt sind, nicht jenen ekstatischen Charakter annimmt, mit dem, mehr oder minder artikuliert, manchmal in Fußballstadien ein Torwart, ein Schiedsrichter, ein Stürmer am liebsten zum Lynchen freigegeben würden.

Dem Kegelspiel wurden Metaphern entnommen: ›Etwas ist im Anrollen‹, ›Etwas rollt auf einen zu‹ – gemeint ist das Schicksal und spektakulär heften sich Schicksal, Glück und Nichtglück an die

Roulettekugel. Mit keinem Instrument könnte ein Spiel so vollkommen als Glücksspiel ausgetragen werden wie mit der Kugel, und wie strenge Kontrollmechanismen sichern beim Roulette, daß alle Faktoren ausgeschaltet sind, welche die Bahn der Kugel berechenbar machen könnten.
»Mesdames et Messieurs, faites votre jeu« – aber »rien ne va plus« heißt es, wenn die Kugel angestoßen wird, und dann surrt sie über Rot und Schwarz, über die Farbe der Liebe und die des Todes, über Zero und die graden wie die ungraden Zahlen, ein Kügelchen ist es ja nur, aber mit welcher Macht über große und kleine Summen ist das winzige Ding beladen, und sein Lauf trudelt aus, wo es mit keinem System vorher zu berechnen war und macht den einen arm und dem andren gönnt sie etwas und den Systemfanatiker bringt sie auf jeden Fall zur Verzweiflung, weil seine Kalkulationen wieder nicht gestimmt haben und die Wahrscheinlichkeitsrechnung zu weiträumig ist um mit ihr die Treffzahl jemals zu orten oder in vertretbarer Zeit bei einfachen Chancen sicher zu Gewinnen zu kommen.

»Nun denn, auf deiner Kugel, Ungeheures«, spricht Kleist das Glück an, das ihm etwas Ungeheures ist, etwas nicht Geheures also und auf einer Kugel rollt es in unvorhersehbarem Lauf.

»Nun denn, auf deiner Kugel, Ungeheures,
Du, dem der Windeshauch den Schleier heut
Gleich einem Segel lüftet, roll heran!
Du hast mir, Glück, die Locken schon gestreift!
Ein Pfand schon warfst du im Vorüberschweben
Aus deinem Füllhorn lächelnd mir herab«

heißt es im »Prinzen von Homburg«. Welch große feierliche Beschwörung des Glückes: Auf deiner Kugel, roll heran!
1777 ließ Goethe in seinem Garten den »Stein des guten Glücks« errichten. Er ist noch heute dort zu sehen: auf steinernem Kubus liegt still eine steinerne Kugel wie ein sich verweilendes Glück, beschworen, zu verbleiben, und die Weimarer Kugel hat auch ihren Ruhepunkt gefunden.

Aus der Tschechei kommt eine Geschichte, in der ein Mikrobiologe, ein Morphologe und ein Physiologe sich rühmen, spezielle kugelförmige Körperchen erfunden zu haben, die im Menschen Glück auslösen und die sie in einem Werk – de globulis gaudiensis – beschreiben. Um Murmeln handelt es sich in der Erzählung von Ivan Vyscocil.

Wie sich alle anrühren lassen von der Kugel, von diesem Etwas, dem nichts fehlt! Hartnäckig – und immer mit Erschauern gehört – halten sich Geschichten vom Kugelblitz. Man denke, Intensitäten eines entflammten Himmels könnten sich zu einer Kugel zusammenballen und einem in die Stube fahren, zwischen Tischbeinen hindurch sich am Schrank stoßen, ein Ball aus blitzender Unendlichkeit, der da und dort Einzug gehalten haben soll in einen Kuhstall, eine Scheune, eine gewitterdumpfe Stube und Leuten den Atem verschlug, ehe das runde Stück feurigen Himmels nicht mehr zu sehen war, das unberührbar wie das Einhorn durch die Jahrtausende geistert und es ist ratsam, des Rätselhaften nicht zuviel sehen zu wollen und sich mit den Wundern schillernder Seifenblasen zu begnügen, die uns ihren schönen Anblick wenigstens für die Dauer eines freudigen Blickes schwebend gewähren, oder das klare Schimmern einer Schusterkugel zu bewundern, die in mancher Handwerksstube nicht nur ein Stück Sohlenleder und Pechzwirn erleuchtet hat, diese einfache Vorrichtung, eine Glaskugel, die mit Scheidewasser gefüllt vor die Kerze gehängt wurde, muß zur Meditation angeregt haben, denn mehr als ein Schuhmacher ist beim durchsichtigen Lichte der Schusterkugel ins Sinnieren gekommen, bis hin zu Jakob Böhme, dem vor dem weißen Licht seiner Arbeitslampe im Schusterladen an der Neißebrücke in Görlitz das ›Mysterium magnum‹ aufgegangen ist, aus dem er sich die Schöpfung erklären konnte, vermutlich, weil das flüssige Leuchten der Kugel ihm die Welt in ihrem Urzustand vorstellte, als den Wasserglobus, auf dem die Kontinente noch nicht geschaffen waren.

Spannend, weil aufschlußfördernd, ist es, jemanden zu einer Brühe mit Ei einzuladen. Da gibt es Leute (darunter vornehmlich Kritiker der bildenden Künste), die werfen einen Blick in die Tasse, greifen zum Löffel und verrühren nonchalant das Ei, so daß Tassenporzellan und Löffelmetall aneinanderscheppern, während sie einem geläufig von einer Kandinskyausstellung erzählen.
Aber es gibt (zum Glück) andere (darunter vornehmlich Maler, Schreiber und solche Kritiker der bildenden Künste, die nicht nur wörteln, sondern auch kucken können), die schauen in die Tasse, grienen ein bißchen, machen jedenfalls ein vergnügtes Gesicht, nippen vorsichtig an der Brühe und trachten dann, das dottergelbe Dotter unversehrt auf den Löffel zu bekommen, wo sie es wohlgefällig betrachten und ein bißchen sich hin und her wälzen lassen, manche nicht ohne Verlegenheit, andere sehen einen fröhlich an und rechnen auf Verständnis dafür, daß sie sich nur zögernd entschließen können, die flüssige Rundlichkeit, die nur durch ein dünnes Häutchen in ihrer molligen Form gehalten wird, zu zerstören, und haben jedenfalls mehr als nur ein Eßvergnügen an der Bouillon gehabt. Von solchen Leuten kann man sich voller Vertrauen über Kandinsky, Beuys, das Taj Mahal, Granada, die Fondi d'ori der Vatikanischen Sammlungen, kretische Vasen und was immer an Schönem mit Augen zu sehen ist, berichten lassen.
Lustig auch, Leuten zuzusehen, die Pingpong spielen. Ich habe gern, wenn von der hübschen lautmalerischen Spielbezeichnung Gebrauch gemacht und nicht vermeintlich aufwerterisch von Tischtennis geredet wird, um gegenwärtig zu halten, daß es sich um einen weltmeisterschaftwürdigen Sport handelt, wo es viel richtiger wäre zu sagen, daß zwei oder vier Spaß daran haben, sich zu verkatzen, sich mit kleinen Schlägern runde Pfoten machen und nach einem Bällchen tatzen, daß wie ein weißes Springmäuschen zwischen ihnen hin und her schnellt.
Zwei magere Kater, sah ich Diem (um noch einmal von ihm zu sprechen, ehe die Kapitolinische Wölfin nach ihm schnappt und der Mund der Wahrheit mehr als nur seine Hand fressen wird) und seinen Sohn einstmals vor dem Spieltisch auf der Lauer, um sich das Bällchen schnellspielig zuzupfoten, und wie oft verschwand das

weiße Kügelchen und mußte mit der Harke aus seinem Versteck geholt werden, weil die beiden Kater noch nicht genug hatten vom Mäuschenhaschen und eigentlich war verwunderlich, daß nicht einer von beiden am Schluß das Bällchen zwischen seine Zähne genommen und zerbissen hat. Das wäre nichts als das natürliche Spielende gewesen.

Wenn also ein letztes Mal von ihm die Rede ist, vielleicht läßt sich ein Mehr an Erklärung gewinnen, wenn noch einmal Diems Phänotyp betrachtet wird. Nicht, daß ich ihn nicht schon beschrieben hätte, auch da, wo von Korbatsch, Ludwig und Kühl die Rede war; aber habe ich mit voller Deutlichkeit darauf hingewiesen, daß es keine wirkliche Rundung an seinem Körper gibt, nicht an den Nasenflügeln noch an den Fingerkuppen, schon gar nicht um Schultern oder Knie, seine Hacken bestehen aus wenig mehr als Haut und Fersenbein, auch unter den Ballen setzt sich kein Gewebe als gemütliches Laufpolster an und die beiden Gesäßmuskeln wirken wie die ärmlichen aus einigen wenigen Fasern bestehenden Muskelstränge eines Fakirs, der seine Leiblichkeit aus Mangel an Reis nicht entwickeln konnte und nun diesen schon beinahe abgetöteten Körper benutzt um auf Jahrmärkten gerade so viel zu verdienen, daß seine ausgemergelte Existenz sich nicht auch noch um das vermindert was ohnehin nur in klinischem Sinne noch als Leben zu bezeichnen ist.
Kein Gramm Fett findet einen Halt, wo es sich festsetzen könnte an Diem, er muß herumlaufen, eine Stachelstange von einem glücklosen Menschen, dem keine Abrundung seines Selbst gewährt wird (er ist das einzige Individuum an dem ich je einen langgezogenen Bauchnabel sah) und der verdammt ist, alle zu verletzen, die ihm nahekommen.
Aber wenn die Kapitolinische Wölfin nach ihm geschnappt haben wird, wer sagt, daß Brot und gute Worte dann nicht das Ihre tun werden, wer sagt, daß nicht willig ißt, wer schon im Rachen der Wahrheit war, und mir wird es an den Worten nicht fehlen, von denen er sich nähren kann, es müßte ihm ein leichtes sein, sie für sich zurückzubehalten aus einer Spreu verfliegenden Ärgers.

Die Kugel, den Ball, dieses runde, vollkommene Etwas, das hierhin und dorthin rollen kann und anders als man möchte, das sich einem entzieht, schneller sein kann als man selbst, dieses ablenkbare unberechenbare kullernde Etwas haben die Chaldäer und die Sumerer gekannt, die Ägypter ließen Symbolkugeln des Sonnenballes von Skarabäen voranrollen, Germanen und Römer haben Ball gespielt und diesen dabei zuzusehen ist noch möglich, denn es gibt ein Mosaik auf Sizilien in einer unerschöpflich reich mit Bodenmosaiken geschmückten römischen Villa, da spielen zwei Mädchen mit einem vierfarbigen Ball und der fliegt nun schon seit sechzehnhundert Jahren von einer jungen Frau zur anderen und kommt nicht ans Ziel, ist geworfen, aber wird nicht gefangen, ist gebannt in die Darstellung, ist angehalten durch einen Kunstgriff seit Jahrhunderten, obwohl man doch denken sollte, es sei unmöglich, eine fliegende Kugel auch nur für eine Picosekunde schwebend an einem Ort zu halten. Keine Kultur, in der nicht die Kugel eine Rolle gespielt hat; Etrusker schmückten ihre Geräte verschwenderisch mit allerwinzigsten Kugelgranulationen, deren Herstellung den Goldschmieden der Neuzeit noch bis vor kurzem rätselhaft war, das europäische Mittelalter hat Bälle geworfen und gefangen oder nicht gefangen, heiter hingegeben an die Capricen der Kugel.

Wir wissen nicht, wie man anfangs auf die Erkenntnis reagierte, daß nicht nur manche Früchte, Samenkapseln und Kiesel, nicht nur Murmeln und Bälle, sondern die gesamte Erde die Form einer Kugel hat, daß wir auf einer Kugel stehen, während wir mit Kugeln spielen.
Wem hat Aristoteles aus Stagyra, der für Konzentration eine solche Vorliebe hatte, daß er sogar für die Darstellung von etwas so Verästeltem, wie tragisches Geschehen es von seiner Vorbereitung bis zur Peripetie und zur Katharsis ist, die zusammenraffende Einheit von Zeit und Ort forderte, wem hat dieser Mazedonier mit seinem Sinn für das Wesentliche, der einen unverschleierten Blick auf den Mond warf und aus der Form des Erdschattens auf jenem Planeten bei einer Mondfinsternis schloß, die Erde müsse die Gestalt einer Kugel haben, das zuerst gesagt?

Irgend jemand muß es zuerst von ihm erfahren haben, er wird diesen stupenden logischen Schluß, den er aus einer Wahrnehmung seiner Augen zog (wie sie übrigens jedermann zu Gebote stand) und mit der sein Gehirn sein Gemüt vermutlich nicht wenig überrascht hat, nicht lange für sich behalten haben. War es ein Schüler, der die Neuigkeit erfuhr, war es gar Alexander, den zu unterrichten Aristoteles am Hofe Philipps von Mazedonien lebte, hat er das Außerordentliche seiner Wahrnehmung zuerst an diesem außerordentlichen Knaben erprobt, der geschaffen war, alles für möglich zu halten, oder hat er einen skeptischeren Zuhörer vorgezogen, der die These zwischen die Hirnzähne nahm und zubiß um zu überprüfen, wie hart der Beweis war? Oder ist Aristoteles zuerst zu einer Frau gegangen und hat ihr beim Weintraubenessen angedeutet, daß auch die Erde die Form einer Beere haben könnte, und hat er sie unter etwas gesenkten Lidern erwartungsvoll angesehen um zu erfahren, wie die Vorstellung, sich auf einer Kugel zu befinden, auf sie wirkte, und was hat sie geäußert?
Wie hat man reagiert auf die Mitteilung, daß wir die Füße auf der Oberfläche einer Kugel voreinandersetzen, war man ungläubig oder gläubig, war man erschrocken, fand jemand die Vorstellung schön und heiter machend?
Es ist nicht überliefert, von Erregung ist nichts berichtet, und das nicht, obwohl doch bis zu Aristoteles die widersprechendsten Vermutungen über die Gestalt der Erde umgelaufen waren: Thales von Milet hatte sie für eine Scheibe gehalten, die auf dem Ozean schwimmt, Anaximander hatte sie sich gar als zylindrische Säule vorgestellt, Philolaos aus Kroton glaubte Sterne und Erde an einer Halbkugel befestigt und wußte über die Form der Erde gar nichts zu sagen, und nun der Mazedonier mit seinem nachvollziehbaren logischen Schluß aus der Beobachtung des Erdschattens vor dem Mond – aber die Revolution der Anschauung blieb aus, die Erkenntnis Aristoteles' wurde nicht voll imaginiert, niemand fühlte sich offenbar sogleich als Bewohner einer Kugel, da er doch auf seiner Wiese keine Krümmung sah und auch die Fischer nichts von einer solchen auf dem Meere zu berichten wußten. Der Schock blieb aus, vielmehr, er kam mit voller Gewalt, aber um eintausendacht-

hundertdreiundsiebzig Jahre verzögert, denn erst als Kopernikus das so plan in die Theologie eingebaute Weltbild von der ruhenden Erde als Zentrum des Kosmos mit seinen Ganglien zerrieb und der Erde nicht nur die Kugelform nachsagte, sondern sie als eine sich um sich selbst und um die Sonne drehende Kugel vorstellte, und als Galilei gut fünfzig Jahre später die kopernikanischen Thesen bestätigte und vertiefte, brach der Schock beim informierten Teil der Menschheit mit einer Gewalt aus, die wie Heulen und Zähneklappern anmutet, und jedes noch so törichte Argument war recht um den Gedanken abzuwehren, daß wir auf etwas so Unstetem wie einer rollenden Kugel hausen, unsicher geklammert an eine Krümmung wie ein Balancierbär an den Ball unter seinen Tatzen. Schweiß scheint den Leuten auf die Stirn getreten zu sein bei der Vorstellung, daß sie mit ihrem Bett nachts durch das Weltall sausen und den Galopp nicht bremsen können wie ein Pferdegespann, dem man Brrr sagt. Kirchenfürsten wie Bauern wagten offenbar nicht mehr zu schlafen ohne ihre Nachtmütze festzuhalten, wenn wahr sein könnte, was Kopernikus und Galilei, was diese Sterngucker kraft ihres unfrommen Gewerbes behaupteten und mit Instrumenten und Zahlen zu beweisen schienen und was nicht in jene theozentrische Zeit paßte, in der die Erde zu sein hatte, wie die Kurie sie vorstellte: das feste Zentrum des Weltalls, in Gott ruhend, rechtens beherrscht von seinen Statthaltern im Purpur ihrer nachschleifenden Kardinalsgewänder und repräsentiert vom in viele bestickte Gewänder vermummten Mann mit der Tiara, der auf dem Heiligen Stuhl saß, und dieser Thron durfte nicht ins Wanken geraten durch die Unruhe, die von einer rollenden Kugel ausgeht, der man alles zutrauen konnte, und wenn gar andre Planeten auch rollten – auf jedem Jahrmarkt konnte man sehen, wohin es schließlich doch immer führte, wenn ein Schausteller mit vielen Bällen gleichzeitig hantierte, und war es nicht lästerlich zu unterstellen, daß Gott sich mit den Gestirnen wie ein Jongleur vergnügte, war es nicht lästerlich und mußte man nicht auf Widerruf solch hanebüchener Behauptung öffentlich dringen?

Es verging viel Zeit, bis der nicht mit der Astronomie vertraute Mensch sich für die Vorstellung, auf einer rollenden Kugel zu leben, erwärmte, bis er die Freude an Bällen auf die Erdform übertrug und eine Art Zärtlichkeit für die runde Erde entwickelte; die Erfindung des Globus mag hilfreich gewesen sein, auf dem Miniaturabbild der Erde war es möglich, sich wiederzufinden, als Bewohner eines unendlich kleinen Punktes zwar, aber der ließ sich ungefähr mit dem Finger antippen. Die Furcht vor Entgleisungen aus der Erdbahn schwand, schließlich wurde verläßlich jedes Jahr Frühling. Die Menschheit gewöhnte sich an die Arbeitsergebnisse menschlicher Gehirne.

Aber wenn wir annehmen, daß Aristoteles zu seinem logischen Schluß etwa im Jahre 340 v. Chr. gekommen ist, hat es immerhin zweitausenddreihundertacht Jahre gedauert, bis ein anderer Mensch, auf nichts als seine Augen vertrauend, von der Erde als einer Kugel sprach.
Ich meine den Astronauten Lovell, der im Raumschiff am 24. Dezember 1968 die Erde als einen leuchtenden saphirblauen Ball beschrieb. Etwas später wurde die Erdkugel von der ersten Mondlandemannschaft aus 237 854 Kilometer Entfernung mit einer Kamera aufgenommen und es geschah, was für Aristoteles etwas Ungeheuerliches gewesen wäre und für alle, die noch nicht völlig abgebrüht sind von dem, was Technik möglich macht und mithin nicht unfähig, einen technischen Vorgang zu intensiverer Wahrnehmung ihres Daseins zu nutzen, war es auch ungeheuerlich: aus eben dieser mit einer sechsstelligen Kilometerzahl angegebenen Entfernung erschien der blaue Erdball bei uns auf den Fernsehschirmen. Wolkenfluchten und Erdteile waren erkennbar, und Millionen Erdbewohner konnten schauend die Erdkugel umfassen, von der sie bislang sogar in hochfliegenden Jets nur einen kleinen Ausschnitt scheinbarer Ebene erblickten und auf deren 510 160 933 Quadratkilometern Oberfläche jeder ihrer Füße höchstens 5 Quadratdezimeter einnehmen kann. Die Fernsehsendung löste dann auch die Erregung aus, die von der theoretischen Behauptung des Aristoteles nicht ausgegangen war, offenbar.

Es wird immer begreifbarer bleiben, Tauchern eine Auster abzunehmen und, hat man Glück, zwischen den Schalen, vom Fleisch des Meertieres umgeben, eine matte weiße Rundung zu entdecken, mit der das Tier einen Fremdkörper abgekapselt hat, perlmuttüberzogen rollt einem eine Kugel in die Hand, das Tier hat etwas Feindliches, Störendes, das in seinen Organismus drang, mit Substanz von seiner Substanz bedeckt und so abgerundet, daß es keinen Schaden mehr bringen konnte, und Königinnen waren stolz, Schnüre solcher Perlen im Haar und am Hals zu tragen, solcher aus dem Meer geborgenen Kügelchen, denen man eine gute Bedeutung gar nicht nachsagte, Tränen, heißt es, bedeuten Perlen, vielleicht war auch das den Königinnen recht, besser Tränen im Haar als in den Augen, je runder je kostbarer waren Perlen, diese festen Austerntränen, mit denen die Tiere einem körperlichen Schmerz abgeholfen hatten und die sich wie eine lange Erinnerung anwesend hielten und nicht so schnell getrocknet waren wie andere Tränen, derer man heimlich gedachte, wenn man nach der Perlenschnur am Halse tastete und sie für die sanfte kühle Verwandlung eines heißen Tränenhagels nahm, den in dunkelster Stunde geweint zu haben nicht zugegeben wurde.

Was läßt sich noch sagen über einen Körper mit dem Rauminhalt $^4/_3\,\Pi r^3$ dessen Oberfläche $4\,\Pi r^2$ beträgt, der sich also berechnen läßt, aber ein gut Teil seines Ruhmes der Tatsache verdankt, daß er unberechenbar, und dessen Gestalt so beschaffen ist, daß man von einem optischen Magnetfeld sprechen kann, das die Blicke anzieht, wenn man vorbeifährt an der Kirche von Jachenau oder der Kathedrale von Smolensk. Eine Anziehung, die anhält: wenn die Kugelkronen dieser Türme längst nicht mehr in Sicht, muß man doch noch an sie denken, die Kugeln sind einem stecken geblieben im Kopf und beginnen zu wandern im Hirn, nähern sich diesem und jenem Zentrum, rollen durch die Windungen, lösen Gedanken und Reflexe aus, man bewegt die Mundwinkel, muß lächeln, sieht Kindern erneut mit Freude beim Murmelspiel zu, möchte ballspielen, wünscht sich eine Kugel aus Malachit, bekommt sie und möchte ihrer Schönheit antworten, aber welche Wörter müßten ins Spiel gebracht werden, welcher Satz müßte ins Rollen kommen um der Vollkommenheit der Kugel sich als ein Anstoß mitzuteilen. Man versucht, sich an sie heranzutasten indem man sich erinnert, wo überall man ihr begegnet ist seit man sie freudig hochgehalten hat als den ersten Ball, den man als Kind bekam, seit man glücklich in der Manteltasche Bucker fühlte, gegen einen Kreisel ertauscht, und seit man, auf dem Schoß der Mutter kniend, an den Perlen fingerte, die sie in einer Kette um den Hals trug. Kein Tag im Leben, an dem einem nicht eine Kugel vor Augen kam, rund wie das Glück noch als der profanste Handelsartikel und mit Sätzen nicht zu greifen, zählt man auch, langweilig wie ein Enzyklopädist [2], ihre Erscheinungsweise in vielen Abschnitten auf, sie stürzt dem Wort davon, das hinter ihr her ist, flieht es wie die Roulettekugel die Zahl, auf die man gesetzt hat, rollt ins Abseits, allenfalls daß sich aus einem Satz ein Stock machen läßt, ein Queue, mit dem man zustößt und das ist schon viel, runden will sich kein Wort, und das, wo doch gewöhnliches Wasser sich im schwerelosen Raum mühelos zu Kügelchen formt, so daß lichte Rundlichkeiten zum Beispiel in der Kabine der Astronauten schwebten, die sich damit vergnügten, nach ihnen zu schnappen und Kugelschlucker wurden, einen Jahrmarktspaß betrieben, während sie durch den Weltraum fort von der Erde sausten und sich anderen ›globulis stellantibus‹, strahlenden Kügelchen, wie Rheticus die Sterne bezeichnete, näherten.

Warum sollte ausgerechnet mir gelingen über Kugeln zu schreiben, wo es doch nicht einmal Geistern möglich ist, über Kugeln zu schreiten, was man aus der Geschichte von den Kölner Heinzelmännchen weiß, diesen geheimnisreichen emsigen Wichten der Nacht, die es verstanden zu schneidern und zu backen, riesige Fässer zu bewegen, Säcke zu schleppen und ein Schwein zu zerhacken. Aber als die neugierige schlaue Schneidersfrau ihnen Erbsen über den Fußboden streute um die Wichtel ein einziges Mal zu sehen oder wenigstens zu hören, kamen die Geistchen ins Gleiten und Fallen und

2 Siehe Seite 303.

stürzten »mit Schallen und Lärmen und Schreien und Vermaledeien«.
Denn die Erbsen waren rund wie das Glück [3] und das ist nicht geheuer [4]. Mesdames et Messieurs, faites votre jeu.

2 Langweilig, aber nicht vollständig wie ein solcher. Wie konnte ich versäumen, etwas über Schneebälle zu sagen, tauig kühle Waffchen in kindlichen Händen, zusammengedrücktes Wasser für eine Winterlust, wie konnte ich unterlassen, die eisernen Schornsteinfegerkugeln zu erwähnen, mit denen der Kaminkehrer im Schlot polternd harte Verrußungen zerstößt, warum ließ ich etwas so Vortreffliches wie Klöße und Knödel unerwähnt, schrieb nichts über Kugelmühlen, in denen Wasser geduldig Steine zu Kugeln mahlen muß, erwähnte die Kugellehre und das Kugellager und auch die Knödelpresse nicht (im Bergbau, nicht in der Küche wird eine solche gebraucht), wieso verschwieg ich Wetterkugeln, runde Steine, die nach der Volksmeinung versteinerte Blitze sind. Und daß ich beinahe die Samuelkugel vergessen hätte, die nächtens gegossen wird und ins Schwarze trifft, weil eine finstere Macht angerufen wurde beim Guß, die Freikugel, mit der der Freischütz sich fast unglücklich gemacht hätte, warum habe ich bisher nicht von der Kugel gesprochen, die bei Dürer zu Füßen der Melancholie liegt, und was ist alles, das ich über Kugeln sagen könnte, gegen das Bild von Magritte, auf dem eine Kugel, rätselhaft in einer Zimmerecke schwebend, ihr dunkles Wesen zeigt. Nie hat einer das Geheimnisvolle der Kugel, ihre verschlossene Vollkommenheit so darzustellen vermocht wie Magritte mit etwas Farbe auf Leinwand. ›La vie secrète‹ hat er sein Bild genannt. Wieder einmal war Malen dem Schreiben überlegen, ein solch anziehendes Ungeheuer von einer Kugel hat nicht einmal Kleist hinzuschreiben vermocht. Was würde geschehen, geriete man in ein Zimmer, in dessen einer Ecke eine dunkle große Kugel schwebt, würde nicht angesichts des Bei-

3 Siehe Seite 304.
4 Siehe Seite 305.

spieles so überzeugenden Daseins eine jähe Verwandlung mit einem selbst vorgehen, würden sich nicht ruckartig alle Moleküle in einem anders ordnen, so daß man selber eine Kugel sein könnte um endlich in der makellosesten Form ein stilles geheimes Leben zu beginnen, schwebend, von Nahrung und Energie nicht mehr abhängig und zufrieden in der Ecke einer Stube, eine geschlossene Existenz, glatt, abweisend, abschüssig, nichts Fremdes könnte sich einnisten auf einem, kein Spalt wäre da, in den Diem Wort für Wort einen bösen Satz tropfen lassen könnte, der einen wie Salzsäure zerfrißt, man wäre rund wie das Glück um seine eigene Mitte gelagert und gänzlich unzugänglich.

3 Demjenigen Leser, der erwartet hat, daß ich, einmal ins Enzyklopädische geraten, wie über die Kugel so auch über Glück einigen Stoff zusammentragen und nach meinem Geschmack ordnen würde, muß ich entgegenhalten: angesichts der Tatsache, daß auf der Erde, 1964 gezählt, 3 Milliarden und 220 Millionen Menschen leben, von denen vermutlich nicht zwei Glück auf die gleiche Weise empfinden und definieren, und in Anbetracht der Ungerechtigkeit, die es bedeuten würde, nur die Aussagen der jetzt Lebenden zu berücksichtigen, allein schon die Anzahl der Toten aber Anthropologen, Historikern und Bevölkerungswissenschaftlern nichts als eine Dunkelziffer ist, weil bisher noch keine sichere Methode entwickelt wurde, nach der sich vertretbar schätzen ließe, wieviel Menschen insgesamt auf dieser aus dem Weltall blau wie ein Saphir erscheinenden Erdkugel gelebt haben, angesichts der Tatsache also, daß Glück ein Phänomen ist, das bei einer nicht meßbaren Menge von Individuen individuell auftritt, würde selbst ein Enzyklopädist von robustester Konstitution sich entmutigt zurückziehen und tunlichst umgehen daran zu denken, daß jedes einzelne dieser Unzahl von Individuen auch noch sich wandelnde sehr verschiedenartige Empfindungen von Glück hatte.

Nicht, daß nicht eine flüchtiger gewesen wäre als die andere, aber wo in der Jugend Glück zumeist noch eine Art Treffer sein muß, den man erst registriert, wenn heftig ein Zentrum berührt wird, bildet sich Wahrnehmungsvermögen mit zunehmendem Alter beträchtlich aus, das Sensorium verfeinert sich, die Tentakeln werden beweglicher und erreichen Glück wo es der Jugend unzugänglich ist. Die Möglichkeiten, glücklich zu sein, multiplizieren sich mit der Anzahl der Hirn- und Körperzellen, die durch Lebenserfahrung für Glück empfindlich gemacht wurden, was alle jungen Menschen abstreiten werden, bis sie nicht mehr jung und weit glücklicher sind.

Angesichts der Myriaden verschiedener Arten, auf die mindestens seit den Zeiten der Neandertaler Menschen Glück empfunden haben, kann doch nur ein Stümper von einem Hochstapler über Glück etwas Definitorisches aussagen wollen – was übrigens vollkommen überflüssig ist, da jeder weiß, was gemeint ist, wenn vom Glück die Rede, und keiner der so unterschiedlichen Glücksempfinder abstreiten wird: eine Kugel ist rund wie das Glück.

4 Es ist nicht von der Hand zu weisen: wer mir bis hierher gutmütig gefolgt ist, könnte mit recht erbitten, daß, wenn schon ich so inkonsequent war, einerseits nichts präzis Definitorisches über Glück zu vermelden, andererseits aber es nicht ganz ohne Anspielungen auf seine Eigenschaften beließ, ich wenigstens über diese etwas mehr sagen müßte und vornehmlich zu erklären hätte, was denn gemeint ist, wenn es hieß, das Glück sei nicht geheuer.

Ich möchte nicht in den Verdacht geraten, diese Charakterisierung, die ich blindlings von Kleist übernommen habe, auf nichts als die Flüchtigkeit des Glückes bezogen wissen zu wollen, denn mehr als daß es unversehens nicht mehr spürbar ist, überrascht, wenn es fühlbar wird.

Jedenfalls war ich nicht auf Glück gefaßt gewesen als ich (zum Beispiel) eines Wintertages eine schmale zwischen Häusern zum Elbufer abfallende Treppengasse hinabstieg, nicht, weil ich gar nichts erwartete, sondern weil es mich immer zieht, an Flußmündungen zu verweilen und zuzusehen, wie die Wasser eines Stromes sich erst einmal ausbreiten, ehe sie sich dem Meer übergeben, wie selbst ein einstmals reißender Fluß zu zögern scheint und in die Breite flüchtet, ehe er seine Identität aufgibt und sich mit der Salzflut vermischt.

Das zu sehen wäre den Abstieg über vereiste Treppen wert gewesen, ohne daß, auf den Wimpernschlag genau, mit dem ich den Blick von den glatten Stufen hob, ein Schiff zum Greifen nahe auftauchte, ein Weitfahrschiff, über alle Toppen geflaggt, mit Matrosen in Pelzkragen an der Reling, schwamm lautlos vorbei, von kleinen Schleppern wie von schwarzen Schwänen gezogen, ein erleuchtetes Schloß, eine Kathedrale von einem Schiff mit Hebekränen für wer weiß welche Last und der Bestimmung, wer weiß von welchen tobenden Ozeanen sich keinen Untergang bereiten zu lassen, eine Arche in der die Götter fahren, mögen die auch der Steuermann und sein Papagei, die Crew, ihr Maskotthund und der Smutje sein, in der Chimäre dieses Wasserhauses kam ihnen andere Bedeutung zu, und der Weltmeerriese von einem Hunderttausendtonner glitt denn auch mit der Leichtigkeit einer göttertragenden Barke vorbei, nur durch ein paar Ruderschläge von mir getrennt, die ich trachten mußte, das Glück dieser schemenhaften Winterwasserbegegnung nicht so überhandnehmen zu lassen, daß mich nach der kühlen feuchten Vereinigung mit der Erscheinung verlangt hätte, die das Ende der Art von Existenz gewesen wäre, die ich bis zum Anblick des ausfahrenden Schiffes führte.

Exkurs für solche, die sich über Fußball mokieren, bevor sie über dieses Spiel ausreichend nachgedacht haben, also wohl für die meisten der Verächter, unter ihnen auch für mich.

Man kann über Fußball sagen, was ich auf Seite 291 vermerkt habe; unrichtig ist es nicht. Aber mit welch bornierter Teilsicht ich im Begriff gewesen war, mich zufriedenzugeben, ging mir neulich im Berliner Olympiastadion auf, als ich dort ein Weltmeisterschaftsspiel sah. Geselligkeit, Lust an einer sommerlichen Zerstreuung hatten mich ins große Sportstadion gebracht.

Gestimmtsein auf den Anblick vieler Menschen in einem Amphi-

theater – manchmal sieht man sich nicht ungern so multipliziert, Erinnerung an lange entlegenes Herdenglück –, Lust auf die wogende Erregung einer großen Menge, auf prallen Witz in den Zurufen von Bank zu Bank, auf das flutende Strömen der Massen beim gemeinsamen Hin- und Rückweg, hätten mich auch ins Colosseum bringen können vor 2000 Jahren, wäre ich damals am Leben und in Rom gewesen.
Nur, was mir seinerzeit geboten worden, wären nicht zweiundzwanzig Männer gewesen, die einem Ball nachjagen.
Möglich, daß ich nichts Schlimmerem als einem Wagenrennen beigewohnt hätte und vielleicht wäre nur *eines* der leichten Gefährte in den Engstellen an den Säulen der Wendemarken splitternd zerschellt und der Lenker blutig geschleift von durchgehenden oder aufrennenden Gespannen – vielleicht aber hätte ich einer Hetze des Pompejus zugesehen, fünfhundert Löwen sind einmal bei einer solchen umgekommen – oder ich hätte Arenajagd auf Strauße ansehen müssen, denen anläßlich der Belustigung das Gefieder rot gefärbt war und sie steckten nicht einmal mehr den Kopf in den Sand, sondern rannten vergeblich um ihr Leben auf der Ellipsenbahn und wußten nicht wohin unter dem entsetzlichen, nie vorher von ihnen gehörten Gejohle der Zuschauer, die sich nicht zufriedengaben ehe nicht der Sand Blut und rote Federn war. Dreitausendfünfhundert afrikanische Tiere hat der milde Augustus, der Friedenskaiser mit der weißen Stirnbinde, im Amphitheater umbringen lassen, Herden von Antilopen und Giraffen, Hyänen, sogar Nilpferde. Mit Schauder, aber begierig, sah man zu, wenn Nashörner die dicke Haut von Elefanten aufschlitzten. Wie Eisnadeln im Nacken müssen die Zuschauer Erregung gespürt haben, wenn Menschen mit wilden Tieren in der Arena zusammengesperrt wurden und sich ihrer nicht erwehren konnten – und wenn gar die Gladiatoren antraten, ›ave Cäsar, morituri te salutant‹, Verbrecher, die sich gegenseitig hinrichten mußten, waren das häufig, wie Seneca berichtet, aber auch aus Fechterschulen kamen sie, zehntausend Mann kämpften im Jahre 107 bei den viermonatigen Siegesfeiern Trajans. Es gab Überlebende, sie waren die Heroen der Tage. Im Oval des Circus maximus ließ Nero vermeintliche Misse-

täter an Pfähle gebunden verbrennen, und vierzigtausend starrten auf die lebenden Brandfackeln und ließen es an Beifall nicht fehlen, denn Feste waren das, hatte sich der Kaiser angesagt, erschienen die Bürger weiß gekleidet und bekränzt zu den ungeheuerlichen Vorführungen unwiderruflichen Sterbens –

und darauf, daß vor aller Augen der Tod eintritt, wird noch heute da bestanden, wo Stierkampf in der angesehensten Form üblich ist, der kein Ende findet, ehe nicht mindestens sechs kraftvolle Kreaturen zum Verenden gebracht wurden – olé –, wehe dem Torero, wenn der Todesstoß nicht gelingt in der Stunde der Wahrheit für den nichts vorauswissenden Stier, der sich von den Capas täuschen läßt, nur selten bekommt einer den Torero auf die Hörner, der schlanke Todesdegen ist dem Tier nicht mehr als ein Blinken, dem er keine Bedeutung beimißt, weder Spitze noch Schneidenschliff sind, was er erwittern könnte, und es steht ohnedies schon schlimm um ihn, die Picadores haben ihn zugerichtet, auf die ist er auch nicht gefaßt gewesen, nie zuvor haben ihn auf einer Wiese Reiter zum Bluten gebracht, alles liegt ganz außerhalb seiner Erfahrungen, tumb hält er die Pferde für Feinde und trachtet, ihnen Hornhiebe beizubringen in seiner Bedrängnis, und so haben auch die Pferde nur Schaden und Angst von der Corrida, aber Tausende wollen die Umkehrung der Heiligen Wandlung sehen, an die sie in den Kathedralen zögernd glauben oder, noch zögernder, nicht glauben, wenn die in der strahlenden Monstranz vom Priester gezeigte Hostie sich von einem papierfeinen toten weißen Teigblättchen zum wirklichen Leib des Erlösers verwandelt. Dieser nur glaubbare geheimnisvolle Wandel – seine Umkehrung wird in der Arena bewiesen: es ist sechsmal zu sehen, wie aus einem heißen, zornigen, lebendigen Tier ein schlaffer, erkaltender Klumpen wird, den Pferde aus dem Rund der befriedigten Menge hinausschleifen. Der heilige Wandel vom Leben zum Tod hat öffentlich stattgefunden.

Wie süchtig diese Zuschauer auf immer neuen Manifestationen des Todes bestehen, den sie herausfordern aus dem Versteck nächtlicher Agonien und ins Sonnenlicht in die Arenen zwingen an Sonntagnachmittagen, sie haben ihn einem Ritual unterzogen, man kann nicht sagen, es sei roh, aber barbarisch ist es, denn so kunstvoll die Toreros auch vor den Hufen der Stiere tanzen, dazu, das Treiben zum Tode symbolisch darzustellen haben sich die Massen, die in die vor Sonne gleißenden Arenen drängen, noch nicht entwickelt – olé –, es muß noch die wundenreißende Wirklichkeit sein, Blut ist durch roten Wein nicht zu ersetzen für alle, die da sol oder sombre sitzen und der Stier, der schwere dampfende Koloß, muß wahrhaftig in die Knie brechen und seinen letzten Atem verblasen, das ist es, was die Männer von den Bänken reißt und die Fächer der Frauen in Bewegung bringt, denn zwar ist der Tod eingetreten ins Rund, aber es hat einen Sieger gegeben, den Torero, der nicht gestorben ist, noch einmal ist er davongekommen und mit ihm fühlt sich jeder Zuschauer als ein Überlebender, die Hörner des stampfenden Stieres sind an ihnen allen vorübergegangen.

Wie anders, wie heiter, wenn nicht Blut und die unwiderrufliche Große Verwandlung, sondern eine Kugel magisch die Blicke Tausender auf sich zieht, ein Ball, der zwischen zweiundzwanzig Spielern umgetrieben wird und an Zielstellen gebracht werden soll, es gilt schnell zu sein, schneller als die Kugel und als die Gegenspieler auch, eine Jagd ohne Töten, mehr als ihre Richtung muß die Kugel nicht wechseln, wenn ein Spieler sich ihrer bemächtigen konnte, Gelächter und Beifall sind groß, wenn jemand sich den Ball wie ein Jongleur auf den Fuß rollen läßt, circensische Künste sind es wirklich, die gute Mannschaften mit der Kugel vorführen, und Brot gibt es auch, mit weißer Jacke und weißer Mütze steigen Verkäufer zwischen den Sitzreihen umher und bieten aus einem großen Henkelkorb Kümmelstangen an, werden sie reißend los, wer möchte nicht die Lust, die es bereitet, der rollenden springenden Kugel zuzuschauen, durch die Lust an einem knackfrischen Kümmelgebäck erhöhen, auf Leiden ist niemand aus, Leiden soll nicht stattfinden, sondern im Gegenteil streng vermieden werden: rempelt ein Spieler, wird er ausgepfiffen von allen Rängen, zeigt er sich gar als Raufbold, erscheint zur Warnung eine gelbe Karte in der Hand des Schiedsrichters, zeigt der eine rote Karte, muß der

Rüpel vom Platz, er ist des Mitspielens nicht mehr würdig, die Zuschauer, die Tausende, wollen ein Spiel ohne Foul sehen.

Überschreitungen oder Ausschreitungen, gerechnet auf die Unzahl der Spiele, die weltweit stattfinden: ungemein selten.

Ein mit den Kulturen und ihren Massenveranstaltungen vertrauter Ethnologe müßte angesichts der Fußballspiele sagen: Belustigungen sehr zivilisierter Gesellschaften.

Hexenspeise

ad memoriam Minna Juliane Sonnenburg
1867–1945

Allmählich wird es mir möglich, mich an sie heranzutasten und mich wieder mit ihr zu vereinigen. Es muß daran liegen, daß ich jetzt in das Alter komme, in dem sie war, als wir uns kennenlernten, worauf sie kaum sehr neugierig gewesen sein wird. Es ist nichts davon überliefert, daß sie Kindern bis dahin jemals Interesse entgegenbrachte, ihre eigene Tochter hatte sie bald nach der Geburt zu Verwandten aufs Land gegeben, zu sehr beschäftigt mit Liebhabern, Festen und Konzerten, bei denen sie, eine Vielzahl von Ringen an ihren schönen Händen, in der ersten Reihe saß, wie man mir erzählt hat.

Sie wird nicht neugierig gewesen sein auf die Geburt eines Enkelkindes und kaum Erwartungen irgendwelcher Art an dieses Ereignis geknüpft haben, schon gar nicht solche, von denen sie hätte annehmen können, daß sie ihr Leben verändern würden.

Es wird nicht allein an mir gelegen haben, so lieb es mir wäre, glauben zu können, daß nur ich es war, daß eine Besonderheit an mir sie bewogen hat, sich mir zuzuwenden, rückhaltlos und für immer, wie kein Mensch sonst sich mir zugewendet hat.

Es kann nicht einzig an mir gelegen haben, daß sie fortan die Ringe von den Fingern ließ, damit ich mich nicht an ihnen risse, daß sie auf Abendveranstaltungen verzichtete um zur Stelle zu sein, wenn ich sie riefe – etwas, das weit über mich hinausging und nur an einigen Fäden mit mir verbunden war, muß diesen Wandel bewirkt haben.

Vielleicht rein zufällig, weil wir gemeinsam wohnten, und vielleicht sogar in einer Stunde der Langeweile mag sie einen Blick auf mich geworfen haben, der länger anhielt als sie sonst ihre Augen bei einem Kind anzuhalten pflegte; ich kann nicht wissen, ob ich auf diesen Blick geantwortet habe, aber irgend etwas muß geschehen

sein, eine Kopfwendung, eine Händchenbewegung, die verursachte, daß es sie fortan beunruhigte, auszugehen, wenn sie mich im Hause wußte, das sie veranlaßte, den Moseskorb, in dem ich lag, mitzunehmen, wenn sie beschloß, sich in diesem oder jenem Zimmer länger aufzuhalten; und sie soll ungern gesehen haben, wenn jemand außer ihr mir den Brei gab.
Ich glaube nicht, daß das alles mit mir als Individuum zusammenhing oder gar damit, wie ich mich gegen meine Großmutter verhielt. Vielmehr denke ich, daß sie damals zum ersten Mal ein Kind wirklich wahrgenommen hat, und da sie in einem Alter war und in einer Zeit lebte, wo nichts an menschlicher Gemeinheit ihr mehr unbekannt sein konnte, wird diese erste Begegnung mit der schuldlosen Weise, in der ein kleines Kind existiert, die unverhoffte Antwort gewesen sein auf Fragen, die sie lebhaften Geistes lange gestellt hatte, ohne je eine unverdorbene Erwiderung zu erwarten, aber nun in der fordernden wie gewährenden Anwesenheit eines noch nicht lange geborenen Kindes Gefährdungen wie Lösungen sah, die sie im Auge behalten wollte.
Ähnlicher Erfahrungen wegen glaube ich, diese Vorgänge nachempfinden zu können. Denn wenn ich auch seit Jahrzehnten keinem Kind begegnen kann ohne eine Zuwendung zu versuchen und ein großes Maß meiner Freuden den Gelegenheiten verdanke, bei denen die Verbindung glückte, bedurfte es doch der Alterslage in der ich jetzt bin um von Titus' Erscheinung, von all seinen Regungen, den feinen Veränderungen seiner Entwicklung dermaßen angezogen zu sein.
Wahrscheinlich muß man selbst ein halbes Jahrhundert Menschendasein hinter sich haben, das sind 18 250 Tage, den Februarzuschlag in Schaltjahren nicht gerechnet, Tage, an denen sich, man weiß von manchen nur zu genau noch, was, ereignet hat. Wahrscheinlich muß man die Erfahrungen so vieler tausend Tage angesammelt haben, um mit solcher Aufmerksamkeit, mit so viel Freude und vorausschauendem Schmerz, so viel Willen, sein Wissen zu nutzen, um Schutz vor Kränkungen zu gewähren, am Heranwachsen eines Kindes teilzunehmen.
Außerdem: wer hätte nach einem halben Jahrhundert Leben nicht

schon auf der Absprungschanze gestanden und sich gefragt, ob nach allem begangenen und erlittenen Verrat und bei solcher Machtlosigkeit gegenüber dem Elend jeder Kreatur nicht Nichtmehrsein eine Lösung wäre – Gedanken, von denen man abkommt, wenn man wieder eingemeindet wird von der zutraulichen Stimme eines Kindes.
›Cogito ergo sum‹ – aber mehr als wenn ich denke, weiß ich, daß ich bin, wenn Titus seine kleinen Gaben verteilt und sagt: »Ursel auch«.

Empfindungen dieser Art, meine ich, müssen eine Rolle gespielt haben bei der Begründung der Liebe meiner Großmutter zu mir und bei den geheimen Übereinkünften zwischen uns, zu denen es kam, obwohl wir beide mit Anteilnahme in unserer Familie lebten und ich jubelnd und verlangend meiner Mutter entgegenging sobald ich nur laufen konnte, und noch als größeres Schulmädchen unterließ ich nie, ihr auf dem Treppengeländer entgegenzurutschen, wann immer ich sie ins Haus hatte treten sehen.

Es gab Turbulenzen unterschiedlichster Art bei uns zu Hause, weil jeder seinen Liebhabereien mit Leidenschaft nachging und ich nahm mit kindlicher Hingabe teil an den Ereignissen, saß auf einem Schemelchen dabei, wenn im Zimmer meines Großvaters musiziert wurde, staunte das Fingerkräuseln seiner Hände auf den Tasten an, sah zu, wie ein Querflötist schmallippig eine dunkle Röhre beküßte und befingerte, was komisch aussah und mir nicht zur Schönheit der Flötenmusik zu passen schien, die er, wie ich fand, anders hätte erzeugen müssen. Aber welcher Jubel, als einmal ein sizialianischer Pfeifer bei uns war, ein Straßenmusikant, den mein Großvater heraufgewinkt hatte, ein Pfeifchen hing ihm zwischen den Lippen, eine wippende Rohrzunge, mit der er sich wie eine erregte Vogelschar zwitschernd zu äußern wußte. Ich mochte einen Mann mit Baßgeige und freute mich, wenn er sein Instrument im großen schwarzen Kasten ins Haus schleppte und dann als einen zweiten Körper vor sich aufbaute, einen besseren Körper, dem er mehr als seinem gewöhnlichen Leib zuzutrauen schien, den er hinter dem dröhnenden Holzbaß geradezu verschwinden ließ. Am meisten faszinierte mich, wenn eine Sängerin vorgesehen war. Daß sie keines Instrumentes, keiner Hantierungen bedurfte um auf das wunderbarste zu klingen, machte, daß ich ihre Darbietung denjenigen der Instrumentalisten vorzog, die eben ein Hilfsgerät brauchten um Musik zu machen, was mir weniger kunstvoll erschien als nichts als sich selbst zu benötigen um schönes Tönen hervorzubringen. Gespannter als die virtuose Grifftechnik des Geigers beobachtete ich den still vor mir stehenden Körper der Sängerin, las an ihrem Atemholen den Entschluß, sich nun vernehmbar zu machen, ab, noch ehe ein Ton von großer Sanftheit hörbar wurde und mir sogleich wichtiger war als alle Begleitläufe des Klaviers.

Meine Mutter hatte anderes zu bieten: Farben! Mit dem Kinn auf dem Tisch an dem sie tuschte, sah ich Gelb, Rot, Grün entstehen und durch Mischungen sich verändern, gebot dem Pinseln stürmisch Einhalt, wenn ich wünschte, daß ein Blau durch nichts getrübt werden dürfe, kam in feierliche Stimmung, wenn aus besonderem Näpfchen an besonderer Stelle vorsichtig Gold aufgetragen wurde, erkannte wohl Personen und Gegenstände, die mit den Farben dargestellt wurden, liebte aber mehr die Farben an sich als die Bedeutungen, auf die meine Mutter sie verteilte, geriet immer schon in Erregung, wenn nur der Deckel des Tuschkastens aufgemacht wurde und wartete auf fließenden, verfließenden Zauber, wenn meine Mutter aus den vorhandenen Farben Hunderte neuer Farben mit Hilfe von Wasser, durch Vermischung und unterschiedlich starken Pinselauftrag sich ergeben ließ, in immer neuen Abstufungen, in immer feineren Nuancen, deren jede ich begeistert durch die Anschauung ihres Entstehens vergleichend wahrnehmen lernte.

Ich glaube, ich war die einzige, die auch an dem, was meinen Stiefvater gern beschäftigte, Interesse zeigte. Er liebte die Präzision, zum Beispiel das exakte Ineinandergreifen vieler Rädchen in einem Uhrwerk, weswegen er unseren Haushalt mit einer Unzahl sehr verschiedener Uhren versah, die aber alle ein Schlagwerk hatten, was, wenn musiziert wurde, zu vollen Stunden die Musiker mächtig irritieren konnte. Mein Vater ließ aber über den Vorschlag, die Uhren anzuhalten, wenn gespielt wurde, niemals mit sich reden, weil das seinen kostbaren, mit so viel Sorgfalt im richtigen Gang gehaltenen Zeitmessern geschadet hätte.

Wurden seine Uhren, wenn auch nicht mit meiner wißlustigen Begier auf alle Einzelheiten, so doch immerhin mit Anerkennung betrachtet, war ich gewiß die einzige, die an seiner Freude über gute chirurgische Instrumente teilnahm, von denen sich alle übrigen Familienmitglieder mit Unbehagen wie von Waffen zurückzogen, die eines Tages gegen sie gerichtet werden könnten. Mein Vater hatte die Gewohnheit, neue Instrumente zuerst nach Hause zu nehmen und seine Hand an sie zu gewöhnen, ehe er sie in der Klinik benutzte. Immer gab es also besondere Scheren, Haken, Messer, Zangen auf seinem Schreibtisch, und wenn ich heute mühelos gradlinig schneiden kann, dann weil mein Vater mich mit Scheren und Messern sachgemäß umzugehen lehrte und mich so vor Unfällen durch Ungeschick klug bewahrte, wie er mich auch davor schützte, daß mir je ein Löffel voller Medizin zum Schlucken auffordernd vor den Mund gehalten und dann halbwegs in den Schlund gestoßen wurde. Er ließ mich Lebertran und Hustensäfte selber auf den Löffel gießen und die Sekunde, in der ich ihn in den Mund nahm, bestimmte ich. Nie mußte ich ein heulendes Kind sein, das hingefallen war und mit ätzendem Jod traktiert wurde – hatte ich aufgeschlagene Knie, besah mein Vater zwar die Wunden, hielt dabei aber seine Hände auf den Rücken; war Jod erforderlich, ich verstand, ein Stäbchen mit Watte zu umwickeln und bepinselte dann selber die aufgeschürften Stellen, wobei ich in der Hand hatte, innezuhalten, wenn das Medikament zu arg biß, jedenfalls aber die Wundchen bewirtschaftete, bis mein Vater »prima« sagte und in manchen Fällen nahelegte, noch ein Pflaster zurechtzuschneiden, was zu tun er mich ebenso gelehrt hatte, wie er mir ersparte, je ein Pflaster mit dummer Gewalt heruntergerissen zu bekommen; ich wußte, wie man es mit einem Wattebausch und Wasserstoffsuperoxyd ohne Beschwerden ablösen kann.

Ich sehe, ich bin im Begriffe, mich durch dankbare Erinnerungen einfangen zu lassen – und das in einer Zeit, in der jeder, der mit einem mittelmäßigen Kopf dazu in der Lage ist, Erinnerungen an seine Familie nur als Erinnerungen an Forderungen begreift, die er vergeblich präsentiert hat, und die, da sie unbeglichen blieben, wie die Wissenschaft ihm versichert, schuld daran sind, daß er noch nicht die Sterne vom Himmel geholt hat.
Vermeintliche Gläubiger ihrer bedauernswerten Eltern laufen vorwurfsvoll schon zu Tausenden herum, und Psychiater, meist selbst übelnehmerische Naturen, bilden täglich auf ihren Couchen im Rückversäuglingungsverfahren neue, die Welt mit wehleidigen Anklagen bedenkende nachträgliche und nachtragende Forderer heran – aber da halte ich mir den Kopf klar und zucke die Achseln über das, was vielleicht mit mir besser hätte anders gemacht werden sollen als ich der Familie ausgeliefert war, der ich aber doch nicht mit Anstand vorwerfen könnte, daß sie den Stein der Weisen nicht gefunden hatte, und wenn ich zusehen muß, wie Kinder zur Verifizierung oder Falsifizierung pädagogisch-psychiatrischer Theoreme mißbraucht werden, bin ich froh, daß in meiner Familie keiner Zeit und Lust hatte, nach meinen Reaktionen schielend, listig Erziehungsmethoden auszuprobieren, sondern daß man sich darauf beschränkte, mir Freude zu machen und mich vor Unheil zu bewahren und ich kann unmöglich reklamieren, daß man Freude wie Unheil begriff, wie man es verstand, zumal ich, was Kindern Freude und Unheil bringt, zwar hier und da anders beurteile, aber nicht sicher bin, damit recht zu haben – von dankbaren Erinnerungen also bin ich im Begriffe, mich abhalten zu lassen von dem, was zu berichten ich vorhatte, denn was waren alle geschilderten Lebhaftigkeiten meiner Familie gegen den viel geheimnisvolleren Dornröschenschlaf, der unsere oft so von Aktivitäten erfüllten Zimmer an jedem Morgen befiel, wenn alle außer meiner Großmutter und mir sich entfernten um Beschäftigungen nachzugehen, von denen ich mir zwar bewegte Vorstellungen machte, an denen ich aber nur selten teilnehmen durfte, was ich auch nicht forcierte. Mir war an anderem gelegen.
Wenn die Tür hinter dem letzten Ausgänger zuklappte, warfen

wir staunende Blicke auf die verlassene Szenerie, jeden Morgen bot sich das Bild anders dar, je nach Hast und Laune in der man alles hatte liegen lassen.

Wir rührten nicht an die im Stich gelassenen Utensilien des Lebens, wir zogen uns zurück in unser eigentliches Reich, das in nichts einer gewöhnlichen Küche glich, voller Bücher war, ein Sessel stand dort, es war Schreibgerät vorhanden. Meine Großmutter, niemals hätte sie das Kochen, hätte sie ihre kunstvollen Verfeinerungen von Kraut und Rüben und allem, was sie auf dem Markt gekauft hatte, einer Hausangestellten überlassen, die erst mittags in die Wohnung kam, wenn die Aromen zubereiteter Gemüse bereits durch den Spalt zwischen einer Schüssel und ihrem Deckel verlockend wahrnehmbar waren, das Fleisch zubißfertig auf der Platte lag. Handgriffe, die nötig waren um das zu bewirken, ließen meiner Großmutter doch Zeit, die sie im Sessel lesend oder schreibend verbrachte. Mit Nase und kurzem Hinblicken überwachte sie dabei die Verwandlungen der Rohstoffe in das, was sie beschlossen hatte, aus ihnen zu machen.

Wurde es also morgens ruhig in unserm Haus, strebte ich freudig mit der Großmutter in die Küche und stellte mich auf eine Fußbank vor den Kachelherd um in nie sich vermindernder Teilnahme mitzuerleben, wenn unsere Gefährtin geweckt wurde. Die schlief um diese Zeit zusammengekrochen als kleines dunkelrotes Glimmen unter der Asche, niemand hätte bei diesem Anblick denken können, zu welch hellen prasselnden Flammen die Feuerhexe sich unter den kundigen Händen meiner Großmutter schnell erhob, mit heißen roten Zungen leckte sie gierig nach dem Topf, der in den Herdring gestellt wurde, aber nicht bevor der zischelnden Hexe Wacholder hingeworfen war, der Duft davon hielt sich im Raum, und dann öffnete ich die Tür zur Wärmeröhre des Herdes um zu sehen, was von unseren Speiseopfern die Feuerhexe in der Nacht zu sich genommen hatte, denn wir legten uns niemals schlafen ohne auf einem letzten Gang in die Küche der sachte sich auch zur Ruhe begebenden Feuerfrau in meinem Puppengeschirr etwas von unserem Abendbrot hinzustellen, ein Täßchen Kakao, ein Stückchen Brot, ein Rest von Trauben, sie bekam ihr Teil vor der

Nacht, und sooft ich auch des Morgens die Herdtür öffnete, sah ich, die Feuerhexe hatte sich beschäftigt mit meinen Gaben, sei es, daß die verschwunden waren und ich vor dem leeren Geschirr stand, sei's, daß die Hexe getrunken hatte oder am Süppchen genippt, selbst wenn sie nichts zu sich genommen, standen die Näpfchen nicht mehr wie am Abend, die Hexe hatte sie verschoben, als sie den Inhalt geprüft und nicht gemocht hatte. Einmal war ein Schüsselchen zerbrochen, ein Mißgeschick, das wir nicht ankreideten, aber wenn die Hexe mißgelaunt gewesen war und Töpfe wie Krüge umgestoßen hatte – wie erfinderisch war meine Großmutter in den Darbietungen, die sie nächtlich für mich bereitstellte –, nahmen wir das mit Bestürzung wahr als eine unerzogene unpassende Handlung, die wir der Gefährtin unserer Vormittage gar nicht zutrauen mochten, wir genierten uns für sie, so sehr liebten wir die Feuerhexe im Herd, Helligkeit und Wärme, die sie abgab, wenn der Topf von der Herdplatte genommen wurde, das kräftige Knacken, mit dem sie sich über Holz und Kienäpfel hermachte, die wir ihr hinwarfen, ihr Zischen, wenn Wasser ins Feuerloch spritzte, wir liebten ihre murmelnde Nachbarschaft und mochten auch, daß sie aufheulte unter einem Luftzug, wenn wir vor dem Herd saßen und, während sie unsere Suppe gar kochte, uns in das Geheimnis arabischer Ziffern vertieften, ich das Peitschchen einer 1 schreiben lernte und die 2 als kleine Schlange erklärt bekam, die sich aufgerichtet hatte, die Brezel einer 8 malte und die 9 als Brezel begriff, an der ein Mäuschen geknabbert hat, woraus folgt, daß, an einer 3 womöglich zwei Mäuschen geknabbert haben, die 6, das war unsre Hex, die 7 war von der 1 ein bißchen verschieden. Nur die 4, die war schwer.

Bei Feuerhexe und Großmutter hockend, schrieb ich Ziffern über Ziffern auf Zettel, eifrig wie ein Wallstreetspekulant, und einmal dabei, lernte ich Ziffern zu Zahlen zusammenzusetzen und zu addieren, ich lernte abziehen und malnehmen, entwickelte aber eine Abneigung gegen das Dividieren, dessen Nutzen ich nicht einsah, vermutlich, weil ich ein Einzelkind war und noch nicht teilen mußte.

Geduldig habe ich der Feuerhexe die Töpfe gefüllt, sechshundert

Linsen abgezählt für die Suppe, keine von Aschenputtels Tauben hätte mir helfen dürfen, wenn ich Erbsen verlas und zählend in die Schüssel springen ließ, einen Vorrat von viertausend weißen Bohnen anlegte und als ich sehr betrübt wurde, weil es unmöglich ist, die Körnchen im Salzfaß zu zählen, schlug meine Großmutter vor, der Feuerhexe einen Brief zu schreiben.

Ich war Feuer und Flamme und wer eine 7 schreiben kann, lernt auch ein F zu malen. Es hat ein bißchen gedauert, aber eines Abends konnte ich in die Wärmeröhre neben das Puppengeschirr einen Zettel legen, auf den ich geschrieben hatte: LIEBE FEUERHEXE, GUTE NACHT!

Als ich am Morgen die Klappe öffnete, war mein weißer Zettel fort. Aber neben dem leeren Geschirr lag ein brandrotes zweimal gefaltetes Papier. Auf dem Schoß meiner Großmutter buchstabierte ich zusammen, was darauf zu lesen stand: LIEBE URSEL, GUTEN MORGEN!

Eine Fibel habe ich nie gebraucht. Ich habe das Lesen aus roten Hexenbriefen gelernt, die ich allmorgendlich vorfand und aufhob in einem Kasten, bis nach Jahren in einer flammenden Nacht alles zurückgeholt wurde vom Feuer, das war im Krieg, aber der wurde nicht von unserer Hexe geführt, die so beständig und unseren Unternehmungen freundlich im Kachelherd gewohnt und uns winters die Bratäpfel geschmort hat, sich züngelnd sehen ließ, wenn man die Kochtöpfe anhob und mir die ersten Nachrichten hatte zukommen lassen, die ich enträtseln lernte.

Dann und wann sprang sie mich an mit sprühenden Funken, so daß ich ihre Wirklichkeit empfand auf einigen Stellen meiner Arme, was ich ihr aufschrieb: FUNKEN TUN WEH!

KOMM MIR NIE ZU NAH! stand morgens drauf im Hexenbrief.

ICH VERREISE! teilte ich eines Abends mit.

WIE WERDE ICH DICH VERMISSEN! klagte meine Hexe und als ich die Rückkehr meldete, schrieb die rote brennende Freundin: WIE GUT!

Allmählich schreibkundig geworden, begann ich, meine Briefe an die Feuerhexe vor der Großmutter geheimzuhalten.

Ich bin traurig! schrieb ich eines Abends auf.
Warum?
Weiss nicht!
Ich bin oft traurig!
Warum?
Weil ich im Herd bleiben muss.
Komm doch mal raus!
Ich bin zu heiss!

Da verdoppelte ich meine Speisegaben und horchte mit anderen Ohren auf das Knistern und Hecheln meiner im Herde gefangenen Hexe, an die ich denken muß bei jedem Streichholz, das ich anreiße und ausblase ehe die Flamme meiner Haut zu nahe kommt, wovor sie mich gewarnt hatte als ich fünf Jahre war und mir das Briefeschreiben angewöhnte, das ich nicht mehr lassen kann, obwohl mir nicht wieder Antwort geworden ist wie in jenen frühen Jahren, als ich morgens die roten Zettel auffalten konnte, die niemals fehlten, so gewiß wie heutzutage Briefe von Diem in meinem Kasten fehlen, und ich habe also doch nicht das letzte Mal von ihm geredet, wie ich so großspurig glaubte hinschreiben zu dürfen vor ein paar Monaten, aber nun froh bin, daß er noch in der Lage ist, mich zu Äußerungen herauszufordern, obwohl die Kapitolinische Wölfin nach ihm geschnappt hat und der Mund der Wahrheit mehr als nur seine Hand fraß, das habe ich richtig vorausgesagt – aber ich kann Buchstaben zu der Hexenspeise mischen, die ihn erhält, wie uns jene Speisen erhalten haben, die von der Feuerhexe heiß und bekömmlich gemacht wurden und immer schon mit Ziffern und Buchstaben zusammenhingen, als würden die nicht weniger nähren, was sich auch bewiesen hat als nicht nur grüne Bohnen, sondern auch das Alphabet mir zubereitet wurde in der Küche, nicht zu zählen die e, i, D, die mich am Leben erhielten seither samt allen Summen und Differenzen aus denen mein Dasein besteht, das sich in Gleichungen mit nur einer Unbekannten nicht ausdrücken und lösen läßt, aber wenigstens beschreibbar ist mit den Buchstaben, die herzustellen ich für die Feuerhexe lernte, und wenn es mir gelang, sie zufrieden zu machen, warum sollte ich für Diem nicht anrichten können, was er an Hexenspeise braucht, es sind Buchstaben wie Salzkörner in den Setzkästen, aus dem Blei meines Stiftes färben sie in Unzahl aufs Papier, wenn ich es will, nur, daß die Zeit vorbei ist, als auf Antwort verläßlich zu rechnen war, aber die Treue ist kein leerer Wahn, zwar, große Schnecken wandern auf ihrer rauhen muskulösen Kriechsohle langsam über das Massengrab, in das sie meine Großmutter verscharrt haben, doch mit den Buchstaben, die sie mich lehrte, werde ich sie befreien und an den Herd treten lassen, den sie in jeder Nacht noch einmal aufgesucht haben muß um meine Morgenfreude vorzubereiten, sie vergaß das nicht und ist nicht vergessen, und wenn ich auch nur selten noch – in Dörfern, auf fernen Inseln – die Feuerhexe begrüßen kann, wenn sie zwischen Holzscheiten in einem Herde flüstert, ich mache sie anwesend mit jedem Streichholz, dessen rotes Köpfchen ich über eine Reibefläche führe, ich wüßte nicht, warum sonst ich immer Streichhölzer im Hause haben sollte. Eigenschaften der Feuerhexe scheinen allmählich auf mich übergegangen zu sein, denke ich, wenn Diem von mir abrückt als würden Funken aus meinem Haar springen und ihm wäre geraten, mir nicht zu nahe zu kommen – wie gut, daß ich die Feuerhexe nicht mißverstand, damals, als ich klein war und begriff, daß nichtzunahekommen meiden nicht bedeutet, weil nötig ist, was Wärme abzugeben versteht. Was wäre aus mir geworden, wenn ich lesen und schreiben durch Schulmeisterei gelernt hätte, anstatt erwartungsvoll rote Zettel aus dem Herd zu holen, die zwar nicht für den ganzen Jahrgang 1921 geschrieben waren, aber für mich, die ich keinen Tag vergessen wurde und keinen Tag vergaß und nach diesen frühen Erfahrungen nicht aufhören werde, schreiben und lesen für den zartesten Austausch zu halten, der zwischen zwei Wesen möglich – zumal dank solchen Zaubers anwesend wird, wer abwesend ist, auf dem Hexenbesen eines Satzes gelange ich leicht zu Diem und lasse mich nieder bei ihm zu stummer Rede, so wie er in meinem Briefkasten hockt bis ich nach Hause komme und ihn mit dem Schlüsselchen befreie und als den Brief, der er dann ist, sorgsam in meine Wohnung trage, wo ihm an seiner Identität nichts fehlt, obwohl er atemlos als eine Gruppierung von Buchstaben zu mir reiste, – jedenfalls, ich kam gestärkt in die Schule, des

Lesens und Schreibens mächtig, eine Macht, die ich nötig hatte und zu gebrauchen verstand um Kinder mit kräftigen Beinmuskeln davon zu überzeugen, daß es schönere Spiele gibt als Fußtritte sie in Gang setzen, und die Macht der Buchstaben muß ich auch aufbieten, wenn Diem mich mit kalten Güssen bedenkt, weil er Feuer scheut und nicht merkt, daß ihm das Herz abstirbt, wenn er sich nicht in den rechten Abstand zu bringen versteht zu dem, was brennt und dem, was wärmt, er ist nicht bei der Feuerhexe in die Schule gegangen und weiß Hexenspeise weder zu essen noch will er sie mir bereiten, weshalb ich immer hungrig fortgehen muß, wenn wir beisammen waren, und auch der Briefe sind immer zuwenig, obwohl: er vermag Wörter auf mich zu münzen, wie nur die Feuerhexe mich anzureden verstand, aber er kennt nicht die Treue der elementaren Geister, die bestehen, weil sie beständig sind, wozu hat er lesen und schreiben gelernt, wenn er nun doch glaubt, Tropfen und Pillen zu schlucken würde ihn heilen, anstatt ins Alphabet zu beißen und sich gesundzuschreiben mit langen Briefen, in denen er seine Schuld zugibt, die ich nur zu gern mit ihm teilen würde, inzwischen habe ich das Dividieren gelernt und weiß, wie auch große Summen sich schnell annullieren lassen. Was nützt es Diem, daß er alle Zahlen und mehr Rechenarten kennt als Adam Riese in Staffelstein erfunden hat, wenn er mir nicht abzulesen versteht und sich nicht ausrechnen kann, welche gefährlichen Wärmeverluste er sich beibringt, wenn er mit Eiswörtern hantiert um sie mir zuzusprechen und es nicht als Klagelaut begreift, wenn ich zischend vor ihrer Kälte zurückschrecke, ehe ich sie, weil Treue wirklich kein leerer Wahn ist, aufschmelze, um allmählich aus den Buchstaben wieder Feuerwörter zu machen, die Diem das Blut in Gang halten und ungehindert ins Herz fließen lassen, damit es warm bleibt, was nicht sein kann, wenn er der Feuerhexe zu vertrauen sich nicht getraut, ihr die Speise versagt, vom Alphabet nicht essen will und den Multiplikator nicht erkennt, den ich gelernt habe auf Großmutters Schoß und anwenden werde als Hexeneinmaleins, das alles möglich macht, auch daß ich Diem mit mir multipliziere.

Es gibt gelehrte und ungelehrte Bücher über Gifte. In ihnen wird zu lesen sein, welcher aller giftigen Stoffe die verborgenste, tückischste Wirkung hat.
Ich kenne ein Gift, das tückischer wirkt: Verleumdung! Gift aus vertraulich getuschelten Worten, wenn nicht gar aus schwarz auf weißen Sätzen, die hämisch nicht gelöscht werden, auch wenn Zweifel an ihrer Wahrheit aufgetaucht sind.

Wann hat das erste Mal ein im Rate sitzender Biedermann oder eine ihr Leinen pflegende Biederfrau mit den Augen auf einen Menschen anderer Art gewiesen und »Hexe« geflüstert?
Wann ist das erste Mal eine Frau verbrannt worden, deren Fülle von Verstand, Kenntnissen und Instinkten ihrer dummdösigen Nachbarschaft mißfiel?
Wann hat sich das erste Mal jemand flammend dafür gerächt, daß er einen Blick nicht aushalten konnte, der ihn durchschaute, daß er eine Frau nicht umarmen durfte, deren Bewegungen ihn dazu reizten?
Unter dem Stichwort ›Hexenverbrennung‹ werden Lexika darüber Auskunft geben und dort wird auch vermerkt sein, wann die letzte Hexenverbrennung stattgefunden hat, wobei man verschweigt, daß sie noch täglich stattfindet, da, wo einem Kinde das Märchen von Hänsel und Gretel vorgelesen und empfänglichem Geiste diese ungeheuerliche Denunziation vorgetragen wird, nach der eine alte Frau Kindern zu essen gibt um sie zu mästen und dann zu braten, woraus folgt, daß man trachten muß, die alte Frau zu verbrennen, und daß Anlaß zu Jubel besteht, wenn das geglückt ist.
Schon der Beginn dieses scheußlichen Märchens gibt einem Grund zu Verdruß: Die böse Mutter, die Hänsel und Gretel im Walde aussetzen will, ist, törichten Klischeevorstellungen gemäß, gar nicht die Mutter, sondern die Stiefmutter, und eine Frau, die nicht fleischliche Mutter der Kinder ist, die sie betreuen soll, kann,

deutschen Märchen wie Schneewittchen, Aschenputtel, Hänsel und Gretel nach, nur unfähig und unwillens sein, anvertraute Kinder gut zu behandeln. Hänsel und Gretel werden also von einer, ihrer Nichtmutternatur gemäß, bösen Frau hingeschickt, wo sie verderben sollen. Die Kinder geraten tief in den Wald. Dort lebt eine alte Frau für sich allein in einem Pfefferkuchenhäuschen, dessen Fensterscheiben aus Zucker sind. Als Hänsel und Gretel beginnen, der Alten das Dach über dem Kopf aufzuessen und ihr die Zuckerfensterscheiben einschlagen und die Alte, nur zu begreiflich, fragt, wer denn, knusperknusperknäuschen, an ihrem Häuschen knabbere, sagen die Kinder nicht: »Hier sind Hänsel und Gretel, wir haben solchen Hunger«, sie behaupten, der Wind, der Wind, das himmlische Kind zu sein, sie lügen die alte Frau an, ehe sie noch eine schlechte Erfahrung mit ihr gemacht haben, was aber offenbar gar nichts gilt, denn die Alte, sie machte sich ja schon verdächtig damit, daß sie nicht im Dorf, sondern im Walde wohnt, ist ein Monstrum von einer Kannibalin, die man samt ihrem Stock, an dem sie sich fortbewegt, und das wird ihr angelastet, als wäre sie zu allem auch noch eine dreibeinige Mißgeburt, verbrennen muß, was ja auch gelingt, juchhei, so daß die Kinder nach Hause kommen, wo die nichtfleischliche Mutter und darum selbstverständlich kinderfeindliche Frau dem Glück auch nicht mehr im Wege steht, sie ist gestorben, hurrah!

Dieses Märchen kann man kaum um kraftvoller Bildhaftigkeit der Erzählung willen lieben und mit seiner Symbolfülle, die sich nicht gegen etwas verwahrloste alte Frauen, sondern gegen das Böse schlechthin richten soll, entschuldigen und schon gar nicht damit, daß Kinder so gern großäugig dieser Geschichte zuhören.

Verabscheuenswürdig, dieser durch die Jahrhunderte gedankenlos mitgeschleppte sadistische Hexenwahn, diese dreiste Ächtung abseits lebenden Alters, diese üble Unterstellung böser Handlungen.

Ich habe ein Recht, das Märchen von Hänsel und Gretel nicht gut zu heißen und es Kindern niemals vorzulesen – denn ich kenne zwei Opfer dieser giftigen Geschichte. Das eine war eine alte Frau, das andere war ich.

Es müßte noch einige geben, meine ich, die sich der sonderbaren alten Frau erinnern, sie noch vor sich sehen, wirrhaarig, weißhaarig, sogar ein wenig bärtig, klein und krumm vor Alter, aber ihre großen dunklen glühenden Augen zeigten nicht die leiseste greisenhafte Trübung, heute kommt es mir vor, als wäre ihr Gesicht mit zwei glänzenden schwarzen Juwelen versehen gewesen, deren wildes Strahlen etwas Unbekanntes hatte, das ich niemals wieder weder an Augen noch an schönst geschliffenen dunklen Steinen wahrgenommen habe. Und wie bewegt ihre Blicke waren, es schien, daß nur die Augen der steifen gebrechlichen Alten noch unbehinderte Schritte machen konnten und auf mich gingen sie zu mit einer Erwartung, die ich nicht erfüllt habe.

Es müßte noch einige geben, die sich ihrer erinnern, wie sie wankend in weiten schwarzen Kleidern einen wackeligen ausgedienten hochräderigen Kinderwagen, der mit Kurzwaren angefüllt war, vor sich her schob, hinter sich eine erregte Kinderschar, die »böse Hexe«, »böse Hexe« schrie.

Die Alte, murmelnd über den Wagengriff gebeugt, schleppte sich voran, dem Markt an der Bornstraße zu, wo sie sich an einen der Eingänge stellte um Knöpfe, Bänder, Nadeln zu verkaufen, die sie im Wagen vorrätig hatte. Auch nun ließen die Kinder sie nicht in Ruhe, sprangen auf sie zu, retirierten aber kreischend, wenn die Alte den Kopf nach ihnen wandte und sie ansah. Vor ihrem Blick flohen sie zwar, kamen jedoch wieder und hielten mit Gehopse unwillentlich manchen Käufer ab, dem lästig war, sich in diesen kleinen Tumult zu begeben, ohne den er nicht abgeneigt gewesen wäre, der Frau ein paar Groschen zukommen zu lassen, für Schuhbänder und Sicherheitsnadeln hat jeder Verwendung.

Die Alte schalt, verworren, verzweifelt, ohne daß man ihre Wörter verstand. Schabernackend stießen die Kinder gegen ihren klapperigen Wagen, immer von neuem mußte sie ihre Knäuel und Knöpfe sortieren, mit zittrigen Händen bestrebt, ihre geringe Ware so vorzuzeigen wie sie glaubte, daß es gefällig aussähe.

Niemand kümmerte sich ernstlich um die Bedrängnis dieser alten Frau. Keiner fragte, was ißt sie, wo schläft sie, hat sie im Winter auch nur einen einzigen Tag eine warme Stube? 1926 gab es zuviel Abgerissenheit und Verarmung in einer Weltstadt, als daß noch hingesehen wurde, zudem hielt diese alte Frau sich ja auf den Beinen, sie fehlte an keinem Markttag.

Und an jedem Markttag wartete ich schon am Fenster, daß sie, gebückt, mit dem Schweif johlender Kinder hinter sich, ihren Wagen durch unsere Straße karren würde. Ich wartete darauf, daß meine Großmutter mich an die Hand nähme um mit mir auf den Markt zu gehen, ich wartete darauf, daß mein Martyrium begann, das aber, wie ich heute weiß, weit mehr noch das Martyrium einer alten Frau gewesen sein muß, einer armen Frau, die am Leben bleiben wollte, die so sonderbar aussah mit ihren großen, dunklen, wilden, anwesend abwesend schauenden Augen, daß ich sie die ›alte Augenfrau‹ nannte, was mir aber nur als der zweitrichtigste Name erschien, den ich erfunden hatte, weil ich den Namen nicht gebrauchen durfte, den ich für den richtigen hielt: ›Böse Hexe.‹ Denn ich glaubte all den Kindern, die sie so riefen, die Menge und das Märchen hatten Gewalt über mich, gegen das Gift dieser Verleumdungen konnte ich nicht an, es nützte nichts, daß meine Großmutter von grausamen Kindern sprach, die eine bedauernswerte alte Frau quälen und mir streng verbot, jemals »Böse Hexe« zu sagen, ich dachte: ›Böse Hexe‹ und war ein Bündel zitternder Angst, wenn ich mich an der Hand meiner Großmutter der Augenfrau nähern mußte und meine Großmutter, freundlich mit der gefährlichen Alten sprechend, gelassen Knöpfe oder Bänder aussuchte, was aber nur der Auftakt war zu meinem Auftritt, mit dem ich, ich weiß es jetzt, der Alten Niederlage um Niederlage bereitete.
Regelmäßig sagte, nachdem sie dies und das ausgewählt hatte, meine Großmutter zu mir: »So, bezahlen tust jetzt du«, und gab mir ihr Portemonnaie. Sie hatte der Alten berichtet, daß ich schon gut zählen konnte und Geldstücke zu unterscheiden wußte, was, wie ich fürchtete, für die böse Hexe erst recht ein Grund sein mußte, mich unter ihre weiten schwarzen Kleider zu zerren und mitzunehmen. Aber meine Großmutter war unerbittlich, sie erwartete, daß ich das Geld hinzähle, einen Knicks mache und sage, daß wir am nächsten Markttag wieder etwas brauchen würden. Ich sollte ange-

halten werden, höflich und hilfreich gegen einen Menschen zu sein, der in schlechteren Umständen lebte als ich – was mir gewiß eingeleuchtet hätte, aber im Halbkreis um uns standen die anderen Kinder und sahen, schadenfroh und sich gruselnd, mit einem Fuß schon auf der Flucht, zu, wie ich vor die Alte treten mußte und sie riefen:
»Wenn sie dich berührt, kriegst du Geschwüre!« oder
»Gleich spuckt sie dir in die Augen und dann wirst du blind!«
Meine Großmutter scheuchte die Kinder weg, aber nur zwei Schritt weit sprangen sie und ich legte, die Finger steif vor Grauen, der Alten das Geld auf den Wagen, besorgt, ihrer Hand nicht zu nahe zu kommen, nicht von der bösen Hexe berührt zu werden, der ich mit gesenkten Lidern meinen Knicks machte, damit sie mir nicht in die Augen spucken könnte, damit ich nicht erblinden mußte.

Es ist zu spät für sie und für mich, daß ich nun weiß, was in der Alten vorgegangen sein muß, wenn sie an jedem Markttag vergebens um das einzige Kind warb, das ihr ohne böse Worte nahte, aber dieses Kind erwiderte das Lächeln nicht, das in ihren Augen ihm jedesmal voller Hoffnung entgegenstrahlte, das sie ihm mit grau behaartem faltigem Mund bot, und auch die Puppenlappen nahm es nicht, mit denen sie das gehorsame Kind belohnen wollte, auf dessen angstlosen Blick, auf dessen zutrauliches Lächeln sie gewartet haben muß wie auf die Erlösung von allem Übel.
Aber die Erlösung kam nicht in meinen Kinderschuhen daher, ich blickte nicht furchtlos zu ihr auf, ich lächelte ihr nicht zu.
Vor Fürchten schlotternd, bewies ich der alten Frau Mal um Mal, daß es keine Hoffnung für sie gab, daß sie ausgestoßen war, etwas Garstiges, mit dem niemand Berührung haben wollte, obwohl sie Ansätze machte, mich zu streicheln, so schüchterne Ansätze, ich konnte es damals nicht in Erkenntnis umsetzen, aber ich erinnere genau, mit welch zaghaften Gebärden sie versucht hat, ihrem isolierten, zerspotteten Dasein für einen Augenblick zu entrinnen und den Kontakt zu einem Kinde herzustellen, mit dem etwas Liebes auszutauschen es sie verlangte, ein Lächeln, eine Handbewegung, die ihr beweisen sollten, daß sie nicht grausig war.

Als sie ausblieb, als es ein paar Markttage gegeben hatte, an denen sie nicht gekommen war, hatte ich das zuerst mit Erleichterung, dann aber mit großer Unruhe wahrgenommen, witternd, daß mir noch Schlimmeres bevorstehen könnte als die Zeremonien der Markttage.

Meine Großmutter nach der Alten zu befragen, wagte ich nicht, es war zu befürchten, sie würde auf den entsetzlichen Gedanken kommen, mit mir die böse Hexe aufzusuchen um zu sehen, wo sie geblieben war.

Lieber wartete ich einen Nachmittag ab, an dem ich allein mit meiner Mutter Tee trank. Es war November und schon immer liebte ich diesen Monat, in dem ich geboren bin, in dem die Welt ein Nest aus frühem Schnee und grauem Dämmer ist, ein Monat, der mich beim erdigen Geruch seiner Winterastern einen Geburtstagstisch mit Kerzen und Herrlichkeiten ahnen ließ, den ich eines dunklen Morgens vorfinden würde und von dem ich mich nicht trennen mußte, einen heimeligen Wintertag lang. Der Nebelmonat war der Monat meiner größten Erwartungen, dem der allzu sichtbar strahlende Dezember sich nur wie eine freundliche Coda anschloß.

An einem Novembernachmittag also fragte ich unvermittelt meine Mutter:

»Wo ist die alte Augenfrau?«

»Sie ist gestorben«, war die ruhige Antwort.

Mit der kindlichen Fähigkeit, den Kern einer Sache sofort zu finden, schälte ich aus der Auskunft meiner Mutter das, was einzig zählte:

»Man kommt nicht mehr, wenn man gestorben ist?«

»Nein, mein Kind.«

Es galt, etwas zu unternehmen und ich hob meine Teetasse an, wozu ich beide Hände nötig hatte um den bräunlichen Spiegel still zu halten, aus dem mein Gesicht mir entgegen sah mit dunklen Augen, von denen ich nicht sicher war, daß es die der alten Augenfrau nicht waren, aber man kommt nicht mehr wenn man gestorben ist, warum gestorben, es war doch noch gar nicht zu Ende gewesen zwischen mir und der alten Augenfrau, die mich nicht hatte

berühren sollen, das nicht, aber die ich hätte berühren können, denn sie ging mich an wie niemand sonst, ich hätte nicht zu sagen gewußt, warum, begriff nur nicht, wie sie tot sein konnte, ehe ich, meiner Großmutter voran, auf sie zugelaufen war, den Kopf in die Falten ihrer Kleider gesteckt und die Puppenlappen genommen und keine Geschwüre bekommen hätte und nicht erblindet wäre.
Ich setzte die Teetasse ab, ich konnte sie nicht mehr balancieren, ich konnte nicht trinken, ich mußte mich balancieren.
»Wo ist die alte Augenfrau nun?« konnte ich gerade noch fragen, ohne mit Schluchzen die Aufmerksamkeit meiner Mutter auf das zu lenken, was von allen Kindern, von allen Menschen, wie ich fühlte, nur mir geschehen war und was ich für mich behalten wollte.
»Sie hat jetzt Ruhe«, sagte meine Mutter.
Sie schon, aber ich nicht, bis auf den heutigen Tag nicht, und daß man ihr eine andere Art Ruhe hätte bereiten sollen, begriff ich sofort. Aber man kommt nicht mehr, wenn man gestorben ist, und wie hilft man sich, wenn man erst fünf Jahre alt ist und vergiftet von einer Geschichte, die einem Angst gemacht hat vor krummen Rücken und zottigem altem Haar, vergiftet auch davon, daß alle »Hexe« schrien, als müsse das etwas Böses sein, aber wer, wenn nicht ich, mußte wissen, eine Hexe kann auch etwas so Gutes sein wie unsere Feuerhexe im Küchenherd, von der ich anderswo schon erzählte und an deren Freundschaft ich nie gezweifelt hatte, weil sie als ein zärtliches, uns und unsere Speisen wärmendes Wesen mir von meiner Großmutter vorgestellt worden war. Der Feuerhexe hatte ich meine ersten Briefe geschrieben und ihr vertraute ich auch das Furchtbare, Schlimme an, das von allem, was in meinem Kinderleben geschah, nicht hätte geschehen sollen:
SIE IST GESTORBEN!
WER? fragte meine sachte knisternde Freundin auf einem roten Briefzettel, wie ich jeden Morgen einen in der Wärmeröhre des Herdes fand.
DIE ALTE AUGENFRAU!
DU HÄTTEST SIE LIEB HABEN SOLLEN!
ICH HABE SIE LIEB, ABER SIE KOMMT NICHT MEHR, klagte ich und

erschrak, weil der erste Teil meiner Aussage – wie durch Ritzen war die Wahrheit aus unvergifteten Bezirken meines Gemütes mir ins Bewußtsein gedrungen – sich so schrecklich mit dem zweiten Teil der Aussage zu einer fürchterlichen Vergeblichkeit verband, von der ich noch nichts gewußt hatte.
Sie wird es spüren, wenn du sie lieb hast, stand klar zu lesen auf dem roten Papier, das ich anderen Morgens aus dem Herd nahm, und ich warte, daß die Verheißung sich erfüllt.

Alte Augenfrau! Warum bist Du so früh gegangen, warum hast Du nicht gewartet, bis ich älter war, ein wenig nur, groß genug, mich zu befreien von Gerücht und Geschichten. Denn ich hätte, nicht wahr, ich hätte!

Das sage ich so und bin doch stehen geblieben wie alle, unlängst in Sarajewo, im Bazarviertel, in der Menge, die hufeisenförmig den Mann umstand, der, an eine Barackenwand gelehnt, auf dem Pflaster saß. Lebensmittel, die er eben noch gekauft haben mußte, waren seinen Händen entglitten, er hatte Blut erbrochen, das eklig neben ihm und zwischen seinen gespreizten Beinen auf den Steinen lag.
Ganz gewiß hatte jemand eine Ambulanz benachrichtigt, ganz gewiß wird sie gekommen sein und den Mann an einen Ort der Hilfe gebracht haben, aber bis dahin lehnte er gesenkten Kopfes, entkräftet, einsam an der Bretterwand, von uns getrennt durch einen Blutbann, durch eine dunkelrote Todeszone, die nicht überbrückbar schien mit einem Schritt von jemandem, der es gewagt hätte, auch angesichts des entäußerten Blutes und der starrenden Menge auf den Mann zuzugehen, sich neben ihn zu hocken und seine schlaffe Hand zu halten, bis die Krankenträger kommen würden.
Hier ist noch lange nicht ein Mensch einem anderen nahe.

Der Hund

Auch wenn ich in die Stadt an der Newa komme (wie es mich dahin zieht!) – er wird schon dort sein, er wird vor dem Winterpalais im Schnee scharren, er wird frieren, er wird vor mir herrennen, bei der Eremitage nicht anhalten, denn er weiß, daß ich diesmal nicht nach Artefakten schaue, er weiß, daß ich nicht mehr unvorbereitet bin auf Wladimir Iljitsch, wie ich es in Moskau noch war, der Hund wird über die Kirowbrücke rennen und den Petrowskikai entlang über eine zweite Brücke zum Finnländischen Bahnhof, wo die Revolution sich in die Wirklichkeit stürzte, er wird auf den hölzernen Planken der Aurora zu sehen sein und frieren wird er auch da, von einer Pfote auf die andere treten und nicht erwarten, daß ich ihn ködere, denn er ködert mich, er ist es, der mich auf die Suche nach Wolodja treibt, von der Sergejewskajastraße in die Schirokajastraße, er hat die Spur aufgenommen und erwartet, daß ich ihm folge, denn er weiß, wo die erwünschten Sätze lagern.
Wir müssen uralt sein, der Hund und ich, ich schließe es daraus, daß wir kaum noch ermüden und Wolodjas Revolution sehen wir nicht ohne Zusammenhang mit der Erneuerung anderer angefaulter Reiche durch Gedanken, die noch unverdorben sind.
In Babylon werden wir schon dabeigewesen sein, in der Unruhe, die sich aller vor dem Sturz des Turmes bemächtigte. Meine Träume erinnern sich daran. Und wie sollte ich in Ninive nicht gelebt haben zur Zeit des kleinen Propheten Jonas, wenn es auch nicht um meinetwillen war, daß der Herr die große Stadt Ninive nicht zerstört hat. Ich glaube, es war meine leichtsinnigste Zeit, ich ging vor die Stadtmauer um Jonas sitzen zu sehen unter dem Rizinusbaum. Er hat mich beschimpft, er mochte nicht, daß ich kam und ihn ansah in seinem Hader mit Gott und zog verärgert seine spärliche Kleidung zurecht. Vielleicht war es aus Zorn auf mich, daß er den Herrn inständig bat, die Stadt endlich zu vernichten, in der es außer allem anderen Schlimmen eine so dreiste Frau wie mich gab, die ungeniert ihn und seine komische Niederlage betrachtete,

was er, wie er meinte, nach allen Aufregungen mit dem Walfisch und dem Ärger mit der Hartnäckigkeit Gottes nicht auch noch verdient hätte.
Er, der Hund, wird in Ninive auf lehmiger Erde gelegen haben, nach Fliegen schnappend um die träge Mittagszeit.
Nicht, daß ich nicht selber erstaunt gewesen wäre, wie vertraut mir das jetzt so abgelegene Gordion noch war, als ich unlängst (nach sechsundzwanzig Jahrhunderten) wieder dort weilte und mich gut zurechtfand auf den Grabungsfeldern, wo man der reichen Stadt jetzt mit dem Spaten nachspürt, nur daß es den Archäologen, diesen sonnenbackigen tüftelnden Heutlingen, so scharfsinnig sie sind, natürlich an all den Kenntnissen fehlt, die sie befähigen würden, das goldene Gordion der Midas-Zeit so zu beleben, daß es wie eine Fata Morgana über der Öde dieser Landschaft schweben könnte.
Uns hat man da seinerzeit aus goldenen Schüsseln nicht gespeist, aber ich war von Einfluß auf König Midas, der sich nicht hätte umzubringen brauchen, wenn er nicht an einem Tag, an dem er mich vergaß, seiner Abscheu vor den großen Ohren erlegen wäre, die ihm links und rechts vom Kopf standen und die ich schön fand. Es ist selten, daß an Königen etwas Besonderes ist.
Aus seinen Ohren habe ich mir etwas gemacht, nicht aus seiner Krone. Kronen stehen mehrere bei mir[1], die koreanische Krone der Silla-Dynastie, die mit ihren vielen vibrierenden Goldplättchen wie eine blätterzitternde Pflanze aussieht, wogegen ein französischer Reif in festem Kronwillen gearbeitet ist, als Kopfzusammenhalter. Ein russisches Bogenkrönchen besitze ich, wer es trug, war funkelnd markiert, die Wenzelskrone ist mein Eigentum und die Zinnkronen der Heiligen Drei Könige. Mir gefällt all dieser Kopfzierat, aber was ist er gegen des Königs Midas große Ohren, die ihn zu einem Lauschenden machten, nicht zum Lauscher an der Wand, aber zu einem großen Horchenden, der das Gras wachsen hörte

1 Hinweis für Diebe: Es handelt sich um eine kleine Sammlung von Nachbildungen en miniature. Die Objekte sind nicht aus Edelmetall und nicht mit Edelsteinen besetzt, sondern mit buntem Glas. Ich bitte die Herren Diebe höflich, mir diese Studienobjekte zu lassen. Danke!

und dem noch die leiseste Klage vernehmbar war. Nur ein Mann mit solchen Ohren sollte Rechtens König sein dürfen, über sein Reich gebeugt:
Hörend!
König Midas litt unter seiner Besonderheit und es fehlte ihm an Zuspruch an dem Tag, an dem er mich vergessen hatte und so ertrug er es nicht, nicht auszusehen wie jeder seiner Ziegenhirten und trank sich an rotem salzigem Ochsenblut zu Tode, und dieses Ende sollte Diem eine Warnung sein, die er wohl auch schon wahrgenommen hat, scheint mir, ich höre seiner Stimme an, daß er mir doch nicht ganz außer Rufweite geraten möchte, denn ich kann ihn auf das verweisen, was er wert ist und mir kann er glauben.

Der Hund hat schwarze Ohren. Sie sind nicht groß, der ganze Hund ist nicht groß, er ist so ein mittlerer, weißer, etwas gescheckter Hund, wie es sie zu Tausenden gibt in Nordafrika, Spanien, Italien und anderswo auch; oft werden Steine nach ihnen geworfen, weil man in manchen Ländern nicht annimmt, der Schmerz eines Tieres könne irgend beachtenswert sein.
Ich weiß nicht mehr, wie ich auf den Hund aufmerksam geworden bin, ich könnte auch nicht sagen, es sei mein Hund, er hat mir noch nie zu Füßen gelegen und käme gewiß nicht, wenn ich ihn riefe, aber das tue ich auch nicht, ich weiß keinen Namen für ihn und er ist nicht die Art Hund, der man den Rücken tätschelt. Die einzige Verbindung zwischen uns ist, daß er sich umsieht nach mir und daß ich ihm nachgehe, weil er weiß, was ich suche.
Seine Reisekunst ist der meinen überlegen. Er gelangt vor mir dahin wo ich an meine Ursprünge komme und lag schon auf der Galatabrücke in der Sonne, hob den Kopf und blickte nach mir. Da er sich nicht in Bewegung setzte, blieb auch ich und richtete mich auf einer der Bänke ein. Die Pontonbrücke bewegte sich unter der Last der Verkehrsströme, die kleinen Bewegungsstöße teilten sich mir mit und ruckweise, schubweise wurden Sätze frei, ich suchte nach einem Bleistift um die alte Augenfrau zu halten, die ich mir wieder entnehmen konnte, denn auf der schwankenden Brücke, inmitten fremdester Laute, näherte sich mir das Vertrauteste und

ließ sich berühren mit den stummen Worten, die ich zu Papier brachte.

Wenn ich geschrieben habe und gehe, der Hund kommt mir nicht nach. Er zeigt dann keine Anhänglichkeit, schon gar nicht Übereinstimmung, nichts Komplizenhaftes. Er ist verschwunden; ich kann nicht voraussehen, wann er wieder auftauchen wird, ich habe auch keine Beweise dafür, daß er überhaupt wieder erscheinen wird, einzig aus der Erfahrung leite ich ab: irgendwo wird er wieder um die Ecke sehen und ich denke mir, daß er vor dem Winterpalais stehen wird, wenn ich mich nähere um Wolodja mit einem Satz zu begrüßen, denn wenn ich auch aus anderen Reichen weiß, Gepeitschte trachten immer, sich die Peitsche anzueignen, mit der sie gepeinigt wurden, die Zähigkeit und der Scharfsinn sind bewundernswert, mit denen Wolodja und seine Genossen auf den Augenblick gewartet und ihn vorbereitet haben, in dem es gelingen konnte, sich aller siebenschwänzigen Ziemer der Zaren und Zaristen zu bemächtigen, damit die Möglichkeiten in Zukunft für alle die gleichen seien und die Güter gerechter verteilt würden.
Noch mehr hätte Wladimir Uljanow sich zutrauen sollen! Es gibt eine drängende schiebende Kraft, die vorangelangt ganz ohne zu zerfetzen, was vor der Breite ihres Ansatzes ohnehin zurückweicht – aber dazu wäre freilich ein Jahrzehnt mehr nötig gewesen und die Revolutionäre wollten das neue Zeitalter schnell, denn das alte hatte zu lange gedauert und so lösten sich Schüsse aus allen Flinten, bis Wolodja seinen Tisch und sein Bett im Kreml aufschlug.
Der neue Kremlherrscher verstand zu arbeiten und hatte eine Krone nicht nötig. Er konnte denken. Als er starb, wußten alle, daß es ohne ihn nicht gehen würde und so hielten sie ihn anwesend mit Hilfe der Spezialkenntnisse von Chemikern und Präparatoren, aber dort im Mausoleum habe ich Wolodja nicht besucht, ich werde ihn vor dem Finnländischen Bahnhof treffen, ich weiß jetzt, wie es aussah, wenn er einen Eisenbahnzug verließ, auch essend, schreibend, schachspielend sehe ich ihn vor mir. Der Hund hat mich zu ihm geführt, dieser unscheinbare Hund, dessen Fell abgerieben ist von den Jahrhunderten, so daß er schlecht gekleidet wirkt wie

Wolodja auch, der seine Jacken trug, bis sie aufgescheuert waren. Die beiden haben eine ähnliche Art zu blicken: aus kleinen dunklen Augen sehen sie und sind auf der Hut.

Auch der Hund hat etwas Illegales, wenn er auftaucht und um die Ecke sieht und mich verführt, einem geheimen Gewerbe nachzugehen, mit Sätzen eine Wahrheit in Kraft zu setzen, von der sich die Wirklichkeit nichts träumen läßt.

Nichts, fast nichts (scheint es) habe ich gemeinsam mit Wolodja, über den ich mich lesend seit Monaten beuge und von dem ich eines jener schrägen Bildnisse aufgehängt habe, auf denen man nicht angesehen wird von ihm, was mich in Moskau noch irritierte; inzwischen ist seine Blickrichtung mir bekannt, schließlich ist es nicht so, daß ich nicht das Gleiche wie er für das Ziel hielte. Jedoch meine Mittel sind nicht tauglich.

Wenigstens aber gerate ich nicht in Konflikt mit der Wirklichkeit, in der sich jeder unter den Nagel reißt, was er kriegen kann, als hätte es Wolodja nicht gegeben in seinem schäbigen Mantel und den durchgewetzten Hosen. Seine Lehrlinge haben sich bald feiner betucht, und, die Brust mit Orden gespickt, streben sie in die Fauteuils der Logen für Privilegierte oder in schwarze Dienstwagen. Dort nehme ich nicht Platz. Ich bin immun.

Damals jedenfalls hatte keiner Hamsterbacken von denen, die den roten Stern trugen und ich hoffe, Wolodja ist abwesend während er anwesend sein muß auf dem Roten Platz mit seinen Beinen, Schultern, Händen, dem Schädel und der Nase, die den Präparatoren von Zeit zu Zeit immer wieder Schwierigkeiten bereitet.

Nicht auszudenken, er müßte nicht nur wahrnehmen, wie der Westen immer noch ums Kapital tanzt, sondern auch, daß man im Osten alles, was er mit äußerster Deutlichkeit geschrieben hat, so unverständig interpretiert wie der Papst die Bibel. Man kann Wladimir Iljitsch Lenin nur beglückwünschen, daß er mit ausgehöhltem Kopf im Mausoleum liegt und auch sonst über kein Organ zu verfügen scheint, das ihm ermöglicht, etwas von seiner Wirkung wahrzunehmen. Denn die hatte er sich anders vorgestellt.

Wir werden weitertrotten, der Hund und ich und uns durch die saecula schlagen, die wir auch wechseln können ohne uns deswegen zu verjüngen oder zu altern. Mit uns hat die Zeit nichts im Sinn.

Es wäre angenehm, wenn ich den Hund dann und wann wie einen gewöhnlichen Hund gebrauchen könnte, wenn er sich zum Beispiel dazu anhalten ließe, gelegentlich jemandem an die Beine zu fahren, etwa den sorgsam nach den Zwängen der Mode gekleideten Damen und Herren der Central Bank in New York, die sich erst nach mehreren Aufforderungen und dann nur unendlich herablassend bereit fanden, mir eine geringe Summe von einer Währung in die andere zu tauschen. Sie wissen nicht, man kann das ganze Geldschloß, in dem sie in Wildlederschuhen auf flaumigen Teppichen gelassen auf und ab schreiten, mit einem Satz in die Luft sprengen. Doch ich will den Vestalen des Geldes nichts Böses, sie sind zu ignorant, um schuldig zu sein, ich hätte nur gern, daß ihnen der Hund ein bißchen an die Waden fährt, wenn die Damen und Herren im Mammontempel große Zahlen wie Gebete auf die Lippen nehmen und von Zinsen wie vom himmlischen Manna sprechen, das sie mächtig sind auszuteilen – aber da läßt der Hund mich im Stich und ich muß allein meinen Wünschen zur Erfüllung verhelfen bei einer gelockten Miß, die sich angelegentlich dafür interessiert, daß mein Mantel offensichtlich nicht aus der 5th Avenue stammt, wie sollte er auch, er wurde so schon von den Kelten getragen, und mein Schmuck stammt nicht von Tiffany, sondern aus dem Rom der Soldatenkaiser, was ich der jungen Dame freilich nicht sage, sie könnte beide Nachrichten für einen Grund halten, den Alarmknopf zu drücken und so überstürzt, wie es dann notwendig wäre, will ich den Bankpalast nicht verlassen, schließlich liegt im Foyer auf einem pfauenblauen Sessel der Hund; den Kopf auf den Vorderpfoten, äugt er nach mir.
Es kann nicht sein, daß außer mir jemand ihn wahrnimmt, man würde doch nicht erlauben, daß er sich auf diesen Großmogulkissen dehnt, wie würde man da, wo Kunden sich niederlassen und von Zahlen träumen sollen, einen scheckigen Hund dulden, dem man ansieht, daß er nicht der Schoßhund einer Diva ist.

Meine räudige Muse mit dreieckigen schlappen Ohren über den dunklen Augen, Sätzen auf der Spur und so alt wie der Nil.
Wie der Hund nehme auch ich im Foyer Platz, nicht auf seinem Sessel, obwohl der so groß ist, daß er einer neapolitanischen Familie als Nachtlager dienen könnte, aber wir kommen uns nie zu nahe. Schräg gegenüber setze ich mich und betrachte, was ich aus ferneren Jahrhunderten schon kenne, denn anders als am Hofe des Großmoguls geht es im Bankpalast auch nicht zu, nur ist der Mogul hier nicht ein kleiner Mann, der auch Zahnweh haben kann und dann umgänglich wird, hier herrscht Mammon und mit ein paar Ziffern möchte jeder an dessen Gnade partizipieren, aber der eine lebt vom Zinseszins und der andere kriegt keinen Kredit, denn nur wer hat, dem wird gegeben.
Ich habe nichts als einen kleinen Schein gegen einen gleichwertig kleinen getauscht und es ist ganz unzulässig, daß ich für dieses unbedeutende Geschäft einen der blauen Sessel einnehme, die den Wesiren und Komturen des Geldes vorbehalten sein sollen. Von den betreßten Leibwächtern Mammons werde ich auch schon angesehen wie eine, die sich wärmen und ausruhen will, nachdem sie die Nacht in der Achselhöhle einer Brücke zugebracht hat. Jedoch lasse ich mich von mißbilligenden Blicken nicht vertreiben, denn ich bereite einen Bankraub vor, ich will nach Sätzen stöbern, dem Mammon unter den Hut sehen und mit einem Blick auch die Tresore öffnen um meinen Wortschatz zu bereichern.
Schon aus dem angebotenen Informationsmaterial, kostbar gedruckt wie ein Evangelium, läßt sich manches entnehmen: Der Zinssatz hat nicht Subjekt noch Prädikat und ist doch auf ein Objekt gerichtet, Kursrisiko ist kein Wort aus der Nautik, die Laufzeit kein olympisches Maß und Stückelung nicht die Zuflucht einer Schneiderin, die den Stoff verschnitten hat. Mammon spricht mit geliehener Zunge, Bankspräche ist Wechselbetrug, und es wird abgewertet, was man Mammon vorlegt, dem Kleists berühmter Brief an Goethe kein Wertpapier wäre, denn einzig die Anzahl der Nullen, möglichst hinter einer Neun, macht für ihn aus einem Brief einen Wertbrief.
Meinetwegen braucht kein Kassierer sich der Sicherheitsvorrichtun-

gen zu bedienen, zwar stopfe ich mir alle Taschen mit Wörtern voll und tausche einen Blick mit dem Hund, aber auf den Diebstahl einer vielnulligen Neun bin ich nicht aus. Zusammen haben wir sechs Beine, der Hund und ich, und auf denen kommen wir ohne Effekten voran.

Man sollte denken, in Manhattan, zwischen den Goliathhäusern, die nicht mehr schrumpfen und sich auf menschliche Maße zurechtrücken können, sondern als Stahlbetonsaurier in ihrem Überwuchs verharren müssen und etwas Tragisches haben, würde der Hund eine Unwahrnehmbarkeit sein.

Aber wenn ich ihn beobachte, wie er vor mir her läuft, ist der Hund eher das Auffälligste downtown. Da, wo alles in der Starre rechter Winkel angelegt ist, kein Passant sich schräg über die Straße wagt und die behäbigen Autos mit ihrem großen Wendekreis sich nur plump wie Dampfer bewegen können, wenn es einmal nicht gradlinig vorangeht, wirkt der flinke Hund, geschmeidig Hindernissen ausweichend, wirken die rasche Beweglichkeit seiner sehnigen Beine, das biegsame Rückgrat, das sich unter seinem Fell bei bestimmten Bewegungen wie eine Haizahnreihe markiert, so auf die Passanten, daß sie sich umwenden nach ihm, auch lächeln, wenn er bei Polizistenpfiffen ein, aber nicht beide Ohren aufstellt.

Der Hund vermittelt den überraschenden Eindruck, daß sich New York weit besser als von der schwankigen Höhe des Empire State Building vom platten Pflaster aus beherrschen läßt, das er abläuft auf geübten Pfoten, bei denen es kein technisches Versagen gibt. Ich muß mich sputen, wenn ich ihm nach will, in die Zweiundvierzigste führt er mich, das ist New Yorks funkelndste Straße, die Diamantenhändler sind dort ansässig, es gleißt in den Schaufenstern von Karätigkeiten, manch ein Kollier ist zu sehen, aus hart Geschliffenem wie ein Satz, der keiner Veränderung bedarf, denn jedes Wort ist an seinem Platz und für seinen Aussagewert zugerüstet.

›Nihil est sine ratione‹ ist so ein diamantener Satz und ›Radix omnium malorum avaritia‹ [1] auch und womit, wenn nicht mit einem

1 Als Anagramm zu Roma konzipiert.

Diadem aus Sternen von Diamanten, könnte eine so strahlende Anrede verglichen werden wie:

›Salve regina, mater misericordiae, vita dulcedo et spes nostra, salve!‹

Es wird in allen Sprachen glanzvolle Formulierungen geben, doch der Zuschliff des Lateinischen geriet manchmal unvergleichlich.

Sind es solche Sätze, die der Hund im Sinn hat, wenn er eine Spur aufnimmt? Auch Galoppwörtern wird er nachjagen, einer leichten Kavallerie von Sätzen.

Er hat sich um die Welt bewegt, auf Sprache lauschend und wird stehengeblieben sein als in Ephesus Johannes oder, wie neuerdings Forscher meinen, anderswer in Syrien aufgeschrieben hat: ἐν ἀρχῆ ἦν ὁ λόγος.

Mein magerer Hund, der in alle Zeitalter läuft, stumm auf Sprache drängend, wenn er um die Ecke sieht, wo man ihn vielleicht nicht erwartete, aber ein Wort findet, wenn er einen ansieht mit diesen gewöhnlichen dunklen Augen eines rasselosen Hundes, der irgendwo zur Welt kam, kräftig genug, sich durchzuschlagen in Verhältnissen, die ihm keineswegs immer günstig, und nun hat er diese erfahren blickenden Augen, die ohne weiteres nicht auffallen, es sei denn, er sieht einen an, unvermutet. Was weiß ich, was der Hund tut, wenn er sich mir nicht zeigt, vom Stoff, aus dem die Träume sind, ist er auch, er wird also schlafen irgendwo und sich, er zuckt dabei, träumend erinnern an was ihm zugänglich war noch vor Zeiten, vielleicht an den Geruch, der von den Kleidern Kleopatras ausging, als sie in Tarsos ankam in einem Boot, das ein Purpursegel gesetzt hatte, der Hund verstand es, mir den Anblick der Barke zu übermitteln als ich in Tarsos auf Steinen hockte und frische Feigen aß, während er, unruhig in den Wind schnüffelnd, vor mir auf und ab lief, aber dann – ein Flimmern vor meinen Augen, und das Schiff aus dem Nildelta wurde herangerudert, so daß ich sehen konnte, wie Antonius die Ägypterin empfing, der er sich nicht entziehen konnte, ihr Wissen war älter als das bißchen römische Staatsraison in seinem Kopf, und die Schlange mit der sie sich tötete war ihr schon vertraut als sie sich von ihrem goldenen Ruhebett erhob und Antonius gegenübertrat, der nichts als sein aufgerichtetes Geschlecht glaubte anbieten zu müssen, allenfalls, daß er mit den Kräften seiner Hopliten sich rühmte, die marschierend für ihn Gelände einnahmen. Der Rest ägyptischen Sandes in ihren Sandalen wird der Königin mehr bedeutet haben, und wenn es heißt, sie habe den Römer verraten, es wird die tödliche Vermählung mit der Schlange gewesen sein, der sie zustrebte von Anfang an – Thanatos in Gestalt einer grünen Mamba, einer Viper, der Umarmung einer Abgottschlange wollte sie sich anheimgeben, deren schmales Züngeln hat sie nicht vergessen vor der breiten Harnischbrust dieses Antonius, der ihr gefiel für eine Weile, aber der ihr nicht glich wie die Schlange ihr glich, wenn sie sich aufrichtete und den königlichen Kopf erhob, und das zu zeigen war noch nicht alles was der Hund mit mir vorhatte in Tarsos, wo es noch die Gasse gibt, in der die Zeltmacher vielleicht arbeiteten, und einer von ihnen war Paulus. Ich habe Wörter gefunden in den Steintrümmern alter Handwerkerhäuser und werde sie gebrauchen, wenn ich eine Jurte aufstelle aus den Scherengittern von Sätzen, und jeden, der will, werde ich niedersitzen lassen in noch anderen Zelten, damit es zu einer Geborgenheit kommt, die, wo man heute Gast ist – in Hotelzimmern, deren jede harte Wand, an der man sich zwar durchaus den Kopf einrennen kann, als feine Schallmauer doch eigens konstruiert zu sein scheint – nicht mehr erlangbar ist wie in den felligen Zelten auf den Baumwollfeldern vor Tarsos, wo sich Kurden zur Ernte verdingen und der Hund mich ansah bis ich mich bückte und mich einladen ließ, in einem der Zelte niederzusitzen und die Wörter einzusammeln, mit denen sich diese zärtliche Weise des Wohnens dartun läßt und die ich trocknen und ablagern lasse, ehe ich sie einpasse in das, was ein Zelt, eine Jurte dann ausmachen wird und sich noch für andere Arten der Geborgenheit verwenden läßt auf die ich aufmerksam wurde in Seiffen (wer weiß schon, wo außerhalb der geschäftigen Welt das ist) vor der Stube einer Spielzeugmacherfamilie, wo ich stand mit dem Hund, er war aufgetaucht dort, von Tarsos kommend, ich weiß nicht wie, aber schließlich bin ich ja auch von Tarsos nach Seiffen gelangt und messe diesem Dorf nicht weniger bei als der Méditerranée.

Es kann nicht genug von ihm die Rede sein, dem Hund – als Köter, als Dorfköter, Töle würde ihn bezeichnen, wer ihn nicht erkennt, wenn er erscheint und nicht kläfft und keinen Fasan verbellt, sondern nur um die Ecke sieht, aber wie oft hat sein Blick bewirkt, daß ich meine Pläne änderte und ihm nachging. Er nimmt wenig Platz fort in der Welt und oft macht er sich schnell davon. Aber irgendwo liegt er dann wieder und hebt den Kopf, wenn ich mich nähere. Es gibt kein lärmendes Wiedersehen, er springt nicht hoch an mir und auch ich verhalte mich still wenn er da ist und mich an mich erinnert wie niemand sonst, wenn ich Diem ausnehme, den ich einen mageren Hund auch schon genannt habe und der etwas gemeinsam hat mit diesem scheckigen Vieh, das blickend in mich eindringt und Zustände in mir wachruft, in denen ich nicht mehr glaubte sein zu können, mich aber nun zurückverfolge in eine Zeit, die schon alt war als in Kleinasien König Tarhunza regierte, und lange vor Salomo und Saul war es auch als ich Diem zuerst begegnet bin, was mir einfällt, wenn er mich ansieht, und was ich um seinetwillen zur Sprache bringe, vielleicht auch, weil der Hund sonst nicht Ruhe gäbe, wo ist da der Unterschied, und wenn ich uns vorausdenke, weiß ich, daß wir nicht aufhören werden, wie auch immer dies ›hören‹ zu verstehen sein wird, wir werden auch dann beieinander sein, Diem, der Hund, ich, die wir vielleicht nicht so verschieden sind, wie wir glauben uns zu unterscheiden auf Grund unseres Geschlechtes oder der Anzahl der Beine, mit denen wir durch die Sprachen streunen, Auskünften auf der Spur, die so flüchtig sind, daß sie sich in ein Wort nicht kristallisieren und doch sind es Wörter, die wir hartnäckig benagen und mit spitzen Zähnen noch die geringste Faser Fleisch herunterreißen, mit der wir unsere Hoffnung nähren können. Diem soll nicht ausweichen und tun, als dürften wir uns leisten, auf Verständigung zu verzichten, die vielleicht einmal nur aus einem Laut bestehen wird und einem Blick wie dem des Hundes, wenn er um die Ecke sieht. Wir werden den Satzbau bewohnen, zu dem ich es kommen lasse, wenn ich mich niedersetze in der Nähe des Hundes und einen Stift vornehme um buchstäblich zu beweisen, daß wir sind, und uns mit einem Wort erhalte, denn was, wenn nicht uns zu halten, streben wir an, aber nur mit dem Verzehr von Brot und Tomaten ist das nicht zu bewirken, auch daß wir Tabak vermeiden, garantiert uns noch nichts, eher schon gewinnen wir die Gewißheit unserer Dauer, wenn wir uns an den Wörtern unserer Sprachen abseilen zu den Ursprüngen und wenn wir sie auch nicht wörtlich erreichen werden, aus den Entfernungen, in die wir uns rückwärtssprechen, können wir schließen, daß uns noch Zeiten bevorstehen, auf deren Ausmaße uns die Zahlwerke Adam Rieses nicht vorbereitet haben und von denen nur der Hund etwas zu ahnen scheint, wenn er mich ansieht und ich einen Satz heranziehen kann, beladen mit Erfahrungen, die schon Jahrtausende entlegen sind und sich nun in zukünftigen Raum und kommende Zeit projizieren lassen, nicht wie Futurologen einen Trend extrapolieren, sondern wie man auf Wasser sieht und weiß, es bleibt, auch wenn es im Sande verläuft oder auf heißem Stein verdunstet. Irgendeinmal kann der Hund es durstig wieder saufen. Religionen bieten andere Formen des Bleibens an, aber da fehlen die Beweise, die sich doch so deutlich aussprechen lassen mit Worten, die wir uns blindlings entnehmen können und die älter sind als alles, was David mit Bathseba besprach und noch den Vogelschrei übertragen, den Lockruf, der uns vor Eiseszeiten zueinanderbrachte, woher stammen denn unsere Verlautbarungen, aus der Schule doch nicht, denn lernen ist: sich erinnern, hat Sokrates gesagt, der den Schierlingsbecher ohne Sorge trank.

Am Einlass zum Grunde
Erfährnis einer kurzen Reise

Für E. v. G.

›Else‹, welch eine zarte Lautbildung, was für ein schüchterner Name, ein Name, wie eine kleine Bewegung im Wasser, wie die Andeutung einer Welle, wie der bescheidene Hinweis auf Ereignisse, die sich auf dem Grunde abspielen und zu denen man eingeladen wird mit zwei sanften Silben: ›Else‹.
Schon ihres sachten Namens wegen hatte ich mich gern mit Else befreundet als wir uns kennenlernten vor Jahrzehnten.
Häufig ist es nicht, daß wir einander sehen. Aber wenn, bekommt es allemal eine Bewandtnis mit unseren Zusammenkünften, so daß wir uns an sie erinnern.
Else ist die vollkommene Interpretation der Laute ihres Namens, sie ist sanft, sie ist klug, ihre Oberflächen geraten nur wenig in Bewegung, aber die kleinen Schwankungen genügen, um Vorgänge anzuzeigen, die sich entfernt von der Sichtbarkeit zutragen, in abgesunkenen Bereichen, in Mulden, Vertiefungen, Schluchten, die unvermessen und nicht aufzusuchen sind.
Kommen wir zusammen, ist Else bereit, sich auf meine Heftigkeiten einzulassen, was bedeutet, mit mir auszuziehen, um uns bestürzen zu lassen von etwas, das bestürzend ist.

In einem Klingenmuseum zum Beispiel, wohin Else allein nie gefahren wäre, sich aber wie ich dann dem Schauder vor all den Messerschärfen überließ, mit denen sich ein Haar würde spalten lassen, den Toledo- und den Damaszenerklingen, den Schwertern ehrwütiger Samurais und den furchtbaren Zweihändern, auf einen Hieb ließ sich mit ihnen ein menschlicher Rumpf in zwei Stücke hauen. Auf blauem Samt sind sie ausgelegt im Museum, geschliffene Henkerbeile und die Scheren der Nornen, Meucheldolche und Hirschfänger, Säbel für scharfe Mensuren, bei denen sich Jüngelchen, die nichts als Grütze im Kopf haben, ein schneidiges Aussehen verschaffen.

Krummsäbel, einst von die Steppen zergaloppierenden östlichen Reiterhorden geschwungen, hängen neben Bauernsicheln und der Sense des Todes.
Von Blut waren sie alle gereinigt, die schmalen wie die breiten ferrociden Waffen, nicht aber von Wunden und Schmerz, die sie verursacht haben, die lassen sich noch ablesen von verbogenen Spitzen, von unausgewetzten Scharten und es wäre schrecklich gewesen in den Messersälen ohne den tröstlichen Anblick der Brotmesser mit ihren abgenutzten Holzgriffen.

Auch anderswo sind uns Schauder zugemessen worden, wir haben der Wirklichkeit ins Gesicht der Zifferblätter von tausend tickenden Uhren gesehen, die in einem Uhrenmuseum in Gang gehalten werden, wo der Mord durch nichts als vergehende Zeit mit Artefakten maskiert ist. Die aufs Ende zu schlagenden Herzen der Zeit bewegen sich in kostbaren Gehäusen aus Gold, Silber, Ebenholz, Porzellan, die Zeit pendelt unter vorrückenden Zeigern in schönen Schwüngen, nur selten einmal liegt ein Uhrwerk bloß mit der zukkenden Unruhe darin, die alles Vergehen antreibt, so daß die Räder ineinandergreifen müssen und die Sekunden gezählt werden. Das Ticken zum Tode hört sich aber wie etwas Natürliches, Harmonisches an, mit dem sich leben läßt. Und erst die Musik, wenn die Stunden geschlagen werden! Mit römischen und arabischen Ziffern wurde uns Auskunft gegeben an einem Sonntagvormittag, die Zähne hätten uns ausfallen und die Haare ergrauen müssen von so viel gemessener Zeit und wir spürten es auch leise knacken in unseren Gelenken, wenn Gewichte sich rasselnd senkten und Sanduhren die Ewigkeit nicht versprachen.

Für solche Erfahrungen treffen wir uns, Else und ich, wir sind auch schon auf einem kleinen Schiff über wogendes Meer gefahren, die Windsbraut hat sich auf das Schiff gestürzt und die Wellen stießen uns so, daß wir nicht mehr auf den Beinen bleiben konnten und endlich wußten, wie Jonas zumute gewesen sein muß als sein Schiff in Sturm geriet und er über Bord geworfen wurde, ohne zu wissen, daß ein Wal ihn sorglich aufnehmen würde.

Wir dachten an Wale, denn wir schwankten nicht nur auf dem Wasser, wir waren auch in der Flut der Wörter, die so geheimnisvoll die Geschehnisse um den berühmten weißen Wal ausmachen, wir hatten das Meerbuch im Gepäck, in dem von Moby Dick erzählt wird und von Ahab, dem stelzbeinigen Kapitän, der, vom weißen Tier geblendet, mit seinem Schiff die See zerfurcht hat.
In die Kojen mußten wir flüchten vor den Wasser- und Wörterwogen, die dem Schiff über die Deckplanken spülten. Das Meer hatte sich für diese Nacht die Bestätigung aller Sätze vorgenommen, die bisher über wilde schäumende Ozeane geschrieben worden sind. Am nächsten Tage noch taumelten wir, als wir an Land gingen und dem Boden unter den Füßen nicht über den Weg trauten.

Auf Erlebnisse dieser Art bin ich nicht aus gewesen, als wir diesmal losfuhren in Elses Auto, das blau ist wie ein besonderer Wunsch, der aufs Nummernschild nicht geschrieben ist, der Artikulation vielleicht überhaupt nicht bedarf, sondern einzig mit der Intensität des blauesten Blaus Erfüllungen auf sich zieht, die sich allein mit dem Steuerrad gar nicht herbeilenken lassen.
Städtchen mit schönen Häusern hatte ich sehen wollen in einer Landschaft, die mir noch unbekannt. Einen Ort, wo altes Handwerksgut gesammelt ist, hatte ich mir erhofft.
So waren wir ins Rollen gekommen an einem Sommertag, der mit einem lichtgrauen Gespinst aus nicht sichtbarer Sonne verhangen war und hatten uns noch nichts gedacht bei den ersten Schildern, die sich nicht lesen ließen im Vorüberfahren, bei Ortsnamen, die durchgestrichen waren, bei Richtungspfeilen, deren Spitze wir mißdeuteten und darum uns entfernten von dem Ort, den wir aufsuchen wollten, wir begriffen nicht, daß wir abgewiesen werden sollten von der Zone, in die wir geglaubt hatten ohne weiteres einfahren zu dürfen, deren Zugang sich aber nur denen öffnet, die ihn mit großer Beharrlichkeit suchen.
Geduld war's wirklich, die wir aufbringen mußten, als Flecken um Flecken nicht war, wie wir gehofft hatten, sondern häßlich, verbaut, mißlungen aussah mit Häusern, in denen niemand heimisch zu sein schien. Fronten und Pforten waren zudem verbarrikadiert

von parkenden Autos und all das Blech erschwerte das Betrachten. Gab es schöne alte Straßen, wurden sie aufgerissen und trugen Wunden, die wir langsam umfahren mußten, immerfort wurden wir umgeleitet, Bohrer waren am Werk, Betonmischmaschinen dröhnten, so daß Auskünfte uns zugeschrien werden mußten, wenn ich das Fenster herunterkurbelte um den Weg zu erfragen und was man rief, war: Hier ist nichts – Hier wird nirgends etwas gesammelt – Fahren Sie lieber weg – Hier gibt es kein Museum – Hier gibt es gar nichts –.

Ein verlorener Tag, dachte ich, einer, der einem aus dem Leben gestohlen wird von widrigen Umständen, von Mißgünsten, die man auf keine Ursache zurückführen kann, die scheinbar auch nichts miteinander zu tun haben, sich aber dann doch wie Krähen zu einem Schwarm vereinigen, der den Himmel verdunkelt. Als ich mich schon abgefunden hatte mit den Vögeln der Ungunst, stand ein Mädchen an der Straße als wäre es gekommen um sich von uns befragen zu lassen und es riet, südwärts zu fahren, ein bißchen, ein wenig nur, dann kämen wir an einen Berg, auf dem stünde ein Schloß. Das Mädchen hat es nicht beschrieben. Es hat gelächelt und gesagt, dort sei es schön.

Wir fuhren, wie uns geraten war, südwärts, es tauchte ein Berg auf, und, die Mauern goldgelb wie Korn vorm Schnitt, stand ein Schloß auf dem Berg.

Es war betretbar und hielt alles, was wir uns von diesem Lande versprochen hatten, es zeigte das Leben, zur Ruhe gekommen in schönen Wiegen und auf Stühlen, deren jeder eine von anderen unterschiedene Individualität ist, Holzhandwerker hatten sich etwas gedacht als diese Stühle geschreinert wurden, die sich dann aber veränderten unter den Gewohnheiten ihrer Besitzer, mit denen sie eine Symbiose eingingen, Holz, Knochen und Fleisch lebten lange zusammen und paßten sich aneinander an, die Stühle hatten ein Verhalten zu Personen angenommen, die inzwischen lange tot waren, deren Gewohnheiten aber ablesbar blieben von Rückenlehnen, Armstützen, Fußleisten. Betten gab es, Schlafmuscheln, die keinen Träumer so leicht wieder hergaben. Bauchige Körbe mit festen Deckeln für Vorräte, an die vor dem Winter nicht gerührt werden durfte, standen in Kellern, deren Mauern unregelmäßige Laibungen hatten, wie von Kindern beim Spielen als Verstednischen eingedrückt. Auf der Diele, im Herd, unter riesigem wölbigem Rauchfang, brannte ein Feuer als würden wir erwartet und jemand wolle uns gute Speise zubereiten. Frische Blumen in allen Gemächern, von kundigen Händen wie für einen auserwählten Tag gesteckt. In Vitrinen alles, was zu sehen uns freut, schöne Werke der Geduld, vor Jahrzehnten, Jahrhunderten schmuckfreudig und sorgfältig aus Perlen, Garnen, Elfenbein gemacht. Überflüssigerweise so mühevoll gearbeitet, aber es floß auch etwas auf uns über von der Muße, die jemand sich da und dort, dann und wann genommen hatte um einem Gebrauchsgegenstand eben das Nutzlose hinzuzufügen, mit dem er einen Zweck erfüllt, der weit über alle Handgriffe hinausgeht, die sich mit ihm verrichten lassen: schön zu sein.

Die Räume waren mit weichen Teppichen ausgelegt, von denen eine Art ergebener Überredung ausging, bei jedem Schritt nistete der Schuh sich ein in wollige Gewebe, wir kamen in bleibefreudige Stimmung und wußten nicht, wohin wir uns wenden sollten, als wir am Ende des Rundganges wieder am Tor des golden gelben Schlosses anlangten.

Ein alter Mann sagte: Sie müssen nach Norden fahren und die bunte Kirche ansehen.

Außen ist sie weiß, so strahlend weiß, daß sie keine Farben zu verheißen scheint, die einen aber dicht gebündelt überfallen, wenn man durchs Türchen tritt und einem drinnen die Bilder über den Kopf wachsen, Verkündigung, Geburt, die Heilung des Lahmen, alle Schritte der Passion, Judaskuß, Geißelung, Verspottung und die reinen Hände Pilatus'. Über der Vierung hat das Jüngste Gericht statt, die Seligen werden schwer genug befunden und für die zu Leichten ist der Rachen der Hölle schon aufgetan, ein ungeheuerlicher Schlund, aus dem dreiste Teufel hervorspringen und die Verstoßenen in die Höllengurgel zerren.

Alles ist wortlos aufgezeichnet, die Heimsuchung und die letzte

Mahlzeit, das Kreuztragen und das Leidtragen, die Schächer am Kreuz und stumm ist dargebildert: »Heute noch wirst du mit mir im Paradiese sein.«
Was war zu tun, nachdem wir Himmel und Hölle erblickt und nicht verkannt hatten?

»Hinuntersehen« – ich erinnere genau, Else sagte, »laß uns noch auf den Listerhof hinuntersehen, er muß östlich von hier ganz in der Nähe sein.«
Er näherte sich mir auch schon mit der Erinnerung an alles, was Else mir in Jahrzehnten von einem grauen Haus erzählt hat, das abseits aller Siedlungen liegt, Geschichten von Wäldern und Wildern, Geschichten von Rehen, die es zu häuten galt und von einem Ritter in eiserner Haut, die ihn überdauert hat, es fand sich alles zusammen in meinem Kopf, wie hätte ich nicht einwilligen sollen, auf den Grund all der Geschichten zu kommen, die Else mit ihrer leisen Stimme erzählt hat, vor bald dreißig Jahren hat das angefangen, ›Listerhof‹, ein Wisperwort, Chiffre für Geheimnisse, die nun dicht vor der Preisgabe waren, nicht sogleich, das nicht, wir fuhren auch diesmal falsche Wege, es hätte mir auffallen müssen, daß Else auch den vertrauten Ort ihrer Kindheit nicht ohne sich zu verirren fand, aber ich sah doch einer nahen Entzauberung entgegen, bereit, gelassen einen Bezirk zu betreten, dessen Magie, wie ich glaubte, aus nichts als Ketten von Sätzen bestand, von Elsesätzen, die ich umgewandelt hatte in dunkelgrüne Bilder im Laufe der Jahre, Bilder, die Elses Sätzen entsprachen und ihrer Person auch, der ereignisvollen Stille, die sie zu verbreiten versteht, und nun sollte das Gewebe von Worten und Bildern aufgehoben werden um darunter die Wirklichkeit zu betrachten, es würde gelten standzuhalten, wenn die Materie der Kunst entkleidet wird, und auf diese Überlegung war ich stolz, während Else das Lenkrad in wechselnde Richtungen drehte, den Kopf wandte und in den Wald spähte, der sich plötzlich auftat zu einem von nicht gleich sichtbarer Feuchtigkeit federnden Weg.

Er war schmal. Auf einer Schneise rollten wir an den Einlaß zum Grunde, denn am Ende des Weges, umstanden von Wald, dunkler als alle Sätze in denen Else ihn geschildert hat, dunkler auch als alle schattig grünen Bilder meiner Gedanken, umstanden von Wald, dessen Bäume so hoch, so alt waren, daß man sie als Schößlinge sich nicht mehr vorstellen konnte, berufen von Vögeln in Lauten ersten Schlafes, lag vor uns das offene lidlose Auge der Ewigkeit, in das man hineinsehen konnte, der Waldteich war klar, in das man auch eintauchen konnte um dem Leben im Tode auf den Grund zu kommen, aus dem auftauchen konnte, was sich mit dunklen Fischen schon verschwiegen ankündigte und sich nur diesen leichten Wasserschleier vorgezogen hatte, sich mit nichts als Seerosenblättern verdeckte. Der durchlässige Ort, von wo Orpheus Eurydike zurückgeholt hat und wohin wir eingehen werden, wenn die Sterne sich nach unserm Geschick zur letzten Konstellation im Wasser spiegeln.

Zwei Häuser sind nahe dem Teich gebaut, ein kleines mit Türen, blau wie ein nicht für immer verschlossener Kinderhimmel hängen sie in breiten Angeln, bereit sich für alle zu öffnen, die ein Wunschwort sagen, und ein großes Haus steht da, wo leben kann, wer nichts mit einem Wunsch aus der Luft zu greifen weiß. Im großen Haus, auf einem Treppenabsatz, steht das eiserne Gewand eines Ritters, ein Memento der Leblosigkeit, eine verlassene Hülle, gesenkten Hauptes und mit hängenden Armen.

Begreiflich, daß Menschen sich angebaut haben am Einlaß zum Grunde, dem sie nahe sein wollten, aber doch Häuser nach ihrer Eigenart brauchten um sich schützen, um sich fernhalten zu können von der beweglichen Wasserhaut, die sie von der Ewigkeit trennt, von der sie sich angezogen fühlen und derer sie sich doch jeden Tag mit einem neuen Heute erwehren und sich in diesen Häusern absondern vom Waldteich, der auch uns lautlos aufgenommen hätte, so daß wir auf den Grund hätten kommen können, von dem uns stumme schwarze Fische flossenschlagend das Vorhandensein anderer Reiche andeuteten.

Wen wird verwundern, daß wir den Rückweg nicht zu finden verstanden. Westwärts, wußten wir, mußten wir fahren und glaubten uns auch in dieser Richtung, strichen aber bald hilflos über die Geisterbahnen der großen Straßen. Es war Nacht und ich wollte Schlaf, der den Tod lebendig ersetzt. Auf ein Bett wollte ich fallen um wieder erwachen zu können ohne ganz auf das Rätsel verzichtet zu haben.

Doch wir wurden nur zögernd entlassen aus den Gebieten der Geister, die sich von uns hatten beschwören lassen und uns nun nicht hergaben, vielleicht, daß wir sie erfreut hatten weil wir sie erkannten und nun mochten sie uns nicht gern wieder verlieren und darum hatte sich als letztes auch der schmale Weg finden lassen, wo es am Waldteich aber mit Worten nicht getan ist, wo es der Schritte ins Wasser bedurft hätte um eingelassen zu werden.

Endlich, uns war, als wären wir in Kreisen gefahren, kamen wir an einen breiten Strom, den wir erkannten, obwohl er nächtlich verwandelt dalag, bar aller Schiffe, eine fließende Dunkelheit, aus der es noch einmal für uns auftauchte, das Wesen der tiefen Gründe, offenen Auges fortströmend, ein weißes Schwanjuwel in den Wellen.

Mehr auf der Pfanne

Welch Vergnügen, in einer großen Familie mitzuessen, wo am Ende eines an schreiend verkündeten Erfindungen reichen Spieltages die Kinder tapsig und hungrig über die Stränge bereits erlernter guter Manieren schlagen um sich heißer Pfannkuchen zu bemächtigen, die von der Mutter auf den Tisch gebracht wurden und auf die mit Hilfe eines großmuldigen Löffels die Kinder Apfelmus klatschen als seien sie noch auf dem Buddelplatz und hantierten mit Eierpampe.

Wie angenehm, wie behaglich, wenn die Mutter, ohne die pralle Lebenslust der Kinder mit Ermahnungen schlaff zu machen, voller Wohlwollen zusieht, wie die Bande kau- und schlingfreudig elementar ihren Hunger stillt, wie herrlich, wenn die Mutter strahlend verkündet, daß jeder essen darf soviel er möchte, denn: »Es ist noch mehr auf der Pfanne.«

Dies Wunderwort der Fülle, der Verheißung von nicht ausgehendem Gutem und Nährendem: mehr auf der Pfanne, das zubereitet worden ist in mütterlicher Vorausschau, auf die sich vertrauen läßt, wie sich auf das Leben auch vertrauen läßt, das ebenfalls mehr auf der Pfanne hat, jedenfalls mehr als die Kunst, denn wenn da die letzte Note auf ihre Linie gesetzt wurde, das letzte bißchen notwendige Farbe von der Palette auf die Leinwand übergewechselt hat und hinterm letzten Satz der Punkt steht, wenn alles bedacht und geordnet, wenn die Niederschrift eine Wirklichkeit geworden ist, der alle zugehörige Wahrheit innezuwohnen scheint, kommt das Leben, eine gewöhnliche Schürze vorgebunden, die Pfanne in der Hand und schmeißt einen Pfannkuchen hoch, von dem man vorher nicht einmal den Teig gesehen hat und nun ist er schon rund und schön und wird gewendet mit einem Wurf in die Luft: hurra, es gibt noch mehr!

Nicht grämlich die Lippen zusammenkneifen, wenn man wieder nicht mithalten konnte mit dem, was seiner Natur nach fülliger, überraschender sein muß als unsere Einhirnhervorbringungen!

Ich unterwerfe mich sofort. Ich weiß, das Leben bäckt die besseren Pfannkuchen und beiße hinein, wenn mir einer auf den Teller fällt, der nach anderem Rezept gemacht ist als ich erwarten konnte und nehme auch nicht krumm, wenn ich scheinbar Lügen gestraft werde vom Leben, wenn zum Beispiel, was ich über den Hund gesagt habe, plötzlich nur noch unvollständige Aussagen sind. Dabei habe ich das Tier doch oft genug gesehen und konnte mich zu Recht darüber äußern, was man ja nachlesen kann auf Seite 331. Kein unwahres Wort habe ich dort gesagt, denn solange wir uns kennen und durch die Jahrhunderte strolchen, der Hund und ich, mehr als auf Armeslänge hat es sich mir nie genähert, das scheckige Vieh mit den schwarzen schlappen dreieckigen Ohren. Angesehen hat er mich immer, das ja, aber an mir hochspringen, ich schwöre: der Hund tat's nie! Zwar gab ich ihm keinen Namen, aber wenn, dann hätte ich ihn Petrus genannt, weil er immer vorgab, unter allen Menschen besonders mich nicht zu kennen, weder auf den Lofoten noch am Tejo, weder in Tarsos noch in Seiffen.
Ich hatte mich längst damit abgefunden, daß von ihm kein zutrauliches Wedeln kommt und war eingerichtet auf seine Zurückhaltung, froh, ihm nachgehen zu können in die zweitausendjährige feuchte Grotte der Seiler in Syrakus, wo von gebückten alten Männern noch immer Schnüre gedreht werden wie das Garn nicht endender Geschichten, nachgehen zu können auch in Agamemnons rundgemauertes Grabhaus, wo der Hund bei mir ausharrte obwohl er zitterte, ich weiß nicht, ob wegen der Steinkühle allein oder auch wegen der schwarzblutigen Schattigkeit der Tantalidenschicksale. An der Abzweigung der Straße nach Epidauros ist er mir vorweggerannt zu drei Bäuerinnen, die dort auf einer Bank saßen und ihre Spindeln drehten, sie hatten Wolle die Fülle, meine drei Nornen, die mir den Lebensfaden spannen an jenem frohen Tag, der mir verhieß, daß auch für mich noch mehr auf der Pfanne sei, die Griechinnen lächelten mir zahnlos zu, wiesen ihre Spindeln vor und keine hatte eine Schere dabei. Der Hund hat ihnen die Füße beschnüffelt, die in zerschlissenen Pantoffeln staken, er verschwand fast unter den weiten Röcken der nickenden Alten. Mich hat er nur angesehen um sich zu vergewissern, daß ich begreife.

So ist es gewesen. Kein unwahres Wort habe ich gesagt über den Hund, auch daß ich ihn in Leningrad einigermaßen sicher erwarten konnte, stimmt.

Er kam nach Bruck.
Da ich den wirklichen Namen des kleinen Ortes nicht nennen möchte, habe ich lange überlegt, mit welcher Erfindung ich ihn ersetzen könnte und bin auf ›Bruck‹ verfallen. Keine andere Lautbildung paßt besser auf das Ruckartige, Heftige, auf biegen oder brechen Zielende, das sich dort immer ereignet hat. Mit dem wirklichen Namen stimmt einzig das ›B‹ überein. Auf den wahren Anfangsbuchstaben mochte ich nicht verzichten, denn es scheint einmal mehr: mein Leben ist auf B-Orte verteilt, auf Städte, Dörfer, deren Name mit diesem dumpfen fülligen Buchstaben beginnt. Aber davon habe ich schon anderswo geredet.

Eines in einem regnerischen Sommer endlich sonnigen, jeden bis ins Mark der hohlen Knochen erwärmenden, kornreifen, blumenprunkenden Julinachmittags saßen wir in Bruck in dem ländlichen hochgiebeligen Wirtshaus, das es dort gibt.
Mit Diem saß ich dort, was ohnehin erwartet haben wird, wer meinem Buchstabenfluß von den ersten Seiten bis hierher nachgegangen ist. Ich habe schon angekündigt, daß von Diem noch die Rede sein kann, weil auch für ihn noch mehr auf der Pfanne ist, was er nicht gedacht haben wird im vorigen Jahr, als er schon beinahe atemlos war und ihm das Blut nicht mehr wie es sollte zu Herzen ging, woraus er schließen kann, wie lebensnotwendig es ist, sich manches zu Herzen gehen zu lassen; in die Hirnzellen läßt sich Herztätigkeit nun einmal nicht verlegen. Diem kann von Glück sagen, daß ihm damals das Blut nicht endgültig in den Adern geronnen ist, die er rauchend inwendig verkrusten ließ, weil er nicht darauf verzichten wollte, sich blauen Dunst vorzumachen, der zwar erlaubte, alles im Unklaren zu lassen, ihm aber schließlich bedrohlich den Atem benahm. Doch es ist noch mehr auf der Pfanne für ihn, und seine Natur läßt zu, daß er sich nicht vermindert, sondern sich vermehren kann. Ich weiß nicht um wieviel die

Anzahl seiner Körperzellen zugenommen hat, jedenfalls ist Diem gestattet, sich auszudehnen und mehr Raum einzunehmen als bisher, er, der schon beinahe nichts Faßbares mehr war, hat seine Substanz glücklich anreichern können und ist nicht länger jemand, auf dessen Anblick man sich wie auf den eines gespannten Fadens konzentrieren muß um ihn im Blick zu behalten, er erweckt auch nicht mehr mit purer Knochigkeit den Eindruck, daß man sich an ihm wie an einem Eisengestänge unangenehm stoßen würde, käme man ihm zu nahe – jetzt verfügt er über nachgiebige Zellpolster, man könnte sich an ihn lehnen ohne an seinen Rippenkanten Schaden zu nehmen.

Nur, daß er sich schon wieder die Handschellen bemeßbarer Zeit angelegt hat in seiner Vorliebe für Uhren, von denen er an jedem Handgelenk eine wie Fesseln des Todes trägt, beunruhigt mich.

Die schlimmen Uhrensprüche sollen ihm noch nicht gelten dürfen:

›Vulnerant omnes ultima necat‹

aber die ultima soll ihm fern sein, wünsche ich mit allen Buchstaben, die sich aus dem Alphabet für gute Wünsche ziehen lassen:

›Mors certa hora incerta‹

›Irrt Euch nicht,
der Tag kommt,
Zeit ist Gnade‹

Zeit ist Gnade: Diem soll sie von sich tun, die sekundenscharfen Messer an seinen Handgelenken, auf die er blickt um Worte abschneiden zu können, die bittend an ihn gerichtet werden.

›Da wir Zeit haben, lasset uns Gutes tun‹

steht auf dem Zifferblatt einer alten Uhr, und diesen Spruch sollte um die Handgelenke tragen, wem Leben freundlich noch einmal gewährt worden ist.

In Bruck also saßen wir zusammen und das ist ein Ort, wo man angefallen wird mit Diems wohlgewußten Wörtern und von Rowdyhänden in der Nacht, wenn man da als Frau allein auf der Straße geht, in Bruck wird die Sparkasse ausgeraubt, Messerstecherei kommt vor, und dort in der Kneipe hatten wir an ungedecktem Tisch Platz genommen. Auf den Stühlen hätte man sich zu Krüppeln sitzen können mit der Zeit.

Die Verständigung war mühsam, aber nicht nur so, wie wir immer vorgeben, einer für den anderen kein Verständnis zu haben und uns gegenseitig ganz und gar unverständig zu finden – hören konnten wir uns nur schlecht an jenem Nachmittag, der Männer wegen, die in einer Horde um den Nebentisch saßen, die verständigten sich offenbar gut, bierglasauftrumpfend, ruckartig, mit Aggressionslauten, die jedem wie Holzkugeln aus der Kehle flogen und dumpf irgendwo aufschlugen, am Brett vorm Kopf des Gegenübers vermutlich. Die Bewegungen der Kerle waren eckig, von hart gespannten Muskeln ausgeführt, man stieß sich aneinander, aber auf Stoßen und Schlagen war man auch aus und in der Lärmerei konnten wir beide uns die Wörter nicht wie sonst nebenher trocken vorwerfen – wann handelte es sich einmal nicht um Vorwürfe zwischen uns? – wir mußten uns zueinanderbeugen um uns zu verstehen – aber wann müßte man sich nicht zueinanderbeugen, wenn man sich verständigen will, wir hätten es ein für alle Mal lernen können bei der lauten Ungelegenheit.

Da, während unserer Zuspracheversuche tauchte der Hund zwischen uns auf! Dicht bei uns war er plötzlich!

Ich hatte ihn nicht kommen sehen, unter den Stühlen muß er sich genähert haben um zu tun, was er noch nie zuvor getan hatte: zu wedeln, meine Ansprache zu dulden, hochzuspringen, er hatte etwas trauerlos Freudiges an diesem Tag, schien kleiner, rundlicher, wirkte drollig, war aber scheckig wie immer und natürlich hingen ihm schwarze dreieckige Ohren in die faltige Stirn, nur blickten die erfahrenen alten Augen blank und übermütig. Auch er hat mehr auf der Pfanne und wußte eine neue Rolle zu spielen. ›Petrus‹ wäre doch kein Name für ihn, denn als Diem bei mir saß, hat er mich nicht verleugnet, mein Hund – um das erste Mal ein Possesivpronomen auf ihn zu verwenden – Futter hat er aus meiner Hand genommen, vorsichtig, ohne zu schnappen, nahm er mir Wurst ab und purzelte dann fort, er muß einen Koboldtag gehabt haben,

trudelte heran, sprach mit uns in der kreatürlichen Grammatik seiner Körperbewegungen und dem reichen Vokabular hündischer Mimik, das älter und vollkommener ist als was wir über unsere von Ganglien gezügelten Lippen bringen und spontan überträgt, was unsereiner Buchstabe für Buchstabe erst formulieren muß.
Es schien, als habe der Hund Freude an uns, mache sich aber zugleich lustig über die Langwierigkeit unserer abgemessenen Sätze, die wir nicht auszusprechen wagten, ohne vorher Wort für Wort auf die Goldwaage gelegt zu haben und umständlich eines auszuwechseln, wenn auch nur ein Adjektiv uns ein Quant zuviel Gefühl zu enthalten schien.
Der Hund sah aus, als habe er Lust, uns an diesem warmen Julitag ursprünglichere, anmutiger aussehende Arten der Verständigung zu lehren: die mit der Nase und kleinen vorsichtigen Bissen in des anderen Ohr; auch die Hände hätten wir zu Hilfe nehmen können wie er seine Pfoten gebraucht, wenn er bittet.
Doch wir sind gelehrige Schüler nicht gewesen, wir hielten uns ans Zeremoniell unserer versteiften Art, unsicher auf den Krücken dreideutiger Wörter umeinanderstelzend im Wirtshaus der Schläger und Messerstecher.
Der Hund schien uns unser mangelhaftes Können aber nicht zu verargen. Er wäre auch nicht der Hund, dem ich nachging, wenn er auftauchte in Ravellos Klingsorgärten oder auf der Langen Linie in Kopenhagen, wenn ich nicht dem Spiel seiner Ohren angesehen hätte, daß er sich auf die Laute versteht, mit denen Menschen sich auf Wahrheit berufen, die sie nicht in den Armen sich nahe halten können, sondern trauernd benennen mit den schönsten Wörtern, die ihre Liebe sie finden läßt in den Sprachen, wo mit allen Zungen geredet wird um zu ersetzen, was nicht gewährt werden kann.

Auf seinen vier kräftigen Beinen stand der Hund daneben als ich die Zeche zahlte bei der dicken Wirtin, die uns höflich wie Nichthierhergehörige bedient hatte. Natürlich war es an mir, die Rechnung zu begleichen, das ist die Rolle, die Diem mir zugewiesen hat ein für allemal, und ich zahle mit allem, was ich habe, ich gebe

Münzen und Scheine, Zeit und Wörter über Wörter und bezahle auch mit Herzzerschlägen bis in den Hals hinauf für alles, wonach es Diem vergeblich verlangt hat seit Kindestagen, als, ich weiß nicht wer alles, sich ihm verweigert hat, weil man sich nicht verstand auf die Wünsche des blassen großäugigen Kindes, und nun will Diem, daß Münzen, Wörter, Zeit und Herzschläge auf ihn verwendet werden, damit er sie unbeachtet lassen und sich höhnisch dafür rächen kann, daß die ersten Worte der Liebe auch von mir spät und karg gekommen sind, aber dazwischen springt der Hund, schleppt etwas herbei, hat etwas zum Spielen im Maul, mischt etwas zu Betrachtendes unter uns drei, setzt ein Stück Kunst an, das aufgehen und sich lockern wird wie Hefeteig.

Uns zu verwandeln ist ihm gelungen obwohl es anfangs nicht so aussah, aber als wir auf die Straße kommen, wo sich die Sonne verschwendet, verschwenden wir Zeit und stehen herum in der wärmenden Julipracht. Diem nimmt die Brille ab, er bedarf keiner Maske an diesem hundeschwanzwedelnden Sommertag, ohne Brille kann er sehen: Geldstücke, Wörter, Herzschläge, Leben, es ist von allem noch mehr auf der Pfanne und jeder wird satt werden. Wer will, kann alle Schuld auf Heller und Pfennig löschen und mit der Herrlichkeit der Wörter seine Geschichte erzählen.

Stube

Wer sagt noch so, wer legt sich noch schlafen in der Mulde dieses Wortes? Alte Leute, und auch die sprechen nur unter sich noch von Stuben und nicht ohne Verlegenheit. Sie wissen, es lebt in Zimmern, wer nicht ganz armselig ist, und die, denen die Zukunft gehört, bewohnen Räume, wünschen sich aber zurück auf den Schoß der Mutter, wenn sie in Not geraten, und nur weil Erinnerung ebenso wie Vorstellungsvermögen ihnen versagen, wünschen sie sich in Stunden der Bedrohung nicht in die mütterliche Schoßenge zurück, in diese erste Stube, die zu verlassen wir gezwungen wurden, womit unsere Anfälligkeit für Unglück begann.
Stuben – Könige sind es nicht, die sie bewohnen dürfen. Die Gekrönten haben sich zu Fluchten von Räumen verurteilt, ein Gemach geht schwellenlos schon in ein anderes über und manche täuschen durch immense Spiegel noch größere Größe vor, Fluchten von Räumen, die durch Spiegel verdoppelt werden, und der König flüchtet denn auch vom Audienzsaal in den Speisesaal, schreitet durch den Saal, in dem die Bibliothek aufgestellt ist (ungelesen zwar, aber so beunruhigend vorhanden), betritt den Musiksaal und den Thronsaal, und wenn er Glück hat, findet er Zuflucht in der Kemenate seiner alten Amme, wo das Nähtischchen steht, an dem er einst mit Knöpfen und bunten Fäden gespielt hat und seine Freude eine Häkelnadel war, die er in einem der Schübe gefunden und mit der die Amme ihn hatte hantieren lassen, eine Gunst, um die er aber nicht mehr zu bitten wagt, seit er erwachsen ist und jemand, von dem man erwartet, daß er gewährt oder nicht gewährt und so kehrt er zurück in die Säle der Vorspiegelungen falscher Tatsachen, gezwungen, sein Leben im Spiegelfechten zu bestehen, wie soll sich da ein Gedanke fassen lassen, wie ihn glücklichere Mönche in ihren Zellen zu fassen verstanden, wo es zwischen vier einander nahen Wänden nur Pritsche, Tisch, Stuhl, eine Lade für Wäsche und einen Haken für eine der beiden Kutten gab. Kein Wunder, daß sie an solchem Ort ihre Werke austragen konnten, Albertus Mag-

nus, Thomas von Aquin, Bernhard von Clairveaux, Notker Balbulus, Notker Labeo und diejenigen, die uns nicht ihren Namen, aber die großen illuminierten Codices hinterlassen haben, die Handschriften, in denen dem Buchstaben mehr als ein Lautwert zugestanden wurde, wo ein Ornament, ein florales, rankiges aus ihm wurde, auch ein Tierkopf konnte aus dem einfachsten P erwachsen und ein ganzer Turm um ein I gemauert werden. Die über ihr Pergament gebeugten Mönche zogen Städte, Ackerland und tobendes Meer in die Enge ihrer Zellen und befestigten alles pinselnd auf einem Stückchen Schweinehaut.

Freilich, ich bin die letzte, die sich erlauben dürfte, für Oblomows Theorie einzutreten, alles Unglück komme daher, daß man seine Stube verläßt. Eher sollte ich mich fragen, was eigentlich mich treibt, Europa abzufahren und abzulaufen, als sei es notwendig, die Steine von Santiago de Compostella zu betasten und Odessas heilige Treppe der Revolution unter die Füße zu bekommen.
Niemand wird mich einen Stubenhocker nennen. Es weiß eben keiner: etwas, das über Ghasele und Sonette weit hinausgeht und den Versschwung großer Hymnen hat, möchte ich, meine vier einander nicht fern stehenden Wände zu preisen, schreiben, wenn ich nach Hause komme aus den Dörrfischrevieren der Lofoten oder den Alkazaren Andalusiens, wo Rinnsale von Wasser in die vollkommensten Brunnenschalen fließen, die je geschaffen wurden und sicher nur entstehen konnten, weil unter einer Sonne, die wie ein tyrannisches Familienoberhaupt unfähig ist, sich zurückzuhalten, Wasser etwas unendlich Kostbares ist. Aber alle gesehenen Herrlichkeiten lassen sich unterbringen in meiner Stube, dem Mittelpunkt meiner Welt, den ich mir doppelt gemauert habe indem ich wie Ziegel Tausende von Büchern vor die Wände stellte, Waben mit sattmachend gefüllten Zellen, und es hat nicht nur, was *ich* erinnere, Platz bei mir, auch anderswer darf sich hier erinnern, jedes Buch ein Ort für Äußerungen, Erkenntnisse, Bilder, ein Ziegel, der in der Druckpresse gebrannt wurde, die Buchstabenbrösel der Wörter haben ihre feste Reihenfolge bekommen und halten von meiner Stube die Stürme ab, die sie doch zugleich entfesseln. Kö-

nigreiche werden bei mir aufgebaut und sie stürzen hier auch lautlos wieder zusammen. Wie Ameisen wimmeln Begriffe und Namen auf meinen Regalen, aber wie bei termitoiden Völkern herrscht strenge Ordnung.

Man sieht auf einen Blick, daß ich Fracht aufgenommen habe wie ein Schiff, das nicht kippen wird. Aber wer weiß schon, welche Art von Zusammenleben mir in meiner Stube möglich ist, wo Bulgakow steht und sich zum Reden bringen läßt, mir stumm die Geschichte von Pontius Pilatus erzählt, mit der er, Michail Bulgakow aus Kiew, das Buch der Bücher übertroffen hat. Ich laufe hin und zurück in seinen Gedankengängen, entdecke immer neue Querverbindungen und schwenke wieder und wieder den beweglichen Arm meiner kleinen Lampe über die Seiten, wo das schwarz auf weiße Wunder seiner Sätze nicht verschwindet, sondern zu dem Gebrauch steht, den davon allmählich machen zu lernen ich Hoffnung habe. Ja, ich bin nach Kiew geflogen (nicht auf dem Besen, wie seine Margarita, aber sind unsere Ingenieursvögel anderes als Zauberei?) und habe die Kirche mit ihren schwurfingerhaften Geistertürmen gesehen, an der Michail als Schuljunge tausendmal vorbeigelaufen sein muß, seine wie meine Blicke hingen sich an die Vorsprünge des schön gegliederten Baues, balancierten über die Halbbögen, kletterten die Fassaden hinauf zu den blitzenden Fenstern der festlichen Architektur, mit der Rastrelli das Ufer oberhalb des Djnepr geschmückt hat.

Es war ein Akt der Höflichkeit, Bulgakow auch da aufzusuchen, wo er herstammt, nachdem ich erreicht habe, daß er mit mir zusammenwohnt und sich befragen läßt in meiner Stube, wo die Quadratur des Kreises gelungen ist, doch will ich nicht sagen, daß diese Art von Zusammenleben dem der Nomadenfamilien in Zelten überlegen sei – vielmehr will ich ein altes Versprechen einzulösen suchen und eine Jurte aufstellen aus den Scherengittern von Sätzen um begreifbar zu machen, daß im Rund einer solchen Behausung unterm kältewehrenden Filz der Bedeckung Formen glücklichen Familienlebens entstanden sind, die der Weitläufigkeit von Villen und Palästen nicht bedürfen, wie auch aus den Stuben erzgebirgischer Spielzeugmacherfamilien von großer Herzlichkeit des Miteinanderlebens berichtet wird, obwohl man dort wirklich sehr zusammenrücken mußte, damit jeder einen Platz hatte, an dem er für einen Lohn, den Leute, denkunfähig vor Habsucht, die Stirn hatten, ihm anzubieten, jene hölzernen Figürchen herstellen konnte, in denen Menschen, Tiere, Häuser, Geräte auf so zärtliche Weise verwinzigt wurden, daß man den Abbildern sogar der Gerätschaften zugetan sein mußte, und etwas von der Zuneigung zu den bunten Miniaturen übertrug sich wieder auf ihre Vorbilder. Die Stuben der Seiffener Spielzeugmacher zu Beginn dieses Jahrhunderts waren Stätten der Armut, der aus der Notdürftigkeit resultierenden Krankheiten auch. Es soll für das Dasein in diesen alten Notstandsgebieten nicht dümmlich geschwärmt werden. Nicht der Armut, aber der Geborgenheit, in der aus der Not eine Tugend gemacht wurde, soll das Wort geredet werden, denn es heißt, die Stuben erzgebirgischer Spielzeugmacher seien Orte sanftmütigen menschlichen Zusammenlebens gewesen, wo man sich gütlich behalf mit ein paar Steinguttellern, einem Milchkrug, dessen Schnibbe schon abgeschlagen war. Man aß mit muldigen Holzlöffeln aus der großen Schüssel, die nahrhaft zu füllen für die Frauen nicht jeden Tag ein leichtes war, gönnte am Tisch dem linken wie dem rechten Nachbarn etwas, dessen Arm nicht abzuwehren war vom eigenen Körper, denn mit sieben und achten saß man um die Suppe, und jedes Jahr zu Weihnachten rückten alle und alles noch mehr zusammen um den knappen Platz zu verschwenden für den Aufbau der Weihnachtskrippe. In den ärmsten Häusern begnügte man sich nicht damit, das große winterliche Fest nur mit reichlicherer Mahlzeit und einem Geschenkchen für jedes Kind zu begehen. Ein Wunder sollte bewirkt werden und so wurde geräumt und geschaftelt und, was ging, auf den Schrank und unter die Wandbank verstaut, damit die Stube verwandelt werden konnte in das Heilige Land und die Stadt Bethlehem, »zu der Zeit, als Cyrenius Landpfleger in Syrien war«. Auf der Kommode steht dann der Stall, in dem jene Familie herbergen mußte, die noch ärmer gewesen war als die erzgebirgischen und fichtelgebirgischen, der Stall, in dem das neugeborene Kind lag, Ochs und Esel wärmten es mit ihrem Atem und stehen jedes Jahr wieder dabei, wenn die Krippe aufgebaut wird, über Tellerbord und Ofensims kommen sie gezogen, die Hirten mit den Schafen und aus dem Morgenland die Heiligen Drei Könige auf ihren Elefanten, unter denen die Fensterbretter nicht zusammenbrechen, und wenn es auch schon sieben oder acht sind, die in der Stube wohnen müssen, zu Weihnachten ist das nicht genug, viele Leute, bunt bemalt, sind geladen und stehen, wo ein talergroßes Fleckchen frei ist, sie gehören zum großen Krippenaufbau, zum erzgebirgischen Weihnachtsberg in der Stube, und über allem leuchtet ein guter Stern.

Auch in Neapel, in Marseille, Barcelona, Tarent, Palermo, Valencia werden in den engsten kümmerlichsten Quartieren der Armenviertel dieser Schiffe und Menschen ansaugenden Hafenstädte Weihnachten die Stuben auf solch figurenreiche Weise übervölkert und niemandem ist zu eng dabei.

Warum auch. Letzten Endes wird ein Sarg genügen, in dem man sich nicht einmal mehr wie man möchte zurechtlegen kann oder man wird als Handvoll Staub in einer Urne hausen.

Es muß so sein, daß sie alle etwas Wunderbares an sich hatten, die gewöhnlichen Stuben, in denen Kindheit verbracht wurde. Wie käme es sonst, daß Greisinnen, schon atemarm vor Schwäche, erzählen, wie es da ausgesehen hat, wo sie zuerst an einem Tisch saßen. Sie murmeln es vor sich hin wie die Beschwörung glücklichen Hierseins, flüstern es den Enkeln zu als wäre es das Wichtigste, was sie noch mitzuteilen hätten.

Woran wird ein Kapitän großer Meere, und sei er der piratenjagende Admiral Brommy aus Brake gewesen, denken auf dem Totenbett, das man ihm an Land in der großen wohlgelüfteten Wohnung seiner Familie aufgestellt hat, und wenn der Arzt durch eine Tür gegangen ist, kommen zur anderen die Verwandten herein – wahrscheinlich an seine enge Kajüte, an deren eine Wand das Wasser pochte und nicht eingelassen wurde, die Kajüte, in der es viel Utensilien nicht gab, aber alle griffbereit am rechten Ort um ins Logbuch zu schreiben und überleben zu können.

Man spricht von ›beiwohnen‹ und meint Akte der Liebe und was ist mancher Inzest anderes als der Wunsch und die Möglichkeit des Mannes, sich atemlos zurückzustoßen an den Ort seines Ursprungs.

Vielleicht ist Liebe des Mannes immer ein phallisches Suchen nach Herberge. Wer kann schon wie die Schlange ein Nest aus sich selber machen, sich zusammenlegen zu einer sorgfältig runden Jurte, die der Scherengitter nicht bedarf um zu halten, eine wie mit dem Zirkel geschlagene Bleibe, in der der Kopf sich unterbringen läßt. Der Fisch im Schwarm hat keine Nische zum Sterben.

Wie schön, wie festlich, einen Spiegelsaal, eine Rotunde zu betreten. Licht und geschmückt ist der Raum, vergoldeter Stuck überzieht rankengleich die Pilaster, ein Lüster strahlt unter der Decke mit vielen Kerzen seine tausend hängenden Prismen zugeschliffenen Glases an, das gewachste Parkett widerspiegelt den kunstreichen Glanz, an den Wänden kann man sich mehrfach begegnen, die eigene Anwesenheit wird einem von allen Seiten nach dem Reflexionsgesetz aus den Silberteichen der Spiegel versichert – aber wieviel erregender, jemandes Stube zu betreten, eingelassen zu werden, wo Leben sich abspielt zwischen Tisch und Bett, wo die Gerätschaften stehen, derer ein Mensch wirklich bedarf, so daß er sich ablesen läßt von Tassen und Tellern und sein Stuhl mehr von ihm verrät als er bei Befragungen angeben würde, aber die Decke über seinem Bett vorher schon alle nötigen Auskünfte erteilt hat, ich will vom Bild an der Wand gar nicht reden, die Gabel, mit der jemand Gemüse und Kartoffeln ißt, der Stift, mit dem er seinen Namen schreibt, verschaffen Kenntnisse, derer es bedarf um einander verständig zu begegnen.

Aus vielem kann man eine Stube machen: aus vier Tischbeinen, die wir als Kinder mit Decken zuhängten um uns die Geschichten zu erzählen, die wir einander in großen Zimmern nicht geglaubt hätten. Stuben sind auch die Zigeunerwagen, wo Kinder zwischen Lumpen hocken und fröhlich ihre Fingerspiele treiben und seit Jahrhunderten die Bleibe unter dem gewölbten Dach ihres Wanderwagens nicht tauschen mit Räumen, die nach Quadratmetern vermessen sind – auch aus unserem Auto haben wir eine Stube zu machen verstanden, wenn wir unterwegs waren mit nicht mehr als was zu Nahrung und Wetterschutz nötig. Jemandes Sätze hatten

wir immer noch dabei, damit wir auch zu dritt sein konnten, einander vorlesend, wenn Lambert sich ausruhte vom Fahren und wir die Sitze zurückfallen ließen um uns lagern zu können, unzerritzt, über dem Distelboden eines apulischen Feldrandes. In klarer Nacht ließ sich so auf der Sierra de Ronda wohnen in der tierrufigen Stille einer Gebirgsnacht. Lautlos flimmerten die Lichter der Galaxien uns die Fenster hell, aber vor den Krallen kleiner Räuber, die sich vielleicht mutig an uns versucht hätten in der luchslaufenden Wildnis waren wir geschützt in der Stube, die wir in diesem Gebirge gebremst hatten um dem Himmel näher zu bleiben.
Ganz schön, gewiß, das Flüsterschmeicheln erster Liebe in Ballsälen, es wird auch in Diskotheken nicht viel anders sein. Nicht dumm, vielleicht, der Austausch von Geschäftschiffren in Konferenzsälen für Herren aus Wirtschafts- oder Kunstverstümmelungskreisen. Mir liegt an Gesprächen wie sie an engem Ort gedeihen, zum Beispiel als Lambert in einer Nässe selbst an die Unterseiten der Blätter schwärmenden Regennacht uns trocken in unserem Auto von Amsterdam nach Bonn steuerte und wir zu ergründen versuchten, in welcher Sprache man zuerst darauf gekommen sein mag, einen Konjunktiv zu fixieren und ob dabei Erfahrungen der Hoffnung oder der Enttäuschung überwogen haben mögen.
Warum ich uns, ich meine Lambert, Diem und mir, vorgeschlagen habe, zusammen nach Wladiwostok zu fahren im Wagen, weiß ich. Wir würden diese ferne Hafenstadt erleuchten können mit den Erkenntnissen, die wir uns ersprechen auf der langen Reise in der rollenden Stube als einem Ort, der der Konzentration so förderlich ist, daß die ungewöhnlichsten Gedanken Satz für Satz gezeugt, ausgetragen und geboren werden können.

Ich, in meiner Vorliebe für Stuben, wie sollte ich nicht wünschen, noch in einer Stube zu leben, wenn ich keine mehr bewohnen kann: mit meinen Sätzen möchte ich irgendwo zu Hause sein, wohlgelitten als ein Buch, das nicht immer zugeschlagen bleibt, unverscheucht anwesend sein dürfen möchte ich mit allen Buchstaben, aus denen ich meine Hexenspeise bereitet habe, die sich einzuverleiben mehr als einmal kräftig macht, ich verspreche es denen, die zulassen, daß ich mitlebe in ihrer Stube und manchmal aufgeschlagen werde um mich Satz für Satz ausdehnen zu können zwischen den fremden Wänden, von denen ich doch ein Teil geworden bin bei einem Leser, der mich unter seiner Lampe auf den Schoß nimmt und mich sprechen läßt, obwohl ich tot bin.

Wenn von Stuben die Rede ist und von der Geborgenheit, die sie zu gewähren vermögen in den Kajüten sturmwiderstehender Schiffe, in Wasser nicht einsickern lassenden Zelten, müssen auch die Rechtecke erwähnt werden, die mit Brettern innerhalb einer Baracke abgeschlagen werden und jeweils einer Handvoll Soldaten als Unterkunft dienen, die sie seit altersher ›Stube‹ nennen und die ihnen Rast gewährt nach der Willkür kommandierwütiger Unteroffiziere und sich Goldlitzen wünschender Feldwebel – die Möglichkeit, sich auf dem Bett zu räkeln oder Karten zu spielen am Tisch, ein Schemel für jeden ist da.

Es ist der Stuben in den Baracken der Vernichtungslager zu gedenken, die den ganz Verstoßenen, denen man gesagt hat, daß nichts anderes als ausgerottet zu werden, wäre, was sie verdienen, für den Rest Leben, von dem sie nicht wußten, ob er nach Tagen oder Stunden zu zählen sei, noch einen letzten armseligen Anschein von Zuflucht gewährten, eine Pritsche und ein Spind für die allerletzte grobe und geliebte Habe.
Welche Erleichterung (wenn es nicht Glück war), vermutlich für manche, am Abend wiederkommen zu können in dieses häßliche Geviert, sich festhalten zu können am Griff des Blechlöffels, der ihnen geblieben war, sich hinlegen zu dürfen in ein bekanntes Bett und sich zuzudecken, wenn auch mit schmutziger filziger Decke, die Beine anzuziehen, sich so zurechtzulegen, wie die Schmerzen überstandener Mißhandlungen am ehesten zu ertragen waren, und stumm zurückzudenken an wer weiß welche Kindheiten, als sie noch unverjagt und unverwundet waren und noch hatten glauben können, es werde ihnen gut ergehen im Leben oder doch nicht schlecht, als sie noch nicht geschlagen wurden und noch nicht an-

gespuckt aus dem Maul eines, den es sie zu quälen finster gelüstete, als sie noch nicht verhöhnt wurden, indem man ihnen den Genickschuß als eine Gunst hinstellte, die man ihnen wahrscheinlich nicht werde gewähren können.
Daß alle Erbarmen suchenden nächtlichen Gedanken der Häftlinge sich nicht übertragen haben auf die Schinder, so daß die anderntags nicht nur den Stiefel zurückhielten, mit dem sie sonst getreten hatten, sondern, gepeinigt von der Qual der Gepeinigten, die Gatter aufrissen, in die sie Menschen gesperrt hatten wie zu schlachtendes Vieh! Es ist doch schon schlimm genug, daß das Abstechen der Schweine und Rinder sich ertragen läßt.
Die stillen nächtigen Schreie der Gefangenen, sie haben die Sterne nicht angehalten und den Ablauf der Vernichtungsprogramme auch nicht, und keinen der Lagerhalter in Sachsenhausen, Auschwitz oder Maidanek haben sie sanftmütig gemacht, die setzten inmitten der Qualen, die sie verursachten, Speck an von der guten Kost, die sie sich gönnten.
So blieb den Opfern die Stube. Wünsche wurden wohl nicht mehr gewagt, aber was mag nicht erinnert worden sein auf den Betten ohne Kissen, wo sie den Kopf auf den Arm legten und erleichtert waren, noch einmal für eine Nacht und für Schlaf und die träumerische Rückkehr zu den Möglichkeiten von Zuneigung und Liebe, noch einmal für eine Nacht, und keiner wußte, ob es die nächste für ihn noch geben würde, aber für diese Nacht lebend zurückgekommen zu sein und sich zu sich selbst legen zu können in einer Stube.

Nicht aufgeschrieben

Er hat Unruhe hinterlassen wo er auftauchte und sprach und als er nicht mehr umhergehen konnte in den Straßen Athens und niemanden mehr ansprechen und nicht mehr fragen und antworten auch nicht, wurde die Unruhe in einigen so groß, daß sie sich nur mit Schreiben noch Beruhigung verschaffen konnten; mit Aufschreiben.

Sie haben sich schreibend beschwichtigt und hofften vielleicht schreibend zu antworten auf Fragen, die ihnen nicht mehr gestellt wurden, die sie aber noch erinnerten und wie einen Kern empfanden, wie eine Härte, die in sie eingepflanzt worden war und nun zu treiben begann, zu Sätzen zu treiben begann.

Ich meine Aischines und Aristippos, Eukleides, Antisthenes, Phaidon, Xenophon und Platon, der fast seine Lebensarbeit darauf wandte, das Tun und Denken eines Mannes darzustellen, den er seinen Lehrer nannte.

Der aber ist nicht wie er war sichtbar geworden durch all die Buchstaben, die auf ihn verwendet wurden, denn Xenophon berichtet so und Anthistenes anders, dem widerspricht, was Platon schrieb und davon weicht Aischines ab, mit dem Aristippos nicht übereinstimmt – Eukleides läßt sich wieder anderes entnehmen, und wenn wir sie alle gelesen haben, wissen wir viel über sie und ihre Zeit, aber so gut wie nichts Sicheres über den Mann, den zu beschreiben es die berühmten und bis heute immer wieder gedruckten Schreiber drängte.

Wir wissen nicht, was Sokrates empfand und dachte. Er hat es nicht aufgeschrieben. Der Mann, von dessen Worten Schriften über Schriften handeln, hat nicht ein Wort niedergeschrieben und bleibt als Lebender wie als Toter für immer hinter den Buchstabenschleiern verborgen, die seine Schüler und Bewunderer über ihn gebreitet haben.

Etwa ein Jahrzehnt nach seinem Tode begann das Schreiben über Sokrates, wurde er rückblickend Wort für Wort anvisiert, wurden schreibend Überlegungen ausgebreitet, die sich auf seine Person konzentrierten, etwa zehn Jahre nach seinem Tode begann er der Gegenstand von Dichtungen zu werden, die er mit etwas in seinem Wesen und seinem Tun hervorgerufen haben muß, wurden Entwürfe einer Sicht auf Leben und Tod ihm von Dichtern in seinen schon verwesten oder zu Asche verbrannten Mund gelegt.

Rätselhaft, die Beunruhigung, die von ihm ausgegangen war, so daß manche die Art nachzudenken, zu der er sie angeregt hatte, weiterbetreiben mußten und was sie dachten, aufschrieben – aber nicht erklärten: ich Platon, ich Xenophon, Eukleides, Phaidon, Antisthenes, denke so, sie schrieben: Sokrates hat so gedacht, und das taten sie entweder, weil sie sicher sein konnten, ihrem Schreiben das bedeutendste Gewicht zu geben, wenn sie es Sokrates zuschrieben, der vielen ihrer Leser noch von Angesicht und Rede vertraut war und auch in denen, die nicht über ihn geschrieben haben, mit seinem Dagewesensein diese merkwürdige Unruhe wachgehalten hat, so daß die Schreiber des Interesses an allen Aussagen über Sokrates sicher sein konnten – oder aber ihr Schreiben war Weitersprechen mit einem Toten, den sie jeder auf andre Art so lebhaft anwesend empfanden, daß sie schreiben zu können glaubten: Sokrates hat gesagt.

Wir, keine Zeitgenossen Sokrates' und seiner Beschreiber, können nicht wie diese dem Zusammenspiel von Wirklichkeit und Dichtung – es muß im Falle des Sokrates eine einzigartige Verflechtung gewesen sein – folgen. Für uns wird die Lektüre der Sokratiker immer eine Ungleichung auf Grund einer nie zu bestimmenden Unbekannten bleiben: wir kennen Sokrates nicht, wir werden niemals wissen, wie Leben und Dichtung sich in den Werken der Sokratiker die Waage hielten, es weht nur selten einer der Buchstabenvorhänge beiseite und gibt einen Spalt frei für den Blick auf den atmenden Sokrates.

Mir scheint, einen Augenblick können wir ihn sehen, wenn Platon den letzten Tag seines Lehrers beschreibt und schildert, wie dem gefangenen alten Mann die Fesseln abgenommen werden: er sitzt auf seinem Bett, seine Fußgelenke reibend, die von der wochenlangen Fesselung geschwollen waren. Er hockt da, die Beine angezogen und versucht reibend, sich etwas mehr Wohlbefinden zu verschaffen. An dieser Stelle, glaube ich, ist Sokrates kreatürlich für uns sichtbar, noch nach zweitausenddreihundertvierundsiebzig Jahren.

Aktenkundig ist wenig über Sokrates, und diejenigen Tatsachen, die der Forschung standgehalten haben, sind ungeeignet, die luzide Faszination, die von dem sonderbaren Mann ausgegangen sein muß, zu erklären.

Der geschichtliche, im physischen Sinne gelebt habende Sokrates wurde 470 v. Chr. als Sohn der Hebamme Phainarete in Athen geboren. Sein Vater hieß Sophroniskos und war vermutlich Steinmetz. Als einigermaßen wahrscheinlich kann gelten, daß Sokrates an mehreren Feldzügen teilnahm. Mit Sicherheit hat er als Beamter im Prozeß gegen die Befehlshaber der Seeschlacht bei den Arginusen fungiert. Er war verheiratet, möglicherweise sogar zweimal. Er hatte Kinder, wahrscheinlich drei Söhne, von denen der dritte ihm noch in höherem Alter geboren wurde. Er war offenbar kein großer schlanker schöner Mann und hat es zu Reichtum nicht gebracht. Er glaubte an etwas, das er sein Daimonion nannte. Im Jahre 399 wurde ihm in Athen wegen Verstoßes gegen die geltenden Götterlehren und jugendverführenden Reden ein Prozeß gemacht, an dessen Ende er zum Tode durch den Schierlingsbecher verurteilt wurde. Das Todesurteil ist im Jahre 399 in Athen von Sokrates vollzogen worden indem er trank, was der dafür bestimmte Beamte ihm dem Urteil gemäß reichen mußte.

Diese wenigen Tatsachen sind viel, wenn wir bedenken, daß es gar keine Fakten gibt, die beweisen, daß ein anderer Mann, der etwa vierhundert Jahre nach Sokrates das Schicksal erlitt, daß sein Tun und Denken beschrieben wurden, überhaupt gelebt hat. Ich meine Jesus von Nazareth, dessen Existenz als die eines in naturwissenschaftlichem Sinne gelebt habenden Menschen bisher nicht schlüssig nachgewiesen werden konnte. Wir berechnen Zeitalter als vor oder nach Christus und beziehen uns damit auf eine Gestalt, die vielleicht reine Erfindung ist, denn ein Wanderprediger namens Jesus von Nazareth, der in Jerusalem gekreuzigt wurde, ist in den zeitgenössischen Quellen nirgends erwähnt, geschweige denn, daß er selbst etwas aufgeschrieben hätte. Die Evangelisten begannen erst frühestens dreißig Jahre nach seinem Tod über ihn zu schreiben und faßten möglicherweise alles, was sie über Leben und Lehren der damals zahlreichen Wanderprediger wußten, in einer Person zusammen, die sie erfanden, Jesus von Nazareth nannten und den Kreuzestod sterben ließen, wie er damals über unliebsame und gar aufrührerisch wirkende Personen verhängt wurde.

Angesichts der globalen Verbreitung der christlichen Lehre über nun bald zwei Jahrtausende wäre das die ungeheuerlichste Wirksamkeit freier schriftstellerischer Arbeit überhaupt, die größte Macht, zu der es Geschriebenes je gebracht hätte.

Obwohl mich die Möglichkeit so großer Wirkkraft schreiberischer Erfindung begeistern würde, zweifele ich daran, daß sich drei, wenn nicht vier Autoren nacheinander derart auf eine erfundene Gestalt einigen konnten und neige eher der Annahme der historisch kritischen Forscher zu, die unterstellen, daß ein schnell legendär gewordener Wanderprediger namens Jesus existierte und gekreuzigt wurde, daß es reichliche, zur Zeit der Evangelisten schon wunderglänzende mündliche, vielleicht sogar später wieder verlorene schriftliche Berichterstattung über Jesus gab, die aber erst ab 70 nach der Zeitrechnung von Markus, Matthäus, Lukas zusammengefaßt wurde und daß auch ein in seiner Identität noch nicht sicher erfaßter Autor namens Johannes sich entschloß, sein Wissen schreibend um die Person Jesu zu fixieren.

Bei so großer Unsicherheit über die historische Gestalt Jesu ist man mit den Fakten über Sokrates geradezu zufrieden, weiß man doch von ihm als einem mit Sicherheit gelebt habenden Menschen, nach dem man ausschauen kann durch die Lücken, die das Alphabet der Phantasie gelassen hat.

Merkwürdig, daß immer versucht wird, Kunst auf das Leben zurückzuführen. Der Mensch, das einzige Lebewesen, das Kunst schafft, nicht ruht, in keiner Kultur, in keinem Jahrhundert, auf keinem Erdteil, bis Kunst entstanden ist, aber dann nicht Ruhe gibt, ehe nicht die Kunst wieder auf das Leben zurückverwiesen worden ist, indem bei Naturvölkern die Masken, die Fetische nach den großen Festen ihrer Magie feierlich wieder entkleidet und zu Kinderspielzeug gemacht oder verbrannt werden oder indem in zivilisierten Kulturen emsig Einzelheiten über das Kunstwerk, seine Entstehung, seine Vorbilder, seine Modelle, den Künstler, seine Zeit, zusammengetragen werden, was auch den Zweck hat, das Artefakt seiner Magie zu entkleiden und es wieder mit dem Leben in seinem Umkreis zur Deckung zu bringen.

Es fehlt doch nichts in der Apologie, wenn man sie liest und der vollkommenen Verteidigung zum Tode gefolgt ist, und es steht kein Wort zu wenig weder im Kriton noch im Phaidon, man kann sich die Späße des Aristophanes erklären und die Anekdoten um Sokrates scheinen ihn sehr deutlich zu machen. Aber je mehr man über Sokrates gelesen hat um so schmaler macht man die Augen um durch die Druckraster zu spähen und sich zu fragen: wer war Sokrates, dem mit Tausenden von Buchstaben in den schönsten und denkwürdigsten Zusammenstellungen und Sinngebungen abendländischer Formulierfähigkeit Gewalt angetan wurde?

Man wünscht, die Wand vollkommener Worte einzureißen und dahinter dem alten Mann begegnen zu können, der sein Dasein vor fünfhundert Volksrichtern in Athen im Jahre 399 so schlecht verteidigt hat, daß er den Schierlingsbecher trinken mußte, was er vielleicht wollte und deswegen sein Dasein, das heißt sein *so* da sein nicht verleugnet hat, wodurch er der Mehrzahl seiner Richter unbegreiflich und verdächtig blieb, und so oder anders verhielt sich Sokrates wahrscheinlich aus anderen Gründen als Platon angibt, auch der Schierlingsbecher trank sich und wirkte nicht, wie Platon berichtet, der Sokrates nach dem Trinken des Sudes auf und ab gehen und sich dann ruhig hinlegen läßt und schildert, wie Sokrates langsam von den Beinen her erkaltet.

Es kann so nicht gewesen sein. Schierlingsvergiftungen gehen mit Erbrechen, Zuckungen, Schwindel, Sinnestäuschungen einher, auf die der Vergiftete natürlich reagiert, und das Ende tritt schließlich durch Lähmung des Atemzentrums ein. Das war es, was Sokrates auf sich nehmen mußte oder wollte.

Wer war Sokrates, fragt man sich in den Straßen zwischen Euripidou und Ermou, wo man sich ihm nahe glaubt in der Gegend der Markthallen und der engen Gassen, wo die Händler schreien um ein Knäuel Bindfaden und eine Handvoll Nägel zu verkaufen im Herzen Athens, das sich alles in allem so sehr nicht verändert haben wird seit Sokrates' Zeit, dem breite Straßen auch nicht zur Verfügung standen und der nicht immer mit Alkibiades getafelt haben wird.

Wie wuchs das Kind einer gewiß beschäftigten Hebamme auf, hat der zu Leben verhelfende Beruf der Mutter vielleicht den Knaben beunruhigt, so daß er sich gern in die väterliche Werkstatt zurückzog, wenn die Mutter zu ihren der Eile bedürfenden Hilfeleistungen gerufen wurde, über die er allzu Genaues gar nicht wissen mochte?

Welches waren die ersten Fragen, die sich Sokrates gestellt und nicht ausgesprochen hat, weil er schon wußte, daß es Antworten nicht gibt, und warum hat er sich entschlossen, seine Fragen laut werden zu lassen, um auch in anderen die Erkenntnis zu fördern, daß der Mensch nichts über sich weiß, denn was ist schon damit getan, daß er die Anzahl seiner Zähne kennt und wenn ihm heute die Vielzahl seiner Leukozyten vertraut ist, trägt das auch nicht bei, ihm zu befriedigender Interpretation seiner selbst zu verhelfen.

Wie haben sich dem Knaben die Götter gezeigt? Auf der Akropolis gab es damals noch das hölzerne Standbild der Athena Polias, erst als er ein Mann war, strahlte aus der Cella des Parthenon die berühmte verlorene Athena des Phidias mit all ihrem Gold und Elfenbein.

Wann hat Sokrates sich abgewandt von den blicklosen Augen der Zeustochter und auf ein Daimonion gehört, auf eine Stimme, die ihm vermittelte, was nicht aufgeschrieben ist, und man möchte meinen, daß er etwas von den Wahrnehmungen, die sich ihm näherten, für sich behielt und nur austeilte, was er zu teilen wünschte mit Phaidon, Platon, Alkibiades, und vielleicht ist der Eifer, mit dem man Sokrates posthum schreibend zum Reden brachte nur das Ergebnis der Vermutung, er habe niemals alles gesagt, was er bedachte, wenn er umherging in Athen und Einkünfte bringende Arbeit verschmähte um mit diesem oder jenem zu reden und an Fremden oder Freunden die Einsagungen des Daimonion zu erproben.

Einsagungen – wer sagt, daß das Daimonion sprach zu Sokrates? War es die Stimme der Pythia, die sich forthob von Delphi und Sokrates sich vernehmbar machte, wo immer er war? Auch das hat Sokrates nicht aufgeschrieben, aber die über ihn schrieben, erzählen sämtlich vom Daimonion des Sokrates und die historische Anklageschrift erwähnt es. Das Daimonion, eine Stimme, etwas, das sich bemerkbar machte in Sokrates und ihm abriet hiervon oder davon, seltener zuriet und noch seltener, aber doch manchmal, von Sokrates auch den Freunden nutzbar gemacht wurde, wenn es war, wie die Schriftsteller berichten, die auch versichern, das Daimonion habe immer recht behalten, wofür Plutarch die berühmte Schweinegeschichte anführt, nach der Sokrates einmal auf dem Wege zu einem Seher stehenblieb, erklärte, sein Daimonion habe ihm vom vorgehabten Wege abgeraten und dann nahm Sokrates den Weg durch die Kistenmachergasse, anstatt wie gewöhnlich durch die Steinmetzgasse zu gehen. Die sich ihm anschlossen von seinen Freunden, blieben ungeschoren, die anderen aber gerieten in eine Schweineherde, die sich durch die Steinmetzgasse drängte und wurden von den eilenden, geängstigten Tieren gestoßen und mit Straßenschmutz und Kot besudelt.
Das Daimonion – was wird es anderes gewesen sein als Sokrates' Fähigkeit, mehr als andere wahrzunehmen, weil er bereit war, zu zögern, wo andere handelten und sich entschieden hatten, ohne daß zuvor Kriterien für die Entscheidungen gesammelt worden wären, für die großen nicht und erst recht nicht für die kleinen, wer von den himmelstürmenden Jünglingen, Flötenspielern und Dichtern hörte schon auf eine noch ferne Schweineherde?
Sokrates verschaffte sich viel Zeit, denke ich, was den Nachteil hatte, daß er auf gutes Einkommen verzichten mußte. Aber in der Zeit, die er sich nahm, führte er gelassen in sich zusammen, was er auffinden konnte in sich, band sein Denken an seine Instinkte,

lockte vergessene Erfahrungen wieder hervor und wußte danach zu sagen und zu tun, was zunächst für ihn das Richtige war, aber auf andere vorbildlich und geradezu verbindlich gewirkt haben muß, denn es ist erwiesen, daß man sich danach drängte, an seinen Erkenntnissen teilzuhaben. Was er sich lautlos sagen konnte, wenn er wirken ließ, was in ihm war, scheint mir die Stimme gewesen zu sein, auf die er hörte.

Wenn es heißt, sein Daimonion habe ihm widerraten, aus der Gefangenschaft zu fliehen, aber es habe ihm nicht widerraten, auf den Schierlingsbecher zu warten – es könnte Einsicht in Ablauf und Auslauf des eigenen Lebens gewesen sein, ein Gefühl der Zustimmung, das wert war, auch öffentlich einverstanden zu sein und Sokrates bewog, sich den Richtern zu fügen, die zwar nicht recht hatten und auch nicht Recht sprachen, aber veranlaßten, was für Sokrates seiner eigenen Meinung nach das Richtige war.

Es sieht nicht aus, als wäre Sokrates ein ungeselliger Mensch gewesen – welcher Mediterrane wäre das auch – er muß seinen Freunden wie seiner Frau zugetan gewesen sein. Selbst als er schon alt war, hatte er noch einen kleinen Sohn. Doch sie banden ihn alle nicht so, daß es ihn gefreut hätte, den Anklagen zu entkommen. Es scheint, daß die Trennung ihm recht war, die ihm der Schierlingsbecher verschaffte, der ihn vielleicht aber dem Daimonion näherbrachte, das er dann nicht mehr als nicht zu hörende Stimme vorstellen mußte bei ungläubig gierig ihm Zuhörenden. Er ist siebzig Jahre geworden, Sokrates, ein hohes Alter hat er erreicht für seine Zeit, und wer weiß, wie lange schon es ihn verlangte, an keinem Gastmahl mehr teilzunehmen, ohne daß er sich entschließen konnte, sein Leben zu beenden, das ihn aus den Augen seiner Schüler immer wieder zu Freuden verführte, von denen die 280 Richter ihn befreiten, die gegen 220 andere Richter für seinen Tod gestimmt haben und damit das Recht der Mehrheit auf Irrtum wahrnahmen und die Fragwürdigkeit auch in demokratischer Weise ausdiskutierter Urteile aufzeigten, doch ist nicht sicher, ob Sokrates sie nicht zwang, gerade mit der Dummheit, der ihr Urteil entsprang, ihm wohlzutun und ihm die Entscheidung abzunehmen, die hörbaren Stimmen gegen die eine unhörbare zu tauschen

Wir wissen nicht, was wirklich vorgegangen ist in Athen im Jahre 399. Auch Platon hat nicht gewußt, was in Sokrates vorging, er hat nur aufgeschrieben, was er wünschte, daß es vorgegangen sei, und hat mit Schreiben vielleicht eine Todesstunde zugedeckt, die dem Sterbenden dann doch zu früh erschien, der den Hahn für Asklepios sicher nicht bestellen konnte, als der Schierling, das Gift mit dem widerlichen Mäusegeruch, die Trockenheit im Halse hervorgerufen hatte, die seine Wirkung bis zum Ersticken begleitet.

Es ist nicht möglich zu wissen, was geschah und warum es so und nicht anders kam, läßt sich auch nicht erfahren, denn es ist nicht damit zu rechnen, daß noch andere als die bekannten Quellen gefunden werden.

So sind wir frei. Kein Faktum behindert uns bei der vergeblichen Suche nach Sokrates, dem wir uns zu nähern wünschen, was uns nötigt, über immer andere Möglichkeiten zu leben und sich mit dem Tode abzufinden, nachzudenken, eine Möglichkeit muß auf Sokrates zutreffen, eine einzige unter denkbaren Milliarden, und indem wir die suchen machen wir Gedanken über fremdes und eigenes Leben in uns frei, auf die wir nicht gekommen wären ohne den Anstoß, den Sokrates uns gibt, indem er uns die Handreichung eines aufgeschriebenen Wortes versagt hat.

Warum eigentlich wünschen wir, uns Sokrates zu nähern, warum denken wir herum an seinem Leben, spähen nach seiner Wirklichkeit in dem, was uns von ihm erzählt wird? Sie überreden uns dazu mit ihren Wörtern, denen wir nicht trauen, die uns aber doch hinreißen, zu Sokrates hinreißen, von dem wir ja nichts ohne sie wüßten, ich meine Aischines, Aristippos, Eukleides, Antisthenes, Phaidon, Xenophon und Platon, deren Sätze wir auf Nachrichten über Sokrates absuchen, den wir anschauen in den Buchstabenbildern, die sie von ihm gemacht haben und dem wir anders als Odysseus begegnen, über den es doch auch so viele griechische Worte gibt, ohne daß wir sein Leben mit dem unseren vergleichen und den wir nicht dringlich aus den homerischen Versen herauszuschälen suchen, er rüttelt nicht an uns, wie auch Tolstois Pierre Besuchow nicht an uns rüttelt, obwohl dessen Erscheinen auf den ersten Seiten von »Krieg und Frieden« unvergeßlich bleibt, wenn man das

Buch nur einmal las. Aber von Besuchow wissen wir nicht, ob er gelebt hat, wie wir das von Kutusow wissen und deswegen Besuchow bei der Lektüre untreu werden um uns Kutusow zuzuwenden, dem einäugigen schwerfälligen General, der den irrwitzig bis nach Moskau hineingeschwärmten Napoleon schließlich samt der Grande Armée in die Schneefalle lockte. Kutusow wird der Held des Buches, denn er hat mehr aufzuweisen als Tolstois Wörter, er hat gelebt, und Leben geht uns über alles.

Wir wissen, Sokrates war am Leben, und das ist es, was ihn so anziehend macht, daß wir Platon, Xenophon und die anderen Schreiber übertreffen möchten und wirklicher und wahrhaftiger sehen, wie Sokrates seinen Konflikt austrug und den Tod annahm. Wir zerren an den bekannten Sätzen und versuchen, ihnen wider alle interpretatorische Vernunft noch zu entnehmen, ob nicht Sokrates vielleicht doch gern gehabt hätte, daß der Kelch an ihm vorübergehen möge, denn damit würde er unsere Angst legitimieren. Wäre aber beweisbar, daß es war, wie Platon beschrieb, könnte es auch uns zu Ruhe verhelfen.

»Lernen ist, sich erinnern, hat Sokrates gesagt, der den Schierlingsbecher ohne Sorge trank«, diesen Satz hatte ich mir selbst formuliert, aber natürlich muß ich ihn zurücknehmen und fragen: trank er ohne Sorge das Schierlingsgift und glaubte er wirklich, daß lernen sei, sich zu erinnern, oder war es Platon, der auf Sokrates einen Entwurf der Unsterblichkeit übertrug und Sokrates den Becher ohne Sorge trinken ließ, weil er, Platon, wünschte, einstmals ohne Sorge von dannen gehen zu können und sich Mut anschrieb indem er einen gelassenen Tod für Sokrates erdachte, dabei jedoch den wirklichen gestorbenen Sokrates mit der Wahrheit im Stich ließ, die ihm vielleicht aber gar nicht zugänglich und bemerkbar war. Sokrates hat nicht aufgeschrieben, auch in der Gefangenschaft brachte er Befürchtungen, die er vielleicht hatte, nicht in erhaltene Sätze, und nicht aufzuschreiben scheint mir bei Sokrates eine bewußtere Haltung zu sein als bei dem Mann aus Nazareth, der sich mit seiner Agraphie in der Tradition der Wanderlehrer seiner Zeit hielt, die alle nicht schrieben, was freilich auch etwas Bewußtes war, der Protest nämlich gegen tote Schriftgelehrsamkeit, gegen die endlose Thoraexegese, um die das jehovitische Priestertum kreiste und der die Wanderlehrer die Lebendigkeit frisch gesprochener Worte entgegensetzten, die dankbar aufgenommen wurden vom Volk auf der Straße, dem sich die Pharisäer und Schriftgelehrten unerreichbar entzogen hatten.

Daß er nichts aufgeschrieben hat, Sokrates, stimulierte Platon zu seinen einzigartigen Schriften. Gewiß, Platon war ein denkender Mensch, gewillt, sich schreibend zu äußern, er wäre auch ohne Sokrates nicht Gewürzhändler oder Seemann geworden, und sein Talent wäre niemals an einer Provinzschule verkümmert, aber wäre ihm ohne die Begegnung mit dem uns für immer unfaßbaren Sokrates möglich gewesen, solche Gespräche aufzuschreiben?
Man muß fragen: hat er sie frei erdacht und einem skurrilen Straßenphilosophen Worte in den Mund gelegt und damit Sokrates zu einer der geliebtesten und bewundertsten Erscheinungen des Abendlandes stilisiert, oder hat ein außergewöhnlicher Mensch, der die ganze Stadt bewegte, die schönsten Sätze hervorgerufen, die Platon zu schreiben vermochte, weil Platon der Erregung antworten mußte, in die Sokrates sein Denken versetzt hatte, weil Platon sich aus der Bestürzung herausschreiben mußte, in die er durch Sokrates' Leben und Tod geraten war? Trug er Satz für Satz ab, was er Sokrates zu schulden glaubte, versuchte er mehr, versuchte er, einen Menschen, den zu vermissen ihn schmerzte, Wort für Wort ungestorben zu machen, und hatte er die Empfindung, Buchstabe um Buchstabe zurückzubleiben hinter dem Mann, dem er mit den Zeichen von alpha bis omega wieder zum Leben verhelfen wollte?
Wir wissen es nicht. Auch über Platon wissen wir wenig und gar nichts darüber, wie es sich zwischen ihm und seinen Schriften verhalten hat, und das eine besonders wissen wir nicht: hätte er sie Sokrates zeigen mögen oder hätte er sie geniert verborgen, wäre Sokrates lebendig wieder aufgetaucht? War die Verwirklichung, die sich Platon schreibend gewährte, herrlich für ihn oder verzweifelte er über den Abstand seiner Worte zu Sokrates, wie es jeden Schreibenden bedrückt zu erkennen, daß ein Mensch mit Wörtern

nicht zu wiederholen ist, auch mit der zutreffendsten Beschreibung nicht, nicht ganz, weswegen ich denn auch gar nicht erst ernstlich darangehe, die von Passagieren wimmelnde Abflughalle darzustellen, wie sie vor mir lag als ich letztens dort auf einer Rampe stand und hinuntersah auf all die Menschen, die fliegen wollten, jeder ein Dädalus, ein Ikarus, ein Schneider von Ulm, den die Flügel aber tragen würden, die diese Flieger nicht selber zuschneiden und kleben mußten, sie hatten sich nur ein Kärtchen zu besorgen und würden aufgehoben werden wie Ganymed, die Albatrosse standen schon bereit und erprobten ihre Triebwerke. Wie auf Ameisenstraßen bewegten sich die Fluggäste dunkel und winterlich gekleidet an die Abfertigungsschalter, jeder schien dem anderen zu gleichen, und wenn ich Diem erwartete, so wie er sah jeder dritte aus, der mit offenem Mantel oder wehendem Schal eilig sein Gepäck zur Waage brachte, wer trägt nicht alles eine Brille, wer hat nicht alles schütteres Haar, so sehr unterscheiden sich die Menschen nicht, meint man, wenn man auf der Rampe steht und einen herauszukennen trachtet, was unmöglich scheint bei der Menge gleichartig zu den gleichen vorgeschriebenen Verrichtungen gehender Leute, die sich dann stauen vor den Schaltern, wo einer wie der andre seinen Koffer absetzt und die Taschen nach dem Flugschein absucht, es erscheint in der Tat unmöglich, da jemanden herauszufinden und versteht sich ganz von selbst, wenn der, den man sucht, schließlich wirklich kommt, schon auf der Eingangstreppe bemerkt man ihn, denn niemand geht wie er, wie Diem, ein paar Stufen hinunter, schon daran, wie er den Bügel seiner Brille berührt, erkenne ich ihn und sehe freudig einer Handbewegung zu, die nur Diem eigen ist, auch wie er den Kopf bewegt, niemand sonst wendet ihn so, niemandem gleicht er – wie andere ihm nicht gleichen, jeder in seiner schönen Einzigartigkeit ist unwiederholbar, wenn einer der großen Transportvögel abstürzen und ihn zu Tode bringen würde, nie wieder würde zum Beispiel so wie Diem jemand nach dem Koffer greifen, den Lidwinkel unter dem Augenglas reiben, es war nicht allein, daß ich gern habe, wie jemand, der Ludwig Diem heißt, sich da bewegte, sondern daß sich kein anderer unten den tausend, die ich im Blick hatte, bewegte wie er,

rührte mich, weil sich zeigte, wie keiner seiner Einzigartigkeit je verlustig gehen kann.
Aber wozu das alles beschreiben, was weiß ich von Diem, den ich in der Menge immer auf den ersten Blick schon an einer geringen Bewegung seiner Schulter erkennen werde, was weiß ich von ihm auf einer Rampe, die mir suggeriert, daß ich dem allem da unten, wo Diem sich befindet, nicht ganz zugehöre, um ein paar Meter bin ich abgelöst vom Boden der Tatsachen und ich kann nicht einmal versichern, daß Diem nicht an mich gedacht hat als er da stand und auf den Abflug aus der Stadt wartete, in der wir uns zugetragen haben und ich weiß auch nicht, ob es nicht ein Abschied für immer ist, den wir uns nicht gewähren, wie es vielleicht wohltäte, ehe Diem sich auf und davon tragen lassen muß und ich in Sätzen keinen Ersatz für ihn sehe, aber was wüßten wir von Sokrates ohne Platons und der anderen Schreiber Sätze, so gering ist Schreiben doch nicht zu veranschlagen für die Dauer der Menschen, und wenn schon nichts anderes, will ich Diem nachlesen können in dem, was ich von ihm aufschreibe und einen Satz wie ein Fernrohr auf das Auseinandersein richte. Diem ist nicht die Wörter, die ich für ihn sammele und zusammensetze, damit sie ihn enthalten mögen, aber er ist auch diese Ansammlung geordneter Buchstaben.

Sokrates ist nicht Platons Schriftlichkeit. Sokrates hat nicht aufgeschrieben, aber wir befassen uns mit ihm, weil Platon aufgeschrieben hat und weil sich aus den Akten herauslesen läßt: Sokrates lebte in Athen in Jahren, die genau angegeben sind, er hörte auf ein Daimonion und redete zu Menschen, wie es nicht üblich war. Er ist dafür verurteilt worden, zweihundertachtzig Richter haben seinen Tod nicht gescheut und Sokrates hat ihn nicht von sich ferngehalten, er hat nicht an ihn gedacht wie Goethe, der, nach dem Sterben befragt, den wunderbaren vertrauensvollen Satz hinterließ: »Die Natur, die mich hereingeführt hat, wird mich auch wieder hinausführen. Sie wird ihr Werk nicht hassen.« – es ist Goethe denn auch das Ende geschehen, wie er es vermutete.

Sokrates aber mußte sich selber hinausführen und ohne daß von Widerstand berichtet wird, hat der alte Mann, wie sein Daimonion ihm nicht widerriet, dem Gerichtsdiener den Trank von Conium maculatum, dem todbringenden Gewächs, das unschuldig weiß in zarten Dolden blüht, abgenommen und sich Schluck für Schluck seine Ewigkeit ertrunken.

Nachruf

Für Ingeborg Bachmann

Requiescat in pace

I

Trauerlos, Klagenfurt

Am Faschingsdienstag haben sie den Karneval verbrannt. Ahnungslos hatte er sich mitfahren lassen im Zug der Narren, eine große tumbe Figur, ein Strohmann, ein Grasmann, ein Reisigkerl mit entzündbarem Herzen. Wie schnell er Feuer fing, entflammt war im Nu, prasselnd zum Himmel loderte, sich fressen ließ vom Feuer, das ihn verschlang wie seine größte Leidenschaft, ihn rotglühend machte und dann verkohlt zurückließ, das Opfer tödlich brennender Freude.
Anderntags wurde reichlich Aschensegen gespendet in den Klagenfurter Kirchen, die über Nacht mit violetten Tüchern ausgeschlagen worden waren, die Nischen leuchteten in der Farbe der Passion, aber an jedem verhüllten Kruzifix hing ein Christus der Auferstehung entgegen.

Klagenfurt, du schön von einer Toten beschriebene Stadt, an deinen Häusern rankt der Stuck wie ein lieblicher immriger Frühling, auf dem Neuen Platz krümmt ein Lindwurm seinen mächtigen Schwanz, speit aber kein Feuer, sondern weiß Wasser zu spenden und ist so versteinert wie der Mann, der vor ihn getreten ist, die Keule zu schwingen, aber steinstarr einhalten muß mit dem Töten, ein glückliches Ende bleibt möglich, Tauben wagen sich schon sorglos in den Rachen des Untiers und hocken dem starken Mann auf der Schulter.
Klagenfurt, du schön beschriebene Stadt, die ich drei Tage an mich nahm mit freudigen Blicken, fleißig lief ich die Gassen ab, schaute zur goldenen Gans, legte kleinen Steinlöwen die Hand ins Maul –

als wären sie schüchtern, stehen die königlichen Tiere in den versteckteste Ecken. Dem Alten Platz habe ich in die Fenster gesehen, etwas Buntes gekauft und wie einen Wink, der mir gilt, die große blaue Kugel betrachtet, die dort über einer Haustür hängt, den Spielen entzogen um ewig in der Schwebe zu bleiben.
Klagenfurt, Kindheitsstadt, Kärntnerstadt, karawankennah, mehr als eine geringe alphabetene Blume wird mir für dich nicht gelingen, ich werde sie schwarz auf weiß überbringen.
Nicht, daß ich nicht der Toten wegen nach Klagenfurt gefahren wäre, aber dann bin ich bis ans Geburtshaus niemals gelangt und habe das Grab nicht gesucht, denn es wehen ihre Verse von den Türmen und das Pflaster ist mit ihren Sätzen unterlegt, aus denen das Feuer kein Wort herauszufressen vermochte:

»es ist eine schöne Zeit, wenn der Dattelbaum keimt!
Jeder, der fällt, hat Flügel.«[1]

Trauerlos, Klagenfurt, bin ich bei dir gewesen, denn der Gute Gott von Manhattan wird nicht verschwinden –

»Silben im Oleander,
Wort im Akaziengrün«

der Toten verstreuteste Verse sind aufgefädelt an Lauten in meinem Kopf,

»was wahr ist, bitten Schlaf und Tod dir ab« –

Im Klagenfurter Hemd ist sie nach Rom und durch Harlem gegangen. Seine Kindheit legt niemand ab. Auf Versen hat sie Klagenfurt nach Rom gezogen, über den Sieben Hügeln wird das Klagenfurter Silbenblitzen noch lange sichtbar sein, vom Friedhof Annabichl aus bleibt die Ewige Stadt für immer geschmückt, der Völkermarkter Ring ist an den Tiber gelegt, die Via appia läuft zur Radetzkystraße parallel und die Henselstraße steigt auf zum Aven-

1 Dieses und sämtliche folgenden Zitate entstammen den Arbeiten von Ingeborg Bachmann, soweit sie bis zum Juli 1975 in den Verlagen Piper, Suhrkamp und Wagenbach veröffentlicht waren.

tin, denn Klagenfurt hat der Toten die Kindheit gespendet mit Spielen und Sprüchen und hoch über Klagenfurt ist Rom an einem Tag erbaut mit diesen Kräften.

»was wahr ist, rückt den Stein von deinem Grab«

II
Vorfeuer

Sie hat es vorausgesagt, sie hat sich das Ende geweissagt, sie verstand sich auf ihre Todesart, sie hatte das Los gezogen, das letzte Feuer herbeigesprochen mit Vorfeuern, sie hat Silbenlunten verlegt, die züngelten schon bald in Sätze, sie hat Glut gesammelt und den Scheiterhaufen Satz für Satz errichtet, der Funke kam aus ihren ersten Feuerwörtern, sie hat die Verse lodern lassen und dann der Zeit ihr Todesbrandmal aufgedrückt:

Feuerworte der Toten [2]

»ich habe eure große Idee hervorgezaubert aus euch, eure unpraktische Idee, in der Zeit und Tod erschienen und flammten und alles niederbrannten

2 Auf diese Brandstellen bin ich gestoßen als ich Seite für Seite und Satz für Satz alles wieder las, was bei der Toten geschrieben steht.
Mir, die ich großgezogen wurde in der Nachbarschaft einer sachte murmelnden Feuerhexe im Herde meiner Großmutter, war es fremd, Feuer mit solchen Augen zu sehen und solche Worte auf das rote Element zu verwenden. Fasziniert von ihnen, schrieb ich mir die Feuerworte der Ingeborg Bachmann auf, um das andere, das wilde bedrohliche Bild des Feuers gegenwärtig halten zu können.
So hatte ich am Ende eine Kette von Feuerworten, aufgereiht, wie ich die einzelnen an verstreuten Stellen entdeckt hatte. Als ich mich erneut mit ihnen beschäftigte, schien es mir nicht gut, sie in dieser zufällig hergestellten Reihenfolge zu belassen.
Es erschien mir besser, was ich herausgeschrieben hatte um das fremde Feuerbild nicht zu verlieren, zu einem Feuergesang zu ordnen.

wenn die Welt Rauch und Wahn wird

weil Rauch und Wahn alles einmal zu Wort kommen
lassen

vom hohen Trapez am Zirkuszelt
spring ich durch den Feuerreifen der Welt

unten sind Spalten voll Feuer,
sind Flammenzungen am Zug

o Leiden, die unsre Liebe austraten,
ihr feuchtes Feuer in den fühlenden Teilen!
Verqualmt, verendend im Qualm, geht die Flamme in sich

wird denn kein Kohlenbecken angefüllt
mit fester Glut? Doch Glut tut's nicht

und geweiht vom Licht und stummen Bränden

vom Lande steigt Rauch auf

kalter Rauch aus dem Krater
haucht unsre Wimpern an

in der Asche krümmt sich das Eisen

in der Dämonen Gelächter gebrannt

mir fällt der Scherben ins Feuer

der wird überm Feuer geleert

und zurückbleiben wird ein Bett, an dessen einem Ende
die Eisberge sich stoßen und an dessen unterem Rand
jemand Feuer legt

oder ein Revolutionär, der den Brand an den
vermorschten Holzboden der Gesellschaft legte;
er sah sich feurig und beredt

die Augenblicke glühten,
die Zeit wurde zur schwarzen Brandspur dahinter

das Eis und die Innenglut

es ist schon alles verraucht, der Brand muß vorbei sein

Brände häuften Narben in seinem Gesicht

o Augen, an dem Sonnenspeicher der Erde verbrannt

nimm dein feurigstes Gespann, fahr diesen Erdball ab

ich seh den Salamander
durch jedes Feuer gehen.
Kein Schauer jagt ihn, und es schmerzt ihn nichts

festen Anschlag von den Feuersteinen
trägt der Wind zu Eukalyptushainen

der stiftet Brand, dem sie zu dritt befehlen

der Zunder brennt, das Feuer wühlt im Laub

Mohn erscheint und flackert wieder,
fängt das Öl und brennt es nieder

der Schwache ist in die Feuerzonen gerückt

wieder legen wir beide die Hände ins Feuer

über das flammende Unkraut gebeugt

der Holzstoß flammt: die Werke und die Tage
holt er vorm Anlauf, vor dem neuen Mond;
die Samen und die Funken gehn zu Sternen,
und sie erfahren, was im Himmel lohnt

das Feuer, das plötzlich ausbricht, aus dem Keller
kommt, ist die Rettung

manche haben Feuer gefangen, laufen in den Tiergarten,
werfen sich hin und werden gelöscht

in einer Entwicklung bleibt ja nichts ohne Folgen,
und dieser tägliche Brand des Justizpalastes

der tägliche Brand eines so gespenstischen Palastes,
mit seinen kolossalen Verhandlungen und Verkündigungen, die man Urteile nennt! Dieses tägliche Brennen

sie wollen das Wasser, sie wollen das Feuer nicht

niemand zündelt

ich dachte an die Glut, an den möglichen Brand

ich wollte nicht, daß ein Brand entstünde, ich habe mit den Füßen auf der Glut herumgetreten, es hat noch tagelang danach gestunken im Institut, meine Schuhe waren versengt, aber es ist nichts abgebrannt

keine der Zeitungen, mit denen das Feuer angefacht werden kann, ist erschienen

mit einem geliehenen Wort bin ich
und nicht mit dem Feuer gekommen

der Wildbach hat die Zündschnur ausgetreten

ich bin an der Raserei meines Vaters verglüht
und gestorben

Geträumt auf Schädelstätten und Scheiterhaufen

es ist Feuer unter der Erde,
und das Feuer ist rein

es ist Feuer unter der Erde
und flüssiger Stein

die feinen gelben Flammen ringeln sich, die Locken hängen mir feurig bis zu den Füßen, ich spucke Feuer aus, schlucke die Feuer hinunter

verstehst du meine flammenden Briefe, meine flammenden Aufrufe, meine flammenden Begehren, das ganze Feuer, das ich zu Papier gebracht habe, mit meiner verbrannten Hand – vor allem fürchte ich, daß es zu einem verkohlten Stück Papier werden könnte

und das Feuer frißt sie mit einem raschen »Ach«
und rollt und bröckelt eine feine Aschenhaut

warten, daß man uns dort hört. Soll der Himmel aufnehmen, was wir noch zu sagen haben, soll Acheron die gute Nachricht weitertragen, daß wir geloben, nicht zu vergessen? Wartet Anubis auf unsere rühmenden Berichte, nehmen Zikaden Wörter an sich, mit denen wir zu spät die alte Schuld einlösen wollen?
Wo ist die Tote? Im Grab, bei ihrem Gebein doch nicht. Aber ist sie anderswo und horcht sie auf den Trauerwirbel, den wir auf der dumpfen Trommel schlagen? Oder hat sie Lethe getrunken und weiß auch Allerseelen nicht, wovon wir reden? Raschelt sie in welkenden Kränzen und sucht nach liebem Gedenken, wenn sie der Orkus entläßt, in der Nacht? Wird sie am Totenbuche weiterschreiben, weil Mnemosyne den Gestorbenen bleibt?
Ist sie zu denken, außer in Sätzen, die sie lebend zur Welt gebracht hat?
Wir möchten sie lauschend, ein Fledermausohr, das uns vernimmt in Echophasen, die noch unbekannt. Es gibt so vieles zu sagen und mit der Zeit würden die nötigen Worte sich finden. Wie weit ist es zum Hades? Orpheus wußte den Weg doch zu finden. Man müßte Persephone bitten, unsere liederlichen Kassiber zu überbringen, die wir beschreiben über alle Ränder hinweg mit dem, was versäumt ist.
Noch ist der Natur nicht alles bewiesen und wir können die Laute der Schatten nicht messen, doch gewiß läßt sich das lernen in dreitausend Jahren. Die Sterne spiegeln vielleicht der Toten Bewußtsein, nur fangen wir's noch nicht auf mit den Augen.
Lauschend, ein Fledermausohr – wir wollen den Nachruf versuchen und sagen, daß wir vermissen, denn es hätte sein können und wäre vielleicht gewesen und ist nun aus der Zeit gelegt.
Aber eines Traums kehren die Toten wieder, um gar nichts vermindert.

»nichts Schönres unter der Sonne, als unter der Sonne zu sein«

Es gab keinen besonderen Grund, sich diese Tür aufschließen zu lassen, eigentlich schien es mir nicht der Mühe wert, dafür den Küster aus seinem Haus zu holen, nichts kündigte an, daß Ungewöhnliches anwesend sein könnte in diesem Backsteinbau mit dem kräftigen Turm, solche Kirchen sind hier viele übers Land verstreut, ganz schön, gewiß, aber es gibt Sakralräume, wo andere Kräfte sich von Gewöhnlichkeit und Vergänglichkeit des Daseins abzustoßen suchten und den natürlichen Felsaufragungen der Erde Steine entgegentürmten zu Bauten, die nicht von dieser Welt zu sein scheinen, und wer da durchs Portal tritt, kann nicht anders als von sich fallen lassen, was ihn gemeinhin betrifft, denn nun wird er anders betroffen, Maße sind auf ihn angesetzt, Verläufe von Räumen, deren Achsen sich an einem Punkt treffen, der ihn anzieht, er ist von Pfeilern umgeben, die zu tragen vermögen, was an Gestein auf ihnen lastet, er kommt unter Gewölbe zu stehen, die standhalten, Durchblicke sind ihm möglich auf ein Geheimnis, das er nicht zu benennen weiß, er sieht Licht, das Farbe hat und in den Umrissen einer schwebenden Rose leuchtet, die alle wurzelnden Blumen übertrifft, er kann ein Blau sehen, wie nicht Himmel noch Meer ihm bisher diese Farbe gezeigt haben. Von glühenden Bildern sind solche Kirchen dämmerhell.

Ein Raum dieser Art war hier nicht zu erwarten. Wenn ich mir dennoch den Schlüssel aushändigen ließ, mit dem ich die Kirche in Bruck aufschließen konnte, so nur um die Zeit zu füllen, die Diem jetzt nicht mehr für mich hat. Bedenkenlos läßt er Worte, läßt er ganze Sätze ungeboren, die doch schon gezeugt sind in unseren Köpfen, er läßt nicht zu, daß man sie austragen kann, böse und mörderisch verlangt er Schweigen, wo wir uns mit Wörtern vermehren könnten, will nicht hören, welchen Gedanken er in mir erzeugt hat, will die Niederkunft einer Erkenntnis nicht zulassen, will bei lebendigem Leibe tot sein und würgt ab, was gesagt werden sollte.

Um die Zeit, die er mir verweigert, hinter seinem Rücken zu nutzen, ließ ich mir also den Kirchenschlüssel geben und kam wie erwartet in eine Pfarrkirche des 15. Jahrhunderts. Barocker Dekor vermittelte einige Festlichkeit.
Ich sah umher auf der Suche nach etwas, das mich für Worte, die ich nicht hatte hören und nicht hatte sagen dürfen, entschädigen sollte, und sah, was versäumt zu haben Diem mir nie hätte ersetzen können, in solche Schichten reicht er nicht, dem Mann kann er sich nicht vergleichen, der da in der Kirche steht und wie einen großen Fruchtkorb die Kanzel auf dem Kopf trägt.

Ich kenne Moses seit früher Kindheit, man hat mir erzählt von ihm, aber bisher, wenn ich ihn sah, dachte ich nicht, daß er es wäre, ich erwartete ihn anders, ich wußte schon immer, er ist so, wie ich ihn nun ansehen konnte in der Kirche von Bruck.
Moses – nicht, daß ich nicht auch mit Abneigung gehört hätte von seinen Zornausbrüchen, die an Wüten grenzten, von seiner Gottversessenheit, seiner Wundersucht, seiner Neigung zu Regelstarre. Aber was er bewirkt hat für ein gepeinigtes Volk, das vielleicht gar nicht seines war, kann nur bewundert werden, und was von seiner Geburt und seinem Tod erzählt wird, zog mich an, so daß ich wußte, ich würde einmal über ihn nachdenken müssen, aber das hatte ich vor mir hergeschoben, schon weil ich glaubte, ein deutliches Bild seines Lebens wäre nicht zu gewinnen. Unter anderem hatte ich das eben auch daraus abgeleitet, daß, wenn ich Moses bisher gesehen hatte, ich mit Sicherheit sagen konnte: er ist es nicht – sei es, daß ich ein Buch mit einem Bild von ihm aufgeschlagen hatte, oder daß ich in San Pietro in Vinculi vor ihn getreten war und mich erschrocken von dem Koloß zurückzog, der er sein sollte, von dieser Überkraft, die da vor mir saß und mich nicht ansah – sei es, daß ich ihm im Lüdingworther Bauerndom begegnete, wo er sich allzusehr unter das duckt, was ihm auferlegt ist, eher stelle ich mir Sindbad, den geduldigen Lastträger, so vor, als Moses, der doch ein die Unwilligen und Ermüdenden beherrschender Vorangehender gewesen sein muß – auch den strahlhörnigen Alten, der auf Chagalls Nizzaer Bildern auftaucht, kann ich als Moses nicht iden-

tifizieren und das Alphabet bietet erst recht die erwünschten Sicherheiten nicht an, denn zwar wird im Pentateuch über Moses mit großer Gewißheit geschrieben, ohne daß aber aus diesen Texten der Bibel Gewißheit über ihn zu erlangen wäre. Was gar Freud und Buber über Moses herauszufinden trachteten, schien mir nur zu bestätigen, daß es nicht möglich ist, sich von ihm ein zutreffendes Bild zu machen.

Nur eines ist nicht zu bestreiten: Es hat Moses gegeben, er hat gelebt und so Bedeutendes bewirkt, daß ein dichtes Netz von Geschichten um ihn geknüpft ist, unter dem seiner Wirklichkeit gegenübertreten zu können ich nicht für möglich hielt.

Aus eigener Kraft wäre es mir auch nicht gelungen, schon deswegen nicht, weil meine Anstrengungen nur gering waren. Aber auch diese schwachen Bemühungen waren ganz überflüssig, denn Samuel Hartmann kann man vertrauen.

Wer ist Samuel Hartmann? Ich weiß es noch nicht. Aber ihm gebührt der gleiche Anteil von Interesse, den ich Moses zuwende, denn ihm ist gelungen, Moses zu imaginieren. Nicht, daß das Michelangelo mißraten wäre in dem Giganten, den er in die Mitte des Juliusgrabes gesetzt hat, aber das ist nicht der Moses, den ich meine, der Buonarotti hat einen anderen Moses aufgefunden in den Silben, die dessen Geschichten ausmachen – zwar, auch von einem Giganten muß etwas in Moses gewesen sein, aber nicht so sichtbar, mit Mammutknochen, wie Michelangelo ihn vorstellt, der Kraft auch in Ausmaßen kundtut.

Um 1515 hat Michelangelo Moses in Rom auftauchen lassen indem er Wörter in Stein übertrug zu begreifbarer Körperlichkeit. Samuel Hartmann ließ Moses um 1680 in Bruck erscheinen. Was Hartmann damals bewog, Moses darzustellen, ist nicht bekannt. Vermutlich ein Auftrag. Jedenfalls ist ihm mit einem Messer gelungen, Jahrtausende nach Mosis Tod, Moses anwesend zu machen, ihn aus einem Baumstamm zu holen und hinzustellen, so daß ich, wiederum dreihundert Jahre danach in die Kirche kommend, Moses gegenübertreten konnte, dem wirklichen Moses, damit meine ich den, der in mir wirksam war, und das ist nicht der, über den sie zuviel herausfinden wollen, und schon gar nicht der mit den zu großen Knien in Rom, sondern derjenige, der bewirkt hat, was einem Volk so wichtig war, daß es nicht genug von ihm reden und schreiben konnte, so daß eine große Verwirrung seinetwegen gestiftet wurde.

Auf mich ist zuerst sein Name gekommen. Man hat mir früh erzählt, daß ich in einem Moseskorb gelegen habe nach meiner Geburt, und mir den Binsenkorb gezeigt, ein geflochtenes Kinderbettchen, wie man es 1921 hatte um Neugeborene zu verwahren und leicht tragen zu können. Natürlich bekam ich auch die Legende vom verfolgten und ausgesetzten Kind zu hören, dessen sich eine ägyptische Prinzessin erbarmte. Man nahm sich Zeit, mir zu erzählen aus dem Buch, das sich hören läßt. So war ich in Ägypten heimischer geworden als das Volk Israel, ich ging aus und ein am Hofe des Pharao und sah mit anderen Augen als der Herrscher auf die Frösche, die sich zu Beginn der Plagen so vermehrt hatten, daß sie in erschreckender Unzahl die feuchten Nilufer verließen und, weil sie anderswohin nicht mehr konnten, in die Siedlungen kamen, auch an den Hof des Königs, und sie krochen nicht nur in die Stuben, sie sprangen in die Betten und die Backöfen, sogar im Brotteig konnte man sie finden. Das Klagequaken der verängstigten Tiere muß schauerlich gewesen sein. Ich konnte mir auch vorstellen, wie damals, zur Zeit der Plagen, ein Staubkorn sich in eine sirrende Stechmücke verwandelte, und jede einzelne der blattfressenden Heuschrecken, deren Schwarm als Wolke am Himmel sich bewegt hatte, glaubte ich vor mir zu sehen, ein Tier mit zitternden Fühlhörnern, langen Hinterbeinen, die ihm große Sprünge erlauben, und ich wußte, es zirpt mit Hilfe von Schrilleisten, die es an Flügeldecken oder Beinen hat, Instrumentchen, über die ich nur zu gern auch an mir verfügt hätte. Und ich wollte von den riesigen Hagelkörnern haben, die damals so schadenbringend auf die Erde schlugen. Als glatte weiße Eiseier stellte ich mir diese Hagelschloßen vor und eines wenigstens hätte ich gern in meiner Hand zerschmelzen lassen, und einmal wenigstens, wollte ich, solle die ägyptische Finsternis über Berlin kommen, eine Finsternis, die dunkler war als unser Keller, gegen die angezündetes Licht nicht ankam und in der es laut sein mußte von Rufen, weil man nur indem man sich rief noch zueinander gelangen konnte: ein einziges Mal wollte ich solche Finsternis erleben, in der ich nicht zu finden sein würde, wenn ich nicht rufend auf mich aufmerksam machte. Etwas Anziehendes hatten die berühmten Plagen für mich, mit denen Jahwe Moses unterstützte, die ich aber Moses zurechnete, der den Mut hatte, wieder und wieder mit seinen Forderungen vor den Pharao zu treten.

In der Schule ließ man mich dann die Zehn Gebote lernen, nach denen ich sollte und nicht sollte – aber was ich wollte, kam nicht darin vor. Auch die Gebote hingen mit Moses zusammen, mit dem geheimnisvollen mächtigen Mann, den ich zu sehen wünschte, und im Klassenzimmer bekam ich denn auch das erste Religionsbuch in die Hand mit einem Bild von Moses darin und sah erstaunt auf einen klobigen Muskelmann. Sicher, daß meine Lehrerin sich irrte, machte ich sie mit einer Höflichkeit, die mir später abhanden kam (als mir nämlich klargeworden war, wie schädlich Fehler sein können) nicht auf das aufmerksam, was mir unsinnig erschien.

Moses war mir anders erzählt worden. Meine Großmutter hatte auf Schwierigkeiten hingewiesen, die es Moses bereitet haben mußte, mit vielen Menschen eine lange Wanderung durch die Wüste zu unternehmen, sie zu versorgen, wenn sie Hunger hatten, ihnen gut zuzureden, obwohl Moses, wie es heißt, gar nicht sehr beredt war, sondern sogar stotterte – herauszufinden, was nicht getan werden darf, wenn Menschen gut zusammenleben wollen: nicht töten, nicht stehlen, nicht falsch Zeugnis reden. Irgendwann mußte das aufgeschrieben worden sein, durch Moses, wie meine Großmutter mir vorlas, durch den, der als Neugeborenes im Körbchen im Nilschiff schaukelte, und aus diesem Kind konnte nicht der Kraftprotz geworden sein, den das Schulbuch mir wie einen Kinderschreck weismachen wollte.

Wie Moses aussah, wußte ich ja auch nicht, aber doch jedenfalls wie jemand, mit dem sich meine Großmutter lange unterhalten hätte, leise, nachdenklich auf die Füße blickend beim Sprechen, um dann aufzustehen und zu sagen: machen wir es so, auf diese Weise wird es am besten sein. Mit solcher Entschiedenheit, die auf langes Nachdenken folgen kann, hatte ich schon zu tun gehabt, ich maß damals alles an meiner Großmutter, und weil sie sich vorstellen konnte, wie es Moses ergangen sein mußte in der Wüste und wie sehr er des Mannas und der Wachtelschwärme bedurfte, konnte ich es mir auch vorstellen und wußte, daß ein falscher Moses abgebildet ist in dem Buch, das ich in der Schule aufschlagen mußte: Seht Moses! – aber ich sah ihn nicht.

Natürlich, Moses verlor sich wieder aus dem Unterricht und aus häuslichen Erzählungen auch, aber einiger Umstände wegen bewahrte ich ihm meine Teilnahme, vor allem, weil er starb, ehe er ins verheißene Land gekommen war, das eben nicht ihm verheißen, sondern den anderen, die er da hinbringen sollte wie eine widerspenstige Hammelherde.
Es wird nicht ganz deutlich in all den Geschichten, wofür er so bestraft wurde, daß er das Gelobte Land nicht betreten durfte und es wird auch nicht deutlich, warum er in Bruck auftauchen konnte und dastehen, die Kanzel tragend, von der gesprochen wird, was gelten soll. Verheißen ist auch dies Land ihm nicht und mir ist schon gar nichts dort versprochen worden. Worte sind es, die uns hingelockt haben, den Silbenpfad sind wir gekommen, der Weg war kurz für mich, ich habe die Brucker Richtung eingeschlagen und mir alle Wege abgeschnitten für diesen einen, seit ich Diem das erste Mal zugehört habe – aber Moses, einen Jahrtausendeweg ist er gekommen und hat ein Ziel erreicht, nach dem er nicht suchte, auf Wörtern ist er gegangen, auf den Brücken von Geschichten, die wurden erzählt, geschrieben und gedruckt, in den Kopf genommen wie etwas Belebendes, wie das Totenerweckungskraut, nach dem immer gesucht wird, wie die Auferstehung, die die Religionen versprechen, aber es ist besser, sich auf einen Mann und sein Messer zu verlassen, damit man aus einem Baumstamm auferstehen kann in den Stunden, die beispielsweise Samuel Hartmann im Brucker Land damit verbrachte, was er von Moses wußte, deutlich sichtbar zu machen, so daß man nun betrachten kann, bis auf die Handlinien genau, die eine Zigeunerin zu deuten kommen könnte, was für Hände der Mann hatte, dessen Zähigkeit die Israeliten ihre Befreiung von den Ägyptern verdanken, unter deren drückender

Überlegenheit etwas in den Juden gewachsen sein muß an Kraft des Überstehens, das sie vererbten bis auf den heutigen Tag, etwas, auf das Moses vertraute, was voraussetzt, daß er es erkannte, und wer erkennt, ist klug.
Man sieht dem Brucker Moses an, daß er fähig war, Wünsche und Erkenntnisse zusammenzubringen zu Taten, die auszuführen ihn alle seine Kräfte kostete.
Wortlos hat sich das nicht machen lassen und allein ließ es sich auch nicht bewirken. Moses hat sich Jahwe zum Verbündeten gesucht, das ist wohl ein Göttchen gewesen, das Moses in manchen Sippen vorgefunden hatte, aber er, Moses, hat Jahwe zu dem Großen, zu dem Einzigen Gott, zum Gott Israels gemacht mit nichts als Worten, denn Bilder sollte es nicht geben von Jahwe, dem wahrhaftigen Gott, Bilder können verlorengehen und am falschen Ort verbleiben, Worte lassen sich mitführen in jedem Munde und weitertragen bis alle sie glauben und ein Buch daraus wird. Jahwe hielt zu Moses. Als wandernde Wolke zog er den Israeliten voran, er sprach zu Moses aus dem brennenden Dornbusch, denn er verdankte Moses seine Befreiung aus dem Dasein eines Sektengottes, Jahwe konnte der meerzerteilende Gott Israels werden durch Moses, der ihn erschaffen hatte zu dem was er nun war und Moses berief sich auf ihn in zehn feierlichen Geboten, jedenfalls sagt man, der Dekalog stamme von Moses, und Samuel Hartmann beweist es mit der Ermattung, in der sein Moses die Gesetzestafeln herzeigt. Viele Wörter sind es nicht, die diese Gebote ausmachen, denn jedes mußte in Stein gemeißelt werden. Wer das unternahm, bedachte sorglich, welche vonnöten sind, aber der Dekalog ist der Boden der Gesetze seit Jahrtausenden.

Bei mir, dieser Überfluß, ich muß nicht sparen weil ich meißele, ich werfe Wörter aus dem Handgelenk auf mein Papier, der Stift färbt alles aus, es gerät mir mühelos schwarz auf weiß, was die Mechanik anbelangt. Kein Grund für Moses, mich zu beneiden, er hätte den Dschungel von Wörtern nicht erschaffen mögen, den ich produziere und in dem ich mich nicht zurechtfinde, so daß ich Kahlschlag manchmal für das einzig Richtige halte. Doch manches spricht dafür, daß Diem sich auskennt in den Pflanzungen, die ich für ihn anlegte und die so schnell üppig geraten im Wildwuchs der Einfälle, ich treffe Diem manchmal unvermutet in einem Satz von mir, an einen Wortstamm gelehnt blickt er mir entgegen, und wie könnte Moses mich ansehen in der Kirche von Bruck, wenn es nicht diesen von keiner Forschung durchdringbaren Urwald von Nachrichten über ihn gäbe, der die Phantasie Samuel Hartmanns so erregte, daß Moses erscheinen konnte. Auf dem Silbenpfad ist Moses nach Bruck gelangt, das hat er sich am Berge Sinai nicht träumen lassen, in Kadesch wurde es bestimmt nicht beschlossen, und Jahwe hat ihm nicht geweissagt, wie er sich fortpflanzen würde, Wort für Wort.

Nichts also gegen Wälder von Wörtern, die einmal sorglich angepflanzt wurden, aber dann auf das herrlichste verwilderten. Diem bieten noch meine gestrüppigsten Gehölze Zuflucht. Nie würde er das eingestehen, eher tut er, als denke er an Roden und wolle Kraftmaschinen einsetzen gegen ein Angebot, von dem er heimlich nimmt, es ist ja auch genug da, und wie sollte ihm der eigene Garten ausreichen, wo seine Kastanie mehr als sieben Blüten bisher nicht gebracht hat.

Nur weil er untertauchen konnte in all den Geschichten über ihn, konnte Moses auftauchen in Bruck, mit breitriemigen Sandalen an den kräftigen Füßen auf dem Boden seiner Tatsachen stehend, in rundkragigem Überwurf, in den er sich nicht hüllen muß, den er trägt wie ein König seinen Hermelin. Nichts muß ihm mehr bewiesen werden, man sieht ihm an, in welcher Not alle waren am Schilfmeer vor den nahenden Ägyptern. Und in der Hungerwüste, dieses Sichanmühen gegen das Murren der Unzufriedenen. Ob er das wirklich alles hatte auf sich laden müssen, wird Moses sich nicht mehr gefragt haben, ein Mann der Taten war er eben doch, aber keine hätte er ausführen können, wäre er nicht auch gewesen, was man sieht in Bruck über den Brauen und zwischen den Lidern, in seinen Augen, auch um den Mund, der nun nicht mehr sprechen muß, so fließend, wie es damals nicht mühelos gelang.

Ins Gelobte Land ist Moses nicht gekommen, aber nach Bruck ist er gelangt, weswegen allein schon wir dies Land loben wollen, in dem nichts verheißen wurde und das doch ein Streifen reicher Ernten ist, für Moses, für Diem, wenn ich von mir nicht rede, aber ich habe da auch gesät.

Von Mosis Kanzel hängen die Trauben, schön und wohlgefällig, wie Josua und Kaleb ihm eine gebracht hatten aus Kanaan, damit er sähe, wie herrlich das Land ist, das ihm nicht verheißen war. Trauben wie in Bruck konnte er nicht sehen in der Dornbuschöde und hat nicht gewußt, daß sie auch ihm dereinst wachsen würden und für immer, da, wo er erscheinen konnte dank Samuel Hartmann, über den ich Auskünfte erhalten könnte im Stadtarchiv, aber doch nicht solche, wie allein schon eine Hand seines Moses sie zu geben vermag. Er hat es mir recht gemacht vor dreihundert Jahren, Samuel Hartmann, und auch er kann ernten, falls er meine große Bewunderung für etwas hält, das einzusammeln ihm lohnend erscheint. Sein Grab muß ich nicht aufsuchen, denn ich finde Hartmann, wo er lebt mit dem Moses, dem er zu Leben verholfen hat und mir zu einer Stunde, die aufging unerwartet über dem Horizont von Bruck und in der sie mir sichtbar wurde, die Wüste mit den Wachteln und dem süßen Manna, in der Moses vielleicht doch den Wagemut verfluchte, mit dem er geglaubt hatte, Hunderten und Hunderten ein besseres Leben zu verschaffen indem er sie auf Jahwe einschwor um sie von den sichtbaren Göttern ebenso unabhängig zu machen wie von den Fleischtöpfen Ägyptens, in die sie erst nach zuviel Fronarbeit hatten langen dürfen. Welche Lossagekraft hat Moses in ihnen wecken müssen, in diesen Aberhunderten, die von den Ägyptern fast noch einmal eingeholt und überwältigt wurden am Rande des Meeres und sich trotz alles dessen, was Jahwe für sie zu ihrer Rettung getan hatte, doch ein goldenes Kalb schufen in der Hitze eines irrlichternden Feuers, als Moses zu lange bei Jahwe auf dem Berg blieb; ich konnte sie sehen, wie sie ums goldene Fetischtier sich lagerten und auf Mosis Rückkehr zu hoffen sich fürchteten wegen des gleißendes Kalbes, mit dem sie ihn und Jahwe hintergangen hatten, indem sie an Sichtbares sich wieder hängten, wie Kinder nach Glänzendem langen.

Anders als in Bruck wird Moses nicht aus den schwerlidrigen Augen geblickt haben, wahrnehmend, wie man sich zufrieden am Götzen ergötzte. Aber nur Unzufriedene konnte Moses voranzutreiben gelingen, nur solche, die es anders wollten und dafür den Wüstenmarsch auf sich nahmen, den sie nicht alle überstanden, es bedurfte der Steine um Gestorbene vor Geiern zu schützen, denn der leichte windbewegbare Wüstensand hätte die Toten nicht beständig verwahrt, und in Erinnerung an diese Begräbnisse legt man noch heute Steine auf jüdische Gräber. Welch schönen runden Feldstein habe ich auf Kafkas Grab gelegt und auf das des Rabbi Löw auch, mit einem Wunsch an den Wunderrabbi, er betraf mich nicht, der Wunsch, dennoch wurde er nicht erfüllt, aber mir wurde gewährt, was zu wünschen ich nicht gewußt hätte und sich doch begab in der Kirche von Bruck, wo ich die Gesetzestafeln und die Trauben des Gelobten Landes sah, vor dessen Grenze Moses sterben mußte, aber auferstehen durfte an vielen Orten, auch in Bruck, wo ich ihm endlich begegnete in einer Stunde, die Diem nicht hätte vermitteln können. Diem, der verstummt, weil er sich widersprechen müßte, und er drückt sich eher die Kehle zu als daß er sagen würde, was ihn freut, wenn das zugleich auch mich freuen würde und nie mehr schickt er einen Satz um der Antwort willen zu mir, die er jedoch erhalten wird, das kann nicht verhindert werden.
Es gibt nichts, womit Diem sich davor schützen kann, annehmen zu müssen, was ihm zukommt, dafür eignet sich nicht die Zeit, weil ich sie aufzuheben verstehe, und nicht der Tod, mit dem ich verwandt bin, von dem ich abstamme als seine legitime Tochter und den ich überlebt habe als Erbin aller seiner Wörter.

Er hatte sich angelassen wie ein Tag der einem gestohlen wird aus dem Leben durch einen und noch einen und wieder einen ungünstigen Vorfall, und alle diese Vorkommnisse vereinigen sich schließlich zu einem Krähenschwarm, der als finstere Wolke vor der Sonne schwebt. Ich schrieb früher schon davon, auf Seite 346, falls sich jemand vergewissern will.
Ein solcher Tag schien es nun wieder zu werden und der Verdacht machte mich gereizt gegen Alyssa, mit der ich herumreisen wollte in Berlin, meiner herrlichen Stadt. (Nicht zu fassen, daß ich einmal von Berlin wie von einem Ehepartner geschrieben habe, den man erträgt.) Schon wenn man hier von einem Bezirk in den nächsten fährt, hat die Unternehmung Reisecharakter dank der Vielfalt von Merkmalen, die nicht nur die Viertel, sondern auch die Straßen unterscheiden, und seit es zwei Städte Berlin gibt, sind der Unterschiede noch mehr.
Ich wollte ins andere Berlin mit Alyssa; eine Treppe hinunter, dachte ich, auf den U-Bahnsteig, in den Zug und hinüber, wie gewohnt. Jedoch so ging das diesmal nicht. Alyssa lebt in Symbiose mit ihrem Auto, sie ist verzwillingt mit ihm, offenbar könnte nur eine Chirurgenhand sie von ihrem Wagen trennen, ohne den sie sich zu fühlen scheint wie eine Schnecke ohne Haus, sie muß die Künstlichkeit ihres Autos um sich haben, ohne Blechpanzer wagt sie sich nirgends hin, es könnte der frischen Luft zuviel sein und ihren Beinen traut sie keinen Weg mehr zu, die läßt sie verkümmern, steckt sie aber in hohe Stiefel, als habe sie Geländemärsche vor, das soll schick sein.
Es wurde also nichts aus der U-Bahnreise, kein gemütliches Plaudern während der Fahrt im Vertrauen auf einen geübten Zugführer, ich mußte auf den Beifahrersitz von Alyssas elegantem Auto und anschauen durfte ich auf der Fahrt nur Stadtplan und Straßenschilder, denn Alyssa ist nicht von hier und ich hatte ihr zu sagen, wie man fahren muß um an einen vorgeschriebenen Über-

gang von Berlin nach Berlin zu kommen, der Weg dahin war mir ungewohnt, mit Autofahreraugen gehe ich schon gar nicht durch die Welt.

Als wir endlich an die Passierstelle kamen, war die zwar Alyssa, aber nicht mir vorgeschrieben, denn sie ist Bürgerin von da, während ich Bürgerin von hier bin und die dürfen nicht gemeinsam zu den Bürgern von dort hinüber, es waren unterschiedliche Staatsbürgerschaften im üblen Spiele. Wann entwickelt jemand einen operablen Organisationsplan, nach dem Staatsbürgerschaften generell aufgehoben werden können? Man muß die Utopie fest im Auge behalten! Ich bin sehr für Zugehörigkeit und gegen Angehörigkeit habe ich nichts, aber war es wirklich unumgänglich für die Menschheit, sich so starre Organisationsformen zu schaffen, wie Staaten es sind?

Jedenfalls, Alyssa und ich mußten als unvereinbar abziehen von der Heinrich-Heine-Straße. In der Bornholmer Straße, sagte man uns, gibt es einen Übergang, an dem sich unsere angeblich verschiedenartige Bürgerei offenbar verträgt und so nahm ich wieder die Karte vor die Augen, auf der Berlin aussieht wie ein Fangnetz, das von keiner gewöhnlichen Spinne zu keinem gewöhnlichen Zweck gesponnen wurde und steuerte Alyssa in den Norden, wobei ich etwas über den Unfug von Autofahrten in Städten mit vorzüglichen öffentlichen Verkehrsmitteln sagte, was Alyssas sensibler Wagen hörte, übelnahm und er blieb stehen. Leider nicht für immer. Das war der Anfang der innerstädtischen Reise am Vormittag eines Wintersonntags.

Das Ende begab sich zehn Stunden später, als ich eiszapfenstarr und grönlandkalt in meiner Wohnung ankam, die Tür hinter mir zuschmiß, eine Bockwurst in kochendes Wasser legte und darin beließ, bis sie platzte. Hätte ich mit Alyssa auch noch zu Abend gegessen, ich wär's gewesen, die geplatzt wäre, wenn nicht auf der Fahrt ins Restaurant auch noch die vier Schläuche in Alyssas Reifen, denn selbstverständlich hätten wir uns mit dem Auto zum Essen begeben. Alyssa geht nun mal nicht auf zwei Füßen, sie läuft auf vier Reifen, zum Vierfußler promoviert hat sie sich. Wie gut wird sie's erst haben, wenn es Tragflügelautos gibt und Alyssa ein

Vierfußvogel sein kann. (Hoffentlich werden die Duftmarken solcher Flugfahrzeuge weniger stinkend sein als die unserer sich so unflätig auspuffenden Autos.) Wegen drohenden Platzens war ich also nicht mit Alyssa essen gegangen, sondern hatte mir an einer Bude eine kalte Wurst einpacken lassen, machte sie heiß und aß sie grimmig mit halb eingetrocknetem Senf aus der Tube, die ich aufgestöbert hatte in einer Schublade. Danach hielt ich nur mein Bett noch für einen passablen Aufenthaltsort und während sich meine Füße unter der Decke erwärmten, taute es auch in meinem Kopf, da wurden sogar beträchtliche Celsiusplusgrade entwickelt, die Ganglien liefen fast heiß, Sätze leuchteten auf, einer nach dem anderen und auch zwei auf mal – wo kamen die so plötzlich her?

Nicht auch noch das, dachte ich entsetzt, nicht auch noch schreiben die halbe Nacht! Ich bin kein Nachtschreiber, ich will nachts nicht wörtern, ich will schlafen, mich anfüllen mit Nacht, keine Tagträume mehr, sondern Schlafträume, auf deren Geschehnisse ich mich nicht vorbereiten kann, die ich aber erwarte, begierig erwarte, denn niemand, der über meine Schlafschwelle kommt, erscheint ohne Grund, er hat mehr mit mir zu tun, als ich tags vermutete, ich setze große Hoffnungen auf die Unterhaltungen der Nacht, diese unvorhersehbaren Geschehnisse, die ihren Rang schon daraus beziehen, daß ich sie nicht beeinflussen kann. Ich wundere mich nicht, wenn in meiner Nachtwelt Sumatras königliche Tiger erscheinen, Tote einen frischen roten Apfel essen und Unbekannte mich bei meinen ältesten Namen nennen.

Was fiel denn vibrierenden Sätzen ein, sich zur Schlafenszeit bei mir zu melden? Ich löschte das Licht und verwandelte mich schleunigst, in eine Schildkröte, indem ich Arme und Beine anzog, auch den Kopf unter meine feste Decke steckte, die sich wie ein guter, verläßlicher Schildkrötenpanzer über mich wölbte. Jedoch ihr Panzer ist es nicht, der die Schildkröte rettet. Man kann sich nicht ewig verpanzern, und wagte ich mich mit dem Kopf ein bißchen hervor unter der Decke, sah ich den Hund[1] mitten im Zimmer

1 Wer wissen will, was für ein Hund das ist, auf den Seiten x–y findet er ihn beschrieben.

stehen. Die Zunge hing ihm aus dem Hals, er forderte das Fleisch eines frischen Wortes, er wollte einen langen Satz saufen und ich ahnte, wenn ich nur ein wenig die rechte Hand ausstreckte, würde ich nach einem Bleistift tasten und schreiben, ich würde das Opfer meiner Einfälle werden.

Aber mich soll niemand kommandieren, schon gar nicht ein Einfall. Sich in ihre Schale zurückzuziehen, kann nur für eine Weile der Schildkröte hilfreich sein. Dann muß sie etwas unternehmen und das muß sie planen in ihrem kleinen Kopf und sie muß auch noch die Courage haben, ihr Vorhaben in Gang zu setzen.

Ich sah den Hund an mit aller Kraft der Verneinung, die ich in meinen Blick zu legen verstehe, worauf der Hund zwar zurückwich, aber nicht aufhörte, nach mir zu schauen mit blanken Augen, in denen es flackerte vor Hunger nach Wörtern. Aber diesmal war ich stärker, ich sah gelassen zu ihm hin bis er erlosch und die Schleuse des Einschlafens sich geräuschlos für mich öffnete und ich aufgenommen wurde in jene andere Art von Bewußtsein, die mir so teuer ist.

Sattgeschlafen wachte ich am nächsten Tag auf und ging freudig, wie ich es morgens immer bin, ans Frühstücken. Der Hund war natürlich fort. Aber als ich gegessen hatte, sah ich ihn vor meinem Fenster stehen mit diesem wörterheischenden Blick, dem ich schon von Pontius zu Pilatus nachgegangen bin, froh, wenn der Hund Lust hatte, mir lockend voranzulaufen an Plätze, wo ich fündig werden konnte und Sätze aus mir hervorscharren mit dem Stift, wie ein Hund noch nach Jahren von einem vergrabenen Knochen weiß und ihn ausgräbt, zielstrebig und unruhig.

Kariertes Papier her, ich schreibe ja schon! Es wird auch Zeit, denn in Weinsberg fährt bereits ein Setzer mit zehn Fingern über die Tasten einer Linotype und eine Zeile nach der anderen erscheint als mit Buchstaben versehenes Bleistück im Sammelschiff der Setzmaschine, der Anfang dieses Buches liegt schon bleischwer da, während ich hier mit dem Stift hinterherhüpfe um den Schluß zu schreiben, den Kehraus, wie sollte es mich nicht gelüsten, noch etwas Staub aufzuwirbeln mit dem Hexenbesen.

Weinsberg, da steht eine Burg, Konrad III belagerte sie 1140 mit allen Kriegsmaschinen, die damals erfunden waren. Aber er gewährte den Frauen, die sich in die Burg geflüchtet hatten, frei abzuziehen mit dem, was sie auf dem Rücken tragen konnten. Die wackeren Weiber von Weinsberg schleppten ihre Männer auf dem Rücken heraus. Was tue ich anderes als sie aus ihren Umklammerungen heraustragen, wenn ich von Lambert berichte oder von Diem?

Nein, den Verlauf des Reisetages gestern will ich nicht beschreiben, nicht die Zusammenbrüche von Alyssas Wagen, die reißenden Abschleppseile, die sich leerende Batterie, auch nicht die Feen, die in Gestalt kräftiger autoverständiger Männer in den ödesten Straßen wie vom Himmel gefallen sofort zur Stelle waren, wenn sich das Auto nach jeweils zwei bis drei hoffnungsvoll gefahrenen Kilometern wieder nicht vom Fleck rührte. In feinen Mänteln legten sich die Feen bereitwillig auf die Straße um unter dem Wagen den Haken ausfindig zu machen, an dem man den Schäkel mit dem Abschleppseil einklinken kann und niemand schrie Alyssa an, weil sie nicht wußte, wo dieser Haken sich befindet und sich mit ihrem eigenen Auto nicht auskannte. Wir wurden geschoben und gezogen, ich lernte, daß sich im Auto ein Schwimmer befindet, was ich nicht vermutet hatte, obwohl ich doch Undine bin und also überall auf Schwimmer gefaßt sein sollte. Daß ein Auto auf trockener Straße absaufen kann, war mir auch neu, paßt aber in mein Meerweltbild, für das es des Wassers auch nicht bedarf. Der Schwimmer verblieb nicht nur im Auto, er multiplizierte sich mit sich selbst, tauchte zuerst in Alyssas Kopf auf, dann meldete er sich auch in meinem, wir konnten nicht verhindern, an ihn denken zu müssen und uns zu fragen, ob er sich wohl verhalten würde, wie er soll, wenn wir wieder einsteigen würden, halten, etwas ansehen und wiederum einsteigen.

Mit einem kleinen Schwimmer im Kopf waren wir schließlich an der für uns gemeinsam geeigneten Stelle von Berlin nach Berlin gekommen, sahen das stämmig säulige Brandenburger Tor so isoliert im abgesperrten Areal stehen, wie wenn es ein bösartiger

Elefant wäre, den man von seiner Herde trennen mußte in einem Tierpark, – wir konnten an der Fassadenpracht der Lindenpaläste vorbeischweifen, wechselten die Stadt in der Stadt, noch folgenreichere Wechsel standen uns bevor, denn wir kamen von Babylon über Milet nach Pergamon in einem von Berlins wunderbaren Museen, und diese Übergänge in andere Jahrtausende mußte auch Alyssa auf eigenen Füßen vollziehen.
Dahin will ich mich schreiben, nach Pergamon, nach Milet, nach Samb'al, ich will nach Babylon kommen, Wort für Wort, in meine erste Stadt, die mit einem B beginnt, mit dieser Letter der Fülle, von der die Namen vieler Städte angeführt werden, die für mich von Bedeutung waren, ich will mich nach Babylon zurückschreiben, wo mir die ersten Löwen begegnet sind auf der blauen Prozessionsstraße, von der ich nicht lassen kann, die ich schon anderswo beschrieben habe, nach Babylon, wo vielfältig der Drache Muschchuschschu über das Tor der Göttin Ischtar wacht und wo die Menschen das ihre Sprache verwirrende Wunder für den Gott Marduk errichtet hatten, einen Berg unter dem Himmel, der berühmte babylonische Turm war keine schlanke Nadel, sondern ein quadratisches Massiv aus Lehm und Ziegeln, eine Festung für die Göttlichkeit, das Fundament betrug 91 Meter im Geviert und in sich verjüngenden Stockwerken war der Turm 90 Meter hochgemauert, das Empire State Building des Altertums, nur war der Gott, dem im Babelturm gedient wurde, nicht der New Yorker Lokalgott Mammon, in Babylon ging es um Marduk, den Gott der Tagessonne, doch auch der wird Münzen nicht verschmäht haben. Manchmal versuche ich, mir das von Gebeten summende Leben am Nabel der Alten Welt vorzustellen. Allein im Zentrum Babylons gab es eintausendzweihundertzwölf Stätten, an denen ein göttliches Wesen seinen Sitz hatte, und es war nicht der Himmel allein, dem man sich nähern wollte, Nebukadnezar II hat seine Residenz an die Brust der Unterwelt gebaut, auf einem Inschriftziegel wird davon berichtet:
»Nebukadnezar, der König von Babylon, der Erhalter (der Tempel) Esangila und Ezida, der Sohn des Nabopolassar, des Königs von Babylon, bin ich. Den Palast, meinen königlichen Wohnsitz,

in Irßit Bâbili, inmitten von Babylon, habe ich errichtet. An der Brust der Unterwelt legte ich sein Fundament und mit Asphalt und Brandziegeln führte ich ihn bergehoch auf. Auf dein Geheiß, des Weisen unter den Göttern, o Marduk, möge ich genießen die Fülle des Hauses, das ich erbaut habe! In ihm, in Babylon, möge ich das Greisenalter erreichen und mich sättigen mit Nachkommenschaft! Möge mein Herrschergeschlecht in ihm immerdar beherrschen das schwarzköpfige Volk!«[2]
Offenbar ist es der gleiche Palast gewesen, an der Brust der Unterwelt, auf dessen Wand flammend in Geisterschrift das Menetekel u pharsin erschien, mit dem König Belsazar sein Untergang angekündigt wurde. Das ist alles noch nicht lange her, drei Jahrtausende, zwei und ein halbes Jahrtausend. Wir wissen von älteren Menschenzeiten, in die hängenden Gärten Babylons können wir uns noch ohne Anstrengung zurückfühlen.

Ob es in den Sprachen der Keilschrifttafeln wohl schon einen Konjunktiv gegeben hat? Ich zögere den Tag hinaus, an dem ich mich vergewissern werde, weil ich ohne gesicherte Auskünfte besser über die Empfindungen nachdenken kann, die zur Fixierung des Konjunktives beigetragen haben.
Der Konjunktiv, »der Modus der Möglichkeit, des Wunsches, der Unwirklichkeit, einer nur erstrebten Verwirklichung«[3] – der Modus, der besagen kann: es wäre möglich, aber es wird nicht sein, ist Diems liebste Verbform, denn sie gibt ihm Gelegenheit, etwas Erwünschtes in Aussicht zu stellen, es in den Bereich des Möglichen zu rücken und die Realisation dann genießerisch zu verhindern. Er bleckt die Zähne vor Zufriedenheit, wenn ihm gelingt, etwas, das schön und möglich wäre, nicht Wirklichkeit werden zu lassen. Seine Gesichtsmuskulatur produziert dann ein lange anhaltendes Lächeln. Wahrscheinlich möchte er sich so sehr gar nicht verraten und würde es am liebsten bei verstecktem Schadenfroh-

2 Aus: Durch vier Jahrtausende altvorderasiatischer Kultur, Staatliche Museen zu Berlin, 1956.
3 Brockhaus von 1970.

sinn in seinem Blick belassen, aber er kann sich nicht beherrschen, Enttäuschung eines anderen freut ihn immer zu sehr, er muß seine großen Zähne blecken wie ein Pferd, das wiehern will, und wenn er so weitermacht, grinst er sich zu einem vermeckerten Bösemann, der sich die Seele aus dem Leib geneint hat, und ein liebes Wort wird man ihm am Ende so wenig übergeben, wie man ihm eine Blume anvertrauen wird.

Andererseits muß man beobachten, was vorgeht, wenn Diem gelobt wird! Und nur an Gesprächen, in denen er entweder jemanden enttäuschen kann oder in denen er Lob empfängt, ist er noch interessiert, ich weiß nicht, in welcher Reihenfolge. Aber wie er den Hals ausreckt, wenn man ihm einen Satz voller Lob zuspricht, den Hals vorstreckt und jedes Wort einzeln aufleckt, so wie ein ausgehungerter Ameisenbär mit seiner langen klebrigen Fangzunge gierig noch die verkrochenste Formicida zu erreichen und zu sich zu nehmen versteht.

Ich lobe also Diems Aufsätze, wenn ich ihn freundlich stimmen will, seine fachbegrenzten Arbeiten, die mich beschäftigen, weil ich ihnen hinzufüge, was mir zu den Themen einfällt, es gelingt meinen Gedanken, den Rahmen seiner Disziplin zu sprengen, andere Wissensbereiche für seine Sache fruchtbar zu machen, während er meint, sich ans schreiberische Ritual der Kollegen halten zu müssen, die viel zu wenig wissen, um fruchtbar assoziieren zu können, die Verlautbarungen bleiben im Dürftigen, ein Datenaustausch, den Interpretationen fehlt es an Inspiration. Da kreißt der Berg und ein mausgrauer Satz wird geboren, der huscht über die Tasten einer Schreibmaschine, vermag vielleicht sogar eine Setzmaschine in Bewegung zu bringen – aber wozu? Der arme Satz wird nie mit Lust gelesen werden.

Daß Diem sich dieser Kläglichkeit anpaßt! Aber er getraut sich ja nicht, seine Sätze schweifen zu lassen, so kann er denn auch nirgends hingelangen, er bleibt auf dem Trampelpfad gewohnter Zahlenexegese, wo sie alle hintereinanderhermarschieren und sich über ihre Verkümmerung mit Komplimenten hinwegtäuschen, die sie sich gegenseitig offerieren, nur ein Weniges salopper als in der Manier, mit der in meiner Kindheit Kellner in Baden-Baden Kaviar auf Eis anboten. Samt Diem ein Haufen mittvierzlicher Glätzlinge (an viriler Anziehungskraft verlieren sie auch), die an den Bettelstab von Titel und gesichertem Einkommen geklammert laufen müssen und nur noch krank werden können, um sich ein Abenteuer mit Unbekannten zu gönnen. Sogenannte Wissenschaftler. Aber sie wissen so wenig.

Nicht, daß das letztere auf Diem zuträfe, aber er hat sich eingereiht und anstatt mit einem halben Bleistift die Diskussion sauberzukehren und auf übergeordnete Belange zu beziehen, beteiligt er sich am Austausch von Tagungspapierchen und unterstreicht die Sätzchen seiner Kollegen mit dicken Strichen aus fetten Stiften; die Strichdicke soll wohl ersetzen, was sich den Worten nicht entnehmen läßt.

Kein Vergnügen, ihm dabei zuzusehen und kein Wunder, daß er viel Lob nötig hat, wenn der Haß nicht überhand nehmen soll, den er gegen sich empfindet und von dem er sich Erholung zu schaffen sucht, indem er anderen abschlägt, was erbeten wurde. Die Macht, jemanden eine Fehlbitte tun lassen zu können, verschafft ihm diese trügerische Befriedigung, die aus ihm einen unangenehmen Menschen gemacht hat.

Es ist nicht immer so gewesen, aber es ist so geworden, das Leben von Diem, daß er es fertigbrachte, einen Satz wie diesen hinzuschreiben ohne weder vor der Abscheulichkeit der Aussage noch vor der Trivialität, mit der er sie formulierte, zurückzuschrecken – so sehr handelte es sich um eine Wahrheit, die kundzutun es ihn drängte:

»Jemandem ein Päckchen packen zu müssen, gehört zu meinen größten Greueln!«

Bei allen Toten und Lebendigen! Dahin soll es mit mir nicht kommen! Wenn jemand etwas haben möchte von mir und ich kann es beschaffen: einen Karton und Packpapier werde ich schon auftreiben, auch Schnur wird sich finden und wenn ich vor einem Postschalter warten muß, eine Blinddarmoperation ist das doch nicht, und es gibt Sieche, die glücklich wären, noch einmal auf ein Postamt gehen zu können.

Diem muß damit rechnen, daß sein Verhalten Folgen hat, die ihm

unerwünscht sind, denn zwar steht geschrieben, man solle nicht nur sieben sondern siebenzig mal sieben mal verzeihen, aber es steht nicht geschrieben, daß auch das vierhundert*ein*undneunzigste Mal verziehen werden soll.
Einmal wird jemand Diem Recht vor Gnade geschehen lassen. Ich werde das nicht sein.
Nicht nur vom Postamt, auch vom Konjunktiv, »der Form des Wunsches, der Unwirklichkeit, einer nur erstrebten Verwirklichung« will ich anderen Gebrauch machen als Diem. Die Betrübnis über zu erwartende Enttäuschung, die ich in jemandes Gesicht sehe, dem gegenüber ich mich vorsichtig mit einem Konjunktiv zurückgehalten habe, will ich zu verwandeln trachten, ich will versuchen, nicht vergebens hoffen zu lassen, zu etwas muß Älterwerden doch gut sein, zumindest dazu, daß man schon den ersten Schatten eines Schmerzes, der auf jemandes Gesicht im Entstehen ist, zu erkennen vermag und ihn bereits in diesem Stadium auflöst durch den Indikativ: ›ich kann‹ anstatt ›ich könnte‹, auch wenn dies ›können‹ dann Anstrengung bedeuten wird.
Die verschiedene Verwandlung, die wir dem Konjunktiv angedeihen lassen, soll sein, was mich von Diem trennt, soll sein, worin ich mich von ihm unterscheiden will, so lieb es mir wäre, von ihm nicht geschieden zu sein, auch nicht unterschieden, aber ich will nicht fehlbitten lassen, noch abschlagen. Was möglich wäre, wenn es gut ist, jemanden freut und ich es bewirken kann, soll es Wirklichkeit werden. Tätigkeiten dieses Zieles wegen können mir Schaden nicht bringen, es wird mir wohlergehen auf dem Postamt und wo sonst ich anstrebe, jemandes Hoffnung nicht zunichte zu machen.
Geradezu unstatthaft, welche Belohnungen man überdies manchmal für gar nicht überwältigende Bemühungen einheimst wie unverhoffte Ernten eines Sommers, der gar nicht auffällig ein prangender gewesen war.
Wie Titus mich neulich mit der Gegengabe seiner Freude überschüttet hat! Ich war eingeladen bei seinen Eltern, unvermutet waren noch andere Gäste gekommen, wir saßen vergnügt um einen runden Tisch, ließen die Wörter kreisen, waren lebhaft, ver-

strickten uns in unsere einem Kind so unbegreifbaren Erwachsenengespräche – dabei hatte Titus doch gedacht, ich sei gekommen um mit ihm zu spielen, wie sonst auch und nun sah er, daß die Sache sich anders entwickelte. Zwischen fünf und sechs Jahren ist er jetzt und erfaßt solche Situationen sehr feinfühlig. Er stand an der Tür, sah auf unsere Runde, schätzte deren Intensität richtig ein und war im Begriff, zu kapitulieren, die Hoffnung aufzugeben, die er geglaubt hatte, sich für diesen Nachmittag machen zu dürfen, war daran, eine Vorfreude zu begraben, es schien nicht zu kommen, wie er gedacht hatte, ohne zu quengeln wollte er das hinnehmen, sich mit den Sätzen begnügen, die natürlich von allen freundlich an ihn gewendet wurden und auf das Spiel, das wirkliche Spiel mit ihm verzichten.

Aber der Schatten zurückgehaltener Betrübnis auf seinem Gesichtchen bestürzte mich so, daß ich, ganz unvermittelt für meine Tischgenossen, aufstand, und obwohl ich keine Geste gemacht hatte, die darauf deuten konnte, begriff Titus sofort: es galt ihm; er rannte voran, riß die Tür zu seinem Zimmer auf, ich sah, was er sich hergerichtet hatte aus Kindermobiliar: das Cockpit eines Flugzeuges! Er schob mir das zweite Stühlchen zu, ich sollte Platz nehmen neben ihm als sein Copilot und sogleich rollten wir auf die Piste, erprobten die Düsen, starteten, hoben ab, das Fahrgestell wurde rumpelnd eingezogen, wir sahen die Stadt unter uns, erkannten das Haus, in dem wir spielten, die Maschine begann zu rütteln, wir kündigten den Fluggästen Turbulenzen an, später wurde eine Zwischenlandung in Shannon nötig. Titus sprach über Funk mit dem Kontrollturm dort, was heißt, er sprach, er schrie auf eine Holzscheibe vor seinem Munde ein, daß seine kleine Kehle zitterte, sie müssen ihn auch ohne Funk gehört haben in Shannon, der Vater machte die Tür auf, wollte wissen, was los sei, *wir* waren los, denn wir waren doch noch ans Spielen gekommen, in einem Orkan von Freude schüttelte Titus das Flugzeug vor Glück darüber, daß sich das Blatt gewendet hatte, daß doch noch etwas geworden war aus diesem Nachmittag, daß er mir sein Cockpit vorführen konnte, wieviele Knöpfe und Hebel er aus Spielzeugvorräten an die Kante seines Kindertischchens geklebt hatte!

Wir flogen, schön, wie ich nie geflogen bin, wir kurvten, mußten in größere Höhe, eines Gebirges wegen, auf den Gipfeln war weißfunkelnder Winter, später sahen wir den blendenden Ozean in der Tiefe unter den Flügeln, er widerspiegelte die südlichste Sonne und trug sich mit Schiffen, die ihn nicht zu beschweren schienen. Wir benannten, was wir Wunderbares sahen über die Armlehnen der Kinderstühle hinweg, wir wetteiferten darin, uns Herrlichkeiten zu zeigen, ich hatte mitdürfen auf diesen Jubelflug, verschwenderisch beschenkt mit eines Kindes Freude.

Die Keilschrifttafeln im Museum sind es gewesen, die mich auf den Konjunktiv gebracht haben, auf den Modus der Möglichkeit, des Wunsches und darauf, daß man Anstrengungen unternehmen soll, um Wünsche zu erfüllen.
Aber der Konjunktiv ist nicht nur der Modus der erstrebten, er ist auch der Modus der gefürchteten Verwirklichung, der Besorgnis, der Drohung, der Ankündigung des Verderbens, des Hinweises auf schlimme Folgen, der in einer Verbform enthaltenen Warnung – und auch diese dunklen Bedeutungen von Umlauten und sich verschiebenden Endungen versteht Diem aufzuschlagen wie ein Rabe seine schwarzen Flügel. Er liebt Hinweise, die Furcht aufkommen lassen und erreicht, daß man ihm indikativ nicht mehr gegenüberzutreten wagt. Wem hat er nicht schon alles den Mut genommen! Nur noch mit Worten des Sichnichtgetrauens – dürfteichkönnteichwäreich? – wird er angeredet, und das tut ihm wohl, wie einem chinesischen Kaiser die Verbeugungen seiner Beamten wohltaten. Diem straft mit der Vielfalt seiner Konjunktive, bereit, zu strafen, wo immer er auf Wärme und indikatives Leben trifft.

Welch anderen Gebrauch Lambert vom Konjunktiv macht! Für ihn sind Konjunktive Pforten, durch die er einlassen kann, was noch nicht die Regel und noch nicht bewiesen ist, was er ermutigt, sich zu nähern aus dem Unbekannten, flüchtig Gefühltes, dem er mit der Möglichkeitsform zur ersten Verankerung in der Sprache verhilft, gerade nur erst zaghaft Gedachtes zieht er ins Bewußtsein mit seinen Konjunktiven, macht es aussprechbar, macht es Kran-

ken, die er zu heilen vorhat, aussprechbar, ohne sie auf die Unwiderruflichkeit indikativer Aussagen festzulegen. Ein Netz ist ihm der Konjunktiv, eine Reuse, mit der er Vergessenes, Gefürchtetes, Gehofftes, Uneingestandenes heraufzuholen weiß aus Wassern, die von zuviel Erlebtem trübe geworden sind. Lambert – es war lange nicht mehr von ihm die Rede, aber ich muß ihn nicht herschreiben, er ist da, er hält sich in Rufweite.
Lambert also überläßt den Menschen Konjunktive zur Erleichterung, als Stege auf denen sich hin- aber auch zurückgehen läßt, während Diem Konjunktive als Trumpfkarten benutzt, die er ausspielt, damit wer auch immer nichts mehr zu wagen wagt.

Wie anziehend Schriften sind! Sieht man nicht auf Geschriebenes allemal wie auf eine Botschaft, die einen angehen könnte? Hofft man nicht, in Schriftzeichen sei das Flackern von Gedanken, die einen betreffen könnten, faßbar geworden, weil es jemand gelungen ist, diese Flüchtigkeiten nicht fliehen zu lassen, sondern an lange betrachtbare Materie zu binden, so daß man herausfinden kann, warum sie einen angehen und den Satz findet, mit dem man gemeint ist?
Die fremdartige Schönheit der Keilschrifttafeln mit ihren entzifferten Geheimnissen, die mich in fremde Städte führen, in die man überwechseln kann in Berlin. Ich kann mich hier in fühlbaren Zusammenhang bringen mit Babylon, Samb'al und Milet und Pergamon sehr nahe sein, einen Blick und einen Satz auf die sich bekämpfenden Leiber und die zubeißenden Löwen des Pergamonaltares werfen, auf seinen Fries von Wüten und Leiden, wo alles einander bedrängt und Zähne im Fleisch hat.
In Berlin kann ich vor Mschatta treten, vor die Balustrade der grauen Wüstenfestung, die hier aufgebaut ist, aber wenn ich vor Mschatta stehe, ist nicht Mschatta hier, sondern ich bin dort, wo Mschatta hingehört und mir hier den Zugang zu einer Fremdheit öffnet, derer ich bedarf um mich wiederzufinden ohne Schwimmer im Kopf, der mir vormacht, daß ich nur heute lebe und einsteigen soll in ein Auto, das vielleicht nicht anspringt, doch vor den Simsen von Mschatta springt anderes mich an, wird anderes gewährt,

vor den Mauern von Babylon, Milet oder Mschatta kann ich mich der wahnwitzigen Schönheit, der Jahrtausendeschönheit dieser erstorbenen Städte anheimgeben. Unsere Stadt, heißt es, vermehre ihre Einwohner nicht mehr, – mich beunruhigt das nicht; wenn sie langsam abstirbt, beginnt ihre Ewigkeit. Es ist die richtige Stadt für mich, ich habe sie schon meinen Schuppen, mein Arsenal genannt, wo ich den Wortschatz gehortet habe, der nicht ausreicht, zu benennen, was ich erblicke. Ein Königreich für einen Satz, denke ich, wenn ich die Selene vom Pergamonaltar in Buchstaben übertragen möchte, wie sie abgewandt auf ihrem Maultier reitet, sie kehrt dem Geschehen den Rücken und man erwartet ja auch von der Mondgöttin keine Teilnahme, nie könnte man sie von ihr verlangen, aber siehe, sie wendet den schönen Kopf über die linke Schulter, die steinernen Augen mit großer Bestürzung auf das Kampfwüten um sie gerichtet, dem sie sich auf ihrem Reittier freilich entziehen wird.
Ein Königreich für einen Satz, aber ich verstumme vor dem Mädchen mit dem Granatapfel, das dasteht als eine berührbare Anwesenheit und einem doch so fern bleibt in seiner unanfechtbaren steinernen Bewußtlosigkeit, mit den Resten festlicher Rötlichkeit auf dem Gewand und der alten Paradiesesfrucht in der Hand, die es aber für sich behält und nicht anbietet wie Eva. Das Granatapfelmädchen ist mit seinem Baumraub allein, der der Apfel des Paris nicht zu sein scheint, obwohl das Mädchen schön ist, wie man es nur erdenken konnte, ist es doch Aphrodite nicht, es steht da und ist nicht zu enträtseln, ein Königreich für einen Satz, der solcher Herrlichkeit gleichkommt – doch auch wortlos kann ich mich glücklich sehen an den Steinen, die jemand gehandhabt hat, bis sie diese nicht wiederholbare Schönheit hatten.

Aber noch etwas anderes, noch etwas mehr geht aus von alten Friesen mit Schrift, auf die man den Blick heftet, die man abtastet mit den Augen und glücklich ist, wenn man die Wörter buchstabieren kann. Eine merkwürdige Übertragung findet statt, wenn man den Sinn eines Satzes erfaßt, dem auf fester Materie die staunenswerte Dauer von Gedanklichem verliehen wurde. Wie eine

Handreichung ferner Jahrhunderte nimmt man an, was einem zu entziffern gelang. Auch auf Friedhöfen, wer spräche nicht Namen nach, die sich noch ausmachen lassen auf verwitterten Steinen, ein lange Toter wird wieder gerufen, weil eine kleine Auswahl von Buchstaben ihn identifiziert.

Doch die verdammte falsche Überredung, die von Schwarz auf Weißem auch ausgehen kann, wenn ein Teufel den Schreiber reitet oder wenn ich schlecht gelaunt bin und meinen Unmut sich in Buchstaben ausmaulen lasse und womöglich findet es jemand auch noch witzig, daß ich Alyssas Auto eine verbale Beule verpaßte, als ob es nicht wurscht wäre, ob Alyssa gern in ihrem Auto sitzt oder nicht, denn es ist gleich, wo es ihr gelingt, mehr bei der Wahrheit zu bleiben, als andere Leute, die ich kenne, mich eingeschlossen. Weil sie nicht lügt, wäre es wichtig gewesen, über Alyssa zu schreiben. Sie weiß zwar nicht, wo der Schäkelhaken unter ihrem Auto sich befindet, aber sie weiß sich von kleinen Schwindeleien wie von großen Lügen ferner zu halten als unsereins. Sie fährt in ihrem Auto und bleibt bei der Wahrheit ohne grob zu werden, diese erstaunliche Alyssa, mit deren Freundschaft ich seit Jahrzehnten ausgezeichnet werde, es aber dennoch nicht lassen konnte, Alyssa zu bespottwörtern, nur weil ein Tag nicht verlaufen war, wie ich es gewollt hatte und ich meine Laune keineswegs so gut lenken konnte, wie Alyssa ihr Auto zu steuern versteht.
Wie ein reuiges Schulkind würde ich am liebsten einen Ratzefummel nehmen und säuberlich wegradieren, was ich da Unverschämtes geschrieben habe um rücksichtslos meinen Ärger über einen unbehaglich verlaufenen Ausflug abzureagieren.
Ich radiere nicht. Ich lasse alles stehen, damit man sieht, wie wenig Schreibern zu trauen ist. Eine Mücke sticht sie und sie schreiben einen Elefanten hin. Doch auch darauf ist kein Verlaß. Nicht jeder geschriebene Elefant läßt sich auf ein Mückchen reduzieren. Schreiber sind imstande sich zu vereidigen und die Wahrheit, nichts als die Wahrheit zu schreiben, nicht meineidig zu werden, mit keinem Komma und auch am letzten Punkt nicht.
Immer etwas anderes geht aus von Friesen mit Schrift.

Wenn ich mich verblättere in den Seiten, die ich früher schrieb, und wie sollte ich mich nicht ein bißchen aufhalten noch in alten Geschichten, wenn ich also dies nachlese und das auch, stoße ich wieder auf Maurer. Ich rate noch immer zu Maurer: Meine freudigste Flagge möchte ich hissen, wenn ich an ihn denke, und, Leser, wärest du ein Schreiber, heute wäre es eine andere Geschichte, die ich dich auffordern würde, über Maurer zu verfassen, es wäre die Darstellung eines Sieges, die du dir vornehmen müßtest; beinahe möchte ich selber darangehen und Sätze zu festlichen Girlanden binden um zu schildern, wie es der Stadt nicht gelungen ist, Maurer zu verderben. Meine Sorge ist überflüssig gewesen. Heute scheint es eher, daß die Stadt ihren Anflug von Verkommenheit ablegt, da, wo sie mit Maurer in Verbindung gerät. Wer zu Maurer geht, läßt an der Tür Titel und womit er sonst gewöhnlich töricht zu excellieren trachtet, zurück, wie schmutzige Schuhe streift er das ab, wenn er Maurers Anrede erwartet, mit der er aufgefordert wird, von seinen Ängsten und Schmerzen zu sprechen. Jeder kann erwarten, daß Maurer ihm zuhört, das hat sich herumgesprochen in der Stadt. Ja, Maurers Anwesenheit ist für manche ein Grund, die Stadt aufzusuchen und Maurers Geschichte schreiben hieße heute, den durch nichts zu verschleißenden guten Willen und das sich immer noch verfeinernde Können eines Mannes zu beschreiben, der, was er tut, nicht tut um sich hervorzutun. Meine langsamsten Sätze möchte ich wie einen Baldachin auffalten über Maurer – während ich vor Verlegenheit alle Wörter zu beschleunigen suche, die es über Diem noch zu sagen gibt, über Diem, auf den ich nur hastig noch blikken mag. Sogar wenn ich ihn nicht antreffe, ist mir das neuerdings recht, ich bin erleichtert, wenn ich sein Arbeitszimmer leer vorfinde, denn seine klügsten Überlegungen wiegen die Unleidlichkeit nicht mehr auf, mit der er seine Gesprächspartner in Verlegenheit zu bringen sucht, in ein Gatter aus Sätzen drängt er sie, zungenfertig bringt er diese Sätze Wort für Wort schnell und hochfahrend hervor und mit jedem Wort will er Recht haben, bis man meint, er sei ungeraten in den Feuern des Lebens, die ihn nur zu einem besserwisserischen Zappelphilip verglüht zu haben

scheinen, dessen Wonne es ist, Unbehagen zu bereiten.
In letzter Zeit betrachte ich einzig Diems Armmuskeln noch mit Interesse, ich schaue, ob sie schon so beschaffen sind, daß er sich am eigenen Schopf aus seinem Sumpf ziehen kann, wie Münchhausen tat. Er wird das fertigbringen, einmal werden seine Kräfte dazu ausreichen, jede Zigeunerin kann es in seinen Handlinien sehen: Eines Tages wird Diem fortgehen aus den Lebensumständen, die er glaubte, sich geschaffen zu haben, aber dann schufen diese ihn und eines Tages wird er keine Lust mehr haben, sich mit all den Institutionen, die er jetzt so ehrgeizig und unterwürfig bedient, länger zu schaffen zu machen.
Mit seiner Zahnbürste und ein paar Briefen in der Manteltasche wird er sich auf den Weg zu sich selbst machen, er wird sich ablesen aus unseren alten Inschriften, er wird zwei indischen Kindern ihren Reis bezahlen und von seinem Geld auch dafür geben, daß man in Delhi Sterbende von der Straße aufhebt und in ein Bett legt um sie für ihre letzten Stunden zu versorgen.
Die zerfaltetsten Papiere wird Diem wieder ausbreiten unter einer Lampe und die richtige Lesart finden. Er wird entziffern, was ich auf die Haut seines Herzens geschrieben habe.

Ihr Panzer ist es nicht, der die Schildkröte rettet, sie muß in die Sonne kriechen wollen, sie muß sich Nahrung verschaffen, sprachlos muß sie all ihre wunschreichen Konjunktive in Indikative verwandeln.
Wenn auch diese Satzbänder eingetastet sein werden in Weinsberg und die Bleistücke aus dem Sammelschiff geholt und zu einer Seite mettiert werden, kann ich mein Fell verloren geben. Wie ein geschorenes Schaf werde ich dastehen ohne die wolligen Sätze, in denen ich so angenehm einherlaufen konnte solange sie noch einzig meine waren. Sie sind mir abgenommen worden wie einem Schaf die Wolle, sie sollen verkauft werden, und vom geschorenen Schaf unterscheidet mich nur, daß ich zugestimmt habe, und nun wird es mir ergehen, wie es dem Manne aus Fontenay-aux-Roses, wie es Bonnard ergangen wäre, wenn er nicht gemalt, sondern geschrieben hätte. Ich werde Anstoß nehmen an manchen meiner

eigenen Worte und sie nicht verbessern können. Es wird sie schwarz auf weiß geben. Der Druck ist da.
In ein neues Fell werde ich mich retten, denn gemeinsam mit weißen und schwarzen Schafen habe ich, daß mir die Wolle wieder wächst nach der Schur. Bald werden die ersten schützenden Sätze da sein, es juckt schon unter der Haut, bald wird ein Flaum von Silben sichtbar sein und warme Flocken von Wörtern, in die man dicht gehüllt ist, solange man schreibt.
Selbst wenn ich es fände, mich schützt kein Wort, das ist wie ein Eisenhut. Ungeharnischten Worten kann ich schreibend vertrauen, sie sind voller Leben.